등에

옮긴이 서대경

시인. 2004년 계간 〈시와 세계〉로 등단.
한양대학교 영어영문학과를 졸업했다.
현재 시를 쓰는 틈틈이 출판기획과 문학작품 번역에도 힘쓰고 있다.
옮긴 책으로는 〈셰익스피어의 여인들〉이 있다.

The Gadfly by Ethel Lilian Voynich
Korean Translation Copyright ⓒ 2006 by Amormundi Publishing Co.
All Right Reserved.

이 책의 한국어 판 저작권은 도서출판 아모르문디에 있습니다.
저작권법에 의해 한국 내에서 보호를 받는 저작물이므로 무단 전재와 복제를 금합니다.

The Gadfly

등에

에델 릴리언 보이니치 지음 | 서대경 옮김

아모르문디

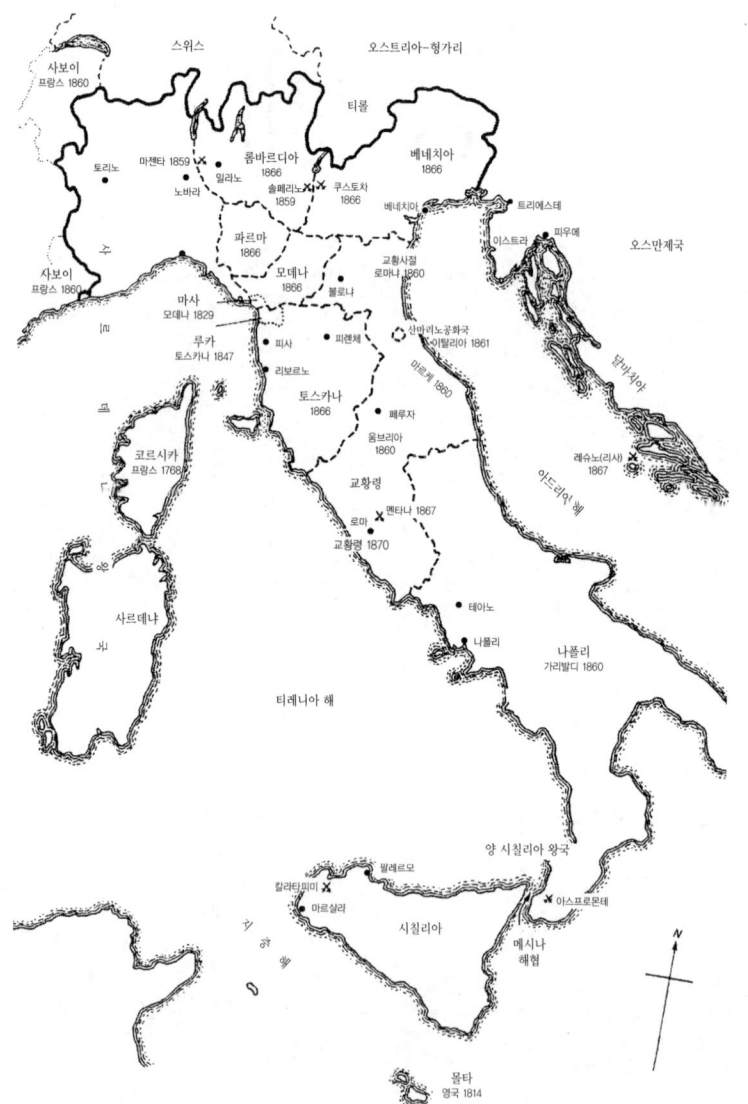

감사의 말 |

  이 작품을 쓰는데 필요한 자료들을 수집하는 과정에서 내게 아낌없는 도움을 베풀어주었던 이탈리아의 많은 분들께 진심으로 감사드린다. 특히 피렌체 마르셀리아나 도서관과 볼로냐 문서관리국 그리고 볼로냐 시립박물관 담당직원 여러분들의 호의와 친절에 각별한 감사의 마음을 전한다.

1897년
에델 릴리언 보이니치

"오오, 아테나이 사람들이여, 만일 여러분이 저를 죽인다면, 여러분은 저를 해치느니보다, 오히려 여러분 자신을 해치게 될 것입니다. 저는 신이 이 나라에 달라붙게 한 자입니다. 마치 몸집이 크고 혈통은 좋지만, 그 큰 몸집 때문에 좀 둔한 말을 깨어있게 하려면 등에가 필요했던 것처럼 말입니다."

〈소크라테스의 변명〉 중에서

차례 |

감사의 말 · 5

1부 _ 청년 이탈리아 · 9

2부 _ 귀환 · 105

3부 _ 아버지와 아들 · 277

에필로그 · 404

옮긴이 후기 · 411

일러두기

1. 본문 중의 성서인용은 공동번역성서 가톨릭용을 사용했다.
2. 본문의 각주는 옮긴이의 것이다.

제1부

청년 이탈리아

1

 아서는 피사[1]의 신학교 도서관에 앉아 설교 원고뭉치를 차근차근 살펴보고 있었다. 찌는 듯 무더운 6월의 저녁 무렵이었다. 서늘한 바람이 드나들도록 창문이 활짝 열려 있고 덧문은 반쯤 닫혀 있었다. 교장인 몬타넬리 신부는 잠시 글을 쓰던 손을 멈추고 원고 더미에 파묻힌 까만 머리를 자애로운 눈빛으로 바라보았다.
 "찾지 못한 게로구나, 애야. 그만 둬라. 다시 쓰지 뭐. 찢겨 없어진 게야. 공연히 네 시간만 빼앗았구나."
 몬타넬리의 음성은 나지막했으나 울림이 깊고 풍부했다. 맑고 깨끗한 음색은 그의 설교에 각별한 매력을 더해주는 터였다. 그것은 억양을 조절할 줄 아는 타고난 설교자의 음성이었다. 아서에게 말을 건네는 그의 말투에는 언제나 어루만지는 듯한 부드러움이 담겨 있었다.
 "아니에요, 신부님. 꼭 찾아낼게요. 분명히 여기에 놔두셨거든요. 똑같은 걸

---

1) 이탈리아 중부 토스카나 지방의 도시.

다시 쓰실 필요는 없잖아요?"

몬타넬리는 하던 일을 계속했다. 창문 밖으로 풍뎅이의 붕붕거리는 소리가 나른하게 들려왔다. 저편 어느 곳에서는 과일 행상의 끝을 길게 끄는 호객소리가 허공에 구슬픈 메아리를 남기며 길 아래편으로 멀어져 가고 있었다. "딸기 사려, 딸기…!"

"'나병환자의 치료에 관하여'라, 바로 이거야. 신부님, 여기 찾아냈어요." 아서는 집안 식구들이 늘 짜증스럽게 여기는 특유의 조심스러운 걸음걸이로 사뿐사뿐 방을 건너왔다. 가냘프고 작달막한 그의 모습은 1830년대 중산층 집안의 영국 소년이 아니라, 16세기 초상화에나 등장할 법한 모습의 이탈리아인을 연상시켰다. 긴 눈썹과 풍부한 감성이 느껴지는 입매에서부터 자그마한 손발에 이르기까지, 그를 둘러싸고 있는 모든 것들은 마치 끌로 새긴 듯 지나치게 섬세해 보였다. 말없이 가만히 앉아 있을 땐, 마치 남장을 한 어여쁜 소녀처럼 보일 정도였다. 하지만 일어서 움직일 때는 잘 길들여져 사람을 공격하지 않는 표범처럼 날랬다.

"그래, 찾아냈느냐? 네가 없으면 아무 일도 못하겠구나. 이렇게 건망증이 심하니 말이다. 됐다, 이젠 새로 쓰지 않아도 되겠구나. 정원으로 나가자꾸나. 이젠 내가 네 공부를 도와주마. 도무지 이해할 수 없다는 게 어떤 것이냐?"

두 사람은 조용하고 그늘진 정원으로 나섰다. 신학교 건물은 원래 도미니쿠스 교단의 수도원이었다. 200년 전이었다면 정사각형의 안뜰은 말끔히 정돈되고, 곧게 뻗은 회양목 가장자리의 덤불마다 로즈메리와 라벤더가 자라고 있었을 것이다. 정원을 가꾸던 하얀 법복의 수도승들은 이제 땅에 묻혀 영원한 망각 속으로 사라지고 말았지만, 이제는 약재용으로조차 아무도 찾는 이 없는 정원의 꽃들은 이 아름다운 한여름의 저녁 무렵에 여전히 향기를 내뿜고 있었다. 보도에 깔린 돌 틈에는 야생 파슬리와 매발톱꽃이 수풀을 이루었고, 안뜰 한가운데 자리잡은 샘은 이끼와 비름으로 뒤덮여 있었다. 제멋대로 자라난 장미의 뿌리들이 보도 위를 온통 휘감고 있었다. 회양목 가장자리엔 양귀비꽃이 만발했고, 키 큰 디기탈리스 가지는 잡초 위로 그늘을 드리웠다. 열매도 맺지 못한 채 제멋대로 뻗은 늙은 포도덩굴은 버려둔 모과나무 가지 사이로 고개를 내밀고 느릿하고 조용하게 잎이 무성한 머리를 흔들고 있었다.

한쪽 구석에는 여름에 꽃을 피우는 커다란 목련 한 그루가 서 있는데, 무성하게 자라난 검푸른 잎사귀 사이로 우윳빛을 띤 하얀 꽃송이가 여기저기 반짝이고 있었다. 그 밑에는 나무줄기에 기대어 거칠거칠한 나무벤치가 놓여 있었다. 몬타넬리가 그 위에 앉았다. 대학에서 철학을 공부하는 아서는 어려운 문제가 생길 때마다 신부를 찾아와 의논하곤 했다. 비록 이 신학교의 학생은 아니었지만, 아서에게 있어서 몬타넬리는 만능 백과사전이나 다름없었다.

"더 도와드릴 일이 없으면 이제 그만 가보겠습니다." 의문이 풀리자 아서가 입을 열었다.

"나도 당장 일하고 싶은 마음은 없단다. 짬이 있으면 잠시만 더 있다 가렴."

"네, 그렇게 할게요." 그는 나무에 기대어 적막한 창공에 이제 막 희미하게 반짝이기 시작하는 첫 별을 어슴푸레한 빛깔로 물든 가지 사이로 올려다보았다. 검은 눈썹 아래 꿈꾸는 듯한 신비로운 눈은 콘월[2] 태생인 어머니에게서 물려받은 것이었다. 서로 얼굴을 돌리고 있던 터라, 몬타넬리는 그의 두 눈을 보지 못했다.

"피곤해 보이는구나, 얘야."

"어쩔 수 없죠, 뭐." 아서의 지친 듯한 음성이 들려왔다. 몬타넬리는 그의 말뜻을 금방 눈치 챌 수 있었다.

"그렇게 서둘러 대학에 진학하는 게 아니었는데…. 어머니를 간호하느라 연일 밤샘을 해서 넌 지칠 대로 지쳐 있었어. 리보르노³⁾를 떠나기 전에 충분한 휴식을 취하도록 내가 붙잡았어야 하는 건데."

"참, 신부님도. 이제 와서 그런 말씀이 무슨 소용이 있겠어요? 어머니께서 돌아가신 뒤로는 그 지긋지긋한 집에서 도저히 견딜 수가 없었어요. 그곳에 계속 머물렀더라면 줄리아 때문에 미쳐버리고 말았을 거예요."

아서의 배다른 큰형의 아내인 줄리아는 그의 가슴 속에 끊임없는 고통을 안겨 주었다.

"가족들과 함께 있는 게 좋았을 거라는 말은 아니다." 몬타넬리의 온화한 음성이 이어졌다. "틀림없이 그건 훨씬 나빴겠지. 난 네가 차라리 그 영국인 의사의 초청을 받아들이기를 바랐던 거란다. 거기서 한 달만 지냈더라도 네가 공부하기에는 안성맞춤이었을 테니까."

"아니에요, 신부님. 전 그럴 수 없었어요! 워렌 씨 부부는 물론 상냥하고 친절한 분들이시죠. 하지만 그분들은 이해하지 못해요. 오히려 제게 미안해하며 위로하려 드셨을 테죠. 눈에 선해요, 그런 모습이…. 또 분명히 제 어머니 얘기도 하셨을 거예요. 젬마는 물론 그러진 않았을 테지요. 어렸을 적부터 그랬지만, 그 애는 말해야 될 것과 말해선 안 될 것을 잘 알고 있거든요. 하지만 다른 분들은 달라요. 그뿐만이 아니에요…."

"그럼, 또 뭐?"

아서는 축 늘어진 디기탈리스 가지에서 꽃송이를 꺾어 신경질적으로 손에 비벼댔다.

---

2) 영국의 남서부 지방.
3) 이탈리아 중부 토스카나 지방의 항구도시.

"그곳에선 도저히 견딜 수가 없어요." 그의 말이 잠시 끊겼다가 다시 이어졌다. "어렸을 때 어머니가 장난감을 사주셨던 가게며, 병드시기 전에 제가 어머니를 모시고 다니던 길이 그대로 남아 있잖아요. 거기 갈 때마다 늘 마찬가지에요. 시장의 꽃 파는 여자들이 꽃다발을 들고 제게 다가와요. 마치 지금도 제가 그 꽃을 필요로 할 거라고 생각하는 것처럼요! 그리고 거기엔 묘지가 있잖아요. 전 그곳만 보면 가슴이 찢어지는 것 같아요…."

그는 하던 말을 멈추고 말없이 앉아 디기탈리스 꽃잎을 하나하나 뜯어 여러 조각으로 만들었다. 오래도록 침묵이 흘렀다. 아무 말이 없는 신부가 의아스러웠던지, 아서가 고개를 들었다.

어느새 모과나무 가지 아래에는 짙은 어둠이 깔려 있었다. 모든 게 흐릿하고 희미했지만, 몬타넬리의 창백한 얼굴은 충분히 볼 수 있었다. 그는 고개를 떨어뜨린 채 오른손으로 벤치 모서리를 꼭 움켜잡고 있었다. 아서는 이상하게도 두려운 느낌이 들어 슬그머니 그 모습을 외면하고 말았다. 자신도 모르는 사이에 성지聖地에 발을 들여놓은 듯한 기분이었다. '하느님!' 그는 불현듯 생각에 잠겼다. '난 얼마나 비열하고 이기적인가! 저분 자신이 고통을 겪고 계신다 해도 이렇게까지 괴로워하지는 않으실 거야.'

이윽고 몬타넬리는 고개를 치켜들고 주위를 둘러보았다. "너더러 그곳으로 돌아가라고 강요하지는 않으마. 어쨌든 지금 당장은 말이다." 그는 달래듯이 말을 이었다. "하지만 내게 약속해 주렴. 올 여름방학 때는 푹 쉬겠다고 말이다. 내 생각으론, 넌 리보르노에서 멀리 떨어진 곳에서 방학을 보내는 게 나을 성 싶다. 건강을 잃어서야 되겠니?"

"신학교 수업이 끝나면 어디로 가실 작정이세요, 신부님?"

"예전처럼 학생들을 데리고 피서지로 떠날 거야. 그곳에서 학생들이 생활하는 걸 지켜보아야겠지. 하지만 8월 중순에는 교감 신부의 휴가가 끝나니까 교대할 수 있을 게다. 그러면 기분전환 삼아 알프스 산을 탈까 한다만. 나하고 함께 가지 않으련? 발길 닿는 대로 산을 타면서 이끼류에 대해 연구할 수도 있을 테고…, 하긴 너 혼자 날 따라다닌다는 게 좀 따분하긴 하겠구나."

"신부님!" 아서는 줄리아가 '노골적으로 외국인인 걸 티낸다'고 비웃곤 하던 방식으로 손뼉을 쳤다. "신부님과 함께 갈 수만 있다면 뭐든지 하겠어요. 자신할 수는 없지만…." 그는 우물우물 입을 다물어 버렸다.

"제임스가 허락할 것 같지 않아서 그러느냐?"

"물론 형은 못마땅해 할 거예요. 하지만 절 막을 수는 없을걸요. 저도 이젠 열여덟 살이니까요. 전 제가 하고 싶은 대로 뭐든 할 수 있어요. 사실 형이라야 이복형일 뿐이니까…. 그에게 고분고분 따라야 할 의무는 없다고 생각해요. 형도 제 어머니께 언제나 불손했으니까요."

"하지만 네 형이 정색을 하고 반대한다면, 형의 말을 거스르지 않는 게 좋을 게다. 그렇지 않으면 집에서의 네 처지가 더욱 난처해질 테니 말이다."

"더 난처해질 것도 없어요!" 아서는 얼굴을 붉힌 채 말을 이었다. "그들은 늘 저를 미워했고, 앞으로도 그럴 거예요. 어차피 제가 무얼 하든 아무것도 달라지지 않을 거라구요. 게다가 제 고해신부이신 신부님과 함께 가겠다는데 어떻게 반대할 수 있겠어요?"

"형이 신교도란 사실을 잊어선 안 된다. 어쨌든 편지를 띄워 형의 생각이 어떤지 알아보기로 하자꾸나. 조급하게 서두르다 보면, 될 일도 안 되는 법이야. 자신의 행동만큼이나 남이 자신을 어떻게 생각하는지도 중요한 거란다."

신부의 온화한 충고에 아서는 더 이상 대꾸할 수 없었다. "네, 신부님 말씀이 옳아요." 그는 한숨을 내쉬며 말꼬리를 흐렸다. "하지만 그게 여간 어렵지가 않거든요…."

"지난 화요일 저녁엔 네가 오지 않아 섭섭하더구나." 몬타넬리는 새로운 화제를 꺼냈다. "아레초[4]에서 주교가 한 분 오셨거든. 그분과 만나도록 해 줄 참이었는데."

"학교 친구의 하숙집에서 모임이 있었거든요. 친구들이 기다리고 있었기 때문에 어쩔 수 없었어요."

"모임이라니, 무슨 모임인데?"

몬타넬리의 질문에 아서는 당황한 기색을 보였다. "그, 그건… 저, 정기적인 건 아니에요." 그는 더듬거리며 우물쭈물했다. "제노바에서 온 학생이 하나 있는데, 그 친구가 우리에게 연설을 했어요. 이, 일종의 강연이었지요, 뭐."

"강연? 뭐에 대해서?"

아서는 난처하다는 표정을 지었다. "그 학생 이름은 묻지 말아주세요, 신부님. 약속했거든요, 말하지 않기로…."

"알겠다. 네게 아무것도 묻지 않으마. 비밀을 지키겠다고 약속했다면 내게도 이야기해서는 안 되지. 하지만 이번만큼은 날 믿어도 될 것 같은데?"

"신부님, 물론 믿고말고요. 그 친구는 우리와 민중의 의무에 대해서, 또 우리가 도움이 되고자 한다면 무엇을 해야 할 것인가에 대해서 연설했어요."

"도움이 되고자 한다니? 누구에게 말이냐?"

"농민들, 그리고 또…."

"그리고, 또?"

"이탈리아요."

긴 침묵이 흘렀다.

---

4) 이탈리아 중부 토스카나 지방의 도시.

"아서, 한 가지만 물어보자." 몬타넬리는 심각한 표정으로 말을 이었다. "언제부터 그런 것에 대해 생각하게 되었니?"

"… 작년 겨울부터요."

"그러니까 어머니가 돌아가시기 전부터 말이지? 어머니도 알고 계셨니?"

"아, 아뇨. 저, 전 그 당시에는 관심도 없었어요."

"그럼, 지금은 관심이 있단 말이냐?"

아서는 디기탈리스 꽃잎을 또 한 줌 뜯어냈다.

"하는 수 없군요. 다 말씀드릴게요, 신부님." 그는 땅바닥에 시선을 떨군 채 말을 이었다. "지난 가을 입학시험을 준비할 때였어요. 그때 학생들을 많이 사귀게 되었지요. 그런데 그들 중 몇몇이 그 모든 걸 이야기해 주면서 책을 빌려주더군요. 하지만 전 그다지 관심을 갖지 못했어요. 언제나 어머니께 빨리 돌아가 봐야 했으니까요. 알고 계시겠지만 어머니는 감옥 같은 집에서 혼자 외로이 지내셨거든요. 줄리아의 독설은 입에 담을 수도 없는 지경이었구요. 어머니는 아마 그 때문에라도 돌아가셨을 거예요. 그해 겨울 어머니가 앓아누우시자, 전 그 학생들이나 그들이 빌려준 책 따위는 까맣게 잊어 버렸어요. 그러고 나서 어머니와 함께 피사로 떠나왔지요. 그때부터 제가 관심을 가지고 있었다면 분명히 어머니께 말씀드렸을 거예요. 하지만 말씀드리지 않길 잘했다고 생각해요. 머잖아 돌아가시리란 불길한 예감이 들었거든요. 잘 아시다시피 전 어머니 곁에서 거의 꼬박 밤을 새다시피 했어요. 젬마가 낮에 들르면, 그때서야 잠깐 눈을 붙이곤 했구요. 저는 그 긴 밤을 지새우는 동안, 그 책들과 학생들이 한 말에 대해서 곰곰이 생각해 보게 되었어요. 바로 그때 그들의 말이 옳을지도 모른다는 생각이 문득 들었죠. 그리고… 우리 주 하느님은 그것을 도대체 어떻게 생각하실까 하는 의구심이 들더군요."

"주님께 간절히 기도드려 본 적이 있었니?" 몬타넬리의 음성이 희미하게 떨리고 있었다.

"자주 드렸지요. 어떤 때는 제가 무얼 해야 할 것인가 응답해 달라고 기도드리기도 했고, 또 어떤 때는 차라리 어머니와 함께 죽게 해달라고 기도하기도 했어요. 하지만 아무런 응답도 받을 수 없었어요."

"그러면서도 내겐 일언반구도 없었구나. 아서, 네가 날 믿어주길 바랐는데…."

"신부님, 제가 신부님을 얼마나 깊이 믿고 있는지는 누구보다도 신부님이 잘 아시잖아요! 하지만 아무에게도 말할 수 없는 일이 몇 가지 있었어요. 어느 누구라도 절 도와줄 수는 없었을 거예요. 설사 신부님이나 어머니라 할 지라도요. 전 하느님께로부터 직접 응답을 들어야 했어요. 그건 결국 제 인생과 영혼이 걸린 문제니까요."

몬타넬리는 고개를 돌려 어스름 속에 잠긴 목련가지를 응시하고 있었다. 땅거미가 짙어지면서 어렴풋한 그의 모습은 마치 나뭇가지 사이의 유령 같아 보였다.

"그러고 나선?"

"어머니가 돌아가셨지요. 그리고… 아시는 것처럼 전 사흘 동안 어머니 곁을 지켰어요."

그는 잠시 말을 멈추었다. 몬타넬리는 꼼짝도 않은 채 가만히 앉아 있을 뿐이었다.

"장례식을 치르기 전 이틀 동안 제 머리 속은 텅 비어 버린 것만 같았어요." 이제 아서의 음성은 착 가라앉아 있었다. "장례식을 치르고 나서는 아팠구요. 아마 기억나실 거예요. 고해하러 갈 수도 없었지요."

"그래, 그래, 기억나고말고…."

"그러던 어느 날 밤중에 잠에서 깨어 어머니 방에 들어가 보았어요. 방은 텅 비어 있었고 오직 남아 있는 건 벽감壁龕 속에 든 커다란 십자가였어요. 하느님이 절 도와주시리라는 생각이 불현듯 들어 무릎을 꿇고 엎드려 기다렸지요. 밤새도록…. 그런데 정신이 들고 보니 이튿날 아침이더군요. 신부님, 말씀드리고 싶어도 그럴 수가 없어요. 그때 제게 일어난 일을 설명해 드리고 싶지만, 그건 불가능해요. 사실 저 자신도 잘 모르겠는걸요. 하지만 하느님이 제게 응답해 주셨다는 것만큼은 알고 있어요. 또 하느님 말씀을 저버려서는 안 된다는 것도요."

한동안 그들은 어둠 속에 말없이 앉아 있었다. 몬타넬리는 아서의 어깨에 손을 얹었다.

"아서, 하느님께서 네 영혼에 응답해 주시지 않았다고 말하려는 건 아니다만, 네가 처한 상황을 생각해 보았니? 그때 넌 슬픔에 잠긴 데다 병마저 들어 있었어. 그런 때에 나타난 환상을 하느님의 부르심으로 착각해서는 안 된다. 죽음의 음침한 그늘에서 벗어나라고 하신 것이 그분의 뜻이라면, 그 말씀에 멋대로 상상을 덧붙여서는 안 된단다. 그나저나 네 가슴 깊이 자리 잡고 있는, 그 하고 싶은 일이란 게 대체 뭐지?"

아서는 벌떡 일어서더니 마치 교리문답을 하듯 또박또박 대답했다.

"이 땅의 모든 억압과 고통을 쓸어버리고 오스트리아인을 축출하여, 오직 그리스도만을 주님으로 섬기는 자유공화국을 만드는 거지요."

"아서, 지금 네가 한 말을 곰곰이 생각해 보자꾸나. 우선 넌 이탈리아인도 아니지 않느냐?"

"그건 중요하지 않아요. 이 땅에서 이런 것을 보고 자랐으니, 저도 이탈리아인이나 다름없지요."

다시 침묵이 흘렀다.

"넌 지금 예수께서 하셨을 이야기를 하는구나." 몬타넬리의 느릿느릿한 말이 이어지는 순간 아서가 가로막았다.

"예수께서 말씀하셨지요. '나를 위하여 자기 목숨을 잃는 사람은 얻을 것이다'[5]라고요."

몬타넬리는 나뭇가지에 팔을 기댄 채 한 손으로 눈을 가렸다.

"거기 좀 앉거라." 그는 힘겹게 말문을 열었다.

아서가 자리에 앉자 신부는 그의 손을 꽉 움켜잡았다.

"오늘밤 너와 논쟁을 벌이자는 건 아니야. 생각지도 못했던 뜻밖의 일이니만큼 좀 더 숙고해 볼 시간을 가져야겠다. 나중에 좀 더 명확하게 이 문제에 대해 이야기를 나눌 수 있을 게다. 하지만 지금 이 순간 한 가지 사실은 염두에 두기 바란다. 행여 그 일로 네가 고통을 받거나 죽게 된다면 내 가슴은 갈가리 찢겨지리란 사실을…."

"신부님…."

"아냐, 이왕 말이 나온 김에 하고 싶은 말일랑 다 해야겠다. 내가 언젠가 말한 적이 있었지? 이 세상에서 내겐 너 하나뿐이라고. 넌 그 의미를 제대로 이해하지 못한 모양이구나. 젊을 땐 그 의미를 이해하기 힘들겠지. 너 만한 나이라면 나도 이해하지 못했을 테니까…. 아서, 넌 내 자식과 다름없어. 무슨 말인지 알겠니? 넌 나의 빛이고 희망이야. 행여 네가 그릇된 길로 빠져들어 인생을 망치는 데도 그걸 막지 못한다면 내가 살아서 뭐 하겠니? 그런데도 지금 이 순간 내가 할 수 있는 일이란 아무것도 없구나. 약속해 달라고는 하지 않으마. 다만 네가 명심하고 조심해야 할 한 가지만 부탁하마. 돌이킬 수 없는 발걸음을 내딛기 전에 몇 번이고 잘 생각해 보도록 해라. 천국에 계신 네 어머니를 위해서가 아니라면 날 위해서라도…."

"명심할게요. 신부님, 저를 위해 그리고 이탈리아를 위해 기도해 주세요."

아서가 말없이 무릎을 꿇었다. 몬타넬리는 묵묵히 아서의 머리 위에 손을 얹었다. 잠시 후 몸을 일으킨 아서는 신부의 손에 입을 맞추고 이슬 맺힌 풀밭을 가로질러 걸어갔다. 목련나무 아래 홀로 남은 몬타넬리는 어둠 속을 뚫어져라 응시하며 중얼거렸다.

"하느님 아버지, 제게 닥친 이 고통이 바로 당신의 복수이십니까? 다윗 왕에게 주었던 그 고통처럼…. 전 당신의 성소^{聖所}를 더럽혔으며, 당신의 성체^{聖體}를 타락한 손으로 모독했습니다. 당신은 그동안 제게 너그러우셨습니다. 아아, 이제 때가 온 것입니까? '너는 그 일을 쥐도 새도 모르게 했지만, 나는 이 일을 대낮에 온 이스라엘이 보는 앞에서 이루리라. 네가 낳게 될 아이는 죽을 것이라.' [6]"

---

5) "자기 목숨을 얻으려는 사람은 잃을 것이며, 나를 위하여 자기 목숨을 잃는 사람은 얻을 것이다."(마태오 복음서 10장 39절)

6) 이스라엘 왕 다윗이 부하 우리야를 죽이고 그 아내 바쎄바와 간통하여 아이를 낳았을 때, 예언자인 나단이 와서 그를 책망하며 전한 하느님의 말 가운데 일부다. "너는 그 일을 쥐도 새도 모르게 했지만, 나는 이 일을 대낮에 온 이스라엘이 지켜보는 앞에서 이루리라. '내가 야훼께 죄를 지었소.' 다윗이 이렇게 자기 죄를 고백하자 나단이 말하였다. '야훼께서 분명 임금님의 죄를 용서해 주실 것입니다. 그리하여 임금님께서 죽지는 않으실 것입니다. 그러나 임금님께서 야훼를 얕보셨으니, 우리야의 아내가 낳게 될 아이는 죽을 것입니다.'"(사무엘하 12장 12-14절)

2

  제임스 버튼은 이복동생이 몬타넬리와 함께 스위스를 여행하겠다고 했을 때 몹시 못마땅한 표정을 지었다. 하지만 나이 지긋한 신학교수와 해로울 것 하나 없는 식물채집여행을 떠난다는데 드러내놓고 반대한다면, 이유를 알 턱이 없는 아서는 횡포라고 생각할 것이었다. 보나마나 아서는 그 이유를 종교적이거나 인종적인 편견 때문이라고 여길 터였다. 사실 버튼 일가는 자신들이 사리에 밝고 관용심이 있다는 것을 은근히 자랑스럽게 여기고 있었다. 한 세기도 훨씬 전에 런던과 리보르노의 선박소유주인 버튼 선박회사가 설립된 이래로 버튼 일가는 철두철미한 신교도이자 보수주의자였다. 하지만 그들은 영국 신사라면 가톨릭교도에게도 점잖게 대해야 한다는 생각을 가지고 있었다. 홀아비로 지내기 따분하다고 판단한 아버지가 어린 자식들의 가정교사였던 어여쁜 가톨릭교도와 결혼했을 때, 제임스와 토머스는 자기들과 나이도 엇비슷한 계모가 나타난 데 불쾌감을 감추지 못하면서도, 이 또한 하느님의 뜻이려니 싶어 체념하고 말았다. 하지만 아버지가 세상을 떠나고 큰형 제임스가 줄리아와 결혼하자 상황은 악화되고 말았다. 솔직히 말해서 두 형제는 줄리아의 독설로부터 계모 글래디스를 보호하려 애썼으며, 아서가 보기에도 자신들의 의무를 게을리 하지는 않았다. 그러나 그들은 아서를 진심으로 좋아하지는 않았다. 다만 용돈을 후하게 준다거나 하고 싶은 대로 하도록 내버려두는 것만으로 아서에 대한 그들의 아량을 나타낼 뿐이었다.

여느 때처럼 아서는 그의 편지에 대한 답장으로 경비를 충당할 만한 금액의 수표와 함께, 냉담하긴 하지만 그가 바라는 대로 방학을 보내도 좋다는 허락을 받아냈다. 그는 모아둔 돈으로 식물학 서적 몇 권과 식물표본 상자를 샀고, 나머지는 급박한 경우에 쓰기 위해 몸에 지닌 채, 마침내 신부와 함께 첫 알프스 등정에 나섰다.

아서가 보기에 몬타넬리는 그 어느 때보다도 즐거워 보였다. 그는 지난번 정원에서 이야기를 나누었을 때의 충격에서 벗어나 마음의 평정을 되찾았으며, 이제는 훨씬 더 냉정하게 사태를 바라볼 수 있게 되었던 것이다. '아서는 아직 나이도 어리고 경험도 많지 않다. 그 아이의 결정이 완전히 돌이킬 수 없을 정도로 굳어진 것은 아닐 게다. 아직은 시간이 있으니 이치를 따져가며 차근차근 설득한다면 그 위험한 길로 들어서는 걸 막을 수 있을 거야.'

원래 그들은 주네브[1]에서 며칠 묵을 작정이었다. 그러나 눈부시게 반짝이는 하얀 거리와 여행객으로 북적대는 먼지투성이의 산책길을 보자, 아서는 눈살을 약간 찌푸렸다. 몬타넬리는 재미있다는 듯이 그를 쳐다보았다.

"맘에 들지 않는 게로구나, 얘야?"

"뭐가 뭔지 모르겠어요. 상상했던 것과는 너무 달라서요. 아, 호수가 참 아름다워요. 산맥의 윤곽도 마음에 들고요." 그들은 루소 섬에 서 있었는데, 그는 사

---

[1] 스위스 남서부 알프스 산맥에 인접한 도시. 보통 영어식 표기인 '제네바'로 널리 알려져 있다.

보이[2] 쪽으로 길게 뻗어있는 험준한 산세를 가리키고 있었다. "하지만 이 도시는 지나치게 딱딱하고 깔끔한 느낌이 들어요. 어쩐지 신교적인 냄새가 나는 것 같지 않아요? 자만하는 듯한 분위기가 말이에요. 전 싫어요, 줄리아를 연상시키거든요."

몬타넬리는 웃음을 터트렸다. "맙소사, 거 참 안됐구나! 자아, 우린 즐기러 여기 온 거란다. 망설일 게 뭐 있겠니. 오늘은 호수에서 뱃놀이를 하고, 내일 아침에는 산을 타는 건 어떨까?"

"글쎄요, 신부님은 여기에 묵고 싶으세요?"

"얘야, 난 이런 곳을 여러 번 다녀보았단다. 휴가 동안 내가 보고 싶은 건 네가 즐거워하는 모습이야. 그럼 넌 어디로 가고 싶니?"

"괜찮으시면 강을 거슬러 올라가고 싶어요."

"론 강[3] 말이냐?"

"아니요, 아르브 강[4] 말이에요. 물살이 제법 거세잖아요."

"그 다음엔 샤모니[5]로 가면 되겠구나."

그들은 자그마한 보트를 빌려 타고 이리저리 돌아다니면서 오후를 보냈다. 그 아름다워 보이는 호수도 아서에게는 진흙탕으로 질척이는 잿빛 아르브 강만큼 인상적이지는 않았다. 지중해 연안에서 자랐던 터라 푸른 물결이라면 신물이 나도록 보아왔던 것이다. 빙하로부터 흘러나오는 강줄기의 거세게 굽이치는 물살에 아서는 무척이나 열광했다. "진짜 굉장해요!"

이튿날 아침 일찍 그들은 샤모니로 떠났다. 비옥한 계곡을 지나는 동안 아서

---

[2] 프랑스 남동부의 스위스 접경지역을 말한다.
[3] 알프스 산맥에서 발원하여 지중해로 흘러들어가는 강이다.
[4] 알프스 산맥에서 발원하여 론 강으로 합류되는 지류 가운데 하나이다.
[5] 프랑스 사보이 지방의 알프스 산맥에 위치한 휴양지 '샤모니몽블랑'을 말한다.

는 무척 흥거워 보였다. 그러나 험준한 산맥이 사방을 둘러싸고 있는 클루제[6] 근처의 구불구불한 길로 들어서자, 그는 침울하니 말이 없어졌다. 생마르탱에서부터 그들은 느릿느릿 계곡을 오르기 시작했다. 길가의 오두막이나 조그마한 산골마을에 들러 묵기도 하면서 마음 내키는 대로 정처 없이 떠돌아다녔다. 아서는 자연의 경치가 주는 영향에 아주 민감했다. 처음으로 폭포수와 마주쳤을 때 그는 완전히 황홀경에 빠져버린 듯했다. 그러나 눈 덮인 산봉우리에 가까워질수록 미칠 듯이 기뻐하던 그의 표정은 차츰 전에 없이 꿈꾸는 듯한 희열로 바뀌었다. 그는 산과 어떤 신비로운 연관을 맺고 있는 듯이 보였다. 곧게 쭉 뻗은 나무줄기 사이로 햇빛에 반짝이는 산봉우리와 거친 절벽을 바라보면서, 그는 오랫동안 바람소리가 울려 퍼지는 어두침침한 소나무 숲에 누워 있곤 하였다. 몬타넬리는 쓸쓸함이 담긴 부러운 표정으로 그를 바라보았다.

"뭘 그렇게 보고 있니, 애야?" 읽고 있던 책에서 눈을 떼면서 신부가 물었다. 아서는 몇 시간 동안이나 이끼 위에 누워 눈이 부시도록 드넓은 창공을 뚫어져라 바라보고 있었다. 그들은 간선도로에서 방향을 바꾸어 그날 밤 묵을 디오사즈 폭포 근처의 어느 한적한 마을로 가고 있던 참이었다. 구름 한 점 없이 청명한 하늘에 어느새 저물어 가는 태양이 둥글고 뾰족한 몽블랑 산맥 위로 알프스의 저녁놀을 길게 끌며 소나무 무성한 암벽을 넘어가고 있었다. 그 광경을 바라보는 아서의 눈은 경이로움과 신비로움으로 가득 차 있었다.

"뭘 보고 있느냐고요? 시작도 끝도 없는 창공에 떠 있는 저 눈부시도록 새하얀 존재를요. 저 산맥은 오랜 세월 동안 묵묵히 하느님의 성령이 강림하기를 기다려온 거예요. 희미하기는 하지만 제겐 보여요."

몬타넬리가 가만히 한숨을 내쉬었다.

---

[6] 프랑스 사보이 지방의 도시로, 주네브에서 샤모니로 가는 길목에 위치해 있다.

"나도 한때는 그걸 보곤 했단다."

"지금은 못 보시나요?"

"그렇단다. 영원히 못 볼 거야. 그건 저 멀리에 있단다. 난 알고 있지. 하지만 내겐 보이지가 않아. 내 눈엔 다른 것들만 보이니 말이다."

"그럼 뭐가 보이시나요?"

"나 말이냐? 푸르른 하늘, 그리고 눈 덮인 산. 이 높은 데서 보이는 거라곤 그런 것뿐이다. 하지만 산을 내려가면 또 달라지겠지."

그는 산 아래 계곡을 가리켰다. 아서는 무릎을 꿇고 깎아지른 듯한 절벽 아래를 굽어보았다. 저녁어스름 속에 희끄무레하게 보이는 우람한 소나무들은 하천 제방을 따라 서 있는 보초병 같았다. 한창 타오르는 석탄덩어리처럼 붉게 이글거리던 태양이 산봉우리 너머로 완전히 사라지자, 사방은 순식간에 빛도 생명도 사라져 버린 것만 같았다. 곧바로 계곡은 유령과도 같은 어둡고 으스스한 기운으로 덮여 버렸다. 서쪽 산마루의 날카로운 절벽은 마치 먹이를 잡아채 계곡 깊숙이 끌고 가려고 몰래 숨어 있는 괴물의 이빨처럼 보였다. 계곡의 어두운 숲에서는 신음소리가 들려오는 듯했다. 줄지어 서있는 칼날처럼 번뜩이는 소나무들이 마치 '우리 위로 떨어지거라!' 하고 속삭이는 것 같았다. 짙어가는 어둠 속에서 급류는 절망감에 몸부림치며 바위투성이의 감옥 벽을 때리 듯 포효하고 있었다.

"신부님!" 아서는 몸서리를 치면서 일어나며 절벽에서 물러섰다. "마치 지옥 같아요."

"아니다, 애야." 몬타넬리의 다정한 음성이 이어졌다. "그게 인간의 영혼이란다."

"어둠과 죽음의 그늘 속을 헤매는 인간의 영혼이요?"

"아니, 네가 거리에서 날마다 마주치는 그런 인간의 영혼 말이다."

아서는 짙은 어둠 속을 내려다보면서 부르르 몸을 떨었다. 어디서도 마음의 안식을 찾을 수 없는 비참한 유령처럼, 흐릿한 엷은 안개가 소나무 사이로 피어올라 절망감으로 울부짖는 급류를 감싸고 있었다.

"저길 보세요!" 아서가 갑작스럽게 소리쳤다. "어둠 속을 걷던 이들이 성스러운 빛을 찾아냈어요."

동쪽 멀리 눈 덮인 산봉우리에 저녁놀이 물들어 있었다. 산봉우리 너머로 불그스레한 저녁놀이 흩어져 가자 몬타넬리는 아서의 어깨를 안아 일으켰다.

"자, 이제 그만. 날이 저물었구나. 더 머뭇거리다간 길을 잃어버리겠다."

"시체 같아요." 석양에 싸여 유령처럼 가물거리는 산봉우리에서 눈을 떼면서 아서가 중얼거렸다.

그들은 조심스럽게 어두컴컴한 숲을 헤치며 오두막으로 내려왔다.

몬타넬리가 저녁을 먹으러 방에 들어섰을 때, 아서는 이미 아까의 무시무시한 공상에서 완전히 벗어나 이제는 또 다른 존재에 빠져 있었다.

"아, 신부님 어서 오세요. 이 웃기는 개 좀 보세요! 뒷다리로 서서 춤도 춰요."

그는 저녁놀을 바라보던 때만큼이나 개의 재주에 정신이 팔려 있었다. 그가 개를 데리고 장난을 치고 있는 동안, 하얀 앞치마를 두른 혈색 좋은 오두막 여주인은 뒷짐을 진 채 빙그레 웃고 서 있었다.

"저렇게 즐거워만 할 수 있다면 누군들 근심걱정이 생기겠니." 자기 딸에게 소곤거리는 사투리가 이어졌다. "저 총각 좀 봐라, 참 잘 생기기도 했지!"

아서는 여학생처럼 얼굴을 붉혔다. 그녀는 어쩔 줄 몰라 하는 아서의 모습에 웃음을 터뜨리며 방을 나갔다. 저녁을 먹으면서 아서기 하는 얘기는 오직 여행 계획, 등산, 그리고 식물채집에 관한 것들 뿐이었다. 그 꿈같은 환상은 그의 정신에도 식욕에도 거의 영향을 미치지 않았음이 분명했다.

이튿날 아침 몬타넬리가 잠에서 깨어났을 때, 아서는 이미 보이지 않았다. 그는 날이 새기도 전에 가스파르를 도와 양떼를 몰러 떠났던 것이다.

아침식사가 이제 막 식탁에 차려졌을 때쯤 그가 문을 덜컥 열고 들어섰다. 모자도 쓰지 않은 채 그는 세 살 박이 계집아이를 무등태우고 있었다. 손에는 들꽃이 한 줌 쥐어져 있었다.

몬타넬리는 그 모습에 웃음이 나왔다. 피사나 리보르노에서의 아서와는 전혀 딴판이었다.

"어디 갔다 왔니? 장난꾸러기 같으니라고. 밥도 먹지 않고 온 산을 쏘다닌 게로구나?"

"신부님, 너무나 기분이 좋아요! 해가 떠오를 때는 정말 장관이었어요, 이 이슬 솜 보세요, 참 굵기도 하지요!"

그는 진흙탕에 흠뻑 젖은 장화를 들어올렸다.

"우린 빵과 치즈를 가지고 갔어요. 목초지에서는 우유도 짜 먹었는걸요. 그런데도, 아이쿠 맙소사! 지금 또 배가 고파요. 이 꼬마에게도 뭘 좀 먹여야겠어요. 아네트, 맛난 걸 먹고 싶지?"

아이를 무릎에 앉힌 채 그는 꽃을 가지런히 챙겨주었다.

"가만, 가만!" 몬타넬리가 손을 가로 저으며 끼어들었다. "너 그러다간 감기 들기 딱 알맞겠다. 어서 옷 갈아입고 오너라. 이리 온, 아네트. 얘는 어디에서 데려왔니?"

"저 윗마을에서요. 어제 만났던 사람 기억나세요? 신부님 장화를 수선해 주었던 그분 딸이에요. 눈이 참 예쁘지요? 얘 호주머니 속엔 거북이가 한 마리 있는데 이름이 '카롤린'이래요."

젖은 옷을 갈아입고 아침을 먹으러 내려와 보니 아이는 신부의 무릎 위에 앉아 거북이에 대해서 재잘거리고 있었다. 아이는 토실토실한 손 위에 거북이를 엎어놓았다. 신부는 거북이의 버둥거리는 다리를 보면서 감탄을 연발했다.

"아저씨, 보세요!" 아이는 심각한 표정으로 반쯤이나마 겨우 알아들을 정도의 사투리로 말했다. "카롤린 발 좀 보세요!"

몬타넬리는 아이의 머리를 쓰다듬으며 거북이를 칭찬해 주거나 재미있는 옛날이야기를 들려 주었다. 식탁을 치우러 왔던 오두막 여주인은 아네트가 사제복을 입은 근엄하신 분의 호주머니를 만지작거리는 것을 보고는 깜짝 놀라 멍하니 바라보고만 있었다.

"하느님께서는 어린아이들에게 마음 좋으신 분을 알아볼 힘을 주시나 봐요." 그녀가 말문을 열었다. "아네트는 언제나 낯가림을 많이 했는데 말이에요. 신부님께는 전혀 수줍음을 타지 않잖아요? 얼마나 보기 좋아요! 무릎을 꿇으렴, 아네트. 훌륭하신 신부님이 떠나시기 전에 축복기도를 받으려무나. 네게 큰 축복이 있을 게다."

"신부님이 그토록 어린아이를 잘 돌보실 줄은 미처 몰랐어요." 한 시간 남짓 후, 햇볕이 쨍쨍 내리쬐는 목초지를 걸어가면서 아서가 입을 열었다. "그 아이 정말 눈 한 번 깜빡하지 않고 줄곧 신부님만 쳐다보고 있던데요. 알고 계셨어요? 제 생각엔…."

"네 생각엔?"

"그러니까 제가 말씀드리고 싶은 건…. 성직자들의 결혼을 금한 교회의 방침은 옳지 못한 것 같아요. 아이를 키운다는 게 얼마나 힘든 일이에요. 어렸을 적부터 좋은 환경 속에서 좋은 영향을 받으면서 성장하는 게 아주 중요한 일이잖아요. 성스러운 사명을 맡은 사람일수록, 순결한 사람일수록 아버지가 되기에 훨씬 더 적합하다는 생각이 들어요. 신부님께서도 서약하는 대신 차라리 결혼을 하셨더라면 아이들에게 좋은…."

"그만!"

갑작스러운 침묵 뒤로 정적이 한층 더 깊어진 듯했다.

"신부님." 그의 어두운 표정을 바라보며 조심스럽게 아서가 말을 이었다. "제가 말씀드린 게 틀렸나요? 물론 제가 잘못 알고 있을 수도 있겠지만… 하지만 제 생각이 더 자연스럽다고 보는데요."

"넌 너의 말뜻을 제대로 알지 못할 게다." 몬타넬리의 온화한 음성이 이어졌다. "몇 년만 지나면 네 생각도 달라질 게야. 그건 그렇고, 이제 다른 이야기를 하는 게 좋겠다."

멋진 휴가를 보내는 동안 두 사람 사이에 맺어졌던 편안함과 조화로움이 처음으로 깨어진 순간이었다.

샤모니를 떠난 그들은 테트느와르를 거쳐 마르티그니[7]에 이르렀다. 그곳에 묵으며 그들은 잠시 휴식을 취했다. 날은 숨이 턱턱 막히도록 무더웠다. 그들은 저녁을 마치고 호텔 테라스로 나왔다. 햇볕이 들지 않아 서늘한 테라스에서 산의 멋진 경치가 내다보였다. 식물표본상자를 가져다 놓고 아서는 신부와 이탈리아어로 식물학에 대한 토론을 하는 데 열중했다.

테라스에는 두 명의 영국인 화가가 앉아 있었다. 한 명은 스케치를 하고 또 한 명은 한가하게 잡담을 즐기고 있었다. 그들은 이 유람객들이 영어를 할 줄 안다고는 꿈에도 생각지 못한 모양이었다.

"그따위 서투른 풍경화는 그만 때려치우지, 윌리! 그보단 양치류에 대해 무아

---

[7] 스위스 남부의 도시.

지경에 빠진 저 예쁘장한 이탈리아 소년을 그려보는 게 어때? 저 눈매를 보라구! 돋보기 대신 십자가상을 들게 하고, 상의와 짧은 바지는 로마시대 의복으로 대신하기만 하면 되겠는걸. 완벽한 초기 기독교도의 모습이 저기 있잖나!"

"초기 기독교도? 웃기는 소리 말라구! 내가 마침 저녁 먹을 때 옆에 앉았는데, 쟤는 식물채집 뿐만 아니라 통닭구이에도 환장을 하던데. 저 아이의 올리브빛 안색도 멋지기는 하지만, 자기 아버지를 따라가려면 아직 멀었어."

"아버지라니? 누구 말이야?"

"저 애 아버지 말이야. 저기 자네 바로 앞쪽에 앉아 있는 사람. 설마 저런 얼굴을 보고도 시큰둥할 수 있겠나? 보라구, 근엄함 그 자체잖아."

"자넨 감리교도라면서, 교회엔 연애만 하러 다녔나? 저 사람이 가톨릭 성직자인 줄 몰라서 그래?"

"성직자라구? 이런 맙소사, 정말 그러네! 제기랄, 저치들이 순결의 서약인지 뭔지 한다는 걸 깜빡했군…. 그렇다면 뭐, 조카쯤 되겠지."

"저런 얼빠진 사람들 같으니라구!" 아서는 그들을 곁눈질하며 중얼거렸다. "그래도 제가 신부님을 닮았다고 해 주니 고마운데요. 차라리 제가 정말 신부님의 조카라면 좋겠어요…. 아니, 신부님 왜 그러세요? 얼굴이 창백하시잖아요!"

몬타넬리는 자리에서 일어서려다 한 손으로 이마를 짚었다. "조금 어지러울 뿐이다." 그의 음성은 이상스럽게도 맥이 풀린 듯했다. "오늘 아침에 햇볕을 너무 많이 쬔 모양이지. 난 그만 가서 좀 누워 있어야겠다. 열이 좀 있을 뿐이야."

루체른 호수⁸⁾ 근처에서 2주일을 보낸 뒤, 아서와 몬타넬리는 생고타르 고개⁹⁾를 넘어 이탈리아로 돌아왔다. 다행히 날씨가 꽤 좋았던 덕에 서너 차례 즐거운

---

8) 스위스 중부에 있는 호수.
9) 스위스 남부와 유럽 북부를 잇는 유서 깊은 산악 통행로. 오늘날에는 산자락에 뚫린 '생고타르 터널'을 통해 철도가 통하고 있다.

소풍을 다녀오기도 했다. 그러나 맨 처음에 느꼈던 들뜬 기분은 점차 식어 버렸다. 몬타넬리는 줄곧 이번 휴가가 '좀 더 명확히 이야기할 수 있는' 더없는 기회라는 생각에 사로잡혀 있었다. 아르브 강 계곡에서 그는 만사 제쳐놓고 일부러 지난번 목련나무 아래에서 얘기했던 문제를 끄집어낸 적이 있었다. 하긴 고통스러울 것이 뻔한 화제를 끄집어냄으로써, 알프스의 경관에 도취된 아서의 기쁨을 망치지나 않을까 적이 걱정스럽기는 했다. 마르티그니에 도착한 날 이후로는 아침마다 '오늘은 말해야지' 해놓고선, 저녁이면 '내일은 꼭 말해야지' 하는 식이었다. 그러는 사이 휴가는 거의 끝나 가는데도, 그는 여전히 '내일, 내일' 만을 되풀이하고 있었다. 전과는 달리 자신과 아서 사이에 보이지 않는 장막이 가로놓여 있다는, 말할 수 없이 섬뜩한 그 어떤 느낌 때문에 그는 침묵을 지키고 있었다. 휴가 마지막 날 저녁, 몬타넬리는 지금 말하지 않으면 앞으로도 영영 기회가 없으리라는 생각이 들었다. 그날 밤은 루가노[10]에서 묵고 이튿날 아침 피사로 떠날 예정이었다. 지금의 대화로 적어도 자신이 아끼고 사랑하는 아이가 이탈리아 정치상황의 돌이킬 수 없는 구렁텅이에 어느 정도나 깊이 빠져 있는지 정도는 알아볼 수 있을 것이었다.

"비가 그쳤구나, 애야." 해가 지자 그가 말을 꺼냈다. "호수를 볼 수 있는 마지막 기회다. 자, 나가자. 너와 나눌 얘기도 있고 하니…."

그들은 호수를 따라 거닐다가 조용한 곳에 이르자 나지막한 바위에 걸터앉았다. 바로 옆에는 진홍빛 찔레꽃 열매에 뒤덮여 장미가 우거져 있었다. 때늦은 우윳빛 꽃봉오리 몇 개가 빗방울이 무거운 듯 흔들렸다. 호수의 푸르스름한 수면 위에는 새하얀 날개처럼 펄럭이는 돛을 단 조그마한 배 한 척이 이슬을 머금은 미풍에 이리저리 흔들리고 있었다. 그것은 물결에 떠밀려오는 민들레 꽃씨처럼 가볍고 연약해 보였다. 멀리 올려다보이는 살바토레 산[11]에서는 양치기의 오두막 창문이 눈부시게 반짝이고 있었다. 장미꽃은 아늑한 9월의 구름 아래 꿈꾸듯 피어나 있고, 물결은 속삭이는 듯이 호숫가의 자갈들에 부딪치며 찰싹찰싹 소리를 냈다.

"너와 충분한 시간을 가지고 조용히 이야기를 나눌 만한 기회는 지금뿐일 것 같구나." 몬타넬리는 무겁게 입을 열었다. "넌 곧바로 학교 공부며 친구들에게로 돌아가겠지. 나 역시 올 겨울은 매우 바쁠 거야. 우리가 서로에 대해 어떤 존재인가를 확실히 해 두고 싶다. 그래서 네가…." 그는 잠시 입을 다물었다가 다시 천천히 말을 이었다. "이전처럼 날 믿을 수 있다면, 네가 그 일에 얼마나 깊이 관여하고 있는지 지난번보다 좀 더 구체적으로 말해 주었으면 좋겠구나."

아서는 호수를 바라보면서 아무 말 없이 듣고만 있었다.

"네가 말해 줄 수만 있다면… 난 알고 싶구나. 네가 어떤 서약을 한 것인지, 아니면 다른 형태로 네 스스로를 얽매고 있는 것인지…."

"말씀드릴 게 아무것도 없어요, 신부님. 전 제 자신을 얽맨 것이 아니면서도 스스로 얽매여 있어요."

"무슨 말인지 모르겠구나."

"서약 따위가 무슨 소용이 있겠어요? 그런 것으로는 사람의 마음을 붙잡아 둘 수 없어요. 한 가지 일에 어떤 식으로든 느낌을 갖게 된다면 그게 얽매이는 거지요. 아무것도 느끼지 않는다면 얽맬 수 있는 것은 아무것도 없어요."

"그렇다면 그 일, 아니 그 느낌은 이제 돌이킬 수 없단 말이냐? 아서, 넌 네가 지금 무슨 말을 하고 있는지 생각해 보았니?"

아서는 고개를 돌려 몬타넬리의 눈을 똑바로 쳐다보았다.

---
10) 스위스 남부의 도시로, 인근 이탈리아 접경지대에 유명한 '루가노 호수'가 있다.
11) 스위스 루가노 인근의 산.

"신부님, 제가 신부님을 믿느냐고 물으셨지요? 하지만 신부님께서도 절 믿지 못하시겠지요? 정말로 말씀드릴 게 있었다면 진작 말씀드렸을 거예요. 하지만 말씀드리는 것만으로는 아무 소용이 없어요. 그날 밤 들었던 이야기는 잊지 않겠어요. 절대로 잊지 않을 게요. 하지만 전 제 길을 가야 해요. 제가 보고 있는 빛을 따라가야 한단 말입니다."

 몬타넬리는 장미덩굴에서 꽃 한 송이를 따서, 꽃잎을 하나하나 떼어내 물 위에 뿌렸다.

 "네 말이 옳다, 애야. 그래, 더 이상은 이야기말자꾸나. 이제는 무슨 말을 해도 어쩔 수 없겠어. 자, 이제 들어가자꾸나."

3

  가을과 겨울은 별일 없이 지나갔다. 아서는 열심히 공부하느라 거의 짬을 낼 수가 없었다. 매주 몬타넬리를 찾아가 보려고 애쓴 게 한두 번이 아니었지만, 고작해야 단 몇 분간의 만남뿐이었다. 때때로 어려운 책을 읽다가 도움을 청하러 찾아가기도 했지만, 그런 경우에도 이야기의 주제는 엄밀하게 제한되어 있었다. 그들 사이에 무언가 알 수 없는 장벽이 있다는 것을 느끼면서도, 몬타넬리는 예전의 친근한 관계를 회복하려고 애쓰지 않았다. 그로선 아서가 찾아오는 것이 이제는 즐겁기보다는 오히려 고통스러웠다. 그래서 변한 것은 아무것도 없는 양, 마음 편히 대하려고 애써 보기도 하였다. 이해하기는 힘들었지만, 아서는 신부의 태도에서 미묘한 변화가 일어나고 있음을 눈치 챘다. 그것이 '새로운 생각'과 관련된 괴로운 문제임을 어렴풋이나마 느끼면서도, 그는 머리 속을 온통 채우고 있는 문제를 입 밖에 내지 않도록 조심했다. 그러나 지금 이 순간처럼 몬타넬리를 사랑해 본 적은 일찍이 한 번도 없었다. 신학과 예배의식을 통해 그가 그렇게도 억누르려고 애썼으나 고집스럽게 마음속에 따라다녔던, 항상 무언가가 부족한 듯한 정신적인 공허감은 이른바 '청년이탈리아'[1] 그룹과 접촉하면서 차츰 사라져 버렸다. 고독감과 병실을 지키는 데에서 비롯되었던 좋지 못한 공상도 모두 사라졌다. 하느님께 간구했던 의혹들은 기다리지 않아도 저절로 풀렸다. 새로운 열정이 솟아남에 따라, 보다 명쾌하고 참신한 종교적 이상이 ―학생운동에 대한 그의 인식은 정치적 발전이라기보다는 바로 이 종교적 이상에서 비롯되었다― 편안하고 완벽한 느낌으로, 지상의 평화와 인간에 대한 선의의 느낌으로 다가왔다. 경건하고 애정에 찬 열정 가운데, 온 세상은 밝은 빛으로 가득 차 있는 것만 같았다. 몹시 싫어했던 사람들에게서조차 그는 사랑할 만한 어떤 점을 발견해 냈다. 이제 그의 눈에는 지난 5년 간 그의 정신적인 영웅이었던 몬타넬리 신부가 언젠가 새로운 신념을 설파하게 될 예언자의 후광을 지닌 분으로 보였다. 그는 신부의 설교에 열정적으로 귀를 기울이면서, 그 안에서 공화주의의 이상과 연관되는 어떤 실마리를 찾으려고 애썼다. 또한 기독교의 본질이 지니는 민주적 성향에 커다란 기쁨을 느끼면서 복음서를 읽어나갔다.

  6월의 어느 날, 그는 빌린 책을 돌려주기 위해 신학교에 들렀다. 교장선생님이 외출하셨다는 말을 들은 그는 몬타넬리의 개인 연구실로 올라가 그곳 서가에 책을 꽂아 두었다. 방을 나서려는 순간 테이블 위에 놓여 있는 책 한 권이 그의 눈길을 끌었다. 그것은 단테의 『제정론帝政論』[2]이었다. 그는 책을 읽기 시작했고 얼마 되지 않아 그것에 완전히 몰두하게 된 나머지 문이 열리고 닫히는 소리조차 듣지 못했다. 등 뒤에서 들려온 몬타넬리의 음성에 그는 비로소 정신을 차렸다.

  "오늘은 뜻밖인걸." 책제목을 힐끗 보면서 신부가 입을 열었다. "그렇지 않아

---

1) 1831년에 프랑스 마르세유에서 이탈리아의 혁명가 주세페 마치니가 설립했다. 주로 이탈리아의 청년층을 대상으로 한 정치 단체로 이후 통일 과정에서 큰 영향력을 발휘했다.
2) 이탈리아의 시인 단테가 1312년에서 1313년 사이에 집필한 정치철학서.

도 오늘 저녁 이리 와줄 수 있을까 물어보려던 참이었는데."

"특별한 일이라도 있으신가요? 오늘 저녁은 선약이 있어서요. 필요하시다면 약속을 취소…."

"아, 아냐. 내일이라도 괜찮아. 내가 만나려고 한 건 화요일에 내가 멀리 떠나기 때문이야. 로마로 가게 되었거든."

"로마로요? 얼마 동안이나요?"

"편지엔 부활절까지라고 적혀 있더군. 바티칸 교황청의 명령이야. 네게 곧바로 알리고 싶었지만, 우선 신학교 일을 정리하고 후임 교장을 초빙하느라 무척 바빴단다."

"하지만 신부님, 신학교 강의를 그만두시는 건 아니겠죠?"

"그것도 그만두어야 할 거야. 하지만 난 피사로 다시 돌아올 게다. 어느 정도 시간이 지나면…."

"그렇다면 굳이 그만두실 것까지는 없잖아요?"

"아직 공식적으로 공표된 건 아니지만, 조만간 주교직을 받게 될 것 같구나."

"신부님! 어느 지방에서요?"

"바로 그 문제로 로마에 가보아야 한단다. 아직 결정이 내려지지 않았거든. 아펜니노 산맥[3] 쪽에서 교구를 갖게 될지, 아니면 그냥 이곳의 부주교로 남아 있을지…."

"후임 교장은 정해지셨나요?"

"카르디 신부님으로 정해졌단다. 내일 이곳에 도착하실 게야."

"조금은 갑작스러운 것 같지 않아요?"

"하긴 그렇구나. 하지만 바티칸 교황청의 결정은 마지막 순간까지도 알려지

---

3) 이탈리아 반도의 북서쪽에서 남동쪽까지 대각선으로 이어지는 산맥이다.

지 않는 경우가 흔하단다."

"후임 교장이 되실 분과는 잘 아는 사이신가요?"

"개인적인 친분관계는 없어. 하지만 명성이 꽤 높은 분이지. 벨로니 대주교님의 말씀으로는 박학다식한 분이라고 하더라만."

"신학교에선 신부님이 안 계신 것을 몹시 아쉬워하겠군요."

"신학교는 어떨지 모르겠다만, 넌 틀림없이 내가 보고 싶을 게다. 너 못지않게 나도 네가 그리울 테고."

"신부님이 안 계시면 정말 적적할 거예요. 그렇더라도 주교가 되신다니 참 기뻐요."

"기쁘다고? 난 기쁜지 어떤지 모르겠는걸." 테이블에 걸터앉는 그의 얼굴에는 피곤한 기색이 역력했다. 결코 승진을 달가워하는 모습은 아니었다.

"오후엔 바쁘니, 아서?" 삼시 후 그가 입을 열었다. "저녁엔 네 선약 때문에 안 될 테니, 바쁘지 않다면 오후에라도 잠시만 함께 있어 주었으면 한다만. 난 기분이 조금 떨떠름하단다. 떠나기 전에 네 얼굴이나 원 없이 보고 싶구나."

"그럼 잠시만 더 있다 갈게요. 약속은 여섯 시거든요."

"네가 간다는 그 모임 중의 하나인 모양이지?"

아서가 고개를 끄덕였다. 몬타넬리는 곧 화제를 바꾸었다.

"일단 너에 대해 이야기를 나누고 싶구나. 내가 없는 동안 고해신부가 있어야 되지 않겠니?"

"기다렸다가 신부님께 계속 고해할게요. 그러면 안 되나요?"

"안 될 것은 전혀 없지. 다만 내가 이곳에 없는 3, 4개월 동안은 어떻게 하겠느냐는 거야. 그러면 그 동안에는 산타카테리나 성당[4]의 신부님 중 한 분께 가는 게 좋겠구나."

"그게 좋겠어요."

잠시 이런저런 이야기를 나눈 후 아서가 일어섰다.

"그만 가 볼게요, 신부님. 학우들이 기다리고 있을 거예요."

몬타넬리의 얼굴은 다시 지친 듯한 표정으로 돌아왔다.

"벌써? 덕분에 우울했던 기분이 거의 사라졌구나. 그래, 잘 가거라."

"안녕히 계세요. 내일 또 찾아뵐게요."

"오려거든 일찍 와야 한다. 그래야 단 둘이 마주할 시간이 있을 테니까. 카르디 신부가 여기 오실 게다. 그리고 아서, 내가 없는 동안 부디 조심해야 한다. 조급하게 서둘러서는 안 된다. 적어도 내가 돌아오기 전까지는 말이다. 너를 두고 떠나는 게 얼마나 걱정스러운지 넌 아마 모를 거야."

"걱정하실 필요 없어요, 신부님. 아무 일도 없을 거예요. 앞으로도 오랜 시간을 기다려야 할 테니까요."

"잘 가거라." 몬타넬리가 갑작스럽게 말했다. 그리고 자리에 앉아 무언가를 쓰기 시작했다.

학생들의 소규모 집회가 열리고 있는 방에 들어섰을 때, 맨 처음 아서의 시선에 들어 온 사람은 바로 워렌 박사의 딸인 그의 소꿉친구 젬마였다. 그녀는 창가 구석에 앉아 발기인의 한 사람인, 초라한 차림의 키가 큰 롬바르디아[5] 출신 젊은이의 말을 진지하게 경청하고 있었다. 그녀는 여학생처럼 등 뒤로 머리를 땋아 내렸지만, 지난 몇 달 사이에 더욱 성숙해진 듯 완연히 처녀티가 났다. 위아래 까만 옷차림의 그녀는 방이 좁고 외풍이 드센 탓인지 검정스카프를 머리에 두

---

[4] 실제로 피사의 중심가에 있는 성당의 이름이다.
[5] 이탈리아의 북부 지방.

르고 있었다. 그녀의 가슴 위에 달린 청년이탈리아 그룹의 상징인 삼나무 가지가 돋보였다. 그 발기인은 정열적인 어조로 그녀에게 칼라브리아[6] 농민들의 참상에 대해 설명하고 있었다. 그녀는 한 손으로 턱을 괸 채 마루바닥을 내려다보며 말없이 듣고만 있었다. 그녀의 모습은 물거품이 되어 버린 공화정을 애도하는 자유의 여신의 우울한 환영처럼 보였다. (물론 줄리아였다면 기껏해야 그녀에게서 창백한 안색에 가지런하지 못한 콧날, 그리고 너무 작아 보이는 허름한 원피스 따위만을 보았을 것이지만.)

"야아, 여기서 만나게 될 줄이야, 짐!" 그녀와 이야기를 나누던 그 발기인이 방의 다른 한구석으로 불려가자, 그는 그녀에게 다가가며 말을 건넸다. '짐'은 그녀의 이상야릇한 세례명인 '제니퍼' 대신 불리던 애칭이었다. 그녀의 이탈리아인 급우들은 그녀를 '젬마'라고 불렀다.

그녀는 흠칫 놀란 표정을 지으며 고개를 쳐들었다.

"어머, 아서! 네가 여기 올 줄은 꿈에도 몰랐는걸?"

"나도 뜻밖이야. 짐, 언제부터 여길…."

"넌 모르겠지만… 난 아직 회원은 아니야. 다만 한두 가지 사소한 일을 해왔을 뿐이야. 있잖아, 나 비니를 만났어. 너 카를로 비니란 애 알지?"

"물론, 알고말고." 비니는 리보르노 지부의 조직가로서, 청년이탈리아 회원이라면 모르는 사람이 없는 유명인사였다.

"그 애가 이 일에 대해 이야기해 주었어. 그래서 나도 이 학생모임에 끼워달라고 부탁했고…. 그랬더니 지난번에 피렌체에 있을 때 편지를 보냈더라구. 아 참, 내가 크리스마스 휴가 때 피렌체에 갔다 온 거 아직 모르지?"

"우리 집하고는 소식이 거의 끊겨 있어서."

---

6) 이탈리아의 남부 지방.

"아, 그랬지! 어쨌든 난 거기서 라이트네 식구들과 함께 지냈어. 루이자 라이트라고 너도 알지? 피렌체로 이사 간 우리 학교 친구 말이야. 그런데 비니가 편지에다 오늘 리보르노로 돌아가는 길에 피사에 잠깐 들르라고 한 거야. 그래서 여기 올 수 있었던 거지. 아, 이제 시작하려나 봐!"

강연내용은 이상적인 공화제와, 그 실현을 위해 청년이 지녀야 할 의무에 관한 것이었다. 연사는 주제를 그다지 명확히 이해하고 있는 것 같지는 않았지만, 아서는 강연을 경청하면서 탄복을 금치 못했다. 이때 그의 마음은 이상스럽게도 무비판적으로 되어 갔다. 일단 도덕적 이상을 받아들이고 나자, 먹어도 되는 것인지의 여부는 따져보지도 않고 무조건 통째로 집어삼키는 식이었다. 강연과 그에 뒤이은 토론이 끝나고 학생들이 하나 둘 흩어지기 시작할 즈음, 그는 젬마에게 다가갔다. 그녀는 방의 한쪽 구석에 가만히 앉아 있었다.

"짐, 나랑 함께 갈래? 어디에 묵고 있니?"

"마리에타의 집에."

"옛날 너희 집 가정부 말이지?"

"그래. 여기에서 조금 떨어진 곳에 살고 있어."

그들은 한동안 아무 말 없이 걷기만 했다. 이윽고 아서가 불쑥 입을 열었다.

"너 이제 열일곱 살이지, 그렇지?"

"그래, 지난 10월로 만 열일곱 살이 되었어."

"난 네가 다른 여자아이처럼 커서 무도회 따위나 다닐 거라고 생각하지는 않았어. 오히려 우리 모임의 일원이 되지 않을까 하고 생각해 본 적이 한두 번이 아냐."

"그건 나도 마찬가지야."

"넌 아까 비니를 위해 일해 왔다고 말했는데, 난 네가 그와 아는 사이라고는 생각지도 못했어."

"비니를 위해 일했던 것은 아냐. 다른 사람을 위해서지."

"다른 사람이라니?"

"오늘 저녁에 내게 말을 건네고 있던 애 못 보았니? 볼라라고…."

"너랑 잘 아는 사이니?" 아서의 말투에는 질투의 빛이 약간 서려 있었다. 볼라라는 이름을 들으면, 아서는 찔리는 데가 있었다. 청년이탈리아 위원회가 아서의 얕은 경험과 나이를 이유로 몇 가지 작업을 볼라에게 대신 맡긴 이래로, 두 사람은 경쟁관계에 있던 터였다.

"응, 잘 알고 있어. 난 그 애가 아주 마음에 들어. 우리처럼 리보르노에 살고 있거든."

"그건 나도 알아. 지난 11월에 그곳으로 이사했지."

"증기선 때문이야. 아서, 그나저나 그 일을 하는 데는 우리 집보다 너희 집이 더 안전하지 않을까? 너희 집처럼 부유한 선주 집을 의심할 사람은 아무도 없을 테니까 말이야. 게다가 넌 선창에서 일하는 사람은 모조리 알고 있잖아…."

"쉿! 목소리 좀 낮춰! 그 마르세유에서 몰래 들여왔다는 책들이 지금 너희 집에 있는 모양이지?"

"딱 하루 동안만. 이런, 맙소사! 얘기해선 안 되는 건데…."

"왜? 나도 그 그룹에 속해 있잖아. 젬마, 나는 너하고 신부님이 우리와 함께 할 수 있다는 게 세상 그 무엇보다도 기뻐."

"신부님? 그렇다면 그분도…?"

"아냐, 그분 생각은 좀 달라. 하지만 때때로 그렇게 됐으면 얼마나 좋을까 하고 꿈꾸곤 해. 잘 모르겠어, 어찌 될지는…."

"하지만, 아서! 그분은 성직자시잖아."

"그게 어때서? 우리 그룹에도 성직자들이 계시잖아. 그 가운데 두 분은 신문에 글도 쓰시고. 그러니 안 될 게 뭐 있어? 세상을 더 높은 이상과 목표로 이끄는 게 성직자의 사명이야. 그러니 이밖에 달리 뭐가 있겠니? 결국은 우리에게 주어진 것도 정치적이라기보다는 종교적이고 도덕적인 문제가 아닐까? 민중이 자유롭고 책임감 있는 시민으로 성장한다면, 아무도 그들을 노예로 만들지 못할 거야."

젬마는 이마를 약간 찡그리며 대꾸했다. "내가 보기에 네 논리에는 좀 문제가 있는 것 같은데? 성직자는 오로지 신앙의 교리를 가르칠 뿐이야. 난 그게 오스트리아를 몰아내는 것과 무슨 관계가 있는지 모르겠어."

"성직자는 기독교의 사상을 전하는 스승이야. 그리고 예수 그리스도야말로 가장 위대한 혁명가이고."

"그렇지 않아도 며칠 전에 우리 아버지께 성직자에 대해 말씀드린 적이 있었어. 그때 아버지께선…."

"젬마, 너희 아버지는 신교도시잖아."

잠시 후, 그녀는 그를 빤히 쳐다보면서 입을 열었다.

"날 좀 봐, 이 문제에 대해서는 더 이상 이야기하지 말자. 신교도에 대한 이야기만 나오면, 너의 태도는 늘 편협하기 짝이 없어."

"나도 편협하게 굴려는 건 아니었어. 하지만 그 점은 신교도들이 구교도들에 대해 이야기할 때도 마찬가지인걸."

"아마 그럴지도 모르지. 어쨌든 우린 이 문제로 다툰 게 한두 번이 아니잖니. 새삼스럽게 다시 꺼낼 만한 가치가 있을까? 그나저나, 오늘 강연을 들어본 소감은 어때?"

"아주 좋았어, 특히 마지막 부분이. 공화주의를 꿈꾸지만 말고 현실 속에서 직접 실천할 것을 역설한 대목은 정말 멋있었어. 예수께서도 말씀하셨잖아, '하느님의 나라는 바로 너희 가운데 있다'[7]고 말이야."

"내 맘에 영 들지 않는 부분이 바로 그 대목이야. 그는 우리가 생각하고 느끼지 않으면 안 될 여러 가지 멋진 것들을 이야기했어. 하지만 실제로 우리가 무엇을 실천해야 하느냐에 대해선 한 마디도 언급하지 않았어."

"위기의 순간이 닥쳐오면 우리가 해야 할 일이 엄청나게 많을 거야. 그러니 그때까진 꾹 참고 견뎌야지. 위대한 변화는 하루아침에 이루어지는 게 아니잖아."

"시간이 오래 걸린다면, 더더욱 당장 일에 착수해야지. 넌 우선 인간이 자유를 누릴 수 있을 만큼 성장해야 한다고 말하고 싶은 거지? 그렇다면 네 어머니만큼 자유를 누릴 자격이 있는 분이 또 있을까? 네 어머닌 거의 천사 같으신 분이셨어. 그렇지만 그분의 선량함이 무슨 소용이 있었니? 네 어머니는 돌아가시는 그날까지 노예나 마찬가지셨어. 네 형과 형수에게 들볶이고, 고통 받고, 모욕 당하셨지. 차라리 네 어머니께 그런 상냥함이나 참을성이 없었더라면 오히려 더 나았을 거야. 그랬더라면 네 형과 형수도 그렇게 함부로 대하지는 못했을 테니까…. 내가 보기엔 이탈리아가 바로 그런 꼴이야. 우리에게 필요한 건 끈기가 아니라, 누군가 지금 당장 일어나 맞서 싸우는 거야."

"짐, 단지 분노와 정열만으로 이탈리아를 구할 수 있다고 한다면, 이탈리아는 오래 전에 자유를 얻었을 거야. 이탈리아에 필요한 건 증오가 아니라 오히려 사랑이야."

이 말을 하는 순간 그의 얼굴에는 갑작스러운 홍조가 떠올랐다가 사라졌다.

---

7) "하느님 나라가 언제 오겠느냐는 바리사이파 사람들의 질문을 받으시고 예수께서는 이렇게 대답하셨다. '하느님 나라가 오는 것을 눈으로 볼 수는 없다. 또 보아라, 여기 있다, 혹은 저기 있다고 말할 수도 없다. 하느님 나라는 바로 너희 가운데 있다.'"(루가 복음서 17장 20-21절)

하지만 젬마는 그걸 보지 못했다. 아까부터 그녀는 이맛살을 찌푸리고 입을 꾹 다문 채 앞만 뚫어져라 바라보고 있었던 것이다.

"아서, 넌 내가 틀렸다고 생각하겠지?" 그녀는 잠시 멈췄다가 다시 말을 이었다. "하지만 내 입장이 옳아. 언젠간 너도 내 말을 이해하게 될 거야. 자, 이제 집에 다 왔어. 잠깐 들어왔다 갈래?"

"아냐, 너무 늦었는걸. 안녕!"

그는 현관 계단에 서서 두 손으로 그녀의 손을 감싸 쥐었다.

"하느님과 이 땅의 민중을 위하여…."

천천히, 그리고 엄숙하게 그녀가 구호의 뒷부분을 암송했다.

"이제와 영원토록!"

그녀는 손을 빼낸 다음 집안으로 뛰어 들어갔다. 문이 닫히자, 아서는 땅바닥으로 허리를 굽혀 그녀의 가슴에서 떨어진 삼나무 가지를 집어 들었다.

4

아서는 신바람이 나서 하숙집으로 돌아왔다. 그는 일말의 근심도 없이 완벽하게 행복했다. 그룹 회의에서는 무장봉기가 준비되고 있음이 시사되었다. 게다가 이젠 사랑하는 젬마마저 동지가 된 것이다. 그들은 공화정의 실현을 위해 함께 일하고 싸우다 함께 죽을 수도 있을 것이다. 우리의 염원이 결실의 꽃을 피울 그 날이 오면, 신부님도 그걸 보고 우리의 신념을 믿어주실 거야.

그러나 이튿날 아침에 잠에서 깨어났을 때, 그의 마음은 차분히 가라앉아 있었다. 젬마는 리보르노로 돌아갈 테고, 신부님은 로마로 떠나시겠지. 1월, 2월, 그리고 3월. 부활절까지 무려 3개월 동안이나! 혹시나 젬마가 집안의 신교적인 분위기에 물들어 버린다면…? (아서는 신교를 속물적인 것으로 간주하고 있었다.) 아냐, 젬마는 리보르노의 다른 영국아가씨들처럼 여행자나 대머리 선주들에게 눈웃음치면서 아양이나 떨 애는 아냐. 그 애는 다른 애들과는 달라. 하지만 그 애의 처지가 너무 딱하단 말이야. 그 애는 너무 어리고, 친구도 하나 없이, 그 온갖 무표정한 인간들 속에서 외톨이로 지내야 하잖아. 아, 이럴 때 어머니만 살아 계셨더라도….

저녁에 그는 신학교에 갔다. 몬타넬리는 마침 신임 교장을 맞이하고 있었는데, 매우 지친 모습이었다. 아서를 보자, 신부의 얼굴은 평상시처럼 명랑해지기는커녕 오히려 더 어두워졌다.

"이 아이가 제가 말씀드렸던 바로 그 학생입니다." 그는 무뚝뚝한 어조로 아서를 소개했다. "도서관을 계속 이용할 수 있도록 배려해 주신다면 고맙겠습니다."

나이가 지긋하고 자애로워 보이는 카르디 신부는 곧 다정다감한 표정을 지으며 사피엔차[1]에 대한 이야기를 꺼냈다. 이런 그의 태도로 미루어보아 대학생활에 대해 잘 알고 있는 듯했다. 대화는 곧 당시의 초점이 되고 있던 학칙제정 문제로 옮겨갔다. 몰상식하고 짜증스러운 규제조치들로 학생들을 끊임없이 들끓게 하던 대학당국의 관행에 대해 신임 교장이 강력하게 반발하는 것을 보자, 아서는 떨 듯이 기뻤다.

"나는 젊은이들을 지도해 본 경험이 많다네. 정당한 이유 없이는 어떤 것도 금하지 않는 게 내 철칙이야. 인격을 존중해 준다면 말썽피울 젊은이는 한 사람도 없을 게야. 하지만 늘 고삐만 잡아당기면 제아무리 순한 말이라도 뒷발질할 건 뻔한 이치지."

아서의 눈이 휘둥그레졌다. 신임 교장의 입에서 학생들의 입장을 옹호하는 말이 나오리라고는 아예 기대하지도 않았기 때문이었다. 몬타넬리는 두 사람의 대화에 끼어들지 않았다. 그 화제에 흥미가 없음이 분명했다. 그의 얼굴 표정이 말로 다할 수 없을 만큼 절망적이고 지쳐 보였던지, 카르디 신부는 돌연 입을 다

---

[1] 이탈리아어로 "지혜"를 뜻하는 '사피엔차'는 본래 로마에 위치한 '로마 대학'의 별칭으로 유명하지만, 이 작품에서는 주인공 아서가 고향인 리보르노를 떠나 피사에서 대학을 다니는 것으로 묘사된 것으로 보아, 피사에 위치한 어느 대학의 별칭으로 사용된 것이 아닐까 싶다.

물었다.

"몹시 피곤해 보이시는군요, 몬타넬리 신부님. 제가 너무 수다스러웠지요? 너그러이 용서하십시오. 대화에 열중하다보니 신부님이 피로하시다는 걸 그만 잊고 말았습니다."

"천만에요. 저 역시 관심을 가지고 있는 문제니까요." 상투적인 정중함처럼 들리지는 않았지만, 음성이 어쩐지 불안한 듯하여 아서는 기분이 꺼림칙했다.

카르디 신부가 자신의 방으로 돌아간 다음, 몬타넬리는 깊은 생각에 잠긴 채 아서를 바라보았다.

"아서, 네게 말해줄 게 있다."

'뭔가 좋지 않은 소식이 온 모양이구나.' 신부의 초췌한 모습을 마주보고 있노라니, 불현듯 그런 생각이 섬광처럼 스쳐갔다. 긴 침묵이 이어섰다.

"새로 오신 교장선생님이 마음에 드니?" 갑작스럽게 몬타넬리가 물었다.

뜻밖의 질문인지라 잠시 아서는 뭐라고 대답해야 할지 얼떨떨했다.

"조, 좋으신 분 같던데요, 적어도… 무, 물론 확신할 순 없지만요. 단 한번 만나보고서 뭐라 말씀드리기가 난처하네요."

몬타넬리는 앉아 있는 의자의 팔걸이를 가만가만 두드리고 있었다. 불안하거나 당황스러울 때 나오는 그의 버릇이었다.

"로마행에 관해서인데." 그가 다시 조심스럽게 입을 열었다. "내 생각에는… 아니, 아서, 네가 원한다면 차라리 가지 않겠다고 편지를 쓰마."

"신부님! 하지만 바티칸 교황청에서…."

"바티칸 교황청에선 나 대신 다른 사람을 구하겠지. 사과문을 써서 보내면 될 거야."

"하지만 무엇 때문에요? 도무지 이해할 수가 없군요."

몬타넬리는 한 손으로 이마를 짚었다.

"네가 걱정스러워서 그런다. 사태가 점점 분명해지고 있어. 게다가 내가 굳이 가야 할 필요도 없고…."

"하지만 교구직은 어떻게 하시려고요?"

"아서! 교구직을 얻는 대신에, 다른 것을 잃게 된다면 무슨 소용이 있겠니?"

그는 입을 다물었다. 전에 이런 그의 모습을 본 적이 없었던 터라, 아서는 몹시 거북했다.

"알다가도 모르겠군요. 신부님, 좀 더 분명히 설명해 주실 수 없을까요? 대체 신부님이 무얼 생각하고 계시는지."

"무얼 생각하고 있느냐고? 아무것도 생각하지 않는단다. 하지만 난 왠지 몹시 두려운 느낌이 드는구나. 내게 말해주렴. 뭔가 굉장히 위험스러운 사태가 다가오고 있지?"

'저분이 뭔가 눈치를 채셨을까?' 무장봉기가 준비되고 있다는 속삭임을 떠올리면서 아서는 속으로 중얼거렸다. '하지만 그 비밀을 말씀드려선 절대 안 돼.'

"아니, 무슨 위험이 있다고 그러세요?"

"내게 묻지 말고 대답해 봐, 아서!" 몬타넬리의 음성에는 간절함이 어려 있었다. "넌 지금 어떤 위험에 처해 있어, 그렇지? 네 비밀을 모두 알자는 게 아냐. 다만 그것만 말해다오. 네가 위험에 처해 있는지 어떤지만 말이다!"

"우리 모두는 하느님의 뜻에 맡겨져 있어요. 뭐든 일어날 일은 언제고 일어나고야 말겠지요. 신부님이 계시지 않는 동안에 왜 제가 온전히 있을 수 없다는 것인지 그 이유를 모르겠군요."

"내가 없는 동안 어째서냐구? 잘 들어라, 애야. 이제 모든 게 네 뜻에 달려 있다. 이유를 물을 필요는 없어. 그저 내게 '있어 달라'고만 하렴. 그러면 나는 곧

바로 로마행을 포기하마. 어느 누구에게도 해가 되는 건 아니다. 다만 네가 내 곁에 있게 되면 넌 훨씬 더 안전할 거야."

몬타넬리의 성격에 비추어 볼 때 이 같은 병적인 몽상은 너무나 의외의 일이었기에, 그를 바라보는 아서의 눈에는 근심이 깃들었다.

"신부님, 몸이 편찮으신가.봐요. 신부님이 로마로 가서야 한다는 것은 두말할 필요도 없는 거예요. 그곳에서 푹 쉬시면서 불면증과 두통도 말끔히 치료하실 수 있을 거예요."

"알았다, 알았어." 몬타넬리는 이제 지쳤다는 듯 손을 가로저었다. "내일 새벽에 첫 마차로 떠나마."

아서는 그를 바라보면서 고개를 갸우뚱거렸다.

"제게 따로 하실 말씀이 있으시다면서요?"

"아니, 아니다. 대수롭지 않은 거야." 일순 그의 얼굴에는 경악의 빛이 스쳐 지나갔다.

몬타넬리가 떠난 며칠 후, 신학교에 책을 빌리러 갔던 아서는 우연히 층계에서 카르디 신부와 마주쳤다.

"오, 아서 군! 마침 잘 되었네. 날 좀 도와줄 수 있겠나?"

그는 연구실 문을 열었다. 아서는 우스꽝스럽게도 약간 불쾌감을 느끼면서 그를 따라 들어갔다. 몬타넬리 신부의 성소였던 이 정든 연구실이 타인에 의해 침해받는 것이 못내 안타까워서였다.

"사실 난 지독한 책벌레라네." 신부가 말을 건넸다. "내가 여기에 와서 맨 처음 손댄 게 무엇인 줄 아나? 바로 이 도서관을 조사한 것일세. 아주 재미있더구먼. 하지만 목록을 분류한 방법을 도무지 알 수가 없더군."

"목록이 완전하게 갖추어져 있지는 않을 거예요. 가장 훌륭한 책들 가운데 상당 부분이 최근에야 수집되었으니까요."

"그러면 자네, 딱 30분만 시간을 내어 그 분류 순서에 대해 설명해 줄 수 있겠나?"

그들은 도서관 안으로 들어갔다. 아서는 목록에 대해 차근차근 설명해 주었다. 일을 마치고 그가 작별인사를 하려 하자, 카르디 신부가 웃으면서 만류했다. "아냐, 안 되지! 이런 식으로 그냥 돌아가게 할 순 없지. 오늘은 토요일 아닌가. 자네도 월요일 아침까지는 다른 일이 없겠지? 자, 이렇게 오랫동안 수고를 끼쳤으니 저녁이나 함께 하세. 난 무척 외롭거든. 자네가 함께 있어 준다면 좋겠네만."

밝고 쾌활한 그의 태도에 아서의 마음은 이내 편안해졌다. 얼마 동안 시시콜콜한 이야기가 오고간 다음, 신부는 아서에게 몬타넬리와 알고 지낸지는 얼마나 되었는지 물었다.

"한 7년쯤 되었습니다. 그분이 중국에서 돌아오셨을 때 전 열두 살이었으니까요."

"오, 그래! 그분은 그곳에 계시면서 선교사로도 명성을 얻으셨지. 그럼 이후로 쭉 그분의 지도를 받아왔나?"

"처음 뵙고 나서 일 년쯤 뒤부터 지도를 받기 시작했습니다. 처음으로 그분께 고해를 드렸던 때지요. 제가 사피엔차에 입학하고부터는 정규과목 외에도 제가 특별히 공부하고 싶었던 분야를 계속 지도해 주셨습니다. 제겐 정말 다정하게 대해 주셨지요. 정말 상상도 못할 만큼요."

"자네 말을 믿고말고. 누구에게나 존경받는 분이시지. 고귀하고 훌륭하신 분이야. 그분과 함께 중국에서 지낸 사제들을 만나본 적이 있네. 모두들 그분 칭찬에 침이 마를 정도더군. 역경에 처했을 때의 정력과 용기, 그리고 불굴의 헌신에 대해서 말이야. 자네가 어렸을 때부터 그런 분의 도움과 지도를 받았다는 건 대단한 행운이야. 그분께 들은 바로는 부모님을 모두 여의었다던데…."

"예, 아버지께선 아주 어렸을 때 돌아가셨고, 어머니께선 작년에 돌아가셨습니다."

"형제자매는?"

"이복형이 두 분 계세요. 제가 어렸을 적부터 사업을 해오셨어요."

"외로운 유년기를 보냈겠구먼. 그 때문에라도 몬타넬리 신부님의 자상함이 더 고맙게 느껴졌을 테고…. 그런데 말이야, 그분이 안 계시는 동안에는 고해를 누구에게 부탁드리려 하나?"

"산타카테리나 성당에 계신 신부님들 중 한 분께 부탁드릴까 합니다. 물론 그분들께 고해 신도가 너무 많다면 힘들겠지만요."

"그러면 차라리 내게 고해하지 않겠나?"

깜짝 놀란 아서의 두 눈이 휘둥그레졌다.

"신부님께요? 하지만…."

"하지만 신학교 교장은 대개 평신도의 고해를 받지 않는 게 원칙이 아니냐, 이 말이지? 그래, 그건 사실이야. 하지만 난 몬타넬리 신부님이 자네에게 큰 관심을 가지고 있다는 걸 잘 알고 있네. 그분은 지금도 자넬 걱정하고 계실 걸세. 애지중지하는 제자를 두고 떠났으니, 나라도 당연히 그랬겠지. 하지만 그분도 자네가 동료 신부의 정신적인 지도 아래 있는 걸 오히려 바라실 걸세. 솔직히 말하자면 난 자네가 마음에 드네. 그래서 내가 자네에게 도움이 된다면 이루 말할 수 없이 기쁘겠다는 걸세."

"굳이 지도해 주시겠다니, 저야 물론 감사할 따름입니다."

"그럼 다음 달에 오겠나? 그게 좋겠군. 시간 날 때마다 자주 들러주게."

부활절 바로 직전, 몬타넬리 신부는 아펜니노 지방의 브리시겔라²⁾라는 조그만 교구에 임명되었다. 그가 로마에서 아서에게 띄운 편지에는 명랑하고 차분한 분위기가 느껴졌다. 그의 우울증이 사라진 것이 분명했다. 편지에는 이렇게 씌어 있었다. '방학이 되면 꼭 찾아오렴. 나도 피사에 종종 들르마. 널 보고 싶은 생각이 간절하다.'

워렌 박사는 부활절 휴가를 자신의 집에서 보내도록 아서를 초대하였다. 쓸쓸하고 쥐만 득실대는, 그리고 줄리아가 제멋대로 설쳐대기까지 하는 집보다야 낫지 않겠느냐는 따뜻한 배려에서였다. 편지봉투 안에는 어린애같이 삐뚤삐뚤하게 갈겨쓴 젬마의 짤막한 메모도 들어 있었다.

'이야기할 게 있으니' 가능한 한 꼭 와달라는 내용이었다. 게다가 그 즈음 학생들 사이에서 은밀히 전해지고 있는 이야기가 아서의 마음을 더욱 고무시켰다. 부활절이 지나면 뭔가 엄청난 일이 벌어질 거라는 소문이었다.

이 모든 일들이 아서를 한껏 즐거운 기대로 부풀게 했다. 대부분의 학생들이 은연중에 무모한 공상이라고 여기고 있던 생각이 그에겐 무척이나 자연스러운, 앞으로 두 달 안이면 현실로 나타날 일로만 느껴졌다.

아서는 우선 수난주간³⁾의 목요일에 집으로 돌아가 휴가 첫날을 보내기로 마음먹었다. 워렌 씨 댁을 찾아가 젬마를 만나는 것도 기쁘고 즐겁기는 하겠지만, 아무래도 신교도의 집에서 가톨릭 신자라면 필수적인 경건한 묵주기도를 올리

---

2) 이탈리아 북부 볼로냐 인근의 도시.
3) 혹은 '고난주간' 이라고도 한다. 예수 그리스도가 체포되어 재판을 받고 처형되었다가 부활하기까지의 기간을 말하며, 보통 부활절(3-4월중) 직전의 40일간을 의미하기 때문에 '사순절(四旬節)' 이라고도 한다. 이 기간 동안 교인들은 예수의 수난을 묵상하며 경건하고 검소하게 지내곤 한다.

기는 영 쑥스러울 것 같아서였다. 수요일 밤, 그는 부활절인 월요일에는 꼭 찾아가겠다는 편지를 젬마에게 쓴 뒤, 편안한 마음으로 침실로 올라갔다.

그는 십자가상 앞에 꿇어앉았다. 카르디 신부는 내일 아침에 고해를 받아주기로 약속했다. 부활절 영성체에 앞서 행해질 마지막 고해를 위해, 아서는 길고도 진지한 기도를 올려야 했다. 그는 꿇어앉아 두 손을 마주잡고 머리를 숙인 채 지난날들을 되돌아보며 그의 순결한 마음에 희미하게나마 얼룩진 사소한 죄악까지 헤아려보았다. 참을성 없고 부주의하며 성급했던 일들을 하나하나…. 하지만 그밖에 다른 죄악이라곤 떠오르지 않았다. 이번 달은 참으로 즐거운 나날이었던 듯싶었다. 그는 가슴에 성호를 그은 다음 일어서서 옷을 벗기 시작했다.

셔츠를 벗자 종잇조각이 마루에 펄럭이며 떨어졌다. 젬마의 편지였다. 그는 온종일 그 편지를 옷깃에 간직하고 있었다. 그는 가만히 편지를 집어 들어 펴고는, 사랑스러운 듯 그 위에 입을 맞추었다. 그러고 나서는 스스로 생각해보아도 자신의 행동이 조금 우스꽝스럽다고 느끼면서 조심스레 편지를 접기 시작했다. 바로 그때, 그는 편지 뒷면에 아직 읽지 않은 부분이 있다는 것을 발견했다. 편지는 이렇게 이어지고 있었다. '가능한 한 꼭 와야 해. 볼라하고도 만나게 해줄게. 볼라는 지금 우리 집에서 지내고 있어. 우리는 매일 함께 책을 읽고 있단다.'

이 대목을 읽는 동안, 아서는 피가 솟구치는 듯한 느낌을 받았다.

그저 항상 볼라와 함께로군! 그 자식, 리보르노에서 또 뭘 하겠다는 거야? 왜 젬마는 하필 그 녀석하고 책을 읽을 생각을 했을까? 몰래 책을 들여오기로 한 일을 가지고 젬마를 꼬인 걸까? 그 녀석 젬마에게 빠진 게 분명해. 지난번 모임에서도 그랬었지. 그래서 그 녀석이 선전활동에 그렇게 열성적이었군! 이젠 아예 젬마에게 찰싹 달라붙었고 말이야. 뭐? 날마다 책을 함께 읽는다구?

아서는 느닷없이 편지를 내팽개치고 다시 십자가상 앞에 꿇어앉았다. 참회식과 부활절 성찬식을 준비하던 영혼! 하느님과 온 세상과 더불어 평화롭던 영혼! 탐욕에 가득 찬 시기와 의심, 이기적인 악의와 비열한 증오로 가득 찬 영혼! 그는 수치스러움을 이기지 못하여 두 손으로 얼굴을 감싸 쥐었다. 동지에게까지도 증오감을 품다니! 불과 5분전만 하더라도 순교를 꿈꾸던 그가 아니던가! 그런데 이제 이처럼 비열하고 옹졸한 생각에 사로잡혀 죄책감을 느끼고 있다니….

목요일 아침, 신학교 예배당에 들어섰을 때 카르디 신부는 혼자 있었다. 고백의 기도를 올리고 나서, 아서는 곧바로 어젯밤의 과오를 끄집어냈다.

"신부님, 제게 아무런 해도 끼치지 않은 사람에 대해 품은 시기심과 분노, 그리고 비열한 생각의 죄악을 고해합니다."

카르디 신부는 그가 고해하고자 하는 것이 어떤 성격의 것인지 잘 알고 있다는 듯이 부드러운 목소리로 말했다. "아들아, 모든 걸 털어놓아라."

"신부님, 제가 기독교인답지 않은 사악한 마음을 품었던 바로 그 사람은 제가 특별히 사랑하고 존경해야 할 사람입니다."

"피로써 맺어진 사이인가?"

"그보다 더 굳건한 사이입니다."

"그럼, 무엇인가?"

"동지로서 맺어진 사이입니다."

"동지라니, 어떤?"

"위대하고 성스러운 일을 위한 동지입니다."

잠시 침묵이 흘렀다.

"그 동지에 대한 증오와 시기란, 그가 그대보다도 더 훌륭하게 일을 처리한 데서 비롯된 것인가?"

"예, 부분적으로는… 그렇습니다. 전 그의 경험이, 그리고 그의 유능함이 부럽습니다. 그리고 또… 그가 혹시 제가 사랑하는 아가씨의 마음을… 빼앗아갈까 두렵습니다."

"그대가 사랑하는 아가씨는 가톨릭교도인가?"

"아닙니다. 신교도입니다."

"이교도라고?"

아서는 비탄에 잠겨 손을 움켜쥐었다. "그렇습니다, 이교도입니다. 저희들은 함께 자랐습니다. 저의 어머니와 그녀의 어머니는 서로 친구사이셨습니다. 그리고 전… 그를 질투하고 시기하였습니다. 왜냐하면 그 역시 그녀를 사랑하고 있다는 걸 알았기 때문입니다. 그리고 또…."

"아들아." 잠시 침묵이 흐른 뒤 카르디 신부는 천천히 그리고 위엄 있게 말을 이었다. "모든 걸 털어놓아라. 네 가슴 속에 해야 할 말이 더 있으리라."

"신부님, 전…." 그는 머뭇거리며 더 이상 말을 잇지 못했다.

신부는 아무 말 없이 다음 말을 기다렸다.

"제가 그를 시기하는 건 제가 속한… 청년이탈리아라는… 그룹 때문입니다."

"그래서?"

"제가 맡게 되리라고… 제가 적임자라고 생각했던 일을 그가 대신 맡아버렸습니다."

"무슨 일을?"

"증기선으로 들여오는 책을… 그러니까 금서를 받아다가… 시내의… 은신처로 운반하는 일입니다."

"그런데 그룹에서는 그 일을 그대의 라이벌에게 맡겨버렸단 말이지?"

"예, 볼라에게 맡겼습니다. 그 때문에 저는 그를 시기했던 겁니다."

"그렇다면 그대의 시기심에 그 사람의 책임도 있는가? 그대는 단지 그가 맡겨진 사명을 소홀히 한 것에 대해 못마땅하게 생각한 것은 아닌가?"

"아닙니다. 신부님, 그는 용감하고 헌신적으로 일해 왔습니다. 그는 진정한 애국자입니다. 그는 애정과 존경을 받을 만한 사람입니다."

카르디 신부는 깊은 생각에 잠겼다.

"아들아, 그대에게 동료들을 위해 위대한 일을 이룩할 수 있는 빛과 꿈이 있다면, 억압에 지친 이들의 짐을 덜어줄 희망이 있다면, 하느님의 귀한 은총을 어떻게 베풀 것인지 힘써 생각하라. 아름다운 모든 것은 하느님이 주신 것이요, 새로운 생명도 하느님이 주신 것이라. 그대가 희생의 길을, 평화에 이르는 길을 찾아냈다면, 그대가 사랑하는 동지들과 힘을 합하여 남몰래 흐느끼고 슬퍼하는 이들에게 구원의 손길을 뻗었다면, 기필코 그대의 영혼은 시기와 정열로부터 자유로울 것이며, 그대의 가슴은 성령의 불길로 영원토록 타오르는 제단이 되리라. 이것은 지극히 고귀하고도 신성한 일임을, 또한 이것을 받아들이려는 가슴은 모든 사악한 생각으로부터 순결해질 것임을 명심하라. 이 소명은 곧 성직자의 소명과 다름없나니, 그것은 여인을 사랑하기 위함도 아니요, 덧없는 정열의 순간을 위함도 아니니라. 그것은 오직 하느님과 이 땅의 민중을 위함일러니, 이제와 영원토록."

"아…!" 아서는 흠칫 놀라 손을 움켜쥐었다. 그 구호를 듣는 순간 눈물이 쏟아져 나올 것만 같았다. "신부님, 당신께선 저희들에게 하느님을 대신하여 허락하심을 베풀어 주셨습니다! 이제 예수 그리스도께서는 우리 편에 서 계십니다…"

"아들아." 신부는 엄숙하게 대꾸했다. "예수 그리스도께서는 하느님의 집이 기도하는 집이기에, 성전에서 환금상還金商들을 몰아내셨다. 그들이 하느님의 집을 강도의 소굴로 만들었기 때문이니라."[4]

　오랜 침묵이 흐른 뒤, 아서는 떨리는 목소리로 속삭였다.

　"그자들을 몰아내는 날, 이탈리아는 곧 하느님의 성전이 될 것입니다."

　그의 말이 끊기자 부드러운 음성의 대답이 이어졌다

　" '주 하느님께서 말씀하시되, 땅도 주님의 것이요, 그 안에 가득히 있는 것도 다 주님의 것이라'[5] 하시니라."

---

4) "예수께서는 성전 뜰 안으로 들어가, 거기에서 팔고사고 하는 사람들을 다 쫓아내시고, 환금상들의 탁자와 비둘기 장수들의 의자를 둘러엎으셨다. 그리고 그들에게 '성서에, 내 집은 기도하는 집이라고 불리리라고 했는데, 너희는 이 집을 강도의 소굴로 만들었다' 하고 나무라셨다."(마태오 복음서 21장 12-13절) 이와 같은 구절이 마르코 복음서 11장 17절, 루가 복음서 19장 46절에도 나온다.

5) "땅도 주님의 것이요, 그 안에 가득히 있는 것도 다 주님의 것입니다."(고린토인들에게 보낸 첫째 편지 10장 26절) 이 구절은 본래 구약성서의 시편 가운데 여러 구절을 인용한 것이다.

5

그날 오후, 아서는 오래도록 걷고 싶은 생각이 간절했다. 그는 동료에게 짐을 맡기고 리보르노까지 걸어갔다.

눅눅하고 흐린 날씨였지만 그다지 춥지는 않았다. 낮고 평탄한 시골풍경이 그 어느 때보다도 아름다워 보였다. 그는 발 아래 밟히는 촉촉이 젖은 풀잎의 보드라운 탄력에서, 길가에 수줍게 피어있는 들꽃의 꽃망울에서 솟아오르는 기쁨의 감각을 느꼈다. 숲 가장자리에 우거져있는 아카시아 덤불 속에서 새 한 마리가 둥지를 짓고 있었다. 그가 지나가자 새는 놀란 듯 요란한 울음소리와 함께 갈색 날개를 퍼덕였다.

그는 성聖 금요일 전야[1]에 어울리는 경건한 묵상에 잠기려고 애썼다. 그러나 몬타넬리와 젬마가 자꾸만 떠오르는 바람에 제대로 되지 않았다. 어쩔 수 없이 그는 묵상을 단념하고 공상에 빠져들기 시작했다. 그는 다가올 봉기의 경이와 환희, 그리고 그 두 명의 영웅들이 활약하는 모습을 제멋대로 그리기 시작했다.

---

1) 혹은 '수난일'이라고도 한다. 부활절 직전의 금요일로 예수가 십자가에 못 박힌 날로 간주된다.

신부님은 봉기의 지도자로서, 사도로서, 예언자로서 활약하실 거야. 그분의 성스러운 노여움 앞에서 어둠의 세력은 물러가고, 자유의 젊은 수호자들은 그분의 발 앞에 앉아 옛 교리와 진리를 배우며 그로부터 전혀 새로운 의미를 깨닫게 되리라.

젬마는 어떨까? 오, 물론 젬마는 바리케이드 앞에서 싸우겠지. 그녀에겐 여걸의 피가 흐르니까. 그녀는 완벽한 동지가 될 거야. 수많은 시인들이 꿈꾸며 노래해 왔던, 순결하고도 두려움 없는 아가씨. 그녀는 나와 어깨를 나란히 하여 서 있을 거야. 음산한 죽음의 폭풍우가 휘몰아친다 해도 기쁨에 넘쳐…. 그리고 우린 기필코 오고야 말 승리의 바로 그 순간에 함께 죽음을 맞이하리라. 하지만 그녀에 대한 나의 뜨거운 사랑에 대해선 결코 말하지 않으리라. 그녀의 마음의 평정을 깨뜨리거나, 순수한 동료의식을 더럽히는 말은 결코 한마디도 하지 않으리라. 그녀는 성스런 존재이며, 민중을 구원키 위해 바치는 제단에 놓일 순결한 희생양이 아니던가. 오직 하느님과 이탈리아에 대한 사랑 외에는 아무것도 모르는, 그 눈부시도록 순수한 영혼의 성소에 그 누가 끼어들 자격이 있겠는가?

하느님과 이탈리아…. 팔라체 가街에 있는 거대하고 황량한 집 안으로 막 들어서려 할 때 갑자기 빗방울이 후두둑 떨어지기 시작했다. 아서는 층계를 올라가다가 줄리아의 집사와 마주쳤다. 집사는 여느 때와 마찬가지로, 흠잡을 데 하나 없이 침착하고 정중하면서도 묘한 불쾌감을 주는 태도로 아서를 맞이했다.

"잘 있었나, 기번스. 형님들은 계신가?"

"토머스 주인님은 계십니다. 사모님도요. 두 분 모두 응접실에 계십니다."

아서는 알 수 없는 압박감을 느끼면서 걸음을 옮겼다. 이 얼마나 쓸쓸한 집구석인가! 삶의 물결이 모두 빠져나가 버린 곳에 홀로 버려져 있는 듯하구나. 발치엔 수면의 최고 수위를 나타내는 표시만이 희미하게 흔적으로 남아 있을 뿐. 변한 건 아무것도 없었다. 사람들도, 가족들의 초상화도, 장중한 가구며 꼴 보기도 싫은 은제 식기도, 추하게만 느껴지는 부의 과시며 생기 없는 그 모든 것들도. 꽃병에 꽂혀 있는 꽃마저도 따스한 봄날의 넘쳐흐르는 생기라고는 조금도 맛보지 못한 조화처럼 보였다. 야회복을 입은 줄리아는 평소에도 늘상 붙어있다시피 하는 응접실에서 손님을 기다리고 있었다. 담황빛 고수머리에 딱딱한 미소를 띠며 애완견을 무릎 위에 앉힌 채, 그녀는 마치 초상화가 앞에 있는 듯 미동도 하지 않고 앉아있었다.

"오랜만이네요, 도련님." 그녀는 잠시 손끝을 까딱거리며 무뚝뚝하게 입을 열었다. 그리고는 곧 비단옷을 입힌 애완견을 쓰다듬었다. "잘 지내고 있겠지요? 대학생활은 할 만해요?"

아서는 머리에 떠오르는 대로 몇 마디 상투적인 인사말을 웅얼거리다가 이내 거북스러운 침묵 속으로 빠져들고 말았다. 곧이어 잔뜩 거드름을 피우는 제임스가 나이 지긋한 어느 선박운송업자와 함께 도착했지만, 상황은 별반 나아지지 않았다. 저녁식사가 준비되었다고 기번스가 알리러 왔을 때에야, 아서는 가벼운 안도의 한숨을 내쉬며 자리에서 일어섰다.

"저녁은 별로 생각이 없네요, 형수님. 먼저 방에 올라가 볼게요."

"금식도 지나치게 하진 마라." 토머스가 말을 건넸다. "그러다가 혹시 몸이라도 상하면 안 되지."

"아, 아니에요. 편히 쉬세요."

복도에서 하녀를 만나자, 아서는 내일 아침 여섯 시에 깨워달라고 부탁했다.

"성당에 가시려구요, 도련님?"

"응, 맞아. 잘 자, 테레사."

그는 방에 들어섰다. 그의 어머니가 쓰던 방이었다. 창 맞은편의 벽감은 그녀가 오랜 투병생활을 할 때 기도소로 쓰던 곳이었다. 까만 받침대 위로 커다란 십자가상이 제단 한 가운데 자리 잡고 있었고, 그 앞에는 자그마한 로마풍의 램프가 걸려 있었다. 그녀가 임종을 맞은 곳도 바로 이 방이었다. 그녀의 초상화는 침대 옆 벽에 붙어 있었고, 테이블 위에는 그녀가 좋아하던 제비꽃이 가득 꽂혀 있는 중국제 도자기가 놓여 있었다. 그러고 보니, 오늘이 그의 어머니가 죽은 지 만 일 년째 되는 날이었다. 이탈리아인 하인들이 그녀의 제일을 잊지 않고 기억해 준 모양이었다.

그는 여행가방에서 사진틀을 끄집어내 조심스럽게 감싸 안았다. 몬타넬리 신부가 손수 크레용으로 그린 것으로, 며칠 전 로마에서 보내온 것이었다. 그 소중한 물건을 품고 있을 때, 줄리아의 시종이 음식 쟁반을 가져왔다. 거칠고 딱딱하기만 한 새 여주인 줄리아가 오기 전부터 그의 어머니 글래디스 밑에서 일했던 이달리아인 요리사가, 가톨릭 신자인 아서가 교리를 어기지 않고도 먹을 수 있을 만한 것을 특별히 골라 보내주었던 것이다. 하지만 아서는 빵 한 조각만 집어 들고 나머지는 도로 가져가게 했다. 기번스의 조카로 영국에서 온 지 얼마 되지 않은 그 시종은 의미심장하게 씩 웃더니 음식쟁반을 가지고 돌아갔다. 그는 벌써 하인들끼리 갖는 신교도 집회에 참가하고 있던 터였다.

골방에 들어간 아서는 십자가상 앞에 꿇어앉아 기도와 묵상을 드리기 위해 마음을 가다듬었다. 그러나 쉽게 마음이 진정되지 않았다. 토머스가 말한 대로 단식이 조금 지나쳤던지, 독한 술을 마신 듯 짜르르한 흥분의 떨림이 퍼져나가더니 눈앞의 십자가상이 흐릿하고 아련하게 보였다. 오랜 기도를 기계적으로 되풀이하고 나서야, 그는 비로소 신비스런 그리스도의 속죄를 머리 속에 떠올릴 수 있었다. 마침내 몸이 지쳐 나른해지자 그의 들뜬 신경도 잠잠히 가라앉았다. 그는 온갖 잡념에서 벗어나 차분해진 마음으로 잠에 빠져들었다.

그가 잔뜩 곯아떨어져 있을 즈음, 요란한 노크소리가 밤의 정적을 깨트렸다. "아, 테레사! 알았어, 알았다구." 그는 몸을 뒤척이며 중얼거렸다. 하지만 노크소리는 쉬지 않고 계속되었다. 그는 소스라치듯이 놀라 잠에서 깨어났다.

"도련님! 도련님!" 영어가 아니라 이탈리아어가 들려왔다. "제발 얼른 좀 일어나세요!"

아서는 서둘러 침대 밖으로 나왔다.

"무슨 일이야? 거기 누구지?"

"접니다. 저예요, 쟝 바티스타예요. 일어나세요, 제발! 어서요!"

아서는 황급히 옷을 걸치고 문을 열었다. 그가 어리둥절한 채 마부 바티스타의 두려움에 질린 창백한 얼굴을 멍하니 쳐다보고 있을 때, 복도를 따라 요란스러운 발자국 소리와 금속성의 철커덕거리는 소리가 울려왔다. 그는 사태를 곧 알아차렸다.

"나 말이야?" 그의 묻는 음성이 싸늘하게 식었다.

"그래요, 도련님요! 어서 서두르세요! 혹시 감춰야 할 게 있나요? 그건 제, 제가 치울 테니…."

"감출 건 없어. 형님들도 알고 계신가?"

이제 제복차림의 헌병이 막 복도 모퉁이를 돌아 다가오고 있었다.

"주인나리는 벌써부터 일어나 계십니다. 온 집안이 발칵 뒤집혔어요. 맙소사! 이게 무슨 일이람…. 그것도 성 금요일에! 하느님, 자비를 베푸소서!"

바티스타는 울음을 터트렸다. 아서는 몇 걸음 앞으로 나아가서 헌병들이 다가오기를 기다렸다. 두려움에 질린 하인들이 잠옷 바람으로 그 뒤를 따라오고 있었다. 병사들이 아서를 둘러쌌을 때, 이 낯선 광경을 뒷전에서 보고 있던 형들과 형수는 어안이 벙벙해 있었다. 큰형 제임스는 가운과 슬리퍼차림이었고, 형수는 옷자락이 긴 실내복 차림에 머리엔 컬 페이퍼가 말려 있었다.

'반드시 홍수가 있으리니 모든 생물이 각기 한 쌍씩 방주로 오리라! 기이한 짐승들이 한 쌍씩 이리로 오리라!'[2)]

얼이 빠진 듯한 그들의 우스꽝스러운 모습을 바라보는 아서의 뇌리 속에는 이러한 문구가 섬광처럼 스쳐 지나갔다. 그는 상황과는 도무지 어울리지 않는 부조화를 느끼면서, 터져나오는 웃음을 꾹 눌러 참았다. 지금은 좀 더 이 사태에 걸맞는 생각을 해야 할 때였다.

"아베 마리아, 천주의 성모여!" 그는 낮은 목소리로 중얼거리면서도 줄리아의 머리에 돌돌 감겨 있는 컬 페이퍼를 보면 웃음이 터져나올 것만 같아 아예 시선을 돌려버렸다.

"우선 지금 하시는 행동을 설명해 주시면 고맙겠습니다." 제임스가 헌병장교에게 나가가 따져 물었다. "이렇듯 갑작스럽게 개인의 사유저택에 침입한 까닭이 대체 뭡니까? 분명히 경고해 두지만, 만족할 만한 설명이 없을 시에는 영국대사관에 항의하겠습니다."

"제 생각으로는," 장교가 무뚝뚝하게 대꾸했다. "이것만으로도 충분한 설명이 될 것 같군요. 영국대사께서도 그렇게 생각하실 겁니다." 그는 아서의 체포영장을 제임스에게 건네주면서 차갑게 한 마디 덧붙였다. "더 알고 싶으시면 경찰서장에게 직접 물어보시지요."

줄리아는 남편에게서 그 서류를 잡아채 훑어보더니, 아서에게 날듯이 달려들

---

2) 구약성서 창세기의 유명한 '노아의 홍수'가 일어나기 전에 하느님이 노아에게 주는 지시 내용 중 일부이다. "내가 이제 땅 위에 폭우를 쏟으리라. 홍수를 내어 하늘 아래 숨 쉬는 동물은 다 쓸어버리리라. 땅 위에 사는 것은 하나도 살아남지 못할 것이다. 그러나 나는 너와 계약을 세운다. 너는 네 아들들과 네 아내와 며느리들을 데리고 배에 들어가거라. 그리고 목숨이 있는 온갖 동물도 암컷과 수컷으로 한 쌍씩 배에 데리고 들어가 너와 함께 살아남도록 하여라. 온갖 새와 온갖 집짐승과 땅 위를 기어다니는 온갖 길짐승이 두 마리씩 너한테로 올 터이니 그것들을 살려주어라." (창세기 6장 17-20절)

었다.

"너, 아주 집안 망쳐먹을 놈이로구나!" 그녀는 미친 듯이 악을 써댔다. "시내의 온갖 어중이떠중이를 다 불러모아 쇼라도 한 판 벌이지 그래! 이젠 전과자까지 되는구나! 하긴 진작부터 예상은 하고 있었다만, 역시나 가톨릭 따위를 믿는 여자의 자식새끼니…!"

"부인, 외국어로 죄수와 이야기하시면 안 됩니다." 장교가 그녀의 말을 가로막았다. 그러나 장교의 경고조차도 거의 고함을 치듯 격렬하게 쏟아지는 줄리아의 시끄러운 영어에 묻혀 알아들을 수가 없을 지경이었다.

"아주 영락없구나! 어쩜 이렇게 우리가 예상한 그대로라니! 금식이니, 기도니, 묵상이니! 흥, 이게 그 꼴같잖은 짓거리의 결과냐! 내 이럴 줄 알았다, 이럴 줄 알았어!"

언젠가 워렌 박사는 줄리아를 '식초를 잔뜩 엎질러버린 샐러드'에 비유한 적이 있었다. 줄리아의 날카로우면서도 거친 음성을 듣고 있노라니 그 생각이 떠올랐다. 아서는 금방이라도 웃음이 터져 나올 것 같아 어금니를 꽉 깨물었다.

"이제 와서 그런 말씀을 하신들 무슨 소용이 있겠어요. 걱정하실 것 없어요. 형님 부부에게 아무 잘못이 없다는 건 세상 사람들 모두 알 테니까요. 이봐요, 헌병 나리. 내 물건을 뒤지고 싶을 테죠? 난 숨길 게 아무것도 없습니다."

헌병이 그의 편지를 읽고, 노트를 조사하고, 서랍과 상자를 꺼내 샅샅이 뒤지는 동안, 그는 침대 모서리에 앉아 있었다. 흥분으로 약간 상기되어 있었지만, 초조한 기색은 조금도 보이지 않았다. 수색한다고 해서 겁날 건 하나도 없었다. 직접 쓴 반쯤은 혁명적이고 반쯤은 신비주의적인 몇 편의 시, 그리고 두세 곡의 청년이탈리아가(歌) 악보 외에 다른 사람에게 피해가 갈 만한 편지들은 매번 읽자마자 불태워 버렸던 것이다. 오랫동안 버티던 줄리아는 토머스의 간청에 못이

겨 침실로 돌아가면서 경멸에 가득 찬 눈초리로 아서를 쏘아보았다. 제임스도 힘없이 그녀 뒤를 따라 들어가 버렸다.

그들이 침실로 들어가자, 내내 무관심한 척 무거운 걸음걸이로 서성대던 토머스가 장교에게 다가가 동생과 이야기를 나눠도 되느냐고 물었다. 승낙을 받은 그는 아서에게 다가와 약간 쉰 음성으로 속삭였다.

"어떻게 힘써볼 길이 없구나. 미안하기 짝이 없다."

아서는 맑은 여름 아침처럼 잔잔한 얼굴로 쳐다보았다. "형님은 제게 늘 잘해 주셨어요. 미안해하실 것 하나도 없어요. 전 별 일 없을 겁니다."

"그런데, 아서!" 토머스는 콧수염을 쓰다듬으면서, 도무지 이해할 수 없다는 듯 고개를 갸우뚱거리며 물었다. "혹시 이게 무슨 돈과 관련된 문제냐? 만약 그렇다면…."

"돈 문제냐구요? 아니에요! 그게 무슨…."

"그렇다면 정치적인 문제로구나? 나도 그러리라고 생각하고 있었다. 어쨌든 낙심하지 마라. 그리고 형수가 했던 말은 잊어 버려라, 네 형수는 원래 그러잖니…. 하여간 돈이든 뭐든 도움이 필요하면 곧바로 내게 알려라. 알겠니?"

아서는 말없이 그의 손을 잡았다. 토머스는 애써 태연한 척 하느라 그 어느 때보다 더 완고해 보이는 표정으로 방을 나갔다.

그러는 사이 헌병들은 수색을 끝마쳤다. 책임자로 보이는 장교가 아서에게 외출복으로 갈아입도록 명령했다. 그는 순순히 응하고 방을 나서려다가 문득 발걸음을 멈추었다. 헌병들이 북적거리는 곳에 어머니의 기도소를 그대로 두고 떠나는 것이 못내 마음에 걸렸던 것이다.

"잠시만 이 방에 혼자 있게 해주십시오. 보시다시피 전 도망갈 수도 없거니와 숨을 만한 곳도 없습니다."

"안 됐지만, 죄수는 혼자 있게 하지 못하도록 되어 있소."

"그래요? 그렇다면 할 수 없군요."

그는 골방으로 들어가 무릎을 꿇고 십자가상의 발과 받침대에 입 맞추며 중얼거렸다. "하느님 아버지, 죽음이 닥치더라도 충성되게 하옵소서."

그가 일어섰을 때, 장교는 테이블 옆에 서서 몬타넬리의 초상화를 살펴보고 있었다. "친척인가?"

"아니오, 그 분은 제 고해신부이십니다. 브리시겔라의 신임주교가 되신 분이지요."

계단에는 하인들이 걱정스러운 표정으로 슬픔에 잠겨 기다리고 있었다. 그들은 모두 아서와 그 어머니의 고운 마음씨로 인해 그를 깊이 아끼고 있었다. 그들은 터져 나오는 울음을 삼키며 그의 손과 옷에 입을 맞추었다. 마부 바티스타도 희끗희끗한 수염 위로 눈물을 떨어트리며 서 있었다. 제임스 형과 형수는 아예 나와 보지도 않았다. 그들의 냉혹함으로 인해 하인들의 인정이 더욱 따스하게 느껴졌다. 바티스타의 두 손을 움켜쥐는 아서의 눈에서도 금방이라도 눈물이 흘러내릴 것만 같았다.

"안녕히 계세요, 바티스타 아저씨. 아이들에게도 안부를 전해주세요…. 안녕, 테레사. 여러분, 저를 위해 기도해 주세요. 하느님의 은총이 늘 함께 하시길! 안녕, 안녕히…!"

그는 서둘러 층계를 뛰어 내려가 현관으로 향했다. 잠시 후, 현관 계단에는 하인들만이 남아 멀어져가는 마차를 바라보고 있을 뿐이었다. 남자들은 말이 없었고 여자들은 흐느꼈다. 멀리 호송마차가 가물가물 사라져갔다.

6

아서는 항구 어귀에 있는 중세풍의 요새에 수감되었다. 그가 쓰는 독방은 추축하고 어두침침하여 불편하기는 했지만 그런 대로 견딜 만했다. 비록 비아 보라[1]의 호화저택에서 자랐지만, 그에게 답답한 공기나, 쥐나, 역한 냄새는 전혀 낯설지 않았다. 음식 또한 조악하고 불충분했지만, 제임스는 곧 허가를 받아 생활필수품을 집에서 보내주었다. 그는 독방에 수감되었지만 간수들의 감시는 예상했던 것만큼 엄하지는 않았다. 하지만 그는 자신이 체포된 까닭이 무엇인지 도무지 알 길이 없었다. 어찌됐든 요새에 수감되고 나서도 그의 마음속의 평정은 조금도 깨지지 않았다. 도서 반입이 금지되어 있었으므로, 그는 기도와 묵상으로 시간을 보내면서, 불안해하거나 조급해하지 않고 사태의 추이를 관망하고 있었다.

어느 날, 한 병사가 독방의 자물쇠를 따고 그를 불러냈다. "따라오시오." 아서는 병사에게 두세 가지 질문을 해보았지만 그의 대답은 한결같다. "대화는 금

---

[1] Via Borra. 이탈리아어로 "시내 중심가"를 뜻한다.

지되어 있소." 아서는 아예 묻기를 단념하고 그의 뒤를 따라 미로와 같은 안뜰, 복도와 층계를 지나 곰팡이 냄새가 코를 찌르는 어떤 방에 이르렀다. 제법 큼지막하고 환한 방안에는 군복차림의 세 사람이 초록색 보를 씌운 테이블 앞에 앉아 잡담을 나누고 있었다. 테이블 위에는 여러 가지 서류들이 흩어져 있었다. 그가 들어서자, 그들은 갑자기 딱딱하고 사무적인 태도로 돌변했다. 그들 중 가장 나이 들어 보이는 사람이 테이블 맞은편의 의자를 가리켰다. 그는 희끄무레한 구레나룻에 대령복장을 하고 잔뜩 멋을 부리고 있었는데, 아마도 예비심문을 할 심산인 모양이었다.

다짜고짜 협박과 욕설이 난무할 것에 대비하여 의연하고도 끈기 있게 대처하기로 마음먹었던 아서로서는 그들의 태도가 약간은 의아스러웠다. 대령의 태도는 딱딱하고 냉정하며 형식적이었지만, 그래도 상당히 정중한 편이었다. 아서의 성명, 나이, 국적, 그리고 사회적 신분 등에 관한 통상적인 질문과 답변이 오갔으며, 답변 내용은 단조롭게 기록되고 있었다. 지루한 나머지 몸이 근질근질할 즈음, 대령이 물었다.

"자, 그럼, 버튼 씨. 청년이탈리아라는 그룹에 대해서 말해주겠소?"

"민중 봉기를 일으켜 이 땅에서 오스트리아 군대를 몰아내기 위해, 마르세유에서 신문을 발간하여 이탈리아에 배포하는 단체로 알고 있습니다."

"그럼 이 신문을 보았겠지요?"

"예, 전 그 문제에 관심이 있었으니까요."

"당신은 이걸 읽는 것이 불법행위라는 걸 알고 있었습니까?"

"물론입니다."

"당신 방에서 발견된 사본은 어디에서 구했나요?"

"그건 말할 수 없습니다."

"버튼 씨, 이곳에서는 '말할 수 없다' 고 해서는 안 됩니다. 당신은 심문에 순순히 응해야 합니다."

" '말할 수 없다' 고 해서는 안 된다면, 차라리 '말하지 않겠다' 고 하지요."

"계속 그런 식으로 나온다면 오히려 불리할 텐데." 아서가 아무런 대답도 하지 않자, 그는 계속해서 말했다.

"미리 말해 두지만, 당신이 불법도서를 읽은 것 이상으로 이 그룹과 밀접한 관계를 맺어 왔다는 확실한 증거가 확보되어 있소. 솔직하게 자백하는 게 당신에게 유리할 거요. 아무리 허튼 수작을 부린다 해도, 결국 사실은 밝혀지고 말 테니까. 잘 알다시피, 핑계를 댄다거나 부인한다고 해서 우릴 속일 순 없을 거요."

"전 당신을 속일 생각은 추호도 없습니다. 알고 싶은 게 뭡니까?"

"우선, 외국인인 당신이 어떻게 하다가 이런 문제에 관련되었나 하는 점이오."

"전 그 문제에 대해서 나름대로 여러 가지로 생각해 보았고, 또 구할 수 있는 한 여러 자료들을 읽어 보았습니다. 그렇게 해서 저 나름의 결론을 이끌어낸 겁니다."

"그 그룹에 가입하라고 부추긴 자가 누구요?"

"아무도 없습니다. 제가 스스로 가입하고자 했을 뿐입니다."

"지금 나하고 농담 따먹기를 하자는 건가?" 그의 음성이 날카로워졌다. 그의 참을성도 이젠 한계에 이른 것 같았다. "네 녀석이 혼자서 그룹에 가입할 수 있었을 리가 없잖나! 거기에 가입하겠다고 누구에겐가 의사를 밝혔을 텐데?"

침묵이 흘렀다.

"답변하지 않겠나?"

"그런 질문이라면 답변하지 않겠습니다."

아서는 무뚝뚝하게 대꾸했다. 이상한 느낌이 그를 짓눌러 왔다. 이때에야 비로소 그는 리보르노와 피사에서 적잖은 사람들이 체포되었음을 눈치챘던 것이다. 그러나 아직도 그 피해의 범위가 어느 정도인지 감을 잡을 수가 없었다. 그는 젬마와 다른 동료들이 무사한지 염려스러웠다. 그 장교들의 의도적인 정중함, 엉큼한 심문, 구렁이 담 넘어 가는 식의 교묘한 답변과 지루한 수작에 그는 짜증이 나고 화가 치밀었다. 문밖에서 계속 오가는 보초병의 둔중한 걸음걸이도 몹시 신경에 거슬렸다.

"좋아. 그건 그렇다 치고, 볼라를 마지막으로 만난 게 언제였지? 피사를 떠나기 직전이었나?"

"난 그런 이름은 들어보지도 못했소."

"뭐, 볼라를 모른다구? 잘 알고 있을 텐데. 키 크고 말쑥하게 면도를 한 그 녀석 말이야. 왜, 그 녀석은 네 동료잖아."

"학교에는 내가 모르는 학생도 얼마든지 있습니다."

"그래? 하지만 네놈은 분명히 그를 알고 있어! 보라고, 이게 그 녀석이 직접 쓴 거라고. 그 녀석은 널 아주 잘 알던데?"

대령은 첫머리에 '진술서'라고 씌어 있고 '지오바니 볼라'라고 서명된 서류 하나를 그에게 거칠게 건네주었다. 쭉 훑어보니 아서 자신의 이름도 들어 있었다. 그는 소스라치게 놀라 고개를 쳐들고 물었다. "읽어봐도 됩니까?"

"마음대로. 너와 관련된 부분도 있으니까."

장교들이 그의 얼굴을 주의 깊게 지켜보고 있는 동안, 그는 그 진술서를 읽기 시작했다. 그 진술서는 심문에 대한 답변 형식의 조서인 듯했다. 볼라 역시 체포된 게 분명했다. 조시의 첫 부분은 판에 박은 듯이 상투적인 내용이었다. 그 뒤를 이어 볼라의 그룹과의 관계, 리보르노에 금서를 유포시킨 사실, 그리고 학생들의 모임에 관한 내용이 간략하게 적혀 있었다. 그 밑에 다음과 같은 내용이 적혀 있었다. '우리 그룹에 가입한 회원 중에는 영국인인 아서 버튼이라는 학생이 있다. 그는 부유한 선박소유주 가문 출신이다.'

피가 솟구쳐 오르는 것 같았다. 볼라가 배신했구나! 발기인이라는 중대한 임무를 맡은 자식이…. 그것도 젬마까지 끌어들여 놓고선. 심지어 그녀와 사귀고 있지 않았던가! 그는 진술서를 내려놓고는 마루바닥을 멍하니 바라보았다.

"어때, 그 진술서를 보니까 기억이 생생히 떠오르지 않나?"

아서는 머리를 가로저었다. "그 이름은 전혀 모르겠는데요." 그는 얼굴을 찌푸린 채 딱딱하게 말을 이었다. "뭔가 틀림없이 착오가 있을 겁니다."

"착오? 웃기는 소리 작작해! 이봐, 돈키호테 같은 기사도 정신도 나름대로는 멋진 거지. 하지만 그게 지나치면 아무 쓸모가 없어. 너희 젊은 놈들이 저지르는 실수기 바로 그거야. 잘 생각해 봐! 널 배신한 녀석에 대해 격식을 차리느라고 자신의 이름을 더럽히고 창창한 앞날을 망쳐보아야 네게 무슨 이익이 있겠나? 앞날을 생각해야지. 그 녀석은 너에 대해 말하면서도 너처럼 까다롭게 굴지는 않던데?"

대령의 음성에는 뭔가 옅은 냉소의 빛이 스며 있었다. 아서는 흠칫 놀라 고개를 쳐들었다. 불현듯 뭔가 짚이는 게 있었다.

"거짓말!" 그는 악을 써댔다. "순 사기꾼! 네 얼굴에 잘 드러나 있어. 비열한 자식 같으니…. 네 술수에 놀아난 자들도 있었겠지. 이제는 날 함정에 빠트리려고? 이 사기꾼아, 거짓말쟁이야, 불한당 놈아!"

"입 닥쳐!" 대령은 분노로 씨근덕거리며 고함을 쳤다. 함께 있던 장교 두 명은 이미 자리를 박차고 일어나 있었다.

"토마시 대위!" 그는 장교 중의 한 명에게 지시를 내렸다. "간수를 불러. 이 젊은 신사 분을 며칠 징벌독방에 집어넣도록. 따끔한 맛을 보고 싶은 모양이니, 정신이 번쩍 들게 해줘!"

징벌독방은 어둡고 축축한 지하 감옥으로 불결하기 짝이 없었다. 정신이 번쩍 들기는커녕 더욱 분노를 끓어오르게 할 뿐이었다. 호사스러운 가정에서 성장했던 터라, 아서는 신체의 청결에 대해 지나치리 만큼 까다로운 편이었다. 벌레로 뒤덮인 끈적끈적한 벽, 오물과 쓰레기로 가득 찬 바닥, 게다가 곰팡이 냄새와 오물 냄새, 그리고 나무 썩는 냄새가 가득한 그곳이야말로, 잔뜩 약이 오른 대령에겐 아서를 거기 집어넣었다는 사실만으로도 충분히 만족스러울 만큼 끔찍했다. 그는 손을 휘저으며 앞으로 몇 발자국 떼었다. 손가락이 미끈미끈한 벽에 닿는 순간, 그는 구역질이 나올 것만 같아 진저리를 쳤다. 그는 앉아 쉴만한 곳을 찾는다기보다는 그나마 덜 더러운 곳을 찾아 깜깜한 어둠 속을 손으로 더듬으며 나아갔다.

어둠과 정적 속으로 지루한 낮 시간이 지나고 밤이 찾아왔지만, 달라진 건 아무것도 없었다. 외부와 완전히 격리되어 있는 극도의 진공 상태 속에서 아서는 점차 시간관념마저 잃어갔다. 이튿날 아침, 자물쇠 따는 소리에 놀란 쥐들이 찍찍거리며 우왕좌왕하는 순간, 그는 잔뜩 겁을 집어먹었다. 마치 몇 시간이 아니라 몇 달 동안이나 빛과 소리로부터 차단되어 온 양, 그의 가슴은 방망이질치고 귓가에는 함성소리가 울리는 것 같았다.

문이 열리고 희미한 등불이 비쳤다. 하지만 그 희미한 불빛에도 그는 눈이 부셨다. 간수장이 빵 조각과 물 한 잔을 가지고 들어왔다. 아서는 그의 앞으로 다가갔다. 자기를 내보내주려고 온 사람인 줄로만 알았던 것이다. 하지만 무슨 말을 꺼내기도 전에, 간수는 그의 손에 빵과 물 잔을 쥐어주고는 한 마디 말도 없이 밖으로 나가더니 문을 다시 잠갔다.

그는 발을 굴렀다. 평생 처음으로 미친 듯이 화를 냈다. 그러나 시간이 흐르자 시간관념과 공간관념은 점점 더 희미해져 갔다. 어둠은 시작도 끝도 없이 무한하게 느껴졌다. 생명은 이제 멈춰버린 듯했다. 사흘째 되는 날 저녁, 또다시 문이 열리더니 병사 한 명과 함께 간수장이 입구에 얼굴을 내밀었다. 눈이 부셔 얼굴을 가린 아서가 얼떨떨한 표정으로 그들을 쳐다보았다. 이 무덤 같은 감방에서 지낸 지가 며칠이나, 아니 몇 주일이나 되었을까?

"이리 나오시오." 간수가 무뚝뚝하고 사무적으로 말했다. 아서는 자리에서 일어나 주정뱅이처럼 비틀거리며 기계적으로 앞으로 움직였다. 안뜰로 통하는 가파른 좁은 계단을 오를 때, 그는 부축해 주는 간수의 손길을 뿌리쳤다. 그러나 맨 위 계단에 올라섰을 때, 그는 갑자기 현기증을 느끼며 비틀거렸다. 간수가 재빨리 어깨를 붙잡지 않았더라면 계단 아래로 굴러 떨어지고 말았을 것이다.

"됐이, 이젠 괜찮을 거야." 기운찬 음성이 들려왔다. "징벌독방에 들어갔다 나오면 다들 이렇게 고꾸라진다구."

물 한 바가지가 얼굴 위로 쏟아졌다. 아서는 숨을 쉬려고 안간힘을 썼다. 요란한 소리와 함께 어둠이 산산조각으로 부서져 내리는 듯했다. 완전히 정신을 차린 그는 간수의 팔을 뿌리치고 복도를 따라 걸었고 한 계단 한 계단씩 천천히 계단을 올랐다. 그들은 잠시 문 앞에서 숨을 돌렸다. 문이 열리고, 자신이 어디로 끌려왔는지 분명히 깨닫기도 전에 그는 환한 취조실 안으로 들어와 있었다. 그는 어질어질한 채 테이블과 서류, 그리고 예의 그 자리에 앉아 있는 장교들을 멍하니 쳐다보았다.

"오, 버튼 씨!" 대령이 말을 건넸다. "자, 이제는 좀 더 편히 이야기할 수 있으리라 생각하오. 그런데 징벌독방은 어떻습디까? 형님 댁 거실만큼 기분 좋은 곳은 아니지요, 그렇지요?"

아서는 눈을 들어 웃음 띤 대령의 얼굴을 바라보았다. 잿빛 구레나룻을 기른 저 멋쟁이에게 달려들어 그의 목줄기를 이빨로 갈기갈기 물어뜯고 싶은 충동이 일었다. 아마도 그의 이런 기분을 눈치 챘는지, 대령은 이전과는 매우 다른 어조로 말을 이었다.

"자, 앉아요, 버튼 씨. 물을 한 모금 드시지. 너무 흥분하신 것 같으니."

아서는 물잔을 팽개쳐 버렸다. 그리고 테이블에 팔을 괴고 이마를 받친 채 생각을 집중시키려 애썼다. 대령은 그를 날카롭게 쏘아보았다. 그의 노련한 시선은 상대방의 불안정해 보이는 손과 입술, 물이 뚝뚝 흘러내리는 머리카락, 극도의 쇠약과 신경불안을 보여주는 흐리멍덩한 눈길을 하나하나 자세히 뜯어보고 있었다.

"자, 버튼 씨." 대령이 한참 뜸을 들이더니 말을 이었다. "지난번에 그만 둔 이야기부터 시작하기로 하지. 지난번엔 피차 상당히 불쾌한 일들이 있었지. 미리 말해두지만, 난 자네를 골탕 먹일 생각은 추호도 없어. 자네가 솔직하고 사리에 맞게만 행동한다면 다시는 거칠게 다루지 않겠다고 내 약속하지."

"원하는 게 뭡니까?"

아서는 평상시와는 전혀 다르게 거칠고 무뚝뚝한 음성으로 물었다.

"원하는 건 오직 하나. 그 그룹과 회원들에 대해 아는 대로 솔직하게 털어놓는 거야. 좋아, 우선 볼라하고는 언제부터 알게 됐나?"

"그 사람을 만나본 적이 없소. 난 그에 대해 아는 게 하나도 없단 말이오."

"그래? 좋아, 그렇다면 즉시 다음 문제로 들어가기로 하지. 카를로 비니란 청년을 모른다고 하진 않겠지?"

"그런 이름은 들어본 적도 없소."

"그거 참 희한하군. 그럼 프란체스코 네리는?"

"들어본 적이 없소."

"그런데 말이야, 그 녀석에게 보낸 자네 필적의 편지가 여기 있다네. 보라구!"

그는 관심 없다는 듯 흘끗 보더니 저만치 치워 버렸다.

"그 편지 모르겠나?"

"모르겠소."

"자네 필적이란 걸 부인할 텐가?"

"난 부인하는 게 아니오. 기억나지 않는단 말이오."

"그래? 그럼 이건 기억이 날는지 모르겠구먼?"

두 번째 편지가 그에게 전해졌다. 그것은 지난 가을 동료에게 써 보냈던 편지였다.

"전혀."

"편지를 받은 사람은?"

"전혀."

"기억력이 형편없구먼."

"그렇잖아도 기억력이 형편없어서 평소에도 고생했으니까."

"정말 그럴까? 며칠 전 대학교수에게 들은 얘기로는 자네가 실로 영리하면 영리했지, 절대로 멍청한 학생은 아니라던데."

"경찰정보원을 기준으로 판단하시는 모양이군요. 그러나 대학교수들은 다른 의미로 말한 거겠죠."

아서의 어조에 차츰 초조한 빛이 감도는 것은 숨길 수 없는 사실이었다. 그의 육체는 허기, 역한 냄새, 수면부족으로 지칠 대로 지쳐 있었다. 뼈마디 가운데 쑤시지 않는 곳이 없었다. 게다가 대령의 날카로운 금속성의 음성은 지칠 대로 지친 신경을 더욱 자극하고 있었다.

"버튼 군." 의자에 기댄 채 대령은 진지하게 입을 열었다. "자넨 또 잊어버린 모양이군. 한 번만 더 경고해 두지.·그 따위 태도는 자네에게 좋을 게 하나도 없다는 사실을 말이야. 징벌독방이라면 이젠 지긋지긋할 텐데? 분명히 말해두지만, 점잖게 대해 주는데도 자네가 끝까지 발뺌한다면 부득이 본때를 보여줄 수밖에 없네. 잘 기억해 두라구. 자네들 중 몇 사람인가가 금서를 몰래 이 항구로 반입하는 데 관계하고 있었고, 또 자네가 그들과 연락을 취하고 있었다는 결정적인 증거가 있단 말이야. 자, 이젠 고집 피우지 말고 말해 주겠나? 자네가 알고 있는 대로 말이야."

아서는 고개를 떨어트렸다. 맹목적이고 무감각한, 야수와도 같은 분노가 살아 꿈틀거리는 존재인 양 그의 가슴을 휘젓기 시작했다. 그 어떤 협박과 공갈보다도, 자제력을 잃어버리게 될지도 모른다는 게 더 걱정이었다. 처음으로 그는 신사로서의 교양과 기독교인으로서의 신앙심 아래 잠재되어 있는 숨은 힘의 존재를 깨닫기 시작했다. 그러자 갑자기 자기 자신에 대한 공포가 밀어닥쳤다.

"자네의 답변을 기다리고 있는 중일세."

"할 말이 없소."

"정말 답변을 거부하는 건가?"

"아무 말도 하고 싶지 않소."

"그렇다면 징벌독방으로 다시 보내는 수밖에. 마음을 고쳐먹을 때까지 가두어 둬야겠군. 고통스럽겠지만 수갑을 채워 놓겠네."

아서는 분노에 겨워 몸을 치떨었다. "마음대로 하시지." 그는 천천히 말을 이었다. "증거도 없이 영국 국민을 이런 식으로 골탕 먹이는 당신의 개수작을 영국대사가 내버려둘지 어떨지, 어디 두고 봅시다…."

마침내 그는 본래 있던 독방에 수감되었다. 담요를 뒤집어쓰고 이튿날 아침까지 곯아떨어졌다. 수갑은 채워지지 않았으며, 더 이상 그 무시무시한 어둠을 보지 않아도 되었다. 그러나 그와 대령 사이의 반목은 심문의 횟수가 거듭될수록 더욱 더 깊어 갔다. 독방에서 자신의 사악한 감정을 물리칠 은총을 베풀어 달라고 기도해 보아도, 밤새 예수 그리스도의 인내와 온화함을 떠올려 보아도 아무 소용이 없었다. 녹색 테이블보가 깔려 있는 그 길다랗고 황량한 취조실로 끌려가 대령의 번들번들한 구레나룻을 보는 순간, 다시 한 번 야만적인 폭력성이 끓어올라 신랄하게 쏘아붙이고 경멸하듯 답변하고 마는 것이었다. 수감된 지 채 한 달도 안 되어, 피차간은 얼굴만 마주했다 하면 화가 부글부글 끓어오를 지경에까지 이르게 되었다.

이 자그마한 전쟁이 가져온 끊임없는 긴장으로 말미암아 그는 점차 신경과민이 되어갔다. 자신이 철저히 감시받고 있다는 것을 알고부터는, 그들이 음식에 약을 타서 그걸 먹고 중독된 죄수가 잠든 상태에서 늘어놓는 말들로부터 무언가 정보를 얻으려 한다는 소름끼치는 소문이 떠올라 잠자는 것도, 먹는 것도 두려워졌다. 밤중에 쥐 한 마리만 지나가도, 그는 식은땀에 흠뻑 젖은 채 놀라 깨어나기 일쑤였다. 누군가 방에 숨어 들어와 자기가 잠꼬대하는 소리를 엿들으려 하고 있다고 상상하기도 하였다. 자기도 모르게 함정에 빠져들까 봐 지나치게 노심초사한 나머지 날카로워질 대로 날카로워진 그의 신경이 오히려 그를 그런 염려스러운 상황으로 몰고 갔다. 성모 마리아의 이름 대신, 이제는 볼라라는 이름이 밤낮으로 귓전에 맴돌며 그의 기도를 간섭했고, 묵주 한 알 한 알의 움직임까지 방해했다. 그러나 가장 심각한 문제는 날이 갈수록 그의 신앙심이 엷어져간다는 점이었다. 하루 중에도 여러 시간을 기도와 묵상으로 보내면서까지 그는 집요하게 이 마지막 발판에 매달렸다. 그러나 그의 생각은 갈수록 볼라에게로만 향할 뿐, 이제는 기도조차도 완전히 기계적인 것으로 되어가고 있었다.

그에게 가장 커다란 위안이 되어준 이는 감옥의 간수장이었다. 그는 대머리에 나이가 좀 든 뚱뚱한 남자로, 처음엔 험한 티를 내느라 아주 딱딱하게 굴었다. 하지만 통통한 얼굴의 잔주름에서 풍기는 그의 선량한 천성은 직무상의 거리낌을 조금씩 극복해나가고 있었다. 머지않아 그는 독방과 독방을 돌며 죄수들의 말을 전달해주게 되었다.

5월 중순의 어느 날 오후, 그 간수장이 오만상을 찌푸린 채 우울한 표정으로 독방에 들어섰다. 그런 그의 모습에 아서는 깜짝 놀랐다.

"왜 그러세요, 엔리코 씨? 오늘 무슨 일 있었어요?"

"아무것도 아냐." 엔리코는 퉁명스럽게 대꾸했다. 그리고는 침상으로 다가오더니, 아서의 소유인 바닥깔개를 치우기 시작했다.

"제 물건이 필요하신가요? 다른 독방으로 옮기나요?"

"아냐. 자넨 석방될 거야."

"석방된다고요? 어, 언제요? 오늘? 완전히? 엔리코 씨!"

그는 흥분한 나머지 엔리코의 팔을 붙들었다. 그러나 엔리코는 매몰차게 그의 손을 뿌리쳤다.

"엔리코 씨, 무슨 일이죠? 왜 대답이 없으세요? 우리 모두 석방되나요?"

하지만 상대방에게선 경멸하는 듯한 투덜거림이 들려올 뿐이었다.

"절 좀 보세요!" 아서는 억지로 웃음지으며 다시 간수의 팔을 붙들었다. "시무룩한 체 하지 마세요. 무슨 말을 하든 기분 나빠하지 않을게요. 다른 사람들은 어떻게 되는지 알고 싶어요."

"다른 사람? 어떤 사람?" 엔리코는 아서의 손을 뿌리치면서 거칠게 내뱉었다.

"설마 볼라를 말하는 건 아니겠지?"

"볼라는 물론이고, 다른 나머지 사람들도요. 엔리코 씨, 무슨 언짢은 일이라도 있어요?"

"쳇, 볼라는 곧 풀려나진 못할 거야. 어떤 친구인지 동료인지 하는 녀석이 그를 배신했다지? 더러운 자식 같으니!" 엔리코는 아서를 향해 혐오의 눈길을 보내며 옷을 추슬렀다.

"그를 배신했다고요? 어떤 놈이? 어떤 쳐죽일 놈이?" 아서의 눈이 놀라움으로 휘둥그레졌다. 그러자 엔리코가 홱 돌아서며 말했다.

"왜, 바로 네놈이 한 짓 아냐?"

"제가요? 정신 나갔어요, 엔리코 씨? 저라뇨?"

"그래? 그들이 어제 볼라를 심문할 때 그렇게 말했다던데? 네가 아니라니, 천만다행이다. 난 줄곧 널 괜찮은 젊은이라고 생각해 왔거든. 자, 어서 이리 나오렴!"

아서는 앞장선 엔리코를 뒤따랐다. 갈피를 잡지 못한 채 허둥대는 그의 머리 위로 불빛이 쏟아져 내렸다.

"취조관들이 내가 배신했다고 말했단 말이죠? 그들이라면 당연히 그랬겠죠! 그자들은 제게도 볼라가 배신했다고 했거든요. 하지만 볼라는 그런 술수에 넘어갈 만큼 어리석지 않아요."

"네 말이 틀림없는 사실이지?" 엔리코는 계단 맨 아래에 서서 그의 어깨를 끌어안으면서 살피듯이 쳐다보았다.

"그래, 좋아. 아무튼 네 말을 들으니 한결 마음이 가볍구나. 볼라에게 네 말을 그대로 전해주마. 그자들이 볼라에게 했던 말로는, 질투심에 복수하려고 네가 그를 배신했다고 들었다만. 두 사람이 한 아가씨를 똑같이 좋아했다나, 뭐, 그런 내용이던데….”

"그건 거짓말이에요!" 그는 숨이 막히도록 외쳤다. 갑자기 등골이 오싹한 느낌이 들었다. '한 아가씨를 똑같이? 맙소사! 놈들이 어떻게 그 사실을 알아냈을까? 도대체 어떻게?'

"잠깐만." 엔리코는 취조실로 통하는 복도에 멈춰 서서 속삭이듯 물었다. "물론 널 믿긴 하지만, 이것 한 가지만 물어보자. 내가 알고 있기로는 너 가톨릭 신자라며? 혹시 고해할 때 무슨 얘길 한 적은 없니?"

"그런 말도 안 되는 소리가…!" 아서의 목소리는 거의 울음에 가까웠다.

엔리코는 그의 어깨를 껴안은 채 앞으로 걸었다. "물론 잘 알고 있겠지만, 그런 식으로 속는 어리석은 인간이 되어선 안 돼. 네 동료들이 밝혀낸 사실이지만, 지금 피사의 어느 사제 때문에 야단법석이 났어. 네 동료들이 만든 삐라에 의하면 그 사제가 바로 스파이였다는 거야."

엔리코는 꼼짝도 하지 않고 망연자실한 눈으로 자신을 바라보고 있는 아서를 쳐다보면서 취조실 문을 열었다. 그리고 문지방 안으로 조심스럽게 아서를 밀어 넣었다.

"안녕하신가, 버튼 씨." 이를 드러낸 채 상냥하게 웃으며 대령이 말을 꺼냈다. "자네에게 축하한다는 인사를 해야겠구먼. 피렌체에서 석방명령서가 도착했네. 이 서류에 서명해 주겠나?"

아서는 그에게 가까이 다가갔다. "알고 싶은 게 있소." 그의 목소리는 우울함에 젖어 있었다. "날 배신한 자가 누구요?"

대령은 빙그레 미소 지으며 눈썹을 치켜 올렸다.

"짐작이 안 가는 모양이지? 잠시만 잘 생각해 보게."

아서는 고개를 가로 저었다. 대령은 놀랍다는 듯 두 손을 벌려 보였다.

"정말 짐작이 안 가나? 왜? 바로 자네지, 버튼 자네 말이야. 자네가 아니면 어느 누가 그런 사사로운 애정문제까지 알 수 있겠나?"

아서는 말없이 고개를 돌려버렸다. 벽 위에 나무로 만든 큼지막한 십자가상이 걸려 있었다. 그의 눈길은 느릿느릿 예수의 얼굴을 더듬었다. 그의 눈에는 호소의 빛을 조금도 찾아볼 수 없었다. 그저 정의의 하느님께서 왜 성도의 고해를 듣고 밀고한 사제에게 벌을 내리시지 않을까 하는 의아스러움으로 가득 차 있을 뿐이었다.

"자, 이 서류의 인수증에 서명이나 하시지." 대령은 몹시 기분이 좋아 보였다. "자네와는 더 이상 볼 일이 없을 걸세. 자넨 서둘러 집에 가겠지만, 난 자네가 그렇게 끈기 있게 버티면서 끝까지 불지 않았던 그 가련한 볼라란 녀석과 지금부터 씨름을 해야 하거든. 녀석에겐 아마 중형이 떨어질 걸세. 잘 가게!"

이시는 인수증에 서명을 하고 서류를 집어 늘었다. 그는 죽음처럼 깊은 침묵에 싸여 방을 나왔다. 그는 엔리코의 뒤를 따라 거대한 철문 앞에 섰다. 그는 작별인사도 하지 않고 물가로 내려섰다. 건너편 해자까지 그를 실어 나를 뱃사공이 기다리고 있었다. 거리로 통하는 돌층계 위에 올라섰을 때, 무명치마에 밀짚모자를 쓴 아가씨 한 명이 팔을 내저으며 그에게 달려들었다.

"아서! 고생이 얼마나 심했니! 다행이야, 정말 다행이야!"

그는 후들후들 떨면서 두 팔을 아래로 늘어 뜨렸다.

"짐!" 자기 입에서 터져 나오는 음성이 마치 남의 음성인 것만 같았다.

"짐!"

"여기서 30분전부터 기다리고 있었어. 오늘 4시에 출감한다고 해서 말이야. 그런데 왜 날 그런 눈으로 쳐다보니, 아서? 너 무슨 일이 있었구나! 무슨 일이야? 아서, 잠깐만!"

그녀가 곁에 있다는 사실조차 망각해 버린 듯 거리를 향해 느릿느릿 걸어가던 아서가 고개를 돌렸다. 그의 태도에 깜짝 놀란 그녀가 쫓아가서 그의 팔을 붙잡았다.

"아서!"

그는 걸음을 멈추고 어리둥절한 눈빛으로 쳐다보았다. 그녀는 그와 팔짱을 낀 채 아무 말도 없이 걷기 시작했다.

"내 말 잘 들어." 그녀는 부드럽게 말을 꺼냈다. "물론 견디기는 힘들겠지만, 그 일 때문에 너무 상심해 하지 마. 네가 얼마나 무지막지한 고통을 당했는지 난 잘 알아. 모두들 이해해 줄 거야."

"그 일이라니?" 그의 음성은 불안한 듯 미세하게 떨렸다.

"왜, 있잖니, 볼라가 보낸 편지 말이야."

그의 이름을 듣자 아서의 얼굴은 고통스럽게 일그러졌다.

"난 네가 그 이야기를 듣지 못했기를 바랐지만, 넌 이미 알고 있을 테지. 그 자들이 네게 이야기해 주었을 테니까. 그런 생각을 하다니 볼라가 완전히 미쳐버린 게 틀림없어."

"그런 생각이라니?"

"그럼 넌 모르고 있는 모양이구나? 볼라가 엄청난 편지를 보내왔어. 네가 중기선에 대해 다 불어버리는 바람에 자기가 체포됐다고 말이야. 물론 터무니없는 소리겠지. 널 아는 애들은 다들 그렇게 생각하고 있어. 볼라의 편지 때문에 흥분한 애들은 너를 잘 모르는 애들뿐이야. 사실 내가 여기 마중 나온 것도, 우리 그룹의 어느 누구도 그 편지를 전혀 믿지 않는다는 걸 알려주기 위해서야."

"젬마! 하지만 그, 그거… 사, 사실이야!"

그녀는 천천히 그에게서 뒷걸음치더니 아무 말 없이 우뚝 섰다. 검은 눈은 공포에 질려 크게 열렸고 얼굴은 목에 두른 새하얀 목도리처럼 창백해졌다. 얼음같이 싸늘한 침묵이 그들 주위를 감싸고 거리의 사람들과 생기 넘치는 움직임과는 완전히 격리된 어떤 세계 속에 그들을 가둬놓은 듯했다.

"맞아." 마침내 그가 중얼거리듯 입을 열었다. "중기선, 그거 내가 말했어. 그의 이름도…. 하느님! 전 어찌하면 좋습니까?"

그는 퍼뜩 정신이 들었다. 그리고 곁에 있는 그녀의 얼굴에 무시무시한 공포의 그림자가 뒤덮여 있음을 눈치 챘다.

"젬마, 넌 이해하지 못할 거야!" 그는 울음을 터트리며 그녀에게 가까이 다가갔다. 그러나 그녀는 몸을 움츠리며 날카롭게 외쳤다.

"내 몸에 손도 대지 마!"

아서는 거칠게 그녀의 오른손을 붙잡았다.

"내 말 좀 들어봐, 제발! 내 잘못이 아니야, 난…."

"이 손 놔! 놓으란 말이야!"

손을 잡아 빼자마자 그녀는 그의 뺨을 철썩 후려갈겼다.

흐린 안개 같은 것이 그의 망막 위로 서렸다. 잠시 동안 아서의 눈에는 젬마의 절망으로 창백해진 표정과, 그녀가 자기 무명치마에 격렬히 비벼 닦아대고 있는 오른손 외에는 아무것도 보이지 않았다. 구름 속에 숨어 있던 태양이 조금씩 모습을 드러냈다. 사방을 둘러보고서야 그는 비로소 자기가 혼자라는 사실을 깨달았다.

7

 아서가 비아 보라의 저택 정문 벨을 눌렀을 때는 밤이 한참 이슥해져 있었다. 자신이 거리를 쏘다녔다는 생각이 어렴풋이 들었다. 하지만 어디로, 무엇 때문에, 얼마나 오랫동안 쏘다녔는지 전혀 기억나지 않았다. 줄리아의 시종이 연신 하품을 해대며 나와 문을 열어주더니, 그의 수척하고 섬뜩한 표정을 보고서는 씩 웃었다. 젊은 도련님이 거지꼴로 감옥에서 돌아온 게 정말 우스꽝스럽게 보이는 모양이었다.
 아서는 이층으로 올라갔다. 층계참에서 그는 잔뜩 거드름을 피우며 무엇이 못마땅한지 찌푸린 표정으로 내려오던 기번스와 딱 마주쳤다. 그는 '잘 있었나'라고 중얼거리면서 그냥 지나치려고 했다. 그러나 기번스는 그를 마음대로 지나치게 해줄 만큼 만만한 인물이 아니었다.
 "주인 어르신은 안 계십니다, 도련님." 그는 아서의 단정치 못한 옷차림과 머리모양을 훑어보면서 이렇게 덧붙였다. "마님과 함께 파티에 가셨는데 12시쯤에야 돌아오실 겁니다."

아서는 시계를 바라보았다. 9시였다. 됐어, 시간은 충분한 셈이로군.

"마님께선 저녁식사를 어떻게 하실지 여쭈어보라고 하시고, 밤이 늦더라도 주무시지 말고 기다려달라고 말씀하셨습니다. 오늘밤에 긴히 이야기하실 게 있는 모양입니다."

"식사는 필요 없어. 형수님이 돌아오시거든 아직 잠들지 않았다고 전해 주게."

그는 자기 방으로 올라갔다. 체포된 후에도 변한 것은 전혀 없었다. 몬타넬리의 초상화는 예전처럼 테이블 위에 놓여 있었고, 십자가상도 벽감 안에 그대로 세워져 있었다. 그는 잠시 문턱에 서서 귀를 기울였다. 집안은 온통 정적에 잠겨 있었다. 방해할 사람은 아무도 없을 것이다. 그는 조심스럽게 방안으로 들어가 문을 잠갔다.

이제 모든 게 끝장이나. 더 이상 고민하고 말 것도 없다. 끈질기게 남아있는 이 쓸모없는 의식만 사라진다면…. 아서는 자신의 존재가 지향점을 잃어버린, 다만 어리석은 무엇으로만 느껴졌다.

그는 이전에 자살을 꿈꾸어 본 적도, 그것에 대해 깊이 생각해 본 적도 없었다. 그러나 이제 자살은 확실하고도 불가피한 것이 되었다. 구체적으로 어떤 방법을 쓸 것인가는 생각하지 않았다. 신속하게 끝장을 볼 수만 있다면 어떤 방식이든 상관 없을 것이었다. 그의 방에는 무기로 쓸 만한 것이 전혀 없었다. 주머니칼조차 보이지 않았다. 하지만 그건 별 문제가 안 되었다. 수건만 있어도 충분할 것이다. 아니면 침대 시트를 가느다랗게 찢어도 될 테고.

창문 위로 큼지막한 못이 하나 박혀 있었다. 저것도 괜찮지. 몸무게를 지탱할 만큼 단단할까? 그는 의자 위에 올라서서 그 못을 만져보았다. 별로 단단하지는 않은 것 같았다. 다시 의자에서 내려와 서랍에서 망치를 꺼내들었다. 못을 좀 더 단단히 박고 침대 시트를 잡아당겼다. 바로 그때 기도를 올리지 않았다는 생각이 퍼뜩 떠올랐다. 죽기 전엔 기도를 올려야지. 기독교인이라면 누구나 그렇게 한다구. 더구나 세상엔 죽음에 임하는 사람을 위한 특별 기도란 것도 있으니까.

그는 골방으로 들어가 십자가상 앞에 꿇어앉았다. "전지전능하시고 자애로우신 하느님 아버지시여…." 그는 큰소리로 기도하기 시작했다. 그러나 기도는 곧 끊기고, 더 이상은 이어지지 않았다. 정말 세상살이가 따분하게 되었군. 기도드릴 것도 남아 있질 않으니 말이야. 그건 그렇고 이런 고통에 대해서 예수 그리스도께서는 뭐라고 말씀하실까? 그분조차도 이런 고통은 겪어보지 못했을 텐데…. 물론 그리스도께서도 볼라처럼 배신당하셨지. 하지만 그건 속임수에 넘어가서 배신당한 건 아니었어.

아서는 예전처럼 가슴에 성호를 긋고 일어섰다. 테이블에 다가선 그는 그 위에 연필로 쓴 편지 한 통이 놓여 있는 것을 발견했다. 몬타넬리의 편지였다.

사랑하는 아서에게.

출감하는 날 널 보지 못하니 유감스럽기 짝이 없구나. 난 마침 생명이 위독한 어떤 분의 고해를 받으러 가보아야 한단다. 그래서 밤늦게까지 돌아오지 못할 것 같구나. 내일 아침 일찍 날 찾아오너라. 그럼 이만.

L. M.

그는 한숨을 쉬며 편지를 내려놓았다. 신부님도 퍽 고달프시구나.

길거리의 사람들은 얼마나 즐겁게 웃고 떠들던가! 다시 살아 돌아왔지만 아무것도 변한 게 없다. 한 영혼이, 살아 있는 한 영혼이 죽음에 임박해 있다 해도, 그를 둘러싼 일상은 조금도, 정말이지 가장 사소한 변화조차 없다. 이전과 모든 것이 똑같다. 샘물은 여전히 퐁퐁 솟아나고 참새는 처마 밑에서 즐거이 짹짹거린다. 어제도 그랬고, 또 내일도 그럴 것이다. 그런데도 나는 죽어 사라지는 것이다.

침대 모퉁이에 앉은 그는 침대 난간에 팔을 포개어 머리를 기댔다. 시간은 많이 남아 있었다. 머리가 지끈거렸다. 머리 한가운데가 쿡쿡 쑤셨다. 머리가 아프다구? 이 아픔도 시시하고 하찮은 것일 뿐이야. 아무런 의미도 없어.

현관의 벨소리가 요란하게 울렸다. 그는 양손으로 목을 더듬으며, 숨 막힐 듯한 공포의 몸부림 속에 놀라 일어섰다. 그들이 돌아온 것이다. 지금껏 침대 모퉁이에 앉아 꿈꾸면서 귀중한 시간을 허비해 버린 것이다. 이제 그들과 얼굴을 마주하고 그 지긋지긋한 목소리를 들어야 한다, 그들의 비웃음과 비난 섞인 음성을…. 아, 조그만 칼 한 자루만 있다면!

그는 절망적으로 사방을 둘러보았다. 어머니가 쓰시던 바느질 바구니가 벽장 위에 있었다. 틀림없이 그 안에 가위가 있을 거야. 동맥을 잘라버릴까? 아냐, 시간만 있다면 침대 시트와 못이 더 확실하겠지.

그는 서둘러 침대에서 시트를 끌어내려 길고 가늘게 찢었다. 층계를 따라 올라오는 발자국소리가 차츰 가까워졌다. 아냐, 아냐. 이건 너무 넓적해. 목을 매기엔 적당치가 않아. 올가미를 만들어야 해. 발자국소리가 가까워질수록 그의 몸놀림은 더욱 빨라졌다. 피가 솟구치는 느낌이 들고 귀가 멍멍했다. 더 빨리, 더! 오, 하느님! 5분만 더!

노크소리가 들려왔다. 가늘게 찢겨진 침대 시트조각이 그의 손에서 힘없이 떨어졌다. 뛰는 가슴을 진정시키려고 가만히 앉았다. 문의 손잡이가 몇 번 덜컹

거리더니 이내 줄리아의 째지는 목소리가 들려왔다.

"아서!"

그는 숨을 헐떡거리며 일어섰다.

"아서, 문 좀 열어봐. 나야, 나…."

그는 시트조각을 모아 서랍 속에 구겨 넣고 다급하게 침대를 정돈했다.

"아서!" 이번에는 제임스의 목소리가 들려왔다. 손잡이는 계속 덜컹거렸다. "자니?"

모든 게 잘 감춰졌는지 둘러본 다음, 그는 문을 열었다.

"늦더라도 잠들지 말고 기다리라는 소릴 분명히 들었을 텐데?" 몹시 흥분한 채 줄리아는 방안을 둘러보며 말을 꺼냈다. "우리가 네 방문 앞에서 30분씩이나 서성거리는 게 재미있는 모양이지?"

"여보, 4분밖에 안 됐어." 아내의 핑크빛 비단 옷자락 뒷전에 서 있던 제임스가 방안으로 들어서면서 아내의 말을 바로잡았다. "아서, 일찍 나오게 되어 그나마 천만다행이다…."

"무슨 말씀을 하고 싶은 겁니까?" 아서가 그의 말을 가로막았다. 그는 덫에 걸린 짐승처럼 두 사람의 얼굴을 번갈아 훔쳐보면서 문에 손을 기댄 채 서 있었다. 제임스는 너무 둔감했고, 줄리아는 몹시 흥분해 있었던 터라, 두 사람 모두 그의 표정을 알아차리지 못했다

제임스는 아내가 앉을 의자를 내놓은 다음, 입고 있던 새 바지의 무릎 부분을 조심스럽게 잡아당기며 자리에 앉았다. "형수와 난 진지하게 너의 문제에 대해 이야기해 보는 게 마땅한 도리라 생각한다만…."

"오늘 밤은 아무것도 듣고 싶지 않아요. 저, 전 몸이 좋지 않거든요. 머리가 깨질 듯이 아파요. 나, 나중에 듣기로 하죠."

아서는 어정쩡한 태도로 더듬더듬 말했다. 제임스는 깜짝 놀란 듯 그를 찬찬히 뜯어보았다.

"무슨 일이 있었구나?" 아서가 전염병이 들끓는 곳에서 이제 막 나왔다는 사실을 기억해내면서 그는 걱정스럽게 물었다. "병에 걸려선 안 되지. 열이 있는 것 같은데."

"말도 안 되는 소리!" 줄리아의 째지는 듯한 목소리가 터져나왔다. "순 연극이지 뭐예요. 어디 부끄러워서 드러낼 낯짝이 있겠어요? 아서, 이리 와 앉아 봐."

아서는 느릿느릿 방을 가로질러 침대 위에 앉았다. "말씀하세요." 그의 음성은 지쳐 있었다.

제임스는 목을 가다듬느라 헛기침을 해대더니 번질번질한 수염을 만지작거렸다. 그는 다시 준비해둔 말을 시작했다.

"범법자, 선동자, 그리고 에… 평판이 좋지 못한 사람들과 어울려 네가 저지른 행위에 대해 너와 진지하게, 에… 이야기하는 게, 에… 또… 마땅한 도리라고 생각한다. 난 네가 타락했다기보다는 어리석었지 않았나…."

그는 하던 말을 멈추었다.

"계속 말씀하세요."

"너에게 모질게 대하고 싶지는 않다." 피곤에 지치고 절망에 빠진 아서의 모습에 제임스의 음성은 자신도 모르게 누그러졌다. "좋지 못한 친구들을 사귄 결과라고 믿고 싶다만. 네가 아직 나이도 어리고 경험도 부족하다는 걸 잘 고려해야 할 게다. 게다가 내 생각으론 네 어머니에게서 물려받은, 거 뭐랄까… 경솔하고, 에… 또… 충동적인 성격도…."

아서의 눈길이 어머니의 초상화로 천천히 향하더니, 다시 시선을 돌려버렸다. 하지만 그는 아무런 대꾸도 하지 않았다.

"네가 이해하리라 믿는다만, 우리 집처럼 명예를 중히 여기는 가문에 체면을 손상시킨 사람을 더 이상 있게 할 수는 없다."

"계속 말씀하세요."

"뭐?" 부채를 소리나게 접더니 무릎 위에 가로놓으면서 줄리아가 비명을 지르듯 외쳤다. "그저 말씀하세요, 말씀하세요 밖에는 할 말이 없는 모양이구나, 응?"

"좋으실 대로 생각하세요." 그는 미동도 않고 천천히 대답했다. "어찌됐든 저는 상관없으니까요"

"상관없다구?" 제임스가 기가 막힌다는 듯 반문했다. 그의 아내가 웃음을 터트렸다.

"그럼, 상관없구 말구. 그렇잖아요, 여보? 당신이 그 말을 하면 얘가 고마워할 줄 알았겠지만, 그게 얼마나 허무한 생각인지 이제 알겠죠? 내가 그랬잖아요. 가톨릭 협잡꾼들에게 자비를 베풀어보았댔자 결과는 뻔하다구요. 또 그들이…"

"그만, 그만 두라구! 아서, 네 형수 말에 신경 쓸 것 없다."

"아니, 여보, 왜 그만 둬요? 이게 괜히 하는 말인 줄 알아요? 이따위 사생아가 우리 가문의 한 사람이라고요. 이제 이 애도 자기 어머니란 여자가 어떤 여자였는지 똑똑히 알아야 한다구요! 무엇 때문에 우리가 그까짓 가톨릭 사제의 사생아를 맡아 키운다는 거예요? 아서, 이걸 봐!"

그녀는 호주머니에서 꾸깃꾸깃 구겨진 서류 한 장을 꺼내 테이블 너머로 던졌다. 아서는 그것을 펼쳤다. 어머니의 필체였다. 날짜는 그가 태어나기 넉 달 전으로 되어 있었다. 남편에게 보내는 일종의 고백서로, 거기엔 두 사람의 서명이 적혀 있었다.

아서의 눈길은 차근차근 그 서류를 더듬어 나갔다. 불안정한 필체로 어머니의 이름이 적혀 있고, 그 밑에 또 하나의 낯익은 서명이 눈에 띄었다. '로렌초 몬타넬리.' 한 순간 그는 그 서류를 멍하니 바라보다가, 잠시 후 아무 말 없이 서류를 접어 내려놓았다. 제임스가 일어서서 자기 아내의 팔을 붙들었다.

"자, 여보. 이쯤 해두지. 아래층으로 내려갑시다. 너무 늦었군. 난 아서와 따로 할 이야기가 있어. 당신에겐 그리 흥미 있는 얘기가 아닐 거요."

그녀는 남편을 힐끗 쳐다보더니 아서를 등지고 섰다. 그는 말없이 마루바닥만 응시하고 있을 뿐이었다.

"반쯤 얼이 빠져 버렸군." 그녀가 비웃듯 차갑게 말했다.

그녀가 옷자락을 그러쥐고 방을 나서자, 제임스는 조심스럽게 방문을 닫고 테이블 옆의 의자로 되돌아왔다. 아서는 전과 다름없이 꼼짝도 않은 채 입을 다물고 있었다.

"아서." 줄리아가 옆에 없는 탓인지 제임스의 음성이 훨씬 부드러워졌다. "그런 이야기까지 나오게 되어서 참 미안하구나. 네가 차라리 모르고 있는 편이 나을지도 모르는데. 하지만 이젠 다 지나간 일이야. 네가 자제심을 발휘한 걸 보니 내 마음도 기쁘기 그지없다. 네 형수가 오늘따라 조금 흥분한 것 같구나. 여자들이란 늘 그렇잖니? 하지만 나는 네게 모질게 대하고 싶지는 않다."

그는 하던 말을 잠시 멈추고 자신의 말이 효과가 있는지 살펴보았다.

그러나 아서는 여전히 꼼짝하지 않았다.

"물론." 잠시 입을 다물었던 제임스가 다시 말을 이었다. "이건 우리 모두에게 가슴 아픈 이야기란다. 우리가 취할 수 있는 최선책은 그저 없었던 일로 묻어두는 것이겠지. 우리 아버지는 네 어머니가 바람피운 사실을 고백했을 때에도 이혼하지 않으셨단다. 그 정도로 마음이 넓으신 분이었지. 다만 아버지께서는 단 한 가지만을 요구하셨다. 네 어머니를 타락시킨 그 사람이 즉시 이 나라를 떠나야 한다고 말이다. 너도 잘 알다시피, 결국 그 사람은 선교사로 중국에 갔지. 그가 다시 돌아와서 너와 친밀한 관계를 맺게 되자, 솔직히 나는 마음이 무척 언짢았단다. 하지만 아버지께서는 마지막 순간까지도 그 사람이 널 가르치도록 허락하셨지. 다시는 네 어머니와 만나서는 안 된다는 조건 하에서 말이야…. 내가 보기에도 두 사람은 끝까지 그 약속을 잘 지켰다. 얼마나 애처로운 일이냐. 하지만….”

아서가 고개를 쳐들었다 그의 얼굴에는 생기도 표정도 다 사라지고 없었다. 마치 밀랍으로 만든 가면 같았다.

“이, 이런 생각 안 드세요?” 아서가 이상하게 말을 더듬으며 천천히 입을 열었다. “이 모, 모든 게… 무, 무척… 재, 재미있다는 생각 말이에요.”

“재미있다구?” 제임스는 앉아 있던 의자를 밀치면서 너무나도 기가 막힌 듯 멍청히 그를 바라보았다. “재미있다구? 아서, 너 미쳤니?”

아서는 느닷없이 고개를 젖히더니 미친 듯이 웃어대기 시작했다.

“아서!” 위엄을 가다듬으며 제임스가 소리쳤다. “네 변덕스러움엔 그저 놀랄 수밖에 없구나!”

대답 대신 웃음소리가 연거푸 터져 나왔다. 어찌나 크고 요란스러웠던지 변덕 이상의 더 큰 이상이 있지는 않나 하는 의구심이 들 정도였다.

“꼭 미친놈 같구나.” 경멸하듯 어깨를 으쓱거리더니 이리저리 발걸음을 옮기면서 제임스가 중얼거렸다. “사실 아서, 넌 줄리아보다 더 나빠. 자, 이제 그만 웃어! 밤새도록 여기에서 기다릴 순 없잖아.”

차라리 십자가상더러 받침대에서 내려오라고 하는 편이 더 나을지도 모를 일이었다. 충고나 훈계 따위는 이미 아서에게 조금도 먹히지 않았다. 그는 그저 웃고, 또 웃고, 한없이 웃을 뿐이었다.

"이런 제기랄!" 초조한 듯 서성거리던 제임스가 발걸음을 멈추고 거칠게 내뱉었다. "오늘밤은 네가 지나치게 흥분한 탓에 이성적으로 이야기한다는 게 무리일 것 같다. 네가 정 이런 식으로 나온다면 아무 이야기도 할 수가 없구나. 내일 아침 식사 마치고 내게 오도록 해라. 이제 잠이나 자둬라. 잘 자라."

그는 방문을 쾅 소리가 나게 닫고는 나가버렸다. "발광 직전인 널 위해 지금은 기꺼이 내려가 주마." 그는 쿵쿵 발소리를 내면서 중얼거렸다. "이제 곧 피눈물이 쏟아질 걸!"

발광하는 듯한 웃음소리가 사라졌다. 그는 테이블에서 망치를 움켜쥐고 십자가상에 달려들었다.

와장창 깨지는 소리와 함께 그는 정신을 차렸다. 손에는 망치가 그대로 들려 있고, 산산조각이 난 십자가상의 파편이 발 주위로 어지럽게 흩어져 있었다.

그는 망치를 내팽개쳤다. "이렇게 쉬운 것을!" 그는 돌아서면서 중얼거렸다. "난 정말 천치바보야!"

그는 양손에 이마를 묻고 씨근덕거리며 테이블 옆에 앉았다. 그러나 곧 자리에서 일어나 세면대로 가서 머리에 찬물을 퍼부었다. 마음을 차분히 가라앉힌 그는 앉아서 곰곰이 생각에 잠겼다.

겨우 이따위의 위선적이고 비열한 성직자들과 침묵하는 죽은 신들을 위해서 내가 지금껏 그 모든 고통과 모멸감을, 그 모든 절망감을 견뎌왔던 것인가. 사제 한 사람의 기만 때문에 난 목을 매달려고 했다. 참으로 어이가 없다. 그들 모두가 거짓말쟁이가 아니었다면! 하긴 이미 엎질러진 물이다. 이젠 보다 현명하게 행동할 때다. 이 따위 기생충 같은 작자들을 기필코 몰아내지 않으면 안 돼. 새로운 삶을 시작해야지.

선창에 나가면 흔해 빠진 게 배다. 그 배들 가운데 아무거나 몰래 집어타고 캐나다든, 오스트레일리아든, 희망봉이든, 어디로든지 건너가는 건 그리 어려운 일이 아니지. 어느 나라든 상관없어, 멀리만 갈 수 있다면. 그곳에 도착한 다음의 생활문제? 거기가 힘들면 또 다른 살만한 데를 찾아보면 될 테지.

지갑을 열어보았다. 가진 돈은 겨우 33파올리뿐이었다. 하지만 지금 차고 있는 시계는 꽤 값나가는 것이니까 조금이나마 도움이 되겠지. 목숨을 부지하기 위해서라면, 이까짓 시계를 팔아먹은들 무슨 대수이겠는가? 하지만 이곳 사람들이 날 찾으려고 야단일 텐데, 보나마나 선창에 와서 수소문해 볼 게 뻔해. 그렇게 되면 안 되지. 내가 죽었다고 믿게 할 만한 증거를 남겨 놓아야겠군. 그렇게 된다면 난 완전히 자유로운 몸이 되는 거야, 자유로운 몸! 제임스 형과 형수는 내 시체를 찾는다고 야단법석을 피우겠지. 얼굴에 절로 웃음이 떠올랐다. 산다는 건 얼마나 웃기는 어릿광대짓인가!

그는 종이 한 장을 집어 들어 생각나는 대로 몇 자 적었다.

하느님을 믿듯이 당신을 믿었습니다. 하느님은 흙으로 빚어진 것이니 망치로 부술 수 있습니다. 당신은 거짓말로 절 속여 왔습니다.

그는 종이를 접어 몬타넬리 앞으로 겉봉을 썼다. 그리고 다른 종이에 갈겨썼다. '다르세나 강에서 제 시체를 찾으십시오.' 그는 모자를 쓰고 방을 빠져나왔다. 어머니의 초상화 옆을 지나면서 그는 웃음을 띤 채 어깨를 으쓱해 보였다. 어머니, 당신 역시 절 속였지요.

그는 방문을 잠그고 복도를 따라 살금살금 걸어갔다. 발자국 소리는 어둠에 싸인 대리석 층계에 잘게 메아리쳤다. 층계 아래쪽은 마치 입을 쩍 벌리고 있는 지옥처럼 보였다.

아래층에서 잠들어 있는 바티스타가 깰세라, 그는 조심조심 안뜰을 가로질렀다. 뒤뜰 지하창고에는 삐걱거리는 자그마한 창문이 하나 있었다. 창문 높이는 기껏해야 120센티미터 정도인데, 곧장 운하로 통해 있었다. 창살이 녹은 데다 그나마 한 쪽은 이미 망가져 있었던 게 생각났다. 조금만 밀어도 빠져나갈 만한 틈이 생길 것이다.

그러나 뜻밖에도 창살은 단단했다. 손의 살갗이 벗겨지고 옷소매가 찢어졌지만 그래도 빠져나오는 데에는 문제가 없었다. 그는 거리를 살펴보았다. 보이는 사람이라곤 아무도 없었다. 운하는 어둠 속에서 소리 없이 흐르고 있었다. 수직으로 서 있는 진흙투성이 벽 사이로 역겨운 냄새가 풍겨왔다. 미지의 세계가 이처럼 음침한 굴 같은 곳일지도 모르지. 하지만 내가 버리고 떠나는 이 구석보다야 더 따분하지도, 남욕스럽지도 않을 거야. 후회할 것도 뒤돌아볼 것도 없다. 이 세상의 도랑은 사람을 빠트려 죽게 할 만큼 깊지는 않지만 비열한 거짓과 꼴사나운 시기, 그리고 역겨운 냄새가 진동하고 있으니까….

그는 운하의 제방을 따라 메디치 궁 옆의 조그마한 광장에 이르렀다. 젬마가 환한 모습으로 두 팔을 활짝 벌리고 그에게 뛰어들던 곳이 바로 여기였다. 여기에서 축축한 돌계단을 조금만 더 올라가면 해자로 가는 길이다. 더러운 운하 저편으로 음산하게 서 있는 요새가 보였다. 그곳에 수감되어 고통 받기 전에는 그곳이 얼마나 비열하고 더러운 곳인지 결코 알지 못했다.

좁다란 거리를 지나 다르세나 선창가에 이르렀다. 거기서 그는 모자를 벗어 물에 던졌다. 내 시체를 건지려다 저 모자를 발견하게 되겠지. 그는 이제 무엇을 해야 할까 이리저리 생각하면서 물가를 따라 계속 걸었다. 어떻게 해서든지 아무 배에라도 몰래 올라타야겠는데 그게 여간 힘든 일이 아니었다. 일단은 메디치 방파제 너머까지 가봐야 기회가 생길 것 같았다. 그곳에는 허름한 선술집이 있으니 잘만 되면 돈으로 매수할 수 있는 선원을 찾을 수 있을 것이다.

선창의 출입구는 닫혀 있었다. 어떻게 하면 출입구를 통과한 다음 세관원들의 감시를 벗어날 수 있을까? 그가 가진 돈은 밤에 여권도 없이 이곳을 통과하기 위해 쓸 뇌물로는 턱없이 적은 액수였다. 게다가 세관원들이 그를 알아볼지도 모를 일이었다.

'네 명의 무어인'[1]의 청동상을 지날 때 선착장 맞은편의 낡은 집에서 한 사내의 모습이 나타났다. 사내는 다리 쪽으로 가까이 다가왔다. 아서는 청동상 뒤편 어둠 속으로 숨어 들어간 다음 쪼그려 앉아 동상의 주춧대 모서리 틈으로 조심스럽게 상대방을 엿보았다.

별빛이 비치는 부드럽고 따스한 봄밤이었다. 물결은 방파제에 부딪혀 철썩이면서 희미한 웃음소리처럼 발밑에서 소용돌이쳤다. 가까운 어디선가 이리저리 흔들리는 쇠사슬이 철커덕철커덕 신음소리를 토해냈다. 거대한 기중기가 희미한 달빛 속에 외로이 우뚝 솟아 있었다. 별빛 총총한 밤하늘과 진주빛 구름버섯 아래로 거무스름하게 서 있는 그 형상은 무자비한 운명에 맞서 싸운 보람도 없이 족쇄에 채워져 몸부림치는 노예의 모습 같았다.

사내는 영국 유행가를 흥얼거리며 물가를 따라 계속 다가왔다. 어느 선술집에선가 진탕 마시고 놀다 돌아오는 선원임에 틀림없었다. 다른 사람은 아무도 보이지 않았다. 그 사나이가 바로 코앞까지 다가오자 아서는 벌떡 일어서서 길 한가운데로 나섰다. 선원은 노래를 그치더니 제 자리에 우뚝 멈춰 섰다.

"얘기 좀 나눴으면 합니다만." 아서는 이탈리아어로 말을 꺼냈다. "제 말 알

---

[1] 리보르노 시의 가장 오랜 기념물 중 하나로 1626년 피에트로 타카에 의해 완성되었다. 사슬에 묶인 네 명의 무어인을 등신 크기의 청동상으로 제작했다.

알아듣겠습니까?"

사나이가 고개를 설레설레 흔들었다. "쓸데없는 이야기라면 아예 집어치워." 그는 서투른 프랑스어로 내뱉더니 퉁명스럽게 물었다. "뭐야! 안 비킬 거야?"

"잠깐만 이쪽 어두운 데로 오세요. 드릴 말씀이 있어요."

"오호라! 밝은 데선 겁나는 모양이로구만! 어디 칼이라도 갖고 있는 것 아냐?"

"아, 아닙니다. 아저씨! 당신 도움이 필요하다구요. 대가는 충분히 치를게요."

"어? 뭐라고? 하긴 차려입은 건 제법이군…." 선원은 이제 영어로 지껄이고 있었다. 그는 어둠 속으로 다가와 동상 주춧대 난간에 몸을 기댔다.

"그래." 다시 형편없이 서투른 프랑스어가 튀어나왔다. "원하는 게 뭐야?"

"여기서 도망치고 싶습니다."

"오호라, 밀항하고 싶단 말이지! 나더러 숨겨 달라구? 해줄 수도 있지. 누군가를 쑤셨구먼, 칼로. 맞지? 그래놓고 외국으로 나르겠다 그 말이지? 어디로 가고 싶은데? 경찰서는 아닐 테고?"

그는 비실비실 웃어대더니 눈을 찡긋해 보였다.

"어느 배에 타고 계십니까?"

"카를로타 호야. 리보르노에서 부에노스아이레스로 가지. 갈 땐 원유를 실어 가고 올 땐 모피를 가져오지. 배는 저기 있어." 그는 방파제 쪽을 가리켰다. "아주 흉칙한 괴물이지."

"부에노스아이레스, 좋아요! 아무 데라도 좋으니 저를 그 배 안에 숨겨줄 수 있을까요?"

"얼마 줄래?"

"얼마 안 돼요. 몇 파올리 밖에 없거든요."

"안 돼, 적어도 50이하로는 안 돼. 그것도 싸, 너 같은 멋쟁이한테는 말이야…."

"멋쟁이라니 무슨 말씀이십니까? 제 옷이 맘에 드시면 저랑 바꿔 입어도 좋아요. 하지만 없는 돈을 더 드릴 순 없잖아요."

"거기 시계가 있잖아, 이리 줘 봐."

아서는 숙녀용 금시계를 꺼냈다. 뒷면에는 'G·B'라는 머리글자가 새겨져 있고 정교하게 무늬가 조각된 에나멜 도금시계였다. 그 시계는 어머니가 쓰시던 것이었다. 하지만 그게 지금 무슨 상관인가?

"우와!" 슬쩍 쳐다보던 선원이 탄성을 질렀다. "그거 훔친 거지? 이리 줘 봐!"

아서는 팔을 움츠렸다. "잠깐만. 일단 배 위에 올라가고 난 뒤에 드리겠어요. 그 전에는 안 돼요."

"보기보다 어리숙하진 않구만! 좋아, 내가 책임지고 도와주지. 대신 꼭이야!"

"염려마세요. 저기 감시원이 와요."

그들은 청동상 밑에 엎드려 감시원이 지나가길 기다렸다. 선원이 일어나더니 뒤따라오라고 손짓하고선 히죽히죽 웃으며 앞장섰다. 아서는 말없이 뒤를 따라갔다.

선원은 메디치 궁 옆 광장의 조금 울퉁불퉁한 쪽으로 돌아가더니 어두컴컴한 모퉁이에서 걸음을 멈추었다. 그는 속삭이는 목소리로 주의를 주었다.

"여기서 기다려. 조금이라도 고개를 내밀면 저 보초 녀석들에게 발각될 테니 조심해."

"뭘 하려고요?"

"옷을 하나 얻어다 주지. 피 묻은 옷을 입고 배에 오를 순 없잖아."

아서는 창살에 찢겨진 소매를 내려다보았다. 손의 상처에서 흘러내린 핏방울이 소매에 번져 있었다. 선원은 그를 살인자로 여기고 있음이 틀림없었다. 아무래도 좋아, 남이 뭐라 생각하든 상관없으니까.

　잠시 후 선원이 꾸러미 하나를 끼고 의기양양하게 들어왔다.

　"어서 갈아입어. 곧 떠나야 해. 노랑이 유태인 놈하고 값을 흥정하느라 30분이나 잡아먹었어."

　남이 입던 옷을 입는다는 생각에 본능적으로 역겨움이 일었지만, 아서는 순순히 그 말에 따랐다. 다행히도 낡긴 했지만 깨끗이 세탁된 것이었다. 새 옷으로 갈아입고 밝은 데로 나오자 선원은 그럴싸하게 보이는지 고개를 끄덕거렸다.

　"그럴 듯하군. 자아, 이쪽으로. 소리내선 안 돼." 아서는 벗어 던진 옷을 주워들고 미로같이 구불구불한 운하를 건너 좁고 어두운 뒷골목으로 따라갔다. 리보르노 사람들이 '누보 베네치아'라고 일컫는, 아직 중세시대의 모습이 고스란히 남아있는 빈민가였다. 심한 악취가 풍기는 양편의 도랑 사이로 지저분한 집들과 오물도 가득 찬 골목길이 펼쳐졌다. 이제는 쇠락해버린 대저택들이 여기저기에 우뚝 서 있었다. 이곳의 공기 속에는 과거의 영광을 간직하려고 애쓰지만 소용없는 짓이란 걸 빤히 알고 있다는 듯한 무력감과 쓸쓸함의 기운이 서려 있었다. 어떤 골목은 강도, 자객, 밀수꾼의 악명 높은 소굴이었으며, 어떤 골목은 가난에 찌든 비참함으로 가득 차 있었다.

　조그마한 다리 옆에서 선원은 발걸음을 멈추고 감시원이 있나 없나 이리저리 살펴보더니 돌층계를 건너뛰어 좁은 다리로 내려섰다. 다리 아래에는 꾀죄죄한 배 한 척이 있었다. 아서에게 뛰어 들어와 엎드리라고 이른 다음, 선원은 항구를 향해 노를 저어가기 시작했다. 아서는 선원이 덮어 놓은 옷가지에 몸을 숨긴 채 물이 스며 축축한 널판 위에 엎드렸다. 옷가지 틈으로 낯익은 거리와 건물들이 눈에 들어왔다.

　다리 아래를 빠져나간 다음 감옥으로 쓰이는 요새 쪽으로 통하는 운하로 들어섰다. 물 밖으로 솟아있는 거대한 성벽이 보였다. 성벽은 밑 부분은 넓적하고 꼭 대기로 갈수록 좁아졌다. 몇 시간 전만 해도 저곳은 얼마나 완강하고 위협적으로 보였던가! 그러나 이젠….

그는 배 밑바닥에 누워 낮게 웃었다.

"소리 내지 마!" 선원이 속삭였다. "머리 안 보이게 잘 덮어! 세관에 다 왔어."

아서는 머리 위로 옷가지를 끌어당겼다. 몇 야드 밖에 여러 개의 쇠사슬로 연결시켜 놓은 배가 한 척 떠 있었다. 그 배는 세관과 요새성벽 사이의 좁은 수로를 가로막고 있었다. 졸음에 겨운 세관원이 연신 하품을 해대면서 등불을 비추어 굽어보았다.

"통행증은?"

선원이 그의 통행증을 제시했다. 옷가지 아래 숨을 죽인 채 아서는 귀를 쫑긋 세우고 엿들었다.

"배로 돌아가기엔 너무나 멋진 밤이로구먼!" 세관원의 투덜거리는 목소리가 들려왔다. "기분 좋게 한 잔 하고 들어가는 모양일세? 배에 실은 건 뭔가?"

"전부 헌 옷가지요. 싸게 샀거든." 그는 조끼 하나를 들어 보였다. 세관원은 눈을 치켜뜬 채 등불을 기울여 쳐다보았다.

"이상 없군, 통과해도 좋아."

그는 관문을 열어주었다. 배는 천천히 어둠에 싸여 미끄러지기 시작했다. 얼마쯤 가자 아서는 옷가지를 밀어젖히고 일어나 앉았다.

"이 배야." 한동안 말없이 노를 젓던 선원이 중얼거리듯 말을 건넸다. "내 뒤에 바짝 붙어. 입 다물고."

아서의 민첩성이 다른 사람보다 나으면 나았지 뒤떨어질리 없건마는, 그는 아서의 움직임이 굼뜨다고 낮은 소리로 욕을 내뱉으며 배에 기어올랐다. 배에 올라선 두 사람은 어둠에 묻혀 있는 장비와 기계들 사이를 살금살금 기어 승강구에 이르렀다. 선원이 승강구를 소리 안 나게 들어올렸다.

"이 아래로 내려가 있어! 내 곧 돌아올게."

선창은 어둡고 축축했을 뿐만 아니라 역겨운 냄새까지 풍겨왔다. 처음에 아서는 짐승가죽에서 풍기는 악취와 고약한 석유냄새 때문에 숨이 막혀 본능적으로 움찔 물러섰다. 그는 징벌독방을 떠올렸다. 그런 다음, 어깨를 으쓱하고는 아무렇지도 않다는 듯 사다리를 타고 내려갔다. 불현듯 산다는 것은 어딜 가더라도 마찬가지일 거라는 생각이 들었다. 더럽고 악취가 풍기고 벌레가 우글거리고, 수치스러운 비밀과 말 못할 고통으로 가득 찬 이 세상…. 하지만 살아있는 것은 살아 있는 것이니까, 최선을 다해서 살아가야지.

얼마 지나지 않아, 어둠 속이라 무언지 알 수 없는 어떤 물건을 손에 들고서 선인이 돌아왔다.

"자, 이제 시계하고 돈을 내 놓아야지, 어서!"

어둠을 틈타 아서는 동전 몇 개를 슬쩍 숨겼다.

"먹을 걸 좀 주세요. 배가 고파 죽을 지경이에요."

"물론 가져왔지, 그럴 줄 알고. 여기 있잖아." 선원은 물주전자와 딱딱한 비스킷 약간, 그리고 절인 돼지고기를 건네주었다. "내가 하는 말을 명심해 둬. 내일 아침 세관원이 검사하러 올 때는 여기 석유통 속에 숨어 있어야 해. 배가 떠나기 전까지는 쥐새끼처럼 찍소리도 내지 말고 조용히 있어야 해. 나와도 될 만하면 내가 알려줄게. 그리고 선장에게 들키면 선장을 붙들고 늘어져 사정해. 알겠지? 물주전자는 안전하게 뒀어? 잘 자라구!"

승강구의 문이 닫혔다. 아서는 귀중한 물주전자를 안전한 곳에 놓은 다음, 석유통 위로 기어 올라가 돼지고기와 비스킷을 먹었다. 그런 뒤, 더럽기 짝이 없는 마루바닥에 몸을 웅크리고 누웠다. 유년 시절 이래로 처음으로 기도도 올리지 않은 채 잠을 청했다. 생쥐들이 어둠 속에서 바삐 돌아다녔다. 그러나 생쥐들의 찍찍거리는 소리도, 배의 흔들림도, 메스꺼운 석유냄새도, 내일부터 시작될 배멀미 걱정도 그의 잠을 방해할 수는 없었다. 불과 하루 전만 해도 하늘같이 숭배했지만 이제는 무너지고, 더럽혀져버린 우상에 대해서 만큼이나, 그는 이들에 대해서도 눈꼽만큼도 개의치 않았다.

제2부

귀환

(그로부터 13년 후)

1

1846년 7월의 어느 날 저녁, 앞으로의 정치 활동에 관한 계획을 토의하기 위해 피렌체의 파브리치 교수 집에 몇몇 친구들이 모였다.

그중 몇 사람은 마치니당원으로, 민주공화국의 수립과 이탈리아의 통일에 지대한 관심을 가지고 있었다. 그 외에도 입헌군주제 추종자를 비롯한 다양한 성향의 자유주의자들이 있었다. 그러나 한 가지 점에서만큼은 모두가 의견을 같이 하고 있었다. 그것은 토스카나[1]의 검열에 불만을 품고 있다는 사실이었다. 그래서 서로 정치적 의견을 달리하는 당파의 대표자들일지라도, 적어도 그 문제에 대해서만은 논쟁 없이 토의할 수 있으리라는 바람에서, 모두에게 좋은 평판을 얻고 있는 파브리치 교수가 이번 회합을 소집했던 것이다.

피우스 9세[2]가 즉위하자마자 교황령[3] 내의 모든 정치범들에 대해 단행한 그

---

1) 이탈리아의 중서부 지방.
2) 피우스(비오) 9세(Pius IX, 1792-1878). 로마 교황(재위 1846-1878)으로 초기에는 자유주의적인 성향을 보여 널리 환영받았지만, 말년에는 오히려 보수적인 성향을 보이며 자유주의 및 통일운동 세력과 대립했다.
3) 756년부터 1870년까지 무려 1000년 이상 교황이 주권을 행사한 이탈리아 중부의 여러 지역을 말한다.

유명한 대사면이 있은 지 고작 2주일이 지났을 때였다. 그런데도 대사면을 계기로 타오르기 시작한, 자유주의를 추구하는 열광의 파도는 이미 이탈리아 방방곡곡으로 퍼져나가고 있었다. 토스카나의 정부당국도 이 놀라운 상황에 충격을 받은 듯했다. 파브리치를 비롯한 몇몇 지도급 인사들은 지금이야말로 언론법 개정을 위해 과감한 노력을 기울일 절호의 기회라고 생각하고 있었다.

언론법이 화제가 되자 제일 먼저 극작가인 레가가 말문을 열었다. "물론 언론법을 개정하기 전까지는 신문을 발행할 수 없겠지요. 따라서 아직 창간호를 발간해서는 안 됩니다. 하지만 기존의 검열제도 하에서도 팸플릿 종류는 찍어낼 수 있습니다. 우리가 빨리 서두르면 서두를수록 언론법 개정을 앞당길 수 있다고 봅니다."

그는 당시 자유주의자들이 취하고 있는 노선에 대해서 장황하게 설명을 늘어놓기 시작했다.

"말할 나위도 없겠지만." 약간은 점잔을 빼듯 느릿느릿한 말투로 반백의 변호사가 끼어들었다. "어떤 식으로든 이 기회를 잘 이용해야 합니다. 언론법 개정을 이룩하는 데 이보다 더 좋은 기회는 다시없을 겁니다. 하지만 팸플릿으로 효과가 있을 지 의문스럽습니다. 팸플릿은 우리가 바라는 방향대로 당국을 설득하기보다는, 오히려 당국의 신경을 자극하고 놀라게 만들 겁니다. 일단 당국이 우릴 위험한 선동가로 여기게 된다면, 당국의 도움을 얻을 기회는 영영 사라지고 마는 셈입니다."

"당신 말대로라면 우리가 할 수 있는 일이란 게 뭡니까?"

"청원입니다."

"대공大公께 말입니까?"

"그렇습니다. 언론의 자유를 보다 넓혀달라고 말입니다."

창가에 앉아 있던, 예리한 눈빛에 얼굴이 가무잡잡한 사나이가 웃음을 보이며 고개를 설레설레 흔들었다.

"청원으로 뭘 얻겠다는 겁니까? 지난번 렌치 사건의 결과는 청원이라는 방식에 대해 시사하는 바가 크다고 생각합니다만."

"물론 나 역시 렌치의 본국송환을 미연에 방지하지 못한 데 대해 가슴 아프게 생각하고 있습니다. 하지만 사실 난 여러분의 감정을 상하게 하고 싶지는 않습니다만, 그 사건의 실패는 우리 회원들 중 몇몇 사람의 조바심과 극렬성에 그 원인이 있다고 생각하지 않을 수 없습니다. 말씀드리기 뭣하지만…."

"피에몬테 사람들은 다들 그렇게 생각하고 있는지도 모르겠소만." 가무잡잡한 얼굴의 사나이가 재빨리 말을 가로챘다. "나로선 우리가 제출한 온순하기 짝이 없는 청원서말고, 대체 어디에서 조바심이나 극렬성을 찾아볼 수 있는지 모르겠소. 토스기니와 피에몬테에서는 그걸 극렬성이라고 부르는지 모르겠소만, 우리 나폴리에서는 그 따위 것을 가지고 그렇게 말하지는 않으니까."

"다행스럽게도." 피에몬테 사람인 변호사가 되받았다. "나폴리인의 극렬성은 나폴리에만 특유한 것이지요."

"자, 자, 여러분. 이야기를 정리해 보십시다." 파브리치 교수가 끼어들었다. "나폴리 관습에는 그 나름대로의 장점이 있고, 피에몬테의 관습에도 장점은 있습니다. 하지만 지금 이 순간, 우리는 토스카나에 와있습니다. 오늘 토론할 주제에 충실히 임하는 것이 바로 우리 토스카나의 관습입니다. 그라씨니 씨는 청원하자는 안을 제기하셨고, 이에 대해 갈리 씨는 반대했습니다. 리카르도 씨의 의견은 어떻습니까?"

"청원을 한다 해도 손해 볼 건 없을 것 같은데요. 그라씨니 씨가 청원서를 기초한다면 기꺼이 서명하겠습니다. 하지만 단순히 청원하는 것만으로는 별다른 효과를 얻지 못할 거라고 생각합니다. 따라서 청원과 팸플릿, 이 두 가지를 병행하면 어떻겠습니까?"

"팸플릿을 찍어내면 당국의 주시를 받게 될 것이고, 그렇게 되면 결국은 청원도 물거품이 되고 말거요." 그라씨니가 대답했다.

"어쨌든 그런 식으로 문제를 풀어선 안 됩니다." 가무잡잡한 나폴리 사내가 일어서더니 테이블을 가로질러 건너왔다. "두 사람의 방침은 분명 잘못된 겁니다. 정부와 타협해 본들 아무 소용도 없을 거요. 우리가 해야 할 일은 민중을 일으켜 세우는 것입니다."

"말로는 쉽지요. 하지만 어떻게 일으켜 세운단 말이오?"

"갈리 씨에게 물어보시지요! 들으나마나 검열관의 대가리를 박살내버리자고 할 거요."

"아, 아닙니다. 그렇게 해선 안 되지요." 갈리는 단호하게 부인했다. "당신은 남부사람은 총만 들 줄 알지, 논쟁할 줄은 모른다고 생각하는 모양이군요?"

"그럼, 달리 무슨 의견이라도 있습니까? 자아, 잠깐만 주목해 주십시오, 여러분! 갈리 씨에게 뭔가 계획이 있으시답니다."

둘씩, 혹은 셋씩 따로따로 짝지어 흩어져 있던 사람들이 테이블 주위로 모여들어 귀를 기울였다. 갈리는 손을 치켜들고 설교조로 말문을 열었다.

"아닙니다, 여러분. 이건 '계획'이라기보다는 '제언'이라는 편이 옳겠습니다. 내 생각으로는 신임 교황에 대해 이렇게들 모두 열광하고 있다는 데에 보다 크고 실제적인 위험이 도사리고 있다고 봅니다. 대부분의 사람들은 아마 이렇게 생각하나 봅니다. 교황이 새로운 노선을 제시하고, 또 대사면을 실시했으니 우리 모두는, 아니 온 이탈리아는 그지 교황의 품으로 뛰어들기만 하면 되고, 그러면 교황이 우리를 약속된 땅으로 인도하실 것이다, 이렇게 말입니다…. 물론 저도 교황의 정책을 높이 평가하는 데는 둘째가라면 서러워할 사람입니다. 정말 대사면은 멋진 정책이었지요!"

"교황이 들으면 크게 기뻐하겠구먼…." 그라씨니가 빈정거리듯 말했다.

"이봐요, 그라씨니. 좀더 들어봅시다." 리카르도가 그의 말을 가로막았다. "당신들 두 사람이 줄기차게 서로 으르렁대는 것도 참 희한한 일이오. 계속하시오, 갈리 씨!"

"제가 말씀드리고 싶은 것은 바로 이겁니다. 교황의 정책이 선의에서 비롯된 것이라는 데에는 의심의 여지가 없습니다. 그러나 그가 얼마나 개혁을 성공적으로 수행하느냐는 별개의 문제입니다. 지금 현재는 물론 순탄하게 진행되고 있습니다. 이탈리아 전역의 보수주의자들도 대사면의 흥분이 가시기까지 한두달 동안은 찍소리 없이 잠잠할 겁니다. 그러나 그들은 싸움 한 번 제대로 못해 보고 권력을 빼앗기려고 하지는 않을 겁니다. 틀림없이 올 겨울이 채 가기도 전에 우리는 예수회파, 그레고리우스파[4] 그리고 산페디스트파[5]와 나머지 모든 패거리들이 흉계를 꾸미고, 매수할 수 없는 사람은 차라리 독살하려 한다는 소식을 듣게 될 것입니다."

"충분히 그러고도 남을 놈들이지."

"그렇습니다. 그렇다면 람브루시니[6]와 그의 일당들이 신임 교황을 설득해서 우리 모두를 예수회파의 규율 아래 묶어 두고, 또 어쩌면 오스트리아 기병들이 거리를 순찰하면서 우리를 옭아맬 때까지 그저 청원이나 하면서 기다려야 합니까? 아니면 놈들의 일시적인 패배를 잘 이용해서 우리가 선수를 쳐야 할까요?"

---

4) 이 대목에서는 피우스 9세의 전임자로 1831년부터 1846년까지 재직했던 교황 그레고리우스 16세(Gregory XVI, 1765-1846)의 추종 세력을 말하는 듯하다.
5) 18세기 말부터 19세기 초까지 이탈리아에서 활동한 친(親)교황 및 반(反)자유주의 정치세력을 말한다.
6) 루이지 람브루시니 추기경(Cardinal Luigi Lambruschini, 1776-1854). 이탈리아의 로마가톨릭 성직자로, 그레고리우스 16세 치하에서 추기경으로 근무하며 반동적인 성향으로 인해 대중적으로 크게 반감을 샀다.

"먼저 선수를 친다고 했는데, 그게 무얼 뜻하는 겁니까?"

"예수회파에 대항해서 선전선동을 조직화하자는 겁니다."

"그럼 사실상의 선전포고 아닙니까?"

"그렇습니다. 그자들의 음모를 폭로하고 비리를 파헤쳐, 그자들과 대항하여 싸울 연합전선을 형성하도록 호소하는 겁니다."

"하지만 지금은 폭로할 거리가 없는데요…."

"폭로할 게 없다고요? 석 달만 기다려 보십시오. 얼마든지 있을 겁니다. 하지만 그때는 그자들을 쫓아내기에 너무 늦을지도 모르지요."

"하지만 예수회파에 대항하여 민중을 일으켜 세운다는 게, 말이 쉽지…. 검열은 어떻게 피하려고 합니까?"

"전 검열을 피할 생각은 추호도 없습니다. 오히려 검열과 맞서 싸울 작정입니다."

"그럼 익명으로 팸플릿을 찍어낸단 말입니까? 그거 좋겠네요. 비밀지하신문이라면 신물이 나도록 찍어보았으니 잘…."

"제 말은 그게 아닙니다. 우리 이름과 주소를 내걸고 공개적으로 찍어낸단 말입니다. 기소하고 싶으면 하라지요."

"그 계획은 터무니없이 무모한 짓입니다." 그라씨니가 반대하고 나섰다. "이유도 없이 '날 잡아잡수' 할 필요는 없지 않습니까?"

"아, 걱정하실 필요는 없습니다." 갈리는 날카롭게 상대방의 말을 가로막았다. "당신더러 우리 팸플릿 때문에 감옥에 가라고 하진 않을 테니까요."

"말조심 하시오, 갈리 씨!" 리카르도가 나섰다. "지금 감옥 가는 게 두려워서 그러는 건 아니잖습니까? 충분히 가치 있는 일이라면, 우리 역시 당신 못지않게 감옥에 갈 마음의 준비가 되어 있는 사람들입니다. 그렇지만 아무런 까닭도 없이 위험을 무릅쓰는 건 유치한 짓일 뿐이지 않습니까. 나로 말하자면, 그 제안에 대한 수정안이 있습니다."

"그래요? 그게 뭔데요?"

"검열관과 충돌을 피하면서, 예수회파와 조심스럽게 싸우는 방법도 있지 않겠습니까?"

"글쎄, 어떻게 하면 그럴 수 있을지?"

"이를테면, 말하고자 하는 내용을 약간 돌려서 이야기한다든지…."

"그렇다고 해서 검열관이 그걸 모를 리가 있겠습니까? 뿐만 아니라 무지한 노동자나 직공이 그 의미를 알아챌 수 있겠습니까? 그건 비현실적이라 생각됩니다."

"마르티니, 당신 생각은 어때요?" 파브리치 교수가 옆에 앉아 있는, 갈색 수염에 어깨가 떡 벌어지신 사내를 바라보며 물었다.

"더 많은 사실들이 분명해지기 전까지는 제 의견을 보류해 두고 싶습니다. 좀더 시도해 보고 그 결과를 살펴보아야 할 문제라고 생각합니다."

"사코니, 당신은?"

"저는 볼라 부인의 말씀부터 듣고 싶군요. 부인의 의견은 항상 참고할 만했으니까요."

그러자 모두들 그 모임의 홍일점인 볼라 부인을 주시했다. 그녀는 소파에 앉아 턱을 고인 채 말없이 토의과정을 지켜보고 있었다. 그녀의 검은 눈동자는 깊고 진지하게 반짝이고 있었다. 하지만 눈을 들어 바라볼 때의 눈빛에는 무언가 재미있어 하는 빛이 역력했다.

"유감스럽지만." 그녀가 천천히 입을 열었다. "제 생각은 여러분과 조금 다릅니다."

"당신은 항상 그랬죠. 게다가 가장 나쁜 건 당신이 항상 옳았다는 거요." 리카르도가 말참견을 했다.

"어떤 방식으로든 예수회파와 맞서 싸워야 한다는 건 자명합니다. 한 가지 무기로 안 될 때는 다른 무기를 써야지요. 하지만 단순한 저항은 너무 무른 무기이고, 그렇다고 마냥 회피하는 방법도 꽤 부담이 됩니다. 청원을 생각할 수도 있겠지만 그건 어린아이 장난에 불과해요."

"부인, 혹시⋯." 그라씨니가 진지하게 확인하려는 듯 말을 꺼냈다. "암살 같은 방법을 생각하고 계시는 것 아닙니까?"

이 말에 마르티니는 콧수염을 만지작거렸고, 갈리는 아예 드러내놓고 킬킬거렸다.

볼라 부인의 진지한 표정에도 웃음기가 떠올랐다.

"절 믿으세요. 또 설사 그런 모진 마음을 품고 있다 해도, 그걸 공개적으로 말한다는 건 바보 같은 짓이겠지요. 제가 알고 있는 가장 치명적인 무기는 '풍자'입니다. 예수회파를 우습게 만들어 버리고, 그들이나 그들의 주장에 대해 사람들이 비웃도록 만든다면, 정말 피 한 방울 흘리지 않고도 싸워 이긴 셈이 될 것입니다."

"지금까지 하신 말씀에는 저도 동감입니다." 파브리치 교수가 입을 열었다. "하지만 그게 어떻게 가능하다는 말입니까?"

"무엇 때문에 그 일이 어렵다고 생각하십니까?" 마르티니가 반문하고 나섰다. "심각한 내용보다는 풍자적인 내용의 글이 검열제의 난관을 이겨내는 데 더 효과적일 것입니다. 일반 독자들도 틀림없이 과학이나 경제학 논문을 읽을 때보다는 익살스러운 풍자를 읽으면서 숨어 있는 의미를 찾아내려고 더 애쓸 테구요."

"그렇다면 풍자적인 팸플릿을 찍어내거나, 풍자적인 논설을 실은 신문을 발행하자는 게 부인의 의견입니까? 그것마저도 검열에 걸릴 것 같은데요?"

"그런 것들이 아니에요. 제 생각엔 사람들이 싼 값에 살 수 있고, 거리에서도 마음대로 뿌릴 수 있는, 짤막한 시나 산문 형태의 전단이 효과적이리라 생각합니다. 사물의 본질을 꿰뚫어볼 수 있는 예리한 감각을 지닌 필자를 찾아내기만 한다면, 그 효과가 입증될 것입니다."

"그 일을 할 만한 인물이 있다면야, 그야말로 멋진 생각이긴 한데…. 여하튼 일이 시작되기만 하면 잘 할 수 있을 겁니다. 그렇다면 일급의 풍자가가 있어야 하는데, 그런 사람을 어디에서 구하지요?"

"다들 잘 아시다시피." 레가가 끼어들었다. "우리들 대부분은 좀 심각한 풍의 글을 쓰지 않습니까? 우리 모두가 발 벗고 나서서 익살맞은 글을 쓰려 한다면, 그건 고끼리가 춤추는 격이 되겠지요."

"우리가 그 일에 뛰어들어서는 안 됩니다. 우린 그 일에 적합하지 않아요. 제 생각은 타고난 풍자가를 한 사람 찾아내, 그에게 필요한 자금을 대주자는 겁니다. 틀림없이 이탈리아 어디엔가 그런 사람이 있을 겁니다. 그 사람의 신상에 대해서 알아볼 건 알아보아야 하고, 또 우리의 노선과 일치하는지 확인해 보아야 한다는 건 말할 것도 없습니다."

"그건 그렇다 치더라도, 도대체 어디서 그런 인물을 구하지요? 재능 있는 풍자가라고 해 봐야, 제가 꼽을 수 있는 사람은 몇 안 됩니다. 그나마 지금 글을 써 줄 수 있는 사람은 아무도 없습니다. 지우스티 씨는 거절할 겁니다. 그 사람은 지금 맡고 있는 일만으로도 바빠 죽을 지경이니 말입니다. 롬바르디아에 한두 사람 뛰어난 풍자가가 있긴 하지만, 그들은 밀라노 방언으로만 글을 써요."

"게다가 토스카나 사람들에게는 그보다 더 뛰어나야만 먹혀들 겁니다. 시민의 자유나 신앙의 자유 같은 심각한 문제를 시시하게 다루었다가는, 자칫 우리 역시 적처럼 정치적 수완이 모자란 걸로 여겨지기 딱 알맞습니다. 피렌체는 런던처럼 돈벌이에만 급급한 곳도 아니고, 파리처럼 사치와 향락에 빠져 있는 곳도 아닙니다. 빛나는 역사를 가진 도시 아닙니까…."

"고대 그리스의 아테네도 마찬가지였지요." 그녀가 미소지으며 말을 가로막았다. "하지만 도시가 비대해지면서 나태해지자, 이를 일깨우기 위해서 '등에'가 필요했던 거죠."[7)]

리카르도가 갑자기 주먹으로 테이블을 쾅 내리쳤다. "쇠파리, 등에라? 아차, 왜 우리가 '등에'를 떠올리지 못했을까! 바로 그 사나이를!"

"누구죠, 그 사람이?"

"일명 '등에,' 펠리체 리바레즈. 그 사람 기억 안 납니까? 3년 전에 아펜니노 산맥에서 내려왔던 무라토니 일당 중의 한 사람, 모르겠어요?"

"아하, 그 패거리 말이죠? 내 기억으론 그자들이 파리에 갈 때 당신도 함께 갔을 텐데…."

"예, 맞아요. 마르세유로 가는 리바레즈를 전송하느라 리보르노까지 갔었지요. 그 사람은 토스카나에 들르지 않으려고 했어요. 그 사람 말로는 봉기가 실패한 이후 그곳에선 자기가 비웃을 만한 일이 달리 남아 있지 않으니, 차라리 파리로 가는 게 나을 거라고 합디다만. 의심할 여지없이 그 사람도 토스카나란 곳이

---

7) 플라톤의 대화편 『소크라테스의 변명』에서 젊은이들을 타락시킨다는 죄목으로 고발되어 법정에 선 소크라테스는 아테네 시민들을 향해, 자신의 역할이 둔한 말을 일깨워주는 '등에' 와도 같았다며 다음과 같이 비유한다(30c-30e). "오오, 아테나이 사람들이여, …… 만일 여러분이 저를 죽인다면, 여러분은 저를 해치느니보다, 오히려 여러분 자신을 해치게 될 것입니다. …… 왜냐하면 만일 여러분이 저를 사형에 처하면, 쉽사리 저와 같은 사람을 찾지 못하겠기 때문입니다. …… 저는 신이 이 나라에 달라붙게 한 자입니다. 마치 몸집이 크고 혈통은 좋지만, 그 큰 몸집 때문에 좀 둔한 말(馬)을 깨어있게 하려면 등에가 필요했던 것처럼 말입니다. 신은 저를 마치 이 등에처럼 이 나라에 달라붙어 있게 하여 여러분을 깨우되, 하루 종일 어디나 따라가서 곁에 달라붙어 설득하고 비난하기를 그치지 않게 한 것이 아닌가, 저는 생각합니다." 플라톤, 『플라톤의 대화』(최명관 옮김, 종로서적, 1981) pp. 64-65.

풍자에는 적절치 않은 곳이라는 그라씨니의 말에 동의했을 겁니다. 하지만, 이제 이탈리아에서 일할 기회가 생긴 이상, 우리가 부탁하기만 하면 분명히 와주리라 확신합니다."

"그 사람 이름이 뭐라고 했지요?"

"리바레즈라고 하더군요. 아마 브라질인일 겁니다. 어쨌든 그곳에서 살았던 것으로 알고 있습니다만. 그 사람은 내가 만나보았던 사람들 중에서 가장 재치가 넘치는 사람이었죠. 리보르노에 있는 2주일 동안 재미라고는 눈꼽만치도 없었습니다. 가엾은 람베르티니 사람들을 바라보기만 해도 가슴이 미어지는 듯 아팠으니까요. 그런데도 리바레즈와 함께 있는 데서는 모두 웃지 않을 수가 없었지요. 그건 부조리의 한복판에서도 빛나는 불꽃같았죠. 그의 얼굴에는 칼에 맞은 흉터가 나 있습니다. 상처를 꿰맸더군요. 그는 아주 괴상한 사람이지만, 그때 그와 그의 익살이 없었더라면 그 불쌍한 젊은 친구들은 더 이상 버티지 못했을 겁니다."

"'르 타옹'[8]이란 필명으로 프랑스 신문에 정치풍자문을 쓰는 사람이 바로 그 사람입니까?"

"맞습니다. 대개 단평이나 익살스러운 문예기사를 쓰곤 했습니다. 아펜니노 산맥의 밀수꾼들도 그를 '등에'라고 부르더군요. 그의 매서운 말솜씨 때문이겠지요. 그는 자신의 글에 늘 등에란 필명으로 서명하곤 합니다."

"그 사람에 대해서라면 저도 조금은 알고 있습니다." 느릿느릿한 품위 있는 어조로 그라씨니가 끼어들었다. "하지만 제가 들었던 이야기가 어쩌면 그 사람의 명예를 손상시킬지도 모르겠군요. 그에 대한 소문이 조금 과장된 듯 싶긴 하지만, 겉보기에도 그가 대단히 뛰어난 능력을 지닌 사람인 것만은 확실한 듯합

---

8) 프랑스어로 "등에"라는 뜻이다.

니다. 아마 배짱도 그에 못지않게 두둑할 겁니다. 하지만 파리나 비엔나에서의 그에 대한 평판은 오점 하나 없이 깨끗하다고는 결코 말할 수 없겠더군요. 그는 수많은 모험을 경험했고 알려지지 않은 여러가지 이력의 소유자입니다. 제가 들은 바로는, 남미 열대지방 어딘가에서 상상할 수도 없을 만큼 야만적이고 비참한 상태에 있던 그를 듀프레 탐험대가 구조했다고 합니다. 어쩌다가 그런 비참한 상태로까지 전락하게 되었는지에 대해서 그는 한번도 제대로 이야기한 적이 없답니다. 그 불행한 아펜니노 산맥에서의 봉기에 갖가지 성향의 사람들이 참여했다는 것은 이제 공공연한 사실입니다. 볼로냐에서 처형된 사람들은 야비한 악당들뿐이었다고 알려져 있습니다. 그러니 탈출에 성공한 사람들의 인간성이야 말할 필요도 없겠지요. 물론 거기에 참가했던 사람들 중에는 고결한 성품을 지닌 사람도 있었을 것은 틀림없겠지만…."

"그들 중 몇몇은 지금 이 방안에 있는 몇 사람의 가까운 친구였습니다!" 리카르도가 노기를 띤 채 그의 말을 가로막았다. "꼼꼼히 따진다는 게 나쁠 건 없죠, 그라씨니. 하지만 당신 말대로 그 '야비한 악당들'도 자신의 신념을 위해 목숨을 버렸을 겁니다. 그들의 신념이 당신이나 나보다 훨씬 나을지도 모르는 일 아닙니까?"

"언젠가 또 다시 파리에서 떠도는 것과 같은 그런 케케묵은 험담을 지껄이는 사람을 만나게 되면, 듀프레 탐험대에 대해서 당신은 뭔가 잘못 알고 있다고 말해 주시길 바랍니다." 갈리가 리카르도의 말에 덧붙였다. "나는 듀프레 씨의 조수인 마르텔이란 사람과 개인적으로 잘 알고 지냅니다. 그 사람에게서 그 당시 상황의 전모를 들을 기회가 있었죠. 듀프레 탐험대가 그곳에서 궁지에 몰린 리바레즈를 발견했다는 건 사실입니다. 리비레즈는 아르헨티나 공화국을 위해 싸우다 포로가 되었는데, 다시 탈출하여 도망치던 중이었습니다. 그는 변장을 하고 전국을 떠돌아다니며 부에노스아이레스로 돌아가려고 애쓰던 참이었습니다. 탐험대가 그에게 자비를 베풀어 구조했다는 이야기는 새빨간 거짓말입니다. 마침 통역을 맡은 사람이 병에 걸려 후송되자, 원주민 말을 할 줄 아는 사람이 아무도 없었답니다. 그래서 그들이 리바레즈에게 통역을 맡아달라고 제의했지요. 그렇게 해서 그 탐험대와 3년간 함께 지내면서 아마존 강 지류를 탐험했던 겁니다. 마르텔 씨는 리바레즈가 없었다면 탐험은 결코 완수되지 못했을 거라고 말하더군요."

"그가 어떤 인물이든 간에…." 파브리치가 말문을 열었다. "마르텔 씨나 듀프레 씨 같은 백전노장의 마음을 사로잡을 만큼 대단한 인물이란 점은 분명한 사실인 듯하군요. 볼라 부인의 생각은 어떻습니까?"

"저야 지난번 그 사건에 대해서는 전혀 아는 바가 없습니다. 탈주자들이 토스카나를 통과했을 때 전 영국에 있었으니까요. 하지만 그 거친 나라에서 3년간이나 탐험을 함께 했던 사람들은 물론이고, 또 봉기를 함께 치렀던 동지들 역시 그에 대해 호의적으로 이야기하는 걸 보면, 항간의 험담쯤이야 덮어 버리기에 충분한 인물을 추천한 것이라 생각합니다."

"그에 대한 동지들의 평판에 있어선 더 이상 거론할 문제는 없을 것 같군요." 리카르도가 입을 열었다. "무라토리나 잠베까리 같은 사람들에서부터 거칠기만 한 산지인들에 이르기까지 모두 그에게 깊은 애정을 지니고 있습니다. 더구나 그는 오르씨니와 절친한 사이입니다. 물론, 파리에서는 그에 관해 별로 유쾌하지 못한, 황당무계한 이야기들이 끝없이 떠돌고 있는 것도 사실입니다. 하지만 적을 만들고 싶어하지 않는 사람이라면, 정치풍자가도 될 수 없을 것입니다."

"확실히 기억나지는 않지만…." 레가가 끼어들었다. "탈주자들이 이곳에 왔을 때 본 기억이 나는데… 그 사람 곱사등이나, 아니면 혹시 등이 굽었다거나,

어떻든 그렇게 생긴 사람이 아닙니까?'

파브리치 교수는 책상서랍을 열어 서류더미를 뒤적이며 대꾸했다. "여기 어디엔가 경찰에서 만든 인상착의서가 있을 텐데…. 그들이 탈출하여 산으로 숨어버렸을 때 수배사진이 곳곳에 나붙었던 일 기억나십니까? 게다가 음… 그 자의 이름이 뭡니까? 음… 아, 스피놀라 추기경이란 자가 현상금까지 걸었잖아요."

"그런데 리바레즈와 경찰의 인상착의서에 관해서 기가 막히도록 근사한 이야기가 있던데요. 그는 한때 낡은 군복을 걸쳐 입고 임무수행 중 부상당한 기총병으로 변장한 채, 그 지역을 횡단하면서 동지들을 찾으려 했답니다. 실제로 그는 스피놀라 휘하의 수색대를 만나 하루 종일 그들의 짐마차를 타고 가면서, 자기가 반란군에게 포로로 붙잡혀 산 속의 소굴로 끌려갔으며 그곳에서 무시무시한 고문을 당했다는 이야기를 치를 떨며 늘어놓더라는 겁니다. 수색대 병사들이 그에게 인상착의서를 보여주자, 그는 그들에게 이른바 '등에' 라고 부르는 그 '악당' 에 대해 생각나는 대로 정반대의 이야기만 해주었답니다. 그리고는 밤이 깊어 그들이 잠에 빠지자, 화약에 물 한 동이를 퍼부어 놓고 몰래 도망쳤답니다. 식량과 군수품을 한 보따리 꾸려 가지고 말입니다."

"아, 인상착의서가 여기 있군." 파브리치가 인상착의서를 치켜들고 읽기 시작했다. " '펠리체 리바레즈, 일명 등에, 신장 작음, 검은 머리, 검은 수염, 가무잡잡한 피부, 푸른 눈, 네모진 이마, 코와 입, 턱은….' 음, 여기 있군. '특징. 오른다리를 절고 있음. 왼팔은 불구임. 말을 더듬음.' 주의할 사항이라…. '명사수이므로 체포할 때 신중을 기할 것.' "

"그렇게 눈에 띄는 인상착의를 하고 있으면서도 수색대를 속인다는 건 보통 어려운 일이 아니었을 텐데."

"물론 대담무쌍하니까 그렇게 할 수 있었겠지요. 만에 하나라도 그들이 그를 의심스럽게 보았다면 꼼짝없이 당하고 말았을 겁니다. 마음만 먹으면 언제라도 천진난만한 태도를 꾸며낼 수 있는 능력이 그를 위기 상황으로부터 구해주었으리라 생각되는군요. 자, 여러분 어떻게 생각하십니까? 리바레즈에 대해서는 우리 중 몇몇 사람이 아주 잘 알고 있는 듯합니다. 그의 도움을 받는 게 좋다고 생각하십니까?"

"제 생각입니다만." 파브리치 교수가 입을 열었다. "우선 그가 우리 계획을 받아들일 의사가 있는지 없는지부터 타진해 봐야 하지 않겠습니까?"

"아, 물론 그는 받아들일 겁니다. 그건 믿어도 됩니다. 예수회파와 맞서 싸우는 일이라면 더욱 더 확실하지요. 그는 제가 만나보았던 사람들 중에서도 가장 극렬하게 성직자를 혐오하는 사람일 겁니다. 사실 그 점에 있어서는 오히려 너무 시나치다 싶을 정도니까요."

"그럼, 리카르도, 당신이 편지를 써주시겠습니까?"

"그러지요. 가만 있자, 그런데 그가 지금 있는 곳이 어디일지? 스위스가 아닐까 싶긴 합니다만. 워낙 바쁜 사람이라서… 항상 여기저기 떠돌아다닌단 말입니다. 하지만 팸플릿 문제에 대해서라면…."

그들은 길고도 활기찬 토론으로 빠져 들어갔다. 드디어 토론이 끝나 사람들이 하나둘 흩어지기 시작하자, 마르티니는 말없이 생각에 잠긴 볼라 부인에게 다가갔다.

"바래다주겠소, 젬마."

"그래요, 저도 의논할 게 있으니까."

"편지 때문에 무슨 일이라도?"

"대단한 건 아니에요. 하지만 몇 가지를 변경해야 할 때가 왔다고 봐요. 이번 주에만도 편지 두 통이 우체국 검열에 걸렸거든요. 두 통 다 대단치는 않은 거지만. 물론 우연한 사고였을 수도 있어요. 하지만 이 이상 위험을 감수할 필요는 없다고 생각해요. 경찰이 일단 우리 주소를 의심하기 시작했으니, 즉시 주소를 바꾸지 않으면 안 되겠어요."

"내가 내일 집에 들를 테니, 그 문제는 그때 상의하기로 합시다. 오늘밤은 사업 이야기는 더 이상 맙시다. 너무 피곤해 보이니 말이오."

"피곤한 건 아니에요."

"그럼 또 다시 우울해진 모양이로군."

"아, 아니, 특별히 우울하달 것도 없어요."

2

"부인 계신가, 케이티 양?"

"어서 오세요, 선생님. 마님은 옷을 갈아입고 계십니다. 곧 내려오실 테니 응접실에서 기다려주세요."

케이티는 데번셔[1] 출신의 아가씨답게 상냥하게 방문객을 맞이했다. 마르티니는 그녀가 특히 반가워하는 손님이었다. 물론 억양에서 외국인 티는 나지만 그는 영어를 매우 유창하게 할 줄 알았으며, 볼라 부인에게 피곤한 기색이 보일 때에는 다른 방문객처럼 오전부터 언성을 높여 정치문제를 토론하는 법이 없었기 때문이다. 더구나 그는 볼라 부인이 곤경에 처해 있었을 때, 즉 그녀의 아기가 죽고, 또 그녀의 남편이 사경을 헤맬 때, 그녀를 돕기 위해 데번셔까지 찾아와주기도 했다. 그때 이후로 케이티는 몸집이 크고 과묵하며 대하기가 거북스러웠던 이 사나이를 가족의 일원으로 생각하게 되었다. 그것은 마르티니의 무릎 위에 편히 엎드려 있는 게으름뱅이 고양이 파슈트에게도 마찬가지였다. 파슈트

---

[1] 영국 남서부의 주.

는 마르티니를 집안의 쓸모 있는 가구쯤으로 여기는 것 같았다. 파슈트가 보기에 이 방문객은 자기 꼬리를 밟은 적도, 담배연기를 자기 눈에 불어넣은 적도 없었다. 어쨌든 고양이의 의식에서도 마르티니는 호전적인 두 발 달린 인간으로는 생각되지 않았던 것이다. 파슈트가 보는 마르티니는 여느 인간이 할 수 있는 것을 해주는 인간이었다. 마르티니는 파슈트에게 엎드려 가르랑거릴 수 있는 안락한 무릎을 제공해 주는 사람이었으며, 인간들이 생선을 먹는 것을 그저 바라보고만 있는 것이 고양이에게 결코 즐거운 일이 아님을 잊지 않는 사람이었다. 둘 사이의 우정은 꽤 오래되었다. 언젠가 파슈트가 새끼고양이였을 때, 여주인이 몹시 아파 고양이에게 신경 쓸 여유가 없어지자, 마르티니의 보호를 받으며 바구니에 담겨 영국을 떠나온 적이 있었다. 그 이후로 오랜 경험을 통해 파슈트는 이 멋대가리 없는 인간이야말로, 정작 어려울 때는 믿을 수가 없는 그런 부류의 인간들과는 전혀 다르다는 확신을 갖게 되었다.

"아주 편안해 보이네요, 둘 다!" 방안으로 들어서며 젬마가 말을 건넸다. "누가 보면 자리 잡고 앉아 저녁 식사라도 기다리고 있는 걸로 생각할 거예요."

마르티니는 조심스럽게 고양이를 무릎에서 내려놓았다. "출발하기 전에 차나 한잔 얻어 마실까 해서 이렇게 일찍 왔소. 아마 굉장히 붐빌 거요. 그렇지만 그라씨니의 저택에서 내놓는 저녁식사는 변변찮을 걸. 원래 상류층 저택에서는 그러는 법이 없는데."

"저런, 그래도 그렇게 말해서는 안 되죠!" 그녀가 웃으면서 되받았다. "갈리만큼이나 입이 험하군요! 그라씨니 부인이 가사를 제대로 돌보지 못하는 바람에, 가엾은 그라씨니가 손님접대에 소홀한 것뿐이잖아요. 차 마시고 싶다고 했지요? 잠시만 기다려요. 케이티가 당신을 위해 특별히 데번셔 식 케이크를 만들고 있으니까."

"케이티 양은 참 친절도하지. 그렇지 파슈트? 그건 그렇고, 당신 그 예쁜 드레스를 입기로 하지 않았소? 난 당신이 잊어버릴까 봐 걱정했지."

"입겠다고 약속했잖아요. 하지만 오늘같이 무더운 저녁에는 조금 덥지 않겠어요?"

"피에솔레에 가면 훨씬 시원할 거요. 당신은 캐시미어 옷이 가장 잘 어울려요. 내가 옷에 달아주려고 꽃을 가져왔는데."

"어머, 정말 예쁜 장미꽃이군요. 난 장미가 정말 좋아요! 꽃병에 꽂아두는 게 좋겠어요. 옷에다 꽃을 다는 건 싫거든요."

"이런, 그건 순전히 당신의 미신적인 생각 때문에 그런 거요."

"아, 아니에요. 저녁 내내 재미없는 사람의 옷에 꽂혀 지내게 되면, 장미가 따분해할까 봐 그래요."

"오늘 저녁은 우리 모두 참 따분할 게요. 연회란 건 원래 견딜 수 없을 만큼 지루한 법이니까."

"왜요?"

"그라씨니가 하는 일이야 언제나 따분하잖소."

"아이, 짓궂어. 그래도 초대받은 손님이 그런 식으로 말하면 어떡해요."

"당신 말이 언제나 옳소, 나의 마돈나. 하지만 그나마 있는 재미있는 사람들이 반쯤은 오지 않을 테니 따분해질 거라는 거요."

"왜요?"

"나도 잘은 모르지만, 다른 지방에 가 있거나 아픈 사람도 있고, 마침 일이 생겨 나오지 못할 사람도 있는가 보오. 여하튼 대사 두어 명, 독일인 몇 명, 그리고 잘 모르는 여행객들, 또 러시아 왕족들과 문학회 회원들, 프랑스 관리 몇 명이 올 거요. 그밖에는 나도 모르겠소. 아, 한 사람 더 있지. 오늘 저녁 화제의 주인

공이 되실 그 새로 온 풍자가 말이오."

"새로운 풍자가라구요? 아, 리바레즈 씨 말이에요? 하지만 그라씨니는 그에 대해 반대 입장을 표명하지 않았던가요?'

"물론 그랬소. 하지만 일단 그 사람이 이곳에 와 있고 또 화제에 오를 것이 분명한 이상, 그라씨니는 새로 온 유명인사가 등장하게 될 첫 번째 무대가 자기 집이 되길 원했겠지. 리바레즈는 그라씨니가 자신에 대해 반대했다는 얘긴 듣지 못했을 테지만, 충분히 짐작할 수 있었을 거요. 안목이 날카로운 사람이니까."

"난 그가 왔다는 것도 몰랐어요."

"어제 도착했다더군. 자, 차가 나오는구먼. 아, 앉아 있어요. 주전자는 내가 가져올 테니."

그는 이곳 작은 응접실에서 보내는 시간이 가장 행복했다. 그녀의 우정, 그녀로부터 자연스럽게 배어 나오는 매력, 솔직하고도 단순한 동지애는 그의 인생을 밝게 비추어주는 빛이었다. 그는 우울해질 때마다 업무 시간 이후 이곳에 들러 그녀와 함께 앉아 있곤 했다. 그녀가 고개를 숙이고 바느질하는 모습이나 차를 따르는 모습을 말없이 지켜보는 게 고작이긴 했지만 말이다. 그녀는 결코 그의 고민에 대해서 묻거나, 위로의 말을 꺼내거나 하는 법은 없었다. 하지만 그가 방을 나설 때면 그의 마음은 언제나 좀더 굳세고 고요해졌으며 앞으로 이주일 정도는 다시 잘 해나갈 수 있으리라고 느끼게 되는 것이었다. 그녀는 자기 자신도 모르는 사이에 다른 사람을 위로하는 보기 드문 재능을 가지고 있었다. 2년 전, 그의 절친한 친구들이 칼라브리아에서 배신당해 짐승처럼 총살당했을 때, 그를 절망감에서 구해낸 것도 바로 그녀의 변함없는 믿음이었다.

일요일 아침이면 그는 이따금씩 '사업상의 용무'로 이곳에 들르곤 하였는데, 이 '사업상의 용무'란 마치니당의 실제 업무와 관련된 일을 나타내는 용어이다. 그들 두 사람은 모두 마치니당의 적극적이고 헌신적인 당원이었다. 당의 업무를 처리할 때의 그녀는 평소와 전혀 다른 모습을 보여주었다. 누구보다도 날카롭고 냉정하며 논리적이고 객관적이었다. 이럴 때의 모습만 본 사람들은 그녀를 잘 훈련된 능숙한 책략가이자, 믿을만하고 용감한, 그리하여 모든 면에서 유능한 당원으로 평가하면서도, 또 한편으로는 개인적인 삶과 개성의 측면에 있어서는 다소 부족한 사람이라고 생각했다. "그녀는 천부적인 책략가요. 우리를 다 합친다 해도 그녀를 따라가진 못할 것이오. 그녀는 그 이상이지요." 갈리는 그녀에 대해 이렇게 말한 적이 있었다. 마르티니가 알고 있는 '마돈나' 로서의 젬마의 모습은 겉으로 쉽게 드러나지 않았다.

"그래, 새로 오신 풍자가는 어떻던가요?" 찬장을 열던 그녀가 어깨 너머로 물었다. "거기 있잖아요, 마르티니. 거기 보리엿과 설탕절임이 있다구요. 참 이상하지 않아요? 혁명가들은 왜 늘 달콤한 걸 즐기는지 몰라."

"다른 사람들도 다 마찬가지지, 다만 그걸 실토하면 자신의 품위를 떨어트린다고 생각할 뿐이오. 새로 온 풍자가요? 평범한 부인네들이라면 격찬할 그런 사람이지만 당신은 별로 좋아하지 않을 것 같은걸. 짐짓 심각한 체하는 태도에 멋진 발레리나 아가씨를 꽁무니에 달고 온갖 화제들에 대해서 날카로운 언변을 늘어놓는 직업적인 장사꾼 냄새를 풍기는 사람이던데."

"정말 발레리나 아가씨를 대동하고 왔다는 거예요? 아니면 그가 마음에 들지 않아서 그의 날카로운 언변을 흉내내는 거예요?"

"맙소사! 내 말을 믿지 않는군. 정말로 발레리나 아가씨가 같이 있다니까. 게다가 그 아가씨는 아주 멋지게 생겼다구. 다루기 힘든 미인을 좋아하는 남자들에겐 충분히 매력적이지. 뭐, 개인적으로 나는 그런 여자는 별로지만. 아마 헝가리 집시나 그 비슷한 혈통일 거요. 리카르도의 말로는 갈리치아[2]에 있는 시골극장에 있었다고 하던데. 그 아가씨를 자기 친척인 양 남들에게 소개하는 걸 보면 리바레즈 그 사람 냉정한 사람처럼 보이더군."

"그 아가씨를 집에서 데리고 나온 것뿐이라면 그렇게 말할 수밖에 없겠지요."

"물론 당신은 그렇게 생각할 수도 있겠지. 하지만 사회에선 그렇게 안 봐요. 그 사람의 정부情婦일 게 뻔한 여자를 그런 식으로 소개받은 데 대해 모두들 분개할 거요."

"말하지도 않는데 사람들이 어떻게 그녀가 그의 애인이란 걸 알겠어요?"

"척하면 삼천리지. 그 아가씨를 만나보면 금방 눈치 챌 수 있을 거요. 그가 과연 그 아가씨를 그라씨니의 집에까지도 데려올 만큼 용기가 있을지 궁금해지는데."

"그들은 그 아가씨를 받아들이지 않을 거예요. 그라씨니 부인은 그런 일을 눈감아줄 사람이 아니니까. 그건 그렇고 내가 알고 싶은 건 한 남자로서의 리바레즈가 아니라, 풍자가로서의 리바레즈에 대해서예요. 파브리치 교수 이야기로는 그가 편지를 받고 예수회파와 맞서 싸우기로 선선히 동의했다고 하던데. 내가 마지막으로 들은 건 그 정도예요. 이번 주에 일이 급진전된 모양이죠?"

"나도 잘 알지는 못하지만 몇 가지 더 말할 수는 있소. 우리가 우려했던 것과는 달리 돈 문제에 대해선 별다른 어려움이 없었다는군요. 돈이 꽤 있는 모양이더군. 어쨌든 무보수로 일하기로 했다니까."

"그렇다면 개인 재산이 꽤 있는 모양이죠?"

"좀 이상하긴 하지만 그건 명확한 사실이오. 당신도 듀프레 탐험대가 그를 발견했던 당시의 상황에 대해서는 들었잖소? 브라질의 어느 광산에 주식을 갖고 있다더군. 또 파리, 비엔나, 런던에서 문예기사를 써서 꽤나 선풍적인 인기를 누

---

2) 동유럽의 헝가리와 폴란드 인접 지역을 가리키는 명칭으로, 오늘날은 폴란드와 러시아의 영토로 분할되어 있다.

리고 있다고 합디다만. 게다가 그는 6개 국어를 자유자재로 구사할 수 있다고 해요. 여기서도 신문사와의 연락망은 계속 유지되는 모양이니, 자기 시간을 몽땅 예수회파 욕하는 데 쓸 것 같지는 않습디다."

"물론 그렇겠지요. 출발해야겠어요, 마르티니. 좋아요, 당신 말대로 장미꽃을 달기로 하죠. 잠깐만 기다려요."

그녀는 2층으로 뛰어 올라갔다가 가슴에 장미꽃을 달고 내려왔다. 머리 위로는 에스파냐풍의 까만 레이스가 달린 스카프를 두르고 있었다. 마르티니는 그녀를 위 아래로 훑어보며 감탄을 연발했다.

"마치 여왕 같군, 나의 마돈나. 위대하고 지혜로운 시바 여왕[3] 말이오."

"놀리기예요?" 그녀가 환하게 웃으며 대꾸했다. "내가 전형적인 사교계 여성의 이미지를 심으려고 얼마나 애쓰는 줄 알아요? 그 누가 시바 여왕 같은 책략가를 원하겠어요? 그렇게 해서는 스파이를 따돌릴 수 없다구요."

"당신이 제아무리 애써보았자 멍청한 사교계 여성처럼 꾸민다는 건 애당초 불가능한 일이오. 어쨌든 그건 중요한 문제가 아니오. 당신은 너무나 아름다워서 스파이들이 아무리 쳐다본들 당신 의중을 짐작이나 할 수 있겠소? 그러니 설사 당신이 그라씨니 부인처럼 눈웃음을 친다거나 부채로 얼굴 가리는 법을 모른다 해도 상관없는 일이지."

"어머, 마르티니. 그 가엾은 부인 얘긴 꺼내지 말아요! 자, 보리옛 더 드시고 익살은 그만 떨어요. 준비 다 됐어요? 자, 어서 가요."

연회가 북적거리기만 할 뿐 따분할 거라는 마르티니의 말은 딱 들어맞았다. 문학계 인사들은 점잖게 잡담을 나누고 있었는데 보기 딱할 정도로 심심한 표정들이었다. 반면에 '낯선 여행객들과 러시아 왕족들'은 연회장을 우왕좌왕 쏘

---

[3] 구약성서에서 이스라엘의 솔로몬 왕을 만나러 왔다는 에티오피아의 여왕의 이름.

다니면서 누가 유명인사인지 서로 물어보는 등 지적인 대화를 나누고 싶어 안달하는 모습이었다. 그라씨니는 반짝반짝 광낸 구두만큼이나 세련되게 손님을 맞이하고 있었다. 그러나 젬마를 보는 순간, 그의 굳었던 표정은 환하게 밝아졌다. 사실 그는 그녀를 좋아하는 편은 아니었다. 오히려 남몰래 그녀를 두려워하고 있다는 편이 더 정확할 것이다. 하지만 그녀를 빼고는 이 연회장에는 매력적인 인물이라곤 한 명도 없다는 사실 또한 잘 알고 있었다. 그는 이미 직업적으로 상당히 높은 자리에 올라 있었다. 웬만큼 살 만하고 유명해진 그는 당연히 자기 집을 자유주의적이고 지적인 사교계의 중심지로 만들 야심을 품고 있었다. 이제 그는 젊었을 적에 결혼한, 별 볼일 없고 몸치장만 요란스러운 자기 아내를 볼 때마다 '내가 눈이 삐었군' 하며 뼈아프게 후회하는 것이었다. 이미 미모도 시들어버렸고, 시시한 이야기나 늘어놓는 아내가 이 지적인 모임의 여주인으로는 영 어울리지 않는 듯싶었기 때문이다. 젬마가 와주면 왠지 저녁의 사교모임이 성공적일 거라는 예감이 들었다. 그녀의 우아한 태도는 방문객들의 마음을 편하게 해주고, 그녀가 와 있다는 사실만으로도 그의 집을 둘러싸고 있는 비속함이 사라지는 것만 같았다.

　그라씨니 부인은 다정스럽게 젬마와 인사를 나누면서 조금 큰 목소리로 속삭였다. "어머나 당신 오늘따라 정말 아름답네요!" 그러고 나서는 심술궂은 눈으로 하얀 캐시미어 옷을 하나하나 뜯어보는 것이었다. 그녀는 젬마가 찾아오는 걸 몹시도 싫어했다. 마르티니가 그녀를 사랑하고 있다는 사실, 그녀의 조용하면서도 꿋꿋한, 진지하면서도 성실한 솔직성, 한결같은 차분함, 얼굴에 드러나는 자신만만한 표정, 이런 점들이 그녀로 하여금 열등감을 느끼게 하기 때문이었다. 그라씨니 부인이 다른 여성을 미워할 때면 언제나 과장된 상냥함을 드러내 보이곤 한다는 사실을 알고 있던 젬마는 그런 찬사와 애정의 표시를 그냥 그런가보다 하고 넘기는 게 마음 편하다 싶어 더 이상 마음에 두지 않았다. 그녀가 보기에, 이른바 사교계에 드나드는 것은 스파이의 주목을 받지 않기 위하여 책략가들이 성실하게 수행해야만 하는 따분하고도 조금은 불유쾌한 임무 중의 하나에 불과했다. 그녀는 사교계 출입을 암호문을 작성하는 작업만큼이나 고된 것으로 여기고 있었다. 그러나 화려하게 정장한 사교계 여성으로서 명성을 얻는 것이 경찰의 의심을 피할 수 있는 실질적인 안전장치임을 잘 알고 있었기에, 그녀는 암호무전기를 두드리듯 신중하게 패션잡지를 연구하기도 하였다.

지루해 미칠 지경이던 문예계의 명사들은 젬마의 이름을 듣더니 조금은 생기가 도는 듯했다. 그녀는 그들에게 무척 인기가 좋았다. 특히나 급진적인 저널리스트들은 연회장 맞은편 끝에서라도 곧장 그녀에게 다가 올 정도였다. 하지만 그녀는 노련한 책략가답게 그들이 자신을 독점하게끔 내버려두지는 않았다. 급진주의자들은 만나려면 언제든지 만날 수 있다. 그들이 자신 곁으로 몰려오자 그녀는 가르침을 필요로 하는 여행자들은 얼마든지 있으니 구태여 날 붙잡고서 그들의 시간을 낭비할 필요가 없다는 것을 부드러운 미소로 상기시키며 그 자리를 피했다. 젬마는 자신의 시간을 한 영국 의원에게 쏟았다. 공화당에서는 그의 호감을 사려고 안달이었다. 그가 재정에 관한 전문가임을 잘 알고 있었으므로, 그녀는 먼저 오스트리아의 통화정책에 관한 의견을 물어봄으로써 그의 관심을 끌었다. 몇 마디가 오간 뒤, 그녀는 능숙하게 롬바르디아와 베네치아의 재정수입 현황에 관한 화제를 끄집어냈다. 잡담으로나 시간을 허비할 것으로 예상했던 의원은, 제법 아는 것처럼 떠들어대는 수다스러운 여자에게 걸려들지나 않을까 걱정하는 눈빛으로 그녀를 힐끗 쳐다보았다. 그러나 그는 곧 그녀가 상당히 매력적이고, 이야기를 나눌만한 상대라고 판단한 듯 마치 그녀가 메테르니히[4]와 같은 거물이라도 되는 양, 이탈리아의 재정현황에 대해 진지하게 설명을 늘어놓기 시작했다. 그라씨니가 '청년이탈리아 그룹의 역사에 대해 볼라 부인으로부터 이야기를 듣고 싶다'는 어느 프랑스인을 데리고 오자, 의원은 비로소 자리에서 일어났다. 의원의 표정은 자신이 생각했던 것보다 이탈리아의 불만이 꽤 근거 있는 듯하다는 당혹감으로 가득 차 있었다.

저녁 어스름이 짙어갈 즈음, 젬마는 슬그머니 응접실 창문 아래의 테라스로 나갔다. 그녀는 잠시 홀로 동백나무와 복숭아나무가 우거진 숲 속에 앉았다. 답답한 공기와 분주히 오가는 연회장의 수많은 사람들로 머리가 지끈지끈 아팠던 것이다. 테라스 한쪽에 놓인 큰 화분에는 야자수와 나무고사리들이 울창하게 뻗어 있고, 그 주위로 백합꽃과 이름 모를 화초들이 무성하게 자라나 있었다. 이들은 한데 어울려 완벽한 차단막을 이루고 있었다. 그 뒤편의 한쪽 모퉁이에서는 계곡 아래의 멋진 풍경이 내려다보였다. 뒤늦게 꽃망울을 터트린 석류나무가 나무들 사이 빈터에 어렴풋이 고운 자태를 드러내고 있었다.

풍경이 내려다보이는 그곳에서 젬마는 휴식을 취했다. 머리를 식히기 전까지는 아무도 찾지 않았으면 싶었다. 따스한 밤공기 속에 적막감이 감돌았다. 열기로 가득 찬 시끌벅적한 연회장에서 빠져나와서 그런지 그곳의 공기는 시원하게 느껴졌다. 그녀는 머리에 둘렀던 레이스 스카프를 풀어 젖혔다.

테라스를 따라 다가오는 발걸음소리와 인기척을 느끼자마자 그녀는 아늑한 기분에서 깨어났다. 피곤에 지친 신경이 또 다시 대화로 시달리기 전에 그 고귀한 침묵의 시간을 조금이라도 더 갖고 싶은 마음에, 그녀는 더 후미진 곳으로 몸을 숨겼다. 그러나 발걸음소리는 곤혹스럽게도 그녀가 있는 곳 바로 앞에서 멈추었다. 그라씨니 부인의 가냘프면서도 카랑카랑한 음성이 들려왔다.

---

4) 메테르니히(Klemens Wenzel Nepomuk Lothar von Metternich, 1773-1859). 오스트리아의 정치가. 19세기 초에 유럽을 휩쓴 나폴레옹 전쟁 직후 빈 회의의 의장으로 활약했으며, 민족주의 및 자유주의에 반대하는 구질서의 옹호자이기도 했다.

또 다른 목소리는 부드럽고 음악적인 남자의 음성이었다. 하지만 달콤한 억양 속의 점잔빼는 듯한 그 특이한 말투는 어쩐지 귀에 거슬렸다. 말을 더듬지 않으려고 습관적으로 애쓰는 흔적이 두드러지는, 꾸미는 듯한 말투였다.

"영국이라고 하셨던가요? 하지만 그 이름으로 보아서는 이탈리아인 같은데…. 그 '볼라'라는 이름말이에요."

"맞아요. 그녀는 지오바니 볼라라는 사람의 미망인이거든요. 가엾게도 볼라 씨는 4년 전쯤 영국에서 돌아가셨답니다. 기억 안 나세요? 아니, 이런 또 깜빡했군요. 당신은 그때 떠돌이 생활을 하고 계셨을 텐데. 당신은 이 불행한 나라의 순교자들을 잘 모르시겠군요. 정말 수도 없이 많답니다."

그라씨니 부인은 안타깝다는 듯 포옥 한숨을 내쉬었다. 낯선 사람을 대할 때면 그녀의 말투는 늘 이런 식이었다. 이탈리아의 서글픈 처지를 서러워하는 듯한 애국가의 역할이, 처지난만하게 입을 삐죽이는 그녀의 기숙사 학생 같은 태도와 그럴싸하게 조화를 이루었다.

"영국에서 돌아가셨다고요?" 사나이의 음성이 들려왔다. "그때 망명해 있었던가요? 조금은 들어본 이름 같기도 하군요. 혹시 젊었을 때 청년이탈리아 그룹에 관여하지 않았습니까?"

"물론 관여했지요. 1833년에 체포된 불행한 젊은이들 중의 한 명이었지요. 그 슬픈 사연에 대해서 들어보셨나요? 몇 달 지나서 석방되긴 했답니다. 그러다가 2, 3년 뒤에 다시 구속영장이 발부되자 영국으로 망명했던 거지요. 그곳에서 결혼식을 올렸다는 소식은 그 후에 들었습니다. 아주 낭만적인 연애결혼이었지요. 가엾은 볼라는 언제나 낭만적이었답니다."

"그리고 나서 영국에서 세상을 떠났다는 말씀입니까?"

"그래요. 폐병 때문이었지요. 그 지긋지긋한 영국 기후에는 영 견디기 힘들었나 봐요. 남편이 세상을 뜨기 바로 직전, 볼라 부인은 하나밖에 없는 아이마저 잃고 말았지요. 성홍열로요. 너무 슬픈 얘기지요? 우리가 젬마를 얼마나 아끼고 사랑하는지 모르실 거예요! 그녀는 약간 완고한 편이에요. 영국 사람들은 대개가 다 그렇잖아요. 하지만 그녀는 자기가 받은 고통 때문에 그렇게 우울하게 되었을 거예요…."

젬마는 석류나무 가지를 밀치며 자리에서 일어났다. 자신의 슬픈 과거가 남의 잡담거리로 오르내리는 게 도저히 참을 수 없었던 것이다. 밝은 곳으로 걸어 나오는 그녀의 얼굴에는 곤혹스러운 듯한 괴로움의 표정이 뚜렷이 나타났다.

"어머나, 여기 계셨군요!" 그라씨니 부인은 감탄스러울 만큼의 침착성을 보이며 입을 열었다. "젬마, 당신이 어디 있나 한참 찾았다구요. 마침 펠리체 리바레즈 씨가 당신과 인사를 나누고 싶다 해서…."

'이 사람이 바로 등에였군.' 젬마는 호기심 어린 눈빛으로 그를 바라보았다. 그는 매우 정중하게 고개를 숙여 보였다. 그러나 그녀의 얼굴을 쳐다보는 그의 시선은 뭔가 꼬치꼬치 캐묻는 듯하여 무례하게 느껴졌다.

"아주 머, 멋진 곳을 찾아내셨군요." 그녀가 있던, 무성한 나무숲에 둘러싸인 아늑한 곳을 바라보면서 그는 감탄하였다. "정말 매, 매혹적인 곳이군요!"

"그렇게 생각하세요? 아주 포근한 곳이지요. 바람 좀 쐬러 나와 있었어요."

"오늘처럼 멋진 밤에 안에만 틀어박혀 있다는 건, 하느님의 은혜에 감사할 줄 모르는 것과 다름없지요." 밤하늘의 별을 올려다보며 그라씨니 부인이 눈을 깜빡이며 말을 이었다. (속눈썹이 예쁜 그녀는 그 속눈썹을 늘 자랑하고 싶어했다.) "리바레즈 씨, 보세요! 자유롭기만 하다면 우리 조국 이탈리아는 지상의 천국이 되지 않겠어요? 이 어여쁜 꽃과 저 빛나는 창공을 가진 우리 조국이 노예상태에 놓여 있어야 한다니 생각만 해도 가슴이 저려오지 않나요!"

"부인의 애국심은 정말 대단하시군요!" 둥에는 점잔을 빼며 비꼬는 투로 중얼거렸다.

젬마는 가벼운 전율을 느끼면서 그를 힐끗 쳐다보았다. 누구라도 확연히 느낄 수 있을 만큼 그의 무례함이 지나치다 싶었던 것이다. 하지만 그녀는 칭찬을 선호하는 그라씨니 부인의 취향을 과소평가했던 것이다. 이 가련한 부인은 눈을 내리깔며 한숨을 내쉬었다.

"아, 리바레즈 씨, 그건 여자가 할 수 있는 아주 작은 부분에 불과해요. 언젠가는 저도 이탈리아인의 이름을 지닌 한 사람으로서, 권리를 갖고 있다는 사실을 증명해 보일 거예요. 혹시 누가 알아요? 전 이제 그만 들어가 보아야겠어요. 프랑스 대사께서 자신의 따님을 손님분들께 소개시켜달라고 부탁했거든요. 두 분도 곧 들어오셔서 만나보세요. 아주 예쁜 아가씨랍니다. 젬마, 리바레즈 씨에겐 멋진 경치를 구경시켜 드리려고 모시고 나왔으니 잘 안내해 주세요. 당신이 그를 다른 분들께 소개시켜 드리리라 믿어요. 어머나! 러시아 왕자님께서 저기 계시군요. 아주 유쾌해 보이는데요! 혹시 왕자님은 만나보셨어요? 니콜라이 황제[5]의 총애를 받고 있다던데요. 왕자님은 현재 폴란드 몇몇 도시의 군사령관을 맡고 계신대요. 그래서 아무도 함부로 대하지 못한다고 하더군요. 멋진 밤이네요, 왕자님!"

그녀는 옷을 펄럭이며 질서정연한 느낌을 주는 번쩍이는 코트차림의 단단한 턱과 굵은 목을 가진 남자에게 다가가 프랑스어로 수다를 떨었다. '즐거운' 이니, '나의 왕자님' 이니 하는 소리가 간간이 섞인 그녀의 '불행한 조국' 을 위한 애처로운 장송곡이 테라스를 따라 점점 희미하게 멀어져갔다.

---

[5] 니콜라이 1세(Nicholas I, 1796-1855). 러시아의 황제(재위 1825-1855)로 재위하는 동안 보수 반동적인 정치로 30여 년간 제국을 지배한 전제군주이다.

젬마는 석류나무 곁에 말없이 서 있었다. 그녀는 저 어리석은 부인이 참 안됐다는 생각이 들면서도, 등에의 안하무인격의 무례함에 가벼운 분노를 느꼈다. 그는 그녀를 화나게 한 그 표정 그대로 멀어져 가는 두 사람의 뒷모습을 지켜보고 있었다. 그런 가련한 부인을 조롱하는 것은 신사답지 못한 행동으로 느껴졌다.

"저기 이탈리아와 러시아의 애국지사가 나란히 걸어가는군요." 등에는 미소를 띤 채 젬마를 향해 돌아서면서 입을 열었다. "팔짱을 끼고, 서로의 동참에 대해 아주 흐뭇해하면서 말입니다. 어느 편이 더 마음에 드십니까?"

그녀는 눈살을 찌푸린 채 아무 대답도 하지 않았다.

"무, 물론 개, 개인적인 취향에 따라 다르겠지요. 하지만 전 러시아 쪽이 보다 마음에 듭니다. 빈틈이 없으니까요. 러시아가 통치를 위해서 화약과 총탄이 아닌 아름다운 꽃이나 맑은 하늘에 의존해야 한다면 저 '나의 왕자님' 따위가 대체 얼마동안이나 폴란드 요새를 지, 지켜낼 수 있으리라 생각하십니까?"

"제 생각으론." 젬마가 냉랭하게 대꾸했다. "우리를 초대해 준 부인을 비웃지 않고도 얼마든지 개인적인 의견을 나눌 수 있다고 봅니다만."

"아, 그럼요! 제, 제가 이탈리아에서 받은 환대의 은혜를 또 까, 깜박했군요. 이탈리아 국민은 정말 호의적이더군요. 오스트리아인들도 틀림없이 그렇게 생각할 겁니다. 잠깐 앉지 않으시겠어요?"

그는 다리를 절룩거리며 테라스를 가로질러 그녀가 앉을 의자를 가져다 놓고 자기는 맞은 편 난간에 기대어 앉았다. 창문을 통해 새어나오는 불빛이 그의 얼굴을 밝게 비추었다. 그녀는 그의 얼굴을 찬찬히 살펴볼 수 있었다.

그녀는 적이 실망감을 감출 수 없었다. 물론 호감이 가는 얼굴은 아니더라도, 이목구비가 또렷하고 강인한 모습이리라 기대해 왔던 터였다. 그에게서 현저하게 드러나는 특징은 복장에 꽤 멋을 부린다는 점과, 무엇보다도 표정이나 몸짓에 감춰져 있는 오만함이었다. 그 밖의 특징으로는 혼혈아로 보일 만큼 피부가 까무잡잡하다는 것, 그리고 다리를 절고 있음에도 불구하고 고양이처럼 민첩하다는 점이었다. 그의 온몸에서 풍겨 나오는 인상은 기이하게도 검은 표범을 연상시켰다. 이마에서 왼쪽 뺨까지는 칼에 베인 흉터가 길게 남아 있어 몹시 흉해 보였다. 그녀는 그가 말을 더듬는 것은 흉터 난 얼굴 부위의 신경이 경련을 일으키기 때문이라는 사실을 눈치 챘다. 그러나 이러한 결점에도 불구하고, 그의 얼굴은 다소 불안정하기는 하나 예전엔 잘생긴 편이었으리라 생각되었다. 하지만 결코 호감을 주는 인상은 아니었다.

바로 그때 그가 속삭이듯 가르랑거리는 음성으로 말을 건넸다. ('표범이 말을 할 수 있다면, 바로 저런 목소리를 낼거야. 마치 기분 좋은 표범이 말하는 것 같군.' 젬마는 짜증이 이는 것을 느끼며 마음 속으로 생각했다.)

"급진적인 신문에 관심이 있으시고 글을 쓰신다고 들었습니다만."

"얼마 못써요. 쓸 시간이 별로 없거든요."

"아, 물론 그러시겠지요! 그라씨니 부인께서 당신은 달리 또 중요한 일을 맡고 계시다고 하시더군요."

젬마의 눈썹이 조금 치켜 올라갔다. 그 작고 어리석은 그라씨니 부인이 도무지 종잡을 수 없는 이 인간에게 분별없이 이것저것 이야기한 게 틀림없었다. 젬마는 진심으로 눈앞의 사내에게 혐오감을 느끼기 시작했다.

"시간이야 많이 걸리지만…." 그녀는 무뚝뚝하게 대꾸했다. "그리씨니 부인이 제가 맡고 있는 일의 중요성을 지나치게 과대평가한 모양이군요. 대부분은 시시한 일뿐입니다."

"우리 모두가 이탈리아를 위해 애도가 따위나 부르면서 시간을 보낸다면, 세상은 늘 이 모양 이 꼴일 겁니다. 오늘 저녁 이 만찬회를 연 그라씨니 부부나 그들의 친구들이 보여주는 그 우국지심이라는 자기변명 앞에서는 누구라도 시시한 사람이 되지 않을 수 없을 테죠. 아, 무슨 말을 하시려는지 잘 알고 있습니다. 당신 생각은 백 번 지당합니다. 하지만 그 사람들은 자신들의 애국심에 완전히 도취되어 있어요. 벌써 들어가시려고요? 바깥이 훨씬 좋은데요!"

"이제 들어가 봐야겠어요. 제 스카프인가요? 고맙습니다."

그는 스카프를 집어 들고, 시냇가에 피어있는 물망초만큼이나 푸르고 순결한 눈빛으로 그녀를 바라보며 서 있었다.

"제 말에 기분이 상하셨군요." 그는 미안하다는 듯 말을 이었다. "그 밀랍인형 같은 사람을 바보 취급했다고 말입니다…. 하지만 그런 사람이 대체 무슨 일을 할 수 있겠습니까?"

"당신이 물으시니 드리는 말입니다만, 그런 식으로 조롱하기 위해 남의 지적인 약점을 끄집어내는 건 야비하고 비겁한 짓이라 생각합니다. 절름발이를 비웃는 것과 뭐가 다르겠어요…?"

그는 갑자기 고통스럽게 숨을 내쉬고는 자신의 절름거리는 다리와 뒤틀린 팔을 바라보며 몸을 움츠렸다. 그러나 곧 냉정을 되찾고 웃음을 터트렸다.

"그건 적절한 비유가 아닌 것 같은데요, 부인? 우리 절름발이들은 그라씨니 부인이 자신의 어리석음을 뽐내듯, 다른 사람들 앞에서 우리 자신의 불구를 과시하지는 않거든요. 신체불구자를 대하는 것도 정신불구자를 대하는 것 못지않게 유쾌할 게 없다는 사실이야 우리 스스로도 잘 알고 있으니까요. 여기 계단이 있군요. 제 팔을 잡으시겠습니까?"

그녀는 당혹스러운 침묵 속에서 실내로 들어갔다. 예상치 못한 그의 민감한 반응이 그녀를 완전히 당황하게 만들어 버렸던 것이다.

연회장에 들어서자마자 그녀는 자기가 없는 사이에 무언가 일이 벌어졌음을 직감적으로 알 수 있었다. 대부분의 남자들은 불쾌하고 화가 난 표정이었다. 여자들은 모르는 체하면서도 뺨을 붉힌 채 연회장 귀퉁이에 모여 있었다. 그라씨니는 안경테를 만지작거리면서 애써 화를 가라앉히는 모습이었지만, 화가 난 것은 분명했다. 몇몇 여행객들은 심심한 판에 잘 되었다는 듯 재미있다는 표정을 지으며 연회장 후미진 곳에 모여 있었다. 그 여행객들에게는 재밌는 일처럼 비춰질지 모르지만, 대부분의 다른 손님들에게는 분명 모욕으로 느껴질 만한 일이 벌어지고 있음이 틀림없었다. 하지만 그라씨니 부인만은 아무것도 모르고 있는 듯했다. 그녀는 요염한 자태로 부채를 흔들면서 네덜란드 대사관의 서기관과 잡담을 나누고 있었는데, 그 서기관은 온 얼굴에 함박웃음을 띠고 있었다.

젬마는 문 앞에서 멈칫 발걸음을 멈추고 고개를 돌려, 등에 역시 장내의 어색해진 분위기를 눈치 챘는지 살펴보았다. 순간, 그녀는 행복에 겨워 무아지경에 빠져 있는 그라씨니 부인의 얼굴로부터 연회장 구석의 소파 쪽으로 향하는 등에의 눈길 속에 악의에 찬 승리자의 표정이 스치는 것을 놓치지 않았다. 젬마는 단번에 알아차렸다. 그는 자신의 정부를 적당히 다른 신분으로 꾸며 데려왔으며, 그라씨니 부인을 제외한 장내에 있는 모든 사람들이 이를 알아차리게 된 것이었다.

소파에 등을 기대고 있는 집시 아가씨 주위로는 눈웃음치는 멋쟁이들과 얼빠진 기병장교들이 둘러싸고 있었다. 그녀는 아름다운 호박琥珀색과 진홍색 빛깔의 예복을 입었고 동양적인 화려한 빛깔의 수많은 장신구들로 치장하고 있었다. 피렌체의 문학 살롱에서는 가히 군계일학이라 할 만했다. 그러나 경멸하듯 오만상을 찌푸리고 있는 귀부인들을 볼 때마다, 그녀의 마음은 내내 불편하기 짝이 없었다. 젬마와 함께 연회장을 가로질러 다가오는 등에를 본 그녀는 벌떡 일어서서 그에게 다가가 서툰 프랑스어로 재잘대기 시작했다.

"리바레즈, 어디 계셨어요? 한참 찾아 헤맸다구요! 살티코프 백작께서 오늘밤 자기 별장으로 와주실 수 있느냐고 하던데요. 무도회가 있을 거래요."

"유감스럽지만 갈 수 없겠군. 하지만 갈 수 있다 하더라도 난 춤을 못 추잖소. 볼라 부인, 제 동행인 지타 레니 양을 소개해 드리겠습니다."

집시 아가씨는 도전적인 눈빛으로 그녀를 뜯어보면서 고개를 까딱했다. 그녀는 마르티니가 말한 대로, 지성적으로 보이지는 않지만 생기가 넘치는 미인인 것만은 사실이었다. 그녀의 균형 잡히고 자유분방한 몸놀림은 뭇사람의 시선을 즐겁게 해주기에 충분했다. 그러나 그녀의 이마는 낮고 좁았으며, 섬세하게 보이는 콧날은 차갑다 못해 잔인해 보일 정도였다. 등에가 그녀에게 주던 압박감은 집시 아가씨로 인해 더욱 증가된 느낌이었다. 잠시 후, 그라씨니가 다가와 다른 방에서 여행자들을 접대하는 일을 도와달라고 부탁하자, 젬마는 묘한 해방감을 느낄 수 있었다.

"마돈나, 등에에 대해선 어떻게 생각하오?" 밤늦게 피렌체로 돌아오는 마차에서 마르티니가 물었다. "가엾은 그라씨니 부인을 무참하게 바보로 만든 그 뻔뻔스러운 짓거리를 분명히 보았지요?"

"그 발레리나 아가씨 말이에요?"

"그래요. 등에는 그라씨니 부인에게 그 집시 아가씨가 머잖아 사교계의 유명인사가 될 거라고 말하던데. 그라씨니 부인은 유명인사라면 사족을 못 쓰니까 말이오."

"아까의 그런 행동은 온당치 못했다고 봐요. 그라씨니 부부를 난처하게 만들어 버렸잖아요. 그에 못지않게 그 아가씨 자신에게도 잔인한 일이었어요. 분명히 그 아가씨도 불편해 했으니까요."

"그 사람과 이야기를 나누어 보지 않았소? 어떻던가요?"

"오, 마르티니. 그 사람과 해어질 땐 정말 날아갈듯이 기분이 홀가분하더라는 것 외에는 아무것도 생각나질 않아요. 그토록 피곤하게 만드는 사람은 처음 보았으니까요. 그와 이야기를 나누는 동안 머리가 아파 혼났어요. 마치 남을 불편하게 만드는 악마의 화신 같았어요."

"그 사람이 당신 맘에 영 들지 않은 모양이구료. 사실대로 말한다면 그건 나도 마찬가지요. 도대체가 알 수 없는 사람입니다. 난 그를 믿지 못하겠소."

3

 등에는 로마 문 밖에 숙소를 정했다. 그 가까이에 지타가 묵고 있었다. 그에게는 분명 사치스러운 면이 있었다. 그의 숙소를 살펴보면 낭비벽이 있다고까지 할 수는 없지만 다소 호사스러운 것을 좋아하며, 모든 일의 순서를 정하는 데 괴팍스러울 정도로 까다롭다는 것을 알 수 있었다. 갈리나 리카르도로서는 그의 이런 점이 상당히 의외인 모양이었다. 아마존의 정글에서 살았던 사람이니만큼 취향이 훨씬 더 단순하리라 예상했던 그들인지라, 얼룩 한 점 없는 넥타이, 티끌 하나 없는 구두, 책상 위에 언제나 꽂혀 있는 꽃송이를 보고는 어안이 벙벙했다. 어쨌든 대체로 그들은 그와 사이가 좋은 편이었다. 그는 누구에게나 정중했으며 우호적이었다. 마치니당의 지부당원들에게는 특히 그러했다. 하지만 젬마에게는 예외였다. 처음 만난 이후로 될 수 있는 한 그녀를 피하려고 하는 걸로 보아서 그는 그녀에 대해 반감을 지니고 있는 것 같았다. 실제로 두세 번인가 그녀에게 무례를 보인 적도 있었는데, 이 때문에 마르티니는 그를 무척 싫어하게 되었다. 하긴 그들 두 사람 사이에는 애초부터 호감이라 할만한 감정이 조금도 없었다. 그들의 기질은 양립 불가능한 것처럼 보였으며, 서로에게서 오직 반감만을 느낄 뿐이었다. 마르티니의 경우 이러한 감정은 급속히 증오심으로까지 발전해 가고 있었다.

"그가 날 좋아하든 말든 신경 쓰지 않소." 어느 날, 그는 젬마에게 불평조로 얘기했다. "난 그가 마음에 안 들어. 사실 그가 내게 해를 끼친 건 없지만, 당신을 대하는 태도를 보면 참을 수가 없소. 당 사업을 도와달라고 불러온 사람과 다툰다고 좋지 않은 소문이 날까봐 참고 있지만 그런 것만 아니면 진작에 적절한 해명을 요구했을 거요."

"그냥 내버려 둬요, 그러거나 말거나…. 별 것 아니니까. 또 어찌 됐든 내 잘못도 아주 없다고는 할 수 없어요."

"당신이 잘못한 게 뭐가 있단 말이오?"

"그가 널 싫어할 만한 이유가 있어요. 그날 밤 그라씨니 댁에서 처음 만났을 때, 내가 심한 말을 했거든요."

"심한 말을 했다고? 그것 참 믿을 수가 없군."

"물론 일부러 그런 건 아니에요. 하지만 내 말이 그의 마음을 상하게 한 건 사실이에요. 불구를 비웃는 말을 했거든요. 그는 내 말을 인신공격으로 오해했을 거예요. 그가 불구자란 생각을 미처 못했어요. 그리 심한 불구는 아니잖아요…."

"물론 그렇지. 한쪽 어깨가 다른 쪽보다 높고 왼팔이 완전하지 않다는 것뿐, 곱사등이거나 발이 기형인 건 아니지. 절름거리는 것도 대단치 않은 정도이고."

"어쨌든 내 말에 충격을 받았던지, 몸을 떨더니 안색이 창백해지더군요. 물론 그건 내가 분별이 없었던 탓이지만, 그가 그토록 민감하게 반응할 줄은 꿈에도 몰랐어요. 이전에도 그런 농담 때문에 마음이 아팠던 적이 있나 봐요."

"그런 농담을 꽤나 들어왔나 보군. 그의 세련된 태도 이면에는 일종의 야수성 같은 게 도사리고 있소. 그걸 생각하면 소름이 끼친다니까."

"아니, 마르티니. 그건 터무니없는 말이에요. 난 당신만큼 그 사람을 미워하지는 않아요. 그 사람을 나쁘게 생각해 보아야 무슨 소용이 있어요? 그 사람의 태도가 다소 꾸민 듯해서 거북하기는 하지만, 그건 그동안 쭉 명사 대접을 받아왔기 때문일 거예요. 늘상 남의 신경을 찌르는 듯한 그 사람의 말투는 진저리나게 피곤하지만, 그것도 어떤 악의가 있어서 그런 것은 아닐 거예요."

"난 그가 의도하는 게 무언지 잘 모르겠소. 무엇이나 죄다 조롱하는 그의 태도에는 뭔가 순수하지 못한 면이 있소. 며칠 전 파브리치 교수댁에서 논쟁이 벌어졌을 때, 마치 사사건건 흠집을 찾아 물어뜯겠다는 듯이 로마의 개혁안들에 대해 야유를 퍼붓는 걸 보니, 정말 속이 메스꺼울 지경이더군."

젬마가 한숨을 쉬며 입을 열었다. "전 그 문제에 있어서는 당신보다 그의 의견에 공감해요. 당신을 포함해서 점잖은 분들 모두가 아주 즐거운 희망과 기대에 부풀어 있어요. 사람 좋은 중년신사 한 분이 교황으로 선출되기만 하면, 다른 모든 일도 저절로 풀려 나가리라 기대하고 있는 거예요. 그래서 그 교황이 감옥 문을 활짝 열어젖히고 모든 이들에게 축복을 내려주기만 하면 된다는 듯이 말이죠. 그러면 석 달 안에 천년왕국이 세워지리라는 거지요. 하지만 교황이 그렇게 하고 싶다 해도, 쉽사리 마음대로 되지는 않을 거예요. 문제의 뿌리는 세상이 돌아가는 원칙에 있지, 어떤 개별 인물의 행동에 있는 건 아니니까요."

"원칙이라니, 무슨 원칙을 말하는 거요? 교황의 정치적 권력 말이오?"

"왜 그뿐이겠어요? 그것은 그릇된 전체 가운데 일부분에 불과해요. 잘못된 원칙이란 누군가 다른 사람을 잡아들이거나 풀어줄 권력을 행사할 수 있다는 사실 자체지요. 누군가가 다른 누군가에 대해 권력을 쥐고 있다는 것 자체가 잘못이라구요."

"그만하면 됐어요, 마돈나." 마르티니는 못 이기겠다는 듯 두 손을 번쩍 들어 버렸다. "당신과 논쟁하자는 건 아니오. 당신이 그런 식으로 반계급주의에 대해 이야기하기 시작하면, 당신 조상들은 틀림없이 17세기 영국의 수평파水平派[1]가 아니었을까 하는 느낌이 든다오. 그건 그렇고, 내가 여기 들른 건 이 '원고' 때문이오."

그는 호주머니에서 원고 뭉치를 꺼내들었다.

"새로 나올 팸플릿인가요?"

"그 야비하기 짝이 없는 리바레즈란 자가 어제 위원회에 제출한 건데 내용이 정말 웃기지도 않아. 머잖아 그와 다투게 될 날이 오리라는 것쯤은 벌써 예상하고 있었지만…."

"내용에 무슨 문제가 있나요? 내 생각을 정직하게 말한다면, 당신은 편견에 사로잡혀 있는 것 같아요. 리바레즈는 불쾌한 느낌을 주긴 해도 어리석은 사람은 아니거든요."

"오호, 나도 그 사람이 나름대로 영리하다는 걸 부정하지 않아요. 하지만 이걸 읽어보면 생각이 달라질 거요."

원고는 요즘 이탈리아 전역을 들끓게 하고 있는 신임 교황에 대한 사람들의 광적인 열광에 대해 풍자한 것이었다. 이전에 등에가 썼던 것과 마찬가지로 신랄하고 원한에 사무친 것이었다. 자극적인 문체로 씌어지긴 했지만, 젬마는 내심 그 비판의 타당성을 인정하지 않을 수 없었다.

"이것이 혐오스러울 정도로 악의에 찬 것이라는 점에 대해서는 당신과 동감

---

[1] 혹은 '평등파'라고도 한다. 17세기 중반 영국 청교도 혁명 당시 의회파에 소속된 급진 세력 가운데 하나로, 소시민층의 이익을 대변하는 정파였으나 훗날 크롬웰에게 제거당했다.

이에요." 원고를 내려놓으며 그녀가 입을 열었다. "하지만 가장 나쁜 점은 이게 모두 '사실'이란 점이지요."

"젬마!"

"예, 무슨 말을 하려는지 알겠어요. 하지만 내 말은 틀림없는 사실이에요. 당신도 알다시피 그는 냉혈한이죠. 하지만 그는 진실을 파악하고 있어요. 아무리 부정해 봐도 소용없어요. 이 팸플릿은 핵심을 정확히 짚어내고 있으니까요."

"그렇다면 이걸 인쇄해야 한단 말이오?"

"아, 그건 별개의 문제지요. 이 팸플릿을 원고 그대로 인쇄할 필요는 없다고 봐요. 이 글을 읽은 사람들이라면 다들 자신이 무시당한 것만 같아서 불쾌감을 느낄 거예요. 그러면 우리가 바라는 효과는 전혀 얻을 수가 없겠죠. 하지만 그가 이걸 다시 고쳐 써서 인신공격적인 부분만 삭제한다면 정말 값진 작품이 될 거예요. 정치적 판단으로서 이것은 흠잡을 데가 없거든요. 그가 이렇게 글을 잘 쓰는 줄 미처 몰랐네요. 분명 말할 필요가 있는 것, 하지만 아무도 용기 내어 말하지 못하는 것들을 쓰고 있잖아요? 특히 이탈리아를 가리켜 '자기 호주머니를 털고 있는 강도 앞에 고분고분 무릎 꿇고 앉아서 울고 있는 사람'에 비유한 부분은 정말 멋져요."

"젬마, 바로 그게 전체적으로 볼 때 가장 나쁜 점이란 말이오. 난 일이 어떤지, 사람이 어떤지 고려하지 않고 무조건 앙앙거리는 그 따위 심술궂은 인간은 딱 질색이오!"

"나도 마찬가지예요. 하지만 그건 중요한 문제가 아니잖아요? 리바레즈의 문체는 마음에 들지 않을뿐더러, 인간적으로도 그는 전혀 호감을 주는 사람이 아니에요. 하지만 우리가 복음성가에 도취되어 사랑과 화해 따위의 슬로건을 외쳐대고 있는 동안, 그로 인해 이익을 보는 자들은 바로 예수회파와 산페디스트파일 거라는 그의 지적은 백 번이고 옳아요. 그나저나 위원회에서는 어떻게 하기로 했나요? 저는 어제 참석하지 못했잖아요."

"내가 여기 들른 것도 바로 그 때문이오. 당신이 이 팸플릿 내용을 좀 더 부드럽게 고치도록 그를 설득해달라는 말을 하러 온 거요."

"내가요? 난 그를 잘 모르는데. 게다가 그는 날 싫어하잖아요. 굳이 내가 가야 할 이유라도 있나요, 다른 사람이 가도 되잖아요?"

"오늘 그 일을 맡을 만한 사람이 아무도 없기 때문이오. 게다가 당신은 우리보다 훨씬 조리가 있잖소. 우리가 가서 괜히 쓸데없는 논쟁을 벌여 싸우기라도 하면 어찌 되겠소?"

"확실히, 나라면 그와 싸우려 들지는 않을 거예요…. 좋아요. 꼭 성공한단 보장은 없지만, 당신이 원한다면 가겠어요."

"당신이라면 그를 잘 구슬릴 수 있으리라 믿소. 아, 그리고 위원들 모두가 문학적 관점에서는 그 원고에 대해 감탄을 금치 못했노라고 전해주시오. 이 말을 들으면 그는 금세 기분이 좋아질 거요. 두고 보시오, 내 말이 틀림없을 테니."

등에는 화초와 이끼류 식물들로 가득 채워진 테이블 옆에 앉아, 무릎 위에 편지를 펼쳐놓은 채 멍하니 마루바닥을 내려다보고 있었다. 쟁마가 열려 있는 문을 두드리는 소리에, 그의 발 밑 양탄자 위에 엎드려 있던 털북숭이 개가 으르렁거렸다. 등에는 급히 일어서더니 딱딱하지만 정중하게 고개를 숙여 보였다. 그러나 그의 얼굴은 금새 무뚝뚝해지고 무표정해졌다.

"몸소 와 주시니 감사하기 그지없습니다." 그가 입을 열었다. "이야기할 게 있다고 알려주셨더라면 제가 찾아뵈었을 텐데요."

그가 자기의 방문을 눈곱만치도 달가워하지 않는다는 것을 분명히 깨달은 젬마는 서둘러 용건을 꺼냈다. 그는 다시 고개를 숙이더니 그녀가 앉을 의자를 가져다주었다.

"위원회에서 당신을 찾아가 보라고 해서 왔습니다. 당신이 쓰신 팸플릿에 대해 다소의 견해차이가 있기 때문입니다."

"그러리라고 예상했습니다." 그는 미소지으며 맞은편에 앉더니 햇빛을 가리려는지 큼지막한 국화 꽃병을 얼굴 앞으로 끌어당겼다.

"대다수의 당원들은 그 팸플릿이 문학적인 저술로는 매우 뛰어나지만, 지금의 형태대로 발행하기에는 적합하지 않다는 데 의견을 함께 하고 있습니다. 논조가 너무 격렬해서 자칫 반감을 일으키기 쉽고, 그로 인해 당을 원조하고 지지하는 사람들조차 떨어져나가는 결과를 낳지 않을까 우려하고 있습니다."

그는 꽃병에서 국화꽃을 끌어당기더니, 꽃잎을 하나하나 잡아 뜯기 시작했다. 가냘픈 오른손으로 꽃잎을 떼어내는 동작을 본 순간, 젬마는 불현듯 전에 어디에선가 그 같은 몸짓을 본 듯한 느낌이 들었다.

"문학적인 저술로 말하자면…." 그는 차분하면서도 냉랭하게 말을 꺼냈다. "그건 오히려 형편없는 것입니다. 문학에 대해 전혀 무지한 사람들이나 잘 썼다고 여길 만한 것이죠. 반감을 불러일으킨다고 하셨는데, 그것이야말로 제가 이 팸플릿을 쓴 의도입니다."

"그건 저도 잘 알고 있습니다. 문제는 그 글이 의도하지 않은 사람들에게서도 반감을 불러일으킬 수 있다는 점입니다."

그는 어깨를 으쓱해 보이더니 뜯어낸 꽃잎을 이빨로 잘근잘근 씹었다. "제 생각으로는 당신이 잘못 생각하고 있는 것 같군요. 문제는 위원회가 무슨 목적으로 날 이곳에 초청했느냐 하는 거죠. 제가 알기로는 예수회파의 의도를 폭로하고 조롱하기 위해서입니다. 따라서 전 최선을 다해 임무를 수행하고 있는 셈입니다."

"장담하지만, 당신의 능력이나 성의에 대해 의심을 품는 사람은 한 사람도 없습니다. 다만 위원회가 염려하는 건 이로 인해 자유당이 반감을 품게 되고, 또 도시 노동자들의 양심적인 지지를 잃게 되지는 않을까 하는 점이죠. 지금까지 당신은 우리의 팸플릿이 산페디스트들에 대한 공격이라고 주장해 오시지 않았습니까? 하지만 이번 글의 경우, 많은 독자들은 이것을 곧 교회와 신임 교황에 대한 공격으로 받아들일 것입니다. 위원회는 이런 사태를 바람직하지 않다고 보고 있습니다."

"무슨 말씀을 하시려는지 이제 좀 알 것 같습니다. 현재 당과 사이가 좋지 않은 성직자 패거리에 대해서는 제 마음껏 써도 좋지만, 위원회의 마음에 드는 성직자를 언급할 때는 다르다 이거군요. '교황께서 난롯가에 계실 때라면 진리라는 개는 두들겨 패서 개집 구석으로 쫓아내야 한다….'[2] 그렇군요, 리어왕의 어릿광대 말이 옳아요. 한낱 어릿광대보다는 제가 나아야 할 텐데. 위원회의 결정에는 당연히 따라야겠지요. 위원회가 양측에 대해서 어느 정도 분명히 구분을 짓고 있는 듯하군요. 그리고, 이제 모, 몬타넬리만이 남아 있다는 느낌이 가시지 않는군요."

"몬타넬리 씨요?" 젬마가 놀란 듯 되물었다. "알 수 없군요. 브리시겔라의 주교를 말씀하신 겁니까?"

"그렇습니다. 신임 교황이 그를 추기경에 임명했다는 사실을 알고 계시겠지요. 여기 그에 관한 편지가 있습니다. 궁금하지 않습니까? 편지를 써 보낸 사람은 국경 너머에 있는 제 친구입니다."

"그럼 교황령에 계시는 분이네요?"

---

48) 〈리어왕〉 1막 4장의 대사.

"맞아요. 이게 그가 보낸 편지입니다." 그는 그녀가 들어왔을 때 손에 쥐고 있던 편지를 집어 들고 소리 내어 읽어 내려갔다. 갑자기 그가 심하게 말을 더듬기 시작했다.

" '우, 우리의 최악의 적수들 중의 한 사람을 만날 기, 기쁨의 날이 고, 곧 다가옵니다. 그 자는 브리시게, 겔라의 주교인 로렌초 모, 몬타…네, 넬리… 추, 추기경입니다. 이, 이 자는…' "

그는 잠시 숨을 크게 쉰 다음 다시 읽어나가기 시작했다. 참을 수 없을 만큼 느릿느릿한 말투였으나 더 이상 말을 더듬지는 않았다.

" '이 자는 다음 달에 화해의 임무를 띠고 토스카나를 방문할 예정입니다. 이 자는 피렌체에서 첫 번째 설교를 할 예정인데 약 3주 가량 그곳에 머무를 겁니다. 그러고 나서 시에나와 피사로 간 다음, 피스토야³⁾를 경유하여 교황령으로 돌아갈 작정입니다. 표면상으로 볼 때 이 자는 교회에서 자유주의파에 속하며, 교황 및 페레티 추기경과 개인적인 친분관계를 맺고 있습니다. 그러나 그레고리우스 교황 치하에서는 신임을 얻지 못한 채 아펜니노 산간지구의 외진 곳에 은거하고 있었습니다. 이제 이 자가 갑작스럽게 표면으로 부상하고 있습니다. 물론 이 자는 산페디스트와 마찬가지로 예수회파의 조종을 받고 있습니다. 이번의 설교 임무도 예수회파 신부들 중의 몇몇에 의해 제안된 것입니다. 이 자는 가장 뛰어난 설교자 가운데 한 사람이며, 바로 그 점에서 람브루시니만큼이나 유해한 인물입니다. 이 자가 하는 일은 교황에 대한 대중적인 열광이 식지 않도록 하는 한편, 예수회파의 앞잡이들이 준비해서 내놓을 계획안에 대공大公이 서명할 때까지 일반인의 관심을 사로 잡아두는 것입니다. 이 계획안이 무슨 내용인지는 아직 알아내지 못했습니다.' 또 이 뒤에 이렇게 적혀 있군요. 들어보십

---

3) 이탈리아 토스카나 주 피렌체 북부의 도시.

시오. '몬타넬리 자신이 토스카나로 파견되는 이유를 알고 있는지의 여부, 그리고 예수회파가 이 자에게 영향력을 행사하고 있는지의 여부는 아직 밝혀내지 못했습니다. 이 자는 보기 드물게 영악한 악당이든가, 아니면 멍청이든가 둘 중의 하나일 것입니다. 제가 알아본 바, 특이한 점은 이 자가 뇌물도 받지 않고 정부情婦도 두지 않고 있다는 점입니다. 이런 경우는 정말 처음입니다.'"

편지를 내려놓은 그는 가늘게 뜬 눈으로 그녀를 바라보았다. 그녀가 말을 꺼내기를 기다리는 듯했다.

"이 정보들이 정확하다고 생각하십니까?" 이윽고 그녀가 입을 열었다.

"흠집 하나 없는 몬타넬리 주교의 사생활 말입니까? 그 점에 대해서라면 이 정보는 틀린 것입니다. 단서를 달아 놓았잖습니까? '제가 알아본 바'라고 말입니다."

"그걸 말하는 게 아닙니다." 그녀는 냉랭한 목소리로 그의 말을 가로 막았다. "그 임무라는 것 말입니다."

"이 편지를 쓴 친구는 완전히 믿을 수 있습니다. 그는 나의 오랜 친구입니다. 지난 번 43년 그룹의 동지였고, 지금은 이런 종류의 일들을 조사할 수 있는 특별한 지위에 있습니다."

"그러면 바티칸 교황청의 관리쯤 되겠군요. 당신이 가지고 있는 연락망이겠지요? 그런 연락망이 있으리라 짐작은 했지요."

"이것은 물론 비밀편지입니다. 이해하시겠지만 이런 정보는 위원회의 여러분들에게도 함부로 말씀드릴 수 없는 성격의 것입니다."

"말할 나위도 없는 이야기지요. 이제 팸플릿 건에 대해 이야기해 보죠. 당신이 좀 더 부드러운 어조가 되도록 글을 수정한다는데 동의하셨다고 위원회에 알릴까요, 아니면…"

"수정을 하게 되면 논조의 격렬함은 줄어들겠지만, '문학적인 저술' 로서의 아름다움은 망가질 거라고 생각지 않으십니까?"

"제 개인적인 의견을 들어보자는 얘기군요. 제가 여기에 와서 말씀드리는 내용은 대체적으로 위원회의 의견입니다."

"그렇다면 당신은 위원회의 의견에 동의하지 않는다는 뜻입니까?" 그는 편지를 호주머니에 집어넣고 몸을 앞으로 숙이면서 그녀를 빤히 쳐다보았다. 그의 표정은 진지함으로 가득 차 있어서, 평상시의 모습과는 전혀 달라 보였다.

"제 개인적인 의견을 듣고 싶으시다면 말씀드리지요. 전 두 가지 점에서 대다수의 사람들과 의견을 달리하고 있습니다. 전 문학적인 관점에서 팸플릿이 대단하다고 보지는 않습니다. 그러나 팸플릿이 지적한 사실은 명백히 옳으며 전술적인 면에서도 현명하다고 생각합니다."

"그렇다면…."

"저는 현재 이탈리아가 도깨비불 같은 미망에 홀려 있으며, 이 모든 영광과 기쁨은 머잖아 비참한 수렁 속으로 빠져들 것이라는 당신의 견해에 전적으로 동감입니다. 현재 우리를 지지하는 사람들 중 일부에게서 반감을 산다거나, 혹은 그들을 소외시킨다 하더라도, 이 점을 떳떳하고 과감하게 내세운 것이 진심으로 마음에 들었습니다. 하지만 한 집단의 일원으로서 대다수가 반대의견을 나타내고 있는데, 제 개인적인 견해만을 고집할 수는 없습니다. 어쨌든, 논지를 효과적으로 전달하기 위해서라도, 이 팸플릿에 쓰인 것 같은 격렬한 논조보다는, 보다 온건하고 덜 자극적인 논조를 채택하는 것이 더 적절하리라고 생각합니다."

"원고를 훑어볼 테니 잠시만 기다려 주시겠습니까?"

그는 팸플릿을 들어 페이지를 훑어 내려갔다. 곧 그는 불만스럽게 잔뜩 찌푸린 얼굴이 되었다.

"그렇군요. 물론 당신 말이 맞아요. 정치 풍자문보다는, 차라리 카페에 나도는 천박한 조각글에 가깝군요. 하지만 어쩔 수 없지요. 제가 점잖게 쓴다면, 대중은 이해하지도 못하고 따분하다고들 말할 겁니다."

"통렬한 글이라 할지라도, 너무 지나치면 오히려 따분하게 느껴지지 않을까요?"

그는 날카로운 눈초리로 그녀를 흘낏 바라보더니 웃음을 터트렸다.

"분명코 부인께선 가장 무서운 부류의 사람들, 즉 언제나 옳은 입장을 견지하고 있는 사람들에 속하는 분이군요! 악의적인 인간이 되려는 욕망의 유혹에 이대로 굴복하고 만다면 저도 언젠가는 그라씨니 부인처럼 어리석은 인간이 되고 말겠죠? 하느님, 이 무슨 운명의 장난입니까…? 아, 인상 쓰실 필요는 없습니다. 당신이 절 싫어하신다는 것은 저 역시 잘 알고 있으니까요. 그러면 제가 해야 할 일을 검토해 볼까요? 위원회의 요구대로 할 경우 실제로 문제는 이렇게 될 테지요. 만일 제가 인신공격만 빼버리고 나머지 중요한 부분은 그대로 남겨둔다면, 위원회는 매우 유감스럽지만 그것을 인쇄할 책임을 지지 못하겠노라고 할 겁니다. 그러나 정치적 진실을 빼버리고 당의 적들에게만 거친 욕설을 퍼붓는다면, 위원회에서는 칭찬이 자자하겠지요. 하지만 이 경우, 적어도 당신과 나는 그것을 인쇄할 가치가 없다고 생각할 겁니다. 대단히 형이상학적인 문제가 아닙니까? 발행할 가치가 없는데도 인쇄할 것이냐, 아니면 발행할 가치가 있더라도 인쇄하지 말 것이냐, 둘 중 어느 것이 더 바람직한 것일까요? 어떻습니까, 부인의 생각은?"

"당신은 어느 쪽 대안에도 얽매일 필요가 없다고 봅니다. 당신이 인신공격부분을 삭제한다면 물론 대다수가 동의하지는 않겠지만, 적어도 위원회는 그 팸플릿의 인쇄에 찬성하리라 믿습니다. 전 그 팸플릿이 매우 유용하리라 확신합니다. 하지만 원한에 사무친 표현들은 쓰지 않는 게 좋을 거예요. 더구나 당신이 앞으로도 독자에게 부담을 주는 것을 쓸 예정이라면, 이렇게 초장부터 형식적인 문제로 독자들을 놀라게 할 필요는 없겠지요."

그는 한숨을 내쉬더니 못당하겠다는 듯 어깨를 으쓱거렸다. "부인의 의견을 따르도록 하지요. 하지만 한 가지 조건이 있습니다. 지금은 당신들이 저의 웃음을 빼앗아가지만, 다음번에는 제가 그 웃음을 되찾아야 하겠습니다. 그 흠잡을 데 없다는 추기경이 피렌체에 나타났을 때, 당신이나 당신 위원회에서는 내가 원한에 사무치든 말든 결코 반대해서는 안 됩니다. 이것은 저의 당연한 권리니까요!"

그의 말투는 밝으면서도 차분했다. 그는 꽃병에서 국화꽃을 또 하나 꺼내 들어올리더니 반투명한 꽃잎을 햇빛에 비춰 보았다. '손이 왜 저리 불안정할까? 꽃송이가 부르르 떨리는 것을 보면서 그녀는 잠시 생각에 잠겼다. '분명히 술을 마시지는 않았을 텐데!'

"그 문제는 위원회의 다른 분과 상의해 보시는 게 좋겠습니다." 그녀는 자리에서 일어서며 한 마디 덧붙였다. "그들이 어떻게 생각할지 말씀드리기 난처하군요."

"당신 생각은요?" 그도 역시 따라 일어나 테이블에 기댄 채 얼굴을 꽃 가까이로 갖다대었다.

그녀는 망설였다. 그의 질문에 그녀는 괴로웠다. 지나간 옛 시절의 쓰라린 일이 자꾸만 머리 속에 떠올랐기 때문이다. "잘 모르겠어요." 그녀는 가까스로 입을 열었다. "오래 전에 저는 몬타넬리 주교란 분에 대해 좀 알고 있었어요. 그 당시 그분은 교단의 참사회원이자 제가 어린 시절에 살았던 지방의 신학교 교장 선생님이셨죠. 전 그분과 가까이 지내던 어떤 이로부터 그분에 대해 많은 것을 들었습니다. 하지만 그분에 대해 좋지 않은 말을 들어본 적은 없어요. 적어도 그 당시 그분은 매우 뛰어난 분이었다고 생각합니다. 하지만 그건 오래 전의 이야기일 뿐이죠. 그분도 이젠 변했을 겁니다. 무책임한 권력은 사람을 타락시키기 마련이니까요."

꽃에서 머리를 들어올린 등에가 그녀를 빤히 바라보았다.

"어쨌든 몬타넬리 주교 자신이 불한당이 아니라면, 최소한 불한당의 앞잡이겠죠. 그가 어떤 사람이든 간에, 저에게나 국경 너머의 제 친구들에게는 결국 그게 그겁니다. 길 위에 놓인 돌멩이 하나가 아무리 뛰어난 의지를 가지고 있다 하더라도, 발에 채여 길 밖으로 내던져지면 만사 끝장이지요…. 제가 열어드리지요, 부인!" 그는 벨을 누르고는 절름거리며 문으로 다가가 그녀가 나가도록 문을 열어 주었다.

"찾아와 주셔서 정말 고마웠습니다, 부인. 미치를 불러드릴까요? 싫으세요? 자, 그럼 안녕히 가십시오! 비앙카, 현관문을 열어드리렴."

거리로 나선 젬마는 곰곰이 생각에 잠겼다. '국경 너머의 친구들' 이라니? 그들은 대체 누구일까? 돌멩이는 어떻게 해서 길 밖으로 차여 내던져졌다는 것일까? 그저 풍자일 뿐이라면, 무엇 때문에 그토록 위태위태한 눈빛으로 그런 말을 했을까?

4

　몬타넬리 주교는 10월 첫째 주에 피렌체에 도착했다. 그의 방문은 온 시가지를 가벼운 흥분의 도가니로 몰아넣었다. 그는 유명한 설교자일 뿐만 아니라, 교황의 개혁정책을 대표하는 인물이기도 했다. 사람들은 '새로운 정책', 즉 이탈리아를 슬픔으로부터 구원할 사랑과 화해의 복음에 대해 상세히 설명해 주길 고대하고 있었다. 교황이 많은 사람들이 혐오하던 람브루시니를 해임하고, 그 대신에 지치 추기경을 로마교황청 장관에 임명함으로써 일반인들의 기대는 더욱 뜨겁게 달아올랐다. 몬타넬리는 이런 분위기를 지속시킬 수 있는 적임자였다. 흠잡을 데 없는 그의 엄격한 생활 태도는 로마가톨릭의 고위성직자 가운데서는 아주 드문 일로서, 사람들의 주목을 받기에 충분했다. 사람들은 공갈, 공금 횡령, 창피스럽기 짝이 없는 정사情事 사건 등을 고위성직자의 화려한 경력에 예사로이 따라다니는 것쯤으로 여겨온 터였다. 더구나 설교자로서의 그의 재능은 매우 뛰어났다. 아름다운 음성과 매혹적인 인품으로 그는 언제 어디서나 명성을 떨쳤다.

평상시와 마찬가지로, 그라씨니는 이제 막 도착한 이 유명인사를 자기 집에 초대하려고 온갖 노력을 아끼지 않았다. 그러나 몬타넬리는 만만찮은 상대였다. 모든 초청에 대해 그는 정중하면서도 단호하게 거절했다. 건강이 좋지 않고 일정이 꽉 짜여 있는 탓에, 사교계에 드나들 기력도 시간도 없다는 이유를 내세웠던 것이다.

"그라씨니 부부는 누구든 닥치는 대로 초대하는구만!" 쌀쌀하지만 맑게 갠 어느 일요일 아침, 시뇨리아 광장을 지나던 마르티니가 경멸하는 투로 젬마에게 말을 건넸다. "추기경의 마차가 들어설 때 그라씨니가 어떻게 인사했는지 알고 있소? 그저 유명인사와 말이라도 나눌 수 있다면 그 사람의 실제 됨됨이가 어떻든 그 부부에게는 아무 문제가 안 된다니까. 내 지금껏 살아오면서 그렇게 유명인사라면 사족을 못쓰는 사람들은 처음 보았소. 지난 8월에는 등에의 뒤꽁무니를 졸졸 따라다니더니, 이젠 몬타넬리요. 추기경이 그 정성에 크게 감복해야 할 텐데…. 요즈음 수많은 협잡꾼들이 서로 아우성이니 말이오."

그들은 대성당에서 몬타넬리의 설교를 들은 적이 있었는데, 그 큰 성당은 청중들로 발 디딜 틈도 없이 꽉 차 있었다. 혹시나 젬마의 두통이 재발하지 않을까 걱정이 된 마르티니가 미사가 끝나기도 전에 그녀에게 나가자고 할 정도였다. 비가 개고 햇살이 눈부시게 빛나는 이날 아침, 그는 산 니콜로 근처의 언덕으로 산책나가자고 제안했다. 그러나 그녀의 표정에는 싫은 기색이 역력했다.

"당신이 시간이 난다면 마다하지 않겠지만 언덕까지는 싫어요. 룽가르노 가(街)를 따라 걷는 게 어떻겠어요? 몬타넬리 주교가 교회에서 돌아오는 길에 지나칠 테고, 나도 한 번 그라씨니처럼 유명인사를 만나볼까 해요."

"이제껏 많이 보았잖소?"

"가까이선 한 번도 보지 못했다구요. 대성당에서는 사람이 너무 붐볐고, 마차가 지나갈 때에는 등을 돌리고 있었거든요. 다리 근처에서 기다리고 있으면 틀림없이 잘 볼 수 있을 거예요. 그는 룽가르노 가에 묵고 있으니까."

"그런데 무엇 때문에 갑자기 몬타넬리를 보고 싶은 마음이 생겼소? 전에는 유명한 설교자 따위는 거들떠 보지도 않더니…."

"유명한 설교자라서가 아니라, 그 사람 자체를 보고 싶은 거예요. 마지막으로 그를 만난 뒤로 얼마나 변했는지 보고 싶어요."

"마지막이라니, 그때가 언젠데?"

"아서가 죽고 이틀 후였지요."

마르티니는 근심어린 얼굴로 그녀를 쳐다보았다. 그들은 룽가르노 가의 길목으로 걸어 나왔다. 그녀는 흘러가는 강물을 멍하니 내려다보았다. 마르티니는 그녀의 이런 모습을 볼 때마다 늘 가슴이 저려왔다.

"젬마." 잠시 후 그가 말을 이었다. "언제까지 그 끔찍했던 기억이 당신의 삶을 붙잡고 있도록 내버려 둘 참이오? 열 일곱 살 땐 누구나 잘못을 저지르는 법이잖소?"

"그렇지만 열일곱 살짜리 모두가 사랑하는 자신의 친구를 죽음으로 내모는 건 아니지요." 그녀는 우울하게 대꾸하더니 다리의 돌난간에 팔을 기댄 채 강물을 하염없이 내려다보았다. 마르티니는 입을 다물어 버렸다. 그녀의 기분이 이럴 때면 늘 말 붙이기가 망설여졌던 것이다.

"흐르는 강물만 보면 자꾸 기억이 새로워져요." 그녀는 서서히 그를 향해 시선을 돌리면서 말문을 열었다. 순간 그녀는 흠칫 떠는 듯했다. "조금만 더 걸어요. 서 있으려니 왠지 으스스해요."

"그의 음성은 정말 듣기 좋아요! 다른 사람의 음성에서는 들어본 적이 없는 그런 느낌이 담겨 있어요. 몬타넬리 주교가 사람들에게 깊은 감화를 주는 비결은 반쯤은 그 음성에 있을 거예요." 그녀가 말했다.

"참 듣기 좋은 음성이지." 마르티니가 그녀의 말에 맞장구쳤다. 강물로 연상된 지난날의 쓰라린 기억에서 그녀를 벗어나게 할 만한 화제를 잡자, 그의 마음도 한결 가벼워지는 듯했다. "음성뿐만이 아니지. 그의 설교는 그동안 내가 들어보았던 수많은 설교들 가운데 가장 뛰어난 것이었소. 하지만 그분의 감화력의 비결은 좀더 깊은 데 있다고 봐요. 그건 그를 다른 고위성직자들과는 달리 보게 하는 그만의 생활방식에 있지. 당신은 전 이탈리아를 통틀어 교황을 제외하고, 자기 명성에 조금이라도 흠이 없는 고위성직자를 만난 적이 있소? 내가 작년에 교황령에 있을 때의 일이오. 몬타넬리의 주교 관구를 지나다가, 그곳 산지인들이 주교의 얼굴을 보거나 그의 옷이라도 한 번 만져보려고 비를 흠뻑 맞으면서까지 기다리고 있는 모습을 보았소. 그곳에서 그는 성자로 추앙받고 있었어요. 솔직히 교황령 내에 사는 사람들이야 성직자라면 치를 떠는 사람들 아니오? 그런데 그런 모습을 보고 나니, 정말 대단한 사람이구나 하는 느낌이 들더구만. 그래서 영락없는 밀수꾼처럼 보이는 행색의 어느 나이든 농부에게 물어보았소. 주교에 대한 사랑이 지극한 것 같다고 말이오. 그랬더니 이렇게 대꾸합디다. '주교를 사랑한다구? 주교란 놈들은 순 새빨간 거짓말쟁이들이야. 우리가 사랑하는 사람은 오직 몬타넬리 신부일 뿐이지. 신부님은 거짓말을 하거나 부정한 짓을 저지른 적이 한 번도 없으니까' 하고 말이오."

"그는 사람들이 자기에 대해서 어떻게 생각하고 있는지 알고 있을까?" 그녀가 중얼거리듯 되물었다.

"왜 모르겠소? 설마 그게 사실이 아니라고 생각하는 건 아니겠지?"

"사실이 아닐 거예요."

"그걸 어떻게 아오?"

"그가 그렇게 이야기해 주었거든요."

"그가 이야기해 주었다고? 몬타넬리가? 젬마, 무슨 말이오?"

그녀는 이마 위의 머리카락을 뒤로 넘기면서 그를 향해 돌아섰다. 그들은 잠시 말없이 서 있었다. 그는 돌난간에 등을 기댔다. 그녀는 천천히 우산 끝으로 보도 위에 줄을 그었다.

"마르티니, 당신과 나는 요 몇 년 동안 가깝게 지내왔어요. 하지만 아서에게 정말 있었던 일을 당신에게 이야기한 적은 한 번도 없었어요."

"굳이 내게 이야기할 필요는 없소." 그는 잠시 뜸을 들이다 말을 이었다. "나도 이미 알고 있으니까."

"지오바니가 이야기해 주던가요?"

"그래요. 그가 세상을 뜰 무렵이었지. 어느 날 밤, 내가 그의 곁에서 밤샘을 할 때였소. 내게 죄다 이야기해 주더군. 그의 말은… 젬마, 이왕 이야기가 나온 김에 내가 사실대로 털어놓는 게 좋을 것 같소. 그가 나에게 이렇게 말했소. 당신이 지나간 아픈 추억 때문에 마음고생을 하고 있으니, 되도록 당신에게 좋은 친구가 되어달라고, 그렇게 함으로써 당신이 그 쓰라린 상처에서 벗어나도록 도와달라고 말이오. 그래서 제대로는 못했지만, 나는 그의 유언을 저버리지 않으려고 애써 왔소. 난 정말…."

"당신이 애써 왔다는 건 누구보다도 내가 잘 알아요." 그녀는 잠시 눈길을 들어올리며 부드럽게 말했다. "당신의 우정이 없었더라면 무척 견디기 힘들었을 거예요. 하지만 그 당시 남편이 몬타넬리 신부에 대해서도 무슨 말을 하던가요?"

"아니오, 그건 듣지 못했는데. 나는 그 사건이 몬타넬리 신부와 어떤 관련이 있는지도 몰랐소. 내게 이야기해 준 건 그 스파이 사건과, 그리고…."

"내가 아서의 뺨을 때렸다는 것, 그리고 그가 자살했다는 것이겠지요. 좋아요. 그러면 몬타넬리 신부에 대해서 이야기해 드리지요."

그들은 추기경의 마차가 지나갈 다리 쪽으로 돌아섰다. 젬마는 이야기하는 동안 강물만을 뚫어져라 내려다보았다.

"그 당시 몬타넬리 신부는 교단의 참사회원이자 피사에 있는 신학교의 교장이었어요. 그는 아서에게 철학 강의를 해주기도 했고, 아서가 사피엔차에 진학한 후에는 그와 함께 책을 읽기도 했지요. 두 사람은 서로에게 무척 헌신적이었어요. 스승과 제자 이상으로, 마치 연인 같은 관계였지요. 아서는 몬타넬리 신부가 걸어온 인생 역정을 거의 숭배하다시피 했어요. 언젠가 아서가 내게 이런 말을 한 적이 있어요. '파드레'[1]를 잃어버린다면 ─ 그는 언제나 몬타넬리 신부를 '파드레'라고 부르곤 했지요 ─ 차라리 물에 빠져 자살하겠다고요. 그 즈음 스피이 사건이 일어났다는 사실은 당신도 잘 알고 있는 대로예요. 이튿날 제 아버지와 아서의 이복형들이 ─ 그의 이복형들은 밉살스럽기 그지없는 인간들이었죠 ─ 온종일 시체를 찾으러 다르세나 선창가를 뒤졌지요. 그때 난 방에 홀로 앉아 그에게 내가 했던 행동을 생각하고 있었어요…."

그녀는 잠시 숨을 몰아쉬더니 다시 말을 이었다.

"저녁 늦게 쯤에야 아버지께서 제 방안으로 들어오시더니 이렇게 말씀하시더군요. '젬마, 아래층으로 내려가 보거라. 널 만나고 싶어하는 사람이 와 있단다.' 아버지와 함께 내려가 보니, 우리 그룹에 속한 친구 한 명이 진찰실에 앉아 있더군요. 얼굴이 새하얗게 질린 채 벌벌 떨면서 말이에요. 그는 지오바니가 감옥에서 우리에게 보낸 두 번째 편지의 내용을 들려주었지요. 간수로부터 카르

---

1) 영어의 '파더'와 같은 말로, '아버지'란 뜻과 함께 로마가톨릭의 "신부"라는 두 가지 뜻이 있기 때문에, 이 작품에서는 다분히 '중의적인' 데가 있다.

디 신부에 대해 들었다는 것, 그리고 아서는 고해소에서 속았다는 그런 내용이었어요. 그 친구가 내게 한 말이 지금도 기억에 생생해요. '아서가 결백하다는 걸 알게 된 것이 우리에게는 최소한의 위안이 될 거야…' 아버지는 내 손을 부여잡고 절 위로하려고 애쓰셨지요. 하지만 아버지도 그때까지는 제가 아서의 뺨을 때렸다는 사실은 모르고 계셨어요. 나는 방으로 돌아와서 그날 밤을 꼬박 새웠답니다. 아침이 되자 아버지는 아서의 이복형들과 함께 선창가로 또 나가셨어요. 시신이라도 찾아야겠다는 일념에서….."

"끝내 찾아내지는 못했지요?"

"네, 이미 바다로 흘러가 버린 모양이었어요. 하지만 사람들은 혹시나 하는 기대로 나간 것이지요. 내가 방안에 틀어박혀 있는데 하인이 와서 알려주길, 성직자 한 분이 찾아오셨는데 아버지께서 부둣가에 가셨다고 하자 그냥 돌아가더라고 하더군요. 나는 몬타넬리 신부가 틀림없다고 생각했지요. 그래서 뒷문으로 뛰쳐나가 정원 문가에서 그를 만날 수가 있었어요. '몬타넬리 신부님, 말씀드릴 게 있습니다' 하고 말하자 그는 발걸음을 멈추고 물끄러미 제 말을 기다리더군요. 오, 마르티니, 당신이 그의 얼굴을 보았더라면…. 그 후 몇 달 간이나 그 표정이 내 머리 속에서 사라지지 않았으니까요. 난 말씀드렸지요. '전 의사 워렌의 딸입니다. 아서를 죽게 한 사람은 바로 저라는 사실을 알려드리려고 왔습니다.' 전 모든 걸 숨김없이 털어놓았어요. 그분은 돌부처마냥 제 이야기가 다 끝날 때까지 가만히 서 계시더군요. 제 이야기가 끝나자, 이렇게 말씀하셨어요. '마음을 진정해라, 얘야. 살인자는 네가 아니라 바로 나다. 내가 그 아이를 속였고, 그 아이는 그것을 알게 된 거란다.' 그리고는 아무 말씀도 없이 몸을 돌이켜 문 밖으로 사라져 버렸어요."

"그 후로는?"

"그 후로 그가 어떻게 되었는지 알 길이 없어요. 그날 저녁 그가 거리에서 발작을 일으키며 쓰러져 부두 근처의 어떤 집으로 옮겨졌다는 소식을 들었을 뿐…. 내가 알고 있는 건 이게 전부예요. 아버지는 저를 위해 온갖 애를 다 쓰셨어요. 아버지께 사실대로 다 털어놓자, 아버지는 그곳 병원 일도 그만두시고 곧바로 절 데리고 영국으로 가셨거든요. 그렇게 해서 그 이후로는 기억할 만한 소식을 전혀 듣지 못하게 된 거죠. 아버지는 나마저 물에 빠져 자살하지나 않을까 늘 근심하셨어요. 사실 나도 한때는 자살할까 마음먹은 적이 있었으니까요. 하지만 그 무렵 아버지께서 암에 걸리신 걸 알게 되었지요. 그제야 정신이 번쩍 들더군요. 저 이외엔 아버지를 보살펴 드릴 사람이 아무도 없었거든요. 아버지가 돌아가시고 난 후 이제는 어린 동생들만 남게 되었지요. 후에 오빠가 동생들을 데려갈 수 있게 되었지만…. 그때 지오바니가 나타났어요. 짐작하시겠지만 그가 영국에 왔을 때에도 우린 서로 만나길 꺼려했어요. 우리 사이에 남겨진 소름 끼치는 기억 때문이었겠지요. 그 역시 감옥에서 썼던 그 불운의 편지로 인해 몹시 가책을 느끼고 있던 터였죠. 사실 우릴 묶어주었던 것은 다름 아닌 함께 나누고 있던 그 고통이었어요."

마르티니는 미소를 띤 채 고개를 가로저으며 말했다

"당신은 그랬겠지. 하지만 지오바니는 당신을 처음 본 순간부터 마음을 정해 왔소. 내 기억으로는 그가 리보르노를 방문하고 밀라노로 돌아와서는 당신에 대해 침이 마르도록 칭찬했었으니까. 나중에는 영국인 젬마의 이야기가 귀에 못이 박힐 지경이었지. 솔직히 그때만 해도 난 당신이 영 마음에 들지 않았소. 아! 저기 오는군!"

마차는 다리를 건너 룽가르노 가의 저택 앞에 멈추어 섰다. 몬타넬리는 자신을 한 번만이라도 보려고 문가에 몰려든 열광적인 무리를 더 이상 상대하기 지친 듯, 방석에 피곤하게 기대 있었다. 대성당에서 보여주었던 원기 왕성한 모습은 온데간데없이 사라지고, 근심과 피곤에 찌든 모습이 햇빛 속에 드러났다. 그는 마차에서 내려 지치고 의기소침한 노인의 기운 없는 발걸음으로 집안으로 들어갔다. 젬마는 몸을 돌려 다리를 향해 천천히 걸었다. 한순간 그녀의 얼굴은 몬타넬리의 시들고 무력한 표정을 곰곰이 생각해보는 듯했다. 마르티니는 묵묵히 그녀의 곁을 따라 걸었다.

"아무리 생각해 보아도 참 이상해요." 잠시 후 그녀가 입을 열었다. "그를 속였다니 그게 무슨 뜻일까? 때때로 그런 생각이 드는데…."

"뭘 말이오?"

"글쎄, 참 이상해요. 두 사람이 너무나 닮은 점이 많거든요."

"두 사람이라니?"

"아서와 몬타넬리 말이에요. 그렇게 생각하는 사람이 나 혼자만이 아니거든요. 게다가 그 가족들 사이에도 불가사의한 점이 있고…. 아서의 어머니는 내가 알고 있는 분 중 가장 다정다감하신 분이었어요. 그분의 얼굴 역시 아서처럼 영적인 느낌이 강하게 풍겨나왔고, 그리고 내가 보기엔 두 사람은 성격도 비슷한 것 같았어요. 그런데 그분은 언제나 추궁 받는 죄인처럼 깜짝깜짝 놀라곤 하셨지요. 또 아서의 형수는 마치 개라도 대하듯 그분에게 오만불손하게 굴었구요. 아서는 저속하기 짝이 없는 이복형들과는 전혀 딴판이었지요. 물론 어렸을 때는 모든 걸 당연하게 받아들였어요. 하지만 지금 와 돌이켜보면, 아서가 정말 그 집안의 혈통이었을까 하는 의구심이 들 때가 한두 번이 아니에요."

"그러면 혹시 자기 어머니에 대해서 뭔가 알게된 건 아닐까? 그러니까, 카르디 사건 때문이 아니라, 바로 그 일 때문에 죽으려고 한 것은 아닐까?" 마르티니는 그 순간 떠오르는 위로의 말을 찾으려고 애쓰면서 끼어들었다. 하지만 젬마는 고개를 가로저었다.

"내가 그의 뺨을 때렸을 때 그의 얼굴 표정이 어땠는지 보았더라면, 당신도 그렇게 생각하지는 않을 거예요. 몬타넬리에 관한 당신의 말은 사실일지도 몰라요. 아니, 사실에 가깝다고 할 수 있겠지요. 하지만 내가 저지른 일은 내가 저지른 일이에요."

그들은 아무 말도 하지 않고 잠시 걷기만 했다.

"젬마." 마침내 마르티니가 침묵을 깨뜨렸다. "지나간 일을 되돌이킬 수만 있다면야, 과거의 기억을 끊임없이 되풀이 생각해 보는 것도 나쁠 건 없겠지. 하지만 현실은 그렇지가 못하잖소? 죽은 사람은 어디까지나 죽은 사람이오. 가슴 아픈 이야기겠지만, 그 가엾은 친구가 떠난 이후로 오랜 세월이 흘렀소. 그나마 살아 있지만 외국에 망명해 있거나, 혹은 이제껏 감옥에 갇혀 있는 사람들보다야 훨씬 행복할 것 아니오? 당신과 난 차라리 그런 사람들을 생각해야 해요. 죽은 사람 때문에 우리의 가슴이 계속 멍들게 할 수는 없다구. 셸리[2]라는 시인이 했던 말을 생각해 봐요. '과거는 죽은 자의 것이요, 미래는 그대의 것.'[3] 그러니 놓치지 말아요. 아직 당신 손 안에 있을 때 말이오. 마음을 굳게 먹고, 과거의 일에 가슴 아파하지 않으며, 지금 해야 할 일을 하도록 말이오."

그는 진지한 표정으로 그녀의 손을 움켜쥐었다. 바로 그때, 등 뒤에서 갑자기 들려오는 부드럽고 차가우면서도 느릿느릿한 음성에 그는 깜짝 놀라 손을 놓고 돌아섰다.

"모, 몬타넬리 신부는 말씀하신 대로일 겁니다, 의사 선생님." 더듬거리는 목소리가 이어졌다. "사실 그분은 이 세상에 있기엔 너무 훌륭한 인물이라 저 세

---

2) 퍼시 비시 셸리(Percy Bysshe Shelley, 1792-1822). 영국의 시인.
3) 셸리의 장시 「이슬람의 반란」(1818) 제8시(詩) 가운데 22연 7행.

상으로 정중히 모셔야 할 것 같지 않습니까? 그러면 그는 이 세상에서 그랬던 것처럼 저 세상에서도 한바탕 요란한 센세이션을 불러일으키겠지요. 아, 아마도 그곳은 정직한 추기경이 있으리라고는 꿈에도 생각지 못한 구닥다리 유령들로가, 가득 차 있을 테니까요. 유령들만큼 새로운 것에 열광하는 존재들도 달리 또 없지요…."

"그걸 어떻게 알죠?" 등에와 함께 나타난 리카르도의 말투에는 짜증을 애써 감추려는 빛이 역력했다.

"성서를 보면 알 수 있지요. 복음서가 믿을 만한 것이라면, 가장 존경할 만한 유령들조차 '정직'과 '추기경'이라는 이 변덕스럽고 불안스러운 결합에 대한 화, 환상을 가지고 있다는 걸 알 수 있죠. 아하, 마르티니 씨! 볼라 부인! 멋진 날씨지요? 비도 개었고, 두 분 모두 새, 새로 오신 사보나롤라[4]에 대해서는 들으셨겠지요?"

마르티니는 날카로운 눈초리로 그를 훑어보았다. 입에는 담배를 물고 단추 구멍에는 꽃을 꽂고 나타난 등에는 그에게 장갑을 낀 여윈 손을 내밀었다. 광을 낸 구두 위로는 햇빛이 번쩍이고 강물에서 반사되는 빛이 그의 미소 띤 얼굴을 비추어서 그런지 오늘따라 그는 평상시보다 다리를 덜 저는 것처럼 보였고, 더욱 자신에 넘쳐 있는 것 같았다. 등에와 마르티니는 악수를 나누었다. 한 쪽은 사근사근한 표정이었지만, 다른 한쪽은 뾰루퉁한 표정이었다. 그때 리카르도가 놀란 듯 소리쳤다.

"볼라 부인, 어디 불편하신가요?"

모자 차양 아래로 보이는 그녀의 창백한 얼굴은 납빛으로 굳어져 있었으며 목에 맨 리본은 가슴이 몹시 뛰는지 눈에 띄게 흔들리고 있었다.

---

4) 지롤라모 사보나롤라(1452-98). 이탈리아의 수도사. 순교한 종교개혁가.

"집에 가야겠어요." 그녀가 희미한 목소리로 말했다.

그들은 마차를 불러 그녀를 태웠다. 마르티니가 집까지 바래다주기 위해 함께 올라탔다. 등에가 바퀴에 걸린 그녀의 외투를 바로 해 주기 위해 허리를 숙이다가 갑자기 고개를 들어 그녀의 얼굴을 쳐다보았다. 그 순간, 마르티니는 그녀가 공포에 질린 듯 움츠러드는 것을 보았다.

"젬마, 무슨 일이오?" 마차가 움직이기 시작하자 그는 영어로 물어보았다. "그 불한당이 당신에게 뭐라고 했소?"

"아뇨, 마르티니. 그의 잘못이 아니에요. 난, 난 그냥 놀랬을 뿐이에요…."

"놀랬다고?"

"그래요. 갑자기 이상한 느낌이 들어서…." 그녀가 한 손으로 눈을 가렸다. 그는 그녀가 평정을 되찾을 때까지 조용히 기다렸다. 이내 그녀의 얼굴은 평상시처럼 생기를 되찾았다.

"당신 말이 옳아요." 이윽고 그에게 얼굴을 돌리며 그녀는 보통 때와 다름없는 목소리로 입을 열었다. "쓰라린 과거를 되돌아보는 건 아무 도움도 안돼요. 사람의 눈을 흐리게 해서 도저히 일어날 수 없는 불가능한 일을 떠올리게 하거든요. 우리 다시는 그 문제에 대해서 얘기하지 말아요. 그렇지 않으면 만나는 사람마다 아서와 비슷하게 보일지도 모르니까요. 한낮에 꾼 악몽과도 같은 환각이겠죠. 조금 전 그 기묘한 멋쟁이가 갑자기 나타났을 때, 난 마치 아서를 다시 보는 듯 했거든요…."

5

　등에는 사람들을 자신의 적으로 만드는 방법을 잘 알고 있음이 틀림없었다. 그가 피렌체에 도착한 것이 8월의 일이었는데, 10월 말이 되자 그를 초청했던 위원회 사람들 가운데 4분의 3이 마르티니의 의견에 동조하게 되었던 것이다. 몬타넬리에 대한 그의 무자비한 공격에 그의 추종자들조차 분개하기 시작했다. 갈리도 처음에는 재치 있는 풍자가의 언행에 지지를 보냈지만, 나중에는 몬타넬리를 그냥 내버려두는 편이 낫다는 견해를 인정할 수밖에 없게 되었다. "점잖은 추기경은 그리 흔히 볼 수 있는 게 아니지. 그러니까 혹 그런 추기경이 나타나면 그래도 정중하게 대해주어야 하지 않을까?"
　풍자적인 글과 그림들이 쏟아져 나오는 가운데에서도 초연한 사람은 오직 몬타넬리뿐이었다. 마르티니 말마따나, 아예 그런 것들을 재미있다는 듯 웃으며 넘겨버리는 사람을 애써 조롱하는 것은 무의미해 보였다. 시내에서는 이런 이야기가 떠돌고 있었다. 몬타넬리가 피렌체의 대주교와 함께 저녁을 먹다가 자신을 격렬하게 공격하는 등에의 풍자문을 방 안에서 발견하자, 그것을 쭉 훑어

보고는 대주교에게 건네주면서 '제법 야무지게 썼는데요?' 하더라는 것이었다.

어느 날 시내에 "성聖 수태고지受胎告知[1]의 신비"라는 제목의 전단이 뿌려졌다. 비록 이제는 낯익은 서명이 된 날개를 편 등에가 그려져 있지는 않았지만, 그 글의 날카롭고도 격렬한 문체로 보아 대다수의 독자들은 그것이 등에의 글임을 알 수 있었다. 그 전단은 토스카나가 성모 마리아가 되고 몬타넬리가 천사가 되어 나누는 대화로 구성되어 있는데, 여기서 몬타넬리는 순결의 상징인 백합을 꽂고 평화의 상징인 올리브 나뭇가지로 만든 관을 쓴 모습으로 예수회파의 도래를 알리고 있었다. 전반적인 내용은 과격한 인신공격으로 가득 차 있었다. 피렌체의 모든 사람들은 그 글이 부당하고 비열하다고 생각했다. 그럼에도 불구하고 그들은 모두 웃음을 터트렸다. 등에의 과장된 비난 속에는 무언가 항거할 수 없는 힘이 있어서, 그를 따르는 무리뿐만 아니라, 심지어 그를 인정하지 않거나 혐오하는 사람들조차도 웃음 짓게 했다. 비록 어소는 과격했으나 그의 전단은 대중의 가슴 속에 깊은 인상을 남겼다. 물론 몬타넬리의 개인적인 명망은 기지가 넘치는 풍자문의 공격을 수차례 받는다 해도 심각한 손상을 입을 그런 정도의 것은 아니었지만, 그럼에도 불구하고 그 전단은 잠시나마 그에게 불리하게 작용했다. 등에는 어디를 찔러야 할지 잘 알고 있었다. 열광적인 대중은 여전히 그의 마차가 드나드는 것을 보려고 주교의 저택에 모여들었지만, 이제는 열광과 찬미 사이에 '예수회파!' 니, '산페디스트 스파이!' 니 하는 험악한 구호들이 간간이 섞여 들었다.

그러나 몬타넬리를 지지하는 사람들은 결코 적지 않았다. 전단이 뿌려진 이틀 후, 손꼽히는 종교계 신문인 《성직자》에 '교회의 아들' 이란 필명의 저자가 쓴 "'성 수태고지의 신비' 에 대한 답변"이란 제목의 재기 넘치는 글이 실렸다.

---
[1] 천사 가브리엘이 성모 마리아에게 예수 그리스도의 수태를 알린 일을 말한다.

그 내용은 등에의 중상모략에 대항하여 몬타넬리를 열렬히 옹호하는 것이었다. 이 익명의 필자는 신임 주교가 지상의 평화와 인간에 대한 선한 의지를 가슴 깊이 품고 있는 진정한 신앙인이라고 열정적이고 유려한 언어로 역설했다. 그 다음으로 그는 등에에게 그가 주장하는 것들을 입증할 만한 사실적인 근거를 단 하나만이라도 제시해보라고 요구하는 한편, 대중에게는 경멸스러운 중상모략가의 속임수에 넘어가지 말라고 호소하는 말로써 글을 끝맺었다. 변론기사의 설득력이나 문학적 우수성은 상당한 수준이었으며, 많은 사람들의 주의를 끌기에 충분했다. 특히 신문편집자조차도 그 필자의 신분을 확인할 수 없었기에 더욱 그러했다. 그 기사는 순식간에 팸플릿 형태로 제작되기에 이르렀으며, 그 '익명의 변호인'은 피렌체 곳곳에서 화제의 주인공이 되었다.

등에는 주교와 그 추종자들에 대한 격렬한 공격으로 이에 응수했다. 특히 몬타넬리에 대한 공격은 더욱 심해졌는데, 그것은 몬타넬리가 자신에 대한 찬양의 글에 조심스럽게나마 동의의 뜻을 표했기 때문이었다. 이에 대해 익명의 변호인은 다시 한번 《성직자》에 글을 보내 등에를 강력히 반박하고 나섰다. 두 필자 사이에 타오른 논쟁은, 몬타넬리 본인보다도 더 큰 화제가 되었다.

몇몇 당원들은 몬타넬리에 대한 등에의 논조가 지나치게 악의적이라고 항의하고 나섰지만, 그에게서 만족할 만한 답변을 얻어내지는 못했다. 그는 그저 상냥하게 웃으며 특유의 풀기 없는 더듬거리는 목소리로 대꾸할 뿐이었다. "사, 사실 부당한 쪽은 여러분입니다. 전 지난번 볼라 부인의 의견에 따르면서, 이번에는 마, 맘껏 조롱할 수 있게 해줄 것을 분명히 요구했습니다. 증서에 그렇게 적혀있습니다!"

10월 말, 몬타넬리는 교황령의 교구로 돌아가게 되었다. 피렌체를 떠나기 전 그는 고별설교에서 그 논쟁을 언급했다. 주교는 두 필자의 격렬함을 점잖게 나무란 다음, '익명의 변호인'을 향해 이제 아무 쓸모도 없이 꼴만 사나운 말싸움을 넓은 아량으로 끝맺어 달라고 부탁했다. 이튿날 《성직자》에는 몬타넬리 주교가 밝힌 희망에 따라 '교회의 아들'이 논쟁에서 물러난다는 것을 알리는 기사가 실렸다.

마지막 말은 등에에게 남겨진 셈이었다. 그는 조그마한 전단을 발행했다. 그는 이 전단을 통해 무장을 해제함은 물론이고, 몬타넬리의 기독교적인 온화함 앞에서 회개하는 한편, 자기가 만나는 첫 번째 산페디스트의 목덜미에 화해의 눈물을 뿌릴 각오가 되어 있다고 선언했다. 그는 이렇게 끝맺었다. "나는 도전자였던 익명의 필자까지도 포옹할 용의가 있다. 주교와 내가 알고 있는 바 만약 나의 독자들도 그 익명의 논객이 끝내 자신의 이름을 밝히지 않는 이유와 그 저의를 알게 된다면 나의 이러한 회개가 진실된 것임을 믿을 수 있을 것이다."

11월 말, 그는 해안지대로 2주간 휴가를 다녀오겠노라고 편집위원회에 통보했다. 그는 공공연하게 리보르노로 간다고 했다. 그러나 그가 떠난 직후 리카르도가 리보르노에 가서 그를 만나기 위해 시내를 샅샅이 뒤졌지만, 끝내 허탕만 치고 말았다. 12월 5일 교황령에서는 극렬한 정치적 소요가 발생하여 아펜니노 산간지구 전역으로 번져나갔다. 사람들은 그제야 등에가 이런 한겨울에 휴가를 즐길 생각을 한 까닭을 추측하기 시작했다. 폭동이 진압되자 그는 피렌체로 돌아왔다. 거리에서 리카르도와 우연히 마주친 그는 상냥하게 말을 꺼냈다.

"리보르노에서 절 찾으셨다구요? 그때 마침 피사에 있었습니다. 아주 멋진 옛 도시던데요! 그야말로 이상향이란 느낌을 주는 곳이었지요."

크리스마스 주에 그는 포르타 알라 크로체 근처의 리카르도의 집에서 열린 편집위원회 회의에 나타났다. 모임에는 모든 위원이 빠짐없이 출석했다. 조금 늦게 들어선 그가 미안한 듯 웃으며 목례를 했을 때에는 마침 빈 자리가 남아있지 않았다. 리카르도가 일어서서 옆방으로 의자를 가지러 가려 하자, 그는 만류했다. "그러실 필요 없습니다. 전 여기가 아주 편합니다." 그는 방을 가로질러 창가로 걸어갔다. 창가에는 젬마가 앉아 있었다. 그는 창문턱에 걸터앉더니 나른한 듯 덧문에 머리를 기댔다.

그는 레오나르도 다빈치의 초상화를 연상시키는 미묘하고도 언뜻 알 수 없는 표정을 지은 채 가늘게 뜬 눈으로 젬마를 내려다보았다. 젬마는 그에 대한 본능적인 의구심이 더욱 커져 까닭 모를 두려움을 느낄 지경이었다.

안건은 토스카나를 위협하고 있는 기근과 그에 대한 대처방안에 대해 위원회의 의견을 팸플릿으로 공표하자는 것이었다. 이 문제의 결정은 상당히 어려운 것이었다. 여느 때와 마찬가지로 위원회의 견해는 둘로 갈렸다. 젬마, 마르티니, 리카르도 등의 보다 급진적인 측은 농민의 구제를 위해 정부와 사회가 즉시 적절한 조치를 취해줄 것을 강력히 요청하는 데 찬성했다. 그러나 그라씨니를 위시한 온건파는 지나치게 격한 논조가 장관을 납득시키기보다는 오히려 자극할 우려가 있다고 보고 있었다.

"여러분이 즉시 도움을 받을 수 있도록 도와주는 건 아주 좋은 일이오." 그라씨니가 급진론자들을 둘러보며 예의 조용하면서도 유감스럽다는 듯한 어조로 입을 열었다. "하지만 우리는 얻지도 못할 것들을 원하고 있소. 만약 여러분의 의견대로 일을 시작한다면, 정부는 십중팔구 실제로 기근이 닥치기 전까지는 어떤 구제책도 실행하지 않을 겝니다. 오히려 우리가 장관을 설득해서 농작물의 작황을 조사하도록 하는 것이 차근차근 일을 풀어나가는 데 도움이 되리라 생각합니다만."

난로 곁 구석에 앉아 있던 갈리가 벌떡 일어서더니 반박하고 나섰다.

"차근차근 풀어나간다…. 그것도 좋겠죠. 하지만 기근이 이미 코앞에 닥친 상황이라면 자칫 시기를 놓쳐버릴 위험이 있습니다. 우리가 실제로 구조의 손길을 뻗치기도 전에 사람들이 굶어죽게 될지도 모른다 이 말입니다."

"먼저 들어보고 싶은 이야기가…" 사코니가 입을 열었지만, 몇 사람이 그의 말을 자르고 나섰다.

"좀 더 크게 말하시오. 들리지가 않소!"

"거리에 악다구니 떼가 지나는 통에 아무 생각도 못하겠소." 짜증이 이는 듯 갈리가 말했다. "그쪽 창문은 닫혀 있소, 리카르도? 내 목소리도 들리지 않을 지경이오!"

"예, 닫혀 있어요." 창문을 둘러보며 젬마가 말했다. "서커스단 같은데, 곧 지나가겠죠."

고함소리, 웃음소리, 종이 울리는 소리, 발걸음소리 등이 한데 뒤섞여 거리 아래쪽으로부터 들려왔다. 간간이 쿵쿵거리는 악대의 북소리와 사정없이 두들겨대는 드럼소리가 섞여 들었다.

"앞으로 며칠간은 계속 저 소동일 게요." 리카르도가 불만스러운 표정으로 입을 열었다. "때가 때이니만큼, 크리스마스 시즌에 시끄럽게 군다 한들 어쩔 수 있겠소? 계속 말씀하시오, 사코니."

"말씀드리고 싶은 것은, 피사와 리보르노에서 이 문제에 대해 어떻게 생각하고 있는지 들어보는 것도 흥미로울 거라는 겁니다. 제 생각으론 리바레즈 씨가 우리에게 무언가 이야기해 줄 것이 있을 것 같은데요. 이제 막 그곳에서 오셨으니 말입니다."

등에는 아무 대답이 없었다. 창문 밖을 멍하니 바라보고 있는 모습이, 방금 했던 말을 듣지 못한 것 같기도 했다.

"리바레즈 씨!" 그 옆에 가까이 앉아 있는 사람은 젬마뿐이었다. 그가 아무 말이 없자 그녀는 허리를 숙여 그의 팔을 흔들었다. 그는 느릿느릿 고개를 돌렸다. 순간, 젬마는 두려움으로 딱딱하게·굳은 그의 얼굴을 볼 수 있었다. 잠시였지만 그의 얼굴은 흡사 시체의 그것 같았다. 그의 입에서 이상야릇한 생기 없는 말이 흘러나왔다.

"그래, 서커스단이군…."

그녀는 본능적으로 다른 사람들의 호기심으로부터 그를 보호해야겠다는 생각이 들었다. 그에게 무슨 일이 일어났는지는 모르지만 두려운 환상에 사로잡혀 잠시 몸과 마음이 제멋대로 되어버린 것이라고 생각했다. 그녀는 재빨리 일어나 다른 사람이 보지 못하도록 그를 가리고 서서 밖을 내다보기라도 할 듯이 창문을 활짝 열어젖혔다. 그녀 외에는 아무도 그의 얼굴을 보지 못했다.

거리에는 유랑 서커스단이 지나가고 있었다. 당나귀를 탄 돌팔이약장수와, 얼룩덜룩한 옷을 입은 어릿광대도 눈에 띄었다. 가장행렬을 따라가던 군중들은 웃고 떠들면서 어릿광대와 농담을 주고받거나 종이리본을 뿌려주고 있었고, 여자어릿광대에게는 사탕과자가 든 작은 봉지를 던져주었다. 마차에 탄 여자어릿광대는 곱슬머리에 연지 바른 입술 위로 억지웃음을 지으며 번쩍이는 금속과 깃털로 온 몸을 치장하고 있었다. 그 마차 뒤로는 각양각색의 온갖 사람들이 줄지어 따라오고 있었다. 부랑아, 거지, 공중제비를 넘고 있는 어릿광대, 값을 외쳐대는 과일행상…. 그들은 누군가를 쿡쿡 찌르기도 하고 돌을 던지거나 박수를 치기도 했다. 처음에 젬마는 군중들이 얽히고설켜 그가 누군지 알아볼 수가 없었다. 그러나 다음 순간 그녀는 똑똑히 볼 수 있었다. 종이모자와 방울을 매달고 기괴할 만큼 바보스런 옷차림을 한, 난쟁이 같이 왜소하고 추한 몰골의 곱사등이였다. 그도 유랑극단의 단원임이 분명했다. 소름끼치도록 뒤틀리고 찌그러진 그의 생김새가 군중들을 즐겁게 해주고 있었다.

"뭐 재미나는 일이라도 벌어지는 모양이군요?" 창가로 다가오며 리카르도가 물었다. "아주 재미있어 하는 표정인데?"

그는 유랑 서커스단 따위로 회의가 중단되었다는 사실에 약간 놀라지 않을 수 없었다. 젬마가 돌아섰다.

"재미있는 건 없어요. 유랑 서커스단일 뿐이에요. 하도 시끄러워서 별스런 일이 있나 했을 뿐이죠."

창문턱에 한 손을 짚고 서 있던 그녀는 갑자기 등에의 차가운 손가락이 그녀의 손을 꽉 붙잡는 것을 느꼈다. "고맙소!" 그는 부드럽게 속삭이고 나더니, 창문을 닫고 다시 창문턱에 걸터앉았다.

"여러분." 예의 그 점잔빼는 말투로 그가 입을 열었다. "혹시라도 제가 방해가 되었는지 모르겠군요. 저, 전 서커스단을 보고 있었습니다. 저, 정밀… 사, 상관이군요."

"사코니가 당신에게 질문을 했소." 마르티니가 퉁명스럽게 말했다. 그에겐 조금 전 등에의 행동이 어리석은 척 가장하는 수작처럼 보였다. 게다가 그는 젬마가 분별없이 그를 따라한 것에 기분이 상했다. 그것은 그녀답지 않은 처신이었다.

등에는 피사의 분위기에 대해서는 아는 바 없으며, 자신은 '그저 휴가를 즐기러' 그곳에 갔을 뿐이라고 말했다. 그리고는 곧장 작황이 어떨 것인지에 대해 활기차게 토론을 이끌어가다가, 다시 팸플릿 문제를 가지고 장광설을 늘어놓았다. 그의 더듬거리는 말투의 장광설은 다른 사람들이 지쳐버릴 때까지 계속되었다. 그는 그 자신의 목소리에서 어떤 격정의 환희를 맛보고 있는 듯했다.

모임이 끝나고 위원들이 일어서 나가려 할 때, 리카르도가 마르티니에게 다가왔다.

"잠시 저녁이라도 함께 들지? 파브리치와 사코니도 함께 하기로 했는데."

"고맙지만 난 볼라 부인을 집에 바래다주어야겠는데."

"혼자서는 집에도 못 간다고 생각하는 건가요?" 외투를 걸치면서 그녀가 말했다. "물론 마르티니는 남을 거예요, 리카르도 씨. 기분전환 하는 것도 그에겐 괜찮을 거예요. 반나절이 넘도록 방안에만 틀어박혀 있었으니까."

"괜찮다면 제가 모셔다드리지요." 등에가 끼어들었다. "마침 그쪽 방향으로 가려던 참이니까요."

"정말 같은 방향으로 가신다면…."

"저녁에 이곳에 다시 들를 시간은 없으시겠지요, 리바레즈 씨?" 문을 열어주면서 리카르도가 물었다.

등에는 웃음을 터트리며 어깨 너머로 리카르도를 쳐다보았다. "저 말입니까? 전 서커스 구경을 갈까 하는데요."

"참 이상한 사람이군. 돌팔이 약장수 따위에 왜 저렇게 환장을 할까?" 남아있던 사람들에게 돌아온 리카르도가 고개를 갸웃거리며 말했다.

"아마 동류의식이라도 가진 모양이지." 마르티니가 대꾸했다. "내가 보기에 그는 영락없는 돌팔이약장수요."

"그것이 그저 과거사일 뿐이라면 좋겠소." 심각한 표정으로 파브리치가 끼어들었다. "지금도 그렇다고 한다면 나는 그가 매우 위험한 인물이 아닐까 두렵소."

"어떤 점에서 위험하다는 거요?"

"글쎄요. 난 그가 종종 즐기곤 하는 그 비밀스러운 여행은 딱 질색이오. 이번이 벌써 세 번째 아닙니까? 난 그가 피사에 갔었다고는 믿지 않아요."

"그가 산에 들어갔었다는 건 이제 공공연한 비밀 아닙니까?" 사코니가 입을 열었다. "그는 지난 사비뇨² 사건 때 알게 된 밀수꾼들과 지금도 관계를 맺고 있다는 사실을 애써 부인하지 않았습니다. 그러니 그가 그들을 통해 교황령 전역에 전단을 뿌려대는 것은 당연하겠지요."

"나로서도…." 리카르도가 말문을 열었다. "여러분께 말씀드리고 싶은 것은 바로 이 문제입니다. 리바레즈에게 우리 것의 밀반출도 함께 맡아달라고 하는 편이 낫지 않겠는가 하는 생각이 듭니다. 피스토야의 그 신문은 아주 비효율적으로 처리되고 있어요. 전단을 여송연 더미 속에 둘둘 말아 반출하는 방식은 원시적인 방법이오."

"지금까지 별 탈 없이 잘 해 왔잖습니까?" 마르티니가 불만스러운 듯 말했다. 그는 갈리와 리카르도가 등에를 본받아야 할 모범으로 내세우는 데 염증을 느끼고 있었다. 그 짐짓 심각한 체하는 해적 같은 자가 나타나 모든 것을 바로잡는다고 설치기 전에도, 만사가 잘 되어 오지 않았던가 하는 생각이 들었던 것이다.

"그동안은 아주 잘 되어 왔지요. 그래서 우린 더 나은 방법을 찾지 않았던 거요. 그러나 이제는 체포와 몰수가 빈번해졌음을 알잖소? 만약 리바레즈가 우리 대신 그 일을 맡는다면, 체포나 몰수는 전보다 훨씬 줄어들 거요."

"그렇게 생각하는 근거가 뭐요?"

"첫째, 밀수꾼들은 우릴 문외한으로 보고 깔보고 있습니다. 하지만 리바레즈야 자신들의 허물없는 친구이자 지도자나 다름없으니 떠받들고 신뢰할 거요. 아펜니노 사람들은 우리를 위해서는 꼼짝도 하지 않을 일도 사비뇨 폭동에 가담했던 이를 위해서라면 기꺼이 해주려 할 겁니다. 둘째, 우리 중에는 리바레즈만큼 산지에 대해 아는 사람이 없소. 리바레즈가 한때는 산 속에서 숨어 지냈고 밀수꾼들의 루트에 대해서도 환하다는 걸 생각해보시오. 밀수꾼들은 감히 리바

---

2) 이탈리아 북부 볼로냐 근처의 지역을 말한다.

레즈를 속일 엄두도 못 낼 것이고, 또 속이려 해도 속아 넘어가지 않을 거요."

"그렇다면 결국 당신이 제안하고자 하는 게 뭡니까? 팸플릿을 국경 너머로 빼돌리는 일 전부를, 그러니까 배포, 우편, 은닉처 등 일체를 그에게 맡기자는 겁니까, 아니면 밀반출하는 일만 맡기자는 겁니까?"

"우편과 은닉처 문제에 관해서라면, 그는 우리가 알고 있는 곳은 물론 우리가 아직 모르는 곳까지도 잘 알고 있을 거요. 그 부분에 대해서는 우리가 알려줄 게 아무것도 없는 셈이오. 배포문제에 관해서는 물론 여러분 좋으실 대로 하시오. 내가 볼 때 중요한 문제는 밀반출에 성공하는 것, 바로 그것이오. 일단 볼로냐에 안전하게 도착하기만 하면 그걸 유포시키는 일은 훨씬 간단하지요."

"난 반대합니다." 마르티니가 말했다. "첫째, 그가 이 일의 적임자라는 생각은 하나의 추측일 뿐입니다. 우린 아직까지 실제 그가 국경에서의 일에 관여했는지 여부도 확인하지 못한 상황이고, 과연 그가 결정적인 순간에도 침착하게 대처할 수 있을 것인지도 확신할 수 없습니다."

"아, 마르티니. 그 점에 대해서 만큼은 안심해도 좋소!" 리카르도가 끼어들었다. "사비뇨 사건이 그의 침착성을 충분히 증명해주지 않았소?"

그러나 마르티니는 계속했다. "그밖에도 나는, 리바레즈를 완전히 신뢰할 만큼 잘 알지도 못하는 상태에서 당의 기밀을 모두 맡기는 것이 내키지 않아요. 내가 보기에 그는 침착하지 못하고 덤벙대며, 때때로 과장된 모습을 보입니다. 밀반출 업무의 전권을 한 사람의 손에 맡긴다는 것은 중차대한 문제입니다. 파브리치, 당신 생각은 어떻습니까?"

"그런 문제라면 대수롭지 않겠지요. 리바레즈가 리카르도의 말대로 모든 장점을 틀림없이 갖추고 있다면 말이오. 내 개인적인 의견으로는, 그의 용기와 정직함과 침착성은 의심의 여지가 없소. 게다가 그가 산은 물론이고 산지인들까지도 환히 꿰고 있음을 우리는 확실히 알고 있지요. 하지만 나로선 또 다른 반대 이유가 있습니다. 그가 산에 들어가는 게 단지 책자의 밀반출만을 위해서일까요? 혹시 다른 목적이 있지는 않을까요? 추측에 불과하지만, 나는 그가 다른 분파, 그것도 가장 위험한 분파와 관계하고 있을 수도 있다고 생각합니다."

"어느 분파를 말씀하시는 겁니까? '붉은띠단' 말입니까?"

"아니오. 바로 오콜텔라토리요."

"'단도파' 말씀이군요! 하지만 그들은 소규모의 무법자 조직 아닙니까? 그 대다수가 교육도 받지 못했고 정치적 경험도 없는 농민들이죠."

"사비뇨의 반란군 역시 마찬가지였죠. 하지만 그들 중에는 교육받은 지도자들도 있었습니다. 단도파 역시 마찬가지요. 알다시피, 현재 교황령에서 활동하는 과격파 당원들의 대다수가 사비뇨 사건에서 살아남은 사람들이라는 것은 널리 알려진 사실입니다. 그들은 공개적인 봉기로 대항하여 싸우기는 힘들다고 판단하고, 암살에 의지하고 있습니다. 그들의 무력이 총기에 대항할 정도는 못됐기 때문에 결국 단검이라는 은밀한 수단을 택하게 된 것이지요."

"하지만 무슨 근거로 리바레즈가 그들과 관계하고 있다고 추측하는 거요?"

"추측이라기보다는, 단지 의심할 뿐이오. 어쨌든 밀반출 임무를 그에게 맡기기 전에 좀 더 확실히 알아보는 게 좋겠습니다. 그가 두 가지 일을 동시에 처리하려다가 우리 당에 치명타를 입힐 수도 있고, 또 당의 평판만 망치고 아무것도 성취하지 못할 수도 있으니까요. 이 문제에 대해서는 다시 한 번 논의하기로 하지요. 여러분에게 로마에서 온 새 소식을 전해드려야겠군요. 시의 규약에 대해 기안을 올리라는 명령이 하달되었습니다."

6

젬마와 등에는 롱가르노 가를 따라 묵묵히 걸었다. 열에 들뜬 듯한 그의 수다도 어느덧 가라앉았다. 리카르도의 집에서 나온 이후로 그는 한 마디도 하지 않았다. 젬마는 내심 그의 침묵이 고맙기까지 했다. 그와 함께 있으면 항상 당혹감을 느끼곤 했는데, 오늘은 유독 심했다. 위원회 모임에서 보였던 그의 기이한 행동이 그녀의 심사를 온통 뒤흔들어 놓았기 때문이었다.

우피치 궁宮 근처에서 그는 갑자기 발걸음을 멈추더니 그녀를 향해 돌아섰다.

"피곤하세요?"

"아뇨, 왜요?"

"오늘 저녁에 특별히 바쁜 일이 있으십니까?"

"아뇨. 그런 일 없습니다."

"그럼, 저와 산책이라도 하시면 어떻겠습니까?"

"어디로요?"

"딱히 정한 곳은 없습니다. 당신이 원하신다면 어디든지."

"하지만 무엇 때문에요?"

그의 얼굴에 망설이는 빛이 스쳤다.

"그건, 말씀드릴 수가 없군요…. 조금 복잡합니다. 하지만, 괜찮으시면 함께 가시지요."

그는 내리깔았던 시선을 갑자기 쳐들었다. 그녀는 그의 눈빛이 매우 이상하다는 걸 깨달았다.

"무슨 문제가 있으신 모양이군요." 그녀가 부드럽게 말을 건넸다. 그는 단추 구멍에 꽂아둔 꽃에서 꽃잎을 떼어내더니 갈기갈기 찢기 시작했다. 이런 이상 야릇한 행동을 하던 사람이 누구였지? 저와 똑같은 손장난과 신경질적인 몸짓을 보이던 사람….

"전 혼란에 빠졌습니다." 그는 자신의 손가락을 내려다보며 거의 알아들을 수 없는 목소리로 말했다. "오늘 저녁은 정말 혼자 있고 싶지가 않습니다. 저와 함께 있어 주시겠습니까?"

"그렇게 하지요. 제 집으로 가서도 괜찮습니다만."

"아, 아닙니다. 레스토랑에 가서 저녁이라도 함께 하시죠. 시뇨리아에 괜찮은 곳이 있습니다. 제발 거절하지 말아 주십시오!"

그들은 레스토랑에 들어갔다. 그는 식사를 주문해 놓고도 거의 손도 대지 않았다. 그는 입을 꾹 다문 채 빵을 부서트리거나 테이블 냅킨 모서리를 만지작거렸다. 젬마는 마음이 불편해져 차라리 오지 않겠다고 할 걸 잘못했다고 느끼기 시작했다. 어색한 침묵이 흘렀지만, 그녀는 자신의 존재조차 망각해 버린 듯해 보이는 그에게 말을 붙일 수가 없었다. 마침내 고개를 든 그가 불쑥 물었다.

"서커스 보러갈까요?"

그녀는 놀란 듯 그를 바라보았다. 느닷없이 왜 서커스 이야기를 꺼낼까?

"보신 적 있으세요?" 대답할 틈도 주지 않고 그가 다시 물었다.

"아뇨. 없는 것 같아요. 재미있을 것 같지 않네요."

"아주 재미있습니다. 서커스를 보지 않고서는 결코 인간의 삶을 알 수 없다고 생각합니다. 포르타 알라 크로체로 돌아가 볼까요?"

그들이 도착했을 때에는 시의 관문 옆에 이미 천막이 설치되어, 공연의 시작을 알리는 바이올린 소리와 북소리가 울리고 있었다.

공연은 아주 형편없었다. 어릿광대, 재담꾼, 곡예사, 후프 사이를 뛰어넘는 재간꾼, 짙은 화장을 한 여자 광대, 바보 연기를 하는 곱사등이가 전부였다. 주고받는 익살도 대체로 천박하고 공격적인데다가, 고리타분하고 변변찮은 내용이었다. 전체적으로 축 처지고 맥 빠진 느낌을 주었다. 그러나 관객들은 토스카나 사람들 특유의 친절로 웃음과 박수를 아끼지 않았다. 관객들이 가장 재미있어한 것은 곱사등이의 연기였다. 젬마는 그 곱사등이의 연기에서 재치나 대단한 기술 따위는 찾아볼 수 없었다. 그것은 단지 기괴하고 소름끼치는 불구자의 연기에 지나지 않았다. 관객들은 그를 흉내내기도 했고, 또 어떤 이들은 자기 아이들을 어깨에 무등 태워 그 '추물'을 더 잘 볼 수 있도록 해주었다.

"리바레즈 씨, 이게 정말 재미있다고 생각하세요?" 젬마가 등에를 향해 몸을 돌리며 물었다. 그는 천막의 나무기둥에 팔을 감고 그녀 옆에 서 있었다. "제가 보기엔…."

그녀는 말을 멈추고 조용히 그를 바라보았다. 리보르노의 정원 문가에서 본 몬타넬리의 모습 이래로, 이처럼 절망적이고 비통한 얼굴을 본 적이 있었던가. 그녀는 그의 얼굴 표정으로부터 단테가 묘사한 지옥 풍경을 떠올렸다.

그 순간 어릿광대의 발길질에 차인 곱사등이가 공중제비를 넘더니 무대 밖의 뭔지 모를 더미 속으로 떨어졌다. 두 어릿광대가 만담을 늘어놓기 시작했을 때에야 비로소 등에는 꿈에서 깨어난 것 같았다.

"갈까요, 아니면 더 볼까요?" 그가 물었다

"가는 것이 좋겠어요."

그들은 천막을 나와 강가의 검푸른 숲을 거닐었다. 몇 분 동안 아무도 입을 열지 않았다.

"서커스는 어땠어요?" 이윽고 등에가 말을 건넸다.

"지루하던데요. 마음에 들지 않는 부분도 있었구요."

"어떤 부분?"

"그 괴상망측한 연기 말이에요. 그저 추하기만 할 뿐 재치라고는 없더군요."

"곱사등이의 연기를 말씀하시는군요?"

신체적인 불구를 이야기했을 때 그가 특히 예민했던 것이 생각난 그녀는 곱사등이의 연기에 대해 말하고 싶지 않았다. 그런데 이제 그 스스로 그 이야기를 꺼내고 있는 것이다. "그래요, 그런 건 참 싫어요."

"하지만 관객들이 가장 재미있어 하던 걸요."

"가장 마음에 들지 않는 것이 바로 그거죠."

"예술적이 아니라서 그렇습니까?"

"아니, 아니에요. 공연 전체가 예술적이지 않던데요. 제 말은… 추악하다는 뜻이에요."

그의 얼굴에 미소가 떠올랐다.

"추악하다고요? 곱사등이가요?"

"제 말은…. 물론 그 자신은 전혀 개의치 않겠지요. 재주꾼이나 서커스 단장과 마찬가지로 곱사등이도 먹고 살기 위해 하는 일일 테니까요. 하지만 바로 그것이 슬프게 만들죠. 치욕스러운 일이에요. 인간 존재의 타락이니까요."

"아마 그는 처음 시작했을 때보다 더 타락한 건 아닐 겁니다. 우리 모두 어느 정도씩은 타락해 있습니다."

"그래요. 하지만…. 당신은 어리석은 편견이라 생각하시겠지만 인간의 신체란 제가 알기로는 성스러운 것이에요. 전 인간의 신체에 가해지는 끔찍스러운 모욕행위를 보고 싶진 않아요."

"그렇다면 인간의 영혼은요?"

그는 잠시 멈춰서더니, 제방 난간에 한 손을 짚고 서서 그녀를 똑바로 쳐다보았다.

"영혼이라구요?" 그녀는 걸음을 멈추고 의아한 눈으로 그를 쳐다보았다.

그는 갑자기 격렬한 몸짓으로 두 손을 내밀었다.

"당신은 그 비참한 어릿광대도 영혼을, 살아 숨쉬며 분투하는 인간의 영혼을 가지고 있다고 생각해 보신 적이 없습니까? 그 처참한 불구의 몸에 묶여 노예가 되지 않으면 안 되는 영혼 말입니다. 모든 것에 그토록 다정다감한 당신이, 바보스러운 옷을 입고 방울을 잔뜩 매단 육체에도 동정을 금치 못하는 당신이, 가릴 것이라곤 아무것도 없는 벌거숭이의 영혼에 대해서는 생각해 보신 적이 없다니요? 부끄러움과 비참함에 질식당하면서, 채찍처럼 파고드는 조롱과 시뻘건 쇳덩이로 벌거벗은 육신을 지져대는 듯한 비웃음을 받으면서 추위에 떨고 있는 영혼을 생각해 보십시오! 사람들 앞에 속수무책으로 서서, 산이 무너져 자신을 가려 주지나 않을까 바위가 떨어져 숨겨주지나 않을까 두리번거리면서, 차라리 쥐구멍 속으로라도 들어가 숨을 수 있는 쥐를 부러워하는 희망 없는 영혼 말입니다. 목소리도 잃어버린 채 참고, 참고 또 참아야 하는 한 영혼을 떠올려보란 말입니다…. 이런, 제가 헛소리를 지껄이고 있군요. 당신은 왜 웃지 않는 겁니까? 유머감각이 없군요!"

죽음 같은 침묵에 잠긴 그녀는 천천히 돌아서서 강을 따라 걸었다. 저녁 내내 그녀는 그의 고통이 서커스와 관련된 것이라고는 전혀 생각지 못했다. 그러나 이제 눈앞의 갑작스러운 감정의 분출로 인해 그녀는 어렴풋하게나마 그의 내면을 엿볼 수 있었다. 걷잡을 수 없이 솟아나는 그에 대한 연민 속에서 그녀는 한마디도 할 수 없었다. 그녀와 나란히 걷고 있으면서도 그는 짐짓 그녀를 외면한 채 강물만 물끄러미 바라보았다.

"이해해 주시길 바랍니다." 도전하는 듯이 갑자기 그녀를 향해 돌아서며 그가 입을 열었다. "제가 방금 이야기한 건 모두 상상일 뿐입니다. 아니, 차라리 꾸며낸 거라고 보는 게 낫겠군요. 심각하게 받아들이지는 마셨으면 합니다."

그녀는 아무 대답도 하지 않았다. 그들은 말없이 걷기만 했다. 우피치의 관문을 지날 때쯤, 그는 문득 길을 건너가더니 난간에 기대어 누워있는 검은 물체 위로 고개를 숙였다.

"애, 꼬마야. 무슨 일이니?" 한번도 들어보지 못한 부드러운 음성으로 그가 물었다. "왜 집에 가지 않고?"

검은 물체가 꼼지락대더니 낮게 신음하면서 뭐라고 대답했다. 무슨 일인지 다가가 본 젬마는 여섯 살쯤 되어 보이는 아이를 발견했다. 그 아이는 낡고 더러운 옷차림을 하고 놀란 짐승처럼 웅크리고 있었다. 등에는 헝클어진 아이의 머리를 쓰다듬었다.

"뭐라고 했지?" 웅얼거리는 말을 제대로 듣기 위해 그가 고개를 더 숙였다. "어서 집에 가서 자야지. 어린애들은 밤중까지 밖에 나와 있으면 못쓴단다. 추운 게로구나! 자, 내 손을 잡고 일어나보렴! 어디 사니?"

그는 아이를 일으켜 세우려고 아이의 팔을 붙잡았다. 아이는 자지러지듯 비명을 지르더니 더욱 움츠러들었다.

"왜 그래?" 등에가 보도 위에 무릎을 꿇으며 물었다. "아, 부인. 여기 좀 보세요!"

아이의 어깨와 웃옷은 피로 범벅이 되어 있었다.

"무슨 일인지 내게 말해보렴." 달래는 듯한 말이 이어졌다. "넘어졌니? 아냐? 그럼 누가 널 때렸니? 때린 사람이 누구야?"

"삼촌이…."

"아, 그랬구나! 언제?"

"오늘 아침에… 삼촌이 술에 취했는데 내가…."

"네가 귀찮게 굴었던 모양이구나… 그렇지? 술 취한 사람에게는 옆에서 집적거리지 말아야 한단다, 얘야. 술 취한 사람은 그런 걸 싫어하거든. 부인, 이 아이를 어떻게 하면 좋겠습니까? 자, 밝은 곳에서 상처를 좀 보자. 내 목을 안아라. 아프지 않게 할게."

그는 소년을 안은 채 거리를 가로질러 넓적한 돌난간 위에 내려놓았다. 그리고는 주머니칼을 꺼내 찢어진 소매를 능숙하게 잘라내고, 아이의 머리를 자기 가슴에 기대게 했다. 젬마는 상처 난 팔을 붙잡아주었다. 어깨는 시퍼렇게 멍이 들고 생채기가 나 있었다. 팔에도 베인 상처가 깊었다.

"너 같이 어린 꼬마를 두들겨 패다니, 원!" 웃옷이 상처에 스치지 않도록 손수건으로 상처 부위를 묶으며 등에가 물었다. "무엇으로 맞았지?"

"삽으로요. 옥수수를 사먹으려고 1솔도[1]만 달라고 갔는데 삽으로 때렸어요."

등에가 몸을 부르르 떨며 부드러운 목소리로 말했다. "아! 이 상처구나. 그렇지, 꼬마야?"

"삽으로 날 때렸어요. 난 도망쳤어요. 삽으로 때려서… 나, 난 도망쳤어요."

"그럼 저녁도 못 먹고 줄곧 서성댔겠구나?"

---

1) 1솔도는 1리라의 20분의 1에 해당한다.

대답 대신 아이는 흐느껴 울기 시작했다. 등에가 아이를 안아들었다.

"그래, 그래! 우리가 잘 해줄게. 마차를 잡을 수 있을까요? 극장 앞에 가면 있을 것 같은데…. 오늘밤 큰 공연이 있거든요. 부인, 이리저리 끌고 다녀서 정말 미안합니다. 하지만…."

"당신과 함께 가겠어요. 도움이 필요할 거예요. 그렇게 먼 곳까지 안고 갈 수 있겠어요? 무겁지 않아요?"

"아, 괜찮습니다."

극장 문 앞에는 몇 대의 마차가 대기하고 있었지만 모두 예약되어 있었다. 공연이 끝나 대부분의 청중들이 돌아간 직후였다. 벽보 위에 지타의 이름이 큰 글씨로 씌어 있었다. 그녀는 방금 끝난 발레 공연에서 춤을 추었을 것이다. 등에는 젬마에게 잠시 기다려 달라고 부탁한 다음 대기실로 다가가 수위에게 물었다.

"레니 양은 가셨나요?"

"아니오." 수위는 잘 차려입은 신사가 누더기차림의 부랑아를 안고 있는 모습을 이상하다는 듯 쳐다보며 대꾸했다. "레니 양은 곧 나오실 겁니다. 마차가 대기하고 있으니까요. 아, 저기 나오는군요."

지타는 젊은 기병대 장교의 팔에 기대어 층계를 내려오고 있었다. 야회복에 새빨간 벨벳 외투를 걸쳐 입은 그녀는 눈부시게 아름다웠다. 그녀의 허리에는 타조 깃털로 만든 커다란 부채가 대롱거리며 매달려 있었다. 입구에서 그녀는 잠시 멈추더니 장교의 팔을 풀고 재미있다는 표정으로 등에에게 다가왔다.

"펠리체!" 그녀가 숨이 막힐 듯 외쳤다. "이곳엔 웬일이세요?"

"길에서 이 아이를 만났어. 상처가 심하고 아무것도 먹질 못했대. 가능한 한 빨리 집으로 데려가야겠어. 그런데 도무지 마차를 잡을 수가 있어야지. 그래서 당신 마차를 쓸까 하고…."

"펠리체! 그 거지같은 아이를 당신 방으로 데려간다구요? 안 돼요! 경찰을 불러 부랑아 보호소나 다른 적당한 곳에 보내라고 하세요. 시내의 거지들을 몽땅 다 데려오기라도 할 셈이세요?"

"상처가 심해. 필요하다면 내일이라도 보호소에 보낼 수가 있어. 하지만 우선 애를 보살펴주고 먹을 걸 좀 줘야겠소."

지타의 얼굴에는 꺼리는 기색이 내비쳤다. "셔츠에 아이 머리가 닿지 않도록 조심하세요. 어떻게 하실래요? 아이구, 더러워!"

등에가 갑자기 화가 난 표정으로 쳐다보았다.

"얘는 굶주려 있다구. 무슨 말인지 못 알아듣겠소?"

"리바레즈 씨." 젬마가 다가와 그들 사이를 가로막았다. "제 집도 여기서 멀지 않아요. 아이를 그곳으로 데리고 가요. 이따가도 마차를 구하지 못하면 제 집에서 재우죠."

"괜찮겠소?"

"물론 괜찮고말고요. 잘 가요, 레니 양!"

지타는 고개를 까딱하고 화난 듯 어깨를 으쓱해 보이더니, 다시 장교의 팔을 붙들고는 드레스자락을 모아쥐고 스치듯이 그들을 지나 예약된 마차로 갔다.

"당신이 정 원하시면 마차를 그쪽으로 보내드릴게요, 리바레즈 씨." 층계 위에 멈추어 선 그녀가 말했다.

"좋아, 내가 주소를 적어줄게." 그는 주소를 적은 쪽지를 마부에게 건네주고, 아이를 안고 다시 젬마에게로 돌아왔다.

여주인이 돌아오길 기다리고 있던 케이티는 자초지종을 듣자마자 따뜻한 물과 그 밖의 필요한 것들을 가져왔다. 아이를 의자 위에 앉힌 등에는 그 옆에 꿇어앉아 능숙하게 누더기를 벗겨냈다. 그리고는 부드럽고 요령있는 손길로 상처를 씻어낸 다음 붕대를 감아주었다. 그가 막 아이를 깨끗이 목욕시키고 따뜻한 담요로 감싸주었을 때, 젬마가 양손에 음식접시를 받쳐들고 들어왔다.

"당신의 환자는 저녁식사 할 준비가 끝났나요?" 낯선 작은 얼굴을 바라보며 그녀가 미소지었다. "환자가 먹을 음식을 요리해 왔어요."

등에는 자리에서 일어나 더러운 누더기를 둘둘 말았다. "방을 너무 어지럽힌 것 같군요. 이 누더기는 불태워 버리는 게 좋겠습니다. 내일 제가 새 옷을 사서 입히겠습니다. 집에 브랜디가 있습니까, 부인? 조금만 이 아이에게 먹였으면 합니다. 괜찮으시다면 손을 좀 씻고 싶군요."

식사를 마친 아이는 등에의 품안에서 곧 잠이 들었다. 케이티와 함께 어지럽혀진 방을 치우던 젬마는 테이블에 앉았다.

"리바레즈 씨. 댁에 가시기 전에 뭘 좀 드셔야 해요. 저녁도 거의 드시지 않았잖아요. 밤도 깊었구요."

"영국식으로 차 한 잔만 주시겠습니까? 밤늦게까지 폐를 끼쳐 죄송합니다."

"아, 아니에요. 괜찮아요. 아이를 소파에 누이세요, 힘드시겠어요. 잠깐만요. 방석 위에 홑이불을 깔아 드릴게요. 아이는 어떻게 하실 작정이세요?"

"내일요? 짐승 같은 그 술주정뱅이 말고 다른 친척이 있는지 우선 알아봐야지요. 친척이 없다면 레니 양의 충고대로 부랑아보호소로 데려갈 수밖에. 어쩌면 이 아이에게 베풀 수 있는 가장 큰 친절은 목에 돌이라도 매달아 강물에 던져 버리는 것일지도 모르지요. 하지만 그렇게 했다간 제가 큰일을 당하겠지요. 참 빨리도 잠드는군요! 이 녀석아, 오늘은 아주 재수 없는 날이었겠구나. 어미 잃은 새끼고양이처럼 제 몸 하나 건사하지 못하니…."

케이티가 차를 가져왔을 때, 아이가 눈을 뜨고 불안한 표정으로 일어났다. 등에를 알아본 아이는 그가 마치 친 보호자나 되는 양 소파에서 내려와 그의 곁으로 다가갔다. 아이는 이제 완전히 생기가 돌아 호기심에 눈을 반짝이며, 케이크 조각을 들고 있는 등에의 왼손을 가리키며 물었다.

"그게 뭐예요?"

"이거? 케이크지. 먹고 싶니? 넌 지금 배가 부를 테니 내일 먹자."

"아뇨. 그것 말고 이거요!" 아이는 손을 뻗어 잘려나간 손가락과 손목의 흉터를 매만졌다. 등에는 케이크를 내려놓았다.

"오호라, 이것 말이구나! 네 어깨에 난 상처와 비슷한 거란다. 나보다 더 힘센 사람에게 두들겨 맞아 생긴 흉터지."

"무지무지하게 아팠겠네요?"

"아냐, 특별히 아프지 않았어. 자, 이제 다시 자야지. 이런 밤늦은 시간에는 물어볼 게 없는 법이란다."

마차가 도착했을 때 아이는 다시 잠들어 있었다. 등에는 아이를 깨우지 않으려고 조심스럽게 안아 계단으로 나왔다.

"당신은 오늘 제게 수호천사같이 대해주셨습니다." 문 앞에 멈춰 선 등에가 젬마에게 말했다. "그렇다고 앞으로 속마음을 숨기고 싸움을 피할 필요는 없겠지요."

"전 누구와도 싸우고 싶지 않아요."

"아, 하지만 전 싸우고 싶어요. 싸움이 없는 삶은 참을 수 없어요. 좋은 싸움은 세상의 소금과도 같은 거니까요. 서커스보다야 훨씬 낫지요."

두 팔에 잠든 아이를 안은 등에는 온화한 얼굴로 자조적인 미소를 남기고는 계단을 내려갔다.

7

1월 첫 주의 어느 날, 편집위원회 월례 회의를 소집했던 마르티니는 등에로부터 연필로 갈겨쓴 짤막한 회신을 받았다. '미안하지만, 참석할 수 없습니다.' 그는 화가 치밀어 오름을 느꼈다. 회의 소집 편지를 보낼 때 '중대 안건'이 있음을 알렸기 때문이었다. 등에의 처신이 괘씸하기까지 했다. 게다가 그날 좋지 않은 소식이 담긴 편지가 세 통이나 도착했다. 동풍이 부는 탓인지 마르티니는 기분이 꿀꿀한 데다 평정을 잃었다. 회의에서 리카르도가 리바레즈가 오지 않았는지 물었을 때 그는 퉁명스럽게 대꾸했다. "오지 않았소. 회의보다 더 재미있는 일이 있는 모양이죠. 올 수 없는 겐지, 오기 싫은 겐지."

"원! 마르티니!" 갈리가 화가 난 듯 말했다. "아마 당신은 피렌체에서 제일가는 편견쟁이일거요. 일단 누구에겐가 반감을 갖기만 하면 그가 하는 일은 무조건 곡해하니 말이오. 리바레즈는 병이 났소. 그런 그가 어떻게 올 수 있겠소?"

"병이 났다고? 누가 그래요?"

"몰랐소? 나흘 전부터 몸져누웠다고 합디다."

"어디가 아프죠?"

"나도 모르오. 병 때문에 목요일에 나와 만나기로 한 약속도 연기했소. 어젯밤에 내가 들러 보았더니 너무 아파서 아무도 만날 수가 없다고 합디다. 리카르도 씨가 돌봐주고 있을 거요."

"나는 전혀 몰랐군요. 오늘밤에라도 들러 보아야겠군."

이튿날 아침 피곤에 지친 창백한 얼굴로 리카르도가 젬마의 조그마한 서재로 들어왔다. 그녀는 테이블에 앉아 마르티니에게 단조로운 암호 숫자들을 읽어주고 있었다. 마르티니는 한 손에는 돋보기를 들고 다른 한 손에는 뾰족하게 깎은 연필을 들고 책 페이지에 조그맣게 표시하고 있었다. 그녀가 조용히 해달라는 손짓을 해 보였다. 암호문을 작성하는 사람을 방해해서는 안 된다는 것을 잘 알고 있던 리카르도는 뒤쪽 소파에 앉아 잠이 덜 깬 사람처럼 연신 하품을 해댔다.

"2, 4 ; 3, 7 ; 6, 1 ; 3, 5 ; 4, 1." 기계처럼 단조로운 젬마의 음성이 이어졌다. "8, 4 ; 7, 2 ; 5, 1. 여기에서 문장을 끊어요, 마르티니."

그녀는 종이에 핀을 꽂아 표시해 둔 다음 돌아섰다.

"안녕하세요, 리카르도. 굉장히 기진맥진해 보이는데요! 괜찮으세요?"

"아, 난 괜찮소. 좀 피곤할 뿐이오. 리바레즈와 함께 끔찍한 밤을 보냈소."

"리바레즈하구요?"

"그래요. 밤새 함께 지냈소. 그런데 지금 급한 환자가 있어서 급히 병원으로 가보아야 하는데… 며칠만 그를 돌봐줄 사람이 있나 알아보러 들렀소. 상태가 아주 나빠요. 물론 난 최선을 다하겠지만 시간이 없거든. 간호원을 보내주겠다 해도 도무지 막무가내로 말을 듣지 않아요."

"그런데 무슨 일이 생긴 겁니까?"

"글쎄, 그게 워낙 복잡한 거라서. 무엇보다도…."

"무엇보다, 우선 아침식사부터 하시지요."

"아, 아침은 들었소. 고맙소. 리바레즈는 복잡한 신경병 증상을 보이고 있다고 할 수 있어요. 증상의 주원인은 끔찍스러운 상태로 내버려둔 옛 상처입니다. 요컨대 그는 무서울 정도로 고통스러운 상태에 놓여 있다고 할 수 있소. 내 생각으로는 남미에서 싸울 때 상처를 입고도 제대로 치료받지 못했음이 틀림없는 것 같아요. 아마 그곳에서는 임시변통으로 대충 치료했겠지. 아직까지 살아있다는 게 기적 같은 일이오. 어쨌든, 고질적인 염증 질환인 것 같소. 그리고 지금 상태로는 아주 사소한 신체적 영향만으로도 큰 위협이 될 수 있소."

"위험한 상태입니까?"

"아, 아니오. 이런 경우에 가장 위험스러운 것은 환자가 자포자기의 심정으로 비소라도 들이키려 할지도 모른다는 점이지."

"물론 무척 고통스럽겠지요?"

"소름끼칠 정도지요. 어떻게 지금까지 용케 견뎌왔는지 모르겠소. 신경병 환자에게는 사용하길 꺼려해 왔지만, 결국 밤에는 아편으로 마취시킬 수밖에 없을 정도였소. 하지만 어떻게 해서든지 아편은 사용하지 말았어야 했는데…."

"상당히 흥분되어 있겠네요?"

"그렇소. 하지만 인내심이 아주 대단하더군, 어젯밤 그 고통에도 신음소리 한 번 지르질 않는 걸 보면 가히 그의 침착성을 짐작하겠지요? 하지만 끝 무렵엔 참 힘겨웠소. 이런 일이 며칠이나 계속되었는지 아시오? 무려 닷새 동안이오. 그 얼빠진 집주인 외에는 도움을 청할 사람이 아무도 없더군. 헌데 그 집주인이란 여자는 지붕이 무너진다 해도 깨어나지 않을 여자거든. 깨어난들 별 도움도 안될 테고."

"그 발레리나 아가씨는요?"

"그 아가씨요? 그런데 참 이상한 일이더군. 등에는 아예 그 아가씨가 접근하지도 못하게 하던데? 병적일 정도로 그 아가씨를 혐오하더란 말이오. 어쨌든 내가 만나보았던 사람들 중 가장 이해할 수 없는 사람입니다. 뭐랄까, 모순덩어리라고나 할까요."

그는 시계를 꺼내 바라보았다. "아이구, 이러다간 병원에 늦겠는걸. 하지만 어쩔 수 없는 일이지. 간호원이 일단 응급처치는 했을 테니까. 진작 알았다면 좋았을 것을, 그렇게 며칠 밤을 보내다니…."

"그런데 무엇 때문에 아프다는 걸 우리에게 알리지 않았는지 모르겠군요." 마르티니가 불쑥 끼어들었다. "우리가 알았더라면 그 상태가 될 때까지 그냥 내버려두지 않았을 거라는 것쯤은 그도 알고 있었을 텐데."

"리카르도 선생님." 젬마가 입을 열었다. "오늘밤에는 녹초가 된 선생님 대신 우리 중의 한 사람이 가는 게 좋을 것 같군요."

"볼라 부인, 그래서 갈리에게 전갈을 보내려고 했어요. 그런데 리바레즈가 그 말을 듣고는 어찌나 미친 듯이 날뛰던지 아예 말도 못 꺼내겠더군요. 그러면 누굴 보내주면 좋겠느냐고 했더니 한참동안 앞만 물끄러미 쳐다보더군요. 마치 제 정신이 아닌 것 같았습니다. 그러더니 두 손을 눈에 갖다대고는 이렇게 말합디다. '그들에겐 알리지 마세요. 비웃을지도 모르니까!' 그는 무언가 남들이 자기를 비웃고 있다는 관념에 사로잡혀 있는 것 같습니다. 난 그게 무엇인지 알 수가 없어요. 줄곧 에스파냐어로 뭐라고 중얼거리니 말입니다. 하긴 환자들이 이상한 행동을 보이는 건 흔한 일이지만."

"지금은 누가 돌봐주고 있지요?" 젬마가 다시 물었다.

"집주인과 하녀밖에 없지요."

"그러면 제가 즉시 가보겠습니다." 마르티니가 무겁게 입을 열었다.

"그렇게 해주시면 고맙겠소. 저녁에 내가 다시 들르리다. 창가에 있는 테이블 서랍에 보면 처방전이 있을 게요. 아편은 옆방 선반 위에 있습니다. 다시 통증이 오면 아편을 더 주시오. 하지만 양을 넘어서는 안 돼요. 어떤 일이 있더라도 그의 손이 미치는 곳에 아편 통을 두어선 안 됩니다. 혹시나 많이 먹고 싶은 충동을 불러일으킬 지도 모르니까요."

마르티니가 어두침침한 방에 들어서자, 등에는 재빨리 머리를 돌려 바라보았다. 그는 불덩이 같은 손을 내밀며 예의 그 경박한 말투로 입을 열었다.

"아이구, 마르티니 씨! 증거를 수집하러 오셨군요. 어젯밤 위원회 모임에 나오지 않았다고 욕한다 해도 나로선 어쩔 수가 없군요. 사실은 몸이 좋지 않았거든요. 게다가 …."

"위원회 일은 신경 쓰지 마시오. 방금 리카르도 박사를 만났소. 도움이 될까 해서 왔으니까요."

등에는 눈썹 하나 까딱하지 않았다.

"아하, 그러세요! 정말 친절도 하시군요. 하지만 별 탈 없습니다. 그저 기분이 약간 언짢을 것뿐이니까요."

"리카르도 박사에게 전해 들었습니다. 밤새 당신과 함께 지냈다고요."

등에가 입술을 지그시 깨물었다.

"전 아주 편안합니다. 와 주셔서 고맙긴 하지만 필요한 건 아무것도 없소."

"잘 알겠소. 그럼 난 옆방에 가 있겠습니다. 혼자 있는 게 좋을 듯하군요. 방문을 조금 열어둘 테니 필요하시면 불러주시오."

"걱정하지 않아도 됩니다. 난 정말 아무것도 필요치 않아요. 괜히 당신 시간을 뺏고 싶지 않단 말이오."

"쓸데없는 소리 말아요!" 마르티니의 음성이 다소 거칠어졌다. "이런 식으로 날 놀려서 뭐 하겠다는 거요? 난 귀도 없고 눈도 없는 줄 아시오? 잠자코 잠이나 자요."

그는 옆방으로 들어가서는 방문을 열어두고 앉아 책을 읽기 시작했다. 이내 등에가 두세 번 뒤척거리는 소리가 들려왔다. 그는 보던 책을 덮어 두고 귀를 기울였다. 곧 잠잠해 지더니 다시 뒤척거리는 소리가 들려왔다. 곧이어 신음을 참느라 이를 악무는 듯한 거친 숨소리가 들려왔다. 그는 방안으로 들어가 보았다.

"내가 도와드릴까요, 리바레즈 씨?"

대답이 없었다. 그는 방을 가로질러 침대 곁으로 다가갔다. 창백한 얼굴로 등에는 잠시 그를 올려다보더니 아무 말 없이 고개를 가로저었다.

"아편을 드릴까요? 리카르도 선생이 통증이 심하면 드리라고 하던데…"

"아뇨, 됐어요. 조금은 더 참을 수 있소. 아편을 자주 먹으면 나중에 더 악화된다고 하던데."

마르티니는 할 수 없다는 듯 어깨를 으쓱해 보인 후 침대 옆에 앉았다. 무척 오랜 시간 동안 그는 묵묵히 바라보고만 있었다. 그러더니 불쑥 일어서서 아편을 가져왔다.

"리바레즈 씨, 그냥 바라보고만 있을 수 없군요. 당신은 참을 수 있을지 모르지만 난 참을 수가 없어요. 약을 드셔야겠어요."

등에는 말없이 약을 받아먹었다. 그리고 나서는 외면하고 돌아누워 눈을 감아 버렸다. 마르티니는 다시 자리에 앉아 그의 숨소리가 점점 고르고 깊어질 때까지 귀를 기울였다.

일단 잠이 들자 등에는 너무나 지쳤던 나머지 쉬이 깨어나지 않았다. 오랜 시간 동안 그는 꿈쩍도 하지 않고 누워 있었다. 마르티니는 반나절 동안 서너 차례 다가가 그의 평온한 얼굴을 바라보았다. 고른 숨소리 외에는 살아 있음을 알려주는 것은 아무것도 없었다. 그의 얼굴은 핏기 하나 없이 창백했다. 마르티니는 갑자기 두려운 생각이 들었다. 그에게 아편을 너무 많이 먹인 건 아닐까? 부상을 입었던 팔이 이불 위에 놓여 있었다. 그는 잠들어 있는 등에를 깨우려고 가만가만 흔들어 보았다. 그가 팔을 흔드는 바람에 헐거워진 소매가 젖혀지면서 손목에서 팔꿈치에 이르기까지 그의 팔을 온통 뒤덮고 있는 끔찍한 상처 자국들이 드러났다.

"그 상처들이 생긴 지 얼마 안됐을 때는 그래도 팔 상태가 괜찮았을 겝니다." 등 뒤에서 리카르도의 음성이 들려왔다.

"아, 드디어 오셨군! 이리 좀 와보세요, 리카르도 선생, 영원히 잠들어 버린 선 아니겠쥬? 한 열 시간쯤 전에 약을 한 알 먹였는데, 그러고 나선 꿈쩍도 않고 잠만 자고 있습니다."

리카르도는 몸을 구부려 한참동안 귀를 기울였다.

"걱정마시오. 아주 평상적으로 호흡하고 있군요. 극도의 피로 때문에 기진했을 뿐이오. 그런 걱정은 밤이 지난 다음에 해야 할지도 모르겠소. 새벽쯤 또 한 차례 발작이 있을 겝니다. 누군가 밤을 새야 할 텐데?"

"갈리가 올 겁니다. 10시까지 오겠다고 하더군요."

"거의 다 됐군. 아, 이제 깨는군요! 하녀가 따끈한 수프를 가져왔소. 천천히, 천천히. 리바레즈 씨! 자, 자, 싸울 필요까진 없어요. 난 주교가 아니라오!"

등에가 겁에 질린 표정을 지으며 벌떡 일어났다. "내 차렌가?" 몹시 허둥대며 에스파냐어로 외쳤다. "일 분만 더 웃기고 있으라구. 난… 아아, 당신인 줄 몰랐어요, 리카르도 선생."

그는 방안을 둘러보고는 어리둥절한 듯 손으로 이마를 짚었다. "마르티니 씨! 벌써 가신 줄 알았는데요. 제가 잠이 깊이 들었던 게로군요."

"잠자는 숲속의 미녀처럼 열 시간 동안이나 푹 주무셨습니다. 자 이제 수프 좀 드시고 다시 푹 주무세요."

"열 시간 동안이나! 마르티니 씨, 그럼 당신은 그동안 쭉 여기 계셨단 말입니까?"

"예, 그랬지요. 아편을 너무 드렸나 싶어 속 깨나 태웠습니다."

등에가 그를 흘낏 쳐다보았다.

"하마터면 큰일 날 뻔했군요! 위원회 모임이 만족스럽지 못했던 모양이죠? 대체 당신은 무얼 바라는 겁니까, 리카르도 선생? 제발 날 가만 내버려두세요. 의사들이 이러쿵저러쿵하는 건 딱 질색이니까."

"자 그럼, 이걸 드신다면 가만 내버려두겠소. 하루 이틀 지나면 다시 들러 정밀검사를 해 보아야겠소. 그래도 한 고비는 넘긴 것 같소. 유령처럼 보이지는 않으니까."

"아, 전 금방 나을 겁니다. 애써주셔서 고맙습니다. 누구세요? 오, 갈리 씨. 품위 있는 분들은 오늘 밤 이곳에 다 모이셨군."

"당신과 밤을 보내려고 왔습니다."

"아, 아니오! 아무도 필요하지 않습니다. 모두들 돌아가 주십시오. 재발한다 해도 당신들이 도울 일은 없어요. 난 더 이상 아편은 먹지 않을 테니까. 어떻게든 버텨보겠소."

"당신이 옳아요." 리카르도가 맞장구쳤다. "하지만 말이 쉽지, 그게 그리 쉬운 일은 아니오."

등에는 빙그레 미소 지으며 쳐다보았다. "아무 걱정 마시오! 아편 먹기를 좋아했다면 일찌감치 다 퍼먹었을 테니."

"어쨌든 당신을 혼자 있게 내버려둘 순 없소." 리카르도가 딱 잘라 말했다. "갈리, 나와 잠깐 얘기 좀 할까요. 드릴 이야기가 있소. 편히 쉬시오, 리바레즈. 내일 들르겠소."

마르티니가 그들을 따라 방을 나서는 순간 그의 이름을 부르는 부드러운 음성이 들려왔다. 등에가 그에게 손을 내밀고 있었다.

"고맙소!"

"원, 별 말을! 잘 자요."

리카르도가 먼저 가고 난 후 마르티니는 갈리와 이야기를 나누며 잠시 바깥방에 머물렀다. 그가 현관문을 열고 나가려는 순간 정원 문 앞에 마차가 멎는 소리가 들렸다. 한 여인이 내리더니 오솔길을 따라 올라오는 것이 보였다. 시바였다. 저녁식사 초대에 다녀오는 길이 분명했다. 마르티니는 가볍게 인사를 나누고 그녀가 지나가도록 비켜서 주었다. 그리고 어두컴컴한 샛길로 접어들었다. 그 때 딸그락거리는 문소리에 뒤이어 급한 발걸음소리가 샛길을 따라 들려왔다.

"잠깐만요!"

그가 몸을 돌이키자 그녀는 우뚝 멈춰 서더니 천천히 다가왔다. 그녀의 한 손이 가볍게 울타리를 스치고 있었다. 길 모퉁이에는 가로등이 하나 서 있었다. 가로등 불빛을 통해 무언가 당황스럽거나 수줍은 듯이 고개를 푹 숙이고 있는 그녀의 모습이 보였다.

"그분은 어떠세요?" 고개를 들지 않은 채 그녀가 말문을 열었다.

"오늘 아침보다는 훨씬 좋아졌습니다. 한 나절 내내 자더니 조금은 원기를 되찾은 듯합니다. 고비는 넘겼다고 봅니다만…."

그녀는 계속 땅바닥만 내려다보고 있었다.

"이번에는 아주 심했나보군요?"

"아주 심했다더군요."

"저도 그럴 줄 알았어요. 방안에 절 들어오지 못하게 하는 경우는 언제나 몸이 좋지 않다는 징조거든요."

"이번처럼 발작을 일으키는 경우가 흔히 있습니까?"

"때에 따라서… 매우 불규칙적이라 할 수 있어요. 지난 여름 스위스에서 지낼 적에는 아주 건강했어요. 그런데 비엔나에서 지냈던 지난 겨울에는 아주 심하게 앓았어요. 며칠 동안 가까이 오지 못하게 했죠. 몸이 아플 때는 제가 가까이 오는 걸 죽기보다 더 싫어했어요."

그녀는 잠시 고개를 들어 쳐다보더니 다시 눈길을 내리깔고 말을 이었다.

"그는 병의 증세가 서서히 나타나기 시작하면 이런저런 핑계를 대서 언제나 절 무도회나 연주회 같은 데로 내쫓아버려요. 그리고는 방안에 꼭 틀어박혀 버리지요. 전 살그머니 문밖에 앉아 있곤 했어요. 그가 그 사실을 아는 날이면 난리가 나지요. 개도 낑낑대면 들어가게 해준다구요. 그런데도 전… 저보다 개가 더 좋은 모양이지요."

갑자기 그녀는 심술이 난 것 같았다.

"더 이상 악화되진 않을 거예요." 마르티니가 친절한 어조로 말을 꺼냈다. "리카르도 선생이 정성을 다해 보살피고 계시거든요. 아마 어쩌면 병의 뿌리를 완전히 뽑아 버릴 수도 있을 겁니다. 하지만 혹시라도 또 이런 일이 생기면 즉시 저희들에게 연락해 주십시오. 어쨌거나 발작이 일어날 때 바로 치료하는 게 최선책이니까요. 우리가 조금이라도 더 일찍 알았더라면 고통은 훨씬 줄어들었을 겁니다. 그럼, 편히 주무십시오!"

그가 손을 내밀어 악수를 청했지만 그녀는 움찔 뒤로 물러설 뿐이었다.

"그분의 아내인 제게 악수를 청하는 까닭이 뭔지 모르겠군요."
"물론 좋으실 대로." 그는 당혹스러웠다.
그녀는 돌연 발을 동동 구르며 악을 써댔다. "미워요!" 그를 쏘아보는 그녀의 눈길이 불꽃처럼 이글거렸다. "당신들 모두 미워요! 당신들은 그와 정치 이야기를 하러 오죠. 그러면 그는 당신들과 밤새 이야기하면서 아픈 것은 씻은 듯이 잊어버리겠지만, 난 뭐예요! 난 그에게 다가갈 수도 없단 말이에요! 그가 당신에게 뭐죠? 무슨 권리로 내게서 그를 빼앗아 가느냐 말이에요? 미워요! 미워! 당신들이 밉단 말이에요!"
그녀는 어깨를 들먹이며 흐느껴 울더니 몸을 홱 돌려 정원을 뛰어갔다. 문이 쾅 닫히는 소리가 들려왔다.
"이런, 맙소사!" 그는 샛길을 따라 내려오면서 자신도 모르게 중얼거렸다. "저 아가씨는 진심으로 그를 사랑하고 있군! 알다가도 모를 일이야…."

8

 등에는 급속히 원기를 되찾았다. 그 다음 주의 어느 날, 리카르도는 그가 터키식 실내복을 입고 소파에 누운 채 마르티니, 갈리와 함께 잡담을 나누고 있는 것을 보았다. 그는 아래층으로 내려가자고 허세를 부렸지만, 리카르도는 그 말에 빙긋 웃어 보이며 내친 김에 아예 피에솔레[1]까지 도보여행을 하지 그러느냐고 물었다.
 "기분전환 삼아 그라씨니 부부를 만나보는 것도 괜찮을 것 같은데." 그는 장난기 있게 덧붙였다. "그라씨니 부인이 당신을 만나게 되면 무척 기뻐할 텐데요. 그것도 당신이 창백하고 재미있어 보이는 지금 말이오."
 등에는 비극 배우 같은 표정을 지으며 두 손을 꽉 마주잡았다.
 "오, 하느님! 그런 건 꿈에도 생각하고 싶지 않아요! 그녀는 절 이탈리아를 위한 순교자의 한 사람쯤으로 보고 애국심에 대해 한참 떠들어댈 겁니다. 그럼 저는 제 역할에 충실해야 하니까 지하 감옥에서 난도질당해서 이리 됐노라고 이

---

[1] 이탈리아 토스카나 지방 피렌체 북부에 위치한 도시.

야기해야 할 테죠. 그녀는 그 기분이 어땠느냐고 물어보겠지요. 리카르도 선생, 그녀가 제 말을 믿으리라고 생각지 않나요? 그녀는 제가 꾸며낼 수 있는 가장 허황된 거짓말을 늘어놓는다 해도 꿀꺽 믿어버릴 걸요. 제 인디언 단검과 당신 연구실의 병 속에 든 촌충을 걸고 내기하지 않겠어요? 내기 조건이 펄쩍 뛸 만큼 마음에 들지 않으세요?"

"고맙긴 하지만 사양하겠소. 난 당신처럼 그런 살인무기를 좋아하는 편이 아니거든."

"글쎄요. 촌충도 어떤 면에서는 단검 못지않게 위험할 텐데요. 모양이 예쁜 것도 아니고."

"하지만 공교롭게도 내게 필요한 건 촌충이지 단검이 아니라오. 마르티니, 난 그만 가봐야겠소. 당신이 이 말썽쟁이 환자를 돌봐주겠소?"

"세 시까지만요. 살리와 전 산미니아토[2]에 가야 하거든요. 제가 떠나기 전에 볼라 부인이 이리 올 겁니다."

"볼라 부인이!" 등에의 입에서 경악에 찬 외침이 튀어나왔다. "아니, 마르티니 씨, 그건 말도 안 됩니다! 별 것도 아닌 병 때문에 부인에게 폐를 끼치고 싶은 마음은 추호도 없습니다. 게다가 부인이 오시면 앉을 곳도 마땅치 않은데. 그녀도 이런 곳에 오는 건 달갑지 않아 할 겁니다."

"언제부터 당신이 그렇게 철두철미하게 예절을 찾게 되었소?" 리카르도가 껄껄 웃으며 물었다. "이 양반아. 볼라 부인이 우리 모두를 위해 간호원으로 봉사한 적이 한두 번이 아니오. 잠시 자선회에 몸담은 이후로 쭉 환자들을 돌보아 왔다오. 내가 아는 자선회 수녀 누구보다도 솜씨가 좋을 거요. 여기 들어오기 싫어 할 거라 했소? 아까 했던 그라씨니 부인 이야기를 해드리면 재밌어 할 거요. 볼

---

2) 피렌체 남부 아르노 강 건너편의 지역. 오늘날은 유명한 '산미니아토알몬테 교회'가 위치한 곳으로 유명하다.

라 부인이 온다면 굳이 처방전을 남겨둘 필요가 없겠는데, 마르티니. 어럽쇼, 벌써 두시 반이로구먼. 난 이만 가보아야겠소!'

"자, 리바레즈, 그녀가 오기 전에 약을 좀 먹어 둬요." 약병을 들고 소파로 다가가며 갈리가 말했다.

"그놈의 빌어먹을 약!" 회복기의 신경과민 상태에 놓여 있던 등에는 헌신적으로 간호하는 이들에게 애를 먹였다. "이젠 통증도 없는데 지긋지긋하게 또 무슨 약을 먹으란 말이오?"

"통증이 재발하면 안 되잖소. 볼라 부인이 여기에 왔는데 맥없이 쓰러져 부인에게 아편을 받아먹고 싶지는 않을 것 아니오?"

"이런 제, 제길. 통증이야 온다면 겨, 결국 오고 말텐데요, 뭐. 어차피 그런 잡탕 약에 놀라 사라질 치통 같은 게 아니니까. 기껏해야 불난 집에 장난감 물총 쏘는 격일 텐데…. 하지만 그렇더라도 당신 뜻에 따라야겠죠."

그는 왼손으로 약병을 잡았다. 섬뜩한 흉터가 보이자 갈리가 전에 들은 이야기를 떠올렸다.

"그런데 어쩌다가 그렇게 큰 상처를 입었소? 전쟁터에서였소?"

"조금 전에 말하지 않았소? 비밀 지하 감옥에서 당했노라고."

"그랬죠. 하지만 그건 그라씨니 부인을 골려주려고 한 말이잖소. 사실 나는 브라질 전투에서 입은 상처라고 생각하고 있습니다만."

"네. 그곳에서 크게 다쳤지요. 그리고 또 정글에서 사냥하다가 다쳤고…."

"오호, 그래요? 탐험대와 함께 있을 때에도 다쳤겠군요. 셔츠 단추를 채우시오, 나처럼요. 그곳에서 지낸 생활은 꽤 흥미진진했겠군요."

"아, 물론 그런 야만적인 곳에서 살다보면 사건들이 심심찮게 벌이질 수밖에 없죠. 하지만 그런 사건이라고 다 재밌었던 건 아니지요."

"이쪽은 틀림없이 맹수하고 싸우다 생긴 상처일 것 같군요. 나로선 이렇게 큰 상처를 입을 만한 일은 그것 말고는 떠오르지 않으니까. 당신 왼쪽 팔에 난 상처들 말입니다."

"아, 이건 퓨마사냥을 하다 다친 겁니다. 제가 총을 쐈는데…."

문을 두드리는 소리가 들려왔다. 그러자 등에가 사방을 두리번거리며 말했다.

"방안은 말끔히 정돈되었나요, 마르티니 씨? 그럼 방문을 열어주십시오…. 아이구, 참으로 친절하시군요, 부인. 제가 일어나지 못하는 걸 용서하십시오."

"당연히 일어나면 안 돼죠. 전 손님으로 온 게 아니라구요. 조금 일찍 왔죠, 마르티니. 두 분이 급히 가셔야 할 것 같아서."

"아직 15분 정도는 괜찮아요. 저쪽 방에다 외투를 갖다놓을게요. 바구니도 힘께 갖다 놓을까?"

"조심해요. 막 낳은 계란이거든요. 케이티가 오늘 아침 몬테 올리베토에서 가져온 거랍니다. 리바레즈 씨, 장미를 좀 가져와요…. 꽃을 좋아하시는 것 같아서요." 그녀는 테이블 옆에 앉아 꽃줄기를 다듬고 꽃병에 예쁘게 꽂았다.

"자, 그건 그렇고, 리바레즈 씨…." 갈리가 입을 열었다. "퓨마사냥 이야기를 마저 해주셔야지요. 방금 하다 말았잖습니까."

"그러지요! 갈리 씨에게 남미에 있었을 때 얘기를 하던 참입니다, 부인. 어쩌다가 왼팔이 못쓰게 됐는지 얘기하던 중이었죠. 페루에서였지요. 우린 퓨마를 사냥하러 가는 길에 강을 건넜어요. 그리고 제가 퓨마를 보고 총을 쏘았는데 그게 불발이 되고 말았어요. 알고 보니 강을 건널 때 화약이 물에 젖었던 모양이에요. 그것도 모르고 총을 쏘아댔으니 퓨마란 놈이 제가 다시 장전할 때까지 얌전히 기다려주겠습니까? 이 흉터가 바로 그 결과지요."

"끔찍한 경험이 되었겠군요."

"아, 예! 그렇게 나쁘진 않았습니다. 거친 건 부드러운 걸로 대신해야죠. 뒤돌아보면 그때가 제일 근사한 때였습니다. 이를테면 뱀도 잡아보았는데…."

재미있는 일화들이 막힘없이 술술 이어졌다. 아르헨티나 전쟁 이야기, 브라질 탐험 이야기, 사냥이야기, 미개인이나 야수와의 체험담 등등.

요정 이야기를 듣는 어린아이처럼 갈리는 눈을 반짝이며 경청하면서도 질문할 게 생각나면 번번이 이야기를 끊고 물어보곤 했다. 감수성이 강한 나폴리인의 기질을 타고난 그는 놀라운 것이라면 무엇이든 좋아했다. 젬마는 바구니에서 실을 꺼내 뜨개질을 하고 있었다. 그녀는 손을 바삐 놀리면서 눈을 내리깐 채 묵묵히 듣고 있었다. 마르티니는 눈살을 찌푸리며 심드렁한 표정을 지었다. 이야기하는 품이 어쩐지 허풍스럽고 으스대는 것 같았기 때문이었다. 지난주에 목격했던 그의 육체적인 고통을 견뎌내는 그 놀랄만한 강인함에 대해 별수 없이 찬탄을 금치 못하면서도 그는 진정 등에가 싫었고, 그가 해온 일이나 일하는 방식이 마음에 들지 않았다.

"정말 끝내주는 인생이었군요!" 부러워 죽겠다는 듯이 갈리가 한숨을 토했다. "무엇 때문에 브라질을 떠나기로 마음먹었습니까? 그런 나라에서 지내다 다른 나라에 가면 틀림없이 따분했을 텐데요!"

"그렇지는 않았습니다. 페루와 에콰도르에 있을 때가 정말 좋았지요. 정말 광활한 땅 아닙니까? 물론 찌는 듯이 무더웠지요. 특히 에콰도르 해안지대는 더 심했습니다. 하지만 경치만큼은 기가 막히게 아름다웠죠."

"경치도 경치지만, 그런 원초적인 환경 속에서 경험할 수 있는 완벽한 자유의 삶 그것 자체가 너 매력적일 것 같군요." 갈리가 맞장구쳤다. "인간이라면 누구나 인간의 존엄성을 느껴야 합니다. 이런 혼잡한 도시에서는 느껴 보려 해도 느낄 수 없지만."

"그럼요, 그건…."

뜨개질하던 손을 멈추고 젬마가 그를 바라보았다. 그는 돌연 얼굴을 붉히더니 입을 다물어 버렸다. 잠시 침묵이 흘렀다.

"다시 통증이 오는 모양이지요?" 걱정스러운 듯 갈리가 물었다.

"아, 아닙니다. 제가 짜증을 부리긴 했지만 당신이 약을 먹인 덕분에… 아니 마르티니 씨, 벌써 가시려고요?"

"그만 가봐야겠습니다. 자, 갑시다, 갈리. 이러다간 늦겠소."

젬마는 두 사람을 따라 나가더니 우유에 계란을 풀어 가져왔다.

"이걸 드세요." 그녀는 상냥하지만 위엄 있게 말하고는 자리에 앉아 뜨개질을 계속했다. 등에는 순순히 그녀의 말에 따랐다.

30여 분 동안이나 서로 말이 없었다. 이윽고 아주 낮은 목소리로 웅얼거리듯 등에가 입을 열었다.

"볼라 부인!"

그녀가 고개를 들고 쳐다보았다. 그는 눈을 내리깐 채 이불깃을 만지작거리며 말했다.

"제가 좀 전에 했던 말이 사실이라고는 생각지 않으시겠지요?"

"당신이 거짓말을 하고 있다는 것은 확실히 알고 있었어요."

"당신 말이 옳아요. 난 계속 거짓말만 했으니까."

"전쟁 이야기 말이지요?"

"아니오, 내가 했던 이야기들 전부가 그래요. 난 전쟁에는 거의 참여하지 않았어요. 탐험에 대해서는… 물론 심심찮은 사건들이 있었고 또 그 이야기의 대부분은 사실이긴 하지만, 상처를 입게 된 내력은 아까 이야기한 대로가 아닙니다. 당신은 대번에 제가 꾸며댄다는 걸 눈치챘어요. 그래서 차라리 모든 걸 털어놓는 게 낫겠다 싶은 생각이 든 겁니다."

"그렇게 많은 거짓말을 꾸며내다니, 정력의 낭비라고 생각지 않아요? 저로선 그렇게 구태여 쓸데없이 고생하려는 이유가 뭔지 모르겠군요."

"그게 무슨 말씀이십니까? 영국 속담에 이런 말이 있지요. '묻지 않으면 거짓말 들을 일도 없다'고 말입니다. 사람들을 그런 식으로 농락하는 게 저로서도 즐거운 일은 분명 아닙니다. 하지만 어떻게 해서 불구가 되었느냐고 누가 물어오면 어떻게든 대답하지 않으면 안 되지요. 그래서 이 문제에 대해서라면 차라리 뭔가 그럴 듯한 걸 꾸며내는 편이 낫다고 생각했습니다. 갈리가 얼마나 즐거워했는지 보셨겠지요?"

"진실을 말하는 것보다는 갈리를 즐겁게 하는 편을 더 선호하시는군요?"

"진실이라구요?" 그는 이불깃을 움켜쥐고 고개를 쳐들었다. "그 누구도 내게 진실을 말하도록 강요할 순 없어요. 그전에 난 내 혀를 뽑아버릴 테니까." 그는 약간 어색하면서도 퉁명스럽게 말을 이었다. "아직 아무에게도 진실을 말한 적은 없어요. 하지만 당신이 원한다면 당신에게만큼은 이야기해 주고 싶습니다."

그녀는 말없이 뜨개질을 멈추었다. 서로 잘 알지도 못할뿐더러 겉보기엔 좋아하지도 않는 듯한 한 여인에게 자신의 비밀을 털어놓으려는, 이 무뚝뚝하고 비밀스러우며, 호감이 가지 않는 남자에게서 그녀는 가슴아픈 연민을 느꼈다.

오래도록 침묵이 흘렀다. 그녀는 고개를 치켜들었다. 그는 옆에 있는 자그마한 테이블 위에 왼팔을 괸 채, 잘려나간 손으로 눈을 가리고 있었다. 그의 손가락의 신경이 팽팽해지고 팔목의 흉터가 고동치는 것이 보였다. 그녀는 그에게 다가가 부드러운 목소리로 그의 이름을 불렀다. 그는 깜짝 놀라 머리를 치켜들었다.

"까, 깜박했군요." 그는 변명하듯 더듬거리며 말했다. "제가 마, 말씀드리고 시, 싶은 건…."

"당신을 불구의 몸으로 만든 사고에 대해서지요. 언짢으시다면 말씀하지 않으셔도…."

"사고라구요? 그게 아니라 박살이 났던 거지요! 그건 단순한 사고가 아니라 쇠꼬챙이로 찔린 거였어요."

그녀는 깜짝 놀라 멍하니 그를 바라보았다. 그는 눈에 띄게 떨리는 손으로 머리카락을 뒤로 넘기더니 빙그레 미소지으며 그녀를 쳐다보았다.

"앉으시지요. 의자를 가까이 당기십시오. 제가 해드려야 할 텐데 죄송스럽기 짝이 없군요. 사, 사실… 이런 새, 생각이 드는군요. 그때 만약 리카르도 씨가 거기 계셨다면 마치 커다란 보물을 발견한 셈이 되었겠지요. 그는 순수한 외과의 사적인 과, 관심으로 부러진 뼈를 부적이나 사, 사랑하더군요. 그때 내 몸에서 부러질 수 있는 건 모조리 부러진 것 같았으니까요. 목만 빼놓고요."

"부러지지 않은 게 어디 목뿐이겠습니까? 당신의 용기도 부러지지는 않았겠지요. 부러지지 않은 것 가운데 넣어도 하등 손색이 없을 거예요."

그는 세차게 고개를 가로저었다. "아닙니다. 제 몸의 나머지 부분들과 함께 저의 용기도 그 이후로 그럭저럭 다시 수선해 놓은 겁니다. 그 당시엔 제 용기도 부러져 꺾이고 말았습니다. 박살난 찻잔처럼 말입니다. 그건 너무나 소름끼치는 일이었지요. 이런, 쇠꼬챙이 이야길 하다 엉뚱한 이야기를 하고 있군요. 가만 있자, 그렇지. 13년 전쯤의 일이군요. 리마[3]에서였죠. 페루는 참 살기 좋은 곳이라고 제가 말했던 적이 있지요? 하지만 저처럼 궁색하게 사는 사람에겐 별로 좋은 곳도 못됩니다. 전 아르헨티나에서도 밑바닥생활을 했습니다. 칠레에서도

---

[3] 페루의 수도.

마찬가지였지요. 쫄쫄 굶어가며 전국을 돌아다녀야 했으니까요. 그 이후 발파라이소[4]에서 출발한 가축수송선의 임시고용인이 되기도 했죠. 리마에서는 도저히 일자리를 구할 수가 없어서 일거리를 얻어 볼 양으로 부두로 나가봤습니다. 부두는 카야오[5]에 있었지요. 대개의 선적항에는 뱃사람이 모여드는 여인숙들이 늘어서 있게 마련입니다. 얼마 후 전 그곳에 있는 어느 도박장에 하인으로 고용되었습니다. 거기서 전 요리도 하고, 당구 시합의 점수기록하는 일도 하고, 선원과 아가씨들에게 음식을 날라다 주는 따위의 일도 했지요. 그다지 즐거운 일은 못되었지만, 그나마 일할 수 있게 된 것을 다행으로 여기고 있었습니다. 적어도 굶지 않아도 되었고, 사람 얼굴도 보고 목소리도 들을 수 있었으니까요. 당신은 그까짓 게 뭐 대수냐고 생각할지 모르지만 그때 저는 열병을 앓고 난 직후였고, 다 찌그러진 판잣집의 헛간에서 혼자 지내고 있었는데 그게 무서웠던 겁니다. 그러던 어느 날 밤이었습니다. 전 술에 취해 행패부리고 있는 동인도 출신 선원 한 명을 쫓아내라는 명령을 받았습니다. 그는 상륙해서 돈을 다 날려버리고 화가 잔뜩 나 있던 참이었습니다. 물론 직장을 잃고 굶어죽지 않으려면 저는 꼼짝없이 명령에 따라야 했습니다. 그런데 선원은 저보다 엄청나게 힘이 센 놈이었어요. 전 당시 겨우 스물 한 살이었고, 열병을 앓고 난 후라 허약하기 짝이 없는 상태였거든요. 게다가 놈은 쇠꼬챙이를 가지고 있었습니다."

그는 잠시 말을 멈추고 그녀를 넌지시 쳐다보았다.

"그자는 분명히 절 끝장내버릴 심산이었는데 어쩐 일인지 대충 해치우더군요. 하지만 동인도 선원들은 기회가 있으면 사람을 죽이기도 하지요. 어쨌든 전 박살이 났지만 간신히 목숨만은 건졌습니다."

---

[4] 칠레 중부의 도시.
[5] 페루의 항구 도시.

"다른 사람들이 말리지 않던가요? 거기 있는 사람들 전부가 동인도 선원 한 사람에게 겁을 먹지는 않았을 것 아니에요?"

그는 고개를 쳐들더니 웃음을 터트렸다

"다른 사람들이라구요? 도박꾼들과 그 집 일꾼들? 당신은 절대 이해하지 못할 겁니다! 그들은 검둥이나 중국인, 아니면 하느님이나 아실 그런 정체 모를 인종들이었지요. 그리고 전 그들의 하인, 말하자면 소유물이었습니다. 오히려 그들은 빙 둘러서서 재밌다는 듯이 구경하고 있었습니다. 그런 일은 나중에 밖에서 농담거리로 쓰기엔 제격이거든요. 자신한테 닥친 일만 아니라면 누구라도 그렇게 느끼는 법이죠."

그녀는 소름이 돋는 걸 느꼈다.

"그 뒤로 어떻게 되었나요?"

"별로 말씀드릴 건 없습니다. 누구나 다 그런 일을 당하고 나면 생각나는 게 없는 법이니까요. 하지만 그 근처의 선박에 외과의사가 있었던 모양인지, 제가 아직 살아 있다는 걸 알고 누군가 그 의사를 불러왔지요. 그 의사가 그럭저럭 치료해주어서 겨우 살았어요. 리카르도 선생은 그 치료가 형편없는 것이라고 생각하고 있지만 그건 아마 그가 직업상의 시샘을 느끼기 때문일 겁니다. 어찌됐든 정신이 들어보니 웬 원주민 노파가 절 돌봐주고 있더군요. 신기한 일이지요? 그 노파는 오두막 구석에 웅크리고 앉아 파이프담배를 태우면서 마루바닥에 침을 퉤퉤 뱉거나 흥얼흥얼 노래를 부르곤 했습니다. 그녀는 제가 곧 평화로운 죽음을 맞이할 것이고, 이제 아무도 괴롭히지 않을 거라고 제게 말하더군요. 그러나 제 안의 반항심은 매우 강력한 것이었지요. 전 어떻게든 살기로 마음먹었으니까요. 하지만 살아보겠다고 아둥바둥하는 것도 쉽지는 않았습니다. 조그마한 어려움에도 눈물이 쏟아져나올 것만 같았으니까요. 여하튼 그 노파의 인내심은 대단했습니다. 무려 넉 달이나 저를 보살펴주었으니까요. 자기 오두막에 누워 미친 듯이 헛소리만 지르거나 선불 맞은 곰처럼 야단법석을 피우기도 한 저를 말입니다. 통증은 참을 수 없을 만큼 심했습니다. 더구나 제 성질은 어렸을 때 너무 응석받이로 자란 탓에 이미 망쳐져 있었거든요."

"그 후에는요?"

"그 후, 전 간신히 일어나 기어다니기 시작했어요. 아, 그게 그 노파의 사랑을 조금이라도 받아들였기 때문이라고는 생각지 말아주세요. 그런 것에 관심을 둘 시기는 이미 지났거든요. 단지 그곳에서는 더 이상 견딜 수가 없었기 때문입니다. 당신은 방금 제 용기에 대해서 말했지만, 그때의 제 모습을 보았더라면! 땅거미가 지는 저녁 어스름마다 격심한 통증이 일어났습니다. 오후에는 혼자 누워 일몰을 구경하곤 했지요. 당신은 결코 모르실 겁니다. 지금도 해가 지면 아파 온답니다."

오랜 침묵이 흘렀다.

"그리고 나서 전 일자리를 구하러 여기저기 쏘다녔어요. 리마에 있다가는 미쳐버릴 것 같았으니까요. 저는 쿠스코[6]까지 갔습니다. 그리고 그곳에서…. 참 이상한 일이지요. 무엇 때문에 제 지난 이야기로 당신에게 폐를 끼치고 있는지 모르겠군요. 재미있지도 않은 이야기를 말입니다."

그녀는 고개를 쳐들고 정색을 하며 그를 바라보았다. "제발, 그런 식으로 말씀하지 마세요."

그는 입술을 지그시 깨물고 이불 가장자리의 실밥을 잡아떼었다.

"계속할까요?" 잠시 후 그가 물었다.

"원, 원하신다면요…. 옛 기억을 떠올리는 게 당신에게 끔찍한 일일 것 같아

---

6) 페루 남부의 도시.

서 두렵군요."

"입을 다문다고 잊혀지겠습니까? 숨기고만 있으면 더 악화되고 말뿐이죠. 하지만 저를 끊임없이 괴롭히는 것이 그 사건 자체라고는 생각지 마십시오. 사실 진정으로 고통스러웠던 건, 그때 제가 자제력을 잃었다는 점에 있었습니다."

"무슨 말씀인지 이해하지 못하겠군요."

"용기가 바닥이 나고 말았다는 얘기죠. 스스로를 비열한 인간으로 느낄 만큼 말입니다."

"누구나 참는 데는 한계가 있지요."

"그렇습니다. 그리고 한계점에 한번 도달해 본 사람은 자신이 언제 또 다시 그 한계점에 다다르게 될지를 결코 알지 못하는 법이죠."

"이야기해 주시겠어요?" 그녀는 망설이며 물었다. "어떻게 해서 스무 살의 나이로 그런 곳에서 고통을 겪게 되었는지 말이에요."

"아주 간단합니다. 제 인생의 출발은 좋은 편이었습니다. 유서 깊은 나라의 좋은 가정에서 태어났지요. 하지만 도망쳐 버렸습니다."

"아니, 왜요?"

그의 웃음소리가 왠지 귀에 거슬렸다.

"왜냐구요? 전 꽤나 아는 체하는 시건방진 애송이였던 모양이에요. 전 무척 호사스러운 가정에서 응석받이로 자랐습니다. 그때까지는 온 세상이 장미 빛으로 가득 차 있고 사탕처럼 달콤하기만 한 줄 알았지요. 그러던 어느 날, 제가 그토록 믿어 왔던 사람이 절 속여 왔다는 걸 알게 되었습니다…. 아니, 왜 그렇게 놀라시는 겁니까? 왜 그러세요?"

"아무것도 아니에요. 계속하세요."

"전 거짓말에 감쪽같이 속아 왔다는 걸 깨달았습니다. 물론 흔히 있는 일이지요. 하지만 말씀드렸다시피 응석받이인 데다 시건방지기까지 한 저는 그런 거짓말쟁이는 지옥에나 가버리라고 생각했습니다. 그 길로 집을 뛰쳐나와 남미로 갔지요. 주머니에 동전 한 푼 없이, 에스파냐어라고는 한 마디도 못하면서 산 입에 거미줄 치랴 하는 생각으로, 일해 본 경험도 없고 사치스러운 습관만 몸에 잔뜩 밴 주제에 말입니다. 결과는 불을 보듯 뻔한 것이었지요. 전 사기꾼들에 대한 기억 따위는 깡그리 잊어버릴 정도의 진짜 지옥으로 빠져 버린 겁니다. 정말 철저하고도 완벽하게 말이죠. 듀프레 탐험대가 그 지옥으로부터 절 끌어내 준 건 그로부터 5년 후였습니다."

"5년 후라구요! 너무 끔찍하군요. 친구는 없었나요?"

"친구요?" 그는 무서운 눈빛으로 그녀를 돌아보았다. "친구 따윈 단 한 명도 없었습니다!"

그는 언성을 높였던 것이 부끄러웠던지 이내 말을 이었다.

"지금까지의 얘기를 너무 심각하게 받아들이지는 마세요. 최악의 것들만을 말한 거니까요. 사실 처음 1년 반 동안은 그리 고생하지 않았습니다. 젊고 튼튼해서 그럭저럭 견딜 만했지요. 동인도 선원에게 상처를 입기 전까지는 말입니다. 하지만 그 후로는 일자리가 아예 없었어요. 잘 다룰 줄만 안다면 쇠꼬챙이가 얼마나 무서운 무기가 될 수 있는지 놀라울 뿐입니다. 불구자를 고용하려는 사람은 아무도 없었으니까요."

"무슨 일을 하셨습니까?"

"닥치는 대로 다 했지요. 한동안은 사탕수수 재배농장에서 검둥이들의 허드렛일을 보아주기도 했습니다. 뭐 이를테면 짐 따위를 이리저리 나르는 일이죠. 그런데 말입니다. 도서히 일다기도 모를 일이 있더군요. 노예들도 자신이 부릴 노예를 갖고 싶어하고, 검둥이들은 흰둥이 부하들을 들볶는 걸 그 무엇보다도 좋아한다는 사실 말입니다. 하지만 다 부질없는 짓거리였습니다. 언제나 감독에게 쫓겨나오고 말았으니까요. 전 다리를 저니까 날쌔게 움직일 수도 없었고 무거운 짐을 져 나르지도 못했기 때문이죠. 그런데다 툭하면 발작증세까지 보였으니 말이에요. 얼마 후 은광으로 가서 일자리를 구해보려 했습니다. 하지만 허사였어요. 관리자들이 코웃음을 치더군요. 일꾼들은 절 개 패듯이 두들겨 팼지요."

"아니 무엇 때문에요?"

"아, 그게 인간의 본성이라는 거지요. 그들은 제게 맞받아칠 주먹이 하나밖에 없다는 걸 안 겁니다. 비정하기 짝이 없는 놈들이었습니다. 검둥이와 혼혈 원주민들이 대부분이었지요. 거기에다, 아 그 소름끼치는 중국인 노무자들! 그래서 당할 만큼 당한 끝에 드디어는 멋대로 쏘다니기 시작했습니다. 이곳저곳 발길 닿는 대로 떠돌아다닌 거죠."

"떠돌아다녔다구요? 불편한 그 다리로?"

그의 눈동자에 서글픈 빛이 어렸다.

"저, 전 배가 고팠습니다."

그녀는 약간 얼굴을 외면한 채 한 손으로 턱을 받쳤다. 잠시 침묵이 흐른 뒤 그가 말을 이었다. 그의 음성이 갈수록 낮게 가라앉았다.

"그래요. 전 걷고 또 걸었습니다. 걷다가, 걷다가 지쳐서 미쳐 버릴 지경이었지만 손에 들어오는 건 아무것도 없었습니다. 에콰도르로 갔지요. 그곳 사람들은 더 험하더군요. 땜장이 노릇도 해봤습니다. 이래뵈도 땜장이 솜씨는 지금도 좋은 편이랍니다. 땜장이가 아니면 심부름꾼이나 돼지우리 청소부도 했습니다. 때로는… 이런, 기억이 나질 않는군요. 그러다가 마침내 어느 날…"

햇볕에 그을린 가냘픈 손이 테이블을 꽉 붙들고 있었다. 젬마는 고개를 쳐들고 걱정스러운 눈빛으로 그를 바라보았다. 그의 옆얼굴이 보였다. 관자놀이의 정맥이 불규칙하게 펄떡거렸다. 그녀는 허리를 굽혀 그의 팔을 붙잡았다.

"나머지 얘긴 하지 마세요. 말하기엔 너무나 끔찍한 모양이군요." 그는 고개를 설레설레 흔들더니 자기 손을 내려다보면서 이야기를 계속했다.

"그러던 어느 날 전 유랑 서커스단을 만나게 되었습니다. 당신도 며칠 전 밤을 기억하실 수 있을 테지요. 바로 그런 서커스단 말입니다. 물론 훨씬 조잡하고 상스러웠지요. 혼혈 원주민들은 피렌체 사람과는 전혀 딴판입니다. 그들은 천하고 상스러운 것이 아니면 쳐다보지도 않더군요. 물론 투우도 있었어요. 전 길가에 천막을 치고 있는 그들에게 먹을 것을 구걸하러 다가갔습니다. 무더운 날씨에 배가 고파 죽을 지경이었거든요. 그러다가 천막 입구에서 기절해버렸지요. 그 당시 전 갑자기 기절해버린 체하는 속임수를 터득하고 있었죠. 마치 엄격한 기숙사 학교 생활을 못 견뎌서 픽 쓰러지는 가냘픈 여학생처럼 그렇게 쓰러졌죠. 그들은 저를 데리고 들어가 브랜디와 음식을 주었습니다. 그 다음 다음 날 아침, 그들이 제게 제의를 하더군요."

또 다시 침묵이 흘렀다.

"꼬마아이들이 귤껍질과 바나나껍질을 던질 곱사등이나 기괴한 괴물 같은 게 필요했던 겁니다. 검둥이들을 웃겨줄 만한 무언가를요…. 당신도 그날 밤 어릿광대를 보았을 테지요. 2년 동안 전 그 광대 짓을 했습니다. 당신은 흑인이나 중국인에게도 인도주의적인 감정을 품고 계시지요? 그러나 한 번 그들의 손아귀에 잡혀보십시오! 어쨌든 전 곡예를 익혔습니다. 아주 형편없을 만큼 불구자는 아니었거든요. 하지만 그들은 그것으로도 모자랐는지 진짜 곱사등이처럼 제게 혹을 만들어 붙여주었습니다. 이 팔과 다리도 마찬가지였지요. 혼혈 원주민들은 꼬치꼬치 따지지는 않았습니다. 그도 그럴 것이, 뭔가 그저 괴롭힐 수 있는 살아있는 것만 있으면 그들은 금방 희희낙락했으니까요. 어릿광대의 겉차림과도 아주 달랐고…. 한 가지 골치 아픈 일은 제가 자주 앓아눕는 바람에 곡예를 할 수가 없었던 점이었죠. 어떤 때는 지배인이 화가 나서 발작증세를 보이고 있는 저에게 사람들 사이로 들어가라고 강요하기도 했습니다. 사실 관객들은 그런 발작 상태에서 하는 공연을 가장 좋아했으리라 생각합니다. 정신이 들어보니 관객들이 절 에워싸고 있더군요. 야유를 퍼붓고 욕지거리를 내뱉으면서 말입니다…."

"그만! 더 이상은 못 듣겠어요! 그만 하세요, 제발!"

그녀는 벌떡 일어나서 두 손으로 귀를 틀어막았다. 그는 하던 말을 멈추고 그녀를 쳐다보았다. 그녀의 볼을 따라 눈물이 흘러내리고 있었다.

"빌어먹을! 난 천치바보야!" 그가 목소리를 죽여 중얼거렸다.

그녀는 창가로 다가가 한참 동안 창 밖을 내다보았다. 그녀가 몸을 돌렸을 때 등에는 테이블에 기댄 채 한 손으로 두 눈을 가리고 있었다. 분명 그녀가 곁에 있다는 사실마저도 까맣게 잊어버리고 있는 듯했다. 그녀는 아무 말 없이 그의 곁에 앉았다. 오랜 침묵이 흐른 뒤 그녀가 조심스럽게 입을 떼었다.

"물어보고 싶은 게 있어요."

"뭔데요?" 그가 꼼짝도 하지 않은 채 대꾸했다.

"왜 자살하지 않으셨어요?"

그는 깜짝 놀라 고개를 쳐들었다. "전혀 뜻밖의 질문이군요. 자살해 버리면 제가 해야 할 일은 어떡하고요? 내 대신 누가 그 일을 해준단 말입니까?"

"당신의 일이라뇨? 아, 알겠어요! 당신은 방금 겁쟁이가 되어 버렸다고 말했지만, 그러한 고통을 겪고도 당신의 목적을 이루기 위해 애써 왔다면 당신은 제가 만난 사람들 중 가장 용감한 분이세요."

그는 다시 손으로 눈을 가렸다. 그 다음 그는 양손으로 그녀의 손을 힘껏 감싸 쥐었다. 끝이 없을 것만 같은 정적이 그들을 에워쌌다.

그때 갑자기 정원 아래에서 맑고 부드러운 소프라노 음성이 들려왔다. 서툴기 짝이 없는 프랑스 노래였다

    춤춰라, 어릿광대여!
    춤춰라 춤춰, 너 가엾은 바보!
    이 넘치는 환희를 춤춰라!
    우리의 아름다운 젊음을 즐기자!
    슬플 때나 탄식할 때나
    우울할 때에도.
    여러분, 웃을 수밖에 없지요!
    하, 하, 하, 하,
    여러분, 웃을 수밖에 없지요!

가사 첫 마디를 듣자마자 등에는 젬마의 손을 놓고 숨이 막히는 듯 신음소리를 내며 몸을 움츠렸다. 수술 받는 환자의 팔을 붙잡듯이 그녀는 그의 팔을 와락 붙들었다. 노랫소리가 그치자 와자지껄한 웃음소리와 박수소리가 정원에서 터져 나왔다. 그쪽을 쳐다보는 그의 눈길은 고통에 신음하는 짐승의 눈, 바로 그것이었다.

"지타예요." 그가 느릿느릿 말문을 열었다. "장교친구들과 함께 있을 겁니다. 리카르도 선생이 오시기 전날 밤, 이 방에 들어오려고 했지요. 그녀가 제 몸에 손이라도 댔다면 전 미쳐 버리고 말았을 겁니다!"

"하지만 저 아가씨는 아무것도 모르잖아요." 젬마가 가볍게 항의하듯 대꾸했다. "자기가 당신 마음을 상하게 하리라고는 생각지 않을 거예요."

또 한 차례 박장대소하는 소리가 정원에서 들려왔다. 젬마는 자리에서 일어나 창문을 열어 젖혔다. 금실로 수놓은 스카프를 요염하게 머리에 두른 지타가 정원에서 제비꽃 다발을 들고 서 있었다. 청년 장교 세 명이 그 꽃다발을 서로 차지하려고 다투고 있었다.

"레니 양!"

젬마가 부르는 소리에 지타의 표정은 먹구름처럼 어두워졌다. "레니 양이라구?" 그녀는 못마땅한 표정으로 중얼거리면서 젬마를 쳐다보았다.

"조금만 목소리를 낮춰 주셨으면 해요. 리바레즈 씨의 몸이 편찮으시잖아요?"

그녀는 제비 꽃다발을 내동댕이쳤다. "여러분, 가세요!" 그녀는 어안이 벙벙한 장교들에게 홱 돌아서면서 내뱉듯이 말했다. "이제 당신들이 귀찮아졌단 말이에요!"

지타는 느릿느릿 모습을 감추었다. 젬마는 창문을 닫았다.

"이젠 모두 가버렸어요." 그에게 고개를 돌리며 그녀가 말했다.

"고맙소. 저 때문에 괜한 수고를 하시는군요."

"수고랄 게 있나요…." 그는 그녀가 뭔가 머뭇거리고 있음을 눈치챘다.

"부인, 아직 하실 말씀이 더 있으신 것 같군요."

"다른 사람의 마음을 꿰뚫어보시는 분이라면 남의 속마음 때문에 언짢아하시지는 않겠지요? 물론 제가 끼어들 일은 아닐 성싶지만 도무지 이해할 수가 없군요…."

"레니를 싫어하는 것에 대해 말씀하시려는 모양이군요. 그건 오직…."

"그게 아니라, 그렇게 싫어하면서도 함께 사는 것을 이해할 수 없다는 거예요. 제가 보기엔 그건 한 여성으로서의 그녀에 대한 모욕일 뿐만 아니라…."

"여성이라구요?" 그는 거친 웃음을 터트렸다. "레니를 여성이라고 말씀하신 겁니까? 아까 그 노랫말처럼 '여러분, 웃을 수밖에 없지요?' 군요."

"그런 태도는 온당치 못해요! 어느 누구에게도 그녀를 그런 식으로 말씀하실 권리는 없어요. 특히 다른 여자 앞에서는 더욱!"

그는 그녀에게서 얼굴을 돌리고는 자리에 누워 눈을 크게 뜬 채로 뉘엿뉘엿 저물어가는 해를 바라보았다. 그녀는 그가 저녁놀을 보지 못하게 발을 내리고 덧문을 닫았다. 그러고 나서 다른 쪽 창가의 테이블에 앉아 다시 뜨개질하기 시작했다.

"등불을 켜 드릴까요?" 잠시 후 그녀가 물었다.

그는 고개를 가로저었다.

날이 어두워져 잘 보이지 않게 되자, 젬마는 뜨개질을 멈추고 바느질감을 바구니에 주섬주섬 담았다. 그녀는 팔짱을 낀 채 꼼짝도 하지 않고 누워 있는 등에의 얼굴을 잠시 말없이 바라보았다. 그의 얼굴 위로 떨어지는 어스름한 노을빛이 거칠고 비웃는 듯한 고집 센 표정을 많이 누그러져 보이게 했다. 대신 입가의 고통스런 주름은 더욱 깊어진 듯했다. 어떤 상념의 연상작용에 의해 그녀는 문득 워렌 박사가 아서를 잊지 못해 세운 돌 십자가에 새겨진 비문을 머리 속에 떠올렸다.

'당신의 파도와 물결들이 뭉치가 되어 이 몸을 휩쓸고 지나갑니다.'[7]

침묵은 한 시간이나 계속되었다. 마침내 그녀는 자리에서 일어나 조용히 방

---

[7] "당신의 벼락치는 소리에 / 깊은 바다가 서로 노호하고, / 당신의 파도와 물결들이 뭉치가 되어 / 이 몸을 휩쓸고 지나갑니다."(시편 42편 7절)

을 나갔다. 등불을 받쳐 들고 돌아온 그녀는 등에가 잠이 들었는지 살펴보았다. 불빛이 비추자 그는 몸을 돌렸다.

"커피 한 잔 가져왔어요." 등불을 내려놓으며 그녀가 입을 열었다.

"이리 가까이 와주시겠습니까?"

그는 그녀의 두 손을 감싸 안았다.

"내내 생각해 보았습니다만, 당신 말이 옳아요. 제 인생은 추하고 복잡한 혼란 속에 빠져 있었습니다. 하지만 기억해주십시오. 사, 사랑할 수 있는 여인이란 아무 때나 만날 수 있는 게 아닙니다. 그동안 저는 깊은 늪 속을 허우적거리고 있었습니다. 나, 나는 두려워요…."

"네?"

"어둠이 두려워요. 때때로 밤중에 혼자 있는 것도 무섭습니다. 내 곁에는 살아있는 무언가가, 믿을 수 있는 무언가가 있어야 합니다. 어딜 가나 어둠뿐이지요, 아닙니다! 그게 아닙니다. 그 따위는 시시하기 짝이 없는 싸구려 지옥에 불과합니다. 정작 무서운 건… 내 안의 어둠입니다. 여기에는 울고 짜고 이를 가는 것도 없지요. 오직 침묵, 침묵만이…."

그는 눈을 커다랗게 떴다. 그가 다시 입을 열 때까지 그녀는 숨을 죽인 채 가만히 있었다.

"당신은 이 모든 게 얼떨떨하겠지요. 당신에겐 다행스러운 일이지만, 당신은 이해하지 못할 겁니다. 완전히 혼자 살아가고자 한다면 전 미쳐 버릴 거예요. 그렇지만 너무 나쁘게만 생각지는 마십시오. 당신은 어떻게 생각할지 모르지만, 사실 전 그렇게 짐승 같은 놈은 아닙니다."

"내게 당신을 뭐라 판단할 수 있는 권리는 없어요. 전 당신이 겪은 고통을 경험해보지 못했으니까요. 하지만 당신과는 다르겠지만 저도 깊은 늪 속에서 허우적거리기는 마찬가지예요. 만일 당신이 무언가를 두려워하기 때문에 잔인해지거나 옳지 못한 행동을 한다면, 당신은 틀림없이 나중에 후회하게 될 거예요. 이 한 가지를 실패한다면 — 만약 제가 당신의 처지에 있었더라면 저 역시 완전히 실패했으리라는 걸 잘 알아요 — 남은 평생을 신을 저주하며 살다가 죽게 되겠죠."

그는 그녀의 손을 여전히 잡고 있었다.

"말씀해 주시겠습니까?" 그는 부드러운 음성으로 말을 이었다. "당신도 살아오는 동안 정말로 잔인한 일을 저지른 적이 있나요?"

대답 없이 그녀의 고개가 수그려졌다. 굵은 눈물방울이 그의 손등 위로 떨어졌다.

"말씀해 주세요!" 그녀의 손을 더욱 힘주어 쥐면서 그는 열정적으로 속삭였다. 저는 제 불행했던 과거를 다 털어놓았습니다."

"네. 그런 적이, 있어요. 한 번, 아주 오래 전에요. 그것도 이 세상에서 가장 사랑했던 사람에게 말이에요."

그녀의 손을 잡은 그의 손이 격렬하게 떨렸다. 그러나 그들은 서로 손을 놓지 않았다.

"그는 동지였어요." 그녀는 계속해서 말을 이었다. "그런데 전 그에 대한 중상모략을 그대로 믿어버린 거예요. 경찰이 꾸며낸 너무나 빤한 거짓말을 말이에요. 배반자라고 욕하면서 그의 뺨을 때렸답니다. 그는 물에 빠져 자살하고 말았지요. 이틀 후, 그가 결백하다는 걸 알게 되었어요. 아마 당신의 가슴 속에 자리 잡고 있는 그 어느 것보다도 더 나쁜 기억일 겁니다. 엎질러진 물을 다시 담을 수만 있다면 제 오른손을 잘라버린다 해도 아깝지 않을 거예요."

전에는 한 번도 본 적이 없는 어떤 위태로운 빛이 그의 눈 속으로 섬광처럼 지나갔다. 그는 은밀하고 갑작스럽게 고개를 숙이고 그녀의 손등에 입을 맞췄다.

그녀는 깜짝 놀라 손을 뺐다. "안 돼요! 다시는 이러시면 안 돼요! 마음 아프게 하지 말아요!"

"당신은 당신이 죽인 그 사람의 마음을 아프게 하지 않았다고 생각하시나요?"

"제가 주, 죽인 그 사람이요…? 아, 마르티니가 왔나 봐요! 전 그만 가봐야겠어요!"

방안에 들어서던 마르티니는 등에가 혼자 누워 있는 것을 보았다. 그의 옆에는 손도 대지 않은 채 식어버린 커피가 놓여 있었다. 그는 정신이 나간 것처럼 힘없는 목소리로 무언가가 불만스러운 듯이 스스로에게 욕을 퍼붓고 있었다.

9

 며칠 뒤, 등에는 미처 완쾌되지 않은 창백한 모습으로 공립도서관에서 몬타넬리 추기경의 설교집을 뒤적이고 있었다. 가까운 테이블에서 책을 읽고 있던 리카르도가 그를 쳐다보았다. 그는 등에를 무척 좋아했지만 단 한 가지, 그가 어떤 개인에 대해 별난 적의를 품고 있다는 점만은 이해할 수 없었다.
 "그 불쌍한 추기경에게 또 욕설을 퍼부을 작정인가요?" 그는 반쯤은 짜증이 섞인 어조로 물었다.
 "아니, 리카르도 씨, 왜 사람을 하, 항상 나, 나쁘게만 보려 하십니까? 그건 기, 기독교인다운 태도가 아니죠. 새, 새로 발간될 신문에 실으려고 현대 신학에 관한 글을 준비하고 있는 중입니다."
 "새로 발간될 신문이라뇨?" 리카르도는 이맛살을 찌푸렸다. 새로운 언론법이 공표될 것이고, 야당에서 온 도시를 깜짝 놀라게 할 만한 급진적인 신문을 준비하고 있다는 사실은 공공연한 비밀이었다. 그러나 공식적으로는 아직 비밀로 부쳐져야 할 사안이었던 것이다.

"그야 물론 '사기꾼 관보,' 아니면 '교회소식지' 아니겠습니까?"

"쉿! 리바레즈 씨, 책을 읽고 있는 다른 분들께 방해가 되면 안 되지요."

"자아 그럼, 외과의술에나 전념하십시오. 그게 당신의 과제라면 시, 신학은 제게 마, 맡겨주십시오. 그건 저의 당면과제이니까요. 당신이 고, 골절에 대해 연구하는 건 방해하지 않겠습니다. 하지만 골절에 대해선 당신보다 제가 더 마, 많이 알고 있을걸요."

그는 설교집을 펼쳐놓고 앉아 책에 빠져들었다. 그때 도서관 사서 한 명이 그에게 다가왔다.

"리바레즈 씨! 듀프레 탐험대의 일원으로 아마존 강 지류를 탐험하셨던 적이 있지요? 저희들을 도와주셨으면 합니다. 어느 부인이 그 탐험기록을 조사하고 계시거든요. 철해 놓은 게 어딘가 있긴 있을 겁니다만."

"무얼 알고 싶으시답니까?"

"탐험대가 몇 년도에 출발해서 언제 에콰도르를 지났는가 입니다."

"1837년 가을에 파리에서 출발해서, 1838년 4월에 키토[1]를 지났지요. 우린 브라질에 3년간 있었습니다. 그 다음엔 리우[2]로 내려갔다가, 1841년 여름에 파리로 돌아왔지요. 발견일자도 하나하나 알고 싶답니까?"

"아닙니다. 이거 대단히 고맙습니다. 이 정도면 충분할 겁니다. 제가 다 받아 써두었으니까요. 여보게, 베포, 이걸 볼라 부인께 갖다 드리게. 이거 실례 많았습니다, 리바레즈 씨."

등에는 의자에 등을 기댄 채 골치 아프다는 듯 얼굴을 찌푸렸다.

젬마는 메모쪽지를 가지고 집으로 돌아왔다. 1838년 4월…. 아서는 1833년 5

---

[1] 에콰도르의 수도.
[2] 브라질의 항구도시 리우데자네이루를 말한다.

월에 죽었지. 5년이라….

　그녀는 방안을 이리저리 거닐기 시작했다. 그녀는 지난 며칠 동안 잠을 설쳤다. 눈언저리에 수심이 깃들어 있었다.

　5년이라…. 그리고 '호사스러운 가정' 이라고…. '믿었던 사람이 날 배신했다' 고도 했지. '그런데 알게 되었다' 고….

　그녀는 멈칫 서더니 두 손으로 머리를 감싸 쥐었다. 이러다간 정말 미쳐 버리고 말겠어. 그럴리가… 그건 터무니없는 일이야….

　그래, 그때 사람들이 항구 전체를 얼마나 이 잡듯 샅샅이 뒤졌던가!

　5년이라…. 동인도 선원에게 당한 것은 스물 한 살이 채 되기 전이라고 했지? 그렇다면 그가 집을 뛰쳐나간 건 틀림없이 열 아홉 살 때야. 그가 말하지 않았던가, '1년 반 후' 라고. 그 푸른 눈동자, 신경질적으로 떨리는 손가락. 이것들이 다 어디에서 왔단 말인가? 그리고 또 몬타넬리에 대해서 왜 그렇게 적의를 품고 있단 말인가? 5년…, 5년이라….

　그가 물에 빠져 자살했다는 걸 확인할 수 있었다면, 그의 시체만 발견되었더라면 그녀도 언젠가는 옛 상처를 극복하고, 가슴 아픈 지난날의 회상에서도 벗어날 수 있었을 것이었다. 아마도 20년 정도가 더 지나간 후라면 가슴이 조여드는 고통 없이도 지난날을 회상할 수 있게 됐을지도 모를 일이었다.

　그녀의 젊은 날은 온통 자신의 행위에 대한 자책으로 얼룩져 있었다. 날이 가고 해가 바뀔수록 그녀는 양심의 가책과 단호하게 맞서 싸웠다. 언제나 그녀는 앞으로의 일에 충실해야 한다고 다짐했다. 잊혀지지 않는 지난날의 악령에 눈을 감고 귀를 막아 왔다. 그러나, 그러나…. 날이 가고 해가 바뀌어도 바다에 떠도는 익사체의 영상은 뇌리에서 지워지지 않았으며, 억누를 수 없는 쓰라린 울부짖음이 되어 가슴 속에 메아리쳤다. '내가 아서를 죽였어! 아서는 죽은 거야!'

때로 마음속의 짐은 견딜 수 없을 만큼 무겁게 느껴졌다.
 이제 그녀는 남은 반평생을 또 다시 그 무거운 짐을 짊어진 채로 살아가야 할 것이었다. 만약 그녀가 그를 죽였다면 — 이것은 이미 익숙해진 슬픔이었지만 — 그녀는 지금까지 견뎌왔으므로 앞으로도 이럭저럭 견뎌낼 수 있을 것이다. 그러나 만일 그를 죽음으로 내몬 것이 아니라면…. 그녀는 힘없이 주저앉아 양손으로 두 눈을 가렸다. 여태껏 그녀는 그를 죽였다는 죄책감 때문에 어두운 삶을 살아 왔다! 그러나 만일 그를 죽음보다 더한 것으로 내몰았다면….
 그녀는 등에의 삶을 차근차근 더듬어보았다. 그것은 그녀가 직접 보고 느낀 것처럼 생생하게 떠올랐다. 벌거벗은 영혼의 어찌할 수 없는 전율, 죽음보다 더 쓰라린 조롱, 외로움의 공포, 천천히 온 존재를 자근자근 씹어대는 듯한 끊임없는 고뇌. 자신도 그가 누워있던 그 더러운 원주민 오두막 안에서 함께 있었던 것처럼 모든 게 생생히 다가오는 것이었다. 마치 은광에서, 커피농장에서 함께 고생했던 것처럼, 그리고 서커스단에서….
 아니야, 이것만은 떠올려선 안 돼. 이렇게 앉아서 그걸 생각하다간 미쳐 버리기 딱 알맞을 거야.
 그녀는 자그마한 책상서랍을 열었다. 그 안에는 버리고 싶지 않은 몇 사람의 유품이 들어 있었다. 감상적인 기분에 자질구레한 것들을 모아 놓은 것은 아니었다. 오히려 그것은 그녀가 끊임없이 억눌러 온 자신의 약한 천성에 대한 양보라고 할 수 있는 것이었다. 그러나 그녀는 평소 이 유품들을 거의 보지 않으려 했다.
 그녀는 그 유품들을 하나하나 끄집어냈다. 지오바니가 처음으로 그녀에게 보냈던 편지, 그가 죽을 때 손에 쥐고 있던 꽃송이들, 그녀가 낳은 아기의 머리카락 한 줌, 아버지의 무덤에서 가져온 잎사귀들…. 서랍 맨 안쪽에는 아서의 조그만 초상화가 있었다. 아서가 열 살 때의 것이었는데, 그가 남긴 유일한 초상화였다.

그녀는 그 초상화를 손에 들고 자리에 앉았다. 그리고는 그 예쁘장한 이마를 바라보며 아서의 얼굴 모습을 생생히 떠올려보았다. 얼마나 맑은 모습이었던가! 예민해 보이는 입매, 크고 진지하게 반짝이는 눈동자, 천사와 같이 청순한 표정. 마치 바로 어제 죽은 것처럼 뇌리에 생생하게 새겨져 있었다. 눈물이 솟구쳐 이내 초상화가 흐려 보였다.

그래, 도저히 있을 수 없는 일이야! 이렇게 밝고 고귀한 영혼이 비천한 불행의 나락으로 떨어지다니, 그건 꿈도 꾸지 못할 신성모독이야. 그를 사랑하신 하느님은 틀림없이 그를 젊은 모습 그대로 죽게 하셨을 거야! 살아서 등에 같은 사람이 되기보다는 완전히 없어져 버리는 게 천 번 만 번 나을 거야. 언제나 빈틈없이 말끔한 넥타이, 의심에 가득 찬 익살과 독설, 그리고 발레리나 아가씨와 함께 사는 등에라니? 아냐, 아냐! 그 모두가 무섭고 말도 안 되는 공상일 뿐이야. 그녀는 헛된 상상들로 자신의 마음을 괴롭혔다. 아서는 죽었어, 죽었단 말이야….

"들어가도 됩니까?" 문에서 부드러운 음성이 들려왔다.

깜짝 놀란 나머지 그녀는 손에 들고 있던 초상화를 떨어트렸다. 절뚝거리며 방을 건너온 등에가 초상화를 집어 들어 그녀에게 건네주었다.

"깜짝 놀랐잖아요!"

"미, 미안하게 되었습니다. 제가 방해가 된 모양이죠?"

"아니에요. 옛날 것들을 뒤적이고 있던 참이었어요."

그녀는 잠시 망설이더니 초상화를 보여주었다.

"그 이마를 어떻게 생각하세요?"

그가 초상화를 바라보고 있는 동안, 그녀는 마치 상대방의 표정에 자신의 인생이 달려 있는 양 그를 뚫어져라 응시했다. 하지만 그의 대답은 다만 부정적이고 비판적인 평가가 전부였다.

"어려운 문제를 내셨군요. 초상화의 색이 바랜 탓인지 아이의 얼굴을 알아보기가 힘들군요. 하지만 자라서 불행한 사람이 되었을 것 같은데요. 이 사람이 할 수 있는 가장 현명한 일이란 성인으로 자라나지 않도록 하는 게 아닐까 합니다만."

"왜죠?"

"아랫입술의 선을 보세요. 이건 고통을 고통으로, 잘못을 잘못으로 느끼는 성격임을 보여주거든요. 세상은 그런 인간이 끼어들 여지가 없습니다. 세상은 자신의 일밖에 모르는 그런 사람들만을 원하거든요."

"혹시 당신이 아는 누군가와 닮지 않았나요?"

그가 초상화를 좀 더 찬찬히 살펴보았다.

"아, 그래요, 참 이상한 일이군요! 물론이에요. 아주 닮았어요."

"누굴요?"

"모, 몬타넬리 추, 추기경을요. 그 흠잡을 데 하나 없는 추기경에게 조카가 있었던 모양이군요. 누군가요, 이 초상화의 주인공이?"

"어렸을 적 초상화랍니다. 며칠 전 제가 말씀드렸던 바로 그 친구예요."

"아, 당신이 죽게 했다던?"

그녀는 자신도 모르게 소름이 오싹 끼치는 것을 느꼈다. 그토록 무시무시한 말을 이토록 가볍게 그리고 잔인하게 내뱉다니!

"그래요, 저 때문에 죽은… 정말로 죽었다면 말이지요."

"'죽었다면'이라구요?"

그녀는 그의 얼굴을 똑바로 쳐다보았다.

"전 이따금씩 그런 생각이 들어요. 시체는 끝내 찾질 못했거든요. 그 친구도 당신처럼 집을 뛰쳐나가 남미로 갔을지도 모르지요."

"그런 건 아예 바라지 않는 게 좋을 겁니다. 당신에게 가슴 아픈 과거를 떠올려줄 테니 말이죠. 저, 전 살아오면서 나, 난폭한 싸움도 해보았고 여, 여러 사람을 화, 황천으로 보내기도 했지요. 하지만 제가 어떤 사, 살아 있는 이를 남미로 보냈다는 것 때문에 꺼림칙하게 느낀다면 잠도 편히 못잘 겁니다."

"그렇다면…." 손을 마주 쥔 채 그녀가 가까이 다가와 물었다. "그가 물에 빠져 자살하지 않고 그 대신 당신과 같은 경험을 쌓게 되었다면, 돌아오지도 않고 지난 과거도 묻어 버릴 거라고 생각하시나요? 아니면 반대로 영원히 잊지 않을 거라고 생각하시나요? 이건 제게 아주 중요한 것이랍니다. 절 보세요!"

그녀는 이마 위로 흘러내린 숱 많은 머리카락을 쓸어 넘겼다. 까만 머리카락 사이로 가르마가 하얗게 드러나 보였다.

긴 침묵이 흘렀다.

"제 생각으론…." 등에가 느릿느릿 말문을 열었다. "죽은 자는 죽어 있는 게 좋습니다. 무언가 잊는다는 것은 어렵기 마련이죠. 제가 당신이 말씀하신 그 친구라면 전 그대로 주, 죽어 있겠어요. 죽은 자의 망령은 추할뿐이니까요."

그녀는 초상화를 서랍에 넣고는 자물쇠를 채웠다.

"그것 참 난해한 논리군요. 화제를 다른 걸로 바꾸죠."

"여기 들른 건 당신과 사업이야기를 할까 해서죠. 아직 머리 속으로만 그려본 사적인 내용입니다만."

그녀는 테이블 가까이 의자를 끌어당겨 앉았다.

"새로 입안된 언론법에 대해서는 어떻게 생각하십니까?" 평상시의 말을 더듬던 흔적은 전혀 보이지 않았다.

"어떻게 생각하느냐구요? 큰 도움이 되지는 못할 거라고 보지만, 그래도 반 조각의 빵이라도 아예 없는 것보다야 낫지 않겠어요?"

"물론입니다. 그렇다면 이곳 사람들이 준비하고 있는 새 신문에서 일하실 작정입니까?"

"그렇게 마음먹고 있습니다. 어느 신문이든 처음에는 할 일이 태산 같이 많거든요. 인쇄며, 배포부터 시작해서…."

"언제까지 그런 일을 하는데 자신의 재능을 낭비하려 하십니까?"

"낭비라뇨?"

"쓸데없는 짓이니까요. 당신이 함께 일하고 있는 대다수 사람보다 훨씬 뛰어난 머리를 가지고 있다는 것은 당신 자신도 잘 알고 계시지 않습니까. 당신은 그들이 당신을 허드렛일이나 하는 잡역부로 사용하도록 내버려 두고 있는 겁니다. 지적인 면에서 당신은 그라씨니 갈리보다도 훨씬 앞섭니다. 당신과 비교하면 그들은 초등학생과 다름없지요. 그런데도 당신은 인쇄소 심부름꾼인 양, 그들의 교정이나 봐주고 있단 말입니다."

"우선 말씀드리고 싶은 건, 교정보는 데 제 시간을 다 쓰고 있는 건 결코 아니라는 사실입니다. 게다가 당신은 저의 지적 능력을 과대평가하고 있다는 느낌이 드는군요. 전 당신이 생각하는 만큼 뛰어나지는 못해요."

"저 역시 뛰어나다고는 생각지 않습니다. 하지만 꿋꿋하고 건전하지 않습니까? 그 점이 훨씬 더 중요하다고 생각합니다. 그 따분하기 짝이 없는 위원회에서도 다른 사람의 논리에서 허점을 제대로 집어내는 사람은 언제나 당신뿐이었습니다."

"다른 사람들에 대한 평가가 공정하지 못한 것 같군요. 예를 들어 마르티니는 아주 논리적인 두뇌를 가지고 있구요, 파브리치 교수와 레가 씨의 능력도 그리

뒤진 편은 아닙니다. 그라씨니는 아마 이탈리아의 경제통계 면에서 전국의 어느 관리보다도 더 해박한 지식을 가지고 있을 거예요."

"좋습니다. 그들과 그들의 능력이 어떤지는 제쳐두기로 합시다. 문제는 당신이니까요. 당신이 가진 재능만큼 현재보다 더 중요한 일을 하고, 더 책임 있는 직무를 맡아야 하지 않겠습니까?"

"전 현재의 직무에 아주 만족합니다. 제가 현재 하고 있는 일이 대단치 않을지 모르지만, 우린 모두 우리가 할 수 있는 만큼의 일을 하고 있거든요."

"볼라 부인, 사실 당신이나 나는 남의 찬사나 양보 따위에 놀아나는 사람들은 아닙니다. 정직하게 말씀해 주십시오. 당신은 당신보다 뒤떨어진 사람이라도 할 수 있는 일에 자신의 재능을 소모하고 있다는 사실을 알고나 계십니까?"

"대답을 요구하신다면, 그건 어느 정도 타당한 말씀입니다."

"그렇다면 왜 그냥 내버려두십니까?"

대답이 없었다.

"왜 내버려 두시냐니까요?"

"어쩔 수가 없어서지요."

"무엇 때문에?"

그녀가 항의하듯 그를 쳐다보았다. "너무하시는군요. 이렇게까지 다그쳐도 되는 건가요."

"그래도 말씀해 주셔야 합니다."

"기어이 알고 싶으시다면… 좋아요, 그건 제 인생이 산산조각 났기 때문이에요. 이젠 뭔가 본격적인 일 따위를 시작할 힘도 없어요. 당의 허드렛일을 하는 것, 인대를 하고 묵묵히 혁명의 마차를 끄는 말의 역할을 하는 게 제겐 알맞아요. 최소한 저는 성실하게 그 일을 해내고 있습니다. 누군가 그 일을 하긴 해야 할 테고…."

"물론 누군가 그 일을 해야 하겠지요. 하지만 꼭 당신이 그 일을 해야 한다는 법은 없습니다."

"그 일이 제 능력에 맞으니까요."

그는 반쯤 눈을 감은 채 알 수 없다는 표정으로 그녀를 바라보았다. 갑자기 그녀가 고개를 들었다.

"맨 처음 하던 이야기로 돌아갑시다. 원래 사업 이야기를 하고자 했던 것 아니에요? 당신에게 다짐해 두지만, 제가 어떤 일이라도 다 해 낼 수 있다고 말씀해 봐야 아무 소용없는 일이에요. 지금으로선 절대로 하지 않을 테니까요. 물론 계획을 세우는 건 도와드릴 수 있겠지요. 무슨 계획인가요?"

"뭐든 제안해 보아야 소용없다고 하면서도, 제가 제안하는 내용이 뭔지는 묻는군요. 제가 계획하고 있는 일은 계획을 세우는 것뿐만 아니라, 실행에 있어서도 당신의 도움을 필요로 하고 있습니다."

"이야기해 보세요. 듣고 나서 다시 의논하기로 해요."

"베네치아에서 준비되고 있는 봉기에 대해 들은 적이 있습니까?"

"대사면 이후로 봉기가 있을 거라는 이야기와, 산페디스트파가 음모를 꾸미고 있다는 소문 외에는 들은 게 없어요. 양쪽 모두 미심쩍게 느껴지기는 하지만요."

"그 점에 있어선 저도 마찬가지입니다. 하지만 지금 말씀드리려는 것은 이번에 계획된 지역 전체 규모의 반(反)오스트리아 봉기를 위한 진지한 준비 작업에 관한 것입니다. 교황령 내, 특히 4대 지역[3]의 수많은 젊은 동지들이 그곳으로 모

---

[3] 19세기 중반까지 교황령에 속했던 오늘날의 라치오, 움브리아, 마르케, 에밀리아로마냐 지방 등 이탈리아 중부의 네 지역을 말한다.

여들어 지원자를 규합하고 있고 준비작업이 비밀리에 착착 진행 중입니다. 그보다 로마냐에 있는 친구들로부터 들은 소식인데…."

"당신의 친구들은 확실히 믿을 수 있는 사람들입니까?"

"물론입니다. 개인적으로도 잘 알고 있을뿐더러, 함께 일해본 적도 있으니까요."

"그렇다면 당신이 속해 있는 분파의 당원들이겠군요? 제가 의심한다고 해서 오해하지는 마세요. 비밀조직에서 얻은 정보에 대해서는 늘 의심을 품는 편이니까요. 제겐 습관처럼 되어…."

"제가 '분파'에 속해 있다고 누가 그럽디까?" 그녀의 말을 가로막으며 그가 날카롭게 물었다.

"얘기해준 사람은 없어요. 추측일 뿐이에요."

"아, 이런!" 그는 의자에 기대어 눈살을 찌푸린 채 그녀를 바라보았다. "당신은 언제나 남의 사생활을 추측해 보는 모양이군요."

"자주 그러는 편인 것 같군요. 제가 좀 조심성이 지나쳐서 그런지, 여러 가지를 함께 연결시켜 판단하는 버릇이 있거든요. 이런 말씀을 드리는 건, 제게 알리고 싶지 않은 이야기는 조심해 주십사 하는 뜻에서입니다."

"그 이상으로 퍼져나가지 않는다면, 당신이 알고 있어도 상관없습니다. 이걸 남에게 이야기…."

그녀가 약간 기분이 상한다는 듯이 고개를 들어올렸다. "그런 걱정은 하지 않으셔도 됩니다!"

"물론 당신이 외부사람에게 한 마디도 하지 않으리란 것은 잘 압니다. 하지만 당신 당원들에게는…."

"당의 사업은 사실에 근거하여 이루어지는 것이지, 제 개인적인 추측이나 공상에 근거하여 이루어지는 게 아닙니다. 물론 아무에게도 그 이야기를 해본 적도 없구요."

"고맙군요. 혹시 제가 어느 분파에 속해 있는지 추측해 본 적이 있나요?"

"제가 솔직히 말씀드린다고 해서 화내시면 안 됩니다. 이 이야기를 시작한 건 당신이니까요. 저로선 당신이 '단도파' 만은 제발 아니었으면 합니다만…."

"왜죠?"

"당신에겐 그보다 더 적합한 일이 있을 테니까요."

"물론, 우리 모두에게 우리가 지금 하고 있는 일보다 더 적합한 일은 있겠지요. 당신이 방금 말씀하신 대로…. 그러나 전 '단도파' 에 속해 있지는 않습니다. 제가 속해 있는 곳은 '붉은 띠단' 입니다. 훨씬 안정적이고 신중하게 일을 처리하는 조직이지요."

"암살도 말입니까?"

"그건 문제가 다르지요. 암살도 나름대로 대단히 유용합니다. 다만 그 뒤에 잘 조직된 선전이 뒷받침될 때만 그렇지요. 제가 다른 분파를 싫어하는 이유도 바로 이 점에 있어요. 그들은 단도가 모든 문제를 싹 쓸어버릴 수 있다고 봅니다. 하지만 그건 잘못된 생각이에요. 상당 부분은 쓸어버릴 수 있을지 몰라도 전부는 안 됩니다."

"진심으로 단도가 해결책이 되리라 생각하십니까?"

그는 놀랍다는 표정으로 그녀를 쳐다보았다.

"물론…." 그녀의 말이 이어졌다. "잠시 동안은 영악한 스파이나 반혁명적인 관리에 의해 자행되는 실제적인 어려움을 제거할 수는 있겠지요. 하지만 문제는 제거된 어려움의 자리에, 더 큰 어려움이 대신 생겨날지도 모른다는 점입니다. 깨끗하게 청소되고 잘 꾸며진 집에 오히려 악마가 들기 쉽다는 우화가 떠오르는군요. 거듭되는 암살 사건으로 인해 경찰은 더욱 악독해질 것이고, 대중들은 폭력과 무자비함에 대해 갈수록 무감각해질 겁니다. 그러다 보면 결국 상황은 훨씬 악화되는 거지요."

"혁명이 일어나면 어떻게 되리라 봅니까? 그때가 되면 대중이 폭력에 익숙해져 있어야 하지 않겠습니까? 전쟁은 전쟁이니까요."

"그렇겠지요. 하지만 전면적인 혁명은 또 다른 문제예요. 혁명은 대중의 삶에 있어서 하나의 전환점이며, 진보를 위해 우리가 치러야 할 값비싼 대가입니다. 무서운 일이 일어날 건 틀림없겠지요. 혁명이란 모두 그러하니까요. 그렇지만 그건 하나의 제한된 사례입니다. 예외적인 시기의 예외적인 현상일 뿐이지요. 무차별적인 암살이 가져오는 가장 끔찍한 위험은 그것이 하나의 습관처럼 되어 버린다는 사실이에요. 대중은 그것을 일상적인 사건으로 받아들이게 될 것이고, 인간생명의 존엄성에 대한 그들의 감각은 완전히 마비될 거예요. 저는 로마냐에서 오래 지내보지도 않았고, 그곳의 사람들을 많이 만나본 것도 아니지만, 제가 만나본 사람들에게서 받은 인상은 그들이 폭력을 무의식적이고 습관적으로 받아들이고 있다는 점이었습니다."

"무의식적이고 습관적으로 굴복하고 복종하는 것보다야 낫지 않겠습니까?"

"전 그렇게 생각하지 않아요. 그것이 어떤 형태의 것이든 무의식적인 습관은 모두가 해로운 노예근성의 산물이에요. 게다가 폭력에 대한 습관은 야만적이기까지 하죠. 물론 당신이 혁명사업을 정부로부터 일정한 양보를 얻어내는 것쯤으로 여긴다면, 비밀분파나 단도가 가장 좋은 무기처럼 보이겠지요. 어느 정부라도 그것 이상으로 두려워하는 건 없을 테니까요. 그러나 만약 당신이 저처럼 정권을 장악한다는 것이 목적 그 자체가 아니라 목적을 위한 수단에 불과하며, 우리가 진실로 원하는 것은 인간관계의 혁신이라는 점에 동의하신다면, 당신은 일하는 방법을 달리해야 할 거예요. 무지한 대중을 붉은 피에 익숙해지도록 하는 것은 결코 인류의 가치를 격상시키는 방법이라고는 할 수 없어요."

"종교에 부여된 가치는요?"

"그건 저도 잘 모르겠어요."

그는 빙긋 웃음 지었다.

"우린 해악의 근원이 어디에 있는가 하는 데에서 시각이 다른 것 같군요. 당신은 인간 생명의 존엄성에 대한 인식의 결핍에서 그 근원을 찾고 있어요."

"그것보다는 오히려 인격의 존엄성이란 편이 낫겠군요."

"당신 좋으실 대로…. 하지만 제 생각엔 우리의 이 모든 혼란과 오류들의 주된 원인은 종교라는 정신병에 있습니다."

"구체적으로 어느 한 종교를 지칭하시는 건가요?"

"아, 아닙니다! 특정한 종교란 걸으로 드러난 증상에 불과하죠. 제가 말하는 정신병이란 종교적 태도 그 자체를 가리키는 겁니다. 우상을 세우고 그것을 숭배하는 행위나, 무릎 꿇고 무언가를 향해 기도하는 행위는 병적인 욕구입니다. 그 대상이 예수든 부처든 그건 중요하지 않지요. 물론 당신은 동의하지 않을 테지요. 당신은 무신론자거나 불가지론자일지도 모릅니다. 하지만 나는 5야드 거리 밖에서도 당신이 지닌 종교적인 기질을 느낄 수 있습니다. 어쨌든, 종교에 대한 논의는 이 자리에서는 아무 소용이 없을 것 같군요. 다만, 내가 테러를 단순히 반동적 관료들을 없애버리는 수단으로만 여기고 있다고 당신이 생각하고 계신다면 그건 완전히 잘못입니다. 그건 결국 하나의 수단입니다. 그리고 제 생각으로는, 그것이야말로 사원의 권력을 해체시키고, 대중으로 하여금 성직자들을 또 다른 반사회적 기생충으로 간주하는데 익숙해지도록 만들기 위한 가장 훌륭한 수단입니다."

"당신이 그 목적을 달성하고 나서, 다시 말해 대중의 가슴 속에 잠들어 있는 야만성을 일깨워 교회를 공격하고 나서 그 다음엔…."

"그거면 살아온 보람이 될만한 일을 완수한 게 되겠지요."

"그것이 당신이 지난번에 말씀하셨던 과업이란 말인가요?"

"맞습니다. 바로 그것입니다."

그녀는 질린 표정으로 그를 외면해 버리고 말았다

"아니, 왜요, 실망하셨나요?" 그가 미소를 띤 채 그녀를 바라보며 물었다.

"아니에요. 실망했다기보다는, 난, 그저, 당신이 좀 무서워졌어요."

그녀는 잠시 후 평상시 업무를 논의할 때의 모습으로 되돌아가 말을 이었다.

"이건 전혀 무익한 토론이란 생각이 드는군요. 우리의 관점은 명확히 다릅니다. 전 오직 선전, 선전, 그리고 선전을 믿을 뿐입니다. 그리고 당신은 선전을 확보할 수 있을 때 봉기를 시작하는 것이 좋을 거예요."

"그렇다면 제 계획 문제로 다시 돌아가 봅시다. 제 계획은 선전과도 관계가 있고, 봉기와는 보다 밀접한 관계가 있으니까요."

"그래요?"

"말씀드렸다시피 수많은 지원자들이 로마냐를 떠나 베네치아로 모여들고 있습니다. 봉기가 언제 일어날지는 아무도 모릅니다. 올 가을이나 겨울은 되어야 할 테지요. 아펜니노에 있는 지원자들은 무장을 갖춰야 합니다. 그래야 동원될 싸움터로 즉각 출발할 수 있으니까요. 제가 맡고 있는 임무는 교황령 내로 총기와 탄약을 밀반입하는 것입니다."

"잠깐만요. 어떻게 해서 그들과 함께 일하게 되었지요? 롬바르디아와 베네치아의 혁명당원들은 신임 교황을 지지하고 있잖아요? 그들은 자유주의적인 개혁에 찬성하여 교회에서 벌이는 진보적인 운동과 발맞추고 있는데 말이에요. 당신처럼 비타협적으로 성직자를 혐오하는 사람이 어떻게 그들과 함께 일하게 되었죠?"

그는 어깨를 으쓱해 보이고는 입을 열었다. "그들이 자신들의 일만 제대로 수행해 준다면야, 설사 그들이 인형 놀이 같은 장난을 하더라도 그게 나와 무슨 상관이 있겠습니까? 물론 그들은 교황을 간판으로 내세울 겁니다. 어떻게든 봉기가 일어나기만 한다면 그런 것쯤이야 아무 문제가 안 됩니다. 쥐만 잘 잡는다면 어떤 고양이든 상관없지요. 대중을 떨쳐 일으켜 오스트리아와 맞서 싸우게만 한다면 어떤 함성이라도 괜찮습니다."

"그러면 제게 바라는 건 뭔가요?"

"저를 도와 총기를 건네주는 일입니다."

"하지만 어떻게 제가 그런 일을 할 수 있겠어요?"

"당신이야말로 이 일을 해낼 수 있는 적임자입니다. 영국에서 무기를 구입해 올 작정인데, 정작 그들에게 넘겨주는데 어려움이 많거든요. 교황령 내의 항구로 반입한다는 건 도저히 불가능하니까요. 그래서 토스카나를 거쳐 아펜니노 산맥을 넘는 수밖에 없습니다."

"그렇다면 국경을 한 번이 아니라 두 번 넘게 되는 셈이네요."

"그렇지요. 하지만 항구를 통하는 방법은 절대 불가능하니 어쩔 수가 없습니다. 평상시에도 무역 거래가 없는 항구를 통해 그토록 덩치가 큰 운송품을 밀반입한다는 건 말이 안 되죠. 치비타베키아[4]의 선적량은 기껏해야 보트 세 대와 활어선 한 대의 분량이거든요. 하지만 일단 토스카나로 들여오기만 하면 어떻게든 교황령 국경까진 운반할 수 있습니다. 제 부하들이 산길을 손금 보듯 훤히 알고 있고, 은닉처도 많이 있거든요. 다만 배편으로 토스카나의 리보르노까지

---

4) 이탈리아 중부의 항구도시.

238

운송하는 게 큰 골칫덩이입니다. 전 그곳의 밀수꾼들과는 손이 닿지 않거든요. 물론 당신은 손이 닿으리라고 봅니다만."

"5분만 생각할 여유를 주세요."

그녀는 앞으로 몸을 굽혀 무릎에 팔꿈치를 대고 턱을 받친 채 생각에 잠겼다. 얼마간 침묵이 흐르고 난 후, 그녀가 고개를 들었다.

"그 부분에서는 제가 도움이 될지도 모르겠군요. 하지만 이야기를 진척시키기 전에 미리 한 가지 다짐해 둘 게 있습니다. 이번 일이 어떤 종류의 작업이든 간에 암살이나 비밀스러운 폭력 행위와는 무관하다는 것을 약속해 주실 수 있겠습니까?"

"물론 그렇고말고요. 말할 필요도 없겠지만, 당신이 찬성하지 않을 일 같으면 애당초 당신에게 가담해 달라고 부탁하지도 않았을 겁니다."

"언제쯤 확답을 드리면 될까요?"

"시간은 별로 없지만 몇 일 정도는 기다릴 수 있습니다."

"이번 주 토요일 저녁에 시간이 되시나요?"

"가만 있자… 오늘이 목요일이니까, 예, 좋습니다."

"그럼 그날 여기로 와주세요. 좀 더 숙고해 본 다음 최종 답변을 드리겠습니다."

그 주의 일요일, 젬마는 마치니 당의 피렌체 지부위원회에 보고서를 제출했다. 그것은 특수한 정치적 과업을 수행하기 위하여, 지금까지 책임져 왔던 직무수행을 몇 달간 할 수 없게 되었다는 내용이었다.

젬마의 보고서에 놀라움을 감추지 못하는 이들도 몇 명 있었지만, 위원회는 아무런 반대의견도 제기하지 않았다. 그녀는 수년 동안 당내에서 정확한 판단력의 소유자로 알려져 왔기 때문에, 설사 그녀가 예기치 않은 뜻밖의 조처를 취한다 해도 그럴만한 충분한 이유가 있으려니 믿었던 것이다.

하지만 그녀는 마르티니에게만은 등에를 도와 '국경 작업'을 하게 되었노라고 사실대로 알려주었다. 부탁을 수락하면서, 등에와 그녀 사이에서 야기될 수 있는 불필요한 오해나 의심을 받지 않기 위해 절친한 친구에게만은 그 사실을 알려도 된다는 조건을 걸었던 것이다. 이러한 고백은 마르티니에 대한 그녀의 절대적인 신뢰를 증명해 주는 것이기도 했다. 젬마의 이야기를 듣고 나서 마르티니는 아무 말도 하지 않았다. 왠지 모르지만 그녀는 그가 그 일로 무척 기분이 상했다는 걸 느꼈다.

젬마의 집 테라스에 앉아 그들은 멀리 피에솔레의 빨간 지붕들을 바라보고 있었다. 오랫동안 무거운 침묵이 흘렀다. 마침내 자리에서 일어선 마르티니가 호주머니에 손을 찌른 채 이리저리 거닐면서 휘파람을 불기 시작했다. 휘파람소리는 그의 마음이 동요하고 있음을 단적으로 보여주는 확실한 증거였다.

"마르티니, 그 일 때문에 기분이 언짢은가 봐요? 그 일로 낙심하는 걸 보니 제 마음도 무겁군요. 하지만 난 내가 옳다고 생각한 대로 결정했을 뿐이에요."

"내가 그 일 때문에 이러는 줄 아오?" 그는 퉁명스럽게 대꾸했다. "난 그 일에 대해서 아는 바가 전혀 없소. 일단 당신이 뛰어들기로 결정한 이상 아마 옳은 판단일 거요. 내가 믿지 못하는 건 등에 바로 그 사람이오."

"그를 오해하고 있군요. 그에 대해 좀더 알게 되기 전까지는 나도 그랬죠. 그는 결코 완전한 사람은 아니지만, 당신이 생각하는 이상으로 좋은 점도 많은 분이에요"

"그럴지도 모르지." 잠시 왔다갔다 말없이 거닐던 그가 갑자기 그녀 곁에 우뚝 멈춰 섰다.

"젬마, 포기해 버려요! 늦기 전에 단념해 버려요! 나중에 후회하게 될 일로 질질 끌려 다녀선 안 된다구."

"마르티니," 그녀는 부드러운 어조로 말을 이었다. "지금 자신이 무슨 말을 하고 있는지 잘 모르는 것 같군요. 날 억지로 끌어들인 사람은 아무도 없어요. 곰곰이 생각해 보고 또 생각해 본 다음에 나름대로 결정을 내린 거예요. 당신이 리바레즈에 대해 반감을 품고 있다는 사실을 난 알고 있어요. 하지만 우리가 이야기하는 건 정치지 인물이 아니잖아요."

"젬마! 포기해야 돼! 그는 위험인물이야. 음흉하고 잔인하면서도 무절제한 사람이라구. 그는 당신에게 푹 빠져 있단 말이오!"

그녀가 멈칫 물러섰다.

"마르티니, 어떻게 그런 생각을?"

"그는 당신을 사랑하고 있소. 그와 관계를 끊어요, 젬마!"

"마르티니, 이제 와서 관계를 끊을 순 없어요. 이유는 묻지 말아요. 우린 이제 서로 묶여 있어요. 우리 자신이 그걸 바라서도 아니고 무슨 일을 해서도 아니에요."

"당신이 묶여 있다니 할 말이 없군." 마르티니의 표정은 젖은 솜처럼 피곤에 지친 모습이었다.

바쁘다는 핑계를 대고 밖으로 나온 마르티니는 몇 시간이나 진흙탕길을 이리저리 쏘다녔다. 그날 저녁은 왠지 세상이 어둡게만 느껴졌다. 하나밖에 없는 그의 소중한 사랑을 그 교활한 자가 끼어들어 훔쳐가 버린 것이다

10

 2월 중순 경, 등에는 리보르노에 갔다. 젬마가 그곳에 사는 한 젊은 영국인을 소개해 주었던 것이다. 그 영국인은 자유주의적 사상을 지닌 해운업자였는데, 볼라 부부가 영국에 있을 때부터 친하게 지내던 사람이었다. 그는 이전에도 몇 차례에 걸쳐 피렌체의 급진주의자들을 위해 일을 도왔다. 이를테면 예기치 못한 비상사태에 대처하도록 돈을 빌려주기도 했고, 당의 편지연락을 위해 자기 사무실 주소를 빌려 쓰도록 주선해 주기도 했다. 그러나 그런 일들은 언제나 젬마의 중개를 통해서 이루어졌다. 그래서 그녀는 당의 예법에 따라 자기 생각에 타당한 일이라면 어떤 일이든지 연고관계를 자유로이 이용할 수 있었다. 그러나 이번의 경우는 달랐다. 이용할 수 있느냐의 여부가 충분히 문제가 될 소지를 안고 있었기 때문이다. 절친한 동조자에게 시칠리아에서 부쳐오는 편지에 그의 주소를 사용할 수 있게 해달라고 부탁하는 경우나, 그의 회계사무소의 금고 안에 서류 몇 부를 보관해 놓는 일 따위는 봉기에 쓰일 총기를 몰래 반입해 달라고 부탁하는 것과는 엄청나게 다른 문제였던 것이다. 그녀는 그가 허락해 줄 가능성이 희박하다고 보고 있었다.

"어떻든 한 번 이야기라도 해보세요." 그녀는 등에에게 말했다. "하지만 결과가 좋을 것 같지는 않군요. 소개장을 가지고 가서 500스쿠도[1] 정도의 돈을 빌려달라는 요청쯤이라면 금방 들어줄 거예요. 아주 관대한 사람이거든요. 위급한 경우에는 자기 여권을 빌려주던지, 아니면 지하실에 은신처라도 마련해 줄 수 있겠지요. 하지만 이번 경우처럼 총기 밀반입 건을 이야기한다면, 당신을 멍하니 쳐다보면서 우리 두 사람 모두 제 정신이 아니라고 생각할지도 몰라요."

"그래도 몇 가지 도움이 될만한 정보를 준다던가, 아니면 친한 뱃사람이라도 한두 명 소개해 줄지도 모르지요. 어떻든 한 번 만나볼 만하군요."

그 달 말께의 어느 날, 평소보다 단정치 못한 옷차림으로 등에가 그녀의 서재에 들어섰다. 그의 표정에서 좋은 소식을 가져왔다는 것을 한 눈에 알아볼 수 있었다.

"어머, 마침내 돌아오셨군요! 당신한테 무슨 일이 생긴 게 분명하다고 막 생각하던 참이었어요."

"편지를 띄우지 않는 게 더 안전할 것 같아 쓰지 않았어요. 게다가 더 일찍 돌아올 수도 없었고…."

"방금 도착하신 거예요?"

"그래요. 도착하자마자 서둘러 곧장 온 겁니다. 모든 게 잘 해결되었다는 소식을 알려주려고 잠시 들렀습니다."

"베일리가 도와주기로 승낙했단 말이지요?"

"도와주다 뿐입니까! 일 전체를 도맡아주기로 했어요. 포장이며 운송 등등을 몽땅 말입니다. 소총은 기계 짐짝 속에 숨겨 가지고 영국에서 직송하겠답니다.

---

[1] 19세기까지 사용된 이탈리아의 은화 단위.

그의 절친한 친구이자 동업자인 윌리엄스란 사람이 사우샘프턴[2]에서 출항하기까지 돌봐주기로 약속했고, 베일리는 리보르노 세관을 무사히 통과할 수 있도록 힘쓰겠다고 했습니다. 그런 저런 일로 이렇게 늦어지고 말았습니다. 윌리엄스는 이제 막 사우샘프턴을 향해 가고 있을 겁니다. 제노바까지 그 친구와 동행을 했죠."

"그럼 도중에 계획의 세부 사항들에 대해서도 이야기를 나누셨겠군요?"

"그랬죠. 배 멀미 때문에 도저히 아무것도 말할 수 없을 지경이 되기 전까지는 말입니다."

"배 멀미를 심하게 하시는 모양이군요?" 그녀는 아버지와 함께 유람여행을 떠났던 어느 날, 아서가 배 멀미를 심하게 했던 사실을 떠올리면서 물어보았다.

"심하게 하는 편이지요. 그렇게 많이 배를 타봤는데도 그렇군요. 그 친구와는 제노바에서 짐을 싣는 동안에 이야기를 나누었지요. 그리고 보니 당신도 윌리엄스를 아시죠? 믿음직스럽고 사리에 밝은 것이 아주 멋진 친구던데요. 그 점에 있어서는 베일리도 마찬가지더군요. 두 사람 다 입이 무겁구요."

"하지만 우리 일을 도와줄 경우 베일리는 상당한 위험을 감수해야 할 거예요."

"저도 그렇게 말했지요. 그랬더니 그가 무뚝뚝하게 이렇게 대꾸하더군요. '그건 당신이 알 바 아니오.' 그 친구다운 대답이죠. 만약 통북투[3]에서 베일리를 만나면 함부로 반가운 척 해서는 안 되고 그저 다가가 '안녕하시오, 영국 양반' 하고 인사해야 할 겁니다."

"그런데 어떻게 해서 그 두 사람의 승낙을 얻어냈는지 모를 일이군요. 윌리엄

---

[2] 영국의 항구도시.
[3] 서아프리카 말리의 도시. 사막을 통한 교역의 중심지이자, 이슬람 문화의 중심지이기도 한 역사적인 도시이다.

스까지 말이에요. 전 꿈에도 생각해 보지 못한 사람이었는데."

"아, 그도 처음엔 강력하게 반대하더군요. 위험하기 때문이 아니라 그 일이 너무나 비조직적이라는 것 때문이었습니다. 설득하느라 한참 애 먹었지요. 자, 이제 세세하게 검토해 봅시다."

등에가 집에 도착했을 때는 해가 이미 저문 뒤였다. 정원 담 위에 피어있는 동백꽃이 저물녘의 황혼 속에 희미하게 빛나고 있었다. 그는 동백꽃 가지를 몇 개 꺾어 집안으로 가지고 들어갔다. 서재 방문을 열자 구석의 의자에 앉아 있던 지타가 깜짝 놀라 그에게 달려왔다.

"어머, 펠리체! 영영 안 오시는 줄 알았어요!"

그는 서재에서 무얼 하고 있었느냐고 묻고 싶은 충동이 울컥 일었다. 그러나 3주 동안이나 그녀와 떨어져 있었다는 사실을 떠올리곤 손을 내밀면서 약간 냉담한 어조로 말을 건넸다.

"잘 지냈소, 지타?"

그녀가 입맞춤을 받기 위해 얼굴을 가까이 들이댔지만, 그는 미처 못 본 것처럼 그녀를 지나쳐서는 꽃가지를 담기 위해 물병을 집어 들었다. 그 순간 방문이 활짝 열리더니 개가 쏜살같이 달려 들어와 열광적인 기쁨을 표시하는 듯 그를 향해 깡충깡충 뛰어오르고 주위를 돌며 짖어댔다. 그는 꽃가지를 내려놓고 허리를 굽혀 개를 쓰다듬었다.

"그래 샤이탄, 잘 지냈니? 나야, 나. 자, 악수하자. 오호, 착하지!"

지타의 표정이 시무룩하게 굳어졌다.

"함께 식사하러 가요." 그녀가 냉랭하게 입을 열었다. "제 식탁에 상을 봐놓았어요. 오늘 저녁에 돌아오시겠다고 써놓으셨더군요."

그러자 그가 재빨리 태도를 바꾸었다.

"이거 참 미, 미안하군. 기다릴 필요는 어, 없었는데! 난 이제 막 기분이 괜찮아졌소. 이, 이 꽃을 물병에 좀 꽂아 주겠소?"

그가 지타의 식당으로 들어갔을 때 그녀는 거울 앞에 서서 자기 옷에 동백꽃을 꽂고 있었다. 그녀는 명랑하게 보이려고 마음먹은 듯했다. 그녀가 새빨간 꽃송이를 들고 그에게 다가갔다.

"당신 주려고 꽃송이 장식을 만들었어요. 외투에다 달아 드릴게요."

저녁을 먹는 동안 그는 그녀에게 상냥하게 대하려고 애썼으며, 이야기가 끊이지 않도록 이런저런 이야기를 계속했다. 그녀는 환한 웃음으로 응답했다. 자신이 돌아온 걸 그렇게도 기뻐하는 그녀의 모습을 보자 그는 약간 당혹스러움을 느꼈다. 그는 그녀가 그의 삶과는 동떨어진 채 친구들 속에서 살아왔다는 생각에 익숙해진 탓으로, 자기를 그리워하리라고는 꿈에도 생각지 못했던 것이다. 친구들과 신나게 떠들고 즐기는 일도 이젠 얼마간 싫증이 난 게 분명했다.

"테라스로 나가 커피 한 잔 해요. 오늘 저녁은 무척 따스해요."

"그렇게 합시다. 당신 기타를 가져가도록 하지. 당신은 노래를 부르고 말이야."

그녀의 얼굴은 기쁨으로 발갛게 상기되었다. 그는 음악을 무척 싫어한 탓에, 그녀에게 노래를 불러달라고 부탁한 적이 거의 없었기 때문이었다.

테라스에는 벽을 따라 넓은 나무벤치가 있었다. 등에는 언덕 경치가 눈에 잘 들어오는 구석 자리를 택해 앉았다. 지타는 벤치 위에 발을 얹고 낮은 담 위에 걸터앉아 등을 지붕 위에 기댔다. 그녀에게 멋진 경치 따위가 눈에 들어올 리 만무했다. 차라리 그녀는 등에를 바라보고 싶어했다.

"담배 한 대 주실래요? 당신이 떠나간 후론 담배 피우고 싶은 생각도 싹 가셨었어요."

"좋은 생각이야! 난 와, 완전한 행복감을 만끽하고 싶을 때 담배를 피우지."

그녀는 몸을 앞쪽으로 기울이며 열정에 찬 시선으로 그를 바라보았다.

"정말 행복하세요?"

등에의 눈썹이 치켜 올라갔다.

"그럼, 두말 하면 잔소리지. 왜 행복하지 않겠소. 저, 저녁도 맛있게 먹었겠다, 유럽에서 보기 드문 멋진 경치를 구경하고 있겠다, 게다가 이젠 커피까지 마시며 헝가리 민요를 들을 참인데. 양심에 찔릴 일도, 소화가 안 될 것도 없는데…, 더 이상 뭘 바라겠소?"

"당신이 바라고 있는 게 또 뭔지 전 알아요."

"뭔데?"

"이거예요!" 그녀는 그의 손에 조그마한 마분지 상자를 건네주었다.

"구, 구운 아, 아몬드로구먼! 아, 담배 피우기 전에 왜 말하지 않았소?" 책망하듯 그가 말했다.

"아이! 담배를 피우고 나서 드시면 되잖아요. 커피가 오네요."

등에는 커피를 한 모금 마시고 나서, 고양이가 크림을 핥듯이 아몬드의 단맛을 즐겼다.

"리보르노에서 벼, 변변찮은 커피로 겨우 때우다, 이렇게 집에서 제, 제대로 된 커피를 마시게 되니 정말 좋군!"

"이젠 집에 가만히 머물러 계실만한 충분한 구실거리가 생긴 셈이죠?"

"날 붙잡진 마오. 내일 다시 나가봐야 하니까."

그녀의 얼굴에서 미소가 사라졌다.

"내일이요! 무엇하러? 대체 어딜 가시는 거예요?"

"응, 두어 군데. 사업차 가는 거요."

총기 운반 건에 관하여 국경지대의 밀수꾼들과 의논하기 위해 그가 직접 아펜니노 산맥에 가보기로 젬마와 결정을 보았던 것이다. 교황령 국경을 넘는 것은 상당한 위험을 감수해야만 하는 일이었다. 그러나 일을 성공리에 수행하려면 반드시 해두어야 할 일이었다.

"밤낮 사업, 사업…!" 지타는 작은 목소리로 종알대다가 큰소리로 물었다.

"오래 걸리나요?"

"아냐, 한 2, 3주일 정도."

"그 일 때문이죠?" 그녀가 불쑥 물었다.

"그 일이라니?"

"당신이 언제나 목숨을 내걸고 하는 일 말예요. 그 끝도 없는 정치운동…."

"물론 저, 정치와 관계된 일이지."

지타가 피우던 담배를 내동댕이쳤다.

"당신은 절 놀리고 있어요. 위험한 곳에 가시는 거잖아요!"

"그, 그렇소. 난 지옥으로 직행하는 거요." 그가 권태로운 듯 말을 이었다. "당신 호, 혹시 지옥에 그 담쟁이덩굴을 보낼 친구라도 있는 거요? 그, 그걸 그렇게 잡아뜯어 뭘 하겠다는 거지?"

그녀는 담장에 휘감겨 있는 담쟁이덩굴을 맹렬하게 한 줌 잡아채더니 내팽개쳤다.

"당신은 위험한 곳에 가면서도 내게 솔직한 말 한 마디 없어요! 저는 늘 당신의 어리석은 놀림감 밖에 안 되는 건가요? 당신은 언젠가 교수형에 처해지겠지요, 안녕이란 인사 한 마디도 없이…. 그저 정치, 정치운동… 이젠 정치라면 신물이 나요!"

"그건 나, 나도 마찬가지요." 느릿느릿 하품을 하며 그가 대꾸했다. "노래를 부르지 않겠다면 다른 이야길 합시다."

"좋아요. 기타 이리 주세요. 무슨 노랠 불러드릴까요?"

"'잃어버린 말'이 좋겠지. 당신 목소리에 아주 잘 어울리지 않소?"

그녀는 헝가리의 옛 민요를 부르기 시작했다. 처음엔 말을, 나중엔 집을, 마침내는 연인마저 잃어버리고 '모하즈 평원에서는 이보다 더 많이 잃어버렸지' 하고 자위하는 한 남자를 그린 내용이었다. 이 민요는 등에가 무척 좋아하는 노래 중에 하나였다. 그 격렬하면서도 비장한 곡조와 후렴구의 쓰디쓴 금욕주의적인 색채가 그 어떤 달콤한 음악보다 더 절실하게 가슴에 와 닿았던 것이다.

지타는 빼어난 목소리를 지니고 있었다. 그녀의 입술에서 나오는 음색은 힘차면서도 해맑았으며 강렬한 생기로 가득 차 있었다. 그녀는 이탈리아나 슬라브 음악에는 신통치 않았으며, 독일음악에는 더욱 서툴렀다. 하지만 헝가리 민요만큼은 기가 막히도록 잘 불렀다.

등에는 눈을 크게 뜨고 입을 벌린 채 그녀의 노래에 귀 기울였다. 이전에는 그녀가 이처럼 열창하는 것을 한 번도 들어본 적이 없었던 것 같았다. 마지막 소절에 이르러 그녀의 목소리가 갑자기 떨려나오기 시작했다.

아! 아무래도 좋아라! 모하즈 평원에서는….

흐느끼듯 노래를 끝마친 그녀는 담쟁이덩굴 잎사귀에 얼굴을 묻었다

"지타?" 자리에서 일어선 등에가 그녀의 손에서 기타를 받아 줘었다. "왜 그래?"

그녀는 두 손에 얼굴을 묻은 채 어깨를 들먹이며 흐느낄 뿐이었다. 그는 그녀

의 팔을 가만 붙잡았다.

"무슨 일인지 말해줄 수 있겠소?" 그가 달래듯이 그녀에게 캐물었다.

"혼자 있게 해주세요!" 그녀는 몸을 움츠리며 흐느꼈다. "절 혼자 있게 해달란 말이에요!"

그는 자리로 되돌아가 그녀가 흐느낌을 그칠 때까지 기다렸다. 갑자기 그녀의 팔이 목덜미에 닿음을 느꼈다. 그녀가 그의 옆 마루바닥에 무릎을 꿇은 채 앉아있었다.

"펠리체, 가지 마세요! 제발 가지 마세요!"

"나중에 이야기하기로 합시다." 그는 그녀의 팔을 뿌리치면서 다정하게 말을 건넸다. "우선 무엇 때문에 그렇게 흐느껴 울었는지 말해 봐요. 놀랄 만한 일이라도 있었소?"

그녀는 말없이 고개를 기로 지었다.

"내가 당신 마음을 상하게라도 했나?"

"아니요." 그의 손이 그녀의 목덜미를 어루만졌다.

"그럼 왜?"

"당신이 죽을 것만 같아서…." 가까스로 속삭임이 이어졌다. "이곳에 찾아온 어떤 사람한테서 며칠 전 당신이 위험한 일을 하고 있다는 말을 들었어요. 그래서 당신에게 물어보았지만, 당신은 절 비웃기만 하셨어요!"

"이런 맹꽁이 같은 아가씨하곤." 그는 그녀의 말에 깜짝 놀라 잠시 숨을 몰아쉬고 나서 말을 이었다. "당신이 제멋대로 과장해서 생각한 거요. 물론 나도 언젠가는 처형당할 테지. 그게 혁명가의 자연스러운 운명 아니겠소? 하지만 내가 지, 지금 당장 죽음의 길로 떠난다고 생각할 이유는 조금도 없소. 지금의 내가 다른 사람들보다 더 위험한 처지에 있는 건 아니니 말이오."

"다른 사람들이라구요…? 다른 사람들이 제게 무슨 의미가 있겠어요? 당신이 진정 절 사랑하신다면 여태까지 당신이 체포된 건 아닐까 속을 태우거나, 잠들 적마다 당신이 죽는 꿈을 꾸며 밤잠을 설치도록 저를 내버려 두진 않았을 거예요. 당신은 저기 있는 저 개만큼도 제겐 관심이 없어요!"

자리에서 일어선 등에가 테라스의 다른 한 쪽으로 걸어갔다. 그는 이런 상황을 꿈에도 생각해 보지 못했던 터라, 뭐라 대답해야 할지 난감했다. 그래 젬마 말이 옳아. 그는 자신의 삶을 스스로의 힘으로는 풀기 힘들만큼 얽히고설킨 상황으로 이끌어 왔던 것이다.

"앉아서 조용히 이야기해 봅시다." 잠시 후 자리로 돌아온 그가 입을 열었다. "우린 서로 오해하고 있소. 물론 당신이 진지한 태도를 보였을 때 당신을 비웃지 말았어야 마땅하오. 그 점에 대해선 사과하겠소. 당신을 괴롭히고 있는 것이 무엇인지 명확히 말해 봐요. 그래야 오해가 있다면 깨끗이 풀릴 게 아니겠소?"

"깨끗이 풀고 말고 할 것도 없어요. 전 당신이 저에게 아무런 관심도 없다는 걸 잘 알고 있어요."

"지타, 우리 솔직하게 털어놓읍시다. 난 언제나 우리 관계에 대해 정직해지려고 애써 왔소. 그리고 난 결코 당신을 기만하려 한 적이 없소."

"그래, 맞아요! 당신은 너무도 정직했어요. 나를 창녀가 아닌 다른 사람으로 생각하는 척조차 하지 않을 정도로! 당신은 나를 수많은 사람들이 달고 다니는 겉만 번지르르한 장신구쯤으로 생각하시지요?"

"그만, 지타! 난 어떤 사람도 그런 식으로 생각해 본 적은 없소."

"당신은 날 사랑한 적이 없어요." 그녀는 시무룩하게 대꾸했다.

"그렇소. 난 당신을 사랑하지 않소. 내 말 잘 들어봐요. 날 나쁘게 생각하진 말아요."

"당신을 나쁘게 생각한다고요? 누가 그런 말을? 전…."

"잠깐, 그게 바로 내가 하고 싶은 말이오. 난 상투적인 도덕률 따윈 아예 믿지도 존중하지도 않아요. 내게 있어서 남녀의 관계란 단지 개인적인 좋고 싫음의 문제일 따름이오."

"거기에다 돈도 문제가 되겠지요." 그녀의 비아냥거리는 듯한 웃음소리가 귀에 거슬렸다. 그는 주춤하여 잠깐 망설였다.

"물론 그건 문제의 추한 부분이긴 하오. 하지만 내 말을 믿어주시오. 당신이 싫어하거나 그것에 대해 불쾌하게 여긴다고 생각했다면, 난 그걸 제의한다거나 설득해서 당신의 지위를 이용하려 마음먹지도 않았을 것이오. 이제껏 살아오면서 그따위 짓은 해본 일이 없소. 난 한 여성을 어떻게 생각하는가에 대해 거짓말을 해본 일이란 없단 말이오. 내가 사실대로 이야기하고 있다는 걸 믿어주기 바라오."

잠시 말을 멈추었으나 그녀는 아무 대답이 없었다.

"내 생각에는…." 그가 다시 말을 이었다. "외로이 사는 한 남자가 자기 주위에… 여자가 있어야 할 필요성을 느낀다면, 그리고 자기도 마음에 들고 또 자기를 싫어하지도 않는 한 여자를 알게 된다면, 그에게는 굳이 보다 긴밀한 관계로 빠지지 않더라도, 그 여자가 자기에게 기꺼이 주고자 하는 호의를 감사와 우호의 정신으로 받아들일 권리가 있소. 두 사람 사이에 불공정함, 또는 모욕이나 기만 따위만 없다면 그건 아무런 해도 끼치지 않을 것이오. 나를 만나기 전에 당신이 다른 남자들과 관계를 맺어온 것에 대해서는 생각할 필요도 없소. 난 그저 그 관계가 두 사람 모두에게 즐겁고 유익하면 된다는, 그래서 넌더리가 나면 언제든지 헤어질 수 있다는 것만을 생각할 뿐이오. 그런데 이 생각이 잘못된 거라면, 또는 당신이 이제 그렇게 생각하지 않는다면…."

그가 잠시 하던 말을 멈추었다.

"그렇다면?" 그녀는 쳐다보지도 않은 채 중얼거렸다.

"그렇다면 내가 잘못한 것이오. 미안하오, 난 그러고 싶지는 않았는데…."

"당신은 '그러고 싶지 않았다' 느니, '내 생각' 이라느니 하는 말씀만 하시는 군요…. 펠리체, 당신은 강철로 만든 인간인가요? 제가 당신을 사랑하고 있다는 것조차 눈치 채지 못한 걸 보면, 살아오면서 한 번도 여자를 사랑해 본 적이 없었던 모양이지요?"

갑작스러운 전율이 그의 온몸 구석구석으로 퍼져 나갔다. 누군가로부터 그를 '사랑한다' 는 말을 들어본 지가 너무도 오래된 듯했다. 그녀가 벌떡 일어서더니 그를 얼싸안았다.

"펠리체! 저와 함께 떠나요! 이 지긋지긋한 나라, 모든 사람들, 그리고 빌어먹을 정치로부터 멀리 멀리 떠나 버려요! 우리가 저들과 무슨 상관이 있어요? 이곳만 떠나면 우린 함께 행복하게 살 수 있어요. 남미로 가요, 당신이 한때 살았던 그곳으로…."

그곳에서 당했던 육체적인 공포가 머리 속에 떠오르자, 그는 퍼뜩 자제심을 되찾았다. 그는 목을 휘감은 그녀의 두 손을 풀어 꼭 움켜쥐었다.

"지타! 이제 내가 당신에게 하는 말을 잘 이해해 주기 바라오. 난 당신을 사랑하고 있지 않소. 설사 사랑한다 하더라도 당신과 함께 떠날 수는 없소. 내겐 이탈리아에서 해야 할 일이 있소. 동지들은…."

"저보다 더 사랑하는 사람이 있단 말이지요!" 그녀는 미친 듯이 외쳤다. "아, 당신을 죽여 버리고 싶군요! 당신의 마음을 사로잡고 있는 건 당신 동지가 아니에요. 그 사람이 누군지 전 알아요!"

"그만! 당신은 너무 흥분해 있어요. 당신 마음 내키는 대로 사실도 아닌 것을 상상하고 있을 뿐이야."

"제가 볼라 부인을 이야기할 거라고 짐작하신 모양이군요? 나도 바보 멍텅구리가 아니란 말이에요! 당신은 그 여자와는 그저 정치운동 얘기만 할 뿐이에요. 당신은 제게 대하듯 그 여자에게도 마찬가지예요. 당신의 마음을 사로잡고 있는 사람은 바로 추기경이에요!"

등에는 마치 총에라도 맞은 듯 소스라쳐 놀랐다.

"추기경?" 그는 기계적으로 되물었다.

"몬타넬리 추기경 말이에요. 지난 가을에 여기 와서 설교도 하고 그랬잖아요. 그분의 마차가 지나갈 때 제가 당신의 표정을 읽지 못했다고 생각하세요? 당신은 새하얗게 질린 표정이었어요. 그분 이름을 대니까 사시나무처럼 몸을 떨고 있잖아요."

그는 자리에서 벌떡 일어섰다.

"당신은 자기가 지껄이고 있는 말의 의미를 몰라." 그는 천천히 그리고 부드럽게 말을 이었다. "난 추기경을 증오하오. 그자는 가장 악랄한 적이오."

"적이든 아니든, 당신은 이 세상에서 그 누구보다도 그분을 사랑하고 있어요. 제 말이 거짓이라면 제 얼굴을 똑바로 쳐다보고 아니라고 말씀해 보세요."

그는 몸을 돌려 정원을 내다보았다. 그녀는 자신이 지껄인 말에 스스로 겁을 먹었는지 힐끗 그를 쳐다보았다. 그의 침묵에서 무언가 알 수 없는 두려움을 느꼈던 것이다. 마침내 그녀가 그에게 살그머니 다가가 겁먹은 아이처럼 머뭇머뭇 그의 소매를 잡아당겼다. 그가 고개를 돌리며 입을 열었다.

"당신 말이 옳소."

11

"하, 하지만… 브리시겔라는 너무 위험하단 말야, 내겐."
"로마냐 어느 구석인들 자네에게 위험하지 않은 곳이 있겠나. 그렇지만 지금 만큼은 다른 어느 곳보다도 브리시겔라가 더 안전할걸?"
"아니 왜?"
"잠깐, 조금 있다 얘기하지. 저기 저 파란 옷을 입은 녀석을 조심하게. 위험한 녀석이야…. 아, 정말 지독한 폭풍이었지. 포도나무가 이렇게 엉망이 되긴 내 평생 처음인 것 같아."
그러자 등에는 피곤에 지치고 술에 취한 양, 테이블 위로 팔을 뻗은 채 얼굴을 묻었다. 파란 옷을 입은 자가 주점 안을 재빠르게 훑어보았다. 술 한 병을 놓고 농사 이야기를 나누고 있는 농부가 둘, 테이블 위에 머리를 처박고 꾸벅꾸벅 졸고 있는 산지인이 한 명 보일 뿐이었다. 마라디[1] 같은 조그마한 시골에서 흔히 볼 수 있는 평범한 정경이었다. 벌컥벌컥 술을 들이키더니 바깥방으로 어슬렁

---
[1] 이탈리아 토스카나 지방 볼로냐 남동부에 위치한 도시.

어슬렁 들어가는 걸로 보아, 엿듣고 있어봐야 별 볼 일 없을 거라고 짐작한 모양이었다. 그는 바깥 방 카운터에 기대서 집주인과 잡담을 나누며, 열려 있는 방을 통해 세 사람이 앉아 있는 방구석을 간간히 흘끔흘끔 쳐다보았다. 농부 두 명은 술을 홀짝거리며 사투리로 날씨 이야기를 하고 있었고, 등에는 잠이 깊이 든 사람처럼 코를 골고 있었다.

마침내 스파이는 더 이상 주점에서 시간을 허비할 필요가 없다고 마음먹은 듯했다. 그는 계산을 치르고 주점을 나서더니, 한가롭게 좁다란 길을 따라 내려가기 시작했다. 등에가 하품을 해대며 기지개를 쭉 펴더니, 몸을 일으켜 졸린 눈을 옷소매로 쓱쓱 문질렀다.

"정말 지독한 녀석들이군." 호주머니에서 접이칼을 꺼내 테이블 위의 빵을 자르면서 그가 입을 열었다. "요즘 저 녀석들 때문에 애 깨나 먹겠군, 미셸."

"한여름 모기떼보다도 더 지긋지긋한 놈들이야. 한시도 마음 편할 날이 없다니까. 어딜 가든지 스파이 놈들이 어슬렁거리니 말이야. 옛날만 해도 산에서는 감히 꼼짝도 못했는데, 이젠 그곳에까지 기어 올라와서는 서너 놈씩 떼 지어 다니니. 안 그런가, 지노? 그래서 자네가 시내에서 도메니치노를 만나도록 일부러 계획을 변경한 거라네."

"알겠어. 그런데 브리시겔라가 왜 안전하다는 거지? 국경도시에는 으레 스파이들이 득시글거릴 텐데."

"브리시겔라는 이제 제법 큰 도시야. 지금은 전국 각지에서 몰려든 순례자로 북적대고 있다네."

"하지만 교통이 편한 곳은 아니잖아?"

"로마로 가는 길과도 그리 멀지 않아. 그래서 엄청나게 많은 부활절 순례자들이 그곳으로 미사를 드리러 가고 있다네."

"그렇다면 브리시겔라에 트, 특별한 무슨 일이라도 있단 말인가?"

"추기경이 와 있지. 작년 12월에 설교 차 피렌체에 갔던 일이 기억나지 않나? 바로 그 몬타넬리 추기경 말이야. 평판이 대단히 좋던걸."

"미리 말해두지만 난 설교 따위 들을 생각은 추호도 없어."

"그건 좋아. 어쨌든 그는 성인聖人이란 명망을 얻고 있네."

"도대체 어떻게 하기에?"

"나도 모르겠어. 아마 아무런 수입도 챙기지 않고 1년에 겨우 사오백 스쿠디로 교구의 평범한 사제처럼 검소하게 지내는 것 때문이 아닌가 싶네만."

"아, 그 양반 말이야?" 지노라고 불리는 사내가 끼어들었다. "그 이상이지. 돈에 관심이 없는 것뿐만이 아냐. 가난한 자를 보살피고 병든 자를 치료해 주면서, 아침 일찍부터 저녁 늦게까지 온갖 불평불만을 다 들어준다던데. 난 자네 못지않게 사제라면 이가 갈리지만, 몬타넬리 추기경만은 달라도 한참 다르지."

"아하, 그렇다면 그는 강도라기보다는 멍청이로군!" 미셸이 대꾸했다. "어쨌든 사람들은 그에게 홀딱 빠져 있다네. 순례자들이 일부러 길을 멀리 돌아오면서까지 그의 축복을 받으러 찾아오는 건 결코 일시적인 변덕때문은 아니야. 도메니치노는 아예 십자가랑 묵주를 파는 행상으로 변장했지. 사람들은 그런 걸 사 가지고 추기경이 그걸 만져주기를 청하거든. 그리고는 자기 아이들의 목에 걸어주는데 그것이 재앙을 막아준다고 믿는 거야."

"잠깐만. 그런데 내가 어떻게 순례자로 꾸미고 간단 말이야? 그 변장이 내게 어울리는 건 사, 사실이지만… 또, 똑같은 모습으로 브리시겔라에 모습을 나타냈다가 붙잡히기라도 하는 날에는 자네들에게 불리한 증거가 될 텐데."

"붙잡히지는 않을 거야. 자네를 멋지게 변장시킬 만반의 준비가 되어 있네. 통행증, 또 기타 모든 게 완벽하지."

"누구로 변장하는 거지?"

"나이 든 에스파냐 순례자가 어때? 자네는 시에라 산맥을 넘어온 참회하는 산적이 되는 거야. 이 산적이 작년 앙코나[2]에서 병이 들었을 때 우리 동료 중의 한 사람이 자비심을 베풀었지. 배에 태워서 자기 친구들이 있다는 베네치아까지 태워다준 일이 있었단 말야. 그때 감사의 표시로 우리에게 자기 신분증을 내놓고 갔어. 자네에게 안성맞춤일 거야."

"참회하는 사, 산적? 그러다가 겨, 경찰에서 알면 어떻게 하려구?"

"아, 그건 걱정 마! 몇 년 전에 형기를 다 마쳤거든. 그 뒤로는 자기 영혼을 구제한답시고 예루살렘 같은 데로 떠돌아다니고 있지. 그 친구는 다른 사람을 죽이려다가 실수로 자기 아들을 죽였는데, 그 직후 양심의 가책을 받아 경찰에 자수했다고 하더군."

"꽤 나이가 들었겠는데?"

"그렇지. 하지만 흰 수염에 가발을 쓰면 될 거야. 그렇게 하면 인상착의서와 빈틈없이 딱 들어맞을 걸. 그 친구 예전엔 군인이었지. 자네처럼 다리를 저는 데다, 또 얼굴엔 칼에 찔린 흉터가 있다네. 게다가 에스파냐인이야. 에스파냐 순례자들을 만나더라도, 에스파냐어라면 자네도 잘 할 수 있지 않겠나?"

"도메니치노를 만날 곳이 어디야?"

"지도에 표시해 둔 사거리에서 순례자들과 합류하게. 그들에게는 산에서 길을 잃었노라고 둘러대면 될 거야. 그러고 나서 시내로 들어서면 추기경의 관저 앞에 있는 시장까지 순례자들을 따라가게."

"아니, 성인으로 추앙받는 자가 관저에서 기거한단 말이야?"

"추기경은 관저 한쪽 구석에서 살고, 건물의 나머지는 병원으로 쓰고 있다네.

---

[2] 이탈리아 중부의 도시.

어쨌든 그곳에서 추기경이 나와 축복기도를 해줄 때까지 기다리게. 그러면 도메니치노가 바구니를 들고 올라오면서 자네에게 '순례자이십니까?' 하고 물을 거야. 그러면 자네도 '불쌍한 죄인입니다' 라고 하게. 그가 바구니를 내려놓고 옷소매로 얼굴을 훔치면, 그에게 묵주 값으로 6솔디[3]를 건네주게."

"그러면 우리가 회합할 만한 곳을 알려준단 말이지?"

"그렇지. 사람들이 몬타넬리 추기경에게 넋을 잃고 있는 동안이라면 만날 장소를 알려줄 시간은 충분할 거야. 이게 우리의 접선계획이라네. 자네 마음에 들지 않는다면 도메니치노에게 다른 방도를 취하도록 할 수도 있겠지."

"아냐, 그 정도면 충분하네. 수염과 가발이 그럴 듯하게 보이는지 봐주기나 하게."

"순례자이십니까?"

추기경 관저의 계단에 앉아 있는 등에는 덥수룩한 머리카락 사이로 상대방을 올려다보며, 강한 외국인의 억양이 느껴지는 거칠고 떨리는 음성으로 약속된 말을 주고받았다. 도메니치노는 어깨 위의 가죽끈을 풀어 허울뿐인 신앙심으로 가득 찬 바구니를 계단에 내려놓았다.

계단 위에 앉아 있거나 시장을 어슬렁거리고 있는 농부와 순례자들 중 그들 두 사람을 눈여겨보는 자는 아무도 없었다. 그러나 만일의 사태에 대비하여 그들은 계속 이런저런 이야기를 주고받았다. 도메니치노는 사투리를 썼고, 등에는 에스파냐어가 드문드문 섞인 엉터리 이탈리아어로 대꾸하고 있었다.

"추기경! 추기경님이 나오신다!" 문가에 있던 사람들이 소리쳤다. "한쪽으로 비켜서시오! 추기경님이 나오십니다!"

---

3) 솔도의 복수형.

두 사람은 자리를 털고 일어섰다.

"자, 여기 있습니다. 순례자님." 종이로 감싼 조그마한 십자가상을 등에의 손에 쥐어주면서 도메니치노가 입을 열었다. "이것도 가져가십시오. 로마에 가시거든 저를 위해서도 기도해 주십시오."

등에는 받은 물건을 가슴 속에 찔러 넣고는, 고개를 돌려 사람들에게 축복기도를 해주고 있는 보랏빛의 사순절 예복과 진홍빛 모자 차림의 인물을 쳐다보았다.

몬타넬리가 천천히 계단을 내려왔다. 그의 손에 입을 맞추기 위해서 많은 사람들이 그를 둘러싸고 있었다. 그가 지나갈 때마다 수많은 사람들이 무릎을 꿇고 그의 옷자락에 입을 맞췄다.

"그대들에게 평화가 있을진저, 사랑하는 하느님의 자녀들이여!"

맑고 낭랑한 목소리가 들리자 등에는 혹시나 그의 눈에 띨까 열른 고개를 숙였다. 등에의 손에 쥐어진 지팡이가 떨리고 있는 것을 본 도메니치노는 탄복하듯 중얼거렸다. "저 친구 완전히 배우로군!"

가까이에 서 있던 여인이 허리를 굽히더니 자기 아이를 들어올렸다. "자, 체코야, 하느님께서 축복해 주셨듯이, 추기경님도 널 축복해 주실 거야."

등에는 한 걸음 내딛으며 멈춰 섰다. 오, 이 얼마나 가혹한 시련인가! 저들 순례자와 산지인들은 누구나 그에게 다가가 말을 건넬 수 있는 것이다…. 그러면 그는 그들의 아이들의 머리에 손을 얹어주는 것이다. 아마도 그는 전에 그랬던 것처럼 농부의 어린 자식에게도 '사랑하는 아들아'라고 말할 것이다.

등에는 계단을 도로 내려서서 얼굴을 돌려버렸다. 어느 구석에라도 처박혀 귀를 막을 수만 있다면! 참으로 견딜 수가 없었다. 팔만 내밀면 그 다정한 손목을 잡을 수 있을 만큼 가까운 거리에 그가 서 있다는 사실이 견디기 힘든 고통을 주었다.

"평화의 집으로 들지 않겠소, 형제여?" 몬타넬리의 부드러운 음성이 들려왔다. "놀라신 모양이구료."

등에의 가슴은 멎어버린 듯했다. 한동안 그는 가슴을 갈기갈기 찢는 듯한, 핏줄이 터져나갈 것만 같은 아픔 외에는 아무것도 느낄 수가 없었다. 치밀어 오르는 아픔이 그의 등을 타고서 온몸을 태울 듯이 퍼져나갔다. 그는 고개를 치켜들었다. 그를 내려다보는 몬타넬리의 근엄한 눈길이 곧 성스러운 연민의 빛으로 바뀌었다.

"형제자매 여러분, 조금만 물러서 주시겠습니까." 군중을 향해 몬타넬리가 입을 열었다. "저 분과 이야기를 나누고 싶습니다."

사람들은 수군거리며 느릿느릿 물러섰다. 이를 악물고 땅만 내려다보면서 꼼짝하지 않고 있던 등에는 어깨 위에 몬타넬리의 손길이 닿는 것을 느꼈다.

"무슨 힘든 일이 있는 모양이군요. 제가 도움이 될 수 있다면 좋겠습니다."

등에는 말없이 고개만 가로저었다.

"순례자이십니까?"

"불쌍한 죄인입니다."

우연하게도 암호와 똑같은 몬타넬리의 질문에, 등에는 절망 속에 허우적거리다 지푸라기라도 잡듯이 무의식적으로 대답하고 말았다. 그의 어깨를 불태워버릴 것만 같은 부드러운 손길 아래서, 그는 떨기 시작했다.

추기경은 그에게 더 가까이 허리를 굽혔다.

"저와 단 둘이 이야기할까요? 제가 도움이 될 수 있다면…."

처음으로 등에가 몬타넬리의 눈을 똑바로 쳐다보았다. 그는 이미 자제력을 되찾고 있었다.

"소용없습니다. 모든 게 끝났으니까요"

경찰관 한 명이 군중의 숲을 헤치고 앞으로 나왔다.

"주제넘게 나서는 걸 용서하십시오, 추기경님. 이 노인은 제 정신이 아닌 듯합니다. 악의가 없는 듯하고 신분증도 제대로 갖추고 있어서 제지하지는 않았습니다만. 커다란 죄를 짓고 징역을 살고 나와 이제는 속죄의 고행을 하고 있답니다."

"커다란 죄?" 천천히 머리를 가로저으며 등에가 되물었다

"고맙소. 조금만 비켜서 주시겠소? 이보시오, 진정 회개한다면 모든 게 끝난 건 아닙니다. 오늘 저녁에 제게 오시지 않겠습니까?"

"자기 자식을 죽인 죄 많은 사람도 영접해 주시겠단 말입니까?"

도전하는 듯한 그의 어조에 몬타넬리는 찬 바람이 이는 듯 등골이 오싹해짐을 느꼈다. 그는 근엄한 목소리로 말했다

"하느님은 당신이 무슨 일을 저질렀던 제게 당신을 경멸하지 못하도록 하셨습니다. 하느님이 보시기에 우리는 모두가 똑같은 죄인이며 우리의 정직함도 불결한 넝마와 다름없습니다. 제게 오신다면 하느님이 제 영혼을 받아주시길 기도했던 것처럼 당신을 받아들이겠습니다."

등에는 갑자기 두 손을 내밀며 소리쳤다.

"내 이야기 좀 들어보시오! 기독교인 여러분, 내 말 좀 들어보시오! 자기를 믿고 사랑한 외아들을, 자신의 뼈와 살로 세상에 태어난 외아들을 죽인 사람이 있다면, 자기 외아들을 거짓과 기만으로 죽음의 함정에 몰아넣었다면, 이 세상 천지에 그 사람에게 기대할 만한 희망이 있겠습니까? 나는 하느님과 인간 앞에 저의 죄를 고백했습니다. 나는 사람들이 제게 지워준 형벌로 고통 받아 왔습니다. 이제 나는 자유로운 몸이 되었지만 '그것으로 족하다'고 하느님이 말씀하실 날

이 그 언제겠습니까? 그 어떤 은총으로 내 영혼이 하느님의 노여움에서 벗어나게 될까요? 어떠한 용서가 내가 저지른 죄악을 씻어버릴 수 있을까요?"

뒤이어 죽음과도 같은 침묵이 흐르는 동안, 사람들은 몬타넬리를 쳐다보고 있었다. 그의 가슴 위에 매달려 있는 십자가상이 가늘게 떨리고 있었다.

그는 마침내 눈을 들어 희미하게 떨리는 손으로 축복기도를 올렸다.

"하느님께서는 자비로우시니, 하느님의 옥좌 앞에 그대의 멍에를 벗어 놓으라. 성경에 이르기를 '뉘우치고 참회하는 자는 경멸받지 않으리라' 하셨나니라."

몬타넬리는 몸을 돌려 시장 쪽으로 걸어갔다. 그는 매번 걸음을 멈추고 사람들과 이야기를 나누거나 아이들을 안아주었다.

이날 저녁, 등에는 십자가상의 포장지에 적혀 있는 지시에 따라 약속장소에 갔다. 약속장소는 분파의 열성당원인 그 지방의 한 의사의 집이었다. 책략가들의 대다수가 이미 모여 있었다. 등에의 도착에 그들은 매우 기뻐했다.

"다시 만나게 되어 무척 기쁩니다." 의사가 그를 맞으며 입을 열었다. "하지만 당신이 아무 탈 없이 돌아가는 모습을 본다면 더욱 기쁠 겁니다. 이번 일은 너무나 위험천만한 작업이라서 말입니다. 나는 개인적으로 그 계획에 반대했습니다. 오늘 아침 시장에서 혹시 당신을 눈여겨본 경찰 끄나풀은 없었습니까?"

"누, 눈여겨보긴 했겠지만 날 알아보지는 모, 못했을 거요. 도메니치노가 아주 멋지게 해치우던데. 그런데 그는 어디 있죠? 보이지 않는군요."

"아직 오지 않았소만. 그래서 당신도 넉살좋게 잘 해치웠습니까? 추기경이 축복기도를 해 주었다면서요?"

"축복기도? 아, 그건 아무것도 아니지." 마침 방에 들어서던 도메니치노가 의사의 말을 되받았다. "리바레즈, 자네 정말 대단하더군. 그저 놀라울 뿐이야. 얼마나 많은 재능을 선보여 우릴 깜짝깜짝 놀라게 해줄 작정인가?"

"그게 무슨 말인가?" 등에가 권태로운 듯 물었다. 그는 담배 연기를 내뿜으며 소파에 등을 기댔다. 그는 그때까지도 순례자 옷차림을 하고 있었지만, 흰 수염과 가발은 이미 벗어서 그 옆에 놓아 둔 채였다.

"자네가 그렇게 대단한 연기력을 가지고 있는 줄은 미처 몰랐어. 내 생전에 그처럼 근사한 장면은 처음이었으니까. 얼마나 대단하던지, 추기경이 감동받아서 눈물이라도 흘릴 것 같더군."

"어땠는데요? 어디 좀 들어봅시다, 리바레즈."

등에는 영문을 모르겠다는 듯 어깨를 으쓱하고는 입을 다물어 버렸다. 그의 입을 통해서는 한 마디도 들을 수 없겠다고 판단한 다른 사람들은 도메니치노에게 이야기해 보라고 성화였다. 시장에서 일어났던 일을 화제 삼아 이야기를 나누고 있을 때, 다른 사람들과는 달리 웃지도 않고 가만히 앉아 있던 젊은 노동자 한 명이 불쑥 입을 열었다.

"참 영리하시군요. 하지만 그런 신파극 같은 일을 벌이는 게 우리의 계획에 무슨 도움이 되는지 모르겠군요."

"꽤 도움이 될거요." 등에가 나서서 대꾸했다. "이젠 이 지역 어디든 내 마음대로 다닐 수 있고, 내 마음대로 일할 수 있을 테니까. 남녀노소 할 것 없이 날 의심의 눈초리로 바라보는 사람은 이제 아무도 없을 게요. 내일이면 그 이야기가 온 시내에 퍼질 겁니다. 내가 설혹 스파이와 부딪히더라도, 그 스파이는 '시장에서 자기 죄를 고해했다는 그 미친 녀석이로구만' 하고 생각할 겁니다. 그건 분명 내게 유리하죠."

"아, 예, 알겠습니다. 하지만 그 정도 일이라면 추기경을 놀리지 않고서도 할 수 있었을 텐데…. 놀림감으로 삼기에는 너무나 훌륭한 분이시잖습니까."

"나 역시 추기경을 점잖은 분이라 생각하오." 등에가 느릿느릿 그 젊은이의 말에 동의의 뜻을 나타냈다.

"그건 말도 안 돼, 산드로! 여기에서 추기경은 아무 필요가 없네!" 도메니치노가 반박하고 나섰다. "몬타넬리 추기경이 기회가 닿아 로마에서의 직임을 받아들였다면, 리바레즈도 그를 희롱할 수 없었을 것 아냐."

"추기경이라면 기회가 있다 하더라도 그 직임을 받아들이지는 않을 겁니다. 이곳에서의 일을 내버려두고 떠나려 하지는 않으실테니 말입니다."

"그보다는 람브루시니파 요원들에게 독살당하고 싶지 않아서겠지. 그들은 틀림없이 추기경을 해칠 뭔가를 준비해 두었을걸. 특히나 인기를 끌고 있는 그런 추기경이 하느님께도 버림받은 이 누추한 벽지에 머무르고 싶어 할 때엔 그럴 만한 곡절이 있을 것 아닌가? 우린 그 점을 잘 헤아려야 한다고 보네. 그렇지 않나, 리바레즈?"

등에는 담배 연기를 내뿜어 허공에 동그라미를 만들었다. "무, 무언가 회개라도 하는 모양이지." 그는 한동안 머리를 뒤로 젖힌 채 떠다니는 담배연기를 바라보더니 불쑥 화제를 바꾸었다. "그나저나, 자, 이젠 사업 이야기를 하십시다."

그들은 무기의 밀반입과 은닉을 위해 짜놓은 여러 가지 계획들의 세부적인 사항들을 검토하기 시작했다. 등에는 말없이 이야기를 경청하고 있다가 간간이 끼어들어 부정확한 말이나 경솔한 제안들에 대해 예리하게 지적하곤 했다. 토론이 마무리될 즈음 그가 몇 가지 실천적인 제안을 했는데, 그 제안의 대부분은 토론 없이 그대로 채택되었다. 회의는 그쯤에서 끝났다. 등에가 토스카나로 무사히 빠져나갈 때까지는 경찰의 주목을 끌 수도 있는 밤늦은 회합은 가급적 삼가기로 결정한 바 있었던 것이었다. 10시가 조금 넘어 의사, 등에 그리고 도메니치노를 제외한 나머지 사람들은 뿔뿔이 흩어졌다. 세 사람은 분과위원으로서

자리에 남아 세부적인 사항들을 토의했다. 오랜 격론을 거치고 난 후 도메니치노가 시계를 올려다보았다.

"11시 30분이 지났군. 더 이상 지체했다간 야경꾼에게 잡히겠는데."

"몇 시에 지나가는데?" 등에가 물었다.

"12시쯤. 야경꾼이 오기 전에 가는 게 좋겠어. 편히 쉬게, 조르다니. 리바레즈, 나하고 함께 가지."

"아니, 따로 가는 게 더 안전할 것 같네. 자네를 다시 만날 수 있을까?"

"볼로냐 성에서 만날 수 있지. 변장을 하고 만나게 되겠지만, 암호가 있으니까. 내일 이곳을 떠날 작정인가?"

등에는 거울 앞에 서서 조심스럽게 수염과 가발로 변장을 하고 있었다.

"내일 아침에 순례자들과 함께 떠날걸세. 그 다음날 병을 핑계로 양치기 오두막에서 지내다가, 지름길로 산을 탈 생각이야. 자네가 도착하기 전에 그곳에 먼저 가 있을걸세. 자, 잘 가게."

등에가 순례자의 숙소로 개방된 넓은 헛간에 도착해 안을 들여다보자, 대성당의 종탑에서 12시를 알리는 종소리가 울려 퍼졌다. 바닥은 피곤에 지쳐 곯아떨어진 사람들로 가득했다. 대부분이 요란스럽게 코를 골고 있었다. 방안은 답답한데다가 불쾌한 냄새마저 풍겼다. 그는 비위가 상해 몸을 부르르 떨면서 뒷걸음질쳤다. 그곳에서는 도저히 자고 싶지 않았다. 그는 그나마 깨끗하고 조용한 지붕 밑 구석이나 건초더미 깔린 자리라도 찾아볼 생각으로 나왔다.

자줏빛 하늘에 보름달이 떠 있는 아름다운 밤이었다. 그는 이런저런 생각을 하며 발길 닿는 대로 걷기 시작했다. 아침에 있었던 일에 대해 곰곰이 생각해 보기도 했다. 브리시겔라에서 모임을 갖자는 도메니치노의 계획에 동의하지 말 것을 그랬나 하는 생각이 들었다. 애초에 그 계획을 거부했다면 다른 장소가 선

정되었을 것이고, 그랬더라면 그 섬뜩하고 우스꽝스럽기까지 한 어릿광대짓을 하지도 않았을 테니까.

신부님은 정말 많이 변하셨어! 그래도 목소리만은 그대로시더군. '얘야' 하고 부르던 그 옛날과 똑같아.

야경꾼의 등불이 건너편 귀퉁이에서 나타났다. 등에는 좁고 후미진 골목길을 돌아 내려갔다. 몇 걸음 걷다가 그는 문득 추기경의 관저 왼쪽 편에 접해있는 대성당 광장에 와 있는 자신을 발견했다. 광장에는 달빛만이 넘쳐흐를 뿐 아무도 없었다. 대성당의 옆문이 열려 있는 게 보였다. 성당지기가 문 잠그는 것을 깜빡 잊은 모양이었다. 하기는 이 밤늦은 시각에 무슨 특별한 일이 벌어지진 않을 것이다. 숨막힐 듯한 광에서 자느니 성당 안 벤치에서 눈을 붙이는 게 훨씬 더 나을 성싶었다. 아침에 성당지기가 오기 전에 살그머니 빠져 나오면 될 테고, 설사 누군가 그를 발견하더라도 어떤 미친놈이 구석에서 기도하다가 갇혀 버린 걸로 생각할 테니까.

그는 문가에 서서 안의 동정을 살핀 다음 다리를 절면서도 아무 소리도 내지 않고 들어갔다. 창문을 통해 스며든 은은한 달빛이 대리석 바닥에 긴 띠 모양을 이루었다. 성단소聖壇所 부근은 특히나 밝아서 모든 게 대낮처럼 또렷하게 보였다. 제단 맨 아래 쪽에 몬타넬리 추기경이 모자도 쓰지 않고 두 손을 한데 모은 채 무릎을 꿇고 앉아 있었다.

등에는 어둠 속으로 주춤 물러섰다. 들키기 전에 슬쩍 나가 버릴까? 말할 것도 없이 그게 가장 바람직하고 어쩌면 가장 자비로운 행동일지도 모르지. 하지만 아무도 없는 지금 좀더 가까이 다가가 그의 얼굴을 본다고 해될 건 없지 않은가? 여기선 아침의 그 끔찍스러웠던 희극장면을 다시 재연할 필요도 없잖아? 마지막 기회일지도 몰라. 신부님에게 들키지 않게 살그머니 다가가 살펴보자. 이번

한 번만. 그리고 다시 내 일로 돌아가면 될 게 아닌가….

기둥의 그림자 속에 몸을 숨긴 채 그는 성단소 난간이 있는 곳까지 살금살금 다가가 제단의 옆쪽 출입구 앞에서 멈춰섰다. 주교좌主教座가 드리운 그늘은 몸을 숨기기에 충분할 만큼 넓었다. 그는 어둠 속에 웅크리고 앉아 숨을 죽였다.

"가엾은 내 아들! 오, 하느님. 가엾은 내 아들을!"

한없는 절망감으로 사무치는 듯한 속삭임에 등에는 자신도 모르게 몸서리를 쳤다. 속삭임은 북받치는 듯한 흐느낌으로 이어졌다. 몬타넬리가 고통에 몸부림치며 손을 비틀어 쥐는 것이 어둠 속에서도 똑똑히 보였다.

그는 이처럼 몬타넬리가 가슴 아파하리라고는 꿈에도 생각해 본 적이 없다. 그 얼마나 모질게 이를 악물며 스스로에게 다짐해 왔던가. '이젠 더 이상 괴로워할 필요 없어. 옛 상처는 이미 오래 전에 아물어 버렸으니까'라고. 그로부터 수년이 흐른 지금, 바로 눈앞에서 적나라하게 드러나고 있는 건 무엇인가? 아직까지도 피 흘리는 가슴을 부여잡고 괴로워하는 저 모습은 뭔가? 그러나 또한 지금이야말로 옛 상처를 치료할 절호의 기회가 아닌가! 그저 손을 들고 한 걸음만 내딛어 '신부님, 제가 왔어요'라고 말하기만 하면 된다. 뺨을 때리던 젬마의 모습! 아아, 모든 걸 용서할 수 있다면! 가슴 속에 새겨진 깊은 상처를 지울 수만 있다면… 동인도 선원, 사탕수수 농장, 그리고 유랑서커스단의 기억을! 오, 기꺼이 용서할 수만 있다면 이 같은 고통은 없을 텐데. 아니, 그건 불가능해…. 용서할 수 없어. 죽어도, 용서할 수 없어….

마침내 몬타넬리가 자리에서 일어났다. 그는 성호를 그으며 제단에서 물러섰다. 등에는 그의 눈에 뜨일까 봐, 그리고 심장의 고동소리가 자신의 의지를 배반할까 봐 어둠 속으로 더욱 더 몸을 움츠렸다. 잠시 후 그는 길게 안도의 한숨을 내쉬었다. 몬타넬리는 자줏빛 예복이 뺨을 스칠 정도로 가까이 있는 그를 보지 못한 채 지나가 버렸던 것이다.

 차라리 보지 말 것을…. 오, 내가 지금 무얼 한거지? 이번이 마지막 기회가 아니던가? 이 귀중한 순간을 그냥 흘려 보내고 말 것인가. 그는 급히 일어서서 밝은 곳으로 걸어 나왔다.

 "신부님!"

 그의 목소리가 지붕의 둥근 천정 위를 맴돌다 천천히 사라져갔다. 그는 자신의 목소리로부터 섬뜩한 공포를 느꼈다. 그는 다시 어둠 속으로 몸을 움츠렸다. 기둥 옆에 놀란 눈의 몬타넬리가 미동도 없이 서 있었다. 그의 눈길 속엔 죽음과도 같은 공포가 서려 있었다. 얼마나 오랫동안 침묵이 흘렀는지 알 수 없었다. 한 순간이었던 것 같으면서도 영원처럼 느껴지기도 했다. 그는 갑작스런 충격과 함께 정신을 차렸다. 몬타넬리가 쓰러질 듯 휘청거리기 시작했다. 그리고 그의 입술이 소리없이 달싹였다.

 "아서!" 마침내 가느다란 중얼거림이 흘러나왔다. "그래, 물은 깊고…."

 등에가 앞으로 나섰다.

 "용서하십시오, 추기경님! 그만 다른 신부님인 줄 알고…."

 "아, 그 순례자시군요." 몬타넬리는 즉시 평정을 되찾았다. 그러나 등에는 그의 손에 끼어 있는 사파이어가 불안하게 빛나는 것을 보고, 그가 여전히 떨고 있다는 걸 알 수 있었다. "필요한 게 있으시오, 형제여? 시간이 늦었군요. 밤에는 성당의 문을 닫아야 합니다."

 "죄송합니다, 추기경님. 제가 잘못을 저지른 것 같군요. 문이 열려 있는 걸 보고 기도를 올리려고 들어왔습니다만, 묵상에 잠겨 있는 신부님을 보고 축복기도를 해주실 수 있을지 여쭈어 보려고 기다리던 참이었습니다."

 그는 도메니치노에게서 산 양철 십자가상을 들어올렸다. 그것을 받아든 몬타넬리는 성단소로 도로 들어가 제단 위에 그 십자가상을 잠시 올려놓았다.
 "자, 이제 가져가시오, 사랑하는 형제여. 주 하나님은 자애로운 분이시니 편히 쉬시오. 로마에 가거든 교황님께 축복기도를 받으시오. 평화가 그대와 함께 하기를!"
 등에는 고개 숙여 추기경의 축복 기도를 받은 후 천천히 몸을 돌렸다.
 "잠깐만!" 몬타넬리가 그를 불러 세웠다.
 그는 성단소의 난간에 한 손을 기대고 서 있었다.
 "로마에서 성체성사를 받으실 때, 고통에 몸부림치는 어떤 이를 위해서도 기도해 주시오. 주 하나님의 손길조차 무거운 영혼이 여기 있습니다."
 그의 음성에는 거의 울음이 섞여 있었다. 등에의 굳은 마음이 흔들리기 시작했다. 그러나 다음 순간 그는 동요하는 마음의 유혹을 냉정하게 뿌리쳤다. 유랑 시거스던의 비참한 기억이 생생하게 되살아났다. 그는 차라리 요나처럼 화를 내는 편이 낫겠다고 생각했다.[4]
 "하느님께서 어찌 저 같은 죄인의 기도를 받아주시겠습니까? 나는 더럽고 추악한 죄인입니다! 추기경님의 기도처럼 제가 드리는 기도가 하느님의 옥좌에 닿을 수 있다면, 추기경님처럼 한 점 부끄러움도 없는 영혼의 성스러운 삶을 봉헌할 수 있다면…."
 몬타넬리는 갑자기 몸을 돌렸다.
 "내게 봉헌할 게 있다면," 그가 말했다. "그건 찢어질 듯한 이 가슴뿐이오."

---

4) 구약성서의 요나서에 따르면, 이스라엘의 예언자 요나는 니느웨(니네베)로 가라는 하느님의 명령을 거부하고 도망치다가 폭풍을 만나, 거대한 물고기에게 먹힌 다음 사흘 동안 고기 배속에 머물러 있다가 다시 살아난다. 이후에 그가 니느웨로 가서 "40일 후, 니느웨는 잿더미가 될 것이다"라고 예언하자, 그곳 사람들은 이 말을 두려워하고 회개함으로써 하느님의 징벌을 피한다. 그러자 요나는 도리어 "왜 악을 징벌하지 않느냐"고 하느님을 향해 화를 낸다. 그러자 하느님은 요나가 머무는 초막에 시원하게 그늘을 드리운 아주까리를 말라죽게 한 다음, 그로 인해 투덜거리는 요나에게 "너는 이 아주까리 한 그루를 그토록 아까워하는데, 니느웨처럼 큰 도시를 내가 어찌 아끼지 않겠느냐?"고 반문한다.

며칠 후, 등에는 피스토야에서 급히 피렌체로 돌아왔다. 곧바로 젬마의 집으로 찾아갔으나 그녀는 외출 중이었다. 내일 아침에 들르겠노라 메모를 남겨놓고 집으로 가면서, 그는 혹시나 지타가 그의 방에 들어가 있지 않았으면 하고 바랐다. 오늘밤 그녀의 질투 어린 비난을 듣게 된다면, 마치 치과의사가 줄질이라도 하는 것처럼 그의 온 신경은 갈기갈기 찢겨 버릴 것만 같았다.

"잘 지냈어, 비앙카?" 문을 열어준 하녀에게 그가 말을 건넸다. "레니 양은 집에 있나?"

그녀는 멍한 눈길로 그를 쳐다보았다.

"레니 양이요? 그때 떠나시고 돌아오셨나요?"

"무슨 말이지?" 현관에 우뚝 선 채로 그가 눈살을 찌푸리며 물었다.

"갑자기 가셨어요. 나리께서 떠나신 바로 뒤에요. 물건도 다 놔두고 말이에요. 떠난다는 말 한 마디도 없이…."

"내가 떠난 바로 뒤에? 그, 그럼 2주일 전에?"

"예, 나리. 바로 그날이에요. 방안엔 레니 양 물건이 엉망진창으로 널려있구요. 그 일로 이웃사람들이 하나같이 수군대고 있어요."

그는 말없이 현관 층계에서 몸을 돌려 지타가 묵고 있던 숙소로 통하는 오솔길을 급히 내려갔다. 그녀의 방안에는 사람들이 들어온 흔적이라곤 전혀 없었다. 그가 주었던 선물들도 모두 예전의 그 자리에 그대로 남아 있었다. 어디에서도 편지나 메모는 보이지 않았다.

"나리, 저…." 문 앞에서 고개만 내민 채 비앙카가 입을 열었다. "할머니 한 분이 찾아오셨는데요…."

그가 홱 돌아섰다.

"왜 여기까지 따라온 거야?"

"이 할머니가 나리를 뵙고 싶다고 해서…."

"무얼 알고 싶다는 거지? 바빠서 만나고 싶지 않다고 전해."

"나리가 떠나신 이후로 매일 저녁 찾아오시던 분이에요. 언제 돌아오시느냐고 묻곤 하던데요."

"용무가 뭐냐고 물어봐. 아니, 관 둬. 내가 직접 가볼 테니."

노파는 현관마루에서 기다리고 있었다. 모과열매처럼 쭈글쭈글한 갈색 얼굴에 밝은 색깔의 스카프를 동여맨 허름한 옷차림의 여인이었다. 그가 나오자 자리에서 일어선 여인은 까만 눈동자를 날카롭게 빛내면서 그를 쳐다보았다.

"당신이 바로 다리를 전다는 그 신사 양반이로구먼." 그를 위아래로 뜯어보면서 여인이 입을 뗐다. "지타 레니 양의 편지를 가져왔소."

그는 서재 문을 열어 그녀를 들어오게 한 다음, 비앙카가 엿듣지 못하도록 방문을 닫았다.

"앉으시지요. 누구신지 여쭈어도 괜찮겠습니까?"

"내가 누군들 당신과는 상관없는 일 아니겠소? 난 지타가 내 아들과 눈이 맞아 달아나 버렸다는 걸 알려 드리려고 온 것뿐이오."

"당신… 아들과…?"

"그렇소. 여자를 들여놓고도 잘 간수하지 못해 다른 사내와 눈이 맞아 도망치게 했으니, 댁도 입이 열 개라도 할 말은 없을 게요. 내 아들 핏줄에도 우유나 물이 아닌 뜨거운 피가 흐르고 있소. 그 애도 집시 족이니 말이우."

"그럼, 당신도 집시란 말입니까? 그렇다면 지타는 자기 부족에게 돌아갔다는 얘기로군요."

그녀는 경멸하는 듯한 눈초리로 쳐다보았다. 기독교도들이란 애인이 바람이나 도망가도 모욕을 느끼고 화를 낼 만큼의 사내다운 용기도 없다는 확신을 갖게 된 듯했다.

"당신 같은 인간이 뭐가 좋아 살았을꼬? 뭐, 뻔하지 뻔해! 계집의 환심을 사서 꼬여냈든지, 아니면 돈을 후하게 주고 사왔겠지. 어찌됐든 집시 피붙이가 집시 족에게 돌아온 셈이군."

등에의 표정은 전과 다름없이 냉랭하기만 했다.

"집시 족에게 돌아가려고 도망친 거요, 아니면 당신 아들과 함께 살려고 도망친 거요?"

노파는 느닷없이 웃음을 터트렸다

"왜, 쫓아가서 낚아채 오시려고? 이젠 너무 늦었수. 일찌감치 그렇게 마음먹었으면 모를까…."

"아니오, 난 그저 사실을 알고 싶을 뿐이오."

그녀는 이렇게 미지근한 사내에게는 욕을 퍼부을 가치도 없다는 듯, 어깨를 으쓱해 보였다.

"그러우? 그렇다면 사실대로 말해 드리리다. 당신이 떠난 그 날, 길에서 내 아들놈이 그 아가씨를 우연히 만났는데 이 아가씨가 집시 족 말로 말을 걸어오더라는 거야. 호사스러운 복장을 하고 있었지만 그래도 그 아가씨가 우리 부족인 걸 알게 된 게지. 그 예쁘장한 얼굴에 내 아들놈이 반한 모양입디다. 그래 우리 부족 남자들이 사랑에 빠지면 으레 그렇듯이, 그 아가씨를 우리 천막으로 데려와 버렸다오. 그 아가씨는 우리에게 그간의 말못할 고민을 털어놓고 흐느껴 웁디다. 듣고 보니 딱한 아가씨더군. 우리 마음이라고 어찌 안타깝지 않겠소? 우린 할 수 있는 만큼 달래 보았지. 그랬더니 웬걸, 아가씨가 그 멋진 옷들을 벗어버리더니 우리 부족 아가씨들이 입는 옷을 걸쳐 입지 않겠소! 그러더니 내 자식과 눈이 맞아 아내가 되겠다고 합디다. 내 자식은 댁처럼 '사랑하지 않는다' 느니, '다른 할 일이 있다' 느니 따위 말은 하지 않았소."

"그래서 당신이 전할 말을 가져왔다는 게로군요?"

"그렇다우. 그 아가씨 말을 전해 주려고 다들 천막을 걷어 떠난 뒤에도 지금까지 남아있었던 거요. 자기는 당신네 족속의 꼬치꼬치 따지는 몰인정한 기질에 넌더리가 나서, 차라리 자기 부족에게로 돌아가 자유롭게 살겠노라고, 그렇게 전해 달랍디다. 또 자긴 여자이고, 당신을 사랑했노라고 하면서, 더 이상 당신의 첩 신세는 면해야겠다는 까닭도 바로 이 때문이라고 합디다. 그 아가씨가 도망쳐 온 건 백 번 잘한 일이오. 얼굴 반반한 것으로 돈 좀 번다고 나쁠 건 없지요. 집시 아가씨가 당신 같은 사람과 사랑 좀 했기로서니 대수겠소?"

등에가 자리에서 일어났다.

"전할 말은 그게 다입니까? 그녀에게 이렇게 전해주시오. 잘 한 일이고 행복하긴 빈다고 말이오. 내가 하고 싶은 말은 이뿐이오. 자, 그럼 잘 가시오!"

그는 정원의 쪽문이 닫힐 때까지 꼼짝도 하지 않고 서 있었다. 노파의 모습이 보이지 않게 되자, 그는 허물어지듯 털썩 주저앉아 두 손으로 얼굴을 감싸 안았다.

샤이탄이 문 밖에서 낑낑대고 있었다. 그는 자리에서 일어나 문을 열어주었다. 방안으로 들어선 개는 평소처럼 기뻐 날뛰며 주인에게 달려들었다. 그러나 이내 무언가 이상한 낌새를 챘는지 주인 옆 양탄자 위에 누워 주인의 기운 없는 손에 코를 비벼 대는 것이었다.

한 시간쯤 후, 젬마가 현관에 들어섰다. 노크소리에 응답하는 기척은 없었다. 비앙카는 등에가 저녁을 들고 싶지 않다고 해서 이웃집 요리사를 만나러 슬쩍 빠져나갔던 터였다. 그녀가 나가면서 마루에 불을 밝혀놓은 채 문을 열어두었던 모양이었다. 한참을 기다려도 아무 기척이 없자, 젬마는 등에가 집안에 있는

지 확인해 보기로 마음먹었다. 베일리가 보낸 중요한 소식에 대해서 이야기를 나누고 싶어서였다. 서재문을 두드리자 등에의 음성이 들려왔다. "그냥 가도 좋아, 비앙카. 필요한 건 없으니까."

그녀는 조심스럽게 방문을 열었다. 방안은 어두컴컴했다. 그녀가 방문을 여는 바람에 복도의 등불 빛이 길게 방안에 드리워졌다. 등에는 고개를 숙인 채 홀로 앉아 있었고, 그의 발 밑에는 개가 잠들어 누워 있었다.

"저예요." 그녀가 입을 열었다.

그는 급히 일어섰다. "젬마… 젬마! 당신이 정말 보고 싶었소!"

그녀가 뭐라 말을 꺼내기도 전에, 그는 그녀의 발 밑에 무릎을 꿇더니 치맛자락에 얼굴을 파묻었다. 그의 온몸이 보기 민망할 정도로 격렬하게 떨리기 시작했다.

그녀는 가만히 서 있을 수밖에 없었다. 그녀가 도울 수 있는 건 아무것도 없었다. 무엇보다 그 사실이 그녀의 가슴을 아프게 했다. 그녀는 우두커니 서서 바라볼 수밖에 없었다. 더 이상 그가 잘못되거나 고통받지 않도록 자신의 몸으로 그를 보호할 수만 있다면, 몸을 기울여 그를 꼭 껴안을 수만 있다면, 죽는다 해도 거리낄 게 없으리라는 생각이 들었다. 그렇게만 된다면 그는 다시 아서로 되돌아 올 텐데. 그렇게만 된다면 어둠은 물러가고 새벽이 밝아올 텐데.

아냐, 안 돼, 안 돼! 어찌 그 사실을 잊을 수 있겠는가? 그를 지옥으로 내몬 건 바로 내가 아니던가? 바로 이 오른손이….

그녀는 그 순간이 지나도록 꼼짝 않고 서 있었다. 그가 허둥지둥 몸을 일으키더니 테이블 옆에 털썩 주저앉았다. 그리고는 한 손으로 눈을 가린 채 물어뜯듯이 입술을 잘근잘근 씹었다.

이윽고 고개를 치켜든 그가 조용하게 입을 열었다.

"저 때문에 놀라시진 않았는지요?"

그녀는 그를 향해 두 손을 내밀며 말했다. "리바레즈 씨, 이제 우리는 친구가 아닌가요? 무슨 일이 있었는지 제게 말씀해 주세요."

"개인적인 문제일 뿐입니다. 당신에게까지 걱정을 끼칠 필요는 없어요."

"잠깐만 제 이야기를 들어 보세요." 그녀는 경련하는 그의 두 손을 감싸 쥐면서 말을 이었다. "저도 제가 관여할 만한 성질의 일이 아니면 나서지 않는 성미예요. 하지만 이제 당신의 자유의사로 저를 신뢰하는 만큼, 오누이라 생각하시고 좀더 믿어보세요. 얼굴을 감추기 위해 가면을 쓰는 것이 당신에게 위안이 된다면 그렇게 하세요. 하지만, 당신 자신을 위해서라도 영혼에다 가면을 씌우지는 마세요."

그가 고개를 더욱 숙이며 말했다. "저에 대해 좀더 인내심을 발휘하셔야할 겁니다. 전 당신의 오누이라 하기에는 너무나 부족합니다. 하지만 굳이 알고 싶다면 말씀드리리다. 지난 주에 난 거의 미칠 지경이었습니다. 남미에서처럼 말입니다. 어찌된 탓인지 마귀라도 든 모양입니다…." 그는 갑자기 말을 멈췄다.

"제가 당신의 고통을 함께 나눌 수는 없을까요?" 마침내 그녀가 속삭이듯 말했다.

그는 그녀의 팔에 얼굴을 묻었다. "주 하느님의 손길은 무겁습니다."

제3부

아버지와 아들

1

 그 뒤 5주 동안 젬마와 등에는 정신없이 바쁘게 지냈다. 흥분과 과로 속에서 그들 두 사람이 개인적인 문제는 들어볼 틈도, 힘도 없을 지경이었다. 무기는 무사히 교황령으로 밀반입되었지만, 보다 힘겹고 위험스러운 일이 남아 있었다. 산 속의 동굴이나 산골짜기의 은닉처에서 여러 지방거점으로, 또다시 분산된 곳곳의 마을로 무기를 운반하는 일이 그것이었다. 지역마다 스파이들이 들끓고 있었다. 등에가 군수품 담당 임무를 맡겼던 도메니치노가 피렌체로 전령을 보내, 자기를 도와주든지 아니면 시간적인 여유를 좀 더 주든지 해달라는 급박한 요청을 해 왔다. 등에는 6월 중순까지는 작업이 완료되어야 한다고 고집해 왔던 터였다. 험한 길로 무거운 군수품을 운반하는 어려움에다 끊임없이 감시를 피해야 하는 긴장감에서 야기되는 쉴 새 없는 장애물과 지지부진한 일의 진척상황 때문에 도메니치노는 차츰 절망감에 빠져들고 있었다. 그의 편지 내용은 이러했다.

나는 진퇴유곡의 처지에 빠져 있소. 발각당할 우려 때문에 신속히 작업을 진행할 수 없는데다가, 시간에 맞추려면 서두르지 않을 수도 없는 처지요. 즉시 유능한 사람의 도움을 받을 수 있도록 해주든지, 아니면 베네치아 사람들에게 약속한 7월 첫 주까지는 도저히 기일을 맞출 수 없다고 알려주기 바라오.

등에는 편지를 가지고 젬마를 찾아갔다. 그녀는 고양이의 털을 쓰다듬으며 미간을 찌푸린 채 거실에 앉아 편지를 읽었다.

"좋지 않은 소식이군요." 그녀가 말문을 열었다. "베네치아 사람들에게 3주간이나 기다리라고 할 수는 없고…."

"물론 그렇게 할 순 없소. 일이 우스꽝스럽게 되어 가는군요. 도메니치노 정도라면 사정을 잘 알텐데…. 베네치아 사람들이 우리의 지도를 따를 게 아니라, 우리가 그들의 지도를 따라야 하는데 말이오."

"도메니치노를 비난할 순 없지요. 그는 분명 최선을 다하고 있어요. 불가능한 일을 할 수는 없잖아요?"

"도메니치노에게 잘못이 있다는 건 아니오. 잘못은 애당초 우리 두 사람이 해야 할 일을 그 혼자서 한다는 데 있으니까. 적어도 믿을 만한 사람 한 명을 붙여 은닉처를 지키게 하고, 다른 한 명이 수송품을 감시하도록 했어야 했소. 그의 말이 전적으로 옳아요. 유능한 사람의 도움이 필요해."

"하지만 우리가 무슨 도움을 줄 수 있겠어요? 피렌체에는 보낼 만한 인물이 한 명도 없잖아요?"

"그렇다면 나, 나라도 가야지요."

그녀는 의자에 등을 기대고 심각한 표정으로 그를 바라보았다.

"안 돼요. 그럴 순 없어요. 그건 너무 위험해요."

"이 어려움을 헤쳐 나갈 다른 방도가 없다면 그렇게라도 해야하오."

"그럼 다른 방도를 강구하면 되잖아요. 당신이 다시 그곳에 가는 건 불가능해요."

등에의 입가에 굳은 의지가 엿보였다.

"부, 불가능한 이유가 뭔지 알 수가 없군요."

"잠시만 차분하게 생각해 보면 금방 깨닫게 될 거예요. 당신은 이곳에 돌아온 지 겨우 5주밖에 안 됐어요. 지난번 순례자 건을 냄새 맡은 경찰이 눈에 불을 켜고 있는 판이에요. 물론 당신이 변장에 능하다는 건 저도 잘 알아요. 미친 사람으로 변장을 하든 시골뜨기로 변장을 하든, 어쨌든 수많은 사람들이 당신의 모습을 기억하고 있다는 사실을 명심하세요. 당신의 절름거리는 다리와 얼굴의 흉터는 변장으로도 감출 수가 없잖아요."

"절름발이야 세상에 흐, 흔하고도 흔하잖소?"

"그렇겠죠. 하지만 당신처럼 절름발이에 뺨의 칼자국, 게다가 뒤틀린 왼팔, 검게 탄 피부에 푸른 눈동자를 가진 사람은 로마냐에서도 그리 흔치 않을걸요."

"눈은 문제되지 않아요. 벨라도나[1]라는 약으로 변색시켜 버리면 감쪽같을 테니까."

"하지만 다른 것들은 바꿀 수 없잖아요. 아뇨, 아무래도 안 되겠어요. 지금 곧바로 당신이 그곳에 간다는 건 섶을 지고 불에 뛰어드는 거나 다름없어요. 당신은 틀림없이 체포되고 말 거예요."

"하, 하지만… 누, 누군가 도메니치노를 도와주어야 하잖소?"

"지금처럼 중요한 순간에 당신이 체포되면 그에게도 전혀 도움이 되지 않을

---

1) 유럽 원산의 식물로 열매는 독성이 있어서 약재로 사용된다.

거예요. 당신이 체포된다는 건 곧 모든 일의 실패를 의미하니까요."

등에는 젬마에게 자신의 의도를 납득시키기가 무척 힘들었다. 이러지도 저러지도 못한 채 논의는 계속되었다. 젬마는 차츰 그가 얼마나 고집불통인지 깨닫기 시작했다. 심각한 문제가 아니라면 아마 맘 편하게 그의 의견에 따르고 말았을 것이었다. 그러나 이번만큼은 호락호락 물러설 수 없는 문제였다. 그가 제의한 계획에서 얻을 수 있는 실질적인 이익이라고 해봐야, 체포의 위험을 무릅쓸 만큼 대단한 것은 아니라는 생각이 들었던 것이다. 그녀는 그의 고집이 중대한 정치적 필요성에서 비롯된 것이라기보다는, 오히려 위험의 짜릿함을 맛보고 싶어하는 병적인 갈망에서 오는 게 아닌가 의심하지 않을 수 없었다. 그는 목숨을 내걸고 위험 속으로 뛰어드는 습관이라도 있는 것 같았다. 불필요한 위험에 목숨을 거는 그의 성벽은 끈기 있게 막아내지 않으면 안 될 일종의 방종처럼 보였다. 그가 끝내 고집을 꺾지 않자, 그녀는 마침내 최후의 수단을 쓰기로 마음먹은 듯했다.

"그렇다면 솔직하게 터놓고 이야기해 보세요. 진짜 의도가 뭐예요? 그곳에 가려고 마음먹은 건 도메니치노가 곤경에 처해 있기 때문이 아니라, 당신의 개인적인 열정 때문…."

"아니오!' 등에는 격한 어조로 그녀의 말을 가로막았다. "그가 내게 중요한 건 아니오. 다시 못 만나게 된다 해도 난 개의치 않아요."

마음에 없는 소리란 걸 다 알고 있는 듯한 그녀의 표정을 본 그는 하던 말을 삼켜 버렸다. 순간적으로 그들의 시선이 부딪쳤다가 떨어졌다. 두 사람 모두 자신의 속마음을 드러내지 않았다.

"내가… 내가 구하고 싶은 건 도메니치노라는 한 개인만이 아니오." 그는 고양이털에 얼굴을 반쯤 파묻고 더듬더듬 말을 이었다. "그를 도와주지 않으면 일이 실패로 돌아가고 말 거라는 걸 나, 난 잘 알고 있소."

그녀는 일고의 가치도 없다는 듯 태연히 하던 말로 되돌아갔다.

"당신이 그곳에 가려는 이유는 위험을 맛보려는 당신의 열정 때문이에요. 당신이 앓아누웠을 때 아편을 갈망했듯이, 이제 고민에 빠지자 위험의 짜릿함을 갈망하고 있는 거예요."

"그때 아편을 요구한 건 내가 아니었소." 그는 항변하듯이 대꾸했다. "내게 아편을 먹이려고 고집 피운 건 다른 사람들이었단 말이오."

"그랬겠지요. 당신은 지금 자신의 금욕주의적인 의지를 은근히 자랑하고 있어요. 육체적인 안락을 구하는 것이 당신의 자존심을 상하게 하는 건지도 모르지요. 하지만 마음의 불편함 때문에 목숨까지 건다는 건 아무래도 지나치지 않나요? 어쨌든 결국 핵심적인 이유는 당신의 습관적인 기질에 있는 거라고요."

그는 고양이의 머리를 쓰다듬어 동그랗고 푸르스름한 눈동자를 들여다보았다.

"그 말이 사실일까, 파슈트? 네 주인의 몰인정한 말들이 모두 사실일까? 모든 게 그저 내 탓이란 말이지? 나비야, 넌 아편을 달라고 해본 적이 없겠지, 그렇지? 네 조상은 이집트에서 신으로 숭배받았단다. 그래서 네 조상들의 꼬리는 아무도 밟지 아, 않았지. 그런데 내가 너의 발톱을 초, 촛불에 태워 버린다면, 이 재난에 대해 너의 그 냉정한 지혜는 어떻게 할지 궁금하구나. 너도 그때라면 내게 아편을 달라고 하겠지? 그렇잖니? 아니면 차라리 죽음을 달라고 할까? 아니야, 나비야. 우리에겐 마음대로 죽을 권리도 없단다. 욕하는 게 위로가 된다면 조, 조금 퍼부을 수도 있겠지. 하지만 그렇다고 해서 발톱을 완전히 뽑아버려서는 안 되겠지?"

"파슈트, 이리 온!" 그녀가 그의 무릎 위에 있던 고양이를 발판에 내려놓았다. "그 점에 대해선 나중에 다시 이야기 나눌 기회가 있을 거예요. 지금 우리가 고

심할 문제는 곤경에 빠진 도메니치노를 구할 방안이에요. 케이티, 무슨 일이지? 손님이라도 오셨나? 난 바쁘다고 해."

"라이트 양이 보내신 건데요, 마님."

정성 들여 포장한 소포 안에 편지 한 통이 있었다. 편지는 라이트 양 앞으로 보낸 것이었으나 개봉되지 않은 채 교황령 소인이 찍혀 있었다. 피렌체에 살고 있는 젬마의 옛 학교 동창들은 그녀에게 오는 중요한 편지를 보안상 대신 받아서 전달해 주고 있었다.

"미셸의 서명이 있어요." 아펜니노 산간지구의 기숙사에서 여름학기를 보내고 있다는 등의 편지내용을 쭉 훑어보던 그녀가 편지지 한쪽 귀퉁이에 찍힌 두 개의 조그마한 점을 가리키면서 말했다. "이건 화학 잉크로 씌어 있어요. 책상 세 번째 서랍을 열면 시약이 있을 거예요. 예, 맞아요. 바로 그거예요."

그가 책상 위에 편지를 펴놓고 시약을 묻혀 그 위에 솔질을 했다. 그러자 진짜 내용이 선명한 청색 글자들로 나타났다. 의자에 등을 기대고 있던 그가 갑자기 웃음을 터트렸다.

"왜 그러세요?" 어리둥절한 그녀에게 그가 편지를 건네주었다.

도메니치노 체포됨. 즉시 오기 바람.

편지를 손에 쥔 채 털썩 주저앉은 그녀는 등에를 물끄러미 바라보았다.

"자, 어떻소?" 그는 빈정대는 투로 말을 이었다. "이제 내가 가야한다는 데 동의하시겠지요?"

"그래요, 당신 말씀 대로 하는 게 좋겠어요." 그녀는 한숨을 폭 내쉬며 대꾸했다. "저도 함께 가겠어요."

그가 놀라 의아한 표정을 지으며 그녀를 바라보았다

"당신도? 하지만…."

"물론이에요. 이곳 피렌체에 아무도 남겨두지 않는다는 게 난처한 일이란 건 저도 알아요. 하지만 당신을 도와줄 사람이 없다면 모든 게 수포로 돌아가고 말 거예요."

"그곳에 가서 도와줄 사람을 따로 구해볼 수도 있소."

"하지만 그 사람들이야 당신이 완전히 믿을 수 있는 사람들이 아니잖아요? 당신도 말했다시피 믿을 만한 사람이 적어도 두 명은 필요해요. 도메니치노가 혼자서 할 수 없었던 일이라면 당신 혼자서도 처리할 수 없으리라는 건 뻔한 이치예요. 게다가 당신처럼 이미 얼굴이 알려진 사람은 그런 일을 하는 데 불리한 점이 한두 가지가 아닐 테구요. 다른 사람보다도 더 많은 도움이 필요할 거예요. 당신과 도메니치노 대신에 당신과 제가 그 일을 처리하자는 거죠."

그는 얼굴을 찌푸린 채 한동안 생각에 잠겼다.

"옳아요, 당신 말이 맞아요. 그럼, 그렇게 합시다. 서두를수록 좋겠소. 하지만 함께 떠나서는 안 되오. 난 오늘밤에 출발할 테니 당신은 내일 오후에 역마차를 타도록 하시오."

"어디로요?"

"이제부터 그 문제를 논의해 봅시다. 난 파엔자로 곧장 가겠소. 오늘밤 느지막이 이곳을 떠나 보르고 산 로렌초까지 말을 타고 간 다음, 그곳에서 변장을 하고 곧바로 갈 수 있을 거요."

"그밖에는 다른 방법이 없군요." 근심에 싸여 그녀가 말을 이었다. "하지만 당신이 서둘러 출발하는 것이나, 보르고에서 밀수꾼들을 믿고 변장한 모습을 보여준다는 게 어쩐지 마음에 걸려요. 국경을 넘기 전에 1인 2역을 하자면 적어도 사흘은 꼬박 걸리지 않을까요?"

"그건 조금도 걱정할 필요가 없소." 그가 만면에 웃음을 띤 채 대답했다. "계속 변장을 하고 갈 수도 있지만, 국경에서는 하지 않을 거요. 일단 산에 들어서기만 하면 이곳만큼이나 안전할 테니까. 아펜니노에서 날 배신할 밀수꾼은 없소. 오히려 내가 마음을 놓지 못하는 건 당신이 제대로 넘어올 수 있겠느냐는 거요."

"아, 그건 아주 간단해요! 전 루이자 라이트의 통행증을 빌려 휴가를 떠나는 척하려고 해요. 로마냐에서 절 알아볼 사람은 아무도 없어요. 하지만 당신의 경우는 다르잖아요? 스파이라면 다들 당신을 알고 있을 텐데요."

"다, 다행스럽게도 그건 밀수꾼도 마찬가지요. 밀수꾼들도 모두 날 알고 있으니 말이오."

그녀가 시계를 꺼내 바라보았다.

"두 시 반이에요. 당신이 오늘 밤에 출발한다면 오후시간과 저녁시간이 남아있는 셈이군요."

"우선 집에 가서 모든 걸 정리하고 좋은 말 한 필을 마련해야겠소. 산 로렌초까지는 말을 타고 갈 작정이오. 그 편이 더 안전할 테니까."

"말을 빌려 타는 건 안전하지 않아요. 말 주인이 혹시라도…."

"말을 빌려줄 만한 사람을 알고 있어요. 믿을 수 있는 사람인데 전에도 여러 가지로 도와준 적이 있소. 2주일쯤 후에 양치기들이 그 말을 다시 끌어다 돌려줄 거요. 그럼 다섯 시나 다섯 시 반쯤에 다시 이곳으로 오겠소. 내가 없는 사이에 마르티니를 찾아가 전후 사정을 알려주는 게 좋을 것 같군요."

"마르티니요?" 그녀가 몸을 돌리고 놀란 표정으로 그를 바라보았다.

"그렇소. 달리 적당한 사람이 없다면 그에게 비밀을 털어놓아야 할 거요."

"무슨 말인지 모르겠군요."

"혹시 생길지 모를 사태에 대비해서 우리가 믿을 수 있을 만한 사람을 이곳에 남겨 두고 가야 한다는 말이오. 이곳 사람들 중에서도 가장 믿음직스러운 사람은 마르티니라고 보오. 물론 리카르도도 무슨 일이든 힘닿는 데까지 해주겠지만, 내가 보기엔 마르티니가 보다 확고한 신념의 소유자인 것 같소. 아마 나보다야 당신이 더 잘 알고 있겠지만. 당신 뜻에 맡기겠소."

"저도 어느 모로 보나 마르티니가 가장 믿음직스러운 사람이라는 의견에는 조금도 이견이 없어요. 그가 우리에게 많은 도움을 줄 수 있으리라는 것도 믿고요. 하지만…."

그는 그녀의 말뜻을 금방 알아차렸다.

"젬마, 만약에 절실하게 도움을 필요로 하는 동료가 있고, 당신이 그를 도울 수 있는데도, 그가 혹시나 자신 때문에 당신이 해를 입을까 두려워 도움을 청하지 않았다는 사실을 뒤늦게 알게 된다면 기분이 어떻겠소? 그게 진정으로 친절을 베푸는 일이라 할 수 있겠소?"

"무슨 말인지 잘 알겠어요." 묵묵히 생각에 잠겨 있던 그녀가 잠시 후 머리를 끄덕이며 말했다. "즉시 케이티를 보내 마르티니에게 와달라고 부탁하겠어요. 케이티가 다녀오는 사이에 전 루이자에게 가서 통행증을 빌려오지요. 필요하면 언제든지 빌려주겠다고 약속했거든요. 돈은 있으세요? 은행에서 얼마라도 빼드릴까요?"

"아니오. 그런 일로 귀중한 시간을 낭비해서는 안 되지요. 잠시 동안 우리 두 사람이 버틸 만한 돈은 내 구좌에서도 빼올 수 있소. 잔액이 부족하면 나중에 당신 예금에서 빼 쓰면 될 것이오. 자 그럼, 난 다섯 시 반까지 이곳으로 다시 돌아오겠소."

"좋아요! 그 전까지는 돌아오도록 할게요."

그는 약속된 시간이 30분이나 지나서야 도착했다. 젬마와 마르티니가 함께 테라스에 앉아 있는 게 보였다. 두 사람이 고통스러운 대화를 주고받았으리라는 것을 금방 눈치 챌 수 있었다. 두 사람 모두 흥분해 있는 듯했다. 평소와는 달리 마르티니는 말이 없고 우울해 보였다.

"정리는 끝나셨나요?" 그를 쳐다보며 그녀가 물었다.

"다 됐소. 그리고 이번 일에 필요할까 해서 돈을 좀 가져왔소. 밤중에 폰테 르쏘 관문에 말이 대기해 있을 겁니다."

"좀 늦지 않아요? 아침에 사람들이 깨어나기 전에 산 로렌초에 당도해야 하잖아요?"

"그렇게 될 거요. 아주 빠른 말이니까. 밤 늦게 출발해야 감시를 피할 수 있을 거요. 난 이제 집에 가지 않는 게 좋겠소. 문 앞에 스파이 녀석이 감시하고 있거든요. 그 녀석은 내가 안에 있는 줄 알고 있어요."

"어떻게 스파이 눈을 피해 나오셨어요?"

"부엌 창문을 통해 정원 왼쪽으로 빠져나와 이웃 과수원 담을 넘었지요. 그러느라 이렇게 늦은 겁니다. 그놈 몰래 빠져나와야 했으니까요. 말 주인을 서재에 남겨 두고 저녁 내내 등불을 밝혀두라고 일러 놓았어요. 스파이 녀석은 창문의 불빛 속에 그림자가 어른거리는 걸 보면서 오늘은 내가 글이나 쓰고 있는 줄 알고 안심할 겁니다."

"관문을 빠져나갈 때까지는 이곳에 계셔야겠군요?"

"그렇소. 오늘 밤은 거리에서 누구의 눈에도 띄지 않는 게 좋겠어요. 담배 피우겠소, 마르티니? 담배 좀 피워도 괜찮겠지요, 볼라 부인?"

"상관없어요. 저는 아래층에서 케이티를 도와 저녁 준비를 해야 할 것 같으니까요."

 그녀가 내려가자 마르티니는 뒷짐을 진 채 왔다갔다 거닐기 시작했다. 등에는 담배를 피우면서 말없이 부슬비가 내리는 것을 바라보고 있었다.

 "리바레즈!" 시선을 바닥에 내리깐 채 그의 앞에 우뚝 선 마르티니가 말을 건넸다. "그녀를 끌어들인 일이란 게 대체 뭡니까?"

 등에는 길게 담배 연기를 내뿜었다.

 "그녀 스스로 선택한 겁니다. 어느 누구의 강요에 의해서가 아니라…."

 "물론 그렇겠지요. 그건 나도 압니다. 다만 내가 듣고 싶은 건…."

 "말씀드릴 수 있는 것은 모두 다 말씀드리지요."

 "난… 이번 일의 세부사항에 대해선 아는 바가 전혀 없습니다. 그녀를 위험한 작업에 끌어들일 작정입니까?"

 "사실을 알고 싶습니까?"

 "그렇소."

 "그렇다면… 당신 짐작이 맞습니다."

 마르티니는 몸을 돌리고 다시 왔다갔다 거닐기 시작하더니 갑자기 걸음을 멈추고 그에게 물었다.

 "다른 걸 한 가지 여쭈어 보겠소. 대답하기 싫으면 물론 안 해도 좋습니다. 하지만 대답하려거든 정직하게 말해주시오. 그녀를 사랑하고 있습니까?"

 등에는 조심스럽게 담뱃재를 털더니 다시 말없이 담배를 피워 물었다.

 "대답하기 싫은 모양이군요."

 "그런 건 아니오. 난 당신이 왜 그런 질문을 하는지 알 권리가 있다고 생각합니다만."

 "왜냐구요? 맙소사, 정말 그 이유를 모른단 말이오?"

"아, 그렇군요!" 그는 담배를 내려놓고 마르티니를 뚫어져라 바라보았다. "그렇소." 그가 느릿느릿 부드러운 음성으로 말을 이었다. "난 그녀를 사랑하오. 하지만 당신이 걱정할 필요는 없소. 그 사랑이 이루어지리라고는 생각할 수 없으니까. 난 머잖아…."

그의 음성이 이상스럽게도 가냘픈 중얼거림으로 변했다. 마르티니가 한 걸음 다가섰다.

"머잖아…?"

"… 죽을 테니까."

그는 마치 이미 죽어버린 사람처럼 차갑게 앞을 응시했다. 그가 다시 입을 열었을 때 그의 음성은 생기 없이 메마른 느낌을 주었다.

"미리부터 그것 때문에 그녀를 괴롭히지는 마시오. 어찌 되었든 내겐 조금도 가망이 없소. 누구에게나 위험천만한 일이긴 하지만, 이건 나 못지않게 그녀도 잘 알고 있는 사실이오. 밀수꾼들이 그녀가 체포당하지 않도록 최선을 다해줄 거요. 그들은 좀 거칠기는 하지만 참 좋은 친구들이오. 그리고… 내 목에는 올가미가 걸려 있소. 이제 국경을 넘어가면 그 올가미가 조여질 거요."

"리바레즈, 그게 무슨 말이오. 물론 위험하기 짝이 없는 일이긴 합니다만, 특히나 당신에겐…. 나도 익히 알고 있습니다. 하지만 당신은 전에도 여러 차례 아무 탈 없이 국경을 넘나들곤 했잖소?"

"물론 그랬지요. 하지만 이번에는 실패할 거요."

"아니, 왜요? 당신이 그걸 어떻게 안단 말이오?"

등에는 언뜻 서글픈 미소를 지어보였다.

"자기와 꼭 닮은 사람을 만나자 죽게 된 남자에 대한 독일 전설을 알고 있소? 한밤중 홀로 있는 그에게 그를 닮은 사람이 절망에 몸부림치는 모습으로 나타났던 거라오. 글쎄, 나도 지난번 산지에 있을 때 나와 꼭 닮은 사람을 만나게 되었소. 이제 다시 국경을 넘어가면 영영 돌아오지 못할 거요."

마르티니는 그에게 다가가 앉아 있는 의자에 손을 짚었다.

"내 말 좀 들어보시오, 리바레즈. 당신의 그 괴상한 말을 나는 한 마디도 알아듣지 못하겠소. 하지만 한 가지만은 알 것 같소. 당신이 그렇게 느끼고 있다면 가서는 안 된다는 것…. 체포될 거라는 생각을 품은 채로 가는 것은 체포되고 마는 가장 확실한 길이오. 당신이 그런 공상을 하는 걸 보니, 몸이 불편하든지 아니면 기분이 언짢은 게 틀림없소. 당신 대신 내가 가면 어떻겠소? 나도 무슨 일이든 실천적인 작업이라면 자신 있소. 당신은 당신 부하들에게 지시사항만 보내주면 될 게고…."

"나 대신 당신을 사지로 보내란 말이오? 그것 참 기막힌 발상이로군!"

"아, 난 잡혀 죽지는 않을 거요! 난 당신만큼 얼굴이 팔려 있지는 않으니까. 게다가 설사 내가 죽는다 해도…."

그가 말을 멈추었다. 등에는 미심쩍은 눈길로 그를 쳐다보았다. 의자를 짚고 있던 마르티니의 손이 힘없이 축 처졌다.

"어쨌거나 그녀는 나보다도 당신을 못내 그리워할 겁니다." 짐짓 무미건조한 체하는 음성이 이어졌다. "그리고 또, 리바레즈, 이건 공식적인 사업이오. 우린 공리적 관점에서 판단해야 합니다. 최대 다수의 최대 행복 말입니다. 경제학자들은 뭐라 하는지 모르겠습니다만 당신의 '최종적 가치'가 내 경우보다 더 크다고 할 수 있겠지요. 당신을 특별히 좋아할 까닭은 없지만 나도 그 정도는 알아차릴 만한 머리는 가지고 있소. 당신은 나보다 훨씬 그릇이 큰 사람이오. 당신이 좋은 사람이라고는 확신할 수 없지만 뛰어난 사람이라는 건 틀림없는 사실이니까. 당신의 죽음은 내 경우보다 훨씬 커다란 손실이 될 거요."

그의 말하는 투로 보아 역할을 바꾸자는 이야기인 것 같았다. 등에는 한기가 든 것처럼 온몸을 부르르 떨면서 그를 쳐다보았다.

"나의 무덤이 저절로 열려 날 집어삼킬 때까지 기다려주시겠소? '꼭 죽어야만 한다면, 나는 죽음의 어둠을 새색시처럼 반겨하고⋯.'[2] 이것 보시오, 마르티니, 당신과 난 말도 안 되는 소릴 지껄여대고 있는 거요."

"당치도 않은 건 당신이요." 마르티니가 퉁명스럽게 대꾸했다.

"그렇겠지요. 하지만 당신도 마찬가지요. 아무쪼록 존 카를로스나 마르쿼스 포사[3]가 하던 것 같은 낭만적인 자기희생일랑 아예 꿈도 꾸지 마시오. 지금은 19세기란 말입니다. 내가 죽어야 할 일이라면 마땅히 내가 감당해야 하오."

"나 따위는 살아남는 게 일이라는 투로군요. 당신은 행운아요, 리바레즈."

"그렇소. 난 언제나 행운아였소."

그들은 말없이 몇 분 동안 담배를 태우고 다시 작업의 세부사항을 의논하기 시작했다. 젬마가 저녁식사가 준비됐다고 알리러 왔을 때, 두 사람 중 누구도 심각한 대화가 오갔음을 굳이 감추려 들지 않았다. 식사를 마친 후 그들은 11시까지 계획을 점검하고 필요한 것들을 정리했다. 11시가 되자 마르티니가 자리에서 일어나 모자를 집어 들었다.

"집에 가서 내 승마용 외투를 가져오겠소. 밝은 빛깔의 옷보다는 눈에 덜 뜨일 겁니다. 근처에 스파이가 없는지 정찰도 해볼 겸 갔다 오겠소."

"관문까지 함께 가겠소?"

"그렇소. 미행하는 자가 있는지 알아보려면 한 사람보다야 두 사람이 낫지 않겠소? 12시까지 돌아오겠소. 내가 돌아올 때까지 출발하지 마시오. 젬마, 내가

---

2) 윌리엄 셰익스피어의 희곡 『법에는 법으로』 제3막 제1장에 나오는 대사.
3) 두 사람 모두 프리드리히 실러의 희곡 『돈 카를로스』에 나오는 인물.

열쇠를 가지고 가는 편이 낫겠어. 초인종소리에 다른 사람이 깰 수도 있으니…."

그녀는 열쇠를 건네주면서 그의 표정을 살폈다. 그녀를 등에와 단 둘이 있게 하기 위해 핑계를 대고 자리를 비켜준다는 것을 알 수 있었다.

"당신과는 내일 이야기하면 되겠네요." 그녀가 마르티니에게 말을 건넸다. "짐만 다 꾸리고 나면 내일 아침에는 이야기 나눌 시간이 있을 거예요."

"아, 그럽시다! 시간이야 많겠지. 리바레즈, 당신에게 두세 가지 물어볼 게 있소만… 조금 있다가 관문으로 가면서 물어보기로 하지요. 젬마, 케이티는 잠자리에 들도록 하는 게 좋을 것 같은데. 두 분 다 가급적이면 큰 소릴랑 내지 마시오. 자 그럼, 12시에 봅시다."

그는 미소를 띤 채 고개를 가볍게 끄덕여 보이고는, 볼라 부인의 방문객이 나간다는 것을 이웃사람에게 알릴 양으로 일부러 문을 쾅 소리가 나도록 요란하게 닫고 나갔다.

젬마는 부엌으로 들어가 케이티에게 잘 자라는 인사를 한 다음 찻잔에 블랙커피를 담아 돌아왔다.

"잠시라도 누우실래요? 오늘 밤은 한숨도 못 주무실 것 아니에요?"

"아, 아니오. 괜찮아요. 부하들이 변장을 준비하고 있는 사이에 산 로렌초에서 한숨 자죠."

"여기 커피 가져왔어요. 잠깐만요, 비스킷 좀 내올게요."

그녀가 찬장 앞에 앉자 그가 갑자기 그녀의 어깨 위로 허리를 굽혔다.

"무엇이든 거기에 놓아두나요? 야아, 초콜릿 크림도 있고 버터쿠키도 있군! 와아, 이건 최, 최고급품 아닙니까!"

아이처럼 기뻐하는 그의 모습에 그녀는 희미하게 미소 지었다.

"단 것을 좋아하나 봐요? 마르티니를 위해 늘 준비해 두고 있어요. 사탕과자를 빨고 있는 마르티니를 보면 영락없이 어린애 같거든요."

"저, 정말 그래요? 당신이 내일 그에게 조, 좀 더 얻어주기로 하고 여기 있는 것들은 내가 가지고 가야겠습니다. 아니, 버터쿠키는 그냥 호주머니에 넣겠소. 오래 전에 잃어버린 삶의 즐거움을 일깨워줄 겁니다. 교수형에 처해지는 날, 빨아먹을 버터쿠키라도 주었으면 조, 좋겠소."

"어머, 저런… 호주머니에 그냥 집어넣으면 어떡해요! 제가 마분지 상자라도 찾아볼게요. 참 짓궂으시군요! 초콜릿도 넣어드릴까요?"

"아니요. 그건 지금 당신과 함께 먹겠소."

"하지만 전 초콜릿을 좋아하지 않는걸요. 가끔씩 오셔서 이렇게 놀다 가시면 좋겠어요. 우리 둘 중 한 사람이 먼저 죽기 전에 다시 이렇게 오붓한 시간을 가질 수 있는 기회가 올까요…?"

"초콜릿을 좋아하지 않으신다!" 그가 목소리를 죽이며 중얼거렸다. "그렇다면 나 혼자서 이걸 다 먹어야겠군. 이건 교수형을 앞 둔 최후의 만찬인가? 당신은 오늘밤 내 변덕을 다 받아줄 작정인가 보오. 자, 우선 이 안락의자에 앉아요. 난 당신 말대로 눕겠소. 여기 이렇게 편안히 누워 있을 거요."

등에는 그녀의 발아래 양탄자에 길게 누워 걸상에 팔꿈치를 기댄 채 그녀의 얼굴을 쳐다보았다.

"젬마, 안색이 창백하군요! 그건 당신이 인생을 슬픈 것으로 생각하고 또 초콜릿을 싫어하기 때문이오."

"단 5분만이라도 진지해 질 수 없나요! 생사가 걸린 문제를 앞두고 있잖아요."

"단 1분이라도 그럴 순 없소. 죽든 살든 별 볼일 없을 테니까 말이오."

등에는 그녀의 두 손을 감싸 쥔 채 손끝으로 부드럽게 쓰다듬었다.

"그렇게 침울한 표정은 짓지 말아요, 젬마! 울음이 터져나올 것만 같소. 내가 울면 기분이 언짢을 것 아니오. 활짝 웃는 모습을 보고 싶소. 당신은 정말 머, 멋진 웃음을 가지고 있어요. 자, 이젠 날 나무라지 마오. 함께 비스킷이나 먹읍시다. 착한 어린애들처럼 싸우지 말고… 사이좋게…. 내일이면 어차피 우린 죽을 테니까."

그는 쟁반에서 비스킷을 집어 들어 조심스럽게 반으로 쪼개고, 장식용 사탕도 정확하게 이등분했다.

"이건 독실한 척 거만 떠는 사람들이 교, 교회에서 먹는 것과 똑같은 성찬이오. '받아먹으라, 이것이 내 몸이니라.' 자, 같은 잔으로 포도주를 마셔야지요. 오, 됐어요. '이것은 나의 피니…'"[4]

그녀가 잔을 내려놓았다.

"그만 두세요!" 거의 울음이 터져 나올 것만 같은 음성이었다. 그녀를 쳐다보던 그가 그녀의 손을 꼭 쥐었다.

"쉬잇, 자아! 잠시만 얌전히 있으면 되오. 우리 둘 중 한 사람이 죽으면 남은 사람은 이걸 기억할 게요. 우린 귓가에 웅웅거리는 이 지저분하고 요란스러운 세상을 잊어버리고 함께 손에 손을 잡고 가는 거요. 우린 죽음의 음침한 방에 들어가 양귀비꽃 사이에 눕는 거요. 쉬잇! 그러면 우린 평화를 얻게 될 거요."

그가 그녀의 무릎에 얼굴을 묻었다. 적막 속에서 그녀는 그를 향해 몸을 굽히고 그의 머리 위로 자신의 손을 얹었다. 그렇게 시간은 소리 없이 흘렀다. 그들

---

4) 예수가 최후의 만찬에서 제자들에게 빵과 포도주를 나눠주며 했던 말. "그들이 음식을 먹을 때에 예수께서 빵을 들어 축복하시고 제자들에게 나누어 주시며 '받아 먹어라, 이것은 내 몸이다' 하시고, 또 잔을 들어 감사의 기도를 올리시고 그들에게 돌리시며 '너희는 모두 이 잔을 받아 마셔라. 이것은 나의 피다. 죄를 용서해 주려고 많은 사람을 위하여 내가 흘리는 계약의 피다.'"(마태오 복음서 26장 26-28절)

은 움직이지도, 말을 꺼내지도 않았다.

"리바레즈, 12시가 다 되었어요."

마침내 그녀가 말문을 열었다. 그가 머리를 들어올렸다.

"시간이 몇 분밖에 남지 않았군요. 마르티니가 곧 돌아올 거예요. 어쩌면 다시는 못 보게 될지도 모르겠죠? 제게 하실 말씀이 있으신가요?"

그는 천천히 자리에서 일어나 방의 맞은편으로 걸어갔다. 잠시 침묵이 흘렀다.

"이야기할 게 한 가지 있소." 거의 알아들을 수 없는 음성이었다. "당신에게 딱 하나…."

그는 걸음을 멈추고 창가에 앉더니 두 팔로 얼굴을 감싸 안았다.

"당신은 오래 전부터 자비를 베풀려고 마음먹고 있었어요." 그녀의 부드러운 음성이 들려왔다.

"난 평생 자비란 걸 접해 본 적이 거의 없었소. 난 처음에 당신이 크게 신경 쓰지 않을 거라 생각했지…."

"지금은 그렇게 생각하지 않는군요?"

그녀는 잠시 그의 대답을 기다리는 눈치였다. 아무 대답이 없자 그녀가 방을 가로질러 그 옆으로 다가갔다.

"이제 진실을 말해주세요." 그녀의 속삭임이 꿈결처럼 아련히 들려왔다. "생각해 보세요. 만에 하나라도 당신이 죽고 나만 살아남는다면 아무것도 모른 채, 아무것도 확인하지 못한 채 평생을 보내야 해요."

그가 그녀의 손을 힘있게 잡아 쥐었다.

"내가 죽는다면…. 당신이 알다시피 남미에 갔을 때… 아, 마르티니가 왔군요!"

그는 갑작스럽게 말을 멈추고 방문을 열었다. 마르티니가 현관의 신발닦이에 장화를 문질러 닦고 있었다.

"평소처럼 일 분 일 초도 안 틀리게 저, 정확하군! 마르티니, 당신은 살아 있는 저, 정밀시계요. 그게 스, 승마용 외투요?"

"그렇소. 두세 가지 다른 것들도 들어 있어요. 눅눅하지 않게 하려고 했지만 비바람이 휘몰아치고 있어서…. 말을 타고 가기가 꽤 불편하겠소."

"그건 문제없소. 거리는 조용합디까?"

"그래요, 스파이 녀석들은 모두 잠자리에 든 것 같고. 이렇게 날씨가 험악해서야 뭐 당연한 일이지요. 그거 커피요, 젬마? 빗속에 떠나기 전에 따뜻한 걸 마셔두는 게 좋을 겁니다. 감기 들지 않게 말이오."

"블랙커피예요. 진하게 끓였어요. 우유도 데워 올게요."

그녀는 부엌으로 들어갔다. 자꾸만 울음이 터져나올 것만 같아 이를 악물고 주먹을 힘껏 쥐었다. 우유를 가지고 들어갔을 때, 등에는 승마용 외투를 걸쳐 입고 마르티니가 가져온 가죽각반을 붙들어 매고 있었다. 선 채로 커피 한 잔을 다 마시고 나더니 그는 테가 넓은 승마용 모자를 걸쳐 썼다.

"떠나야 할 때인가 보오, 마르티니. 만일의 사태에 대비해서 관문에 도착할 때까지 주의해야 할 거요. 당분간이나마 안녕히 계십시오, 부인. 별다른 일이 없으면 금요일에 폴리에서 만납시다. 잠깐만, 이게 그곳 주소요."

그는 수첩에서 종이 한 장을 뜯어 연필로 몇 자 적었다.

"주소는 제게도 있어요." 그녀의 음성은 우울하고도 낮았다.

"가지고 있소? 자, 어쨌든 여기 있소. 그럼 마르티니, 갑시다. 문이 삐걱거리지 않도록 조심하시오."

그들은 살금살금 아래층으로 내려갔다. 길거리로 통하는 문이 딸깍 닫히는 소리를 듣고서 그녀는 방으로 돌아왔다. 그녀는 그가 손에 쥐어준 종이쪽지를 무심코 펼쳐보았다.

주소 아래에는 이렇게 씌어 있었다. '이곳에서 만나 모든 걸 이야기하리다.'

2

 마침 브리시겔라는 장날이었다. 시골사람들은 부락에서 돼지, 닭, 유제품에다 산기슭에 놓아 기른 가축 떼를 몰고 시내로 몰려들고 있었다. 쉴 새 없이 몰려드는 사람들로 시장은 온통 북새통이었다. 말린 무화과열매, 싸구려 빵, 해바라기씨 등을 흥정하면서 사람들은 웃고 떠드느라 야단법석이었다. 햇볕에 그을린 갈색 피부에 맨발의 아이들이 뙤약볕 아래 길바닥에 코를 처박고 엎드려 자고 있었다. 아이 엄마들은 나무그늘 아래 버터와 계란 바구니를 늘어놓고 손님을 기다리고 있었다.
 아침 인사차 밖에 나왔던 몬타넬리 추기경은 금새 떠들썩한 어린아이들의 무리에 둘러싸였다. 아이들은 산비탈에서 꺾어온 붓꽃, 진홍빛 양귀비꽃, 새하얀 수선화 꽃다발을 그에게 다투어 바쳤다. 추기경이 들꽃을 좋아했기 때문에 어른들도 현인賢人에게 부리는 재롱쯤으로 아이들의 행동을 애정 어린 눈으로 관대하게 보아주었다. 추기경만큼 사랑 받지 못하는 이가 집안을 들꽃으로 가득 채워놓았다면 모두들 비웃었을 것이다. 하지만 '축복받은 추기경'의 그만한 정도의 괴벽쯤은 눈감아줄 만했다.

"그래, 마리우치아." 그가 한 어린아이 앞에 걸음을 멈추고 머리를 쓰다듬으며 말을 붙였다. "지난번에 보았을 때보다 많이 자랐구나. 할머니 신경통은 어떠시냐?"

"요즈음 많이 좋아지셨어요, 추기경님. 그런데 이젠 어머니가 편찮으셔요."

"그거 참 안됐구나. 언제 시간을 내어 내려오시라고 말씀드리렴. 지오다니 선생님이 치료해 주실 수 있을지 알아보마. 요양할 만한 곳을 알아볼 수 있을 게다. 아마 기분전환을 하게 되면 금방 나으실 거야. 루이지, 훨씬 건강해 뵈는구나. 눈은 좀 어떻니?"

그는 산지인들과도 몇 마디씩 이야기를 주고받으며 지나갔다. 그는 언제나 아이들의 이름과 나이, 고민, 그리고 부모들의 걱정거리를 소상하게 기억하고 있었다. 크리스마스 때 탈이 났던 암소는 어떤지, 지난번 장날 마차바퀴에 깔린 헝겊인형은 어떤지 자상하게 묻기도 했다.

그가 관저로 돌아올 무렵엔 매매가 한창 이루어지고 있었다. 푸른 상의에 부스스한 검은 머리카락이 눈언저리까지 드리워지고 뺨에 깊은 흉터가 패여 있는 절름발이 사나이가 어슬렁어슬렁 노점으로 다가와 서투른 이탈리아어로 레몬수 한 잔을 청했다.

"이 지방 사람이 아니군요." 레몬수를 떠주던 여인이 그를 흘끔 바라보며 물었다.

"코르시카에서 왔소."

"일자릴 찾으러 오셨나?"

"그렇소, 곧 건초 말릴 철이잖소. 며칠 전 바스티아¹⁾로 가는 도중에 라벤나 근처에 농장을 가지고 있는 신사양반을 만났는데, 그 양반 말이 이곳에 가면 일감이 많다고 합디다만."

"일자릴 찾기 바라오만, 이 근처는 경기가 좋질 못해서…."

"아이구, 아주머니, 말도 마시오. 코르시카는 이보다 더해요. 우리같은 가난뱅이들은 어떻게 살라는 건지, 원…."

"혼자 오셨수?"

"아니요, 동료가 한 명 있지요. 저기 있잖소, 붉은 상의에… 어이, 파올로!"

자기 이름을 부르는 소리에 미셸은 호주머니에 두 손을 찌른 채 어슬렁어슬렁 다가왔다. 남들이 알아보지 못하도록 붉은 가발까지 걸친 탓인지, 그는 영락없이 코르시카인처럼 보였다. 하지만 변장에 있어서는 등에가 훨씬 완벽했다.

그들은 시장을 이곳저곳 함께 돌아다녔다. 미셸은 이빨 사이로 휘파람 소리를 내고 있었다. 등에는 절름거리는 발을 눈에 띄지 않을 양으로 어깨에 짐을 짊어지고 발을 질질 끌면서 걸었다. 그들은 중요한 지시사항을 전달하기 위해 전령을 기다리고 있던 중이었다.

"저쪽 모퉁이에 마르코네가 있군. 말을 타고 있는데." 미셸이 불쑥 속삭이듯 말을 건넸다. 짐을 짊어지고 있던 등에가 그쪽으로 발을 질질 끌며 다가갔다.

"나리, 혹시 건초 말릴 인부를 구하시나요?" 말 재갈을 붙잡은 채 그가 누더기 모자를 만지작거리며 물었다. 그의 몸짓은 약속된 신호였다. 겉보기에 시골 지주의 마름처럼 보이는 사내가 말에서 내리더니 말갈기에 고리를 내던졌다.

"무슨 일을 할 수 있나?"

등에는 계속 모자를 만지작거리고 있었다.

"나으리, 꼴도 베고 울타리도 칠 수 있습죠." 말을 일단 꺼내자 그는 막힘없이 술술 이야기했다. "(동굴 입구에서 아침 1시에. 좋은 말로 두 필, 마차 한 대. 동

---

1) 프랑스 영토인 지중해 코르시카 섬의 북부에 위치한 도시.

굴 안에서 기다리고 있겠죠.) 그뿐입니까, 구덩이도 잘 파지요, 나으리."

"그래, 그래, 그 정도로 하게. 난 꼴을 벨 인부가 필요할 뿐일세. 전에 해본 적이 있나?"

"있고 말굽쇼, 나으리. (명심하라. 완전무장하고 오도록. 기동대와 부딪칠지도 모른다. 숲 속의 통로로 가지 마라. 다른 길이 더 안전하다. 스파이를 만나면 무조건 사살하라.) 그저 시켜만 주신다면 그 은혜 백골난망이겠습니다, 나으리."

"으음, 하지만 난 경험 많은 인부가 필요하다네. 저리 가! 지금은 동전이 없어."

그때 누더기 옷을 걸친 거지 한 명이 비척거리며 그들에게 다가와 구슬픈 소리로 푸념을 늘어놓았다.

"성모마리아의 은총으로 앞 못 보는 가련한 자에게 온정을 베푸소서. (즉시 이곳을 빠져나가라. 기동대가 다가오고 있다.) 성모마리아여, 순결한 여인이여. (놈들이 쫓고 있는 건 바로 리바레즈 당신이오. 2분 후면 이곳에 당도할 거요.) 복 받을 지어다. (단숨에 내빼야 할 거요. 곳곳에 스파이들이 쫙 깔려 있소. 눈에 띄지 않게 빠져나간다는 건 아예 불가능할 테니까.)"

마르코네가 슬그머니 등에의 손에 말고삐를 건네주었다.

"서둘러요! 다리까지 말을 타고 가다가 말을 버려요. 산골짜기로 숨으면 될 거요. 우린 모두 무장을 갖추고 있소. 10여분쯤은 놈들을 막아낼 수 있을 게요."

"안 돼! 동지들을 붙잡히게 내버려둘 순 없어. 모두 함께 싸우자. 내 뒤를 따라 질서 있게 말이 있는 곳으로 이동하라. 단검을 준비하고, 퇴각 시에 모자를 던지면 즉시 말고삐를 끊고 가장 가까이에 있는 말에 올라타라. 나중에 숲 속으로 모이기 바란다."

낮은 목소리로 이야기를 나누었던 터라, 바로 코앞에 서 있는 사람들조차도 그들 사이에 꼴 베는 것보다 훨씬 무시무시한 이야기가 오가고 있으리라고는 상상도 하지 못했다. 마르코네는 자기 말의 고삐를 잡아당겨 말을 묶어두는 곳으로 다가갔다. 등에는 그 옆에서 어기적어기적 따라 걷고 있었다. 거지 차림의 동지도 손을 내밀며 끈질기게 애걸하면서 그 뒤를 따랐다. 미셸은 아무 일도 없다는 듯 휘파람을 불면서 걸어갔다. 거지가 지나가던 미셸에게 씽긋 눈짓을 보내자 미셸은 나무그늘 아래에서 양파를 먹고 있던 세 농부에게 슬쩍 소식을 전해주었다.

그들은 재빨리 자리에서 일어나 그를 따랐다. 아무런 낌새도 보이지 않고 그들 일곱 사람은 관저의 계단 옆에 모였다. 각자 한 손에 권총을 숨긴 채 고삐가 매어져 있는 말 가까이로 최대한 다가섰다.

"내가 움직일 때까지 명령에 따르라." 낮지만 또렷하게 등에의 음성이 들려왔다. "놈들이 우릴 알아차리지 못할지도 모른다. 내가 발사하면 질서 있게 행동하라. 인명을 해쳐서는 안 된다. 놈들의 말을 쏘아라, 놈들이 우릴 추격하지 못하도록. 세 사람이 발사하면 나머지 세 사람은 총탄을 장전하라. 우리와 말 사이에 끼어드는 자가 있으면 사살하라. 난 저 얼룩말을 타겠다. 내가 모자를 던지면 전력 질주한다. 무슨 일이 있더라도 멈추지 말 것."

"저기 놈들이 오는군." 미셸이 말했다. 등에는 사방을 둘러보았다. 분위기가 심상치 않다는 걸 눈치 챘는지 사람들이 갑자기 흥정을 멈추었다.

열다섯 명의 무장병사들이 시장을 향해 천천히 다가오고 있었다. 그들은 수많은 사람들 틈을 빠져 나오느라 애를 먹고 있었다. 시장 모퉁이의 스파이들만 없었다면 일곱 명의 공모자들도 사람들의 시선이 병사들에게 쏠린 틈을 타 소리 없이 빠져나갈 수도 있었을 것이다. 미셸이 등에에게 가까이 다가왔다.

"지금 도망칠 수 없을까?"

"안 돼. 스파이들이 포위하고 있어. 놈들 중 한 놈이 내 얼굴을 알고 있네. 이제 막 그 놈이 내가 있는 곳을 대위에게 알리러 사람을 보냈어. 놈들의 말을 쏘는 수밖에."

"스파이는 어느 놈이지?"

"내가 쏘는 첫 번째 놈. 자, 준비 됐나? 놈들은 우리가 도망칠 통로를 열어주고 있는 셈이야. 놈들은 질풍처럼 덮쳐올 거야."

"길에서 물러서라!" 대위가 고함을 질렀다. "교황의 이름으로 명령한다!"

사람들은 깜짝 놀라 뒤로 물러섰다. 병사들이 관저 계단 옆에 있는 일단의 사람들을 향해 노도와 같이 달려들었다. 품에서 권총을 빼어든 등에가 총을 발사했다. 총탄은 다가오는 병사가 아니라 말에 바싹 붙어 있던 스파이에게로 날아갔다. 스파이는 어깨에 총탄을 맞고 땅바닥에 쓰러졌다. 뒤이어 여섯 발의 총성이 잇달아 울려 퍼졌다. 일곱 명의 공모자들은 고삐에 매인 말들이 있는 쪽으로 바싹 다가갔다.

기병대의 말 한 마리가 총에 맞아 나뒹굴었다. 또 한 마리가 구슬픈 비명을 지르며 쓰러졌다. 그때 공포에 질린 사람들의 비명소리를 뚫고 대위의 거만한 목소리가 울려 퍼졌다. 그는 말에 올라타 머리 위로 칼을 치켜들고 있었다.

"이쪽으로!"

그러나 그는 갑자기 안장 위에서 기우뚱하더니 옆으로 쓰러졌다. 등에가 치명상을 입힐 목적으로 총을 발사했던 것이다. 핏물이 대위의 제복을 흥건히 적셨다. 그러나 그는 안간힘을 다해 말갈기를 붙들면서 사납게 외쳤다.

"생포할 수 없다면 저 절름발이 녀석을 사살하라! 저 놈이 리바레즈다!"

"총 한 자루 더, 빨리!" 등에가 부하에게 명령을 내렸다. "어서 떠나!"

그가 모자를 벗어 던졌다. 순식간의 일이었다. 격분한 병사들이 물불을 가리지 않고 바로 그 앞으로 돌진해 왔다.

"모두들 무기를 내려놓으시오!"

몬타넬리 추기경이 느닷없이 싸움판에 끼어들었다. 병사 한 명이 두려움에 떨며 외쳤다.

"추기경님! 오, 맙소사. 다친단 말이에요!"

몬타넬리는 한 걸음 더 가까이 다가오더니 등에의 권총을 마주보았다.

동료 중 다섯 명은 이미 말에 올라타 구릉지대로 통하는 길목으로 쏜살같이 달려가고 있었다. 마르코네도 말 등 위로 뛰어올랐다. 도망치기 직전 그는 등에가 위험에 처해 있는지 확인하기 위하여 등을 돌렸다. 얼룩말이 바로 가까이 있었으므로, 한 순간이면 모두가 탈출할 수 있었을 것이다. 하지만 자줏빛 예복을 입은 사세가 한 걸음 나서서, 머뭇거리던 등에의 권총을 쥔 손이 아래로 죽 처져 버리는 것이었다. 바로 그때 모든 것이 결정되고 말았다. 포위된 그가 땅바닥에 뒹구는 순간, 병사의 칼등에 맞은 권총은 그의 손에서 저만큼 튕겨져 나갔다. 마르코네는 암말의 옆구리를 힘껏 내질렀다. 기병대가 구릉지대까지 그를 추격해 왔다.

질풍같이 내달리던 그는 안장 위에서 몸을 틀어 코앞까지 추격해 온 병사에게 총탄세례를 퍼부었다. 그 순간 그는 등에가 온 얼굴이 피투성이가 된 채 말과 병사, 그리고 스파이의 발길질에 짓밟히고 있는 것을 보았다. 병사들이 퍼붓는 야만스러운 욕지거리와 승리감과 분노가 뒤섞인 고함 소리가 길게 이어졌다.

몬타넬리는 무슨 일이 벌어졌는지 도통 알 수가 없었다. 그는 계단에서 내려와 공포에 떨고 있는 사람들을 진정시키려고 애썼다. 총상을 입은 스파이를 굽어보고 있다가 사람들이 웅성거리는 소리에 고개를 들었다. 병사들이 광장을 가로질러 두 손이 밧줄로 꽁꽁 묶여 있는 포로 하나를 질질 끌어 가고 있었다. 포로의 얼굴은 고통과 탈진으로 인해 흙빛이었으며 몹시 숨을 헐떡이고 있었다. 그러나 추기경을 바라보는 순간 포로는 창백한 입술에 미소를 머금으며 중얼거렸다.

"추기경… 추, 축하하오."

닷새 후 마르티니는 폴리에 도착했다. 그는 젬마가 보낸 안내장을 보고 오는 길이었다. 그것은 특별한 비상사태가 발생하여 그의 도움이 필요할 때 보내기로 합의된 신호였다. 테라스에서 나누었던 대화를 곰곰이 돌이켜본 그는 곧 사태를 추측해 볼 수 있었다. 불길한 예감이 들었다. 폴리까지 오는 동안 그는 '둥에게 무슨 일이 일어났다고 생각할 하등의 이유가 없고, 신경과민 환자처럼 쓸데 없는 공상에 집착하는 건 어리석은 짓일 뿐'이라고 스스로를 설득했다. 하지만 그런 생각을 뿌리치면 뿌리칠수록, 그 생각은 더욱 더 확고하게 그의 마음을 사로잡는 것이었다.

"어찌된 일인지 여러 가지로 생각해 보았소. 리바레즈가 체포된 거죠, 그렇지요?" 젬마의 방에 들어서면서 그가 입을 열었다.

"지난 주 목요일 브리시겔라에서 체포되었어요. 끝까지 맞서 싸우면서 기병대 대위와 스파이에게 부상을 입혔다는군요."

"무장해서 싸웠단 말이오? 골치 아프게 됐군!"

"먼저 총을 쏘아서 부상을 입혔기 때문에, 단순히 무장해서 싸운 정도가 아니에요."

"어떻게 처리될 것 같소?"

그녀는 전보다 훨씬 더 창백한 표정이었다.

"어떻게 처리될 지 지켜보고 있다간 만사끝장이에요."

"우리가 구출할 수 있다고 보오?"

"구출해 내야지요."

마르티니는 몸을 돌이켜 뒷짐을 진 채 휘파람을 불기 시작했다. 젬마는 그가 생각할 여유를 갖도록 내버려두었다. 의자 등받이에 머리를 기댄 채 잠자코 앉아 있던 그녀는 골똘히 생각에 잠겨 먼 곳을 하염없이 바라보았다. 그녀의 모습은 마치 뒤러의 '멜랑콜리아2'에 나오는 주인공 같았다.

"그를 만나보긴 했소?" 이리저리 거닐던 마르티니가 걸음을 멈추고 물었다.

"아뇨. 그 다음 날 이곳에서 만나기로 했는데 그만…."

"그건 나도 기억나오만. 지금 어디 있다고 합디까?"

"요새에요. 사슬에 묶인 채 엄중한 감시를 받고 있다고 하더군요."

그는 별것 아니라는 시늉을 해보였다.

"사슬 따윈 문제도 아니오. 잘 드는 줄 하나면 그까짓 것쯤이야 쉽게 풀어버릴 수 있으니까. 부상당하지만 않았다면…."

"가벼운 상처를 입긴 한 모양이지만 정확한 건 모르겠어요. 제 생각엔 당신이 미셸에게 직접 설명을 들어보는 게 좋을 성싶군요. 현장에 있었으니까요."

"어떻게 붙잡히지 않고 빠져나왔답니까? 곤경에 빠진 리바레즈는 내팽개치고 자기만 도망쳐 나왔겠구만."

"그 사람 잘못이 아니에요! 그도 끝까지 싸웠대요. 그리고 내려진 지시대로 충실히 따랐고요. 그 점에 있어서는 그들 모두 다 그랬어요. 깜박 잊은건지 아니면… 어쨌든 마지막 결정적인 순간에 실수를 저지른 사람은 리바레즈 그 사람이에요. 전체적으로 볼 때 뭔가 풀리지 않는 점이 있어요. 잠시만 기다리세요.

---

2) 독일의 화가인 뒤러(Albrecht Dürer, 1471-1528)가 1513년에 제작한 동판화.

미셸을 불러올게요."

방문을 나선 그녀가 곧 미셸과 어깨가 넓은 산지인을 데리고 돌아왔다.

"이 분은 마르코네 씨예요." 그녀가 서로를 소개하였다. "당신도 이분에 대해서는 들어본 적이 있죠? 이분은 밀수꾼인데 방금 도착했으니 좀 더 상세한 이야기를 들려주실 수 있을 거예요. 미셸, 이 분은 마르티니 씨예요. 전에 말씀드린 적이 있지요. 당신이 본 대로 사건의 경과를 말씀해주시겠어요?"

미셸은 기병대와의 접전에 대해 간단히 설명했다. 그러고 나서 결론삼아 덧붙였다.

"저도 어떻게 그런 일이 일어났는지 도무지 알 수가 없어요. 그가 붙잡히리라고 생각했다면 우리 중에 누가 그를 내팽개치고 도망하겠습니까? 그의 지시가 어찌나 주도면밀했던지, 그가 놈들에게 포위당할 줄이야 꿈에도 생각지 못했습니까? 그는 얼룩말 바로 곁에 있었어요. 말고삐를 자르는 것도 보았습니다. 말에 올라타기 전에 난 그에게 총알이 재어진 권총을 직접 건네주었지요. 다리를 저니 올라타려다 발을 헛디디지 않았나 생각해 봤지만, 그렇더라도 총은 쏠 수 있었을 텐데…."

"아니, 그게 아니오." 마르코네가 손을 가로저으며 끼어들었다. "그는 아예 말을 타려고 하지도 않았소. 난 내 암말이 총성에 놀라 뒷걸음질치는 바람에 맨 나중에 떠났소. 그가 무사한지 살펴보려고 고개를 돌려 보았지요. 추기경이 없었더라면 충분히 달아날 수 있었을 겁니다."

"뭐라구요?" 젬마의 입에서 탄성이 터져 나왔다. 마르티니도 깜짝 놀라 되물었다. "추기경이라고 했소?"

"그렇소. 추기경이 권총 앞으로 뛰어들었소. 그가 당황해 하는 것 같았소. 깜짝 놀란 게 틀림없었어요. 그랬으니 권총을 든 손을 떨어뜨리고 다른 손을 이렇게 들어올렸겠지요." 마르코네는 왼쪽 손등으로 눈가를 스치는 시늉을 해보였다. "그 뒤엔 말할 것도 없이 놈들이 그를 덮쳤소."

"그것 참 모를 일이군." 미셸이 고개를 갸우뚱거리며 입을 열었다.

"리바레즈는 위기의 순간에도 정신을 잃을 사람이 아닌데…."

"비무장한 사람을 다치게 할까 봐 권총을 내렸겠지요." 마르티니가 불쑥 끼어들었다. 미셸은 영문을 모르겠다는 듯 어깨를 으쓱해보였다.

"무장하지 않은 사람은 싸움판에 끼어들지 말아야 하는데…. 어쨌든 전쟁은 전쟁 아닙니까! 리바레즈가 순한 양처럼 순순히 붙잡히지 않고 그 대신 추기경을 쏘아버렸다면, 오히려 정직한 사람이 한 명 더 늘고 성직자 한 명이 줄어들었을 텐데…."

그는 수염을 쥐어뜯으며 몸을 돌렸다. 견딜 수 없을 만큼 화가 치밀어 금방이라도 눈물을 쏟을 것만 같았다.

"어쨌든." 마르티니가 분위기를 가라앉히려는 듯 말문을 열었다. "이미 엎질러진 물이요. 그 일이 어떻게 해서 일어났는지 왈가왈부해 보아야 무슨 소용이 있겠소? 문제는 그를 어떻게 구출해낼 것인가 하는 점이오. 여러분은 목숨을 걸 각오가 되어 있겠지요?"

미셸은 당연하다는 듯 대꾸조차 하지 않았다. 마르코네는 코웃음을 웃더니 내뱉듯이 말했다. "그가 말리지만 않는다면 형제라도 쏘아버릴 놈이오, 난!"

"좋습니다. 그럼, 요새의 도면은 준비되어 있습니까?"

젬마는 서랍의 자물쇠를 열고 서류를 몇 장 꺼냈다.

"도면 작성은 내가 했어요. 이곳이 요새의 1층이고 이곳이 성채의 상하층이죠. 그리고 이건 성벽의 도면입니다. 여기가 계곡으로 통하는 길이구요. 이쪽에 작은 통로와 산 속의 은닉처가 있고 지하통로가 있습니다."

"성채 어느 쪽에 갇혀 있소?"

"동쪽 편입니다. 쇠창살이 달린 둥근 방이에요. 여기 도면 위에 표시해 놓았어요."

"어떻게 이런 정보를 입수했소?"

"'귀뚜라미' 라는 별명의 사나이에게서요. 그곳 감시병인데, 마침 지노라는 우리 측 사람의 조카랍니다."

"빨리도 알아냈군요."

"우물쭈물할 시간이 없잖아요. 지노가 서둘러 브리시겔라에 간 덕분에 이 도면을 구한 거예요. 은닉처 일람표는 리바레즈가 직접 작성한 거랍니다. 그 분의 필체란 걸 알 수 있겠죠?"

"감시병은 어떤 사람들이죠?"

"그건 아직 파악해내지 못했어요. 귀뚜라미도 이곳에 온 지 얼마 안 됐나 봐요. 그래서 다른 사람들에 대해서는 잘 모른다더군요."

"지노에게서 귀뚜라미란 자가 어떤 인물인지 알아봐야겠군. 당국의 의도는 어떤지 짐작 가는 게 있습니까? 리바레즈는 브리시겔라에서 재판받을 것 같습니까, 아니면 라벤나로 호송될 것 같습니까?"

"그건 알 수가 없어요. 물론 라벤나는 교황령 내의 대도시인데다 또 중요한 소송사건은 그곳의 1심 재판소에서 처리되어 왔죠. 하지만 모든 건 권력을 쥐고 있는 자들 마음먹기에 달렸죠."

"놈들은 그를 라벤나로 이송하지는 않을 거요." 미셸이 끼어들었다.

"왜 그렇게 생각하시오?"

"틀림없소. 브리시겔라의 군 사령관인 페라리 대령은 리바레즈가 부상을 입힌 그 대위의 숙부 되는 잡니다. 야수처럼 앙심을 품고 있을 그자가 앙갚음할 기회를 제 발로 차버리겠습니까?"

"그 자가 리바레즈를 이곳에 묶어둘 거라는 얘깁니까?"

"그 자는 리바레즈를 교수형에 처할 거요."

마르티니는 흘낏 젬마를 훔쳐보았다. 파리한 그녀의 안색에는 조금의 변화도 보이지 않았다. 그녀 역시 그런 생각을 했던 것 같았다.

"아무리 사령관이라 해도 법 절차를 밟지 않고서는 그렇게하지 못할 거예요." 그녀의 나지막한 음성이 이어졌다. "이런저런 구실을 빌미로 군법회의에 넘길 가능성은 충분해요. 시의 치안을 유지하기 위해서라는 핑계를 대어 정당화시키려 들겠지요."

"그렇게 된다면 추기경이 어떤 태도를 취할까? 그 일에 동의할까요?"

"그도 군사문제에 대해서는 관할권이 없어요."

"그렇긴 하지만 영향력은 행사할 수 있어요. 그의 동의를 구하지 않고서는 군사령관도 함부로 그런 조치를 취하지 못할 게 뻔합니다."

"사령관 뜻대로 되지는 않을 겁니다." 마르코네가 입을 열었다. "몬타넬리는 늘 군사위원회의 견해나 기타 방침 사항에 대해서 부정적인 태도를 취해 왔습니다. 놈들이 등에를 브리시겔라에 묶어두고 있는 한, 심각한 사태는 발생하지 않을 거요. 추기경은 언제나 포로의 편을 들어왔으니까. 다만 걱정스러운 건 놈들이 등에를 라벤나로 이송시키지나 않을까 하는 점입니다. 일단 그곳에 간다면 만사 끝장입니다."

"그곳에 보내도록 놔두어선 안 되지요." 미셀이 심각한 표정으로 말했다.

"이송 도중이라면 어떻게든 해볼 수 있겠는데, 여기 요새에서 빠져나오도록 하는 건 또 다른 문제지요."

"제 생각엔…." 생각에 잠겨 있던 젬마가 눈을 반짝이며 말을 꺼냈다. "라벤나로 이송될 기회를 엿보는 건 소용없는 일 같군요. 브리시겔라에 있을 때 빼내야 합니다. 우물쭈물할 시간이 없어요. 마르티니, 도면을 차근차근 검토하면서 함께 머리를 짜내 봅시다. 방책이 떠오르긴 하지만 한 가지 난점을 해결할 수가 없네요."

"가세, 마르코네." 자리에서 일어서며 미셸이 말을 건넸다. "계획을 짜도록 우린 자리를 비켜주자구. 난 오후에 포냐노로 건너가야 하는데 나와 함께 가지. 빈센초가 탄약 상자를 보내지 않았으니 탄약통은 포냐노에 있을 걸세."

두 사람이 나가자 마르티니는 젬마에게 다가가 손을 내밀었다. 그녀가 그의 손을 마주 잡았다.

"마르티니, 당신은 정말 고마운 친구예요. 어려울 때마다 아낌없이 도와주니 말이에요. 자, 이제 계획을 짜봅시다."

3

 "다시 한 번 말씀드립니다만, 추기경님의 거부는 곧 시의 치안을 위협하는 일입니다."

 사령관은 고위 성직자의 신분을 고려하여 짐짓 정중하게 말하려고 애썼지만 그 음성에는 다분히 짜증이 섞여 있었다. 그는 간이 나쁜데다 그의 아내가 여기저기서 외상으로 물건을 사들인 사실을 발견하고 지난 3주 내내 울화가 치밀어 있던 터였다. 날로 거세져만 가는 불만에 가득 찬 대중의 심상치 않은 분위기와 음모가 횡행하고 숨겨놓은 무기로 분기탱천해 있는 이 지역, 충성심마저 의심스러운 형편없는 수비대와 언젠가 감상적인 기분에 '순결한 고집쟁이'라고 부관에게 일컬은 적이 있는 추기경, 이 모두가 그를 자포자기 상태로 몰아넣고 있었다. 이제 그는 사악한 사상의 살아 있는 화신으로 등에를 옭아매려 했다.
 총애하던 조카와 가장 유능한 스파이를 못쓰게 만들어 버리더니, 이젠 그 '에스파냐의 곱사등이 악마'는 감시병을 매수하고 취조관을 위협하는 등 감옥을 온통 소란스럽게 하면서 시장에서 벌인 활약을 여기에서까지 계속하고 있었다.

3주째 요새에 갇혀 있는 그의 신병처리 문제를 둘러싸고 브리시겔라 당국은 골치를 썩고 있었다. 당국은 그를 심문했다. 그러나 자백을 얻기 위해 위협도 해 보고 설득도 해보았지만, 그들이 짜낸 책략은 조금도 먹혀들지 않았다.

당국은 곧바로 라벤나로 이송시켜 버리는 방안을 고려해 보기도 했다. 하지만 그건 이미 때가 늦었다. 체포 보고서를 교황의 파견사절에게 올렸을 때, 사령관은 이 사건을 직접 조사할 수 있도록 특별히 허락해달라고 간청했던 것이다. 그의 요청이 허락된 마당에 다시 그것을 철회한다는 것은, 자신의 무능을 스스로 시인하고 마는 창피스러운 일이 될 것이 뻔했다.

젬마와 미셀의 예상대로, 사령관으로서는 군법회의에 이 골치 아픈 일을 떠맡기는 것이 묘안처럼 생각되었다. 몬타넬리가 이것마저 고집스럽게 거부한다면, 그것은 그의 고민의 잔을 넘치게 할 마지막 한 방울이 될 것이었다.

"저를 비롯한 보좌관들이 이 자에 대해서 얼마나 참고 참아왔는지 아시게 된다면, 추기경님도 생각이 달라지시리라 믿습니다. 사법처리에 개재된 불법성에 대해 양심에 따라 반대하신 추기경님의 견해를 충분히 이해할 뿐더러 아울러 경의를 표하는 바입니다. 하지만 이번 경우는 예외적인 사건인 만큼, 부득이 예외적인 조치가 필요한 것입니다."

"부정을 필요로 하는 사건이란 있을 수 없소. 비밀군사재판으로 시민에게 유죄판결을 내린다는 것은 부당할 뿐 아니라 불법이오."

"사건은 대략 이렇습니다, 추기경님. 피고는 몇 가지 중죄를 저지른 것이 명백합니다. 이 자는 악랄한 사비뇨 공격에 참가했던 바, 토스카나로 도망치지 못했다면 스피놀라 추기경에 의해 임명된 군사위원회에 회부되어 총살당하든지 아니면 노예선으로 보내졌을 겁니다. 그 이후로도 이 자는 끊임없이 음모를 획책해왔습니다. 이 자는 가장 강력한 비밀조직의 유력한 조직원으로 알려져 있습니다. 또한 세 명이나 되는 비밀경찰의 암살을 사주했거나 묵인했다는 혐의를 받고 있습니다. 이 자는 교황령 내로 무기를 밀반입하려다 체포된 것입니다. 게다가 정부당국에 무력으로 저항해 임무 수행 중이던 두 명의 관리에게 중상을 입혔습니다. 이제 이 자는 시의 질서와 안전을 위협하고 있습니다. 이런 사건인 만큼 군법회의에 넘기는 것이 정당함은 말할 나위도 없습니다."

"그 사람이 무슨 짓을 저질렀든 간에, 그에게도 법에 따라 재판받을 권리가 있습니다."

"일반적인 재판 진행은 너무 늦습니다. 추기경님, 이번 사건은 한시가 급합니다. 이 자가 탈출할 우려도 있으니까요."

"그럴 위험이 있다면 당신이 엄중히 감시하면 될 게 아니오."

"추기경님, 전 최선을 다하고 있지만 감시병을 그 자가 꼬드길 수도 있습니다. 지난 3주 동안 감시병을 네 치례나 교체했습니다. 저 자신도 지치도록 감시병들을 혼내주었습니다만, 다 부질없는 짓이었습니다. 감시병들이 들락날락하며 그 자의 편지를 전달하는 건 도저히 막을 수가 없습니다. 그 멍청한 놈들이 그 자에게 푹 빠져 있는 겁니다. 놈이 마치 예쁜 여자라도 되는 양 말입니다."

"그것 참 이상하군요. 그렇다면 그 사람에게 무언가 대단한 게 있음이 틀림없구면."

"대단한 건 극악무도함 말고는 없습니다. 심한 표현을 용서하십시오, 추기경님. 하지만 사실 이 자가 인내심이 대단한 놈인 것만은 틀림없습니다. 믿지 않으시겠지만 정규 취조관도 더 이상 버티지 못했기 때문에 제가 직접 취조를 할 수밖에 없었을 정도니까요."

"그게 극악무도한 짓이란 말이오? 그가 취조에 응하지 않을 수도 있다는 건 말할 필요도 없소. 묵비권을 행사하는 외에 달리 방법이 없을 테니까."

"그는 면도날 같이 혓바닥을 놀립니다. 인간은 누구나 언젠가는 죽습니다. 그렇지요, 추기경님? 사람들은 살아가는 동안 대개 잘못을 저지르기 마련이지만, 그게 남에게 알려지길 바라는 사람은 아무도 없습니다. 20여 년 전의 사소한 잘못들을 남이 하나하나 자기 앞에서 들추어내는 데야, 그걸 견딜 사람이 누가 있겠습니까?"

"리바레즈가 취조관의 개인적인 비밀을 알고 있단 얘기요?"

"글쎄, 그 멍청한 녀석이 기병대에 있을 때 빚을 진 것은 사실인가 봅니다. 연대기금에서 약간의 돈을 빌려 썼다는군요."

"공금을 횡령했다는 얘기오?"

"물론, 그건 잘못한 일이지요. 그러나 친구가 변제해준 덕에 그 사건은 곧 무마되었다는군요. 그 취조관은 훌륭한 가문의 태생인데다 그 이후로는 흠 잡힐 짓은 하지 않았으니까요. 하여간 리바레즈 그 놈이 어떻게 그 사실을 알아냈는지, 귀신이 곡할 노릇입니다. 어쨌든 취조 받을 때 그가 보인 첫 반응은 상대방의 그 케케묵은 비리를 들추어내는 것이었습니다. 소위 앞에서도 역시 그랬지요! 기도라도 드리는 양 천진난만한 표정을 지으면서 말입니다. 물론 소위의 비행은 이제껏 온 교황령 내에 퍼져 있던 것이지만 말입니다. 그 놈을 취조할 때 추기경님이 참관해 보시면 금방 아시게 될 겁니다. 뭐라고 하는 줄 아십니까? 정말이지 잠깐이라도 엿들어보시면…."

몬타넬리가 고개를 돌려 사령관을 노려보았다. 이전에 한 번도 보인 적이 없던 노여운 표정이었다.

"난 성직자요. 경찰 스파이가 아니란 말이오. 엿듣는 건 내 소임이 아니오."

"기분 상하게 하려는 뜻은 조금도 없었습니다…."

"이 문제를 가지고 더 논의해 보았자 뾰족한 수가 없을 것 같군요. 당신이 그

피고인을 이리 보내준다면 내가 직접 그와 이야기를 나눠 보겠소."

"감히 말씀드립니다만 그러지 않으시는 게 좋을 듯합니다. 그 녀석은 완전히 구제불능입니다. 이번만큼은 법을 어기는 한이 있더라도 녀석이 다시 말썽을 부리기 전에 처치해 버리는 편이 더 안전하고 현명하리라 봅니다. 망설이고 망설이다 감히 말씀드립니다. 결국 시 전체의 치안에 대해서는 추기경님도 책임을 지셔야 하니까요…."

"그리고 난…." 몬타넬리가 그의 말을 가로막으며 말을 꺼냈다. "나의 교구에서 비열한 조치가 행해지지 않도록 하느님과 교황께 책임을 지고 있소. 대령이 내게 그 문제에 대해 그토록 강조하신다면, 난 추기경의 권위에 입각하여 입장을 밝히겠소. 나는 이와 같은 평화시에 이 도시에서 비밀군법회의를 허락할 수 없소. 따라서 내일 아침 10시에 나 혼자 이곳에서 피고를 접견하겠소."

"추기경님이 원하신다면 그렇게 하겠습니다." 사령관은 퉁명스럽게 내뱉하고서는 투덜거리며 물러나왔다. "고집불통인 점에서는 둘 다 똑같군, 똑같아."

등에의 쇠사슬을 풀고 추기경의 관저로 떠날 시간이 임박할 때까지도 사령관은 곧 있을 접견에 대해서는 일언반구도 하지 않았다. 부상을 입은 그의 조카에게 말했듯이, 리바레즈와 그의 동료들이 위험을 무릅쓴 탈출을 기도할 가능성도 충분했다. 그는 그저 그 고집쟁이 선지자의 아들놈 같은 이 곱사등이를 법이고 나발이고 콱 밟아버렸으면 속이 시원할 것 같았다.

엄중한 감시를 받으며 등에가 안으로 들어섰을 때, 몬타넬리는 서류가 수북이 쌓인 테이블에 앉아 무언가를 작성하고 있었다. 무더운 한 여름 오후의 옛 기억이 갑자기 떠올랐다. 그날도 몬타넬리는 오늘처럼 서재에서 설교원고를 뒤적이며 앉아 있었다. 더운 열기를 막느라 덧문은 닫혀 있었고 거리에서는 과일행상의 목소리가 들려왔었지. '딸기 사려! 딸기…!'

등에가 귀찮다는 듯 고개를 흔들어 눈앞에 흘러내린 머리카락을 뒤로 넘겼다. 그의 입가에 잔잔한 미소가 감돌고 있었다.

서류를 보고 있던 몬타넬리가 고개를 들어올렸다.

"현관 마루에 나가 기다리시오." 그가 감시병에게 일렀다.

"추기경님이 원하신다면…." 상사는 불만 섞인 낮은 목소리로 대답했다. "다만 사령관이 말씀하시길 이 피고인이 흉악무도하니 조심하시는 게…."

순간 몬타넬리의 눈동자에 광채가 번뜩였다.

"나가서 기다리라고 하지 않았소!"

깜짝 놀란 상사가 절을 하며 변명 삼아 우물우물 하더니 부하들을 이끌고 방을 나갔다.

"자, 편히 앉으시오." 문이 닫히자 추기경이 말을 건넸다. 등에는 순순히 그의 말에 따랐다.

"리바레즈 씨." 잠시 후 몬타넬리가 입을 열었다. "몇 가지 묻고 싶은 게 있소. 대답해 주시면 고맙겠소."

등에가 미소 지었다. "혀, 현재 내가 해야 될 주, 중요한 일이란 취조에 응하는 거겠지요."

"취조는 당신 사건을 조사해서 답변을 증거로 채택하려는 사람들의 일이오."

"그렇다면 추기경님의 질문은…?"

"나의 질문은 당신이 대답하든 않든, 당신과 나 사이에만 묻어 둘 거요. 정치적 기밀에 관한 질문이라고 판단되면 대답하지 않아도 좋소. 비록 서로가 전혀 알지 못하는 사이지만, 나에 대한 호의라 치고 대답해 주셨으면 합니다."

"오, 오로지 추기경님께 도움만 될 수 있다면…." 그가 약간 고개를 숙이며 대답했다.

"그럼 첫 번째로 묻겠습니다. 이 지역으로 무기를 밀반입하려 했다고 들었는데, 무슨 목적이었지요?"

"쥐새끼 같은 놈들을 몽땅 주, 죽여 버리려고요."

"끔찍스러운 대답이군요. 당신 눈에는 당신과 다른 생각을 가진 사람이 모두 쥐새끼로 보이오?"

"그들 중 이, 일부는 그렇지요."

몬타넬리는 의자에 등을 기댄 채 잠시 말없이 그를 바라보았다.

"당신 손의 그건 뭡니까?" 그가 불쑥 물었다.

등에가 자신의 손을 흘끗 바라보았다. "어떤 쥐새끼들의 이빨 자국이지요."

"그 손이 아니라 다른 쪽 손을 이야기한 겁니다. 새로 생긴 상처 같은데요?"

가냘픈 오른손에 심한 찰과상이 나 있었다. 등에가 손을 들어 보였다. 손목은 부어 있었고 시퍼렇게 멍들이 있었다.

"보시다시피 벼, 별 것 아닙니다. 추기경님 덕분에 며칠 전 체포될 때 한 방 먹은 겁니다. 병사들 중 어느 녀석이 발로 짓뭉갠 거죠."

몬타넬리가 그의 손목을 붙들고 찬찬히 살펴보았다. "삼 주나 지났는데도 여태껏 이런 상태로 남아 있단 말이오? 온통 곪았는데."

"수갑을 채, 채워 놓은 통에 좋아지지 않는 모양입니다."

몬타넬리는 얼굴을 찌푸리며 고개를 들었다.

"그 상처 부위에 수갑을 채워놓았단 말이오?"

"무, 물론입니다, 추기경님. 새로 난 상처만이 수갑을 채우는 목적에 도움이 되니까요. 옛 상처는 전혀 도움이 안 되지요. 그거야 조금 욱신거릴 뿐이죠. 오, 오래된 상처로는 새로 생긴 상처만큼 이렇게 화끈거리게 만들 수 없는 법이거든요."

몬타넬리는 다시 한 번 찬찬히 살펴보더니 자리에서 일어나 외과수술용 기구가 가득 들어있는 서랍을 열었다.

"손을 이리 주시오." 등에는 딱딱한 표정으로 손을 내밀었다. 몬타넬리는 상처 부위를 씻어낸 다음 조심스럽게 붕대를 감았다. 그런 일에 익숙한 것이 분명해 보였다.

"수갑에 대해서는 사령관에게 따져야겠소. 이제 다른 질문을 드리리다. 당신이 하고 싶은 일이 무엇이오?"

"그, 그건 간단하지요. 탈출할 수만 있다면 탈출해야지요. 그렇지 않다면 죽어야겠지요."

"죽기는 왜 죽습니까?"

"사령관은 날 총살시키지 못하면 노예선으로 보낼 겁니다. 내겐 결국 마찬가지죠. 난 노예선에서 견딜 만큼 건강이 좋은 편은 아니니까요."

몬타넬리는 테이블에 팔꿈치를 기댄 채 곰곰이 생각에 잠겼다. 등에는 그런 그를 내버려두었다. 그는 쇠사슬에서 벗어난 달콤한 육체적 편안함을 나른하게 즐기면서 반쯤 눈을 감은 채 의자에 기대어 있었다.

"만약 말이오." 몬타넬리가 말을 건넸다. "탈출에 성공한다면 앞으로 어떻게 할 작정이오?"

"이미 말씀드렸잖습니까. 쥐, 쥐새끼들을 죽여 버려야지요."

"쥐새끼들을 죽이겠다고요? 다시 말해 내게 그만한 힘이 있어 당신을 풀어준다면 당신은 폭력과 유혈사태를 방지하는 게 아니라 오히려 조장하는 데에 당신의 자유를 쓰겠다는 말이오?"

등에는 눈을 들어 벽에 걸린 십자가상을 쳐다보았다.

"예수도 '평화가 아니라 칼을 주러 왔다'[1]고 하셨죠. 저, 적어도 난 정직하게 살아갈 겁니다. 하지만 나로선 권총이 더 마음에 듭니다."

"리바레즈 씨." 추기경은 냉정을 잃지 않고 말을 이었다. "난 아직까지 당신을 모욕하지도 않았고 당신의 신념이나 동료들을 얕보는 말도 하지 않았소. 당신에게서 그 같은 정중함을 기대한다는 게 잘못일까요? 아니면 내가 무신론자는 점잖은 사람일 수 없다고 생각하길 바라는 겁니까?"

"아, 이런 깜박 잊었군요. 추기경님은 기독교인의 덕목 중에서 예의를 상당히 높이 여긴다는 걸 말입니다. 피렌체에서 하신 설교가 기억나는군요. 이, 익명으로 당신을 옹호했던 자와 내가 논전을 벌인 것에 대해서 하신 설교 말입니다."

"그게 바로 당신에게 묻고 싶었던 질문 중의 하나요. 그 당시 내게 특별히 가혹하게 굴었던 이유를 설명해 줄 수 있겠소? 당신이 단순히 손쉬운 대상으로서 날 택했다면 문제는 다릅니다만. 당신의 정치적 논전 방식이야 당신의 문제이니 말이오. 지금 우리가 정치문제를 논의하고 있는 건 아니잖소? 하지만 그 당시 난 당신이 뭔가 내게 개인적인 적개심을 품고 있을 거라고 생각했소. 만약 내 추측이 틀리지 않았다면 내가 이전에 당신에게 잘못한 일이 있었는지, 아니면 그런 느낌이 들게 할 만한 꼬투리를 잡혔는지 알고 싶소."

'내게 잘못한 일이 있느냐구!' 등에는 붕대가 감긴 손을 목으로 치켜 올렸다. "추기경님을 차라리 셰익스피어라고 불러야겠군요." 그는 가볍게 웃음을 터트리며 말을 이었다. "지금 추기경님은 아무 해도 끼치지 않고 오히려 필요하기까지 한데도 고양이라면 차마 곁에 두고 보지 못하는 그런 인간을 마주하고 계시는 겁니다. 물론 내게 그 고양이는 바로 성직자를 뜻하지요. 난 성직자라면 이가 갈리는 사람입니다. 성직자의 예복만 봐도 치, 치가 떨려요."

"아, 그뿐이라면…." 몬타넬리는 무관심한 척 화제를 바꾸었다. "하지만 인신

---

1) "내가 세상에 평화를 주러 온 줄로 생각하지 말라. 평화가 아니라 칼을 주러 왔다." (마태오 복음서 10장 34절)

공격과 사실의 왜곡은 엄청나게 다른 것이오. 당신이 나의 설교에 대한 답변에서 내가 그 익명의 필자의 신분을 알고 있다고 말한 건 당신이 잘못 안 것이오. 당신이 일부러 거짓말했다고 비난하자는 건 아니오. 당신이 사실이 아닌 것을 사실인 양 말했다는 이야기요. 난 지금 이 순간까지도 그 필자의 이름을 알지 못하오."

등에는 영리한 울새처럼 고개를 한 쪽으로 갸우뚱한 채 심각한 표정으로 그를 바라보았다. 그러더니 느닷없이 몸을 뒤로 젖히면서 웃음을 터트렸다.

"아, 상냥하고 순진하고 순박한 분이여. 당신은 짐작조차 못해 보신 겁니까? 발굽이 가, 갈라진 짐승을 본 적이 없단 말이에요?"

몬타넬리가 자리를 차고 일어섰다. "리바레즈! 그럼 당신이 논쟁의 양 측 모두의 필자였단 말이오?"

"조금은 비겁한 짓이었다는 건 압니다." 그를 쳐다보는 등에의 눈동자는 맑고 푸르렀다. "당신은 그게 맛있는 살점인 양 덥석 집어삼켰지요. 그게 잘못이었죠. 하지만, 하하, 얼마나 재, 재미있습니까!"

몬타넬리는 입술을 깨물며 다시 자리에 앉았다. 그는 처음부터 등에가 자신을 놀리고 있다는 것을 알아채고, 무슨 일이 있더라도 냉정을 유지해야 한다고 다짐했던 터였다. 하지만 이제는 사령관이 분통을 터트릴 만도 하다는 생각이 차츰 들기 시작했다. 하루에 두 시간씩 꼬박 등에를 심문했다는 걸 생각해 보니, 사령관의 불경스러운 욕설도 어느 정도 용납될 수 있을 것 같기도 했다.

"그 얘긴 그만 둡시다." 그가 조용한 목소리로 다시 입을 열었다. "내가 당신을 특별히 만나려했던 것은 다음과 같은 이유 때문이오. 추기경이란 지위 덕분에 나는 당신을 처리하는 문제에 발언권을 행사할 수 있소. 내가 그 특권을 행사한다면 그 이유는 당신에게 가해질 폭력을 미연에 방지하기 위해서요. 당신에게 폭력을 가한다고 해서 당신이 다른 사람에게 가할 폭력을 예방할 수는 없을 테니까. 그래서 당신에게 불만사항이 있는지 알아보기 위하여 이렇게 접견을 요구했소. 수갑 문제는 내가 알아서 처리하겠소. 혹시 다른 불만사항이 또 있다면 말씀해 보시오. 내 의견을 말하기 전에 당신이 어떤 사람인가 알아보는 게 옳다고 생각했기 때문에 하는 말이오."

"불만스러운 건 없습니다, 추기경님. '눈에는 눈, 이에는 이.'[2] 난 어린애가 아닙니다. 당국이 무기를 밀반입한 나를 잘했다고 토닥거려 주리라 기대할 만큼 어리석지는 않아요. 죽지 않을 만큼 두들겨 패는 게 다, 당연하겠지요. 제가 어떤 사람이냐고요? 지난 번에 내가 지은 죄에 대해 낭만적으로나마 고해성사를 드리지 않았나요? 그것으로는 충분치 않습니까? 다, 다시 한 번 해드릴까요?"

"무슨 말인지 모르겠군요." 몬타넬리가 연필을 집어 들더니 손가락 사이에 끼워 비틀면서 냉담하게 반문했다.

"추기경께선 그 늙은 미치광이 순례자를 벌써 잊으셨단 말입니까?" 그는 돌연 목소리를 바꾸어 미치광이 흉내를 냈다. "전 불쌍한 죄인입니다…."

몬타넬리의 손에 들려 있던 연필이 딸깍 소리를 내며 바닥에 떨어졌다. "기가 막히군!"

등에는 엷은 비웃음을 띤 채 머리를 벽에 기대고 추기경이 묵묵히 방을 오락가락 하는 것을 바라보았다.

"리바레즈 씨." 이윽고 그의 앞에 멈춰 선 몬타넬리가 입을 열었다 "당신은 어

---

2) 이것은 이스라엘 민족이 애굽(이집트)에서 탈출한 직후에 모세가 제정한 법령 가운데 하나다. "그러나 다른 사고가 생겨 목숨을 앗았으면 제 목숨으로 갚아야 한다. 눈은 눈으로, 이는 이로, 손은 손으로, 발은 발로, 화상은 화상으로, 상처는 상처로, 멍은 멍으로 갚아야 한다."(출애굽기 21장 23-25절) 그러나 이 구절이 정작 유명해진 까닭은 예수 그리스도가 이 구절을 인용하면서, 거기 덧붙여 이와 정반대되는 주장을 했기 때문이다. "'눈은 눈으로, 이는 이로'라고 하신 말씀을 너희는 들었다. 그러나 나는 이렇게 말한다. 앙갚음하지 말아라. 누가 오른뺨을 치거든 왼뺨마저 돌려대고, 또 재판에 걸어 속옷을 가지려고 하거든 겉옷까지도 내 주어라. 누가 억지로 오 리를 가자고 하거든 십 리를 같이 가 주어라. 달라는 사람에게 주고, 꾸려는 사람의 청을 물리치지 말아라."(마태오 복음서 5장 38-42절)

머니 뱃속에서 태어난 사람이라면 누구라도, 또한 아무리 증오하는 불구대천의 원수에게라도 감히 하길 꺼리는 일을 내게 자행했소. 당신은 비탄에 젖어있는 나의 가슴에 슬쩍 파고들어 나의 슬픔을 웃음거리로 만들어버렸단 말이오. 다시 한 번 묻겠소만, 내가 당신에게 몹쓸 짓을 한 적이 있소? 그렇지 않다면 무엇 때문에 이토록 가슴 아프게 날 조롱하는 거요?"

등에는 의자 등받이에 기댄 채 그를 쳐다보았다. 그의 입가에 싸늘한, 불가사의한 미소가 떠올랐다.

"재미있지 않습니까, 추기경님? 그렇게 심각하게 받아들이실 필요는 없는데요. 제겐 그저 재미있는 공연 같은 것이었으니까요."

입술까지 창백해진 몬타넬리가 몸을 돌려 벨을 눌렀다.

"피고를 데려가도 좋소." 감시병이 들어오자 그가 소리쳤다.

사람들이 모두 사라지자 그는 테이블 가에 홀로 앉았다. 평소와는 달리 극도의 분노로 몸이 떨려 왔다. 그는 그의 교구에 속한 주교가 보내온 보고서를 집어 들었다. 그러나 이내 서류를 팽개쳐 버리고 테이블에 기댄 채 두 손에 얼굴을 묻었다. 등에의 소름끼치는 모습이, 그가 퍼부어 대던 유령 같은 독설의 잔해가 방 안에 떠도는 것만 같았다 그는 두려움으로 몸서리를 쳤다. 눈앞에 유령이 서 있는 것만 같아 고개를 쳐들 엄두도 나지 않았다. '신경과민에서 비롯된 환영일 뿐이야.' 그러나 그는 형언할 수 없는 두려움을 떨쳐버릴 수 없었다. 상처 입은 손, 미소를 띤 소름끼치는 입, 깊은 바다 속처럼 헤아릴 길 없는 신비에 잠긴 눈동자⋯.

그는 환영을 떨쳐 버리려는 듯 소매를 흔들고는 다시 업무를 보기 시작했다. 그날 그는 하루 종일 쉴 틈 없이 바빴다. 아침나절의 일은 까맣게 잊어버린 듯했다. 그러나 밤늦게 침실로 들어서는 순간, 그는 갑자기 두려움에 휩싸여 문 앞에 멈춰서고 말았다. 그 환영이 꿈속에까지 나타날 것만 같았다. 그는 이내 침착을 되찾고 십자가상 앞에 무릎을 꿇고 기도를 올렸다.
 그러나 그는 밤새 한숨도 잠을 이룰 수가 없었다.

4

몬타넬리는 화가 났다고 해서 약속을 어기지는 않았다. 그는 사령관에게 등에의 손목에 수갑을 채운 데 대해 강력하게 항의했다. 당황한 사령관은 실망의 빛을 감추지 못하면서도 수갑과 족쇄를 풀어주지 않을 수 없었다.

"추기경이 다음에는 무얼 반대하고 나설지 궁금하군!" 그는 부관에게 투덜거렸다. "수갑 좀 채웠기로서니 잔혹행위를 했다고 짖어대는 걸 보면, 나중에는 창살도 없애버리라 하고, 아예 리바레즈 녀석에게 진수성찬으로 대접하라고 하겠는걸. 내가 젊었을 때만 해도 죄수는 죄수답게 대해주었는데…. 그때만 해도 반역자는 곧 강도나 마찬가지라고 누구나 생각했지. 하지만 요즈음에는 뭔가 거꾸로 되어 가고 있어. 추기경이 취하는 태도를 보면 전국의 불한당들을 고무시키고 있다는 느낌이 들 정도야."

"그 양반, 사사건건 감 놔라 배 놔라 간섭하는 이유를 모르겠습니다." 부관이 맞장구쳤다. "교황 사절도 아니니 민사나 군사문제에 끼어들 권한은 없지 않습니까, 법적으로는?"

"법을 따져보아야 무슨 소용이 있겠나? 교황께서 감옥 문을 활짝 열어 자유주의 깡패 놈들을 풀어준 뒤로, 법을 무서워하는 사람이 어디 있는 줄 아나! 아주 잘된 일이지, 뭐! 안 그런가? 물론 몬타넬리 추기경은 목에 힘주고 다닐 만도 하겠지. 전임 교황 아래서는 꼼짝 못하고 죽어지냈잖아. 하지만 이제 기 좀 펴고 다니게 되었지. 금방 총애를 받기 시작하더니 독불장군처럼 제멋대로 하려고 드는군. 그러니 어떻게 감히 반대할 수 있겠나? 내가 알기로는, 추기경 그 양반, 바티칸 교황청으로부터 특권을 부여받고 있을 걸세. 모든 게 뒤죽박죽 개판이야, 개판이라구. 날이면 날마다 무슨 일이 터질지 알 수가 있나? 옛날에야 참 좋았지. 무슨 일을 어떻게 해치워야 할지 눈 감고도 훤히 알 수 있었지. 그런데 빌어먹을 요즈음은…."

사령관은 자신의 처지가 처량한 듯 고개를 설레설레 흔들었다. 감옥 규칙 하나하나에 대해서까지 추기경이 귀찮게 따져 묻고, 정치범의 권리에 대해서까지 왈가왈부한대서야 어디 사령관 해먹겠나. 골치 아프군, 골치 아파.

등에는 몹시 흥분된 상태로 요새에 돌아왔다. 몬타넬리와의 만남은 참고 참아왔던 그의 인내심을 한계점까지 몰고 갔다. 그가 공연 운운하며 잔인한 말을 내뱉었던 것은 조금만 더 앉아 있다간 울음이 터져 나올 것만 같아서였다.

그날 오후, 취조를 받으러 갔던 그는 취조관의 심문에 웃기만 했다. 참다못한 사령관이 욕설을 퍼부어대자 그는 전에 없이 무례하게 웃어댔다. 마음먹은 대로 안 되었던지, 사령관은 노발대발 화를 내더니 고문을 가하겠노라 으르댔다. 그러나 결국에는 제 정신이 아닌 녀석과 왈가왈부 해봤자 기분만 상할 뿐이라는 결론에 이르렀다.

등에는 다시 독방으로 돌아왔다. 그는 누추한 담요 위에 벌렁 드러누웠다. 발작적인 흥분감이 사라지자 깊이를 알 수 없는 우울에 휩싸였다. 멍한 상태로 꼼짝도 않은 채 저녁 어스름까지 누워 있었다. 아침의 격렬했던 감정은 사라지고 야릇한 무감각의 상태가 찾아왔다. 자신에게 닥친 고난이라야 기껏해야 영혼을 가진 인간임을 망각해 버린 목석같은 존재에게 가해지는 기계적인 압박으로밖에 느껴지지 않았다. 사실 모든 게 어떻게 끝맺어질 것인가 하는 문제는 그리 중요하지 않았다. 감각을 가진 존재에게 중요한 것은 참을 수 없는 고통으로부터 벗어나는 것이다. 그것이 상황의 변화에 의한 것이든, 감각의 마비에 의한 것이든 그 차이는 중요하지 않았다. 어쩌면 탈출에 성공할지도 모르고 또 어쩌면 놈들의 손에 죽지도 모른다. 어느 경우이든 다시는 신부를 만날 수 없게 될 것이다. 그런 생각이 그의 마음을 괴롭히고 초조하게 만들었다.

감시병이 저녁식사를 가지고 들어왔다. 등에는 무거운 눈꺼풀을 애써 들어올리며 건성으로 물었다.

"몇 시요?"

"여섯 시. 이건 저녁식사요."

곰팡내가 나는 데다 반쯤 식어 버린 식사를 쳐다보던 그가 역겨웠던지 고개를 돌렸다. 몸이 썩 좋지 않음을 느끼고 있었던 터라 음식을 보는 순간 속이 메스꺼웠던 것이다.

"이거라도 먹지 않으면 몸만 축나게 됩니다." 병사가 어서 먹으라는 듯 말을 이었다. "빵 좀 먹어 봐요. 맛이 괜찮을 겁니다."

병사는 정말 걱정스러운 표정이었다. 흐물흐물한 빵조각을 쟁반에서 들어올렸다가 다시 내려놓기까지 했다. 갑자기 동지들의 모습이 눈앞에 떠올랐다. 그는 빵 속에 무언가 감추어져 있음을 눈치 챘다.

"두고 가시오. 조금씩 먹을 테니까." 그는 무관심한 척 퉁명스럽게 말했다. 문이 열리고 나서야 그는 상사가 그들 사이에 주고받은 이야기를 빠짐없이 엿듣고 있다는 걸 알았다.

다시 독방 문에 자물쇠가 채워지자, 그는 구멍으로 엿보는 사람이 아무도 없음을 확인하고 빵 조각을 집어 들어 조심스럽게 쪼개 보았다. 예상했던 대로 빵 속에는 조그마한 줄 토막들이 들어 있었다. 줄을 싼 종이 위에 글자가 적혀 있었다. 그는 종이를 조심스럽게 펼친 다음, 밝은 빛이 비치는 곳으로 가져갔다. 얇고 길다란 종이 위에는 다음과 같은 글이 알아보기 힘들 정도로 빽빽하게 씌어 있었다.

문의 자물쇠는 열어놓았다. 달도 없다. 가능한 한 서둘러 줄질을 끝마쳐라. 두 시에서 세 시 사이에 지하통로 옆으로 나오라. 만반의 준비가 되어 있다. 이번 기회를 놓치면 다시는 기회가 없을지도 모른다.

그는 쪽지를 으스러져라 움켜쥐었다. 만반의 준비가 끝나 있다. 창살을 줄로 잘라내기만 하면 된다. 쇠사슬에 묶여 있지 않으니 얼마나 다행인가! 줄질하는 데 걸리적거리지 않으니 말이다. 창살이 몇 개더라? 둘, 넷, 여섯…. 창살 한 개마다 두 군데에 줄질을 해야 한다. 창살이 모두 여덟 개니까…. 좋아, 서두른다면 밤사이에 충분히 해치울 수 있을 거야. 젬마와 마르티니가 어떻게 이토록 빠른 시일 안에 모든 걸 준비할 수 있었을까. 변장복, 통행증 그리고 은신처…. 틀림없이 엉덩이에서 비파소리가 나도록 뛰어다녔겠지. 언제나 마지막으로 채택되는 건 젬마의 제안이었으니, 이 계획도 그녀에게서 나왔겠군.

이런 생각을 하고 있는 자신이 우스꽝스러웠는지 등에는 빙긋 웃음을 지었다. 지금 상황에서 그 계획이 누구의 머리에서 나왔건 그게 무에 중요하겠는가. 그럼에도 불구하고 밀수꾼들이 처음 제안했던 줄사다리를 이용하여 내려오는 방법 대신, 젬마가 머리를 짜내어 지하통로를 이용하는 방법을 제안했으리라는 생각을 하니 저절로 웃음이 나왔다. 그녀가 짜낸 계획은 보다 복잡하고 어려움이 뒤따르긴 하지만, 줄사다리를 이용하는 방법에서처럼 동쪽 벽의 보초병을 제거해야 하는 위험부담은 없었다. 두 가지 계획안이 제시된다면, 그도 주저 없이 젬마의 계획안을 택했을 것이다.

사전에 처리되어야 할 문제는 협조를 약속한 '귀뚜라미' 라는 별명을 가진 감시병이 다른 병사들 몰래 안뜰에서 성벽 아래 지하통로로 빠져나가는 철문을 열어 놓은 다음, 열쇠를 경비실 열쇠고리에 다시 가져다 놓아야 한다는 것이었다. 쪽지를 읽었으니, 우선 창살을 줄로 잘라내고 셔츠를 길게 꼬아서 밧줄로 만들어야 한다. 이 밧줄을 이용해 안뜰의 넓은 동쪽 벽으로 내려가야 할 테니까. 보초가 다른 쪽을 보고 있을 때 엎드려 기어가다가, 보초가 이쪽을 바라볼 때에는 벽 위에 납작 엎드려 있어야 할 것이다. 남동쪽의 모퉁이에 반쯤 폐허가 된 조그마한 탑이 있을 거야. 거긴 담쟁이덩굴이 무성하게 덮여 있지. 안뜰 쪽으로 가는 길에는 벽을 따라 돌무더기가 쌓여 있고. 좋아, 좋아. 담쟁이덩굴과 돌무더기를 이용해서 안뜰로 내려가야겠군. 그런 다음 자물쇠가 풀려 있는 철문을 살그머니 열고 지하통로로 통하는 길을 따라가면 되겠지.

수백 년 전 지하통로는 요새와 부근 언덕 위에 있는 망루를 연결해 주는 비밀통로 구실을 했다. 지금은 거의 사용되지 않는데다 바위가 무너져 내리는 바람에 여러 곳이 막혀있었다. 밀수꾼들 외에는 산중턱에 교묘하게 감추어진 그 굴을 알고 있는 사람은 아무도 없었다. 밀수꾼들이 지하통로로 사용하기 위해 뚫어 놓은 것이었기 때문이다. 밀수품이 수 주일 동안 요새의 성벽 아래에 감추어져 있다는 사실을 아는 사람은 아무도 없었으리라. 그 사이 세관원들은 무뚝뚝한 산지인들의 집을 눈에 불을 켜고 이 잡듯 샅샅이 수색해보지만 헛수고일 수밖에 없었다. 이 동굴을 통해 언덕의 중턱으로 기어 나간 다음 어둠을 틈타 마르티니와 밀수꾼들이 기다리고 있는 호젓한 장소로 가면 그만이었다. 가장 골치 아픈 문제는 저녁 순찰 이후 철문의 자물쇠를 따놓을 기회가 매일 밤 있는 것이 아니란 점이었다. 창문을 타고 내려온다는 것도, 달이 밝은 밤이라면 보초에게 들키지 않고 해내기가 쉽지 않은 일이었다. 오늘이야말로 성공을 위한 모든 조건들이 갖추어져 있으니 이 천재일우의 기회를 놓쳐서는 안 되었다.

그는 털썩 주저앉아 빵을 먹기 시작했다. 다른 때처럼 역겨운 것 같지는 않았다. 어쨌든 힘을 비축해 두려면 무엇이든 먹어두어야 했다. 그는 잠시 누워 잠을 자두는 게 좋으리라 생각했다. 어차피 10시 이전에는 줄질을 할 수 없을 뿐더러 밤에는 숨 돌릴 틈도 없이 일해야 할 테니까.

틀림없이 신부님은 날 풀어주려 하셨을 거야! 신부님다운 발상이지. 하지만 그 따위에 내가 넘어갈 것 같아? 천만의 말씀이지. 나와 동지들의 힘만으로도 탈출할 수 있어. 성직자 따위의 도움은 받기 싫으니까.

더럽게도 덥군 그래! 이렇게 답답하고 후덥지근한 걸 보니 아무래도 천둥이 치겠는걸. 그는 담요 위에서 이리저리 뒤척이면서 붕대 감은 오른손을 베개 삼아 머리에 베었다. 그리고는 다시 손을 빼버렸다. 이런 제기랄, 왜 이리 가슴이 타고 두근거리지! 희미하게 옛 상처들이 쑤셔대기 시작했다. 웬일일까, 덧났나? 오, 이런 맙소사! 천둥이라도 칠 듯한 저 놈의 날씨 때문이군. 그는 줄질을 시작하기 전에 한숨 자면서 푹 쉬고 싶었다.

창살 여덟 개라. 아이구, 저렇게 두껍고 단단한 걸! 줄질해야 할 게 몇 개나 남았지? 틀림없이 많진 않을 거야. 몇 시간 동안 쉬지 않고 줄질을 했으니까. 그렇고 말고. 팔이 이렇게 아픈 것만 봐도 알 수 있지. 그런데 왜 이렇게 몸이 욱신거리지? 이젠 뼛속까지 쑤셔대는군! 하지만 옆구리가 욱신거리는 건 왜지? 다리가

지 쿡쿡 쑤셔오는군. 이것도 줄질 때문일까?

　그는 소스라치듯 놀라 일어났다. 그는 잠들어 있었던 것이 아니었다. 그는 뜬 눈으로 꿈을 꾸고 있었던 것이다. 줄질하는 꿈을…. 여전히 줄질을 계속하고 있는 것만 같았다. 전과 다름없이 탄탄한 창살에는 손댄 흔적이 조금도 없었다. 멀리 시계탑에서 10시를 알리는 종소리가 울려 퍼졌다. 이젠 작업을 시작해야 한다. 그는 감시구멍을 통해 감시병이 없음을 확인하고 가슴에서 줄 하나를 꺼냈다.

　몸에 이상이 있는 건 아니야. 아주 멀쩡하잖아! 모든 게 공상이었던 거야. 옆구리의 통증은 소화불량이나 오한 때문이겠지. 3주 동안이나 견디기 힘든 감옥의 음식과 공기 속에서 시달렸으니 조금도 이상할 게 없잖아. 온몸이 욱신욱신 쑤셔대는 것도 신경통과 운동부족 때문일 거야. 으음, 그렇지. 틀림없고 말고. 운동부족 탓이야. 전에는 왜 몰랐을까? 참 한심하군!
　그래도 잠시 앉아 쉴 필요가 있겠어. 통증이 가라앉으면 바로 시작 해야지. 일 이 분이면 될 거야.
　그러나 가만히 앉아 있는 것이 더 견디기 힘들었다. 이상한 기분이 들기 시작했다. 그의 얼굴은 두려움으로 창백해졌다. 아냐, 이래선 안 되지. 어서 일어나 시작해야 돼. 이런 기분은 떨쳐 버려야지. 모든 게 마음먹기에 달렸어. 그는 두려운 기분을 떨쳐 버리려고 안간힘을 다했다.
　그는 자리에서 일어나 또렷한 목소리로 스스로에게 말했다. "난 아프지 않다. 아플 시간도 없다. 난 저 창살을 줄로 잘라내야 하고, 난 아프지 않을 것이다."
　그는 다시 줄질을 시작했다.
　10시 15분… 30분… 45분. 그는 줄질을 하고 또 했다. 쇠창살을 가는 소리가 마치 누군가가 자신의 몸과 신경을 갈아대는 것 같았다. "어느 쪽이 잘려나갈지 모르겠군." 그는 힘없이 웃음을 터트리며 중얼거렸다. "나일까 아니면 쇠창살일까?" 그는 이를 악물고 줄질을 계속했다.

11시 30분. 손이 뻣뻣해지고 부어올라 줄을 잡고 있는 것조차도 힘들었지만, 그는 줄질을 멈추지 않았다. 쉴 엄두가 나지 않았던 것이다. 줄을 한 번이라도 손에서 내려 놓으면, 다시는 작업을 시작할 용기가 날 것 같지 않았다.

문밖에서 감시병이 다가오는 기척이 느껴졌다. 감시병은 소총개머리판으로 감방문 가로대를 긁었다. 등에는 하던 작업을 멈추고 주위를 둘러보았다. 발각된 것일까? 감시구멍을 통해 둥글게 뭉친 것이 마루 위에 떨어졌다. 그는 줄을 내려놓고 그것을 줍기 위해 허리를 굽혔다. 동그랗게 말아놓은 종이 쪽지였다. 순간 끝없는 낭떠러지에서 떨어져내리는 듯한 현기증이 느껴졌다. 마치 포효하는 검푸른 파도가 덮쳐오는 것만 같았다.

아, 이런! 종이쪽지를 줍기 위해 허리를 굽히고 있는 것뿐 아닌가. 그런데도 머리가 어질어질하다니. 하지만 허리를 굽힐 땐 원래 좀 어질어질한 법이지.

그는 종이쪽지를 집어 들고 밝은 곳으로 가져가 펼쳤다.

무슨 일이 있더라도 오늘 밤 탈출하라. 귀뚜라미가 내일 다른 근무지로 옮겨간다. 이번이 처음이자 마지막 기회다.

그는 먼저번 쪽지와 마찬가지로 갈기갈기 찢어 버리고 다시 줄을 집어 들었다. 그는 입을 꾹 다문 채 필사적으로 줄질에 온 힘을 쏟기 시작했다.

1시. 벌써 작업을 시작한 지 세 시간째다. 여덟 개의 창살 중 여섯 개는 잘라냈다. 나머지 두개⋯ 이것만 해치우면 빠져나갈 수 있겠지⋯.

발작이 일어났던 지난번 일이 떠올랐다. 마지막 발작은 지난 신년 초에 있었다. 그 지긋지긋한 닷새 동안을 떠올리면서 그는 몸서리쳤다. 그 이전까지만 해도 발작이 느닷없이 일어난 적은 없었다. 지난번처럼 그렇게 갑작스럽게 발작을 일으킨 건 처음이었다.

그는 줄을 떨어트렸다. 그는 두 손을 휘저으며 절망감을 어찌할 수 없어 기도를 올렸다. 무신론자가 된 이후로 기도를 올린 건 이번이 처음이었다. 기도의 대상이 신이든, 아니든, 어떤 것이든 상관없었다.

"제발 오늘 밤만은! 오, 발작은 내일 일어나도록 하소서! 내일이라면 뭐든지 견디겠나이다. 그저 오늘 밤만은 아프지 말게 하소서!"

그는 관자놀이에 두 손을 모은 채 한동안 우두커니 서 있었다. 그는 다시 줄을 잡고 쇠창살 앞으로 다가갔다.

1시 30분. 그는 마지막 쇠창살에 줄질을 하고 있었다. 셔츠 소매가 갈갈이 찢겨졌다. 입술에는 벌건 피가 배었고 눈자위에는 핏발이 섰다. 이마에서는 땀방울이 비 오듯 쏟아졌다. 그는 잠시도 쉬지 않고 줄질을 계속했다.

동이 뿌옇게 터올 즈음에야 몬타넬리는 잠이 들었다. 그는 밤새 제대로 잠을 이루지 못하여 완전히 녹초가 되어 있었다. 편안히 잠든 것은 한 순간일 뿐, 그는 이내 악몽속을 헤맸다.

맨 처음 꾸었던 꿈은 어렴풋한 데다 혼란스러웠다. 떠오르는 영상과 상념들이 조각조각 서로 이어졌다가 금방 사라져 버렸고 앞뒤도 맞지 않았다. 하지만 싸움과 고통의 희미한 느낌, 그리고 뭐라 말로 형용할 수 없는 두려움에 시달린 것은 분명했다. 오래 전부터 그를 공포에 떨게 했던 낯익고도 소름끼치는 꿈이었다. 그는 꿈속에서도 예전에 지금과 똑같은 꿈을 꾸었다는 걸 알았다.

그는 넓은 곳을 이리저리 방황하며 잠잘 수 있을 만한 조용한 장소를 찾아 헤매고 있었다. 어느 곳이나 오가는 사람들로 북적댔다. 그들은 웃고 소리치며 기도를 올리거나 종을 딸랑딸랑 울리기도 하고 쇠붙이가 부딪치는 소리를 내기도 했다. 때때로 그는 그 소음들로부터 벗어나 풀밭이나 나무 벤치, 또는 납작한 돌 위에 눕기도 했다. 그는 눈을 감고 빛이 안 보이도록 두 손으로 가렸다. 그리고는 혼자 중얼거렸다. "아, 이젠 잠 좀 자보자." 그럴 때면 사람들이 그에게 몰려와 고함을 지르며 이름을 불러댔다. "이봐, 일어나라구! 일어나! 우린 당신이 필요해!"

또 다른 꿈을 꾸었다. 그는 호사스러운 방이 즐비하고 침대와 소파 그리고 아늑한 휴게실이 있는 으리으리한 대저택에 들어와 있었다. 칠흑 같은 밤이었다. 그는 힘없이 중얼거렸다. "드디어 찾았군. 여긴 조용히 잠들 만하겠지." 그러나 그가 어두컴컴한 방 하나를 골라 막 누웠을 때 누군가가 등불을 들고 들어와 인정사정없이 등불을 들이밀었다. "일어나라구! 당신이 필요해!"

그는 자리에서 일어나 치명상을 입은 짐승처럼 비틀비틀 돌아다녔다. 한 시를 알리는 종소리에 밤이 벌써 반이나 지나가 버린 것을 알았다. 밤은 왜 이다지도 짧을까! 두 시, 세 시, 네 시, 다섯 시… 이제 여섯 시가 되면 온 시가지가 잠에서 깨어 시끄러워질 텐데.

그는 다른 방으로 들어가 침대에 몸을 누이려 했다. 그러나 베갯머리에서 누군가 깜짝 놀란 듯 뛰어 올라 고함을 질러댔다. "이 침대는 내꺼야!" 그는 절망감에 몸부림치며 뒤로 물러설 수밖에 없었다.

시간은 한없이 흘러가는데도 그는 여전히 이리저리 방황하고 있었다. 이 방에서 저 방으로, 이 집에서 저 집으로, 이편 복도에서 저편 복도로…. 지긋지긋한 잿빛의 여명이 살그머니 한 걸음 한 걸음 다가오고 있었다. 다섯 시를 알리는 종소리가 울려 퍼졌다. 밤은 다 지나가는데도 제대로 눈도 붙이지 못했다. 이런 빌어먹을! 또 날이 밝는군, 날이 밝아!

그는 둥근 천정의 긴 지하복도에 서 있었다. 등과 샹들리에에서 불빛이 새어 나오고 있었다. 그곳 쇠창살 지붕을 통해서 춤추는 소리, 웃음소리, 경쾌한 음악소리가 들려 왔다. 저기로 올라가자, 머리 위의 저 살아 있는 사람들의 세계로. 즐거운 잔치가 열리고 있는 게로군. 좋아, 사람들의 눈을 피해 잠잘 곳을 찾아서. 무덤이라도 좋으니 아늑한 곳이 있었으면! 중얼거리며 이리저리 걷던 그는 텅 빈 무덤에 걸려 넘어졌다. 텅 빈 무덤, 죽음과 부패의 내음. 아, 뭐가 문제랴. 잠을 청할 수만 있다면!

"이 무덤은 내꺼예요!" 글래디스였다. 그녀는 머리를 치켜든 채 썩어 문드러진 수의 너머로 그를 빤히 바라보았다. 그는 무릎을 꿇고 그녀에게 팔을 뻗었다.

"글래디스! 내 사랑 글래디스! 날 불쌍히 여겨주오. 이 좁은 틈에라도 기어들어가 잠잘 수 있게 해주구료. 당신의 사랑을 바라지는 않겠소. 당신 몸엔 손도 대지 않겠소. 말도 건네지 않겠소. 그러니 그저 당신 곁에 누워 잠들 수 있게만 해주오! 오, 그대 내 사랑. 난 잠을 못 이룬 지가 오래 되었다오! 이젠 더 이상 견딜 힘이 없구료. 밝은 빛은 나의 영혼을 노려보고, 들려오는 소음은 나의 머리를 빻아버리려는 듯하오. 글래디스, 여기 들어가 잠 좀 자게 해주구료!"

그가 그녀의 수의를 잡아당기는 순간 그녀는 뒷걸음질치면서 비명을 질렀다.

"이건 죄받을 짓이에요! 당신은 성직자예요!"

정처 없이 떠돌다 그는 해변에 이르렀다. 메마른 바위 위로 지독히 밝은 빛이 내리쬐고 있었으며 바닷물은 불안에 떠는 울부짖음처럼 낮게 신음소리를 토해내고 있었다. "아! 저 바다는 훨씬 자비롭겠지. 저 바다도 죽음에 진저리가 난 듯 잠들지 못하는구나."

그때 아서가 바다 깊은 속에서 불쑥 솟아오르더니 큰 소리로 외쳤다.

"이 바다는 내꺼예요!"

"추기경님! 추기경님!"

몬타넬리는 소스라치듯 놀라 잠에서 깨어났다. 하인이 문을 두드리고 있었다. 그는 무의식적으로 일어나 문을 열어주었다. 하인은 그가 몹시 겁에 질려 있음을 알았다.

"추기경님, 어디 편찮으신 데라도?"

그는 두 손을 이마로 가져갔다.

"아니야. 잠들어 있었는데 네가 놀라게 하는 바람에 깼구나."

"죄송합니다. 오늘 아침 일찍 떠나신다고 들은 것 같아 그만…."

"지금 몇 시나 됐지?"

"9시입니다. 사령관이 찾아오셨습니다. 의논해야 할 중요한 일이 있어 찾아오셨다기에, 일찍 일어나신 줄로 알고…"

"아래층에? 내 곧 내려가지."

그는 옷을 차려 입고 아래층으로 내려갔다.

"이렇게 이른 시각에 추기경님을 찾아뵙는 게 예의에 어긋나는 일은 아닌 지 모르겠군요." 사령관이 말을 꺼냈다.

"별다른 문제가 아니길 바라오만."

"이만저만한 문제가 아닙니다. 리바레즈 녀석이 하마터면 탈출에 성공할 뻔 했으니까요."

"그래요? 성공하지 못했다면 그리 문제될 건 없잖소? 어찌 된 일이오?"

"안뜰의 조그마한 철문 근처에서 발견되었습니다. 오늘 새벽 3시에 안뜰을 순찰하던 감시병이 무언가에 걸려 넘어졌답니다. 불빛을 비추어보니, 리바레즈 녀석이 의식불명인 채로 통로에 쓰러져 있더라는 겁니다. 부랴부랴 비상을 건 다음 제게 연락을 해왔습니다. 녀석의 독방을 조사하러 가보니 쇠창살이 모조리 줄로 잘려 있고 셔츠를 꼬아 만든 줄이 쇠창살 하나에 매어져 있더군요. 녀석은 줄을 타고 내려와 성벽을 기어갔던 모양입니다. 지하통로로 통하는 철문은 자물쇠가 열려 있었습니다. 감시병 중에 매수당한 자가 있나 봅니다."

"그런데 어떻게 통로에 쓰러져 있게 되었다는 거요? 성벽에서 떨어져 다친 것이오?"

"저도 처음엔 그렇게 생각했습니다. 하지만 의사말로는 추락한 흔적이 전혀 보이지 않는다고 하더군요. 어제 근무했던 감시병도 리바레즈가 몹시 앓는 것 같았다고 하고요. 저녁을 가져다주었는데 아무것도 먹지 않더라는 겁니다. 하지만 그건 말도 안 되는 소립니다. 아픈 사람이 어떻게 그 쇠창살들을 줄로 잘라 내고 성벽을 탈 수 있단 말입니까? 그건 이치에 맞지 않는 일입니다."

"그는 뭐라고 말하던가요?"

"아직 의식불명입니다. 추기경님."

"아직까지도?"

"이따금씩 정신을 차려 신음하기도 하지만 금방 정신을 잃어버리던데요."

"그것 참 이상하군요. 의사는 뭐라고 말하던가요?"

"의사도 잘 모르겠다는 눈치더군요. 혹 심장병이 그 원인이 되었나 알아보았지만 그런 증세도 없다더군요. 어쨌든 그 녀석에게 무슨 일이 일어났든 탈출을 시도하다가 졸지에 발생한 일입니다. 제 생각입니다만, 자비로우신 하느님께서 직접 막아주신 덕에 녀석이 쓰러지지 않았나 합니다."

몬타넬리가 살짝 눈살을 찌푸렸다.

"어떻게 하실 작정이오?"

"며칠 지나고 나서 처리하려고 합니다. 이번 기회를 통해 중요한 교훈 한 가지를 얻었습니다. 추기경님의 따뜻한 배려에도 불구하고 수갑을 풀어준 결과가 무엇이었습니까?"

"그렇다 해도, 아파 누워있는 동안에는 족쇄를 채우지 않기 바라오." 몬타넬리가 그의 말을 가로막으며 입을 열었다. "당신이 말한 그런 상태에 있는 사람이 어떻게 또 탈출할 마음을 먹겠소?"

"물론 다시는 그런 일이 생기지 않도록 잘 조치해두었습니다." 사령관은 문을 나서면서 혼잣말로 중얼거렸다. "쓸데없는 걱정일랑은 집어치우시오, 추기경. 놈은 이미 사슬로 꽁꽁 묶여, 아프든 아프지 않든 다시는 탈출을 시도할 수 없을 테니까."

"아니, 어떻게 그런 일이 일어난단 말이오! 만반의 준비가 갖춰져 있고 또 철문을 바로 코앞에 둔 그 마지막 순간에… 세상에, 기절하고 말다니! 아무래도 믿기지가 않는데."

마르티니가 무겁게 입을 열었다. "또 발작이 일어났던 게 분명해요. 버틸 힘이 있는 한 발작을 억누르려 무진 애를 쓰다가, 안뜰로 내려온 순간 완전히 탈진하는 바람에 기절하고 말았을 거요."

마르코네가 담뱃재를 요란스럽게 털어댔다. "아, 어쨌든 모든 건 끝장이오. 이제 그를 위해 할 수 있는 일이 뭐가 있겠소? 가엾은 친구…."

"가엾은 친구!" 마르티니가 숨을 죽이며 그 말을 되풀이했다. 등에가 없는 세상이 왠지 허전하고 쓸쓸하다는 것을 뼈저리게 느끼고 있던 터였다.

"볼라 부인은 무얼 저리 생각하고 있는 거죠?" 홀로 앉아 있는 젬마를 눈짓으로 가리키면서 밀수꾼이 물었다. 그녀는 무릎 위에 두 손을 포갠 채 멍하니 앞만 바라보고 있었다.

"물어보지도 못했소. 내가 소식을 전해준 뒤로 한 마디 말도 없으니 말이오. 저대로 내버려두는 편이 가장 좋을 거요."

그녀는 그들이 곁에 있다는 사실조차 까맣게 잊어버린 듯했다. 그들은 죽은 사람에 대해 이야기하고 있는 양 목소리를 한껏 낮추었다. 잠시 음울한 침묵의 시간이 흐른 뒤 마르코네가 자리에서 일어나 담배를 비벼 껐다.

"오늘 저녁에 다시 오겠소." 그의 말에 마르티니가 손짓으로 그를 제지했다.

"잠깐만, 이야기하고 싶은 게 있소." 더욱 낮아진 그의 음성이 거의 속삭임에 가까워졌다. "희망이 전혀 없다고 보시오?"

"이제 더 이상 걸어볼 희망은 없소. 지난번과 같은 방법을 또 다시 시도할 수는 없지 않소? 설사 그가 자기 몫을 제대로 해낼 수 있을 만큼 건강을 회복한다 하더라도 우리 몫을 제대로 해낼 수 없을 테니까. 보초들도 모두 교체되었고, 아마 뭔가 낌새를 챘겠지요. 잘 알고 계시겠지만, 귀뚜라미도 더 이상 기회를 만들 수는 없을 거요."

"그렇지만, 그의 건강이 회복된다면," 마르티니가 불쑥 입을 열었다. "보초들의 주의를 다른 곳으로 돌리는 것은 가능하지 않을까요?"

"보초들의 주의를 다른 곳으로 돌린다고요? 무슨 말씀을 하시는 거요?"

"갑자기 이런 생각이 들었소. 성체축일聖體祝日에 행렬이 요새 근처를 지나갈 때 내가 사령관을 가로막고 총을 쏜다면 모든 보초들이 날 향해서 몰려들 거요. 그때 혼란을 틈타 리바레즈를 구해낼 수 있지 않을까요? 아직은 계획에 불과하지만, 이 생각이 머릿속을 떠나지 않는군요."

"그게 가능할지 어떨지 모르겠습니다." 마르코네가 심각한 표정으로 대답했다. "뜻대로 일을 성사시키려면 더 많은 걸 검토해야 합니다. 한데," 그가 하던 말을 멈추고 마르티니를 쳐다보았다. "그 일이 가능하다면 당신이 그 일을 하겠다는 거요?"

마르티니는 평소 내성적인 인물이었으나 이번만큼은 평상시의 그와 달랐다. 그는 밀수꾼의 얼굴을 똑바로 쳐다보았다.

"내가 그 일을 하겠느냐고? 젬마를 한번 보시오!"

더 이상의 말은 불필요했다. 마르코네는 방안을 둘러보았다.

그들이 이야기를 주고받는 동안 그녀는 꼼짝도 하지 않았다. 그녀의 표정엔 의심도 두려움도, 슬픔조차도 보이지 않았다. 죽음의 그림자만이 어려 있을 뿐이었다. 그녀를 바라보는 밀수꾼의 눈가에 이슬이 맺혔다.

"서두르세, 미셸!" 베란다 문을 열어젖히고 밖을 내다보며 마르코네가 말했다. "자네들, 여기서 할 일이 더 남았나? 해야 할 일이 산더미 같아!"

미셸이 지노의 뒤를 따라 베란다에서 방으로 들어왔다.

"이제 준비는 다 끝났네." 미셸이 입을 열었다. "부인께 하나 여쭈어 보고 싶은 게 있는데…."

그가 그녀에게 다가서자 마르티니가 그의 팔을 붙들었다.

"내버려둡시다. 혼자 있고 싶을 거요."

"그래, 내버려두게." 마르코네가 거들었다. "마음 아픈 건 우리도 마찬가지지만 부인은 더할 거야."

5

    일주일 내내 등에는 끔찍한 상태로 누워 지냈다. 발작은 몹시도 고통스러웠다. 두려움과 낭패감에 더욱 난폭해진 사령관은 그의 손과 발을 꽁꽁 묶어 두었을 뿐만 아니라, 가죽끈으로 그를 침상에 묶어두어야 한다고 고집을 피웠다. 단단히 묶인 등에는 조금만 움직여도 가죽끈이 살을 파고들어 에일 듯이 아팠다. 그는 엿새째까지는 이를 악물고 모든 고통을 견뎌냈다. 그러나 그 후 그의 자존심은 차츰 허물어지기 시작하여, 애처롭게도 감옥의사에게 아편을 달라고 간청하기에 이르렀다. 의사는 선뜻 내주려 하였지만, 그 말을 들은 사령관은 '그 따위 어리석은 짓'은 꿈도 꾸지 말라고 엄포를 놓았다.

    "그 녀석이 무엇 때문에 아편을 달라고 하는지 알기나 하오?" 그가 언성을 높였다. "꾀병을 부리는 게요. 보초에게 약을 먹인다든지, 뭐 그런 식으로 호시탐탐 기회를 엿보고 있을 놈이오. 리바레즈 그 녀석은 교활하기 짝이 없는 자란 말이오."

    "꾀병을 부린다고 하셨는데, 그건 공연한 생각입니다. 그는 금방이라도 죽어

버릴 지 모를 상태니까요."

"어쨌든 아편을 주어서는 안 되오. 조금만 좋게 대해주면 기어오를 놈이오. 그놈에겐 엄격하게 대할 필요가 있소. 쇠창살을 잘라내고 탈출을 시도하는 그 따위 짓거리는 아예 꿈도 꾸지 못하게 해야 할 테니까."

"하지만 법적으로 고문을 가해서는 안 되잖습니까? 현재의 조치는 고문을 가하는 것과 다름없습니다."

"내가 알기로는 아편에 대해서도 법전에 일언반구 없을 덴데." 사령관은 퉁명스럽게 대꾸했다.

"물론 대령님이 결정하실 문제이긴 합니다만, 어쨌든 저 가죽끈을 풀어주는 게 어떨까 싶습니다. 그의 고통을 악화시킬 뿐, 아무 소용도 없습니다. 이젠 탈출을 시도할 우려도 없지 않습니까. 그냥 내버려둔다 해도 오래 견디지는 못할 텐데요."

"이보오, 의사선생. 당신도 다른 사람들처럼 실수를 하겠다는 거요? 내가 이제껏 가죽끈으로 안전하게 묶어놓았기에 녀석이 탈출을 포기한 거란 말이오."

"그렇다면 적어도 가죽끈을 조금만이라도 느슨하게 해주셔야 합니다. 지금처럼 꽁꽁 묶어두는 건 지나치게 야만적입니다."

"때가 되면 다 어련히 알아서 하지 않겠소. 여하튼 고맙소, 의사선생. 야만적이라고 말하지는 마시오. 내가 하는 일이라면 다 그럴 만한 이유가 있는 거요."

이레째 밤도 그의 고통은 덜어지지 못한 채 지나갔다. 감방 문을 지키던 감시병은 밤새 가슴을 찢는 듯한 신음소리를 들으며 연신 가슴에 성호를 그었다.

아침 여섯 시의 임무교대 직전, 그 감시병은 살그머니 감방 문을 열고 들어가 보았다. 자신이 규율을 어기고 있다는 건 알고 있었지만, 따뜻한 위로의 말 한 마디 없이 차마 가버릴 수는 없었던 것이다.

등에는 눈을 감고 입을 벌린 채 누워 있었다. 감시병은 잠시 묵묵히 서있더니 허리를 굽히고 물었다.

"이보시오, 도와드릴 일이라도 있소? 시간이 좀 있습니다만."

등에가 간신히 눈을 떴다. "혼자 있게 해주시오!" 신음소리가 거칠어졌다. "혼자 있게 해주시오…."

감시병이 근무위치로 돌아가기도 전에 그는 다시 잠에 빠져 들었다.

열흘 후, 사령관은 추기경의 관저를 방문했다. 추기경은 마침 피에브도타보에 있는 환자를 방문하러 가서 오후까지는 돌아오지 않는다고 했다. 그날 저녁, 식사를 하고 있는 사령관에게 하인이 들어와 추기경이 만나고 싶어한다는 전갈을 전해왔다.

사령관은 제복이 단정한지 거울에 슬쩍 비추어본 다음, 목에 힘을 주고 응접실에 들어섰다. 몬타넬리는 앉아 있던 손님용 의자의 팔걸이를 손으로 가볍게 톡톡 치면서 근심에 싸인 눈빛으로 창 밖을 내다보고 있었다.

"오늘 방문하셨다고 들었소만?" 그는 다른 사람에게는 보이지 않는 거만한 태도로 사령관의 입에 발린 인사를 가로막으며 물었다.

"리바레즈에 관한 일입니다, 추기경님."

"그러리라고 생각했소. 지난 며칠 동안 나도 곰곰이 생각해 보았소. 그 문제로 들어가기 전에, 내게 알려줄 새로운 사실들이 있으면 이야기해 주시오."

사령관은 당혹스러운 표정을 지으며 콧수염을 만지작거렸다.

"사실 전 추기경님이 제게 말씀하실 게 있지 않을까 해서 찾아뵈었습니다만. 아직도 제가 지난번에 말씀드렸던 방침에 대해서 반대하신다면, 진심으로 추기경님의 충고를 받아들이고 싶습니다. 솔직히 전 어떻게 해야 할지 모르겠습니다."

"새로이 곤란한 점이라도 생겼소?"

"다음 주 목요일인 6월 3일이 바로 성체축일 아닙니까? 어떻게든 그 이전에 문제가 처리되어야 합니다."

"목요일이 성체축일이란 건 틀림없소. 하지만 굳이 그 이전까지 처리해야 할 특별한 이유라도 있소?"

"추기경님의 견해에 반대하는 것 같아 대단히 송구스럽습니다만, 리바레즈가 그때까지 처리되지 않는다면 저로선 시의 치안을 책임질 수 없습니다. 추기경님도 익히 알고 계시리라 믿습니다만, 구릉지대의 극렬분자들이 그날 이곳으로 몰려들 겁니다. 그 자들이 요새 문을 깨트리고 리바레즈를 구출해 가려 할 게 뻔하지 않습니까? 물론 그들은 실패할 겁니다. 제가 총과 대포로 요새 문앞에서 진압한다면 그쯤이야 물리칠 수가 있으니까요. 하지만 축일 이전에 그런 일이 벌어질지도 모를 일입니다. 이곳 로마냐 사람들은 바꼴입니다, 일단 유사시에 그들이 칼을 뽑아들고 나서는 날에는…."

"조금 걱정스럽긴 하지만 칼을 뽑아들고 나설 정도로 문제가 확산되어서는 안 되오. 이곳 사람들은 사리에 맞게끔 대해주기만 하면 쉬이 의좋게 지낼 수 있는 사람들이란 걸 난 알고 있소. 물론 당신이 한 사람이라도 협박한다거나 강제한다면 다루기가 매우 힘들어질 거요. 그건 그렇고 새로운 구출계획이 준비되고 있다고 볼 만한 조짐이라도 있소?"

"오늘 아침 제 정보원으로부터, 온 시내에 수많은 유언비어가 퍼지고 있는데, 놈들이 뭔가 흉계를 꾸미고 있는 게 분명하다는 정보를 입수했습니다. 세부사항이야 물론 알 수가 없지요. 그걸 알 수만 있다면야 예방조치를 취하는 게 훨씬 수월하겠지요. 저로서는 지난번의 탈출사건도 있고 하니 보다 신중을 기하는 편이 나을 거라고 생각합니다. 여우처럼 교활한 리바레즈 녀석에게는 아무리 조심한다 해도 오히려 부족할 지경이니까요."

"리바레즈에 대해 마지막으로 들은 소식은 매우 아파서 움직이지도 말하지도 못한다는 것이었소. 지금은 회복되었소?"

"훨씬 나아진 것 같습니다, 추기경님. 꾀병이 아니라면 병이 난 것이 틀림없습니다."

"꾀병을 부린다고 생각할 만한 근거가 있소?"

"아, 의사는 정말 앓고 있다고 확신하더군요. 하지만 도무지 까닭을 알 수 없는 병이라서. 어떻든 녀석은 회복중이지만 전보다 더 다루기가 고약합니다."

"그 사람, 뭘 하고 지내오?"

"다행스럽게도 녀석이 할 수 있는 일이란 게 거의 없는 형편입니다." 사령관은 가죽끈을 머릿속에 떠올리면서 빙그레 웃음 지었다. "하지만 녀석의 태도는 이루 다 말로 할 수가 없습니다. 어제 아침 몇 가지 물어볼 게 있어서 감방으로 갔습니다. 그런데 심문을 받을 만큼 상태가 썩 좋지는 않더군요. 완전히 회복될 때까지는 사람들이 그의 모습을 보지 못하도록 하는 게 좋을 것 같더군요. 그런 얼빠진 소식은 금방 소문이 나는 법이니까요."

"그 사람을 심문하러 그곳에 갔다는 거요?"

"그렇습니다, 추기경님. 순순히 말을 들으리라 여겼지요."

몬타넬리는 역겨운 짐승을 보듯 그를 찬찬히 뜯어보았다. 그러나 사령관은 아무것도 눈치 채지 못한 채 검대劍帶를 만지작거리며 말을 이었다.

"그 녀석을 특별히 가혹하게 대하진 않았습니다. 하지만 군감옥이니 만큼 엄격하게 대해야 한다고 생각합니다. 저도 조금이라도 너그럽게 대해주면 효과가 있지 않을까 생각해보기도 했습니다. 그래서 말을 잘 들으면 규율을 완화시켜 주겠노라고 제의했지요. 그랬더니 그 녀석이 제게 뭐라 대꾸한 줄 아십니까? 그

녀석은 우리에 갇힌 늑대처럼 절 노려보더니 이렇게 지껄이더군요. '이봐 대령, 내가 일어날 수가 없으니 당신을 목 졸라 죽일 수는 없지만 내 이빨은 아직 튼튼하다오. 그러니 모가지를 좀 더 뒤로 빼는 게 좋을 거요.' 살쾡이처럼 거친 녀석입니다."

"놀라운 얘기는 아니로구면." 몬타넬리는 대수롭지 않다는 듯 대꾸했다. "한 가지 물어보고 싶은 게 있소. 감옥에 갇혀 있는 그의 존재가 정말로 이 지역의 치안유지에 심각한 위협이 된다고 생각하시오?"

"그렇다고 확신합니다, 추기경님."

"유혈사태를 미연에 방지하기 위해 어떻게든 성체축일 전에 처리해야 한다는 얘기요?"

"반복되는 이야기지만, 목요일에도 그 녀석이 여기에 있는 한 축제가 무사히 끝나리라고는 보지 않습니다. 심각한 사태가 발생할지도 모릅니다."

"그 사람이 이곳에 없다면 그런 위험이 사라지리라 보오?"

"그 경우에는 소요사태가 전혀 벌어지지 않던가, 아니면 기껏해야 함성을 지른다거나 투석하는 정도겠지요. 추기경님이 그 녀석의 신병처리에 동의해주시기만 한다면, 치안이 유지되리라 장담할 수 있습니다. 그렇지 않으면 심각한 사태가 일어날 것으로 보아야지요. 새로운 구출계획이 준비되고 있고, 목요일이야말로 놈들이 노리는 바로 그날이라고 전 확신합니다. 그런데 만약 그날 아침, 그 녀석이 요새에 없다는 걸 놈들이 알게 된다면 놈들의 계획은 저절로 물거품이 되고 말 것이고, 싸움을 일으킬 명분마저도 사라져 버리게 될 것입니다. 하지만 우리가 끝내 놈들과 맞부딪치게 된다면, 놈들은 일단 사람들 틈으로 스며들 테고, 우린 밤이 되기 전에 그들의 은신처를 불살라버릴 겁니다."

"그 사람을 라벤나로 이송하지 않는 이유가 대체 뭐요?"

"추기경님, 맹세코 저도 그렇게만 할 수 있다면 오죽이나 좋겠습니까. 하지만 이송 도중에 놈들이 그 녀석을 구출하려 들 텐데, 그걸 어떻게 막아낸단 말입니까? 무장공격을 막아낼 만큼 병사가 충분치 못합니다. 그 산지인 놈들은 칼이나 화승총, 아니면 그와 비슷한 무기들을 지니고 있습니다."

"그를 군법회의에 넘기고 싶으니, 나더러 동의해 달라는 것이오?"

"송구스럽습니다, 추기경님. 제가 부탁드리고 싶은 건 단 한 가지, 폭동과 유혈사태를 미연에 방지할 수 있도록 도와주십사 하는 것뿐입니다. 군사위원회가 지난번의 프레디 대령 때의 경우처럼 때로 쓸데없이 냉혹하게 처리하는 바람에 민심을 누그러트리기보다 오히려 분노를 일으켰던 일은 저도 잘못을 기꺼이 인정합니다. 하지만 이번 사건의 경우에는 오히려 군법회의가 더 현명한 조치로서, 결국에는 이러한 조치가 오히려 자비를 베푸는 결과가 되지 않을까 합니다. 그렇게 함으로써 어마어마한 재앙을 가져올 폭동을 미연에 방지할 수 있을 테니까요. 게다가 폭동은 교황께서 철폐하신 군사위원회를 부활시키자는 주장에 빌미를 제공할 수도 있지 않습니까?"

사령관은 자못 엄숙하게 말을 끝맺고서 추기경의 반응을 살폈다. 오랜 시간이 흐른 듯했다. 그의 반응은 뜻밖이었다.

"페라리 대령, 당신은 하느님을 믿습니까?"

"추기경님!" 대령은 어안이 벙벙한 듯 숨을 거칠게 몰아쉬었다.

"하느님을 믿소?" 몬타넬리는 자리에서 일어나 눈 하나 깜짝하지 않은 채, 그를 내려다보며 되물었다.

"추기경님, 전 독실한 기독교인입니다. 죄 사함을 거부당한 적은 한 번도 없습니다."

몬타넬리가 가슴 위로 십자가상을 들어올렸다.

"그렇다면 당신을 위해 피 흘려 돌아가신 예수 그리스도의 십자가상을 걸고 맹세하시오, 내게 진실만을 말하겠노라고."

대령은 우두커니 서서 멍청히 바라보았다. 그는 자신이 미친 건지, 추기경이 미친 건지 도무지 알 수가 없었다.

"당신은 내게 한 사람을 죽이는 데 동의해 달라고 부탁했소. 그럴 용기가 있다면 이 십자가상에 입 맞추시오. 그리고 유혈사태를 피하기 위해서는 그 방법 외에는 달리 길이 없음을 믿노라고 내게 말하시오. 내게 거짓말을 한다면, 당신 스스로 불멸의 영혼을 위태롭게 하고 있다는 것을 명심해야 할 거요."

잠시 침묵이 흐른 후, 사령관은 고개 숙여 십자가상에 입술을 갖다 댔다.

"믿습니다."

몬타넬리는 천천히 고개를 돌렸다.

"내일 학답을 내려주겠소. 하지만 우선 리바레즈를 만나 이야기를 나누어야겠소."

"추기경님, 제 얕은 소견입니다만, 틀림없이 후회하실 겁니다. 그 녀석이 어제 감시병 편으로 전갈을 보내왔습니다. 추기경님을 만나게 해달라고 요구했더군요. 하지만 전 무시해 버렸습니다. 왜냐하면…."

"무시해 버렸다고!" 몬타넬리가 그의 말을 되뇌었다. "그런 처지에 있는 사람이 전갈을 보내왔는데 그걸 무시했다고?"

"불쾌하게 여기시니 정말 송구스럽습니다. 그 같은 무례한 놈 때문에 추기경님을 번거롭게 해드리고 싶지 않아서였습니다. 리바레즈 녀석이 추기경님을 만나봐야 모욕을 주고 싶어 할 뿐이란 걸 전 잘 알고 있습니다. 그리고 사실 말씀드리기는 뭣하지만, 혼자 그 녀석을 만난다는 건 무모한 일입니다. 정말 위험한 녀석이거든요. 사실 전 가벼운 신체적 속박이 필요하다고 생각해 왔을 정도니까요."

"앓아누워 있고 무장도 하지 않은, 게다가 가벼운 정도의 신체적 속박 하에 있는 사람이 정말로 위험하다고 보시오?" 몬타넬리의 음성은 부드러웠으나, 그의 신랄한 말에 모멸감을 느낀 대령은 화가 치밀어 얼굴이 붉어졌다.

"마음대로 생각하십시오." 그는 무뚝뚝하게 대꾸했다. "전 그저 그 녀석의 독설에 추기경님이 상심하지 않도록 고언(苦言)을 드렸을 뿐입니다."

"기독교인에게 있어서 독설을 듣는 것과 궁지에 몰린 인간을 포기하는 것 중 어느 것이 더 쓰라린 아픔이라고 생각하시오?"

사령관은 목석처럼 뻣뻣한 표정을 지은 채 꼿꼿이 서 있었다. 몬타넬리가 자기를 대하는 태도에 기분이 상한 그는 짐짓 비꼬듯 유달리 공손하게 나왔다.

"몇 시에 그 죄수를 만나보고 싶으신가요?"

"지금 당장 만나보고 싶소."

"추기경님이 원하신다면야 백 번이라도 만나게 해드려야지요. 잠시만 기다려주신다면 준비시켜 놓겠습니다."

사령관은 서둘러 집무실로 향했다. 몬타넬리에게 가죽끈을 보이고 싶지 않았던 것이다.

"고맙소. 난 있는 그대로의 모습을 보고 싶소. 따로 준비시킬 필요는 없소. 지금 당장 요새로 가겠소. 잘 있으시오, 대령. 내일 아침에는 확답을 내려주겠소."

6

 자물쇠를 따는 소리에 등에는 무심결에 눈길을 돌려버렸다. 사령관이 또 다시 심문을 핑계로 괴롭히러 오는 것이라고 생각했던 것이다. 몇 명의 병사들이 좁은 계단을 통해 올라오고 있었다. 벽에 소총이 철커덕 부딪히는 소리가 들렸다. 뒤이어 정중한 목소리가 들려왔다. "이곳은 좀 가파른 편입니다, 추기경님."
 그는 경련을 일으킬 듯이 놀랐다. 가죽끈이 살을 파고드는 아픔 속에서 그는 숨을 죽인 채 몸을 움츠렸다.
 상사와 세 명의 감시병과 함께 몬타넬리가 들어섰다.
 "잠시 기다려주시면 즉시 의자를 가져다 드리겠습니다." 상사는 잔뜩 주눅이 들어 말을 이었다. "너그러이 용서해 주십시오. 이렇게 오실 줄 미리 알았더라면 준비를 해놓았을 텐데…."
 "준비하고말고 할 필요가 있겠소. 상사, 단 둘이 있도록 해주겠소? 부하들과 함께 계단 아래에서 기다려주시오."
 "예, 알겠습니다, 추기경님. 의자는 여기 있습니다. 리바레즈 곁에 놓아드릴까요?"

등에는 눈을 감은 채 누워 있었다. 몬타넬리가 자신을 바라보고 있는 게 충분히 느껴졌다.

"잠들어 있는 모양입니다, 추기경님." 상사가 말을 꺼내자 등에가 눈을 떴다.

"아니오. 난 잠들어 있지 않소."

감방 문을 막 나서던 병사들은 몬타넬리의 경악에 찬 목소리에 걸음을 멈추었다. 그는 허리를 굽힌 채 가죽끈을 찬찬히 살펴보고 있었다.

"누가 이 따위 짓을 했소?" 몬타넬리의 음성은 날카로웠다. 상사는 모자를 만지작거렸다.

"사령관님의 긴급 명령에 따른 것입니다, 추기경님."

"난 이런 줄은 까맣게 모르고 있었소, 리바레즈 씨." 비탄에 잠긴 목소리로 몬타넬리가 그에게 말을 건넸다.

"내가 전에 말씀드린 적이 있었지요." 애써 미소지으며 등에가 대꾸했다. "날 토닥거려 주리라고는 저, 절대로 기대하지 않는다고요."

"상사, 언제부터 이렇게 해왔소?"

"탈출을 시도한 직후부터입니다, 추기경님."

"그럼 벌써 일주일 이상이나? 칼을 가져오시오, 즉시. 이것들을 몽땅 잘라버리시오."

"추기경님께서 원하신다면 그렇게 하겠습니다. 의사도 가죽끈을 풀어주려고 했지만 페라리 사령관이 허락하지 않았습니다."

"어서 칼을 가져오시오." 몬타넬리의 언성은 그리 높지 않았지만 그가 분노에 떨고 있음을 상사는 눈치 챌 수 있었다. 상사가 호주머니에서 접이칼을 꺼내 등에의 팔을 묶고 있던 가죽끈을 잘라냈다. 그러나 솜씨가 형편없는 데다 섣불리

움직이는 바람에 가죽끈이 더 꽉 조여지고 말았다. 등에는 움찔하더니 이를 악물었다. 몬타넬리가 앞으로 나섰다.

"어떻게 하는지 잘 모르는 모양이군. 칼을 이리 주시오."

"아하… 아!' 가죽끈이 잘려 나가자 등에는 긴 한숨을 내쉬며 기지개를 폈다. 뒤이어 몬타넬리는 그의 발목을 묶고 있던 가죽끈도 잘라냈다.

"띠 수갑도 풀어주도록 하시오, 상사. 그리고 이리 좀 오시오. 당신에게 물어볼 게 있으니."

상사가 수갑을 풀어주고 그에게 다가올 때까지 몬타넬리는 창가에 서서 말없이 지켜보고 있었다.

"자, 내게 모든 걸 말해주겠소? 그동안 일어났던 일을."

상사는 망설임 없이 자기가 알고 있는 일에 대해 이야기했다. 등에의 병환에 대해서, 징계조치에 대해서, 그리고 끝내 이루지는 못했지만 의사가 가죽끈을 풀어주려고 애썼던 일 등등에 대해서 ….

"제 생각엔," 그가 한 마디 덧붙였다. "대령은 증거를 확보할 수단으로 가죽끈을 계속 이용하려 한 것 같습니다."

"증거라니?"

"예, 증거 말입니다. 그제 대령이 가죽 끈을 풀어 주겠노라고 제의하는 걸 들었습니다." 그는 등에를 힐끗 쳐다보더니 말을 이었다. "자신의 질문에 답변하는 조건으로 말입니다."

몬타넬리는 두 주먹을 불끈 쥐었다. 병사들은 서로 얼굴을 쳐다보았다. 전에는 한 번도 추기경이 지금처럼 화내는 걸 본 적이 없었기 때문이었다. 등에는 그들이 옆에 있다는 사실조차 까맣게 잊어버린 듯했다. 그는 오직 육체적인 자유로움만을 즐기고 있었다. 그의 사지에 온통 짜릿한 경련이 일었다. 그는 하늘을 나는 것만 같은 편안함을 느끼며 손발을 뻗어보기도 하고 구부려보기도 했다.

"이젠 가도 좋소, 상사." 추기경이 입을 열었다. "규율을 어긴 것에 대해 걱정할 필요는 없으니 안심하시오. 내가 묻는 질문에 대해 정직하게 알려주는 게 당신의 의무이니까. 아무도 우릴 방해하지 않도록 해주시오. 내 이야기를 마치는 대로 부를 테니."

병사들이 나가고 문이 닫히자, 그는 등에에게 숨 돌릴 여유를 주기 위해 창턱에 기대어 해가 저무는 정경을 한동안 바라보았다.

"내가 듣기로는…." 침상 옆으로 다가 앉으며 마침내 그가 입을 열었다. "나와 이야기를 나누고 싶다고 했다던데. 기분이 괜찮다면 하고 싶은 이야길 해보시오."

몬타넬리는 그에게 어울리지 않는 무뚝뚝한 태도로 냉랭하게 말했다. 가죽끈을 풀어줄 때까지도 그는 등에가 그저 심히 못돼먹고 비뚤어진 사람처럼 여겨졌다. 지난번 접견이 머릿속에 떠오르면서 그에게 받았던 심한 모욕이 불현듯 생각났기 때문이었다. 등에는 한쪽 팔에 머리를 기댄 채 올려다보았다. 그에게는 어딘지 모르게 기품이 느껴졌다. 그래서인지 그의 얼굴이 그늘 속에 잠겨 있을 때에는 그의 가슴 속을 흐르는 바다가 얼마나 깊은지 알 길이 없는 것처럼 보였다. 그러나 그가 고개를 치켜들자 맑은 저녁빛 속에서 핏기 없이 수척한 모습이 드러났다. 그의 몰골에는 지난 며칠 동안의 고통의 흔적이 아로새겨져 있었다. 몬타넬리의 노여움은 봄눈 녹듯 사라져 버렸다.

"몹시 앓았던 모양이군요. 당신 사정을 까맣게 모르고 있었다니 미안하기 그지없소. 진작 알았더라면 벌써 중지시켰을 텐데."

등에는 어깨를 으쓱해 보일 뿐이었다. "전쟁에서는 모든 게 정당화되는 법이지요." 그는 차분하게 말을 이었다. "추기경님은 기독교적 관점에서 이론적으로는 가죽끈에 대해 반대하시겠지요. 하지만 대령도 그렇게 생각할 거라 기대하시는 건 큰 오산입니다. 대령도 자신의 살갗에 가죽끈을 묶고 싶지는 않겠지요. 그건 나도 마찬가지입니다. 하지만 그건 각자의 사정에 따라 달라지는 문제지요. 지금 이 순간 밑바닥에 있는 건 나입니다. 어쨌든 이곳을 찾아주신 데 대해 추기경님께 감사합니다. 하지만 이곳을 찾아주신 것도 기, 기독교도적인 관점에서겠지요. 죄수를 방문한다… 아, 좋습니다! 저는 까맣게 잊고 있었네요. '너희가 여기 있는 형제 중에 가장 보잘것없는 사람 하나에게 해준 것이….' [1] 대단한 일은 아닐지라도 하찮은 미물은 감사해 마지않겠지요."

"리바레즈 씨." 추기경이 그의 말을 가로막았다. "나는 나 자신을 위해서가 아니라 당신을 위해서 이곳에 온 거요. 당신 말대로 당신이 밑바닥에 처해 있지 않다면, 지난 주 당신과 이야기를 나누었던 이후로 또 다시 당신과 만나 이야기를 나누고 싶진 않았을 거요. 하지만 당신은 죄수와 환자라는 이중의 특권을 가지고 있소. 그러니 내가 당신의 부탁을 거절할 수 있겠소? 내게 하고 싶은 이야기가 있거들랑 속 시원히 하시오. 내가 여기 이렇게 와 있잖소. 그게 아니면, 그저 나이든 이 노인네에게 모욕을 줌으로써 즐겨보겠다고 와 달라 했소?"

아무 대답이 없었다. 등에는 몸을 돌린 채 한 손으로 눈을 가리고 누워있었다.

"폐를 끼쳐 죄송합니다." 그가 가까스로 쉰 목소리로 입을 열었다. "물 좀 마실 수 있겠습니까?"

창가에 물주전자가 놓여 있었다. 몬타넬리가 자리에서 일어나 물주전자를 가져왔다. 등에를 일으켜 앉히려고 팔로 그를 안는 순간, 몬타넬리는 그의 손목 위

---

1) 예수의 비유 가운데, 이른바 '최후의 심판' 에 대한 내용이다. 즉 심판 때에 예수가 의로운 사람들에게 "너희는 내가 굶주렸을 때에 먹을 것을 주었고, 목말랐을 때에 마실 것을 주었다"고 칭찬하자, 의로운 사람들은 "저희가 언제 주님께 먹을 것과 마실 것을 드렸습니까?" 하고 반문했다. 그러자 예수는 이렇게 말한다. "너희가 여기 있는 형제 중에 가장 보잘것없는 사람 하나에게 해준 것이, 바로 나에게 해준 것이다."(마태오복음서 25장 40절)

로 닿는 축축하고 싸늘한 손가락에서 섬뜩한 느낌을 받았다.

"손을 이리 주세요, 잠시만이라도…." 등에가 속삭였다. "손을 잡혀준다고 해서 별 일 있겠습니까? 딱 1분만!"

그는 몬타넬리의 팔에 얼굴을 묻었다. 그의 온몸이 떨려왔다.

"물을 좀 마시지요." 잠시 후 몬타넬리가 입을 열었다. 등에는 순순히 그의 말에 따랐다. 그러고 나서는 눈을 감은 채 침상 위에 드러누웠다. 그는 몬타넬리의 손이 볼을 스칠 때, 대체 자기에게 무슨 일이 일어났는지 전혀 알 수가 없었다. 살아오는 동안 가장 소름끼치는 순간이었다는 생각이 들 뿐이었다.

몬타넬리는 의자를 침상 곁으로 끌어당겨 앉았다. 등에는 꼼짝도 하지 않고 누워 있었다. 마치 송장 같아 보였다. 그의 얼굴은 창백한 데다 잔뜩 찌푸려 있었다. 오랜 침묵의 시간이 흐른 뒤 눈을 뜬 그가 유령 같은 눈빛으로 추기경을 쳐다보았다.

"고맙군요. 죄송스럽기도 하고요. 제게 무언가를 물어보셨지요?"

"이야기를 나눌 만큼 몸이 썩 좋지는 않은 것 같군요. 내게 하고 싶은 이야기가 있다면 내일 다시 오겠소."

"아닙니다. 가지 마세요, 추기경님. 난 괜찮습니다. 정말이에요. 나, 난 요 며칠 동안 정신을 차릴 수가 없었습니다. 반은 꾀병 때문이었죠. 대령에게 물어보시면 말해 줄 겁니다."

"나는 스스로의 판단에 따라 행동하오." 몬타넬리가 조용히 대꾸했다.

"그, 그건 대령도 마찬가지겠지요. 그런데 때로 그 판단이란 게 참으로 재미있습니다. 하지만 그 자는 아주 기발한 생각을 해내더군요. 예를 들어 볼까요? 금요일 저녁이던가요…. 아, 금요일이 맞습니다. 요즈음은 시간이 헷갈리거든요. 어쨌든 제가 아편을 좀 달라고 했습니다. 난 그때 일을 똑똑히 기억하고 있습니다. 그 자가 들어서더니 철문을 열어준 사람이 누군지 알려주면 아편을 주겠다는 겁니다. 그 자가 이렇게 말하더군요. '네 녀석이 정말 아프다면 내 말에 따를 것이고, 그러지 않는다면 꾀병을 부리고 있다는 증거로 생각할 수밖에 없어'라고요. 그게 얼마나 우스꽝스러운 말인지 그땐 전혀 몰랐지요. 한데 이제 생각해 보니 얼마나 재미있는 말입니까…."

그가 갑자기 발작적으로 웃어댔다. 웃음소리가 몹시 귀에 거슬렸다. 그리고는 잠자코 있는 추기경 쪽으로 몸을 돌리더니 허둥대며 말을 이었다. 말을 심하게 더듬어 거의 알아들을 수가 없었다.

"재, 재미있지 아, 않습니까? 무, 물론 재미가 이, 있을 리 없겠지요. 다, 당신들처럼 시, 신앙심이 기, 깊은 사람들은 유, 유머감각이라곤 아, 아예 어, 없으니까요. 당신은 모, 모든 걸 비, 비극적으로 보시지요. 예, 예를 든다면 대, 대성당에서의 그날 밤… 당신은 얼마나 엄숙했습니까! 그런데 말입니다… 난 그때 순례자처럼 애처로운 모습을 보이지 않으면 안 되었습니다. 당신은 오늘 저녁의 이 일에서도 전혀 우스꽝스러움을 느끼지 못하겠지요?"

몬타넬리가 자리에서 일어났다.

"난 당신의 말을 들으러 이곳에 왔소. 하지만 오늘밤 당신은 이야기를 나누기엔 너무 흥분된 듯싶소. 의사에게 진정제를 달라고 하는 편이 좋겠소. 이야기는 한 숨 푹 자고 나서 내일 하기로 합시다."

"한 숨 푹 잔다구요? 오, 아마 나는 머잖아 영원히 푹 자게 되겠지요. 추기경님, 당신이 대령의 계획에 동의한다면 말입니다. 납 1온스라면 진정제로 충분할 테니까요."

"무슨 말인지 모르겠소." 몬타넬리가 짐짓 놀란 표정으로 대꾸했다.

다시 등에가 웃음을 터트렸다.

"추기경님, 진실함이 기독교도의 덕목 중 가장 중요한 것 아닙니까! 사령관이 날 군법회의에 넘기기 위해 당신의 동의를 얻으려 얼마나 애쓰고 있는지 내가 모른다고 생각하십니까? 당신도 이젠 대충 동의해 주는 편이 속 편할 겁니다. 당신의 고위 성직자 동료들도 당신 처지였다면 진작 동의해 주고도 남았을 테니까요. 그러면 더 많은 선행을 쌓고 악행은 줄일 수 있겠지요! 잠도 못자고 이렇게 시간을 낭비하는 건 부질없는 일입니다!"

"잠시만 웃음을 거두어주시오. 당신이 들은 대로 이야기해 주시겠소? 누가 그 이야기를 해주던가요?"

"난 사람이 아니라 아, 악마라고 대령이 말하지 않던가요? 내겐 여러 번 그렇게 말하던데! 그래요, 난 악마이니 남들이 무얼 생각하고 있는지 조금은 알아낼 수 있습니다. 추기경님은 날 지독한 말썽꾼이라고 생각하시겠지요. 그래서 누군가 다른 사람이 당신의 민감한 양심에 상처를 남기지 않고 날 처리해 주었으면 하고 바라시겠지요. 제 추측이 틀렸나요?"

"내 말을 들어보시오." 그의 곁에 다시 주저앉으며 추기경이 심각한 얼굴로 말했다.

"당신이 어떻게 알아냈는지는 몰라도 그건 사실이오. 페라리 대령은 당신의 동지들이 또 다시 구출시도를 할까 봐 겁을 집어먹고 있소. 그래서 당신이 말했던 대로 선수를 치고 싶어 하는 거라오. 내가 솔직하게 말하고 있다는 걸 당신도 알 것이오."

"추기경님은 정직하기로 둘째가라면 서러워할 분이시죠." 등에가 비꼬듯 이죽거렸다.

"당신도 아시다시피 법적으로 내게는 세속의 문제에 대한 사법권이 없소. 난 교황의 파견 사절이 아니라 일개 주교에 불과하오. 다만 이 지역에서 상당한 영향력을 행사할 수는 있소. 내 생각이긴 하지만 대령은 적어도 나의 묵인 없이는 감히 극단적인 방법을 취하지는 못할 거요. 이제껏 나는 그의 계획에 반대해 왔소. 그래서 그는 군중들이 모여들 목요일에 당신을 구출하기 위해 무장공격을 해올 위험이 있다고 누누이 강조하고 있다오. 무장공격이 유혈사태를 야기할지도 모른다고 말이오. 그는 나의 반대의견을 꺾으려고 안간힘을 다하고 있소. 내 말 알아듣겠소?"

둥에는 방심한 척 멍하니 창 밖을 응시하고 있었다. 그가 고개를 돌려 지친 듯이 대꾸했다.

"듣고 있습니다."

"오늘밤은 이야기를 나눌 만큼 몸이 좋지 않은 듯하오. 아침에 다시 올까요? 이건 매우 중요한 문제요. 당신이 온 주의력을 집중시켜 경청해야할 문제란 말이오."

"지금 이야기해도 괜찮습니다. 견딜 만하니까요. 추기경님의 말씀을 다 알아듣고 있습니다."

"그럼 좋소. 만에 하나, 당신 때문에 폭동과 유혈사태가 벌어질 우려가 있다는 게 사실이라면, 난 대령의 의견에 반대함으로써 무거운 책임을 짊어지게 되는 셈이오. 대령의 말에도 어느 정도는 일리가 있다고 보기 때문이오. 그러면서도 다른 한편으로는 대령의 판단이 당신에 대한 개인적인 원한 때문에 어긋나 있고 또 그 위험을 과장하고 있기를 바라고 있소. 당신에게 행해진 이 수치스럽기 짝이 없는 야만적인 행위를 내 눈으로 직접 보고서부터는 훨씬 더 그런 생각이 드오." 그는 마루바닥에 떨어져 있는 가죽끈과 쇠사슬들을 흘낏 쳐다보며 말을 이었다.

"내가 동의한다면 결국 당신을 죽이는 셈이 되고 말 거요. 반대로 거부한다면 죄 없는 무고한 사람들을 죽이는 결과가 발생할지도 모르오. 난 이 문제를 진지하게 숙고해 왔고, 또 이 소름끼치는 두 가지 가능성 사이에서 해결책을 찾으려고 애써 왔소. 이건 내 진심이오. 이제 마침내 내 마음을 결정짓게 되었소."

"물론 그 결정은 나 하나를 희생시키는 한이 있더라도 무고한 사람들을 구하는 것이겠지요. 기독교인이라면 그것이 선택할 수 있는 유일한 길이겠지요. '너의 오른손이 죄를 짓게 하거든…' [2] 하는 식으로. 난 추기경님의 오른손이 될 만한 자격조차도 없습니다. 게다가 난 추기경님을 죄에 빠트렸습니다. 그러니 결론은 명백합니다. 이런저런 구차한 변명은 할 것도 없이 그렇다고 말씀해 주시지 않겠습니까?'

등에는 경멸하듯 대수롭지 않게 말했다. 마치 만사가 귀찮다는 표정이었다.

"자, 말씀해 보세요." 잠시 후 그가 한 마디 덧붙였다. "그게 추기경님의 결론이지요, 그렇죠?"

"아니오."

등에가 몸을 뒤틀더니 두 손을 머리 뒤로 돌렸다. 그는 반쯤 눈을 감은 채 몬타넬리를 쳐다보았다. 깊은 생각에 잠겨있는 듯 추기경은 머리를 숙인 채 앉아 있는 의자의 팔걸이를 가만가만 두드리고 있었다. 아, 저 낯익은 동작!

"전례 없는 일을 하기로 마음먹었소." 이윽고 고개를 든 추기경이 말문을 열었다. "당신이 날 만나고 싶어한다는 말을 들었을 때 나는 방금 말한 내용을 말해준 다음, 당신에게 문제를 넘겨줄 작정이었소."

"나에게요?"

"리바레즈 씨, 난 추기경이나 주교 또는 재판관의 자격으로 당신을 찾아온 게

---

[2] "또 오른손이 죄를 짓게 하거든 그 손을 찍어버려라. 몸의 한 부분을 잃는 것이 온 몸이 지옥에 던져지는 것보다 낫다."(마태오복음서 5장 30절)

아니오. 나는 한 인간으로서 당신을 찾아온 겁니다. 난 당신에게 대령이 우려하는 그런 계획을 알고 있는지 어떤지도 묻고 싶지 않소. 설사 당신이 안다고 해도 그건 당신의 비밀이며, 당신이 비밀을 털어 놓을 사람도 아니란 걸 잘 알고 있으니까. 그렇지만 난 당신이 내 입장에 서서 한 번만이라도 생각해 주길 바라오. 난 늙었소. 이 이상 오래 살 수 없다는 건 불을 보듯 명백하오. 난 내 손에 피를 묻히지 않고 무덤 속에 들어가고 싶소."

"아직 두 손에 어떤 피도 묻힌 적이 없습니까, 추기경님?"

"난 평생 동안 억압적인 조치와 무자비함에 반대해 왔소. 또 어떤 형태로든지 사형이란 극형에는 찬성해본 적이 없소. 그래서 지난 통치기에는 군사위원회 제도에 대해 격렬히 반대하고 철폐를 요구했소. 지금까지 나는 내게 주어진 영향력과 권력을 언제나 자비의 편에서 행사해 왔다고 자부하오, 적어도 내가 진심을 말하고 있나는 점은 믿어주길 바라오. 이제 나는 진퇴양난에 빠져 있소. 거부한다면 온 시가지에 폭동과 그에 따른 피비린내 나는 유혈사태를 부르는 셈이 될 거요. 나의 신앙을 모독하고 비교적 사소한 일이긴 하지만 나를 개인적으로 비방하고 모욕한 한 인간, 자신에게 주어진 소중한 생명을 그릇되게 사용한 것이 틀림없는 한 인간의 생명을 구하기 위해서 말이오. 하지만 인간의 생명을 구한다는 건 원래 그런 것일 거요."

그는 잠시 숨을 몰아쉬더니 다시 말을 이었다.

"리바레즈 씨, 나는 오랫동안 당신을 무모하고 광포한 파렴치한으로 보아왔소. 지금까지도 여전히 그렇게 생각하는 부분이 많소. 하지만 지난 2주 동안 당신은 용감한 사람이며 동지들에게 신의 있는 사람이란 걸 내게 보여 주었소. 또한 병사들이 당신을 사랑하고 탄복하도록 만들었소. 그런 일은 누구나 할 수 있는 일은 아니오. 내가 전에는 당신을 잘못 판단했다고 생각하오. 당신에겐 밖으로 풍기는 인상보다 더 나은 점이 있다고 보오. 당신의 그 보다 나은 본성에 호소하오만, 당신의 양심에 따라 내게 솔직히 대답해 주시오. 당신이 내 입장이라면 당신은 어떻게 하겠소?"

긴 침묵의 시간이 흐르고 나서야 등에가 고개를 치켜들었다.

"적어도 나는 스스로 행동을 결정하고 그 결과를 감수하고 싶습니다. 비겁한 기독교도들처럼 다른 사람에게 알랑거리고 싶지도 않고, 남에게 내 문제를 해결해 달라고 부탁하고 싶지도 않습니다!"

"우리 무신론자들은…." 그가 격앙된 목소리로 말을 이었다. "견뎌내야 할 일이 있으면 견딜 수 있는 데까지 견뎌내야 한다고 믿습니다. 만에 하나라도 주저앉아 버리면 자신에게 더 나쁜 결과를 낳을 테니까요. 그런데 기독교인은 하느님이나 사도를 찾아가 미주알고주알 넋두리를 늘어놓다가 그마저 도움이 안 되면 적의 꽁무니를 졸졸 따라다니기 시작합니다. 그들은 언제나 자신의 짐을 전가시킬 만한 등받이 감을 찾아내기 마련이지요. 당신의 성경책이나 미사 경본에, 아니면 위선적인 신학 서적에 당신이 어떻게 해야 하는지 물어보러 내게 와야 한다는 규정은 없었습니까? 내 어깨 위에 당신의 책임을 내려놓지 않아도 난 지금 지고 있는 짐만으로도 충분합니다. 당신의 예수 그리스도는 한 치의 양보도 없이 엄격했으니 당신도 똑같이 하면 될 겁니다. 결국 당신은 무신론자를, 당신의 교리에 어긋나는 자를 죽음으로 몰아넣은 것뿐이니까요. 그건 분명 대단치 않은 죄악일 테니까!"

그는 숨을 헐떡이며 잠시 말을 멈추더니 갑자기 절규하기 시작했다.

"또 당신은 무자비함에 대해서 말했지요! 그렇지만 설사 그 바보 같은 대령이 날 일 년 동안 심문한다 해도 당신만큼 내게 마음의 상처를 주지는 못할 겁니다. 그 자는 머리가 좋은 편이 아니니까. 그 자가 고작 생각해내는 건 가죽끈을 단단히 잡아매는 것뿐이오. 더 단단히 묶지 못하게 되면 그자는 다른 도리가 없을 테지요. 어떤 바보라도 그런 짓은 할 수 있어요! 하지만 당신은 어떻지요? '대령의 사형선고문에 서명하시오. 난 너무 인정이 많아서 차마 내 손으로 그 짓은 할 수가 없소' 라는 식이 아닙니까! 오, 맙소사! 꽉 조여 맨 가죽끈을 보고 안색이 창백해질 정도로 점잖고 인정 많은 기독교인에게 너무 심한 말인가요? 당신이 자비로운 천사인 양 들어섰을 때, 당신은 대령의 잔혹행위에 얼떨떨해 있었지만 난 금방 알 수 있었어요. 진짜 일이 시작된다는 것을…. 왜 날 그런 눈초리로 쳐다보십니까? 동의하세요. 그리고 돌아가 식사나 하세요. 이렇게 야단법석을 피울 필요가 있겠어요? 대령에게 전해 주십시오. 총으로 쏘아 죽이든 교수형에 처하든, 편리하다면 태워 죽이든 마음대로 끝장내 버리라고!"

등에는 거의 의식을 잃어버릴 지경이었다. 끓어오르는 분노와 절망감에 제정신이 아니었던 것이다. 그는 숨을 헐떡이며 온몸을 떨어댔다. 그의 두 눈은 독이 오른 고양이 눈 마냥 새파랗게 번득였다.

자리에서 일어나 있던 몬타넬리는 묵묵히 그를 내려다보고 있을 뿐이었다. 그는 걷잡을 수 없이 쏟아져 나오는 비난을 알아들을 순 없었지만, 얼마나 궁지에 몰렸으면 그런 말을 내뱉을까 생각해 보았다.

"쉬이! 당신의 마음을 상하게 하고 싶지는 않소. 사실 난 나의 짐을 당신에게 전가할 의도는 전혀 없었소. 이미 엄청난 짐을 짊어지고 있는 당신에게 그렇게 할 리가 있겠소. 난 어느 누구에게도 의도적으로 그렇게 해본 적이 없소."

"거짓말!" 등에의 두 눈이 이글이글 타올랐다. "그렇다면 예전의 그 교구 직은 뭐죠?"

"교구 직?"

"이런, 벌써 잊으셨나요? 그랬겠지요. 잊기는 쉬운 법이니까! '아서, 네가 원

한다면 가지 않으마…!' 난 당신의 인생을 결정지을 수도 있었어요. 내 나이 열아홉 살에!'

"그만!" 몬타넬리는 절망감에 울부짖으며 두 손으로 머리를 감싸 쥐었다. 그는 손을 다시 내려뜨리고 창가로 느릿느릿 다가갔다. 창턱에 걸터앉아 창살에 팔을 기대고 이마를 갖다대었다. 등에는 누운 채 그를 쳐다보았다. 그의 몸이 희미하게 떨리고 있었다.

이내 몬타넬리는 몸을 일으켜 되돌아섰다. 그의 입술이 잿빛처럼 창백했다.

"미안하오." 평상시의 모습을 보이려고 안간힘을 쓰며 그가 입을 열었다. "난 그만 가봐야겠소. 난… 몸이 좀 불편하오."

몬타넬리는 학질에 걸린 듯 으스스 몸을 떨었다. 등에는 참고 참았던 말을 토해냈다.

"신부님, 모르시겠어요?"

뒷걸음질치던 몬타넬리가 걸음을 멈추며 중얼거렸다.

"그것만은 안 돼! 하느님, 그것만은 안 됩니다! 미쳐 버릴 것 같군요…."

한 팔에 기대어 몸을 일으킨 등에가 떨고 있는 추기경의 손을 붙잡았다.

"신부님, 제가 정말 익사한 게 아니라는 걸 모르시겠어요?"

두 손이 갑자기 싸늘하게 식어가더니 뻣뻣해졌다. 잠시 죽음 같은 침묵에 휩싸였다. 이윽고 몬타넬리가 무릎을 꿇고 등에의 가슴에 얼굴을 파묻었다.

그가 머리를 쳐들었을 때는 이미 해가 지고 붉은 저녁놀이 서쪽 하늘에 꼬리만을 남기고 있었다. 그들은 시간과 공간, 삶과 죽음을 망각해 버린 듯했다. 아니 심지어 서로가 적이란 사실조차도 망각해 버렸다.

"아서." 몬타넬리가 속삭였다. "이게 꿈은 아니겠지? 네가 죽은 자 가운데에서 돌아와 주었구나."

"죽은 자 가운데에서…." 몸을 부르르 떨면서 등에가 되뇌었다. 그는 몬타넬리의 팔에 안겨 누워 있었다. 마치 앓고 있는 어린아이가 어머니의 품에 안겨 있듯이.

"네가 돌아왔구나. 그래, 마침내 네가 돌아왔구나!"

등에가 길게 한숨을 내쉬었다. "그래요. 하지만 이제 저와 맞서 싸우시든지, 절 죽이셔야 할 겁니다."

"그만, 쉬이! 이제 그게 무슨 소용이 있겠니? 우린 어둠 속에서 길을 잃고 서로를 유령으로 착각한 두 어린아이와 같았단다. 이제 우린 서로를 찾게 되었고 밝은 빛 한가운데로 나왔다. 가엾은 녀석, 정말 몰라보게 변했구나. 예전엔 삶의 기쁨으로 충만한 너였는데! 아서, 네가 정말 아서냐? 난 네가 돌아오는 꿈을 자주 꾸었단다. 꿈에서 깨어 어둠 속의 허공을 하염없이 바라보던 적이 한두 번이 아니었다. 차라리 깨어나지 말았으면 했던 적도 있었지. 그래, 우선 어떻게 된 건지 자초지종이나 들어 보자꾸나."

"아주 간단합니다. 화물선을 타고 밀항했어요, 남미로."

"그곳에선?"

"그곳에서 쭉 살았지요. 그게 산 것이라고 말할 수 있다면요. 철학을 가르쳐 주곤 하시던 신학교 외에 다른 것들을 볼 수 있었지요! 제 꿈을 꾼 적이 많다고 하셨지요? 맞아요, 저도 그랬으니까…." 그는 하던 말을 멈추고 몸을 으스스 떨었다.

"한 번은," 그가 다시 불쑥 말을 이었다. "에콰도르에 있는 광산에서 일하던 때였습니다."

"광부는 아니었겠지?"

"아뇨, 광부 잔심부름꾼으로 있었어요. 중국인 노무자들과 함께 품팔이를 했지요. 탄광 입구 근처에 우리들이 잠자는 허름한 막사가 있었지요. 어느 날 밤, 요즘처럼 몹시 앓아누워 있던 때였습니다. 뙤약볕에서 돌을 운반하다가 머리가 좀 이상해져 버린 게 틀림없었어요. 그도 그럴 것이 신부님이 들어오시는 게 보였으니까요. 신부님은 벽 위의 저 십자가상 같은 것을 들고 계셨습니다. 신부님은 기도를 하시면서 절 쳐다보지도 않은 채 지나가시더군요. 전 도와달라고 외쳤지요. 제가 미쳐 버리기 전에 이 세상을 하직할 그 무언가, 독약이나 칼을 달라고 말이지요. 그런데 신부님은… 아!"

그의 한쪽 손이 눈언저리를 훔치고 지나갔다. 몬타넬리는 여전히 한 손을 움켜잡고 있었다.

"전 신부님의 얼굴 표정에서 신부님이 제 음성을 들었다는 걸 분명히 읽을 수 있었어요. 그런데도 한 번도 뒤돌아보시지 않고 그냥 기도만 계속하고 계셨죠. 신부님은 기도를 끝마치고 십자가상에 입맞추고 나시더니 힐끗 돌아다보며 이렇게 속삭이셨어요. '아서, 네겐 미안한 일이다만 이건 보여줄 수가 없구나. 예수 그리스도께서 화를 내실 테니까.' 그런데 제가 예수 그리스도를 바라보자 그 나무로 만든 십자가상은 빙그레 웃고 있더군요."

"그제야 제 정신이 들어 막사를 살펴보았습니다. 문둥병에 걸린 노무자들이 보이더군요. 전 신부님이 지옥에 빠진 저를 구해주기보다는 그 악마 같은 하느님의 비위를 맞추는 데에 더 관심이 있다는 걸 깨달았죠. 그래서 그걸 마음에 새겨두었어요. 하지만 절 어루만져주는 지금 이 순간 모든 게 까맣게 잊혀져 버리는군요. 그럴 수밖에 없겠지요. 전 지금 앓아누워 있는데다가 한때는 신부님을 사랑했으니까요. 하지만 우리 사이에 투쟁 이외엔 아무것도 있을 수 없어요. 오직 투쟁, 투쟁뿐입니다. 무엇 때문에 제 손을 붙잡으시려 하는 거죠? 당신이 예수 그리스도를 믿고 있는 동안에는 우린 단지 적일 수밖에 없다는 사실을 모르세요?"

몬타넬리는 고개를 숙여 불구가 되어 버린 그의 손에 입 맞추었다.

"아서, 어떻게 내가 하느님께서 살아계심을 믿지 않을 수 있겠니? 지긋지긋한 요 몇 년 동안에도 신앙을 지켜왔는데, 어찌 감히 하느님의 살아계심을 의심할 수 있겠니? 게다가 이젠 하느님의 은총으로 너도 돌아오게 되었잖니? 나는 내가 널 죽인거라고 생각했단다."

"지금도 여전히 절 죽여야 할 입장이시지요."

"아서!" 공포로 가득 찬 외침소리가 터져 나왔다. 그러나 등에는 못들은 체 말을 이었다.

"우리가 무얼 하든지 주저하지 말고 정직하게 대하세요. 신부님과 전 심연을 사이에 두고 서 있습니다. 손을 내밀어봐야 소용없는 짓입니다. 신부님이 그 분을 포기할 수 없다거나 포기하지 않겠다면…." 그는 힐끗 벽 위의 십자가상을 쳐다보았다. "대령의 계획에 동의하셔야 합니다."

"동의하라고! 오, 하느님…. 동의하라고…. 하지만 난 널 사랑한단다!"

등에의 얼굴이 무섭게 일그러졌다.

"저와 그분 중 어느 편을 더 사랑하십니까?"

몬타넬리가 천천히 자리에서 일어났다. 그의 영혼은 두려움에 질린 듯했다. 그의 몸은 온통 오그라들어 서리 맞은 잎사귀처럼 시들어 버린 듯했다. 그는 꿈속에서 막 깨어난 듯 밖의 어둠 속의 허공을 물끄러미 바라보았다.

"아서, 날 조금이라도 가엾게 여겨주렴…."

"사탕수수 농장에서 검둥이들의 노예가 되었을 때 신부님은 절 위해 무엇을 하셨죠? 그걸 보셨더라면 몸서리치셨겠죠. 아, 지극히 인정 많은 성자이시니 말입니다! 하나님의 사랑을 본받은 사람이요, 자신의 죄를 회개하며 사는 사람이니까요. 절 사랑한다고 말씀하셨지요? 당신의 사랑 때문에 제가 얼마나 값비싼 대가를 치렀는지 아십니까! 제가 따뜻한 말 몇 마디로 모든 걸 다 잊고 예전의 아서로 되돌아갈 수 있으리라 여겼습니까? 추악한 혼혈아의 사창굴에서 접시닦이를 했고, 남미의 트기 농부들에게 고용되어 개, 돼지만큼도 대우받지 못하는 마부 노릇을 했던 제가 말입니까? 유랑 서커스단에서 방울모자를 쓴 채 어릿광대 노릇을 하고, 투우경기장에서 투우사에게 고용되어 아무 일이나 해대던 막일꾼이었던 제가, 저를 부려먹는 데 혈안이 된 그 검둥이 녀석들의 노예였던 제가, 굶주린 채 욕설이며 발길질에 짓밟혔던 제가, 곰팡내 나는 음식찌꺼기를 구걸하다 개들이 먼저라고 하여 그나마도 거절당했던 제가 말입니까? 아, 이 모든 게 무슨 소용이 있겠습니까! 당신이 제게 가져다준 일들을 어찌 이루 다 헤아릴 수가 있겠습니까! 그런데도 이제 와서 절 사랑하신다고요! 도대체 절 얼마나 사랑하십니까? 저를 위해서 당신의 신마저도 포기할 수 있겠습니까? 오, 당신의 영원하신 예수 그리스도께서 당신을 위해 해준 게 무엇입니까? 예수 그리스도가 당신을 대신하여 고통 받은 게 무엇이기에 저보다 더 사랑한단 말입니까! 여길 보세요, 여기, 그리고 또 여기…."

그는 셔츠를 찢어내고는 소름끼치는 상처자국들을 내보였다.

"신부님, 당신의 예수 그리스도는 사기꾼, 협잡꾼일 뿐입니다. 그의 상처는 가짜 상처이며, 그의 고통은 웃음거리에 불과합니다! 당신의 사랑을 받을 권리가 있는 사람은 바로 저예요! 신부님, 당신은 제게 온갖 종류의 고통을 다 주었습니다. 제 삶이 어떠했는가를 아신다면 당신도 인정할 수밖에 없을 겁니다! 하지만 전 죽지 않았습니다! 전 그 모든 고통을 견뎌냈으며 불굴의 인내로 제 영혼을 간직해 왔습니다. 왜인지 아십니까? 돌아와 당신의 신과 맞서 싸우기 위해서였습니다. 전 이 목적을 제 영혼의 방패로 삼아왔습니다. 이 목적은 제가 미치지 않도록 보호해 주었지요. 제가 돌아온 지금에도 여전히 당신의 예수 그리스도가 저 대신 자리 잡고 있는 걸 보았습니다. 겨우 여섯 시간 동안 십자가에 못 박혔다가 죽은 자 가운데서 살아 돌아왔다는 그 가짜 희생양이 말입니다! 신부님, 전 5년 동안이나 십자가에 못 박혀 있었습니다. 저 또한 죽은 자 가운데에서 살아 돌아왔습니다. 절 어떻게 하실 작정이십니까? 절 어떻게 하시겠느냐고요!"

그의 말이 끊겼다. 몬타넬리는 석상처럼, 아니 송장처럼 우뚝 서 있을 뿐이었다. 처음에는 절망에 몸부림치는 등에의 거센 외침 속에서 마치 채찍을 맞듯이 무의식적으로 몸을 움츠린 채 몸서리치기만 했다. 그러나 이제 그는 평온을 되찾고 있었다. 기나긴 침묵의 시간이 흐른 뒤, 그는 얼굴을 쳐들고 힘없이 입을 열었다.

"아서, 내게 좀 더 명확히 설명해 주겠니? 네 말을 듣고는 어리둥절하고 소름이 끼쳐 무슨 말인지 알아들을 수가 없구나. 내게 요구하는 게 뭐냐?"

등에는 유령 같은 표정으로 그를 바라보았다.

"요구하는 건 아무것도 없습니다. 누가 억지로 사랑해 달라고 강요합니까? 우리 둘 중 당신에게 소중한 것을 마음대로 고르십시오. 당신의 신을 사랑하신다면 신을 고르십시오."

"도무지 무슨 말인지 모르겠구나." 지친 목소리로 몬타넬리가 대꾸했다. "고르고 말고 할 게 뭐가 있겠니? 난 지난 과거를 없었던 것으로 할 능력은 없단다."

"당신은 둘 중 하나를 선택하셔야 합니다. 절 사랑하신다면 당신의 목에 건 그 십자가상을 떼어내 버리고 절 데리고 나가주세요. 제 동지들이 또 다른 공격을 준비하고 있으니, 신부님의 도움을 받는다면 훨씬 쉽사리 해낼 수 있을 겁니다. 우리가 안전하게 국경을 넘은 다음 절 공식적으로 인정해 주십시오. 하지만 절 그만큼 사랑하지 않으신다면, 그리고 오히려 나무로 만든 그 우상이 저보다 더 소중하다면 대령에게 가서 동의한다고 말씀하십시오. 가시려거든 지금 당장 가버리세요. 제게 당신을 보고 있는 고통을 안겨주지 마세요. 지금 당하고 있는 고통만으로도 충분하니까요."

몬타넬리는 가냘프게 떨면서 고개를 치켜들었다. 이제야 알 것 같았다.

"물론 네 동지들과 연락을 취해주마. 하지만… 너와 함께 간다는 건… 그건 불가능하단다. 난 사제란 걸 잊지 말아라."

"저도 사제에게서는 도움을 받고 싶지 않습니다. 이것도 저것도 아닌 타협이란 있을 수 없습니다. 신부님, 타협은 해볼 만큼 해보았습니다. 그리고 그 결과에 대해서도 당할 만큼 당해 보았습니다. 사제직을 포기하시든지, 저를 포기하시든지 마음대로 결정하십시오."

"내가 어떻게 널 포기할 수 있단 말이냐? 아서, 내가 어떻게 널 포기한단 말이냐?"

"그렇다면 당신의 신을 포기하세요. 당신은 둘 중 하나를 선택하지 않으면 안 됩니다. 제게 당신의 사랑의 반을, 당신의 악마 같은 신에게 나머지 반을 주려고 하십니까? 그런 생각일랑은 아예 하지 마십시오. 전 당신의 신의 찌꺼기는 받아들이지 않겠습니다. 당신이 신의 편이라면 제 편이 될 수는 없습니다."

"내 가슴을 둘로 쪼갤 셈이냐? 아서! 아서! 넌 내가 미쳐 버리길 바라느냐?"

등에가 주먹을 불끈 쥐어 벽을 힘껏 쳤다.

"우리 둘 중 하나를 선택하셔야만 합니다!"

몬타넬리는 가슴에서 조그마한 상자를 꺼냈다. 그 안에는 구겨지고 손때 묻은 종이가 들어 있었다.

"이걸 보렴!"

하느님을 믿듯이 당신을 믿었습니다. 하느님은 흙으로 빚어진 것이니 망치로 부술 수 있습니다. 당신은 절 거짓말로 속여 왔습니다.

등에는 웃음을 터트렸다. "열아홉 살의 젊은 녀석이 어, 얼마나 귀엽습니까! 망치로 때려 부수는 일이야 매우 쉽지요. 이제… 망치 아래 놓인 건 바로 접니다. 당신에겐 거짓말로 우롱할 수 있는 사람이 많겠지요. 게다가 그 사람들은 알아차리지도 못할 테고."

"네 뜻이 정 그렇다면…. 아마 내가 너의 입장이라 해도 너 못지않게 인정사정 없었을 게다. 하느님께서 내 마음을 헤아려 주실 테지. 네가 요구하는 대로는 할 수 없구나, 아서. 하지만 내가 할 수 있는 일은 해줄 수가 있단다. 너의 탈출을 도와주마. 네가 안전해지면 난 사고를 당한 척하든지, 실수로 수면제를 잘못 먹은 것처럼 하마. 네 마음에 들지 모르겠구나. 이게 내가 할 수 있는 일이란다. 커다란 죄악이겠지만 하느님께서도 날 용서해 주실 게다. 하느님은 더 자비로우시니까…."

등에는 날카로운 비명소리와 함께 두 팔을 활짝 벌렸다.

"오호, 그것 참 굉장한데요! 굉장해요! 제가 뭘 했기에 그토록 끔찍히 절 생각해 주시지요? 당신이 무슨 권리를 가졌기에…. 마치 제가 당신에게 복수하려고 미쳐 날뛰는 양! 전 그저 당신을 구하고 싶어 할 뿐이란 걸 모르시겠어요? 제가 당신을 사랑한다는 걸 모르시겠어요?"

그는 몬타넬리의 손을 잡았다. 뜨거운 입맞춤과 눈물로 그의 손은 범벅이 되었다.

"신부님, 저희들과 함께 달아나요! 이 죽어 버린 세상의 성직자들과 우상들이 당신에게 무슨 의미가 있습니까? 그들은 과거의 먼지로 뒤덮혀 있습니다. 그들은 부패해 있습니다. 그들은 해롭고 부패한 자들입니다! 병에 찌든 사원에서 뛰쳐나오십시오! 우리와 함께 밝은 빛 속으로 달아나요! 신부님, 삶과 청춘은 우리에게 있습니다. 영원한 봄은 우리에게 있습니다. 미래는 우리에게 있단 말입니다! 신부님, 곧 새벽이에요. 동이 트면 함께 가지 않으시겠어요? 일어나세요, 끔찍한 악몽일랑은 잊어버리십시오. 일어나세요, 우리의 인생을 새로이 시작해요! 신부님, 전 언제나 신부님을 사랑해 왔습니다. 언제나… 당신이 날 죽였을 때조차도…. 그런데 또 다시 절 죽음으로 몰아넣으시렵니까?"

몬타넬리는 손을 빼냈다. "오, 하느님! 제게 자비를 베푸소서…! 넌 네 어머니의 눈을 가졌구나!"

뜻밖에 길고 깊은 침묵이 그들을 엄습해 왔다. 희미한 여명 속에 그들은 서로의 얼굴을 마주보았다. 그들의 가슴은 여전히 두려움에 가득 차 있었다.

"더 할 말 있니?" 몬타넬리가 속삭이듯 물었다. "내게 바라는 것은?"

"아뇨, 없습니다. 제 삶은 사제와 싸우는 걸 빼놓는다면 아무 의미가 없습니다. 전 인간이 아니에요. 하나의 단검일 뿐이죠. 제가 살아난다면 신부님도 단검들에게 일조하시는 겁니다."

몬타넬리는 십자가상을 향해 몸을 돌렸다. "하느님! 제 말을 들어주소서…!"

그의 음성은 아무런 응답도 없이 허공중에 흩어졌다. 다만 등에의 마음속에 악마와 같이 짓궂은 조롱거리가 떠올랐을 뿐이었다.

"좀 더 크게 부르시지요. 혹시 예수 그리스도께서 잠들어 계실지도 모르니…."

몬타넬리는 소스라치듯 놀라 일어서더니 잠시 동안 그를 똑바로 쳐다보았다.

이윽고 그는 침상 모서리에 앉아 얼굴을 두 손으로 감싸 쥐고 울음을 터트렸다. 등에는 오래도록 몸이 떨리는 느낌을 받았다. 식은땀이 흐르는 것 같았다. 그는 몬타넬리가 흘리는 눈물의 의미를 깨달았다.

지금은 시퍼렇게 살아 있지만 곧 죽게 되겠지. 그러나 그 울음 소리만은 참을 수 없었다. 그는 울음 소리를 듣지 않으려고 담요를 뒤집어썼다. 그러나 울음 소리는 오히려 그의 귓전에 맴돌면서 머리 속으로 파고들더니, 그의 맥박 속에 힘차게 고동쳐 울리는 것이었다. 여전히 몬타넬리는 흐느껴 울고 있었다. 눈물이 손가락 사이로 흘러내렸다.

마침내 그가 흐느낌을 그치더니 어린아이처럼 손수건으로 눈언저리를 닦았다. 그가 일어서자 그의 무릎 위에 있던 손수건이 마루바닥에 떨어졌다.

"더 이상 이야기해 보아야 아무 소용이 없겠구나. 무슨 말인지 알겠니?"

"알겠습니다." 등에가 심드렁하게 대꾸했다. "신부님의 잘못이 아니지요. 당신의 신은 굶주려 있어요. 먹을 걸 주어야 할 테죠."

몬타넬리가 그를 향해 몸을 돌렸다. 새로이 파게 될 무덤조차 지금 두 사람사이에 흐르는 침묵보다 고요하지는 못하리라. 그들은 말없이 서로의 눈동자를 들여다 보았다. 마치 건널 수 없는 장벽 너머로 떨어져 있는 두 연인이 서로를 마주보듯이….

먼저 고개를 떨어트린 것은 등에였다. 그는 고개를 숙이고 얼굴을 돌렸다. 몬타넬리는 그의 그런 몸짓이 '가라' 는 의미임을 잘 알고 있었다. 그는 몸을 돌려 감방 문을 나섰다. 그 순간 등에가 튀어 오르듯 일어섰다.

"오, 전 견딜 수가 없어요! 신부님, 돌아오세요! 돌아오세요!"

문이 닫혔다. 그는 눈을 크게 뜨고 천천히 주위를 둘러보았다. 모든 것이 끝났음을 깨달았다. 예수 그리스도가 이긴 것이었다.

밤이 새도록 안뜰의 잔디는 부드럽게 넘실대고 있었다. 하지만 그 잔디도 삽으로 파여 머잖아 시들 것이었다. 밤이 새도록 등에는 어둠 속에 홀로 누워 흐느껴 울었다.

7

군법회의는 화요일 아침에 열렸다. 무척 짧고 간단하여 고작 20여 분밖에 걸리지 않는 요식행위에 불과했다. 사실 시간을 많이 끌 것도 없었다. 변호가 허용되지 않음은 물론 유일하게 목격자로 출석한 사람들도 부상을 입은 스파이와 장교, 그리고 병사 몇 명뿐이었기 때문이다. 판결문은 사전에 작성되어 있었다. 바라던 대로 몬타넬리가 비공식적으로 동의해 주었던 것이다. 페라리 대령, 지방주둔 기병대 소령 그리고 두 명의 스위스 출신 호위병으로 짜여진 재판부는 거의 할 일이 없었다. 기소장이 낭독되고 증인이 증언을 한 다음 판결문에 서명이 이루어졌다. 그런 다음 판결문이 제법 엄숙하게 낭독되었다. 등에는 묵묵히 듣고만 있었다. 관례에 따라 최후진술을 하겠느냐고 물었지만, 그는 손을 내저어 일축해 버렸다. 그의 가슴 속에는 몬타넬리가 흘리고 간 손수건이 숨겨져 있었다. 살아 있는 물건인 양, 밤새 입을 맞추고 눈물을 훔쳤던 바로 그 손수건이었다. 그는 눈에 띄게 창백하고 풀죽은 모습이었다. 눈언저리에는 아직도 눈물자국이 남아 있었다. 그러나 '총살형에 처한다'는 말에도 그는 조금도 놀라는 기색이 없었다. 판결이 내려지자 그의 눈동자가 커졌을 뿐, 그뿐이었다.

"감방으로 데리고 가라." 요식행위의 재판이 끝나자 사령관이 말했다. 터져 나올 것만 같은 울음을 가까스로 참고 있던 상사가 꼼짝도하지 않고 서 있는 등에의 어깨를 붙들어 안았다. 등에가 놀란 눈빛으로 그를 쳐다보며 말했다.

"아, 갑시다! 내 깜빡 잊었구료."

사령관의 얼굴에도 연민 비슷한 것이 어려 있었다. 그는 천성이 잔악한 사람은 아니었다. 그는 남모르게 지난 날 자신이 수행했던 역할에 대해 부끄러움을 느끼고 있던 터였다. 바란 대로 목적이 달성된 지금, 조금이나마 양보할 것은 양보해 주고 싶은 심정이었다.

"수갑을 채울 필요는 없다." 멍이 들고 부풀어 오른 손목을 흘끗 쳐다보면서 그가 말했다. "지금까지 있던 그 독방에 그대로 가두도록. 사형수 감방은 너무 어둡고 침울하단 말이야." 그는 자기 조카를 돌아보며 한 마디 덧붙였다. "사실 그런 일이란 의례적인 것에 불과하거든."

그는 헛기침을 하더니 당황한 표정으로, 죄수를 데리고 막 회의실을 나서려는 상사를 불러 세웠다.

"상사, 잠깐만. 등에에게 할 말이 있다."

등에가 걸음을 멈추었다. 사령관의 음성은 마치 울리지 않는 고막을 둔탁하게 때리는 듯했다.

"친구나 친척에게 전하고 싶은 말이 있으면…, 친척이 있소?"

아무 대답이 없었다.

"그렇다면 곰곰이 생각해 보고 나나 사제에게 말해주시오. 기회를 놓치지 않길 바리오. 전할 말이 있으면 사제에게 전하는 게 낫겠소. 곧 오실 텐데, 당신과 함께 할 거요. 다른 소원이 있다면…"

등에가 고개를 치켜들었다.

"사제에게 전하시오. 혼자 있겠다고. 내겐 친구도 없고, 전할 말도 없소!"

"하지만 고해성사를 해야 할 텐데?"

"난 무신론자요. 아무것도 바라지 않소."

그는 무뚝뚝하고 나지막이 말했다. 반항적인 태도나 노여워하는 기색은 티끌만큼도 보이지 않았다. 곧이어 그는 몸을 돌려 느릿느릿 나아갔다. 입구에서 그가 다시 걸음을 멈추었다.

"잊은 게 있소, 대령. 부탁 하나 합시다. 내일 날 묶거나 눈을 붕대로 가리지 않도록 해주시오. 내 얌전히 있을 테니."

수요일 동틀 무렵, 그는 정원으로 끌려 나갔다. 절름거리는 모습이 평소보다 더 두드러졌다. 상사의 팔에 기댄 채 그는 힘겹고 고통스럽게 걷고 있었다. 적막 속에 그를 짓뭉개던 소름끼치던 공포, 그리고 어둠에 잠긴 세계에 대한 꿈과 희망은 이들을 잉태했던 밤의 어둠을 따라 사라져 버렸다. 일단 태양이 빛나고 적들의 모습이 그의 투쟁정신을 북돋아주자 어떠한 두려움도 사라져 버린 듯했다.

사형집행을 위해 파견된 여섯 명의 소총수가 담쟁이덩굴이 우거진 벽을 등지고 일렬로 서 있었다. 탈출을 시도했던 그 불운의 밤에 그가 타넘었던 바로 그 담 아래였다. 각자 손에 소총을 들고 모여 서 있는 병사들은 솟구쳐 나오는 오열을 참을 수 없었다. 등에를 처형하는 데 자신들이 소집되지 않기를 간절히 바랐던 그들이었기에 슬픔은 더했다. 재치 있는 그의 응답, 끊임없이 터져 나오던 그의 웃음, 명랑함이 넘쳐흐르던 그의 용기, 이러한 것들이 따분하고 적적하던 그들의 삶 속에 햇살처럼 파고들었던 것이다. 자기들의 손에 그가 죽어야 한다고 생각하자 하늘이 무너져 내리는 것만 같았다.

무성하게 자란 무화과나무 아래에 그가 묻힐 무덤이 있었다. 마음 내키지 않는 손길들에 의해 밤사이에 파낸 무덤이었다. 그 얼마나 많은 눈물이 삽 위에 뿌려졌던가! 무덤 옆을 지나면서 그는 시커먼 구덩이와 그 옆에 시들어가는 잔디를 둘러보며 미소지었다. 그는 깊은 숨을 들이쉬며 갓 뒤엎은 싱싱한 흙 내음을 맡았다.

나무 가까이에 상사가 입을 굳게 다물고 서 있었다. 등에가 밝은 미소를 지으며 그를 쳐다보았다.

"여기 서면 되겠소, 상사?"

상사는 말없이 고개를 끄덕였다. 사령관, 그의 조카, 소총수들을 지휘할 부관, 의사, 그리고 사제가 이미 안뜰에 와 있었다. 심각한 얼굴로 다가오던 그들은 등에의 눈가에 어린 무시하는 듯한 미소에 적잖이 당황하는 듯했다.

"아, 안녕하시오, 여러분! 아, 거룩하신 사제께서도 일찌감치 나오셨군요! 아, 잘 지냈소, 대위? 지난번 만났던 때보다는 훨씬 즐거운 만남 아니오? 아직도 멜빵에 팔을 매고 계시는군. 그게 다 내 솜씨가 서툰 탓 아니겠소? 이 젊은 친구들은 나보다는 솜씨가 더 좋을 거요. 그렇잖소, 병사 여러분?"

그는 소총수들의 우울한 표정을 쭉 훑어보았다.

"자, 이번만큼은 멜빵에 팔을 매달게 할 필요가 없소. 자, 자, 그렇게들 서글픈 표정일랑은 짓지 마시오! 발뒤꿈치를 모으고 얼마나 똑바로 쏠 수 있는지 마음껏 보여주시오. 머지않아 여러분이 어떻게 처리해야 좋을지 모를 만큼 여러분에게 딱 알맞은 일들이 더 많이 생길 거요. 그 전에 연습하기엔 이만큼 좋은 기회도 다시 없을 거요."

"사랑하는 아들아." 다른 사람들이 단 둘만을 남겨두고 뒤로 물러서자 사제가 그의 앞으로 다가왔다. "얼마 있지 않으면 그대는 주 하느님 아버지의 영전에 들어가야 할 것이로다. 그대에게 남겨진 마지막 이 순간, 지은 죄를 회개치 않으면 어쩌하겠는가? 간청하노니 생각해 보라. 고해성사를 하지 못한 채 지은 죄를 안고 죽는다는 게 얼마나 두려운 일인가를…. 하느님의 심판 앞에 섰을 때 후회해 보아야 때는 늦으리라. 그대 입술에 우스갯소리를 머금은 채 하느님의 경이로운 보좌로 나아가겠느뇨?"

"우스갯소리라고요, 존경하는 사제님? 설교를 들어야 할 사람은 바로 당신이오. 우리에게 기회가 온다면 우린 대여섯 자루의 고물 소총이 아니라 대포를 사용할 거요. 그때 당신은 우리가 얼마나 우스갯소리를 즐기는지 알게 될 거요."

"대포를 사용한다고! 오, 불쌍한 사람이여! 당신은 아직도 자신이 얼마나 무서운 처지에 있는지 깨닫지 못하고 있는가?"

등에는 고개를 돌려 입을 썩 벌리고 있는 무덤을 힐끗 바라보았다.

"당신은 혹시라도 내가 '사흘 후'에 부, 부활이라도 할까 봐 저 위에 돌덩이를 얹어 놓겠지요? 걱정 마시오, 존경하는 사제님! 난 예수 그리스도가 연출한 싸구려 연극의 독점권을 침탈하지는 않을 테니까. 쥐 죽은 듯이 조용히 누워만 있을 거요. 당신이 밀어 넣은 곳에 말입니다. 그래도 우린 언젠가 대포를 사용할 겁니다."

"오, 자비로우신 하느님 아버지." 사제가 울부짖듯이 외쳤다. "이 가엾은 영혼을 용서하소서!"

"아멘!" 소총수의 지휘부관이 낮게 중얼거렸다. 대령과 그의 조카는 경건하게 성호를 긋고 있었다.

더 말해보았자 소용없다고 판단한 사제는 헛된 시도를 그만두고 머리를 설레설레 흔들더니 중얼중얼 기도를 올리면서 한 쪽으로 비켜섰다. 즉시 간단한 준비작업이 진행되었다. 등에는 요구된 장소에 똑바로 섰다. 그는 고개를 들어올려 잠시 금빛처럼 찬란한 태양을 올려다 보았다. 눈을 붕대로 가리지 않도록 여러 차례에 걸쳐 요구한 끝에 대령으로부터 억지승낙을 받아냈다. 그들 두 사람 모두 그것이 병사들에게 어떤 심리적인 영향을 끼칠지 전혀 예상하지 못했다.

그는 선 채로 빙그레 미소 지으며 그들을 둘러보았다. 병사들의 손에 들린 소총이 희미하게 떨리고 있었다.

"난 준비되었소." 그가 입을 열었다.

지휘 부관은 흥분으로 떨리는 가슴을 억누르며 앞으로 나섰다. 그는 이전에 사형집행을 지휘해 본 적이 한 번도 없었다.

"사격 준비… 조준… 발사…!"

일제히 총이 발사되었다. 등에는 쓰러질 듯 약간 비틀거리더니 이내 균형을 되찾았다. 떠는 바람에 조준이 잘못되어 총알 하나가 그의 뺨을 스친 듯 흰 목도리에 핏방울이 조금 흘러내렸다. 화약연기가 사라진 뒤 병사들은 그가 여전히 미소 지으면서 불구의 손을 들어 뺨의 피를 닦고 있는 것을 보았다.

"솜씨가 형편없군!" 망연자실해 있는 가엾은 병사들에게 그의 또렷또렷한 음성이 비수처럼 꽂혔다. "다시 한 번 실시하시오!"

소총수의 대열에 신음소리와 함께 술렁거림이 일었다. 모두가 그에게 죽음을 가져다줄 총탄은 자기 손이 아닌 남의 손에서 발사되기를 남몰래 바라면서 엉뚱한 곳을 조준했던 것이다. 여전히 등에는 그들을 향해 미소를 지으며 서 있었다. 병사들은 사형집행이 아니라 학살을 하게 되었다. 또 다시 그 무시무시한 짓을 해야 하는 것이다. 그들은 갑자기 공포에 사로잡혀 소총을 내려 버렸다. 그들은 부르르 떨면서 자신들이 죽였음에도 불구하고 어쨌든 죽지 않고 살아 있는 그 사람을 멍하니 응시한 채, 장교의 분노에 찬 저주와 욕설을 고스란히 듣고 있었다.

 그들의 표정을 바라보면서 주먹을 부르르 떨고 있던 사령관은 제 위치에 서서 받들어 총 자세를 취하라고 고함을 질러댔다. 그는 서둘러 일을 끝마치고 싶었다. 그도 병사들만큼이나 기가 죽어 있었다. 그는 우뚝 선 채로 쓰러지지 않은 그 소름끼치는 얼굴을 쳐다볼 엄두가 나지 않았다. 등에가 그에게 말을 건네자 그는 얼굴을 부르르 떨었다.

 "오늘 아침 풋내기들만 데려온 모양이구료, 대령! 나 같으면 훨씬 잘 할 수 있을 텐데 말이오. 자, 병사 여러분! 무기를 좀 더 들라구, 왼쪽에 있는 당신 말이야. 이런 제기랄, 당신이 들고 있는 건 총이야, 총. 프라이팬이 아니라구! 똑바로 겨누었나? 자, 그럼! 사격 준비… 조준…."

 "발사!" 깜짝 놀란 대령이 경악하며 그의 말을 대신했다. 등에가 자신의 죽음을 명령한다는 게 그로서는 도저히 참을 수가 없었던 것이다.

 또 다시 총이 발사되었다. 그러나 다시 한 번 일제 사격은 엉망이 되어버렸다. 대오는 무너지고 모두들 겁에 질린 채 정신 나간 듯 앞만 물끄러미 쳐다보고 있었다. 병사 중 한 명은 소총을 발사하지도 못했다. 그는 소총을 내팽개친 채 웅크리고 앉아 숨죽여 신음을 내뱉었다. "난 못해… 난 못한단 말이야!"

 화약 연기가 걷히고 난 그곳에는 이른 아침의 햇살이 희미하게 떠다니고 있었다. 병사들과 장교들은 얼어붙은 듯 서서 땅 위에서 몸부림치고 있는 소름끼치는 물체를 지켜보았다. 의사와 대령이 비명을 지르며 앞으로 달려 나갔다. 등에가 한쪽 무릎을 질질 끌면서 병사들을 향해 여전히 웃음을 머금고 있었다.

 "또 틀렸군! 다시… 하라고. 병사들… 잘 보라고…. 너희들이 하지 모… 못한다면…."

 그의 몸이 기울어지더니 잔디밭에 비스듬히 쓰러졌다.

"죽었소?" 대령이 숨을 죽이며 물었다. 의사가 무릎을 꿇은 채 피에 젖은 셔츠에 손을 대어보더니 조용히 대답했다.

"그런 것 같습니다…."

"하느님, 감사합니다!" 대령이 의사의 말을 되뇌었다. "드디어!"

이때 그의 조카가 다가와 그의 팔을 붙잡았다.

"숙부님, 추기경께서 오셨습니다! 문 앞에 계신데 들어오시겠답니다."

"뭐라고! 들어오게 해선 안 돼. 들여보내 선 안 된다구! 보초는 뭘 하고 있는 게야? 아, 추기경님…."

문이 열렸다가 닫히더니, 몬타넬리가 무서운 눈초리로 그를 쏘아보면서 그 앞에 섰다.

"추기경님, 보시지 않는 게 좋을 듯합니다. 사형집행이 이제 막 끝나 시체가 아직…."

"내가 여기 온 건 그를 보기 위해서요." 몬타넬리가 말했다. 추기경의 음성과 태도가 마치 몽유병자 같다는 생각이 불현듯 들었다.

"오, 하느님 아버지!" 병사 중 한 명이 느닷없이 울음을 터트렸다. 사령관은 황급히 뒤돌아보았다.

잔디 위에 쓰러져 있던 피투성이 물체가 다시 한 번 신음소리를 내며 몸부림치기 시작했다. 의사가 무릎 위에 그의 머리를 올려놓았다.

"어서!" 의사가 절망감에 몸부림치며 소리쳤다. "너희 잔인무도한 놈들아. 어서! 죽여, 제발! 이젠 도저히 참을 수가 없어!"

의사의 손등 위로 시뻘건 핏물이 솟구쳐 올랐다. 팔에 안긴 등에가 심하게 경련을 일으키는 바람에 그의 온몸도 함께 떨렸다. 의사는 몹시 흥분하여 도움을 청하는 얼굴로 주위를 둘러보았다. 그때 사제가 허리를 굽히더니 죽어가는 등에의 입술에 십자가상을 놓아 주었다.

"하느님 아버지와 그의 독생자 예수 그리스도의 이름으로…."

등에는 의사의 무릎에 기대어 몸을 일으키더니 눈을 둥그렇게 뜨고 그 십자가상을 똑바로 쳐다보았다. 얼어붙은 듯한 정적 속에서 그는 오른손을 들어 십자가상을 밀어 팽개쳤다. 그의 얼굴 위로 시뻘건 핏물이 흘러내렸다.

"신부님… 당신의 신이… 기뻐하시겠지요?"

그의 머리가 의사의 팔에 푹 떨어졌다.

"추기경님!"

추기경이 실신하여 쓰러지자 페라리 대령은 더욱 목청을 높여 외쳤다.

"추기경님!"

몬타넬리가 고개를 쳐들었다.

"그 애가 죽었어."

"예, 절명했습니다. 추기경님, 그만 돌아 가시지 않겠습니까? 너무나 참혹한 광경입니다."

"그 애는 죽었어…." 몬타넬리는 똑같은 말을 되뇌더니 다시 등에의 얼굴을 내려다보았다. "내가 손을 댔더니 그 애가 죽었어…."

"몸에 총탄을 여섯 발이나 맞았는데 뭘 기대한담?" 부관이 비웃는 투로 중얼거렸다. 의사가 그의 말에 반박하듯 속삭였다. "피투성이 모습에 충격을 받으셨나 봅니다."

사령관이 몬타넬리의 팔을 붙잡았다.

"추기경님, 이제 그만 보시는 게 좋겠습니다. 형무소 사제를 시켜 관저까지 모시겠습니다."

"그래. 알겠네."

그는 피투성이 현장에서 천천히 몸을 돌려 걸어 나왔다. 사제와 상사가 그 뒤를 따랐다. 문에서 걸음을 멈춘 추기경은 그때까지도 충격에서 벗어나지 못하고 유령 같은 모습으로 뒤돌아보았다.

"그 애가 죽었어."

몇 시간 후, 마르코네는 산허리의 자그마한 집을 향해 올라가고 있었다. 마르티니에게 더 이상 목숨을 걸 필요가 없다는 사실을 알려주기 위해서였다.

두 번째의 구출을 위한 공격준비는 모두 끝나 있었다. 계획은 지난번보다 훨씬 간단했다. 내일 성체축일 행렬이 요새 언덕을 따라 지나갈 때, 마르티니가 군중 속에서 뛰쳐나와 가슴의 권총을 뽑아 사령관의 머리통을 쏘아 갈기기로 계획되어 있었다. 그런 뒤 20명의 무장병사가 그의 뒤를 쫓는 와중에 요새 문 안으로 들이닥치고 탑루로 침입하여 병사들에게서 열쇠를 빼앗은 다음 감옥으로 들어가 직접 그를 데리고 나오기로 했던 것이다. 물론 그들을 방해하는 자는 가차없이 죽여 버릴 작정이었다. 그들은 요새 정문에서 싸우면서 후퇴하다가, 등에를 구릉지대의 은신처로 안전하게 도피시킬 퇴각부대를 엄호하기로 했다. 이 계획에 대해 전혀 알지 못하고 있는 사람은 젬마뿐이었다. 그것은 마르티니가 특별히 그녀에게는 비밀을 지켜달라고 부탁했기 때문이었다. '그녀가 또 다시 비탄에 젖을지도 모른다' 고 그가 말했던 것이다.

마르코네가 정원 문에 들어서자, 마르티니가 그를 맞으러 유리문을 열고 베란다 쪽으로 걸어 나왔다. "무슨 소식이라도, 마르코네? 오, 맙소사!"

마르코네는 쓰고 있던 테 넓은 밀짚모자를 팽개쳐 버렸다.

그들은 베란다에 나란히 앉았다. 아무도 입을 열지 않았다. 모자 아래로 그의 표정을 본 마르티니가 곧 사태를 알아차렸던 것이다.

"언제?" 오랜 침묵의 시간이 흐른 뒤 그가 입을 떼었다. 그의 음성은 자신이 듣기에도 몹시 침울하고 피곤에 지친 듯했다.

"오늘 동틀 무렵이오. 상사가 이야기해 주었소. 그곳에서 자기 눈으로 직접 보았답니다."

고개를 숙이고 있던 마르티니가 웃옷 소매의 너풀거리는 실밥을 홱 잡아챘다.

헛되고 헛되니 모든 것이 헛되도다.[1] 내일이면 죽을 몸이 아니었던가. 이제 가슴 속에 그리던 희망의 나라는 사라져 버렸구나. 마치 어둠이 밀려오면 사라져버리는 황금빛 노을 속에 꿈꾸던 동화의 나라처럼…. 이제 나는 일상의 세계로 되돌아온 것이다. 그라씨니와 갈리가 있는 세계로, 암호와 팸플릿의 세계로, 동지들 사이의 승강이와 오스트리아 스파이들 사이의 지루한 음모의 세계로…. 가슴 아프게 하던 그 옛 혁명의 수레비 퀴의 세계로! 그의 의식의 일지 못할 한구석이 텅 비어 있었다. 아무것도, 그 어느 누구도 채울 수 없는…. 끝내 등에가 죽어 버렸으니.

누군가 그에게 묻고 있었다. 굳이 이야기할 만한 게 뭐 있을까 의아스럽게 생각하면서 그가 고개를 쳐들었다.

"뭐라고 했소?"

"… 그녀에게도 소식을 알려야겠지요?"

공포, 경악스런 삶의 공포가 마르티니의 표정에 떠올랐다.

"어떻게 그런 소식을 전할 수 있겠소?" 울부짖듯 외치는 소리가 그의 입에서 터져 나왔다. "차라리 날더러 그녀를 죽이라는 편이 낫겠소. 어떻게 내가 그녀에게 소식을…. 어떻게 내가!" 그는 두 손으로 눈을 가렸다. 문득 옆에 있던 마르

---

[1] 구약성서 전도서 1장 2절.

코네가 움찔 놀라고 있음을 느낄 수 있었다. 그가 고개를 치켜들었다. 젬마가 문가에 서 있었다.

"당신도 들으셨군요, 마르티니?" 그녀의 울먹이는 음성이 들려왔다.

"다 끝났소. 놈들이 총살했다오."

8

 "하느님의 제단 앞으로 나아가노라." 사제들과 복사服事들 사이에 선 몬타넬리는 높은 제단 앞에 서서 한결같은 어조로 초입경初入經을 읽어나갔다. 대성당은 온통 밝은 채색으로 빛나고 있었다. 회중의 축제의상에서부터 불타는 듯한 휘장과 화환으로 장식된 기둥에 이르기까지 흠잡을 데 없이 완벽했다. 현관 입구의 툭 트인 공간에는 커다란 진홍빛 커튼이 드리워져 있고, 커튼 사이로 뜨거운 6월의 햇살이 스며들어왔다. 복도에는 행렬 깃발의 비단주름이 축 처져 있고, 반들반들한 장대와 장식 술은 아치 아래에서 번쩍번쩍 빛을 내뿜고 있었다. 성가대원들의 새하얀 옷은 화려하게 모자이크된 유리창 아래 무지개 빛으로 반짝였고, 성단소 마루 위에는 햇살이 노랑, 자주, 초록의 얼룩덜룩한 무늬를 수놓았다. 제단 뒤로는 은빛 명주로 된 장막이 하늘하늘 걸려 있었다. 장막과 장식물, 그리고 제단의 등불을 뒤로 한 채, 살아 있는 대리석상인 양 새하얀 예복을 길게 늘어뜨린 추기경의 모습은 한결 두드러져 보였다.
 성가행렬이 있는 날이면 으레 그래왔듯이, 그는 미사를 집전할 뿐 경축의식을 거행하지는 않았다. 그래서 대사大赦가 끝나자 그는 제단에서 몸을 돌려 주교좌를 향해 천천히 걸어갔다. 미사집전 사제와 성직자들이 그가 옆을 지날 때 허리 숙여 경의를 표했다.

"추기경님께서 몸이 편찮으신 것 같은데." 교구의 회원이 옆 사람에게 속삭였다. "좀 이상하신 것 같잖아."

보석이 박힌 주교관을 받기 위해 몬타넬리가 고개를 숙였다. 명예 부제를 맡고 있는 사제가 그것을 씌워주고서 잠시 그를 바라보더니, 속삭이듯 조그맣게 물었다.

"추기경님, 어디 편찮으신 데라도 있으십니까?" 몬타넬리가 슬쩍 그를 향해 몸을 돌렸다. 전혀 알아보지 못하는 눈빛이었다.

"죄송합니다, 추기경님." 사제는 무릎을 꿇고 예배를 본 다음 자리로 돌아와서 추기경의 기도를 방해한 것을 자책했다.

낯익은 의식이 계속되고 있었다. 몬타넬리는 자세를 꼿꼿이 한 채 가만히 서 있었다. 번쩍이는 주교관과 금빛 비단 예복이 햇살에 반짝거렸다. 새하얀 축일 외투의 주름이 붉은 융단 위를 스쳐 지나갔다. 백 자루의 촛불은 그의 가슴에 장식된 사파이어 사이에서 빛을 발하고 생기 없는 그의 깊은 두 눈속에서 가물가물 빛나고 있었다.

"추기경님, 축복해 주소서." 그는 향로 위로 허리를 굽혀 축복의 말을 전했다. 햇빛 속에서 눈부시게 빛나는 다이아몬드를 바라보던 그는, 무지개로 된 관을 쓰고 축복 또는 저주의 소나기를 뿔뿔이 흩어버리며 휘날리는 눈발로 된 옷을 입은 장엄하고 눈부신 산맥을 회상했다.

성체봉대식聖體奉戴式을 마치고 주교좌에서 내려온 그는 제단 앞에 무릎을 꿇었다. 그의 동작 하나하나가 무감각해 보였다. 그가 몸을 일으켜 자리로 돌아갔을 때 사령관 뒷쪽에 앉아 있던 예복차림의 기병대 소령이 사령관의 조카인 대위에게 속삭였다. "추기경이 어쩐지 좀 이상한 것 같지 않아? 움직이는 게 꼭 기계 같잖아."

"그럼 더 좋지, 뭐!" 대위가 속삭이듯 대꾸했다. "추기경은 그 어처구니없는 대사면 이래로 우리 눈의 가시와 같은 존재였으니까."

"하지만 군법회의에 회부하는 문제에 결국 굴복하지 않았나?"

"그렇지. 끝내 굴복하고 말았지. 그렇지만 그 결정을 내리기까지 얼마나 까다롭게 굴었나! 정말 답답하기 이를 데 없었지. 아, 이러다간 우리 모두 일사병에 걸리겠는데. 추기경이 못된 게 유감이군. 이렇게 차양도 없는 뙤약볕에 서 있어야 하니 말이야. 쉿! 숙부님이 우릴 노려보고 계시네."

페라리 대령이 고개를 돌린 채 두 젊은 장교를 노려보고 있었다. 어제 아침에 있었던 사건 이후로 경건하고 신시한 기문에 사로잡힌 그는 자신의 '지울 길 없는 고통'을 느끼지 못하는 그들을 책망하고 싶은 마음을 애써 눌러 참았다.

의식을 이끌던 사람들이 행렬에 참가할 신도들을 질서 있게 정렬시키기 시작했다. 자리에서 일어선 페라리 대령은 다른 장교들에게 자기를 뒤따르도록 손짓한 다음, 성단소 난간 쪽으로 올라갔다. 미사가 끝나자 성찬에 쓰일 빵이 뙤약볕 행렬 속에서 유리덮개 아래 놓여졌다. 이야기를 주고받는 목소리가 떠들썩하게 새어나왔다. 몬타넬리는 주교좌에 앉은 채 꼼짝도 하지 않고 앞만 바라보고 있었다. 인간의 생활과 활동이라는 파도가 오르락내리락 굽이치더니 그의 발치에서 고요히 사라져 버리는 듯했다. 누군가 향로를 가져왔다. 그는 자동인형처럼 손을 들어 좌우를 살피지도 않은 채 향을 향로 속에 집어넣었다.

성물안치소에서 성직자들이 나와 성단소에서 추기경이 내려오길 기다리고 있었다. 그러나 추기경은 미동도 없이 앉아 있을 뿐이었다. 주교관을 벗기려고 몸을 숙이던 명예 부제가 머뭇거리며 속삭였다.

"추기경님!"

추기경이 돌아보았다.

"뭐라고 했소?"

"성가행렬에 나서긴 힘드시겠죠? 햇볕이 너무 뜨겁습니다."

"햇볕이 무슨 문제가 되겠소?"

몬타넬리의 냉담하고 조심스러운 어투에 부제는 자신이 추기경의 기분을 언짢게한 것은 아닌지 자책했다.

"용서하십시오, 추기경님. 몸이 편찮으신 것 같아 말씀드린 것뿐입니다."

몬타넬리는 아무 말도 없이 자리에서 일어섰다. 그는 주교좌의 맨 위 계단에서 잠시 걸음을 멈추더니 예의 그 조심스러운 어투로 물었다.

"저게 뭐요?"

그의 외투의 긴 옷자락이 계단 아래로 쓸려 내려와 성단소 마루바닥을 뒤덮었다. 그는 하얀 비단 위의 새빨갛게 타오르는 듯한 얼룩을 가리키고 있었다.

"창문을 통해 비치는 햇살일 뿐입니다. 추기경님."

"햇살? 저렇게 붉을까?"

그는 계단을 내려와 향로를 이리저리 천천히 흔들면서 제단 앞에 무릎을 꿇었다. 그가 향로를 넘겨주었을 때 바둑판무늬의 햇살이 그의 머리와 동그랗게 치켜뜬 눈가에 어른거리더니 그의 주위에 쳐진 휘장에 진홍빛을 드리웠다.

그는 부제의 자리로 옮겨가 신성한 금빛 햇살을 온 몸에 받으며 섰다. 그때 성가대와 오르간에서 개선 찬미가가 우렁차게 울려 퍼졌다.

모든 이들은 찬미하라

영광스러운 성체와
값진 성혈의 신비를
왕께서는 이 세상 모든 민족에게
당신의 독생자를 주셨노라

교군들이 다가와 그의 머리 위로 비단 차일을 들어올렸다. 외투의 긴 옷 주름을 늘어트린 명예 부제들이 추기경의 좌우에 자리 잡았다. 복사들이 허리 굽혀 그의 기다란 외투를 성단소 마루바닥에서 들어올리자 행렬을 이끌 평신도회원들이 좌우에 촛불을 밝히고 두 줄로 위엄 있게 본당을 걸어내려가기 시작했다.

윗편 제단 옆 하얀 차일 아래 꼼짝도 하지 않고 선 추기경은 성체용 빵과 포도주를 손에 높이 치켜든 채 그의 앞을 지나는 신도들을 바라보았다. 신도들은 둘씩 짝지어 촛불 표상과 횃불을 들거나 심지기 상과 깃빌을 흔들며 성난소 계단 아래를 스쳐지나, 화환으로 장식한 기둥 사이의 넓은 본당을 따라 드리워진 커튼 아래를 통과하여 뜨거운 햇볕이 내리쪼이는 길거리로 빠져나갔다. 멀어져가는 그들의 성가는 낮은 속삭임으로 사라져 버리고, 다가오는 새로운 성가에 파묻혀 버렸다. 끝없는 사람들의 물결이 밀려오고 밀려갔으며, 그들의 발자국 소리가 본당 안에 온통 메아리치고 있었다.

하얀 면사포를 쓴 교구 신도들이 지나갔다. 곧이어 머리끝에서 발끝까지 까만 옷을 걸쳐 입은 수도사들이 뒤따랐다. 그들의 법복 사이로 두 눈만이 희미하게 반짝이고 있었다. 뒤이어 수사들이 엄숙하게 열을 지어 다가왔다. 거무스름한 두건에 맨발차림의 그들은 하얀 예복차림의 도미니쿠스 교단의 수사들이었다. 뒤를 이어 지역 관리들이 다가왔다. 기병대와 기총병 그리고 지방경찰관들이었다. 예복차림의 사령관 곁에는 그의 동료관리들이 나란히 줄지어 있었다.

부제 한 명이 촛불을 받쳐 든 두 명의 복사 사이에서 커다란 십자가상을 들고 지나갔다. 이들이 현관을 통과하도록 커튼이 높이 치켜 올려지는 순간, 몬타넬리는 화창한 햇살 속에서 양탄자가 깔린 거리와 깃발이 내걸린 벽, 그리고 새하얀 예복을 차려 입은 어린아이들이 흩뿌리는 장미꽃을 볼 수 있었다. 아, 저 장미꽃들, 얼마나 눈부시도록 붉은가!

형형색색의 행렬이 질서정연하게 끊임없이 이어졌다. 의젓해 보이는 흰 예복 대신에 화려한 빛깔의 예복과 수놓은 비옷이 눈에 띄었다. 불을 밝힌 촛대 위로 높다란 십자가상이 지나가고, 뒤이어 새하얀 외투차림의 대성당 참사회원들이 근엄한 표정을 지으며 지나갔다. 한 예배당 신부가 주교 직위를 나타내는 지팡이를 짚고 성단소를 걸어내려 왔다. 그 뒤를 이어 복사들이 음악에 맞추어 향을 흔들면서 다가왔다. 교군들이 '하나 둘, 하나 둘' 발걸음을 맞추면서 차양을 더 높이 들어올렸다. 몬타넬리는 '십자가의 고행길'에 나섰다.

행렬은 성단소를 내려가 본당을 따라 지나갔다. 우렁찬 오르간 연주가 울려퍼지는 복도를 지나고 새빨간 커튼이 드리워진 통로를 지나, 햇살이 눈부시게 쏟아지는 거리로 나왔다. 거리에는 빨간 장미꽃들이 흩뿌려져 시들어가고 지나가는 사람들의 발길에 채여 붉은 양탄자 위에 짓이겨져 있었다. 차일을 든 교군들과 평관리들이 교대하는 동안 잠시 문 앞에 멈추어 선 행렬은 다시 나아가기 시작했다. 그는 손바닥에 따사로운 햇살을 받아 움켜쥐었다. 성가대원의 노랫소리가 그의 주위로 밀려오더니 이내 멀어져 갔다. 그들은 노랫소리에 맞추어 향을 율동적으로 흔들면서 발걸음을 내딛었다.

말씀이 육화하여 참된 빵이 되고
말씀이 사람으로 나타나

그리스도의 순수한 피가 되었도다

눈에 띄는 것이라곤 붉은 피, 피뿐이다! 그의 앞에 뻗어 있는 양탄자는 시뻘건 강물처럼 보였고 장미꽃은 길가의 돌을 적신 핏자국처럼 보였다. 오, 하느님! 당신의 천지간은 온통 핏빛으로 물들어 버렸습니다. 아, 이 모든 것이 당신에게 어떤 의미를 지닌단 말입니까, 전지전능하신 하느님 아버지여! 당신의 입술은 핏빛으로 물들어 버렸습니다!

이처럼 거룩한 성체를
무릎 꿇어 경배하나이다

그는 유리덮개 아래 놓인 성찬용 빵과 포도주를 바라보았다. 성찬용 빵에서 줄줄 흘러나오는 저것은 무얼까? 금빛 햇살 사이 하얀 예복 위로 뚝뚝 떨어지고 있는 것은 저건 무엇일까? 치켜올린 손에서 흘러내리는 그것을 몬타넬리는 한참 동안 바라보았다.

안뜰의 잔디는 오가는 사람들의 발길에 짓밟힌 채 온통 붉게 물들어 있었다. 마치 피가 흐르고 있는 듯했다. 뺨에선 핏물이 방울져 떨어지고, 관통당한 옆구리에선 핏물이 샘솟듯 솟구쳤지. 머리카락에도 온통 피가 엉켜 있었어. 이마에 젖어 달라붙어 있던 그 머리카락… 아, 그건 죽음의 땀이었어. 소름끼치는 고통이었지.

성가대의 목청은 의기양양하게 더욱 더 높아졌다.

성모와 성자에게

찬송과 기쁨이,
구원과 영예와 덕행과
축복이 있으소서

아, 이젠 더 이상 참을 수가 없구나! 하느님 아버지시여, 천국의 옥좌에 핏빛 머금은 입술로 미소지으며 세속의 온갖 고뇌와 죽음을 내려다보시는 하느님 아버지시여! 이제 족하지 않습니까? 이 우스꽝스러운 찬미와 축복이 없어도 이젠 족하지 않습니까? 인간의 구원을 위해 갈가리 찢겨진 예수 그리스도의 육신, 우리의 죄를 사하기 위해 흘리신 예수 그리스도의 피, 그것으로 족하지 않습니까?

아… 당신의 신을 좀 더 소리 높여 부르시지요, 어쩌면 당신의 신이 잠들어 있을지도 모르니!

사랑이 많으신 하느님 아버지시여, 당신은 진정 잠들어 계십니까? 영영 깨어나지 않으시렵니까? 그 무덤은 그토록이나 자신의 승리를 탐하는 걸까요? 나무 아래 그 시커먼 구덩이는 한시도 당신을, 당신의 영혼의 기쁨을 풀어주지 않는 것인가요?

그 순간 유리덮개 속의 성체가 핏방울을 뚝뚝 떨어뜨리며 대답했다.

"스스로 선택하고서 이제 자신의 선택을 후회하느냐? 아니면 네 소망이 아직도 충족되지 않았다는 말이냐? 찬란한 빛 속을 걷고 있는, 금빛 은빛으로 빛나는 옷을 걸친 저들을 보라. 저들을 위해 나는 그 시커먼 구덩이를 마련했노라. 장미꽃을 흩뿌리고 있는 아이들을 보라. 그들의 노랫소리에 귀 기울이라. 저 아이들을 위해 나의 입은 먼지로 가득 차고 장미꽃은 내 가슴 속의 마르지 않는 샘에서 붉게 피어나도다. 네 옷자락에서 떨어져 내리는 핏물을 마시기 위해 저기 무릎을 꿇은 자들을 보라. 저들의 게걸스러운 갈증을 풀어주기 위해 그대의 피는 흐르노라. 성경에 씌어 있나니 '벗을 위하여 제 목숨을 바치는 것보다 더 큰 사랑은 없다'[1] 하지 않았는가?"

"오, 아서, 아서! 이 보다 거룩한 사랑이 있는가, 자신이 가장 사랑하는 이의 목숨을 신의 제단에 바치는 것보다 더 거룩한 사랑이!"

성체가 다시 대답했다.

"네 가장 사랑하는 이가 누구냐? 진실로 내가 아니던가."

그는 대답하려 했으나 입이 얼어붙은 듯 말이 나오지 않았다. 성가대원의 노랫소리가 그의 말을 덮어버렸다. 북풍이 얼음 덮인 물위를 건너와 그를 침묵 속으로 몰아 넣은 듯했다.

> 연약한 이들에게 성체를 주시옵고
> 근심 많은 이들에게 성혈을 주셨도다
> 말씀하시되 "받아 마시라
> 내가 주는 이 잔을 모든 이들이
> 받아 마실지어다."

그 피를 들이켜라, 기독교인들아…. 그 피를 들이켜라, 너희 모든 사람들아! 그 피는 너희들의 것이 아니더냐? 너희를 위해 붉은 핏물이 풀밭에 흐르고 있지 아니하냐. 너희를 위해 살아있는 육신이 갈가리 찢겨 있지 아니하냐! 찢겨진 살을 씹어 삼키려므나, 식인종들아…. 찢겨진 살을 씹어 삼키려므나, 너희 모든 자들아! 오늘은 너희들의 축제요, 잔칫날이 아니더냐. 오늘은 너희들의 기쁨의 날이 아니더냐! 어서 오너라, 함께 축제를 즐기자꾸나. 행렬에 뛰어들어라, 우리와

---

1) 요한복음서 15장 13절.

함께 행진하자꾸나. 여인아, 어린아이야, 젊은이야, 늙은이야. 모두모두 오너라. 갈가리 찢긴 살을 함께 나눠 먹자꾸나! 어서 오너라, 용솟음치는 이 핏빛 포도주를 아직 붉은 동안에 들이키자. 시뻘건 살을 나눠 삼켜버리자….

오, 하느님. 저 요새! 총구멍이 뚫린 담벼락과 탑루들이 음침한 어둠 속에 잠긴 채 그 아래 먼지를 일으키며 휩쓸고 지나가는 행렬을 사납게 노려보고 있었다. 이빨처럼 날카로운 쇠 격자문은 아가리 같은 문 위로 굳게 내려쳐져 있고, 위압적인 요새는 산허리에 잔뜩 웅크린 야수처럼 먹이를 감시하고 있었다. 하지만 단단히 악물지 않으면 그 이빨은 산산이 깨져 버리리라. 그리하면 안뜰의 무덤은 마침내 파헤쳐지리라. 기독교인들의 행렬이 피비린내 나는 성찬의 향연을 향해 힘차게 행진하고 있었다. 마치 굶주린 쥐떼가 이삭을 주워 먹으러 행진하듯이…. 그들은 '더 달라! 더 달라!' 고 아우성을 칠 것이고, 절대로 '이젠 배불리 먹었다' 고 말하지 않으리라.

"당신은 만족스럽지 않으시오? 저들을 위해 난 희생당했소. 당신은 저들을 살리기 위해 날 파멸시켰소. 보시오, 저들은 하나같이 앞으로 나아가고 있소. 저들은 대오를 흐트러트리지 않을 것이오. 저 수많은 자들은 기독교도의 무리, 당신 하느님의 추종자들이오. 저들 앞에는 탐욕의 불이, 저들 뒤에는 화염만이 있을 뿐이오. 저들 앞에는 에덴동산이 있을 뿐이오. 저들 뒤에는 황량한 황무지가 있을 뿐이오. 아무도 이를 피하지는 못할 것이오."

"오, 돌아오라. 내게 돌아오라, 내 사랑하는 아들아. 난 나의 선택을 후회하고 있단다. 뼈에 사무치도록! 돌아오거라, 그리하여 저 게걸스러운 무리들도 도저히 찾아낼 수 없는 어둡고 고요한 무덤으로 함께 가자꾸나. 우린 그곳에 누워 서로의 팔을 베고 잠들 것이다. 잠들 것이다, 영원히…. 그렇게 되면 저 굶주림에 걸신들린 기독교도들도 잔인하도록 밝은 한낮에 우리 머리 위로 지나쳐가겠지.

저들이 피를 마시고 육신을 먹으며 울부짖을 때라도 저들의 울음소리는 우리 귀에 아련해지겠지. 저들은 저들의 길을 따라 우리를 지나 멀리 사라져갈 것이고 우린 평화로이 여기 남게 되겠지."

그의 대답이 다시 들려왔다.

"내가 숨기는 어디로 숨는단 말이오? '성 안으로 쳐들어온다. 담장을 넘어 들어와, 도둑처럼 창문으로 기어든다.' [2] 내가 산꼭대기에 나의 무덤을 짓는다면 그들이 파헤쳐 열지 않겠소? 강바닥에 나의 무덤을 판다면 그들이 파헤치지 않겠소? 참으로 그들은 먹이를 찾는 경찰견처럼 예민하니, 그들이 마실 수 있도록 나의 상처는 더 붉소. 저들의 노랫소리가 들리지 않으시오?"

그들은 대성당의 문에 쳐진 진홍빛 커튼 사이로 들어서면서 성가를 소리 높여 부르고 있었다. 성가 행렬은 이미 끝나고 길은 장미꽃으로 온통 뒤덮여 버렸다.

> 기뻐하소서
> 동정녀 마리아에게서 나시고
> 인류를 위하여 십자가에서 진실로
> 수난당하시고 죽으신
> 참된 성체여!
> 그 옆구리가 열리어
> 피와 함께 물을 흘리셨도다
> 우리가 유혹받을 때와 죽을 때
> 그것을 맛보게 하소서

---

2) 요엘 2장 9절.

그들이 노래를 마쳤을 때, 몬타넬리는 현관에 들어서서 수사들과 성직자들 사이를 지나갔다. 그들은 촛불을 치켜든 채 각자 제 자리에 무릎을 꿇었다. 그는 그들의 굶주린 눈길이 그가 가지고 있는 성체에 머무르는 것을 보았다. 그가 지날 때 그들은 고개를 수구렸다. 그것은 그의 하얀 예복의 옷 주름을 타고 검붉은 것이 흘러내리고 마루바닥의 돌덩이에 그의 발자국이 검붉은 흔적을 남겨놓았기 때문이리라.

그는 본당을 지나 성단소 난간에 이르렀다. 차일을 받쳐 든 교군들이 그곳에서 발걸음을 멈추었다. 그는 차일 아래에서 걸어 나와 제단의 계단을 올라갔다. 좌우에 향을 받쳐 든 하얀 예복차림의 복사들과 횃불을 받쳐 든 예배당 신부들이 무릎을 꿇고 앉아 있었다. 그들의 눈은 제물을 바라보듯이 탐욕스럽게 반짝였다.

그가 제단 앞에 서서 갈가리 찢긴 사랑하는 이의 시신을 피 묻은 손으로 높이 쳐들자, 성찬의 향연에 초대받은 손님들의 노랫소리가 다시 울려 퍼졌다.

오, 구원의 성체여
하늘에 이르는 문이여
악을 물리쳐 이길
한없는 굳셈과 총기를 주소서

아, 이제 살을 먹어치우려고 몰려드는구나. 자, 사랑하는 영혼아, 너의 쓰라린 운명에게로 달려가 이 걸신들린 늑대들을 위해 천국의 문을 열려므나. 내게 열려진 문은 지옥으로 향하는 문이리라.

명예 부제가 제단 위에 성기聖器를 가져다 놓자 몬타넬리는 계단에 무릎을 꿇었다. 하얀 제단에서는 피가 흘러내려 머리 위로 핏방울이 뚝뚝 떨어졌다. 노랫소리는 아치형 궁륭 아래로 우렁차게 울려 퍼졌다.

> 삼위일체이신 하느님께
> 무한한 영광이 있으소서
> 영원한 생명을
> 우리에게 주소서

"영원히, 영원히!" 오, 행복한 예수시여, 주님의 십자가 아래 쓰러질 수 있는 이시여! 오, 행복한 예수시여, '이제 다 이루었다'[3]고 외칠 수 있는 이시여! 이 운명은 결코 끝나지 않으리라. 하늘의 별처럼 영원하리니, 이는 결코 사라지지 않는 지옥의 고통이며 꺼지지 않는 불길이로다.

지칠 대로 지쳐 있었지만 그는 남은 의식에서 자신의 역할을 끈기 있게 해나갔다. 그 자신에게는 더 이상 아무 의미도 없는 의식을 기계적으로 집전하고 있는 것이었다. 성체강복식聖體降服式이 끝난 후, 그는 다시 제단 앞에 무릎을 꿇고 얼굴을 감쌌다. 면죄부를 소리 높여 읽고 있는 사제의 목소리가 커졌다가 더 이상 그가 속하지 않는 세계에서 들려오는 아득한 속삭임처럼 사라졌다.

사제의 낭독이 끝나자 몬타넬리는 자리에서 일어서서 잠시 조용히 해달라는 신호로 손을 내저었다. 군중 가운데 일부가 문을 향해 나아가고 있었다. '추기경님이 무언가 하실 말씀이 있으시다'는 속삭임이 대성당에 퍼져나가자 그들은 황급히 몸을 되돌렸다.

---

[3] 예수가 십자가에서 죽기 직전에 한 말로 기록되어 있다. "예수께서는 신 포도주를 맛보신 다음 '이제 다 이루었다' 하시고 고개를 떨어트리시며 숨을 거두셨다."(요한복음서 19장 30절)

깜짝 놀란 사제들이 추기경에게 다가왔다. 그들 중 한 사제가 추기경에게 속삭였다. "추기경님, 지금 사람들에게 하실 말씀이 있으십니까?"

몬타넬리는 말없이 옆으로 물러나라는 손동작을 해보일 뿐이었다. 사제들은 뒤로 물러서서 서로 귀엣말을 나누었다. 이런 일은 드문 정도가 아니라 변칙적인 것이었다. 하지만 그것은 추기경이 원한다면 얼마든지 가능한 특권이기도 했다. 틀림없이 이례적으로 중요한 것을 발표하시겠지. 로마의 새로운 개혁안이나 교황님의 특별한 소식을 전달하실 모양이지.

몬타넬리는 제단의 계단 위에서 자기를 올려다보는 수많은 눈동자를 내려다보았다. 사람들은 기대에 찬 눈길로 추기경을 바라보고 있었다. 그는 소름끼치도록 창백한 얼굴로 서 있었다.

"쉬이… 쉬이! 조용, 조용!" 행렬을 이끌던 사람들이 손을 입술에 갖다댔다. 사람들의 술렁거림은 점점 가라앉았고 이내 사방엔 정적이 감돌았다. 모두들 숨을 죽인 채 추기경의 창백한 얼굴을 주시했다. 그는 느리지만 또박하게 말하기 시작했다.

"요한복음 말씀에 '하느님은 이 세상을 극진히 사랑하셔서 외아들을 보내주시어 그를 믿는 사람은 누구든지 멸망하지 않고 영원한 생명을 얻게 하여주셨다'[4] 하였습니다.

오늘은 여러분을 구원하려 돌아가신, 그리하여 세상의 죄를 대속하시고 우리의 죄를 사하여 주신 예수 그리스도의 성체를 기리는 축일입니다. 여러분은 여러분에게 주어진 제물을 먹기 위하여, 그리고 이 커다란 자비로움에 감사하기 위하여 이 신성한 축제의 행렬에 모여 있습니다. 오늘 아침 여러분이 제물을 나누어 먹기 위하여 오셨을 때, 여러분을 구원하기 위하여 돌아가신 예수 그리스

---

4) 요한복음서 3장 16절.

도의 수난을 떠올리면서 여러분의 가슴은 기쁨으로 충만하였으리라 믿습니다.

그러나 여러분 중 자신의 독생자를 십자가에 못 박게 하신 하느님 아버지의 수난을 생각해 보신 분이 계십니까? 하느님께서 천국의 보좌에서 허리 굽혀 골고다의 언덕을 내려다 보셨을 때, 그때의 하느님 아버지의 고뇌를 생각해 보신 분이 계십니까?

저는 오늘 여러분이 경건하게 행진하는 것을 쭉 지켜보았습니다. 여러분이 죄사함을 받아 즐거움에 넘쳐 있는 것도, 구원을 받아 기뻐하는 것도 보았습니다. 하지만 여러분이 대가를 치르고 그 구원을 샀는지 생각해보시길 간절히 바랍니다. 물론 그 대가는 루비와 같은 보석 따위로는 치를 수 없는 엄청난 것입니다. 그렇습니다. 여러분의 구원은 피의 대가였던 것입니다."

그의 말에 귀 기울이던 사람들 사이에 희미한 전율이 번져나갔다. 성단소에서는 사제들이 고개를 숙인 채 서로 귀엣말을 나누고 있었다. 그러나 추기경의 설교가 다시 이어지자 그들은 입을 다물었다.

"그러므로 오늘 여러분께 말씀드리고자 하는 것은 나는 나일 수밖에 없다는 사실입니다. 저는 여러분의 연약함과 슬픔을, 그리고 여러분 슬하의 귀여운 어린아이들을 보았습니다. 그리하여 제 가슴은 그들이 죽어야 한다는 사실에 연민을 품지 않을 수 없게 되었습니다. 그 후 전 제 귀여운 자식의 눈을 들여다보고 보혈의 속죄가 바로 그 눈 속에 있음을 알게 되었습니다. 전 제 길을 갔고, 제 자식은 그의 운명대로 맡겨놓았습니다.

이것이 속죄입니다. 제 자식은 여러분을 위해 죽어야 했습니다. 어둠은 그를 삼켜 버리고야 말았습니다. 제 자식은 죽었습니다. 부활은 없을 것입니다. 이제 그는 죽어버렸습니다. 나는 내 자식을 잃었습니다. 오, 내 아들아, 내 아들아!"

추기경의 음성은 기나긴 통곡 속에 잠겨들었다. 깜짝 놀란 사람들의 웅성거림이 메아리처럼 들려오고 있었다. 모든 성직자들이 자리에서 일어났다. 명예 부제들이 뛰쳐나가 추기경의 팔을 붙들려 했다. 그러나 그는 그들의 손을 뿌리치더니 돌연 성난 야수와도 같은 눈빛으로 그들을 쏘아보았다.

"왜 그러시오? 아직도 피가 충분치 않다는 것이오? 권력의 주구들아, 너희 차례를 기다려라. 너희도 곧 먹게 될 터이니!"

그들은 멈칫 움츠리더니 몸을 떨었다. 그들의 헐떡이는 그들의 숨소리는 거칠어지고 안색은 납빛처럼 창백해졌다. 몬타넬리는 다시 사람들을 향해 몸을 돌렸다. 사람들은 동요되어 태풍 앞의 옥수수 대처럼 으스스 떨었다.

"당신들이 그를 죽였소! 당신들이 내 자식을 죽였단 말이오! 난 당신들을 살리기 위해 고통 받았소. 거짓 찬미와 부정한 기도로 다가오는 당신들을 보며 후회하오. 내가 행한 일들을 뼈아프게 후회하오! 너희 모두가 죄악과 헤아릴 길 없는 추악한 천벌 속에서 썩어 문드러진다 해도 내 자식이 살아 있는 편이 훨씬 나을 게요. 죄악에 썩을 대로 썩은 당신들의 영혼이 그 얼마의 대가를 치른다 한들 그 무슨 소용이 있겠소? 하지만 이젠 너무 늦었소… 늦고야 말았소! 내가 소리 높여 울부짖어도 내 자식은 내 말을 들어주질 않소. 내가 그 녀석의 무덤을 아무리 두드린다 해도 그 아이는 깨어나지 않소. 나는 사막과 같이 쓸쓸한 곳에 홀로 서서, 내 가슴 속 영혼이 묻혀 있는 피로 물든 이 땅에서부터 내게 남은 황량하기 짝이 없는 저 무시무시한 허공에 이르기까지 내 자신의 모습을 돌아보고 있소. 난 내 자식을 버렸소. 오, 이 독사의 족속들아,[5] 난 너희들을 위해 내 자식을 버렸단 말이다! 구원받으라, 구원은 너희들의 것이니! 으르렁대는 늑대 떼에게 뼈다귀를 던져주듯 너희에게 구원을 던져주마! 너희들의 연회의 대가는 너희를

---

5) 세례 요한이 악한 자들을 가리켜 한 욕설이기도 하다. "그러나 많은 바리사이파 사람들과 사두가이파 사람들이 세례를 받으러 오는 것을 보고 요한은 이렇게 말하였다. '이 독사의 족속들아! 닥쳐올 그 징벌을 피하라고 누가 일러주더냐?'"(마태오복음서 3장 7절) 예수 그리스도도 훗날 악한 자들을 향해 똑같은 욕설을 사용한다.

위해 치루어졌으니, 와서 게걸스럽게 처먹으라, 식인종들아, 흡혈귀들아…! 시체를 처먹는 승냥이 같은 자들아! 제단에서 흘러내리는 내 사랑하는 자식의 부글부글 끓어오르는 뜨거운 피를 보아라, 너희를 위해 흘린 피를 말이다! 핏속에 뒹굴며 핥아라, 피범벅이 되도록! 시뻘건 고기를 게걸스럽게 처먹으라…! 그리고 제발 날 더 이상 괴롭히지 마라! 이건 너희들에게 주어진 고깃덩어리다…! 보라, 아직도 고달픈 삶에 고동치는, 쓰라린 죽음의 고통에 치떨며 갈가리 찢겨 피 흘리는 고깃덩어리를! 자, 가져가거라, 기독교인들아, 먹어치워 버려라!"

　그는 성체를 머리 위로 높이 치켜들었다가 바닥에 내던졌다. 성직자들이 달려들었다. 스무 개의 손이 그 미쳐버린 추기경을 꼼짝 못하게 붙들었다.

　곧이어 사람들 속에 흐르던 적막은 거칠고 광적인 비명소리와 함께 일시에 깨어졌다. 의자와 벤치를 뒤엎고 현관을 때려부수며 서로를 짓밟아 쓰러트리고 다급한 나머지 커튼과 화환을 살기살기 찢어 놓으면서 사람들은 흐느껴 울며 파도가 밀려나가듯 거리로 쏟아져 나왔다.

에필로그

"젬마, 아래층에 누가 와서 당신을 만나고 싶어하는데." 지난 열흘 간 자신도 모르게 버릇처럼 되어버린 착 가라앉은 목소리로 마르티니가 나지막이 입을 열었다. 차분한 밀투와 행동거시는 그를 두 사람이 슬픔을 표현하는 유일한 방식이었다.

팔을 걸어붙이고 드레스 위로 앞치마를 두른 채, 젬마는 테이블 옆에서 탄약통을 조그마한 꾸러미들로 나누고 있었다. 이른 아침부터 그 작업을 해왔던 터라 눈부신 오후의 햇살에 드러나는 그녀의 안색은 피곤에 지쳐 더욱 초췌해 보였다.

"남자예요, 마르티니? 누구죠?"

"나도 모르겠소. 내겐 아예 말하려고 하질 않던데… 당신에게만 이야기하겠다고."

"알았어요." 그녀는 앞치마를 벗고 팔소매를 내렸다. "제가 내려가 보죠. 스파이일 것 같은데…"

"난 바로 옆방에 있겠소. 그 녀석을 쫓아 보내고 잠시라도 누워 쉬는 게 좋겠소. 당신 오늘 너무 오랫동안 서 있었소."

"아, 아니에요! 난 오히려 계속 일하는 게 맘이 편해요."

그녀는 천천히 층계를 내려갔다. 마르티니가 말없이 그녀 뒤를 따랐다. 요 며칠 사이에 그녀는 나이를 10년은 더 먹어버린 듯했고, 흰머리도 부쩍 많아진 것 같았다. 그녀는 하루종일 눈을 내리깔고 지냈다. 우연히 눈을 들 때면, 그는 그녀의 그늘진 눈동자에서 전율을 느끼곤 했다.

조그마한 응접실에 어색한 모습의 사내가 마루 한 가운데 차렷 자세로 서 있었다. 그의 전체적인 인상과 그녀가 들어설 때 움찔 놀라는 모습으로 보아 스위스 출신의 감시병인 게 틀림없었다. 그는 시골뜨기의 옷차림새를 하고 있었는데, 어딘가 모르게 어색한 것이 분명 자기 옷은 아닌 듯했다. 그는 불안한 듯 이리저리 두리번거렸다.

"독일어를 할 줄 아십니까?" 그가 서투른 취리히 사투리로 입을 열었다.

"약간요. 절 만나고 싶다고 하셨다면서요."

"당신이 볼라 부인이십니까? 편지를 가져왔습니다만."

"편지요?" 그녀는 갑자기 온몸이 후들후들 떨리는 것을 느꼈다. 그녀는 마음을 진정시키려고 테이블에 한 손을 기댔다.

"전 저기서 근무하는 감시병입니다." 그가 창밖으로 내다보이는 요새를 가리키며 말을 이었다. "지난 주에 총살된 분의 편지입니다. 그분은 총살당하기 전날 밤에 이 편지를 쓰셨습니다. 전 직접 이 편지를 당신 손에 전해주겠노라 그분께 약속했습니다."

그녀는 고맙다는 뜻으로 고개를 숙였다. 그가 기어이 편지를 보냈구나….

"그래서 편지를 이렇게 뒤늦게 전하게 되었습니다. 당신 외엔 다른 누구에게도 이걸 건네주어서는 안 된다고 당부하셨거든요. 게다가 전 감시때문에 빠져

나올 수가 없었습니다. 그래서 이런 차림으로 나올 수밖에 없었습니다."

그가 웃옷의 가슴께를 더듬고 있었다. 날씨가 무더운 탓에 그가 꺼낸 종잇조각은 때가 묻고 구겨져 있을 뿐만 아니라 축축했다. 그는 뭔가 꺼림칙한 듯 머뭇거리며 잠시 서 있었다. 그러더니 한 손을 들어 뒷머리를 긁적거렸다.

"누구에게도 말씀하시면 안 됩니다." 그는 걱정스러운 눈빛으로 그녀를 쳐다보았다. "이곳에 온 건 제 생명을 건 거나 마찬가지니까요."

"물론이죠, 아무 말도 안 할게요. 아, 잠깐만요."

그가 돌아가려고 몸을 돌리자 그녀가 지갑을 꺼내면서 그를 불러 세웠다.

그는 그녀의 태도에 기분이 언짢은 듯 뒤로 물러섰다.

"돈 때문이 아닙니다." 그가 거칠게 말했다. "전 그분을 위해 일한 것뿐입니다. 그분을 위해서라면 이보다 더한 일이라도 할 수 있습니다. 그분은 제게 잘해주셨어요… 가엾은 분! 부디…."

뜻밖의 말에 그녀는 그를 쳐다보았다. 그는 때 묻은 옷소매로 천천히 눈물을 훔쳐냈다.

"동료들과 전…." 그가 낮은 목소리로 말을 이었다. "총을 쏘지 않으면 안 되었습니다. 상관의 명령에 절대 복종해야 하니까요. 우린 빗나가게 했습니다. 그래서 다시 쏠 수밖에 없었습니다…. 그분은 우릴 보고 웃으셨어요. 우릴 보고 풋내기라고 했지요…. 그분은 정말 잘해주셨어요."

방안에 침묵이 감돌았다. 잠시 후 몸을 꼿꼿이 세운 그는 어색하게 거수경례를 하고 나갔다.

그녀는 편지를 쥔 채 잠시 동안 가만히 서 있었다. 그리고 편지를 읽기 위해 열려 있는 창문 곁에 앉았다. 편지는 연필로 빽빽이 적혀 있어 일부는 도저히 알아볼 수가 없었다. 하지만 첫 두 단어만큼은 또렷이 눈에 들어왔다.

두 단어는 영어로 씌어 있었다.

'사랑하는 짐에게.' 글씨가 갑자기 흐릿해지고 눈앞이 뿌얘졌다. 그이를 또 다시 잃어 버렸어…. 그이를 또 다시! 낯익은 어린 시절의 애칭을 보는 순간 사별死別의 슬픔이 새로이 엄습해 왔다. 그녀는 어찌할 수 없는 슬픔에 싸여 손을 내뻗었다. 마치 그를 뒤덮고 있는 흙더미가 그녀의 가슴을 짓누르고 있는 듯이….

그녀는 편지를 들어 다시 읽어 내려갔다.

난 내일 동틀녘에 총살될 것이오. 당신에게 모든 것을 밝히겠다는 약속을 지키려면 지금밖에 없을 것 같소. 그렇지만 결국 당신과 나 사이엔 긴 설명이 필요치 않을 것이오. 우리는 이심전심으로 서로를 이해해 오지 않았소. 우리가 조그마한 어린아이였을 때부터 말이오.

그리고 사랑하는 이여, 내 뺨을 때렸던 지난 일로 마음 아파할 필요는 없소. 물론 그때 나는 무척 가슴이 아팠다오. 하지만 그 정도 가슴 아픈 일이야 수도 없이 겪어 왔고, 또 잘 견디어 왔소. 때로는 보복도 하면서 말이오…. 책 이름은 잘 기억나지 않지만, 어렸을 때 본 그림책에 나온 고등어처럼 난 이곳에서도 여전히 원기가 넘쳐흐르오. 하지만 이번이 나의 마지막 원기왕성함이겠지. 내일 아침이면 '연극은 끝났다' 가 될 테니까! 당신과 난 이걸 '서커스는 끝났다' 고 말해야 할 게요. 그리고는 우리에게 적어도 이토록 많은 자비를 베풀어주신 하느님께 감사드릴 거요. 그건 대단한 건 아니지만 그래도 상당한 거요. 이 자비와 다른 모든 축복에 대해 우린 진심으로 감사드릴 거요!

내일 아침쯤 내가 무척 행복하고 만족스러워한다는 걸 당신과 마르티니

두 사람이 꼭 이해해 주었으면 하오. 난 운명적이란 말 이외에는 아무 할 말이 없소. 이 점을 마르티니에게 꼭 전해 주오. 그는 좋은 친구이자 동지요. 아마 그도 이해해줄 것이오. 사랑하는 이여, 저 시대에 뒤처진 어리석은 사람들은 비밀재판과 즉결 사형집행이라는 방법으로 되돌아감으로써, 우리에게는 친절을 베풀고, 그들 스스로는 파멸하고 있다는 걸 나는 잘 알고 있소. 또 뒤에 남은 당신들이 꿋꿋하고 힘차게 싸워 나간다면 머잖아 위대한 일이 이루어지는 것도 보게 되리라는 것도 나는 알고 있소. 난 휴일을 즐기러 집을 떠나는 어린아이처럼 가벼운 마음으로 형장으로 나갈 것이오. 난 내가 맡은 임무를 완수했소. 이 사형선고는 내가 그 임무를 완수했음을 증명하는 것에 불과하오. 그들은 날 두려워하기 때문에 날 죽이는 거라오. 그러니 어느 누군들 무얼 더 바라겠소?

하지만 단 한 가지 바라는 게 있소. 곧 죽을 사람이라면 누구에게나 마음에 내키는 대로 할 권리가 있는 법 아니겠소? 내가 바라는 건, 내가 당신에게 난폭하게 굴었던 이유를, 그리고 옛 상처를 더디 잊을 수밖에 없었던 이유를 헤아려달라는 것이오. 사실 난 단지 이걸 고백하는 즐거움 때문에 편지를 쓰고 있는 것이니 말이오. 젬마, 난 당신을 사랑했소. 당신이 바둑판무늬의 드레스를 입고 까칠까칠한 깃에 길게 땋은 머리를 찰랑거리던 어린 소녀 시절부터 말이오. 지금도 난 여전히 당신을 사랑하오. 내가 당신 손에 입 맞추자 당신이 '다시는 이러지 말라' 고 애처로이 부탁하던 그날이 기억나오? 그게 불한당 같은 짓이었다는 건 나도 잘 아오. 하지만 이제 당신은 그런 짓을 용서해주어야 하오. 이제 당신의 이름 위에 나의 입맞춤을 실어 보내니 말이오. 그러면 내가 당신에게 입맞춤하는 건 두 번째가 되겠구료. 물론 두 번 다 당신의 허락을 얻지 않았지만 말이오.

자, 이제 그만 펜을 놓겠소. 잘 지내시오, 나의 사랑하는 이여.

서명은 없었다. 그 대신 그들이 어렸을 적에 함께 배웠던 동요가 편지 아래에 적혀 있었다.

난 행복한
등에 한 마리
내가 살든,
내가 죽든.

30분쯤 뒤 방안에 들어서던 마르티니는 무겁게 내리 누르는 정적에 깜짝 놀라 손에 든 벽보를 내팽개치고 그녀를 얼싸안았다.

"젬마! 왜 그래, 말해 봐요, 응? 그만 울라구… 울지 마! 젬마! 젬마, 나의 사랑!"

"아무것도 아니에요, 마르티니. 나중에 말씀드릴게요. 지금 당장은 말씀… 드릴 수가 없어요."

그녀는 급히 눈물에 젖은 편지를 호주머니에 집어넣고 일어나 눈물을 보이지 않으려고 창밖으로 얼굴을 내밀었다. 마르티니도 입을 꾹 다문 채 콧수염만 쥐어뜯고 있을 뿐이었다. 수년 동안 그는 어린 학생처럼 그녀에 대한 애정을 드러내왔지만 그녀는 아직껏 그의 사랑을 눈치 채지도 못했던 것이다!

"대성당의 종소리가 울리고 있군요." 잠시 후 평정을 되찾은 듯 주위를 둘러보며 그녀가 입을 열었다. "누군가 세상을 떠난 모양이지요?"

"그 때문에 당신에게 보여줄 게 있어 온 거요." 평소와 다름없는 말투로 마르티니가 대꾸했다. 그는 마루바닥에서 벽보를 집어 그녀에게 건네주었다. 검은 테두리 안에 커다란 활자로 다급하게 인쇄된 듯한 내용은 다음과 같았다.

우리의 사랑하는 추기경 로렌초 몬타넬리 신부님이 심장 동맥 파열로 라벤나에서 갑자기 서거하셨음을 알려드립니다.

그녀가 벽보에서 눈을 떼어 마르티니를 바라보았다. 마르티니는 영문을 모르겠다는 듯이 어깨를 으쓱해 보이더니 말없는 그녀의 눈동자를 쳐다보면서 대답했다.
"왜 그러시오, 젬마? 동맥파열이야 흔히 있는 일 아니오?"

| 옮긴이 후기 |

> 우리는 신을 증오함으로써만 신을 사랑한다.
> — 에밀 시오랑

지금 우리 사회에 씌어진지 100년도 더 된 한편의 '혁명소설'을 소개하는 것은 어떤 의미가 있을까. 1897년 출간된 이래, 러시아, 중국을 비롯한 구 공산권 사회에서 커다란 대중적 인기와 명성을 얻은 소설, 거장 쇼스타코비치가 음악을 맡아 영화화되었으며 연극과 오페라로 각색되어 상연될 만큼 꾸준한 사랑을 받았던 작품. 책을 건네받으며 역자의 머리 속에는 일제시기의 카프문학이나 고리키의 『어머니』 같은 소설들이 떠올랐다. 혁명소설이니 경향문학이니 하는 말에서 연상되는 과도한 정치성이 담긴 딱딱한 소설들. 이제는 고리타분한 이야기이거나, 하나의 사상적 오류로 치부되는 혁명이데올로기를 반복하는 것에 불과하다면 지금의 독자에게 어떤 울림을 줄 수 있을까.

소설을 읽어가면서 그러한 걱정은 기우에 지나지 않음을 곧 깨달았다. 그리고 이야기의 반을 넘기면서 왜 이 소설이 공산권 민중들에게 그토록 사랑을 받게 되었는지 이해할 수 있을 것 같았다. 뜻밖에도, 『등에』는 놀라운 흡인력을 발휘하는 재미있는 작품이었다. 거기에는 가령 악한 자본가계급 對 선한 노동자계급 식의 이분법적 대립이나, 열에 들뜬 혁명가의 연설 같은 것은 없었다. 대신

부드럽게 굽이치는 이탈리아의 하늘 아래로 내면의 깊은 상처를 간직한 젊은 영혼들이 펼쳐내는 강렬한 실존의 삶이 있었다. 정치성을 전면에 내세우기보다는 섬세한 심리묘사와 주요 인물들의 내면적 갈등에 집중하는 작가의 접근 방식은 그동안 역자가 생각해왔던 혁명문학 내지 경향문학이 지닌 상투성을 지혜롭게 벗어나 있었다.

어떤 면에서 『등에』는 정치소설보다는 내면소설에 가깝다. 플롯은 강력하지만 단순하고, 전면에 흐르는 분위기는 열정적이며 낭만적이다. 혁명이데올로기에 대해 깊이 있는 성찰을 보여준다거나, 사회 부조리에 대한 차가운 비판의식을 들이대고 있다고 보기도 어렵다. 오히려 작가가 주목하는 것은 한 인간의 내면에서 벌어지는 열정의 흐름이며, 고뇌와 투쟁을 통해 드러나는 영혼의 광채이다. 등에와 젬마, 그리고 동지들 사이의 고귀한 우정과 사랑, 헌신성은 짙은 서정성과 감동을 뿜어낸다.

작품 전체를 관류하고 있는 종교적 문제의식 또한 주목할 만하다. 등에와 몬타넬리 신부간의 갈등으로부터 우리가 느끼는 것은 단순히 타락한 종교제도나 의식에 대한 비판에만 머물지 않는다. 작가는 이를 통해 참된 종교성과 참된 혁명성의 면모를 탐구하고 두 가치요소의 통합을 모색하고 있는 듯하다. 그리하여 아이러니하게도 우리는 세상에 대해 독설과 조롱을 일삼으며, 종교적 가치를 전면적으로 부정하는 등에로부터 오히려 진정으로 깊고 숭고한 종교성의 아우라를 느끼게 된다. 다시 말해, 작가는 등에라는 인물을 통해 혁명이데올로기의 관념성과 종교이데올로기의 위선성을 온몸으로 뚫고 나아가는 진정한 의미에서의 실존적인 삶의 궤적을 그려내 보이고 있는 것이다. 이 작품이 그토록 오랜 세월동안 꾸준히 독자들의 사랑을 받고, 높은 문학성을 지닌 고전으로 평가받을 수 있었던 것도 바로 이러한 요인들 때문이었으리라 생각한다.

우리에게는 다소 생소한 저자 에델 릴리언 보이니치(Ethel Lilian Voynich 1864~1960)는 1864년 아일랜드에서 저명한 수학자였던 조지 불(G. Boole)과 교사이자 작가인 메리 불(M. Boole)의 다섯 번째 딸로 태어났다. 그녀가 태어나던 해 아버지 조지 불이 호흡기 감염으로 사망하자 그녀의 가족은 어머니의 고향인 잉글랜드로 이주하게 된다. 어머니 메리 불은 퀸스 칼리지의 도서관 사서로 일하며 홀로 다섯 딸을 부양했다고 한다. 가난했지만 지식인, 과학자, 작가, 예술가 등이 집에 드나드는 환경에서 성장한 에델은 고전학자인 삼촌의 영향을 많이 받았다. 18세가 되던 해 그녀는 친지로부터 약간의 유산을 물려받고 베를린에 유학, 음악을 공부했다.

1885년 베를린 음악학원을 졸업하고 런던으로 돌아온 에델은 유학시절부터 관심을 갖게 된 러시아혁명 운동에 참여한다. 외국인 망명자들과 '자유 러시아의 친구들'이란 단체를 조직하여 회보 〈자유 러시아〉의 편집을 맡는 한편, 엘리노어 마르크스, 프리드리히 엥겔스, 버나드 쇼, 윌리엄 모리스, 오스카 와일드 등과 교유했다. 제정 러시아치하 폴란드의 독립운동가였던 미하엘 보이니치(M. Voynich)를 만나 결혼한 것도 이때의 일이다. 이를 계기로 그녀는 다양한 혁명운동을 직간접적으로 경험하는 한편, 그 경험을 토대로 1897년 『등에』를 저술하기에 이른다.

작가로서 보이니치는 많은 작품을 남기지는 않았다. 1920년 미국으로 이주한 보이니치 부부는 서적상을 운영한다. 이때부터 그녀는 저술보다는 작곡에 전념하여 여러 편의 칸타타, 오라토리오, 오케스트라 곡을 썼다. 그녀의 처녀작이자 대표작인 『등에』 외의 다른 작품으로는, 『등에』의 주인공 아서가 13년간 남미에서 보낸 유랑생활을 그린 『중단된 우정』(1910)과 아서의 증조모와 조모의 삶을 소재로 한 『네 발에서 신을 벗으라』(1944)가 있다. 1960년에 86세의 나이로 세상을 떠났다.

2006년 2월
서대경

등에

초판인쇄 2006년 4월 3일
초판발행 2006년 4월 10일

지은이 에델 릴리언 보이니치
옮긴이 서대경
펴낸이 김삼수
펴낸곳 아모르문디

등 록 제 313-2005-00087호
주 소 121-865 서울시 마포구 연남동 245-9 1층
전 화 0505-306-3336
팩 스 0505-303-3334
이메일 rurahd@naver.com

ISBN 89-957140-1-8

잘못된 책은 구입하신 서점에서 바꿔 드립니다.